Guillaume Apollinaire
Der verwesende Zauberer

Erzählungen Briefe

Essays

Verlag Volk & Welt

Berlin

Ausgewählt
von Frauke Rother

Aus dem Französischen
von Frauke Rother, Eva Schewe,
Ralf Tauchmann, Adelheid Witt

Nachdichtungen
von Klaus Möckel und Gerd Henniger

Mit Holzschnitten
von André Derain
zu »Der verwesende Zauberer«
und Ideogrammen
von Guillaume Apollinaire

Erzählungen

Der verwesende Zauberer

Doch was soll mein Herz unter denen, die einander lieben? Einst lebte ein Mädchen von großer Schönheit, die Tochter eines armen Lehensherren. Sie war im heiratsfähigen Alter, doch sie gebot ihrem Vater und ihrer Mutter, sie nicht zu verheiraten, sie sei entschlossen, niemals einen Mann anzusehen, denn ihr Herz könne ihn weder ertragen noch erdulden. Der Vater und die Mutter versuchten sie von ihrem Entschluß abzubringen, doch vergeblich. Sie sagte, wenn man sie zwänge, einen Mann anzusehen, fiele sie auf der Stelle tot um oder verlöre den Verstand; als ihre Mutter sie schließlich im Vertrauen, von Mutter zu Tochter, fragte, ob sie immer noch auf einen Mann verzichten wolle, verneinte sie und sagte, wenn sie mit einem Manne zusammen sein könne, ohne ihn zu sehen, würde sie ihn sogar über alle Maßen lieben. Der Lehensherr und seine Frau, die nur dieses eine Kind hatten und es so liebten, wie man sein einziges Kind liebt, wollten sie nicht verlieren. So litten sie und warteten und hofften, daß sie sich doch noch anders besinnen würde. Nach einiger Zeit starb der Vater, und nach seinem Tode bat die Mutter die Tochter, sich zu verheiraten, doch diese wollte nichts davon hören. Da geschah es, daß in dunkler Nacht ein Teufel die Tochter in ihrem Bett besuchte. Er begann mit sanften Bitten und versprach ihr, daß sie ihn niemals sehen würde. Und sie fragte ihn, wer er sei: »Ich bin«, so antwortete er, »ein Mann aus fremden Landen, und ebenso wie Ihr keinen Mann ansehen dürft, darf ich eine Frau, mit der ich schlafe, nicht sehen.« Sie betastete ihn und fand ihn sehr wohlgestalt. Und sie liebte ihn über alle Maßen, erfüllte sein Begehren und verschwieg dies alles ihrer Mutter und jedermann.

Als sie dieses Leben einen Monat lang geführt hatte, wurde sie schwanger, und als sie niederkam, verwunderte sich alle Welt, denn man wußte nichts von einem Vater, und sie wollte ihn nicht nennen. Das Kind war ein Knabe und erhielt den Namen Merlin. Und als er zwölf Jahre alt war, wurde er zu Uter Pendragon gebracht.

Nach dem Tode des Herzogs von Tintaguel durch den Verrat von Uter Pendragon und Merlin wegen Egerve, der Herzogin, die Uter Pendragon liebte, ging Merlin fort, in die tiefen dunklen uralten Wälder. Er war von der gleichen Wesensart wie sein Vater, betrügerisch und treulos und in allen Lastern erfahren, die ein Menschenherz nur kennen kann. In der Gegend gab es ein Mädchen von großer Schönheit, sie hieß Viviane oder Éviène. Merlin entbrannte in Liebe zu ihr und versuchte ihr überall, wo sie war, am Tage und bei Nacht, nahe zu sein. Viviane, die sittsam und höflich war, blieb lange Zeit abweisend, und eines Tages bat sie ihn inständig, ihr zu sagen, wer er sei, und er sagte ihr die Wahrheit. Sie versprach ihm, alles zu tun, was er wünsche, wenn er sie zuvor einen Teil seiner Weisheit und Künste lehre. Und da er sie mehr liebte, als eines Sterblichen Herz zu lieben vermag, versprach er, sie alles zu lehren, was sie verlangte. »Ich will, daß Ihr mir zeigt, wie, auf welche Weise und mit welchen Zauberworten ich einen Raum verschließen und eine Person einsperren kann, ohne daß irgend jemand diesen Raum zu betreten oder zu verlassen vermag. Und ich will auch, daß Ihr mir zeigt, wie ich eine beliebige Person einschläfern kann.«

»Warum wollt Ihr dies alles wissen?« fragte Merlin.

»Weil mein Vater mich auf der Stelle töten würde, wenn er erführe, daß Ihr mit mir geschlafen habt, und weil ich vor ihm sicher wäre, wenn ich ihn einschläfern könnte. Aber hütet Euch, mich bei der Erfüllung meines Wunsches zu täuschen, denn dann würdet Ihr weder meine Liebe noch meine Gesellschaft je erlangen.«

Merlin lehrte sie das Gewünschte, und sie schrieb die Worte auf und bediente sich ihrer, sooft er zu ihr kam. Und er schlief unverzüglich ein. Auf diese Weise führte sie ihn lange Zeit an der Nase herum, und wenn er sie verließ, glaubte er immer, er habe mit ihr geschlafen. Sie täuschte ihn, weil er sterblich war; wenn er ganz und gar ein Teufel gewesen wäre, hätte sie ihn nicht täuschen können, denn ein Teufel kann nicht schlafen. Am Ende hatte sie so viele Zauberkünste von ihm gelernt, daß sie ihn in ein Grab brachte, im tiefen dunklen gefährlichen Wald. Sie, die Merlin so fest einschläferte, war die Dame vom See. Sie lebte im See, tauchte von seinem Grunde auf, wann es ihr gefiel, und kehrte nach Belieben, mit einem Sprung mit geschlossenen Füßen, wieder in ihn zurück.

Langsam hatte sich der Zauberer bei vollem Bewußtsein in das Grab begeben und sich da ausgestreckt, so wie Leichen liegen. Die Dame vom See hatte die Grabplatte zufallen lassen, und als sie die Gruft für immer verschlossen sah, brach sie in Gelächter aus. So starb der Zauberer. Da Merlin seinem Wesen nach jedoch unsterblich war und da sein Tod von den Zaubersprüchen der Dame vom See herbeigeführt worden war, blieb seine Seele in seinem Leichnam lebendig. Draußen auf dem Grabe saß die Dame vom See, die man Viviane oder Évìène nennt, und lachte, daß der tiefe dunkle Wald von ihrem Lachen widerhallte. Als sich ihr Freudenausbruch gelegt hatte, sprach die Dame, die sich allein wähnte: »Er ist tot, der alte Teufelssohn. Ich habe den Zauberer verzaubert, den betrügerischen treulosen Zauberer, der von Schlangen, Hydren und Kröten beschützt wurde, denn ich bin jung und schön, denn ich war betrügerisch und treulos, denn ich verstehe es, die Schlangen zu beschwören, denn die Hydren und Kröten lieben auch mich. Ich bin müde von dieser Anstrengung. Der Frühling beginnt heute, der schöne blühende Frühling, den ich hasse; doch er geht rasch vorbei, dieser düftereiche Frühling, der mich verzaubert. Die Weißdornbüsche werden verblühen. Ich werde nicht mehr tanzen, es sei denn den willenlosen Tanz der kräuselnden Wellen in meinem See. Aber ach! Immer wenn es unaufhaltsam wieder Frühling wird, werden die Weißdornbüsche wieder erblühen. Und dann verharre ich, in jedem Frühling, in meinem schönen Palast voller Edelsteingefunkel am Grunde des Sees. Aber ach! Auch der willenlose Tanz der kräuselnden Wellen an der Oberfläche des Sees ist ein unaufhaltsamer

Tanz. Ich habe den betrügerischen und treulosen alten Zauberer verzaubert, und nun werden der unaufhaltsame Frühling und der unaufhaltsame Tanz der kräuselnden Wellen mich unterwerfen und verzaubern, mich, die Zauberin. So geht alles gerecht zu in der Welt: der betrügerische und treulose alte Zauberer ist tot, und wenn ich eines Tages alt bin, werden mich der Frühling und der Tanz der kräuselnden Wellen töten.«

Der Zauberer lag tot in der Gruft, doch seine Seele war lebendig, und die Stimme seiner Seele ertönte: »Dame, warum habt Ihr das getan?« Die Dame erschauerte, denn es war wohl die Stimme des Zauberers, die da aus dem Grabe drang, jedoch unhörbar. Die Dame glaubte, er sei noch nicht tot, sie schlug mit der Hand auf den warmen Stein, auf dem sie saß, und rief: »Merlin, rühr dich nicht, du bist zwar lebendig in das Grab gegangen, doch du wirst sterben und bist bereits begraben.« Merlin lächelte in seine Seele hinein und erwiderte sanft: »Ich bin tot! Geh jetzt, deine Rolle ist zu Ende, du hast gut getanzt.«

Erst in diesem Augenblick, beim Klang der wahren, unhörbaren Stimme der Seele des Zauberers, verspürte die Dame die Erschöpfung vom Tanz. Sie streckte sich und wischte ihre schweißbedeckte Stirn ab, dabei fiel ein Weißdornkranz auf das Grab des Zauberers. Wieder brach die erschöpfte Dame in Lachen aus und erwiderte auf Merlins Worte: »Ich bin schön wie der Garten im April, wie der Wald im Juni, wie der Obsthain im Oktober, wie die Ebene im Januar.« Nachdem sich die Dame entkleidet hatte, bewunderte sie sich. Sie war wie der Garten im April, wo Petersilie und Fenchel in Büscheln wachsen, wie der Wald im Juni, dichtverhangen und lyrisch, wie der Obsthain im Oktober, voller reifer, praller und köstlicher Früchte, wie die Ebene im Januar, weiß und kalt.

Da der Zauberer schwieg, dachte die Dame: Er ist tot. Ich werde noch ein wenig auf seinem Grabe wachen, dann ziehe ich mich zurück in meinen schönen Palast voller

Edelsteingefunkel am Grunde des Sees. Sie kleidete sich an, setzte sich wieder auf die Steinplatte des Grabes und rief, da sie deren Kälte spürte: »Zauberer, du bist bestimmt tot, die Grabplatte bezeugt es.« Und sie frohlockte, als hätte sie den Leichnam selbst berührt, und setzte hinzu: »Du bist tot, der Stein bezeugt es, dein Leichnam ist bereits eiskalt, und bald wirst du verwesen.« Daraufhin schwieg sie und lauschte den Geräuschen im tiefen dunklen Wald.

Man hörte in der Ferne noch ab und zu den traurigen Ton des Waldhorns von Gawein, der als einziger in der Welt erfahren konnte, wo Merlin war. Der galante Ritter hatte alles erraten, und nun zog er davon und blies in sein Horn, um Abenteuer zu suchen. Die Sonne ging unter, und Gawein verschwand in der Ferne mit ihr. Gawein und die Sonne entschwanden, weil die Erde rund war, der Ritter vor dem Gestirn, und beide miteinander, so fern waren sie und doch unter gleichem Geschick.

Heisere Schreie, Flügelrauschen und Gezwitscher erfüllten den Wald. Gefiederte Wesen flogen wesenlos über das Grab des toten schweigenden Zauberers. Die Dame vom See lauschte lächelnd und reglos auf diese Geräusche. Rings um das Grab kroch Schlangenbrut aus ihren Nestern, und Feen huschten hin und her mit gehörnten Dämonen und bösen Hexen.

Die Schlangen

Wir haben gezischt, so gut wir konnten, und Zischen und Pfeifen ist der deutlichste Ruf. Er hat nie geantwortet, wir lieben ihn, er ist von unsrer Art, und er kann nicht sterben. Wir krochen überallhin, und jeder weiß, daß es kein Hindernis gibt für Kriechende. Die engsten Spalten sind für sie wie ein Portal, zumal wenn sie geschmeidig und schlüpfrig und schlank sind wie wir. Wir konnten ihn nicht finden, er ist von unsrer Art, wir lieben ihn, und er kann nicht sterben.

Die gehörnten Scharen

Ach, ihr albernen schleichenden Schläuche, was redet ihr da von der Art Merlins? Er war nicht erdgebunden wie ihr, und er hatte nichts mit euch gemein. Seine Herkunft war himmlisch, denn wir, die Teufel, wir kommen vom Himmel.

Die Schlangen

Wir zischen, wir zischen! Wir brauchen nicht zu streiten mit euch, ihr Teufel, die es nicht gibt, doch beiläufig sagen wir euch gern, daß wir das Paradies auf Erden kennen. Wir kriechen weiter, und zischen, zischen!

Die Kröten

Auch unser trauriger Ruf soll laut ertönen. Auch wir wollen Merlin wiederfinden. Er liebt uns und wir lieben ihn. An sonderbaren Zeremonien nahmen wir teil und haben unsere Rolle gespielt. Laßt uns springen und ihn suchen. Merlin liebte das Schöne, und das ist ein gefährlicher Geschmack. Doch das können wir ihm nicht vorwerfen. Wir lieben, wie er, die Schönheit.

Die zwei Druiden

Auch wir suchen ihn, denn er kannte unsere Künste. Er wußte, daß es kein besseres Mittel gegen den Durst gibt, als ein Mistelblatt im Mund zu behalten. Er trug das weiße Gewand wie wir, aber unseres ist in Wahrheit rot vom Blut der Menschenopfer und an einigen Stellen verbrannt. Er hatte eine wohlklingende Harfe, doch wir fanden sie mit zerrissenen Saiten unter einem Weißdornbusch da hinten. Sollte er tot sein? Einst waren wirmächtig, als wir noch zahlreich waren und in Kollegien vereint. Doch in diesen Zeiten sind wir fast immer allein. Was können wir anderes tun, als von weither miteinander zu plaudern? Denn die Winde gehorchen uns noch und tragen die

Klänge unserer Harfen weiter. Und Lugu beschützt uns, der schreckliche Gott: da ist sein Rabe, der krächzend umherfliegt und sucht, wie wir suchen.

Unterdessen war die Dämmerung über den tiefen und dunkler werdenden Wald hereingebrochen. Krächzend ließ sich ein Rabe neben der reglosen Dame auf dem Grab des Zauberers nieder.

Die Druiden

Der Rabe des Gottes Lugu ist verschwunden. Laßt uns den Zauberer suchen. Wenn wir Zeit hätten, könnten wir in schwierigen Strophen sein Geschick besingen, vor dem Echo des tiefen Waldes. Doch da wir ihn nicht finden, ihn, der ein Gewand trägt wie wir, nutzen wir unser Zusammentreffen, um freimütig miteinander zu sprechen.

Der Rabe

Die eine ist lebendig, der andere ist tot. Mein Schnabel vermag nicht den Stein zu durchbohren, doch ich wittere guten Leichengeruch. Nun denn, so bleibt eben alles für die geduldigen Würmer. Wie boshaft sind die Erbauer von Gräbern. Uns rauben sie die Nahrung, und für sie sind die Leichen ganz und gar nutzlos. Soll ich nun warten, bis dieses Weib stirbt? Nein, denn bis dahin würde ich selber verhungern, und meine Jungen warten auf Atzung. Ich weiß, wo Merlin ist, doch ich will ihn nicht mehr. Vor den Toren der Städte sterben die Zauberer, die niemand begräbt. Ihre Augen schmecken gut, und ich suche auch Kadaver von guten Tieren, doch das Leben ist hart, denn die Geier sind stärker, diese gräßlichen, niemals lachenden Tiere, sie sind so dumm, daß ich noch nie eines von ihnen ein Wort sprechen hörte. Wir aber, Genießer, sind wir gefangen und füttert man uns gut, dann lernen wir gern die menschliche Sprache, und selbst das Latein.

Er flog krächzend davon.

DER ERSTE DRUIDE

Was tust du, allein im Gebirge, im Schatten der heiligen Eichen?

DER ZWEITE DRUIDE

Jede Nacht schärfe ich meine Sichel, und wenn der Mond, nach links geneigt, ihr gleicht, vollstrecke ich, was vorgeschrieben ist. Vor wenigen Tagen kam ein König mich fragen, ob er seine Tochter heiraten könne, in die er verliebt sei. Ich ging zu seinem Palast, um die Prinzessin weinen zu sehen, und ich zerstreute die Skrupel des alten Königs. Und du, was tust du?

Der erste Druide

Ich schaue aufs Meer. Ich lerne, wieder ein Fisch zu werden. Ich hatte in meiner Höhle ein paar Priesterinnen. Ich habe sie davongejagt: obwohl Jungfrauen, trugen sie Wunden. Das Blut der Frauen verdarb die Luft in der Höhle.

Der zweite Druide

Du bist zu rein, du wirst noch vor mir sterben.

Der erste Druide

Das weißt du nicht. Doch verlieren wir keine Zeit. Die Diebe, die Priesterinnen oder sogar die Fische könnten unseren Platz einnehmen, und was würde dann aus uns? Laß uns Schrecken verbreiten, und die Welt wird uns gehorchen.

In diesem Augenblick erschien im Wald die Fee Morgana, Merlins Freundin. Sie war alt und häßlich.

Morgana

Merlin, Merlin! Ich habe dich überall gesucht! Hält dich ein Bann unter dem blühenden Weißdorn? ... Meine Freundschaft für dich ist immer lebendig, auch wenn wir entfernt voneinander sind. Ich habe mein Schloß Ohn-Wiederkehr auf dem Berge Gibel verlassen. Ich habe die jungen Männer verlassen, die ich liebe und die ich zwinge, mich zu lieben, im Schloß Ohn-Wiederkehr, die von Natur aus die Damen lieben, die in den Obstgärten umherirren, und selbst die Najaden des Altertums. Ich liebe sie und ihren Hosenschlitz, der, ach, gar zu oft gepolstert ist, und ich liebe auch die antiken Zyklopen trotz ihres bösen Auges. Vulkan jedoch, der hinkende Hahnrei, erschreckt mich so sehr, daß ich bei seinem Anblick knatternd furze wie trockenes Holz im Feuer. Merlin! Merlin! Ich bin nicht die einzige, die ihn sucht. Alles ist in Aufruhr. Da sind zwei Druiden, die ein Zeichen für seinen Tod haben wollen. Sie sollen ihren Willen haben, ich werde sie zufriedenstellen, damit sie beruhigt und betrogen von dannen ziehen.

Sie machte die Geste, die das Trugbild herbeizauberte. Vor den Augen der leichtgläubigen Druiden erschien der See Lomond mit seinen dreihundertsechzig Inseln. Am Ufer spazierten Barden in Scharen und entlockten ihren kleinen Harfen klägliche Töne, dazu sangen sie auswendig gelernte Verse, deren Sinn sie nicht verstanden. Plötzlich ließ sich auf jeder der Felseninseln ein Adler nieder, dann stiegen die Adler auf und flogen alle zusammen davon. Das Trugbild verschwand. Die Druiden umarmten sich vor Freude über ihre hellseherischen Fähigkeiten und sangen, während die unzüchtige Fee über ihre Leichtgläubigkeit lachte.

Das Lied der Druiden

Von Hesus und Taranis dem Weibchen
Wards durch Adlerflug kundgemacht:
Die Dame im wogenden Leibchen
Hat Merlin heut zu Tode gebracht.

Geneigt ist Teutates dem Adler,
Der, die Sonne verzaubernd, kreist.
Ich lieb auf einem Schädel den Raben,
Wenn das Auge seiner Bahn er entreißt.

O Rabe, zur Rechten entschwunden,
Hockst du auf kaltem Menhir-Stein?
Oder hast in enger Grube gefunden
Des Leichnams verfaulend Gebein?

Wir kehren nun heim: zu den Bergen
Der eine, der andre zum Meer.
Sprich, Bruder, weshalb daran sterben.
Merlin ist tot, doch wir lieben uns sehr.

Die Druiden trennten sich; Morgana rief Merlin, und er, der tot war, dessen Seele jedoch immer noch lebte, hatte Erbarmen mit seiner Freundin. Er sprach, aber die Dame vom See, die reglos auf seinem Grabe saß, hörte ihn nicht.

Die Stimme des toten Zauberers

Ich bin tot und kalt. Aber deine Trugbilder können auch für Tote von Nutzen sein; ich bitte dich, laß meiner Stimme einen hübschen Vorrat davon hier. Am besten von jedem etwas: für jede Stunde, für jede Jahreszeit, von jeder Farbe und von jeder Größe. Kehre zurück zum Schloß Ohn-Wiederkehr auf dem Berge Gibel. Leb wohl! Amüsier dich gut und verkünde meinen Ruf, wenn die Seefahrer auf ihren Schiffen die Meerenge passieren. Verkünde meinen Ruf, denn du weißt, daß ich Zauberer und Prophet war. Für lange Zeit wird es auf der Erde keine Zauberer mehr geben, doch die Zeiten der Zauberer werden wiederkehren.

Morgana hörte Merlins Worte. Sie wagte nicht zu antworten und ließ am Grab einen Vorrat Trugbilder zurück, ohne von der Dame vom See gesehen zu werden. Dann begab sie sich wieder auf den Berg Gibel, in ihr Schloß Ohn-Wiederkehr.

Deklamation des ersten Druiden
weit entfernt, am Ufer des Meeres

Der Harfe, der bewußten, folgend, sage ich,
Weshalb du, Dreiheit, Leben schaffst durch Gesten,
Und ob der Menhir kalt ist eines Gottes Bild,
Jenes galanten Gottes, ohne Hoden schöpfend.

Als Welle sanft, so wie die Kühe, starb ich hin,
Weit weg vom Meer. Da ist der Golf, wo Flüsse münden,
Sind Eichen heilig, duldsam unterm Mistelgrün,
Drei Fraun am Ufer, deren Rufe Meineid künden.

Matrosen schlagen dort auf hoher See das Kreuz.
Diese Getauften, Schwimmer nah dem Tod, Verrückte,
Schwarm ohne Bienenstock, sind bald schon vor euch Drei,
So voller Ähnlichkeit dem Hakenkreuz der Krüge.

Dann senkte sich die Dämmerung über den tiefen, dunkler werdenden Wald. Aber jenseits des Waldes war die Nacht hell und sternenklar. Der zweite Druide wanderte zum Gebirge in Richtung Osten. Beim Emporsteigen erblickte er in der Ferne eine runde leuchtende Stadt. Dann erhob sich ein Adler vom Gipfel des Berges und kreiste am Himmel, während er zu der gleißenden Stadt starrte. An der Harfe des Druiden zerriß eine Saite, das war das Zeichen, daß ein Gott starb. Viele Adler gesellten sich zu dem kreisenden Adler und starrten wie er zu der fernen leuchtenden Stadt.

DEKLAMATION DES ZWEITEN DRUIDEN
weit entfernt in halber Gebirgshöhe
auf einem gefährlichen Pfad

Sie lassen sterbend von den falschen Göttern,
Von ihnen nur ein Stern aus Blei am Himmel bleibt.
Die Löwen von Moriane brüllten in den Höhlen,
Der Adler Schnäbel Löcher in den Nordwind treibt.

Und fern die Stadt, Hackfleisch ins Licht gewendet,
Scheint ihnen eine Sonne, jäh am Grund zerfetzt.
Die Nickhaut senken sie herab, geblendet,
Zerstöre, wahre Sonne, was in Brand gesetzt!

Im Wald waren noch mehr Wesen, die Merlin suchten. Man hörte einen hellen wohlklingenden Ton. Der Gott Pan spielte auf seiner Flöte, die er selbst erfunden hatte, und führte eine Herde hübscher Sphinxe.

DIE HERDE SPHINXE

Die Nacht dieses Waldes gleicht fast der kimmerischen Finsternis. Wir suchen, wir geben Rätsel auf. Wir lächeln.

Einer verlangt mit Gewalt Freude zu zweit, selbstverständlich ergibt das drei. Rate, Schäfer!

EINIGE SPHINXE

Wenn es gefallen ist, ist nichts mehr zu machen. Man kann weder genießen noch leiden. Rate, Schäfer!

DIE SPHINXE

Sobald es verletzt worden ist, hat es wahrhaft Hunger. Rate, Schäfer!

DIE HERDE SPHINXE

Was kann sterben? Rate, Schäfer, damit wir das Recht haben, freiwillig zu sterben.
Sie gingen davon.

EINE EULE
in einem hohlen Baum

Ich kenne diese Herde. Sie gehört nicht in unsere Zeit. Gewiß zöge sie lieber durch Olivenhaine, wo ich selbst lange Zeit lebte, von allen verehrt. Meine Weisheit galt als Vorbild; man prägte mein Abbild auf Münzen. Ich bin glücklich, daß ich in der Nacht sehen kann, ich erkenne alte Dinge, so wie die Altertumsforscher. Ich freue mich auch, daß ich nicht taub bin; ich habe die erstaunlichen Rätsel der Herde gehört, die ständig im Begriff ist zu sterben.

Da erschien ein Ungeheuer mit einem Katzenkopf, Drachenfüßen, einem Pferdeleib und einem Löwenschweif.

DAS UNGEHEUER KAPALU

Ich habe ihn einmal gesehen, und es würde mich nicht wundern, wenn er tot wäre. Er war sehr alt. Ich suche ihn, weil er klug war und weil er mir Fruchtbarkeit verleihen sollte. Trotzdem lebe ich glücklich, so ganz allein. Ich miaue. Es wäre mir recht, wenn er käme und glaubte, ich wolle ihn aufsitzen lassen. Wenn er jedoch tot ist, auch gut, dann mache ich den Rücken krumm.

DIE FLEDERMÄUSE
in schwerem Flug

Pfui über die Zauberer! Sie machen sich zuviel böses Blut ... Wir suchen apoplektische Feinschmecker. Doch die kommen selten in den Wald. Wir sind so sanft, wir saugen so wollüstig, und wir lieben uns. Wir sind auserwählt, engelsgleich und liebevoll. Wer würde uns nicht lieben? Wer uns ins Unrecht setzt, sind die Blutegel und die Moskitos. Wir lieben uns, und nichts ist erbaulicher, als uns in mondhellen Nächten gepaart zu sehen als die wahren Vorbilder des vollkommenen Menschen.

Die Nixen
mit schönen Lippen und schuppigen Leibern, sich am Boden windend

Wir sind viel mehr an Zahl, als man meint. Wir ersehnen einen Kuß auf unsere Lippen, auf unsere schönen Lippen. Zauberer, Zauberer, wir lieben dich, du gabst uns die wunderbare Hoffnung, die sich gewiß eines Tages erfüllt. Vor der Menopause natürlich, denn was würde es uns nützen, uns nachher noch zu sehnen, da wir Tiere sind, bis auf die Taufe. Trotz dieser schönen Hoffnung beißen wir uns auf die Lippen, unsere schönen Lippen, sehr oft, auf unserem leicht erreichbaren Lager.

Die Frösche

Wir wissen nicht warum, aber wir, die wir königlich sind, ohne wie Königinnen zu singen, erleben immer wieder einen unnützen Sabbat. Man verfolgt uns wie verwitwete Königinnen. O rührende Frauen! O Frauen!

Die Eidechsen
eben erst erwacht

Jammervolle Nächte. Frostige Frühlingsnächte. Doch die Sonne verspricht Hitze für morgen.

Die alte Nixe
mit ihrem kleinen Nix

O trockene, welke Lippen. Es ist vorbei, es ist vorbei, Zauberer, meine Lippen sind verwelkt.

Die Nixen

Wir ersehnen einen Kuß auf unsere Lippen, die wir lekken, um sie röter erscheinen zu lassen. Zauberer, Zauberer, wir lieben dich! Ach, wenn sich die Hoffnung doch erfüllte! Vor der Menopause natürlich, denn es würde uns nichts nützen, uns nachher noch zu sehnen, da wir nur

Tiere sind, bis auf die Taufe. Trotz dieser schönen Hoffnung beißen wir uns auf die Lippen, unsere schönen Lippen, sehr oft, auf unserem leicht erreichbaren Lager, denn wir leiden, leider, an Schlaflosigkeit.

DIE EULE
reglos

Diese hier sind aus unserer Zeit, jene aber, die da kommt, stammt aus uralten Zeiten. Sie ist zu beklagen, und sie denkt gar nicht an den Zauberer. Ihr Schmerz sitzt tief innen. Ihre Statur ist gewaltig. Sie hat Brandmale vom himmlischen Feuer. Sie klagt und schreit wie ein Nachtvogel, und ich bin stolz, daß eine so schöne Person mich nachahmt. Oh! Oh! Wie ich sehe, war sie mehrmals Mutter.

SCHLANGENBRUT
am Waldesrand

Wer schreit da nur so jammervoll. Das ist kein Nachtvogel. Diese Stimme klingt mehr als menschlich. Aber wie! Wir haben uns hochgereckt und zischend nach oben geschaut. Wenn diese gehörnten Scharen die klagende Frau befragen könnten, würde diese Frau ganz gewiß unsere Herkunft aus dem Paradies bestätigen. Wir haben die Klagende gesehen, sie war im irdischen Paradies, zur gleichen Zeit wie wir auch. Wir zischen und suchen ihn, den wir lieben, er ist von unserer Art und er kann nicht sterben.

LILITH
laut klagend über dem Wald

Meine Kinder gehören mir, der ersten Mutter, meine Kinder gehören mir. Weh! Diese Flucht! O diese Bosheit der Rangordnungen! Diese Flucht! Weh mir! Ich vergaß die Namen der Engel, die mich verfolgten! Weh! Wie fern ist das Rote Meer!

Ein Abt
in seiner Zelle, hört auf zu schreiben

Lilith schreit wie ein Tier in der Ebene. Meine Seele erschrickt, denn Satan hat das Recht, das Unvollkommene zu erschrecken. Herr, obwohl ich alt bin, gewähre mir noch eine genügende Spanne Zeit, um meine Weltgeschichte zu vollenden. Bringe die jammervollen Schreie dieser Ausgestoßenen zum Verstummen, Herr! Ihre Klagen stören meine Einsamkeit, Herr, und es sind die Schreie einer Frau. Ersticke diese Frauenschreie, Herr! Segne meine Arbeit und nimm die Ernte meines Alters an. Ich bin alt und weiß, bleich wie ein getünchtes Grab, ich schwanke und bin zu ruhig, um sicher zu sein, daß ich dich liebe. Erfülle mich mit dem Durst nach unerfüllter Liebe. Wende deinen Blick von deinem Diener, Herr, wenn er sich in böser Vorsicht vor Abgründen hütet. Die Abgründe sind nicht dazu da, daß man sich von ihnen abwendet, sondern daß man sie mit einem Sprung überwindet. Aber gib, Herr, daß ich nicht mehr die Schreie dieser ausgestoßenen gewaltigen Mutter höre, denn meine Seele erschrickt gar zu sehr. Meine Seele vermag nichts für die Ausgestoßene, für die Mutter, denn sie ist verdammt. Segne mich, Herr, denn ich habe nicht für sie gebetet, die wie ein Tier in der Wüste schreit, die Mutter, die Verdammte. Aber, bei der Ernte meines Alters, nimm doch deine Engel von dieser Mutter fort, nimm endlich deine guten Engel von dieser Mutter fort, o Herr, o Herr, weil sie eine Mutter ist. Herr, Herr, beim Roten Meer, das du seit ihrer Flucht, da sie nicht sterben kann, für das Sonnenlicht deiner Himmel und für dein auserwähltes Volk geteilt hast. Amen.

Lilith verstummte und entfloh.

In dieser Nacht starben alle Kinder in dieser Gegend. Die suchenden Schlangen zischten klagend im tiefen dunklen Wald.

Die Schlangenbrut

Weh! Diese Mutter ist entflohen, statt die Wahrheit zu bezeugen. So verschwindet dieser Zeuge unserer paradiesischen Herkunft. Wir kommen in Wahrheit aus dem irdischen Paradies und berühren mit unserem ganzen Leib die Erde. Wir zischen und suchen das Paradies auf Erden, denn es existiert wirklich, wir haben es kennengelernt. Und wir suchen auch, während wir zischen, den, den wir lieben, der von unserer Art ist und nicht sterben kann.

Die Eule
im Baum

Ich spüre mein Alter schwerer und trauriger, jetzt, da jene Stimme verstummt ist, die so gut klagte wie ich selbst. Vielleicht ist sie in dieser Stunde glücklich, diese Mutter, doch mir waren ihr Unglück und ihre Klage lieber, die meinem Glück und meinen Klagen ähnlich waren. Was höre und sehe ich im tiefen dunklen Wald? So viele Wesen aus alten Zeiten und aus heutiger Zeit. Bei meiner Weisheit, diese Nacht wäre eine Fundgrube für einen Altertumsforscher.

Im tiefen dunklen Wald drängte sich eine Menge schöner und häßlicher, fröhlicher und trauriger Wesen. Es waren männliche und weibliche Nachtmahre von vielerlei Art gekommen: Waldgeister und Faune; Gnome und Kobolde; Nymphen; Feuergeister, Vulkanteufel und Irrlichter. In unterschiedlichstem Aufzug waren auch die Zauberer aller Länder gekommen: Tiresias, der Blinde, den die Götter zweimal das Geschlecht wechseln ließen; Taliesin, Arcalaus. Es waren auch die Zauberinnen gekommen: Circe, Omphale, Calypso, Armida. Auch die Vampire, Strygen, Lamien und die Lemuren mit prophetischem Kastagnettengerassel waren da. Gekommen waren auch die Seherinnen und Prophetinnen, die Priesterin von Delphi, die Wahrsagerin von Endor, die Sibylle von Cumae.

Erschienen waren auch die Teufel aller Rangordnungen, die schönsten Teufelinnen und Satansweiber. Auch die armen Hexenmeister waren gekommen, stets auf der Suche nach Kunden für ihre übelriechenden Tränke, und die dienstbaren geschickten Hexen, mit Topf und Besen, dem unerläßlichen Gerät zur Ausübung ihrer niederen Künste. Berühmte Magier, Alchimisten und Astrologen waren da. Unter diesen entdeckte man drei Gespenster, die aus Deutschland gekommenen falschen Heiligen Drei Könige in Priestergewändern und mit der Mitra auf dem Haupt.

Die falschen Heiligen Drei Könige

Einst betrachteten wir oft die Sterne, und ein Stern, den wir eines Nachts in der Himmelsmitte erblickten, führte uns drei Weisen aus drei verschiedenen Reichen zur gleichen Grotte, zu der fromme Hirten bereits wenige Tage vor dem ersten Tag dieser Zeitrechnung gekommen waren. Seither konnten wir Priester des Abendlandes uns nicht mehr von dem Stern führen lassen, und doch werden noch Göttersöhne geboren, um zu sterben. Diese Nacht ist die Grabesweihnacht, das wissen wir sehr wohl. Denn wenn wir auch die Wissenschaft von den Sternen vergaßen, so haben wir im Abendland dafür die Wissenschaft der Finsternis gelernt. Seit unserer Enthauptung warten wir auf diese selige Nacht. Geführt von der Finsternis, kamen wir in den tiefen dunklen Wald. Nun, unsere Führer sind bleich, blutentleert, leer von morgenländischem Blut und bleich wie abendländische Köpfe. Geführt von der Finsternis kamen wir hierher.

Der falsche Balthasar
zum bleichen Führer, weiß wie die Flecke der Fingernägel

Der Sohn eines ganz kleinen falschen Gottes
Ist aus Liebe sehr alt gestorben.
Keinerlei Stern weist uns seine Fährte,
Nichts als ein Schatten über der Erde.

Der falsche Kaspar
zum Führer, fahl wie Jungfrauenwachs

Wir tragen an schönen Präsenten
Nicht Myrte, Gold, Weihrauch in Händen,
Nur Schwefel, Salz, Quecksilber führen
Wir bei uns, sein Grab zu verzieren.

Der falsche Melchior
zum Negerführer, elefantenhautfarben

Von seiner Mutter gebrochene Schwüre!
Gestürzte, enthauptete Führer!
Falsche Zaubergötter! Keine Sternenfährte,
Nichts als ein Schatten über der Erde.

Der falsche Balthasar brachte Quecksilber, der falsche Kaspar Salz, und der falsche Melchior brachte Schwefel. Die Finsternis anstelle des Sterns war ein hervorragender Führer gewesen, denn alle drei hielten vor dem Grab, legten ihre Gaben auf der Grabplatte nieder, meditierten eine Weile und zogen sich nacheinander wieder zurück.

Nach ihnen kamen naive Krippenfiguren, die dank des Schattens der Finsternis das Grab bereits kannten. Es waren Bauern, niederes Landvolk, Leibeigene, Diener, Handwerker und Händler, die allerlei Speisen auf dem Grab des Zauberers niederlegten. Sie brachten Wein in Flaschen, Schinken, Würste, Fasanenpasteten, Rosinen, Gewürze, Mohn, Lorbeer, Rosmarin, Thymian, Basilikum, Minze, Majoran, Wacholderbeeren, Kümmel, Geschlachtetes, Schweinefleisch, Wildbret, Obst, Backwerk, Pasteten, Obstkuchen, Brezeln, Sahnetorten, Pfannkuchen, Trockenfrüchte und Konfitüre. Die Geschenke waren so zahlreich, daß sie die Grabplatte verdeckten und daß auch die Gaben der falschen Heiligen Drei Könige nicht mehr zu sehen waren.

Die falschen Krippenfiguren

Geführt vom Schatten der Finsternis, der kimmerischen Finsternis, bringen wir dir, Sohn einer Priesterin, Gaben, die für dich nutzlos sind: schmackhafte Nahrung. Wir schenken dir keine Milchspeisen, denn du verachtest die Herden, und deshalb hörst du auch nicht unsere wohlklingenden Chöre mit üppigen Gesängen. In Wahrheit ist diese selige Nacht die Grabweihnacht, und der gute Wille genügt nicht mehr, wegen der Finsternis, denn du hast kein Licht leuchten lassen.

Dann gingen die falschen Krippenfiguren davon und verschwanden schließlich wie durch Zauberei, und mit ihnen die falschen Heiligen Drei Könige.

Stimme des Zauberers

Es sind zu viele Götter- und Zauberwesen im tiefen dunklen Wald, als daß ich auf diese phantastische Grabweihnacht hereinfiele. Dennoch sind die Geschenke echt, und ich werde vorzüglichen Gebrauch von ihnen zu machen wissen. Verfluchte Phantasie meiner Grabweihnacht! Die wirklichen Gaben der falschen Heiligen Drei Könige sind zu prächtig, so prächtig, daß ich fürchten muß, sie gar nicht richtig würdigen zu können, da ich ihren wahren Preis nicht kenne. Die wirklichen Geschenke der falschen Krippenfiguren erfüllen mich mit Wohlbehagen, und sie lassen mir das Wasser im Munde zusammenlaufen. Ach! Sie haben doch das Brot vergessen. Diese Zauberphantasie ist grausam wie die Willkür. Sie haben das Brot vergessen.

Urganda, die Verkannte
Hexe ohne Besen

Gewiß kann man Papstscheiße zu den seltensten Dingen auf der Erde zählen, doch ein wenig Scheiße von diesem Toten hier würde mich mehr erfreuen. Ich suche diese rare Ware, aber nicht den Leichnam des Zauberers selbst. Ich verabscheue es, mit einem Leichnam zu schlafen, und was kann man neben einem Leichnam anderes tun als zu schlafen.

Ein Hexenmeister

Ich habe vorzügliche Pflanzen und Kräuter gegen Zauberei: Irlandkräuter, Moosfarn, Alraun, weißes Heidekraut. Es ging die Rede, eine Dame habe den Zauberer verzaubert, und jetzt behaupten viele, er sei tot. Ich bin zu spät gekommen, doch ich hatte gute Absichten.

Die Elfen
mit gläsernen Schuhen

Das Zaudern ist machtlos gegen den Willen. Du vermagst nichts. Schwächling!

Der Hexenmeister

Ich habe vier Kinder zu ernähren.

Die Elfen

Armer Mann! Wir verraten dir ein kostbares Geheimnis. Geh in den Ardennenwald, dort findest du einen kleinen Bach voller Perlen, die Amblève, die von Erlen gesäumt ist.

Der Hexenmeister

Habt Dank, ihr gütigen Elfen. Ich habe keinen Grund mehr, den Zauberer zu suchen. Ich werde Perlenfischer.

Es waren auch die arglistigsten Zauberinnen gekommen, in all ihrer Tücke.

Medea

Ich möchte zu gern diejenige küssen, die den Zauberer zu Tode gebracht hat. Ich würde sie küssen, und wenn sie ein Gespenst wäre. Ich habe nicht gelernt zu fliehen. Zauberer! Ich spucke auf den Erdboden, ich möchte auf dich spucken.

Dalila

Rabenmutter, du gabst dem Argonauten das Vlies. Ich aber schnitt meinem Liebsten das Haar ab. Wir liebten beide, du und ich, aber auf unterschiedliche Weise. Du liebtest die starken Männer; ich aber war die tüchtige Frau. Die Dame, die den Zauberer verzauberte, schnitt ihm sicher sein Haupthaar ab, nach meinem Beispiel. Was meinst du?

Medea

Du Läusesucherin, sprich nicht von Zauberei. Ein Langhaariger wird lächerlich, wenn er geschoren wird. Du selbst, wie wärest du, wenn man dir das Haar abschnitte? Weder stärker noch schwächer. Was hättest du gegen den Geschorenen vermocht ohne andere Männer. Und dann war auch noch alles umsonst, deinetwegen. Der Mann war stärker als du, als alle Frauen.

Helena
alt und geschminkt

Ich gestehe, als ich den trojanischen Hirten liebte und er mich, war ich älter als vierzig Jahre. Aber mein Leib war schön und weiß wie mein Vater, der verliebte Schwan, der niemals singen wird. Ich war so schön wie heute, schöner als einst, da der Sieger über die Räuber mich, das junge Mädchen, entjungferte. Ich war sehr schön, denn ich wußte meine Schönheit zu bewahren, da ich nackt blieb und mich jeden Tag im Kampf übte. Wie Polydamne mich in Ägypten gelehrt hatte, verstand ich auch, aus Kräutern Schminke und Liebestränke zu brauen. Ich bin schön, und ich erscheine immer wieder, als Blendwerk oder Wirklichkeit, als glückliche und fruchtbare Geliebte, und ich habe weder meine Liebhaber geschoren noch meine Kinder getötet. Warum auch sollte ich die Männer töten? Sie verstehen es, einander zu töten, ohne daß wir es verlangen. Ich möchte zu gern wissen, warum diese Dame diesen alten Mann sterben lassen will, der ihr Liebhaber ist, denn er ist gewiß ihr Liebhaber.

Angelica

Weiß man, ob er ihr Liebhaber ist? Sie selbst weiß es, da er sie alles gelehrt hat, alles, was er wußte. Niemand vermag das Rätsel um den Tod des Zauberers zu erraten. Die Männer verstehen es, einander zu töten, ohne daß wir es verlangen. Er lag im Sterben, der junge Mann, den ich eines Tages aufnahm und gesund pflegte, der mich liebte, wie ich ihn liebte. Ich war damals vierzig Jahre alt und schöner denn je. Nein, nein, es gibt keinen Grund, daß eine Frau einen Mann tötet.

Da hörte man klägliche Schreie. Die Hexen, weiblichen Dämonen, Zauberinnen und Magierinnen klagten.

Der weibliche Chor

Im tiefen dunklen Wald schwebt ein lebendiger Geruch, ein Geruch nach Weib. Die Mannswesen sind brünstig, weil eine Unwirklichkeit die Form der Wirklichkeit angenommen hat. Und Angelica ist falsch lebendig im tiefen dunklen Wald.

Der männliche Chor

Ist das so selten und so seltsam? Die Unwirklichkeiten werden zuweilen verständig und nehmen sich dann des Schönen an, von daher rührt ihre Form. Gibt es in diesem Jahrhundert eine schönere Form als die Angelicas? Verständige Unwirklichkeit, wir lieben dich, wir lieben dich, weil du wie wir das Schönste in diesem Jahrhundert suchst: den Leichnam des Zauberers. Doch unser Verstand ist nutzlos, denn ihn werden wir nie wiedersehen, da er begraben ist. Verständige Unwirklichkeit, wir werden dich lieben, um danach auf den Tod traurig sein zu können, denn wir sind auch jetzt verständig, aber zu spät, da wir, weil er begraben ist, den schönen Leichnam, den sehr schönen Leichnam, nicht sehen werden, und weil in Wahrheit all unsere Liebe dich unfruchtbar läßt in unserem formlosen Verstand, obwohl wir dich lieben.

Angelica

In Wahrheit bin ich lebendig und eine glücklich Liebende, glücklicher als Helena, deren Sternenbrüder als

Dioskuren am Himmel funkeln. Ich bin lebendig, lebendig. Ich wurde im Fernen Osten geboren, als Ungläubige und Verfluchte und falsch Lebendige, jetzt aber lebe ich und verfluche euch, ihr Unwirklichkeiten, denn inzwischen wurde ich getauft wie der Zauberer auch.

Der doppelte Chor

Die Chinesin hat wahr geschrien. Das ist jedoch nicht der Schrei der Unschuld, es ist ein erbärmliches Geständnis. Seht, wie sie niederkniet. Vor Scham birgt sie ihre Stirn in den Händen. Kein formgebundener Verstand war je schmerzlicher. Ihre Scham ist das Zeichen für ihre Bosheit. Der schöne Leichnam des Zauberers wäre vielleicht auch schändlich und ist deshalb begraben und unseren Blicken verborgen. Weh! Weh! Vielleicht stinkt der schöne Leichnam.

Der weibliche Chor

Die Lebendige ist nicht Jungfrau. Haben wir Mitleid mit ihr.

Angelica

Ich verfluche euch. Ich bin nicht Jungfrau, aber Königin, Geliebte und Wohlgenannte. Ich werde gerettet werden.

Der ungehörte Chor der himmlischen Hierarchien

Die Wohlgenannte ist Wirklichkeit geworden. Im Namen des stummen Namens, wir werden sie lieben, weil sie sich wohlgenannt hat. Man bereitet ihren Tod vor, weil sie heiß geliebt wird.

Angelica

Ich preise dich traurig, schwarzer Traum, Traum meines Schicksals.

Der ungehörte Chor der himmlischen Hierarchien

Die Vierzigjährige ist schön wie eine junge Jungfrau, weil sie wohlgenannt ist. Sie hat alles vergessen, was heidnisch, magisch und sogar natürlich ist. Ihr Name läßt die Mannswesen zaudern. Man bereitet ihren Tod vor, weil sie niederkniet.

Der männliche Chor

Wir lieben dich, kniende Chinesin, wir lieben dich trotz deines Namens.

Sie schändeten einer nach dem anderen die verständige, schöne und geformte Unwirklichkeit der falschen lebendigen Angelica. Den tiefen dunklen Wald erfüllten alte Wollustschreie. Die Lebendige zuckte lange und starb schließlich an den immer wiederkehrenden Verletzungen. Ihr Leib verendete mit einem letzten Beuteröcheln und krümmte sich auf Knien, bis der Kopf der Toten den Boden berührte. Geier witterten den Geruch des Leichnams, sie kamen trotz der Dunkelheit von überallher und schleppten Fetzen Fleisch von der sichtbaren Toten in die Lüfte davon.

DER UNGEHÖRTE CHOR DER HIMMLISCHEN HIERARCHIEN

Die Seele der unfruchtbaren Vierzigjährigen wurde geläutert durch ein fröhliches Martyrium. Sie wird nackt im Himmel sein, man wird ihr ein Haus aus Feuer geben, denn sie war wohlgenannt.

DIE GESCHÄNDETE

Ich weiß nichts mehr, alles ist unaussprechlich, es gibt keine Finsternis mehr.

EIN ERZENGEL
rasch und unerhört

Sie ist gerettet wegen ihres Namens. Sie hat alles gesagt, sie weiß nichts mehr.

DER ERZENGEL MICHAEL
siegreich und unerhört

Andere wurden einst verdammt trotz ihres Namens. Sagt nicht, sie ist gerettet. Jetzt ist sie zu rein. Sie steigt auf, sie ist rund, sie ist gerecht, sie hat keinen Namen.

EIN CHERUB

Sie ist gerettet, man sieht sie nicht mehr, sie ist bei Gott.

Der männliche Chor

Sie ist Gott ähnlich.

Der ungehörte Chor der himmlischen Hierarchien

Die Wohlgenannte ist gerettet.

Der Erzengel Michael

Sie ist verdammt.

Der Schmerz wartete vergeblich von Sphäre zu Sphäre auf die verurteilte Sphäre. Die Schänder fielen in Betrübnis, mit langen schaurigen Schreien verließen sie den tiefen dunklen Wald. Auf der Waldlichtung lagen die Gebeine der Geschändeten verstreut, von denen die Geier das Fleisch gerissen und in den bewegten Himmel davongetragen hatten. Im tiefen dunklen Wald blieben nur ein paar ahnungslose Feen, die noch den Zauberer suchten.

Madoine

Wennn er betrogen worden ist, dann ist das nur gerecht. Es gibt keinen Mann, der nicht sogar eine Fee betrügen würde, wenn sich die Gelegenheit ergäbe.

Lorie

Du sagst das, meine Schwester, wegen des Ritters Laris, der dich im Wald von Malverne betrog. Ach! Es ist gut, betrogen zu werden, wenn man geliebt worden ist.

Helinor

Das sagst du, weil du vergebens den Sonnenritter Gawein liebst. Die Dame hat den Zauberer nicht betrogen.

Madoine

Der Zauberer ist ganz gewiß betrogen worden, das Schlimme ist, daß er daran starb.

LORIE

Ist sein Tod denn wirklich sicher? Die Dame ist nicht wieder erschienen.

HELINOR

Vielleicht ist sie es auch, die tot ist.

MADOINE

Das ist möglich, und das wäre mir viel lieber, denn ich möchte, daß der Zauberer mich umwirbt. Aber wie sollte die Dame denn gestorben sein?

LORIE

Offensichtlich wußte sie alles. Wenn sie gestorben ist, dann im Kindbett.

HELINOR

Lassen wir die Vermutungen. Alles läßt auf den Tod des Zauberers schließen, und wir haben auch traurige Beweise dafür.

LORIE

Wir haben auch Beweise, daß er lebt.

MADOINE

Das alles weiß er allein.

HELINOR

Und die Dame? Die Dame?

Lorie

Sie wird die Wahrheit niemals wissen.

Stimme des toten Zauberers

Ich bin tot und kalt. Ihr Feen, geht fort! Jene, die ich liebe, die klüger ist als ich selbst und die nicht von mir empfangen hat, wacht noch auf meinem mit schönen Geschenken beladenen Grab. Geht fort. Mein Leichnam wird bald verwesen, und ich will nicht, daß ihr mir das jemals vorwerfen könnt. Ich bin zu Tode betrübt, und wenn mein Körper noch lebendig wäre, würde er Blut ausschwitzen. Meine Seele ist zu Tode betrübt wegen meiner Grabweihnacht, jener ergreifenden Nacht, da eine unwirkliche, verständige und verlorene Form an meiner Statt verdammt wurde.

Die Feen

Laßt uns fortgehen, da alles vollendet ist, und über die unfreiwillige Verdammung nachdenken.

Die Feen zogen davon.

Das Ungeheuer Kapalu, mit einem Katzenkopf, Drachenfüßen, Pferdeleib und Löwenschweif, kam zurück, während die Dame vom See auf dem Grab des Zauberers erschauerte.

Das Ungeheuer Kapalu

Ich habe miaut und miaut, ich habe nur Käuzchen getroffen, die mir versicherten, er sei tot. Ich werde also niemals fruchtbar sein. Diejenigen, die es sind, haben Eigenschaften. Ich gestehe, daß ich keine habe. Ich bin einsam. Ich bin hungrig, ich bin hungrig. So entdecke ich eine Eigenschaft an mir; ich bin hungrig. Daher werde ich etwas zu fressen suchen. Wer frißt, ist nicht mehr allein.

Einige Sphinxe hatten sich von Pans hübscher Herde entfernt. Sie kamen in die Nähe des Ungeheuers, und als sie seine leuchtenden und trotz der Dunkelheit scharfblikkenden Augen bemerkten, befragten sie ihn.

Die Sphinxe

Deine leuchtenden Augen deuten auf ein intelligentes Wesen hin. Du bist vielfältig wie wir. Sag die Wahrheit. Hier ist das Rätsel. Es ist nicht sehr tiefgründig, weil du nur ein Tier bist. Was ist das Undankbarste? Rate, Ungeheuer, damit wir das Recht haben, freiwillig zu sterben. Was ist das Undankbarste?

Die Wunde des Selbstmordes. Sie tötet ihren Schöpfer. Und ich sage das, ihr Sphinxe, als menschliches Symbol, damit ihr das Recht habt, freiwillig zu sterben, da ihr doch ständig im Begriff wart zu sterben.

Die Sphinxe, die Pans hübscher Herde entsprungen waren, bäumten sich auf, sie erbleichten und ihr Lächeln verwandelte sich in fürchterliches und panisches Entsetzen. Schlagartig kletterten sie mit Hilfe ihrer scharfen Krallen bis in die Wipfel der höchsten Bäume und stürzten sich hinab. Das Ungeheuer Kapalu hatte den raschen Tod der Sphinxe mit angesehen, ohne den Grund dafür zu begreifen, denn es hatte nichts erraten. Es stillte seinen ausgezeichneten Hunger mit ihren zuckenden Leibern. Allmählich wich die Dunkelheit aus dem Wald. Da das Ungeheuer das Tageslicht scheute, kaute und leckte und schlang es immer schneller. Bei Anbruch der Morgendämmerung floh das Ungeheuer Kapalu in dunklere Einöden. Als der Tag anbrach, erfüllte sich der Wald mit Geräuschen und blendender Helligkeit. Die Singvögel erwachten, und die alte gelehrte Eule schlief ein. Von all den Worten, die im Laufe dieser Nacht gesprochen worden waren, merkte sich der Zauberer, um darüber nachzudenken, nur den Ausspruch des getäuschten Druiden, der zum Meer aufgebrochen war: »Ich lerne, wieder Fisch zu werden.« Er erinnerte sich auch mit Vergnügen an die Worte des miauenden Ungeheuers Kapalu: »Wer frißt, ist nicht mehr allein.«

Leuchtendes Sonnenlicht fiel in einen frischen blühenden Wald. Die Vögel zwitscherten. Kein menschlicher Laut mischte sich unter die Geräusche des Waldes. Die Dame vom See genoß die ersten Sonnenstrahlen. Kein Gedanke an gegenwärtiges Unglück bedrückte sie, und ihre Freude über das Tageslicht war um so größer, als sie sicher sein konnte, daß der Zauberer, in der Finsternis des Grabes gefangen, davon ausgeschlossen blieb. Die Ameisen und die Bienen mühten sich für das Wohl ihrer Republiken, doch die Dame vom See nahm keine Notiz von ihnen, denn sie verachtete Völkerschaften, Herden und ganz allgemein jede Art von Versammlung. Sie hatte diese Abneigung vom Zauberer übernommen, der ihr Lehrmeister gewesen war. Nur aus Grausamkeit hatte sie den Wald als Todesort für den Zauberer gewählt. Nun beschien die Sonne zur gleichen Zeit in der Ferne eine geschlossene Stadt, die mit Mauern und Gräben voll brackigen Wassers umgeben war. Drei Tore führten in die Stadt mit Namen Orkenise, und in den gepflasterten Straßen liefen Mädchen, Gaukler, Bürger und Domherren umher. Überall öffneten die Läden ihre niedrigen Türen, und man sah Weihrauch aus Alexandria, Pfeffer, Wachs, Kümmel, die Buden der Schuhmacher, der Pelzhändler, der Wechsler, der Tuchhändler, der Goldschmiede, die silberne und goldene Kelche, Geldbörsen und Würfel ziselierten. Aus dieser Stadt war ein Ritter namens Tyolet im Morgengrauen zu Fuß aufgebrochen. Gegen Mittag erreichte Tyolet den Saum des Waldes, in dem der Zauberer wie ein Leichnam ausgestreckt im Grabe lag. Tyolet irrte eine Weile durch den unwegsamen Wald, dann setzte er sich erschöpft am Fuße einer Buche nieder. Schließlich begann er fröhlich zu pfeifen. Nun besaß der Ritter Tyolet eine besondere Gabe: Er konnte mit seinem Pfeifen die Tiere herbeirufen. Das war eine Unruhe, ein Schwirren, ein Springen und Laufen aus allen Richtungen des Waldes. Alle Vögel flogen herbei und ließen sich auf den unteren Zweigen des Baumes nieder, an dem Tyolet lehnte, und alle Tiere eilten heran und bildeten einen engen Kreis um den Pfeifenden. Es kamen die Greife, die Drachen, das Ungeheuer Kapalu, die Tauben, die Leoparden, die Chimären, die Nixen, die Nixlein, die überlebenden Sphinxe, die ständig im Begriff waren, zu sterben, die Füchse, die Wölfe, die Spinnen, die Kriechtiere, die Skorpione, die Drachen, die Kröten, die Heuschrecken, die Frösche und ihre Kaulquappen, die Dachse, die Blutegel, die Schmetterlinge, die Eulen, die Adler, die Geier, die Rotkehlchen, die Meisen, die Dompfaffen, die Grillen, die Nachtigallen, die Katzen, die Werwölfe, Herden magerer und fetter Kühe mit einigen Bullen in ihrer Mitte, die Fledermäuse, die Wiesel, die Fliegen, die Marder, Behemoth, die Bären, die Zikaden, die Ichthyosaurier, die Hirschkühe mit ihren Kitzen, Leviathan, die Hirsche, die Wildschweine, die Kellerasseln, die Schildkröten, die Beutelratten, die Käuzchen, die Wespen, die Ottern, die Nattern, die Aspisvipern, die Pythonschlangen, die Pfauen, die Nachtschwalben, die Bienen, die Ameisen, die Mücken, die Libellen, die Gottesanbeterinnen. Alle Kriechtiere und alle Tiere, die laufen, alle Vögel, alle geflügelten und alle flügellosen Insekten, die Tyolets fröhliches Pfeifen vernehmen konnten, eilten auf seinen Ruf herbei und umringten ihn aufmerksam. Doch dem Ritter wurde bange, als er sich inmitten so vieler Tiere fand. Er richtete sich auf und blickte um sich. Alle Augen sahen wohlwollend auf ihn, und so faßte er sich wieder und sprach: »Ich habe meine besondere Macht mißbraucht. Ich habe nur so zu meinem Vergnügen gepfiffen, und ihr seid alle gekommen. Nun bin ich allein und unbewaffnet in eurer Mitte. Ich bitte euch um Vergebung, daß ich euch ohne Grund gerufen habe. Ihr seht, ich habe nicht einmal Hunde, die ich auf euch loslassen könnte. Ihr seht, ich bin nicht mehr frei, und ich fühle mich feige. Ihr versteht mein Pfeifen, ich jedoch bin ein Fremdling in eurer Mitte, ich verstehe nichts vom Gesang der Vögel, vom Schrei der Tiere, vom Vibrieren der Insektenfühler. Ich bin ein Fremdling. Ich habe euch zusammengebracht, nutzt die Gelegenheit, aber laßt mich ziehen, zu eurem Besten und zu meinem Besten, denn ich kann euch nichts lehren.«

DIE NACHTIGALL

Ach, er hat recht.

DER ICHTHYOSAURIER

Tyolet! Keiner von uns betrachtet dich als Fremdling, doch du hast recht. Wir sind dir fremd.

LEVIATHAN

Geh fort, aber pfeife nicht mehr; sonst könnten dich die Deinen für eine Schlange halten.

Der Kreis der Tiere öffnete sich, und der Ritter Tyolet ging durch den Wald davon und lenkte seine Schritte zur Stadt Orkenise.

Sobald er verschwunden war, kam Bewegung in die versammelten Tiere, die männlichen Tiere scharten sich auf der einen Seite, die weiblichen auf der anderen. In der Mitte blieben ein paar Zwitter und solche, die weder männlich noch weiblich waren. Behemoth verließ die Gruppe der männlichen Tiere und sprach. Alle Tiere verstanden ihn.

BEHEMOTH

Habt ihr den bewundernswürdigen Verstand dieses Menschen bemerkt? Wir sind ihm fremd geworden. Es steckt ein Stück Wahrheit darin, und viel Prahlerei. Zu seinem Besten wäre es gewesen, wenn er bei uns geblieben wäre, doch zu unserem Besten war es, daß er uns zusammengeführt hat und dann feige davongegangen ist. Was mich betrifft, so bin ich euer aller Stimme; ich allein habe alle klaren Ideen, die ihr jeder einzeln habt; wenn es keine Einwände gibt, erkläre ich mich zum Diktator ... Ich bin Diktator. Hört auf die Stimme des Behemoth ohne Ursprung. Wir werden alle angenehm und gesellig in diesem Walde leben, in dessen Mittelpunkt sich ein Grab befindet, und wir wollen jetzt spielen, wer als erster verschwindet. Einige Tiere werden jedoch vom Spiel ausgeschlossen. Ich als Diktator scheide als erster aus, denn ich bin ohne Ursprung, einmalig, unbeweglich und, wie ich glaube, sogar unsterblich. Die Tiere, die weder männlich noch weiblich sind, scheiden aus. Sie setzen ihre vorzügliche Arbeit fort und bringen uns das tägliche Futter. Was die Zwitter betrifft, so ist es recht, sie zu töten, denn sie haben schon seit langem keine Daseinsberechtigung mehr.

Nach diesen Worten Behemoths stürzten sich die Tiere auf die Zwitter, die sich ohne Widerstand töten ließen, so vernünftig erschien ihnen die Rede des Diktators. Die fleischfressenden Tiere kamen auf diese Weise zu ihrer ersten Mahlzeit. Das Ungeheuer Kapalu stillte erst seinen gewaltigen Hunger, der seine einzige Eigenschaft war. Dann pflanzte es sich vor Behemoth auf und protestierte: »Es mag sein, daß gewisse Tiere, die weder männlich noch weiblich sind, aus familiären Gründen für andere arbeiten müssen; ich jedoch werde nicht arbeiten. Ich bin nicht fruchtbar, das ist wahr, doch ich besitze einen ausgezeichneten Appetit, der mich mit anderen Wesen in Berührung bringt, und mehr verlange ich nicht. Außerdem bin ich ein schlechter Arbeiter, und wenn ihr euch auf mich verließet, würdet ihr Gefahr laufen zu verhungern. Zwar besteht das Ziel eures Experimentes darin, daß man umkommt, doch da mir im Grunde nichts an euch liegt, bin ich lieber frei. Lebt wohl.«

Und das Ungeheuer zog sich miauend zurück.

Dann sprachen die Nixen:
»Auch wir ziehen uns lieber zurück, denn wir erstreben ein anderes Ziel. Wir hoffen auf den Kuß eines Menschen. Eben noch hatten wir den pfeifenden Ritter darum bitten wollen, doch ach, er ist fortgegangen, ohne unsere schönen Lippen gesehen zu haben. Wir haben keinen Grund, bei euch zu bleiben, wir hoffen auf Verwandlung durch eines Menschen Kuß. Lebt wohl.«

Behemoth

Ihr Nixen, die ihr euch fremd wähnt in unserer Mitte, ihr täuscht euch über die Herkunft des Menschen und über die eurige. Andere sind einer Verwandlung näher als ihr. Und der Mensch selbst, was erhofft er? Nur verworrenes Zeug, und doch ist er einer Verwandlung näher als ihr.

Aber die Nixen verstanden den Sinn der Rede Behemoths nicht und schlängelten davon mit ihren Nixchen zu ihrem leicht erreichbaren Lager, während sie sich die Lippen leckten, um sie röter erscheinen zu lassen.

Dann sprachen die Sphinxe:
»Auch wir haben ein anderes Ziel. Wir geben Rätsel auf, um das Recht zu haben, freiwillig zu sterben. Lebt wohl.«

Behemoth

Soll sie doch fortgehen, diese Herde, die ständig im Begriff ist zu sterben. Wenn sie bliebe, fände das Spiel niemals ein Ende. Sie wären die Sieger, da wir nur Tiere sind. Ihr hübschen Sphinxe, geht nach Orkenise oder Camelot, dort findet ihr vielleicht scharfsinnige Gelehrte, die nichts vernachlässigen, weder Fasten noch Nachtwachen, damit ihr freiwillig und mit Pomp sterben könnt.

Die Sphinxe

Behemoth, gibt uns keine Ratschläge! Hier, in der Nähe des Grabes sind Sphinx-Gebeine verstreut. Es könnte sein, daß wir sterben, wenn wir bei euch bleiben, aber nicht durch euer Zutun. Zu eurem Besten gehen wir fort und suchen anderswo den Freitod. Lebt wohl.

Die hübsche Sphinx-Herde stob davon und gesellte sich wieder zu ihrem Hirten Pan.

Die Skorpione

Wir gehen auch. Wir haben ein anderes Ziel, wir wollen freiwillig sterben, aber nicht so wie die Sphinxe. Wir sterben nach unserem eigenen Willen. Wir erhoffen den Freitod nicht, wir praktizieren ihn bei gegebenem Anlaß, wenn es uns gefällt. Lebt wohl.

Behemoth

Skorpione, ihr seid ungerecht. Geht fort, ihr seid es nicht wert, zu leben, nicht einmal, um einen unfreiwilligen Tod zu erleiden.

Nachdem die Skorpione fortgegangen waren, blieben am Grabe des Zauberers nur noch die Tiere zurück, die zu diesem Experiment bereit waren. Die Tiere, die weder männlich noch weiblich waren, gingen ihrer Gewohnheit gemäß auf die Suche nach dem täglichen Futter. Auf ein Zeichen Behemoths vermischten und paarten sich die Tiere unterschiedlichen Geschlechts gemäß ihrem Geschmack und ihrer Art.

Der tote Zauberer hatte alles gehört, und da er Herden, Völkerschaften und allgemein jede Versammlung verabscheute, packte ihn ein heftiger Zorn, und er schrie; und seine Stimme blieb ungehört im blühenden durchsonnten Wald.

Stimme des Zauberers

Ihr Tiere im Wahn, seid ihr so weit entfernt von eurer bevorstehenden Verwandlung, daß das roheste Vieh, der bewegungslose Behemoth ohne Ursprung, euch überzeugen konnte? Seht ihr denn nicht? Er ist unbeweglich, dieser Diktator. Glaubt mir, ich liebe euch, und ich kenne einen jeden von euch bei Namen. Geht auseinander und sucht einander nicht, es sei denn, ihr habt Hunger und wollt einander verschlingen.

Die Tiere hörten die Stimme des Zauberers nicht und fuhren fort mit ihren tödlichen Begattungen unter der unfruchtbaren Diktatur Behemoths.

Seit der Ritter Tyolet gepfiffen hatte, spürte der Zauberer, wie eine gewaltige Arbeit an seinem Leichnam vonstatten ging. Alle Schmarotzer und verborgenen Wesen, die sich langweilen, solange der Mensch lebt, eilten herbei, trafen aufeinander und begannen sich zu ernähren, denn es war die Stunde der Verwesung. Der Zauberer verfluchte all diese Horden, doch er wußte, daß die Arbeit, mit der die weißen Knochen freigelegt werden, gut und notwendig war. Er freute sich sogar, wenn er sich vorstellte, daß sein Leichnam noch für einige Zeit von Leben erfüllt sein würde.

Der verwesende Zauberer

Das Pfeifen, der menschliche Ruf seit Anbeginn, vereinte die ersten Völkerschaften. Es war der Sammelruf für die ersten Herden. Der Ritter Tyolet hatte ein gutes Gedächtnis, er hat sich an das Pfeifen aus Urzeiten erinnert. Das ist schlimm für mich. Dieses Pfeifen führt heute zu meiner Fäulnis. Mein Körper, mein armer Körper, es ist gut, daß du unter der Erde verwest. Gräber sind ehrlicher als Urnen, doch sie bieten zuviel Platz. Ihr Tiere im Wahn, geht weit fort vom Behemoth ohne Ursprung. Ich beschwöre euch, macht Feuer, sucht Feuer, findet echtes Feuer, und wenn es euch gelingt, Feuer zu rauben, dann verbrennt die Leichen. Auf, ihr Tiere, die Stunde der Brunst ist vorbei, jetzt beginnt das eigentliche Spiel. Wer stirbt zuerst? Ihr armen Tiere mit den traurigen Augen, trennt euch, noch ist Zeit, beendet das tödliche Spiel, das nur dem Behemoth Nutzen bringt.

Die Tiere jedoch fuhren fort mit ihrem schaurigen Liebesspiel. Auch die Dame vom See, die vom Zauberer den

Haß auf Herden, Völkerschaften und Versammlungen übernommen hatte, geriet in Wallung.

Die Dame vom See

Tiere! Lauter Tiere, doch kein einziger Fisch, weder aus dem Meer, noch aus dem Süßwasser! O Niedertracht des Pfeifens, das ruft und vereinigt. Ich schreie! Meine Schreie sind schrill, sie schrecken und zerstreuen. Ihr Tiere, zerstreut euch vor Schrecken! Ihr mageren Kühe und fetten Kühe, ihr Bilder eines morgendlichen Wahr-Traumes, welche Hungersnot und welchen Überfluß kündigt ihr an? Zerstreut euch, ihr Fabelwesen und ihr lebendigen Tiere!

Die Stimme der Dame vom See weckte das Echo des blühenden durchsonnten Waldes. Die Tiere hörten auf, sich zu paaren und flüchteten traurig und erschreckt. Behemoth verschwand auf der Stelle, ohne sich zu bewegen. Leviathan lief zum nahen Fluß und erreichte schwimmend den Ozean, auf dessen Grund er hinabtauchte, ohne der Feststellung der Dame vom See über die Fische zu widersprechen. Die anderen Tiere zerstreuten sich, und ihre verschiedenen Laute trübten noch lange die Freude der Dame vom See auf dem warmen, mit Geschenken beladenen Grab.

Der verwesende Zauberer

Zum erstenmal bedaure ich es, daß ich tot und unlogisch bin. Das Spiel muß, obwohl abgebrochen, doch ein Ergebnis gehabt haben. Die Tiere wissen sicher, wer zuerst gestorben ist. Es muß in der Nähe meines Grabes ganz gewiß Kadaver geben.

Die Dame vom See hörte Merlins Stimme nicht, und sie war nicht neugierig auf die Ergebnisse des Spiels. Es hatte sich jedoch das Gerücht von dieser großen Zusammenkunft verbreitet. Mit Beginn der Dämmerung war auf der Waldlichtung ein ununterbrochenes Kommen und Gehen von Städtegründern. Zuerst kamen die neun Telchinen, düster und nackt, und machten auf der Lichtung halt.

DIE TELCHINEN

Hier ist der Platz der neuen, bereits verlassenen Stadt, der Boden ist durchlöchert von Höhlen und Ameisenhaufen, in den Baumhöhlen hatten Bienenschwärme ihren Bau. An den Zweigen hängen klägliche Nester voller nutzloser Eier. Die Tiere sind geflohen. Der Diktator, obgleich unbeweglich, ist verschwunden. O Lindos, Stadt der Rosen, die wir auf Rhodos bauten, wirst du eines Tages dieser verlassenen Stadt gleichen? O Lindos, glückliche Stadt, du Frucht unserer Verbannung. Von dir aber, Stadt der Tiere, wird nichts bleiben, nicht einmal ein Name. Es sind Tote in der verlassenen Stadt!

Die Telchinen sammelten ein paar Leiber auf, die auf der Lichtung lagen.

In diesem Augenblick schlief die Dame vom See vor Erschöpfung auf der warmen, mit Geschenken beladenen Grabplatte ein.

DER VERWESENDE ZAUBERER

Das ist ein göttlicher Augenblick, ich werde das Ergebnis des Spiels erfahren. Wer ist zuerst oder zuletzt gestorben? Aber es muß heißen: zuerst.

DIE TELCHINEN

Die da starben, waren geflügelte Wesen.

Die Telchinen legten die Leiber ehrfürchtig da nieder, wo sie sie gefunden hatten, und gingen davon, zum Meer, das sie als erste zähmten.

Der Zauberer

Die ersten Toten waren geflügelte Wesen. So weiß ich also die Wahrheit über den Tod und über die Flügel.

Dann kam ein Mann von hohem Wuchs und verharrte lange an der Stelle, wo Behemoth gelegen hatte. Er sammelte nacheinander die geflügelten Leiber auf, betastete sie und warf sie mit trauriger Miene wieder auf die Erde. In diesem Augenblick war die Nacht hereingebrochen, und der Wald war wieder tief und dunkel.

Kadmos

Seltsame Stadt, in der so viele Arten zusammenkamen! Sobald es die ersten Toten gab, hat man die Stadt verlassen. Und die Toten? Alle geflügelt und ohne Zähne. Glückliche Stadt, erspart bleiben ihr die Schrecken von Thebais, das Grauen der Hungersnöte und die Verzweiflung des Wassermangels. Ich bin umsonst gekommen, meine Geschicklichkeit mit Zähnen ist hier nicht vonnöten. Die ersten Toten waren geflügelt und ohne Zähne.

Und Kadmos wandte sich nach Osten und gelangte in Etappen nach Ungarn, wo er Quellen zu finden hoffte, die von Drachen bewacht wurden.

Dann kam ein magerer Mann mit furchterregendem Blick, der sich niederhockte und voller Inbrunst ein Kruzifix an seine Brust drückte.

Sankt Simeon der Stylit

Ohne es zu wollen habe ich eine Stadt gegründet. Die Menschen haben sich um meine Säule versammelt, so entstand die unnütze Stadt. So wurde ich durch meinen Hochmut, leiden zu wollen, zur Ursache für alle Sünden meiner sündigen Stadt. Ihr Tiere habt unrecht daran getan, euch zu zerstreuen. Gott liebt, die zusammenbleiben und so seinen Ruhm verkünden. Er befahl Noah ausdrücklich, von allen Tieren je ein Paar mit in die Arche zu nehmen. Er segnete Labans Herden. Er ließ die Hunde zusammenlaufen, um den Leichnam der gottlosen Isebel zu fressen. Herr, du hast nur geflügelte Wesen, deine Lieblinge, sterben lassen. Herr, deine Engel haben Flügel. Ich, der Verfluchte mit den schrecklichen Wundern, ich hockte auf einer hohen Säule wie ein Vogel, und während ich Wunder tat, wurde ich, je nach der Witterung, von Versuchungen geplagt. Ardaburius schoß Pfeile auf mich ab wie auf einen Vogel.

Der Zauberer

Du verließest die Städte und die Erde, auf die sich die Städte gründen. Da du über der Erde warst, ließest du dich durch die Nachbarschaft der Vögel täuschen; diese, die zuerst sterben, taugen nur zu Prophezeiungen. Ihr Flug ist oft Orakelspruch und gleichermaßen Fluch. Niemand ahme sie nach, die geflügelten Wesen, sie sterben zuerst. Was sprichst du da von Engelsflügeln? Ich habe keine Flügel, und doch bin ich ein Engel, bis auf die Taufe. Du selbst bist ein Engel, bis auf die Taufe, o Wundertäter!

Sankt Simeon der Stylit

Erinnere dich noch lange an deine Taufe. Leb wohl, du unterscheidest dich von mir wie die unterirdische Totengruft von der in den Himmel ragenden Säule.

Er ging davon. Die Würmer setzten eifrig ihr Werk im Körper des Zauberers fort. Die Nacht verstrich, und am Morgen weckten die ersten Sonnenstrahlen die Dame vom See. Sie schlug schläfrig die Augen auf und sah eine letzte Feder durch die Luft schweben.

Die Nacht war still im tiefen, uralten Wald.

Ein kupferner Ritter, gewaltig und wunderbar, kam zum Fuße eines steilen Felsens, auf dem sich ein stolzes Schloß erhob. Der Ritter lenkte sein Schlachtroß auf einen abgelegenen Pfad, der zum Portal führte. Der Bläser hoch oben auf dem Turm bemerkte die Ankunft des Ritters. Er blies in sein Horn, und als der kupferne Ritter, gewaltig und wunderbar, am Schloßgraben anlangte, in dem sich das Mondlicht spiegelte, ertönte eine Stimme vom Turm, die fragte: »Was ist euer Begehr?« Er antwortete: »Das Wagnis dieses Schlosses.«

In der schlafenden Stadt Orkenise heulten die Hunde in den Höfen den Mond an. Die Tore der Stadt waren verschlossen. Aus einem Haus an den Festungswällen, dessen Fenster auf die Felder und auf die Straße an der Stadtmauer von Orkenise gingen, erklang eine weibliche Stimme, die unvergleichlich sang:

War einst ein Goldschmied, schön und blond in Orkenise,
Die Mädchen schliefen seinetwegen schlecht bei Nacht,
Kam abends eine Dame zu ihm glutentfacht,
Zu jenem Goldschmied schön und bleich in Orkenise.

»Komm, suchen wir uns Hand in Hand ein Tal, ein helles,
Als Spange deines Kragens nimm die Finger mein,
Faß unser golden Haar mit ihrer Blässe ein,
Wir wolln uns lieben, bis die Taufe wir vergessen.«

Im Land Escavalon, in seine Gärten fließen
Der Mädchen Tränen voll Enttäuschung Jahr für Jahr.
Die Arme sind ermattet, grau ist längst das Haar,
Geschmeide schwer des Goldschmieds dort in Orkenise!

Im spärlichen Licht blakender Lampen gebar die Königin auf Schloß Camelot. Die Hebammen umstanden das Lager, die Ärzte in dunklen Mänteln mit Hermelinbesatz warteten abseits. Der König führte Krieg in fernen Gegenden. Unter Schmerzen gebar die Königin ein Mädchen, dann ein zweites. Die Schreie der Kreißenden waren verstummt, die Neugeborenen erfüllten den Saal mit Geschrei.

Das Portal öffnete sich. Herein kam der kupferne Ritter, gewaltig und wunderbar. Kein Laut störte das schlafende Schloß. Der Ritter ließ sein Roß im Hof und erklomm die Stufen. Zum Kämpfen bereit gegen Mannen und Drachen, schritt er durch verlassene Säle, die nur der Mond erhellte.

Auf der Straße an den Festungswällen von Orkenise hoben drei vorüberziehende Gaukler den Kopf und sahen, daß die singende Dame am Fenster ihr Haar kämmte. Just als sie vorübergingen, fiel etwas vor ihre Füße. Einer der drei bückte sich und hob einen Kamm voller Haare auf.

Man legte die Zwillingsprinzessinnen in ihre geschmückten Wiegen. Da trat ein häßlicher Zwerg herein, gefolgt von einem Astrologen. Der Zwerg stotterte: »Sind das wirklich die Töchter unseres Herrn? Sie haben doch allenfalls meine Größe!« Die Kammerzofen prusteten, und die Ärzte murmelten, als der Kaplan eintrat, um die Zwillingsprinzessinnen zu taufen.

Der kupferne Ritter, gewaltig und wunderbar, betrat einen dunklen Saal, der sich plötzlich erhellte, und er erblickte eine furchterregende Nixe, die auf ihn zuschlängelte. Der Ritter schickte sich an, zu kämpfen, als plötzlich eine tiefe mitleidsvolle Liebe in ihm erwachte, denn das Ungeheuer hatte Frauenlippen, feuchte Lippen, die sich den seinen näherten. Ihre beiden Münder berührten sich, und während sie sich küßten, verwandelte sich die Nixe in eine echte liebende Prinzessin. Unterdessen erwachte das Schloß.

Im weißen Morgenlicht zogen die Gaukler ihres Wegs. Sie trugen abwechselnd den versehentlich zu ihnen herabgefallenen Kamm. Und in Orkenise sang in mondhellen Nächten die Dame am Fenster.

Als der Kaplan die Zwillingsprinzessinnen getauft hatte und wieder gegangen war, kamen die Feen und beschenkten ihre Patentöchter, während die Wöchnerin schlummerte, die Zofen schwatzten und die alten Weiber spannen. Beim ersten Schimmer der Morgendämmerung huschten die Feen durch den Schornstein davon.

Liegend im Grabe, dachte der Zauberer an die Fische und an die geflügelten Wesen. Auf dem Boden der Lichtung verwesten in der Sonne die ersten Toten, die geflügelten Wesen. Auf der warmen, mit Geschenken beladenen Grabplatte saß die Dame vom See und langweilte sich. Sie hatte die Stimme des Zauberers schon lange nicht mehr gehört. In ihrer Einsamkeit sehnte sie sich nach der Zeit zurück, da sie, als unermüdliche Tänzerin, den Zauberer verzauberte, da sie seine Liebe täuschte. Die Dame träumte von ihrem Palast voller Edelsteingefunkel am Grunde des Sees.

Sechs Männer kamen in den Wald. Es waren jene, die nie gestorben waren.

HENOCH

Wenn mein Körper tot wäre, dann wäre ich ganz und gar tot. Ich, der ich nicht starb, aber wiederkommen werde zum Sterben, ich wundere mich, daß du gestorben bist vor der Wiederkunft.

DER ZAUBERER

Du hast vor mir gelebt, lange vor mir, vorsintflutlicher Zauberer. Alles ist verändert seit deiner Zeit. Warum weißt du nicht, was alles geschehen ist, wenn du doch immer gelebt hast?

HENOCH

Du Epileptiker, erwarte keine Geständnisse von mir. Frage nichts. Uns war ein Retter versprochen in den Zeiten. Ist man ganz sicher, daß er gekommen ist?

Der Zauberer

Warum fragst du mich, du, der du mich so genau kennst? Patriarch, wer ist denn kein Retter? Vielleicht bist du einst selbst der wahre Retter, wenn du wiederkommst zum Sterben. Ich muß dir gestehen, daß ich getauft bin.

Henoch

Ach, das kann ich von mir nicht sagen. Zu meiner Zeit war das Wasser nicht viel wert.

Der Zauberer

Verwirre mich nicht mehr, du hinterhältiger alter Frömmler. Laß mich in Frieden …

Henoch

… bis deine Gebeine, die verstreut werden, wieder zusammenrücken!

Elia

Prophet! Was denkst du von mir?

Der Zauberer

Zwitter! Es ist ungerecht, daß du nicht gestorben bist.

Elia

Poet! Beunruhige dich nicht, ich werde wiederkommen zum Sterben wie alle Zwitter. Was dich aber betrifft, so könnten selbst die fünzehn Zeichen des jüngsten Gerichts dich nicht wieder auferwecken.

Der Zauberer

Du bist ein schlechter Prophet.

Elia

Mensch, ich schwöre dir, du erhoffst zuviel von der Verwesung.

Der Zauberer

Du irrst dich! Ich hätte mich lieber verbrennen lassen, und es wäre besser, du wärest verbrannt worden.

Elia

Ich bin kein Leichnam, sondern ein ruhmreicher Prophet.

Der Zauberer

Du bist nur ein Zwitter.

Empedokles

Du Philosoph des Grabes, warum bist du tot und warum weiß jedermann, daß du tot bist?

Der Zauberer

Ich bin aus Liebe gestorben.

Empedokles

Du wußtest alles.

Apollonios von Tyanos

Würdest du mir besser antworten als die Gymnosophisten?

Der Zauberer

O du keuscher Philosoph, hüte dich vor Bohnen, verkündige deine Seelenwanderungen, trage weiße Gewänder, aber zweifle nicht am Tod, im Abendland. Man hütet und ehrt dein Grab, wie du weißt, in Lindos auf Rhodos. Du bist noch nicht weit genug umhergereist.

Isaac Laquédem

Bin ich genug gereist seit Jerusalem?

Der Zauberer

O reicher Reisender, ich bin unbeschnitten und getauft, und doch war ich in Jerusalem, aber auf anderen Wegen als auf dem Kreuzweg, und ich war in Rom auf anderen Wegen als auf all jenen, die dorthin führen. Du magst viel wissen, doch du kannst nicht lehren, du magst viel sehen, doch du kannst nicht deuten ...

Isaac Laquédem

Leb wohl!

DER ZAUBERER

Beeile dich! Ich kannte alles, was mir ähnlich ist.

DER MAGIER SIMON

Kennst du die Flügel?

Der Zauberer

Vor wenigen Tagen sind die geflügelten Wesen als erste im Wald gestorben.

Der Magier Simon

Wegen ihrer Flügel?

Der Zauberer

Vielleicht.

Der Magier Simon

Was nützt es dir, daß du tot bist, wenn du keine genaue Antwort geben kannst? Ich werde dir etwas Schönes schenken, aber sag mir die Wahrheit, da du doch alles wußtest.

Der Zauberer

Alles, was mir gleicht. Hast du die Absicht, mir Brot zu schenken?

Der Magier Simon

Brot! Aber was für Brot möchtest du? Ungesäuertes Brot?

Der Zauberer

Geknetetes Brot, richtiges Brot! Willst du mir welches geben?

Der Magier Simon

Bitte mich lieber um ein Wunder.

Der Zauberer

Deine Wunder sind unnütz.

Der Magier Simon

Sind die Flügel etwa unnütz?

Empedokles

Sprich über den Freitod, du, der du lebendig in deinem Grabe bist.

Der Zauberer

Wenn die Frucht reif ist, löst sie sich und wartet nicht, bis der Gärtner sie pflückt. Also tue auch der Mensch, als die Frucht, die frei am Baume der Erkenntnis reift. Aber ihr, die ihr nicht starbt, ihr sechs im Wald, wie die Finger an der Hand und ein Dolch in der Hand, warum schließt ihr euch nicht zusammen, warum krümmt ihr euch nicht? O ihr Finger, die ihr doch wühlen könntet; o Faust, die doch den Dolch führen könnte; o Hand, die doch schlagen könnte, die den Weg weisen könnte, die an der Verwesung kratzen könnte. Vorsintflutlicher! Zwitter! Ewiger Jude! Vulkanischer! Magier! Keuschheitslamm! Ihr seid nicht gestorben, ihr seid zu sechst, wie die Finger der Hand und ein Dolch in der Hand, warum handelt ihr nicht, wie die Hand, die erdolcht? Ach! Es ist gar zu lange, daß ihr nicht unsterblich seid.

Apollonios von Tyanos

Schweigen macht unsterblich.

Der Zauberer

Schweig, Schweigsamer!

Die Vögel sangen, und die Dame vom See saß auf der warmen, mit Geschenken beladenen Grabplatte und langweilte sich. Eine Libelle schwebte über die Lichtung, und da sie immer wieder in die Nähe des Grabes kam, fand die Dame Vergnügen daran, ihren Flug mit den Augen zu verfolgen. Die Libelle schleppte ihre leere Puppe mit sich, und bald erkannte die Dame vom See diese Libelle.

Die Dame vom See

Wasserjungfer, die du mich in meiner Einsamkeit erheiterst, sagt man nicht deinetwegen an gewissen Tagen voller Regen und Sonnenschein, der Teufel schlüge seine Frau? Hat der Teufel also auch Vorurteile und seine Frau keine Skrupel? O Libelle, deine Liebe, deine ganze Liebe wiegt wohl nicht viel schwerer als ein Skrupel, und doch liebt ihr euch, Wasserjungfer und Teufelin. Der Teufel selbst wird an gewissen Tagen so klein, daß er nicht einmal mehr so schwer wiegt wie ein Skrupel, wie deine Libellenliebe; und dieser kleine Teufel reitet dich an gewissen Tagen. Ich bin keine Teufelin, nicht einmal eine Zauberin, sondern eine Verzauberung, ich habe jede Mannesliebe zurückgewiesen, so wie du und die Teufelin auch, ich habe die Liebe des Zauberers getäuscht. Ich bin wie du und die Teufelin; ich finde, der Teufel, der Zauberer und alle Männer sind zu alt. Kein Mann vermag uns zu lieben, denn wir gehören alle einem anderen Zeitalter an, uralten Zeiten oder zukünftigen Zeiten. Die Männer halten uns alle für Phantome; was macht man mit Phantomen? Man verlangt, daß sie weissagen, man hat Angst vor ihnen, und nach einiger Zeit versucht man sich ihrer zu bemächtigen. Ach, wie kann man sich eines Phantoms bemächtigen. Und wenn es sechs Männer wären, könnten sie das Phantom nicht packen. Aus diesem Grunde, wegen dieses Mangels an Feingefühl, sind wir ohne Liebe, ohne Freundschaft. Was uns zermürbt, ist die Tatsache, daß wir als Phantome betrachtet werden, die höchstens zum Weissagen taugen. Das Gebären ist unsere beste Weissagung, die genaueste und unsere ureigenste. Das wissen die Männer. Das wahre Unrecht des Teufels, des Zauberers und aller Männer besteht darin, daß sie uns für Phantome halten, daß sie uns wie Phantome behandeln, obwohl wir doch nur fern sind, aber fern in die Zukunft hinein und in die Vergangenheit zurück, so daß der Mann das Zentrum unserer Entfernung ist; wie ein Kreis umgeben wir ihn. Man kann sich nicht des Frühlings bemächtigen, man lebt in ihm, im Zentrum seiner Entfernung, und man nennt den schönen blühenden Frühling nicht ein Phantom. Der Mann müßte in uns leben wie der Frühling. Den Frühling hat er nicht immer, aber uns hat er immer: eine Verzauberung, die Teufelin oder die Libelle. Statt dieses schöne Leben zu genießen im Zentrum unserer Entfernung, versucht er, sich unsrer zu bemächtigen für die Liebesumarmung.

Der Zauberer

Die Frauen kennen die Liebe nicht, und der Mann, kann der Mann diese in der Frau verkörperte Liebe lieben? Niemand versteht zu lieben. Die Frauen wünschen die Liebe; und die Männer, wonach verlangen die Männer?

Der Zauberer besann sich auf die Trugbilder, die Morgana zu seiner Verfügung zurückgelassen hatte. Er wollte zwei davon herbeizaubern und rief dreimal: »Die zwei Erfahrensten in der Liebe, unter den Weisen!«

Und die Stimme des Zauberers ließ die Trugbilder von Salomo und Sokrates erscheinen. Er sagte zu ihnen: »Was habt ihr am liebsten?«

SALOMO

Nichts ist vergleichbar mit dem ... einer Hinkenden.

SOKRATES

Nichts ist vergleichbar mit dem ... eines Grindigen.

Die Trugbilder verflüchtigten sich. Die Dame vom See hatte die Stimme des Zauberers nicht vernommen, doch sie bemerkte die Trugbilder und hörte die Stimmen in der Ferne. Die Libelle war verschwunden, die Dame vom See schrieb ihr die ausschweifenden Trugbilder zu.

DIE DAME VOM SEE

Sie hat es geschafft, die Libelle. Die Mädchen sollen hinken, und die Jungen sollen grindig sein. Die Familienväter werden ihre Töchter verkrüppeln und die bösartigen Köpfe der Söhne hätscheln. Aber es gibt auch noch Mädchen, die nicht hinken. Vielleicht werden sie sich rächen. Nein, sie sollen sich nicht rächen, denn sie sind keusch. Sich nicht rächen heißt schweigen. Sollen sie schweigen, die Keuschen, denn keusch sein heißt schweigen wie der erste Märtyrer Stephanus, der seine Steinigung in Demut ertrug.

Die Dame vom See hob den Kopf und sah vier Fliegen in der Luft tanzen.

DIE DAME VOM SEE

Die Fliegen, diese Tänzerinnen, sind mir ähnlich. Doch sie sind nicht einsam, sie schwirren in der Luft, wenn der

Frühling verblüht und vergeht. Sie kommen zu viert, und manchmal zu fünft, um in der Luft zu schweben. Sie bilden ein Rechteck, in jeder Ecke eine Fliege, und die fünfte, wenn sie da ist, in der Mitte. Und sie schweben dann, stundenlang, kommen einander näher und fliehen einander, immer zu zweit, in der Diagonalen. Sie tanzen lange, leicht und wollüstig. Und wenn sie schließlich ermattet sind, fliegen sie zur Fäulnis. Nach dem Flug der verliebten Libelle ist dies hier der Tanz der Fliegen. Die Fliegen sind höllisch wie die Wasserjungfer. Nach ihrem Tanz suchen sie verfaulte Speise und wünschen den Tod für alles, was verwesen kann. Der Tanz der Fliegen ist ein Totentanz für jedweden Tod, auch für ihren eigenen, denn die Spinne spannt ihre Netze zwischen Stamm und Zweig, und ein Sonnenstrahl spielt auf den gesponnenen Fäden, und vielleicht schwingen die gesponnenen Fäden verlokkend im Wind.

Circe ist durch den Wald gegangen. Es gibt keinen Mann mehr auf Erden, das bewirkte die Macht der Zauberin. Heute ist jeder Mann eine Herde Schweine und zugleich ihr Hirt. Der Hirt zeigt den Schweinen den Himmel, sie schnaufen und grunzen zur Erde. Der Hirt zwingt die Schweine mit dem Treibstachel, die Schnauzen zu heben, und sie schnuppern zum Himmel hinauf, die gierigen Schweine. Da ist ein Futtertrog am Himmel: diese große Sonne voller Verdammnis. Schweine und Hirt marschieren am Himmel, den Rücken zur Erde gekehrt. Wenn die Nacht kommt, bleibt nur noch ein leerer Mond. Die Schweine grunzen nach ihrer Erde, die jetzt ein Planet an ihrem neuen Himmel ist. Der Hirt hat die Herde getrieben, und er hat gesagt: »Um die Erde zu sehen, muß man im Himmel sein.« Ach, wie sollten jene, für die der Himmel die Weide ist, die Erde sehen, wenn sie ihr den Rükken zukehren?

DER ZAUBERER

Dame, die ich liebte, für wen verschenkst du deine Gleichnisse im Wald, wo ich allein dich hören kann? Du sprichst von dem Mann, du sprichst von jener schlecht gehüteten Herde, die zur Sonne läuft. Was soll ich von der Frau sagen, jenem Frühling, der nutzlos ist für Hirt und Schweineherde, da der Boden unter den Eichen im Frühling nicht von Eicheln bedeckt ist?

Die Dame vom See

O Freude! Ich höre dich noch, mein Geliebter, der du alles wußtest, was ich weiß.

Der Zauberer

Du, die ich liebte, sprich nicht vergebens. Die Frau und der Mann sind einander nicht ähnlich, aber ihre Kinder sind ihnen ähnlich.

Doch wir sind einander ähnlich, denn ich habe dich alles gelehrt, alles, was mir ähnlich ist. Wir sind einander ähnlich, und wir haben keine Kinder, die uns ähnlich sind. O du, die ich liebte, du bist mir ähnlich.

Wir sind einander ähnlich, aber Mann und Frau sind einander nicht ähnlich. Es ist eine Herde mit ihrem Hirten, er ist ein Feld mit seinem Schnitter, er ist eine Welt mit ihrem Schöpfer. Sie ist der nutzlose Frühling, das niemals ruhige Meer, das vergossene Blut. O du, die ich liebte, du, die mir ähnlich ist, du bist auch allen anderen Frauen ähnlich.

Die Dame saß auf dem warmen Grab des Zauberers und träumte vom Frühling, der verblühte und verging.

Der Zauberer

Du, die ich liebte, ich weiß alles, was mir ähnlich ist, und du bist mir ähnlich; aber alles, was dir ähnlich ist, ist mir nicht ähnlich. O du, die ich liebte, erinnerst du dich an unsere Liebe? Denn du hast mich geliebt! Erinnerst du dich an unsere Zärtlichkeiten, die wie der Sommer waren mitten im Winter. Erinnerst du dich? Ich weinte auf deinen Knien, vor Liebe und weil ich alles wußte, auch meinen Tod, den ich deinetwegen liebgewann, deinetwegen, die davon nichts wissen konnte. Als ich noch lebte für unsere Liebe, dachte ich an dich, selbst während meiner schrecklichsten Epilepsieanfälle. O du, die ich liebte und deretwegen die Würmer seit meiner Geburt, o Zeiten im Mutterleib, sich geduldeten, sag mir die Wahrheit ...

In diesem Augenblick war der Frühling verblüht und zu Ende, die Dame vom See erbleichte, sie richtete sich auf, hob mit kühner Hast ihr makelloses Kleid an und entfernte sich vom Grab; doch die Stimme des Zauberers erhob sich noch lauter mit einer verzweifelten Frage voller Liebe, die das Sterben überlebt hatte, mit einer Frage, die so sehr nach einer Antwort schrie, daß die Dame nach wenigen Schritten zögerte, während rote Tränen des Verlustes ihre Beine hinabflossen. Aber plötzlich stürzte die Dame vom See davon und lief lange, ohne sich umzublikken, eine Spur von Blut hinter sich lassend. Blütenblätter segelten von den verblühten Bäumen, die auf die Zeit der Reife warteten. Die Dame blieb erst am Ufer ihres Sees stehen. Langsam stieg sie den Uferhang hinunter, den die stillen Wellen umspülten, und in die tanzenden Fluten tauchend erreichte sie ihren schlafenden Palast voller Edelsteingefunkel am Grunde des Sees.

ONIROCRITIQUE

Die Kohlen des Himmels waren so nah, daß ich ihre Glut fürchtete. Sie waren im Begriff, mich zu verbrennen. Doch ich war mir der unterschiedlichen Ewigkeiten von Mann und Frau bewußt. Zwei ungleiche Tiere paarten sich, und an den Rosenstöcken wuchsen Rebenranken, von denen Mondtrauben schwer herabhingen. Aus dem Hals des Affen stiegen Flammen, die die Welt mit Lilien verzierten. In den Myrtenbüschen bleichte ein Hermelin. Wir fragten ihn nach dem Grund für den falschen Winter. Ich schluckte schwarzbraune Herden. Am Horizont tauchte Orkenise auf. Wir gingen auf diese Stadt zu und trauerten den Tälern nach, in denen die Apfelbäume sangen, pfiffen und heulten. Doch der Gesang der gepflügten Felder war wunderschön:

Durch die Tore von Orkenise
Kommt ein Fuhrmann in die Stadt.
Durch die Tore von Orkenise
Verläßt sie einer, der nichts hat.

Und die Wachen von Orkenise
Halten an den Habenichts:
»Was schleppst du fort aus Orkenise?«
»Nichts. Ich laß mein Herz zurück.«

Und die Wachen von Orkenise
Halten an den Fuhrmann: »Sag,
Was bringst du mit nach Orkenise?«
»Bring mein Herz zum Hochzeitstag.«

Wieviel Herzen in Orkenise!
Die Wachen lachten, lachten laut.
Habenichts, grau ist die Straße,
Auch die Lieb ist, Fuhrmann, grau.

Schöne Wachen dort am Tore
Kunstvoll strickend. Dann zur Nacht
Schlossen in der Stadt die Tore
Gingen langsam zu und sacht.

Doch ich war mir der unterschiedlichen Ewigkeiten von Mann und Frau bewußt. Der Himmel säugte seine Leoparden. Da entdeckte ich dunkelrote Flecken auf meiner Hand. Gegen Morgen entführten Piraten neun Schiffe aus dem Hafen. Die Monarchen frohlockten. Und die Frauen wollten keinen der Toten beweinen. Sie bevorzugten die alten Könige, die stärker sind in der Liebe als alte Hunde. Ein Opferpriester verlangte, geopfert zu werden anstelle des Opfers. Man schlitzte ihm den Bauch auf. Ich sah darin vier 1, vier 0, vier D. Man servierte uns frisches Fleisch, und nachdem ich davon gegessen hatte, wurde ich plötzlich groß. Affen, die ihren Bäumen glichen, schändeten alte Gräber. Ich rief eines der Tiere, auf denen Lorbeerblätter wuchsen. Es brachte mir einen Kopf, der aus einer einzigen Perle gemacht war. Ich nahm sie in meine Arme und befragte sie, nachdem ich ihr gedroht hatte, sie ins Meer zurückzuwerfen, wenn sie mir nicht antwortete. Diese Perle war unwissend, und so verschlang das Meer sie wieder.

Doch ich war mir der unterschiedlichen Ewigkeiten von Mann und Frau bewußt. Zwei ungleiche Tiere liebten sich. Dennoch waren es allein die Könige, die nicht an diesem Lachen starben, und es kamen zwanzig blinde Schneider, um einen Schleier zuzuschneiden und zu nähen, der den Sardonyx bedecken sollte. Ich selbst führte sie, im Rückwärtsgang. Gegen Abend flogen die Bäume davon, die Affen wurden unbeweglich, und ich sah mich hundertfach. Die Schar, die ich war, setzte sich ans Ufer des Meeres. Große goldene Schiffe zogen am Horizont vorüber.

Und als es völlig Nacht war, kamen hundert Flammen auf mich zu. Ich zeugte hundert männliche Kinder, deren Ammen der Mond und der Hügel waren. Sie liebten die knochenlosen Könige, die auf den Balkonen hin und her schlenkerten. Am Ufer eines Flusses angekommen, ergriff ich ihn mit beiden Händen und schwenkte ihn. Dieses Schwert erquickte mich.

Und die schmachtende Quelle warnte mich, ich würde die Sonne, wenn ich sie aufhielte, in Wirklichkeit vierekkig sehen. Verhundertfacht schwamm ich zu einem Archipel. Hundert Matrosen empfingen mich, und nachdem sie mich in einen Palast geführt hatten, töteten sie mich neunundneunzigmal. Da brach ich in Gelächter aus und tanzte, während sie weinten. Ich tanzte auf allen vieren. Die Matrosen wagten sich nicht mehr zu rühren, denn ich hatte das schreckliche Äußere des Löwen ...

Auf allen vieren, auf allen vieren.

Meine Arme, meine Beine waren einander ähnlich, und meine vervielfältigten Augen umkränzten mich aufmerksam. Ich erhob mich wieder, um zu tanzen wie die Hände und die Blätter.

Ich trug Handschuhe. Die Inselbewohner führten mich in ihre Obstgärten, wo ich Früchte pflücken sollte, die Frauen glichen. Und die abdriftende Insel füllte einen Golf, wo aus dem Sand sogleich rote Bäume wuchsen. Ein weiches, mit weißen Federn bedecktes Tier sang unvergleichlich, und ein ganzes Volk lauschte voller Bewunderung, ohne zu ermüden. Auf dem Boden fand ich den aus einer einzigen Perle geformten Kopf, der weinte. Ich schwenkte den Fluß, und die Menge zerstreute sich. Greise aßen den Merk, und Unsterbliche litten ebensowenig wie die Toten. Ich fühlte mich frei, frei wie eine Blume in ihrer Blütezeit. Die Sonne ist nicht freier als eine reife Frucht. Eine Herde Bäume graste die unsichtbaren Sterne ab, und die Morgenröte gab dem Sturm die Hand. In den Myrtenbüschen litt man unter dem Einfluß des Schattens. Ein ganzes Volk war in eine Kelter gepfercht und blutete, während es sang. Menschen wurden aus der Flüssigkeit geboren, die aus der Kelter floß. Sie schwenkten andere Flüsse, die mit silberhellem Klang aufeinanderprallten. Die Schatten kamen aus den Myrtenbüschen und gingen davon, in die Gärtchen, die von einem Schößling aus Menschen- und Tieraugen begossen wurden. Der schönste der Männer packte mich an der Kehle, doch ich konnte ihn zu Boden werfen. Kniend, zeigte er mir die Zähne. Ich berührte sie; da entwichen Töne, die sich in kastanienbraune Schlangen verwandelten, und ihre Zunge hieß Sainte-Fabeau. Sie gruben eine durchsichtige Wurzel aus und aßen davon. Sie war so groß wie eine Rübe. Und mein ruhender Fluß überspülte sie, ohne sie zu ertränken. Der Himmel war voller Bohnen und Zwiebeln. Ich verfluchte die unwürdigen Gestirne, deren Licht auf die Erde floß. Kein lebendes Geschöpf war mehr zu sehen. Aber Gesang erhob sich von allen Seiten. Ich besuchte leere Städte und verlassene Katen. Ich sammelte die Kronen aller Könige und machte daraus das unbewegliche Werkzeug der geschwätzigen Welt. Goldene Schiffe, ohne Matrosen, zogen am Horizont vorüber. Riesige Schatten erschienen auf den fernen Segeln. Viele Jahrhunderte trennten mich von diesen Schatten. Ich verzweifelte. Doch ich war mir der unterschiedlichen Ewigkeiten von Mann und Frau bewußt. Ungleiche Schatten verdunkelten mit ihrer Liebe das Scharlachrot der Segel, und meine Augen waren überall, in den Flüssen, in den Städten und im Schnee der Gebirge.

Die sitzende Frau

Eine Chronik von Frankreich und Amerika

I

In Maisons-Laffitte geboren, hat Elvire Goulot eine besondere Vorliebe für Pferde, die sie auch mit beachtlicher Meisterschaft malt, und für das Reiten.

Obwohl sie keine Gelegenheit mehr hat zu reiten, denkt sie oft daran, und wenn sie Ärger hat, tröstet sie sich damit, daß sie sich große Reitgesellschaften vorstellt.

In den berühmten Pferdeställen ihrer Geburtsstadt hat sie wunderbare Pferde gesehen, aber am liebsten erinnert sie sich an die drei Pferde vor der Troika ihres Geliebten, des Großfürsten Andrej Petrowitsch.

Sie waren weiß wie Schnee und die schönsten Pferde ganz Rußlands. Man schätzte ihren Wert auf eine Million pro Tier. Ihre Schweife reichten fast bis zur Erde. Sie waren schnell wie der Wind, und der Kutscher, der sie lenkte, war über alle Maßen dick.

Von Kindheit an besaß Elvire Scharfsinn und ein beachtliches Gedächtnis. Sie war niemals gläubig, hat jedoch niemals aufgehört, abergläubisch zu sein. Ihre Träume drehten sich immer um Liebesdinge. Als kleines Mädchen träumte sie von Nadeln, Pfählen oder Barrieren, was nach Auskunft einer bestimmten Schule bedeutsam ist.

Ihr erster Geliebter war ein Arzt, ein verheirateter Mann, sehr liebenswürdig und zugleich sehr ausschweifend. Er nahm sie, als sie fünfzehn Jahre alt war. Er war sechsunddreißig. Sie war krank, und er war gekommen, sie zu behandeln. Er war einer jener hageren Männer, die alle Raffinessen der Liebe kennen und den Charakter der

Frauen verderben, von ihnen jedoch nicht wahrhaft geliebt werden. Ihr Verhältnis begann mit einem Skandal, denn Elvires Mutter erwischte die beiden. Der Verführer wurde vor Gericht gestellt und kam nur deshalb glimpflich davon, weil Elvire aussagte, der Angeklagte sei nicht ihr erster Liebhaber gewesen. Er wurde freigesprochen und bewahrte ihr dafür große Dankbarkeit.

Nachdem der erste Schritt getan war, ließ dieser Georges, der Arzt, Elvire nun vollends eine verderbte Erziehung angedeihen und brachte ihr neben der Vorliebe für Frauen alles bei, was man im Bereich der Laster wissen kann.

Im Winter 1913 nahm er sie mit nach Monte-Carlo, wo er sie allein zurückließ, als er plötzlich nach Paris zurückkehren mußte. Im Casino entdeckte sie der alte Replanow, der erste Advokat von Petrograd, damals noch Sankt Petersburg, und riet ihr, mit ihm nach Rußland zu kommen.

»Sie werden glücklich sein«, sagte er zu ihr. »Sie werden die Stelle meiner Tochter einnehmen, die gestorben ist und der Sie ähnlich sind. Kommen Sie, Ihnen werden alle Wünsche erfüllt. Sie werden sich wie eine Königin fühlen. Ich werde Sie halten wie meine Tochter.«

Und er küßte ihr ehrerbietig, aber leidenschaftlich die Fingerspitzen.

Replanow fuhr früher ab, und da Georges auf sich warten ließ, beschloß Elvire, nach Rußland zu reisen. Sie ging zur Schlafwagengesellschaft, um eine Fahrkarte zu lösen, aber sie war und wirkte so jung, daß sie die Einwilligung ihres Vaters beibringen mußte. Der alte Replanow schrieb dem Vater einen Brief, der ein wahres Muster an Heuchelei war, denn sobald Elvire in Petrograd war, verkaufte er sie an eine Gesellschaft von Wüstlingen, der er selbst angehörte, und so wurde sie die Geliebte des Großfürsten Andrej Petrowitsch. Sie blieb sieben Monate in Rußland, und von diesem Aufenthalt bei den Moskauern erzählte sie mir einmal folgendes:

»Der Großfürst, mein Liebhaber, war sechsundzwanzig Jahre alt. Er war sehr schön. Ich habe noch nie einen so schönen, aber auch so brutalen Mann gesehen. Er liebte Frauen und Knaben. Er war noch verderbter als Georges, da die Grausamkeit all seine Skrupel überwog und der Hochmut an Wahnsinn grenzte. Die Frauen, größtenteils Französinnen, die die Geliebten der anderen Wüstlinge waren, erwiesen sich weder als jung noch verführerisch. Nach meinem Eindruck waren sie nur Geschäftsfrauen, die sich für alles hergaben, was eine über alle Maßen verderbte Phantasie ihren Liebhabern eingab. Die hübscheste war eine Russin. Sie war lasziver als alle anderen, und ihre Neigungen stimmten mit denen der Männer in unserer Umgebung überein. Ihr Magen hatte ein unvorstellbares Fassungsvermögen für Essen und Getränke, und ich habe noch nie eine Frau gesehen, die so viel Champagner trinken konnte wie sie.

Ich erinnere mich an eine Orgie beim General Breziansko; es waren etwa fünfzig Gäste beisammen, unter ihnen zwei Großfürsten, und als man die Dienerschaft fortgeschickt hatte, entkleidete sich diese junge Russin, die einer zügellosen, rasenden Bacchantin glich, ließ sich unter den Tisch gleiten und gab denjenigen, die ihr gefielen, Männern oder Frauen, die Gelegenheit, die Glut ihrer Empfindungen zu bekunden, zur großen Freude aller Anwesenden.

Aber ich verabscheute dieses Leben, wo für Ruhe, Zärtlichkeit und Sanftmut kein Platz war. Ohne eine Freundin, die ich in einer Restauranttänzerin, einer Französin von achtundzwanzig Jahren, gefunden hatte, hätte ich es keinen Monat in Rußland ausgehalten. Sie war die heimliche Geliebte des alten Generals Breziansko, der einer senilen, maßlosen und zugleich schwankenden Frömmigkeit frönte, wobei er für seinen eigenen Gebrauch durcheinanderbrachte, was in den Evangelien hinsichtlich der Auferstehung des Fleisches und der Geißelung gesagt wird.«

Die brünette Georgette, die so zärtlich sein konnte mit der Lesbierin Elvire, wurde zu einem wahren Teufel, wenn es darum ging, die alte Haut des Generals Breziansko zu peitschen. Sie erfüllte diesen Dienst mit um so mehr Eifer und Gründlichkeit, als sie jedesmal, wenn ihre Mühen von Erfolg gekrönt waren, eine Summe erhielt, die fünfundzwanzigtausend Franc unserer Währung entsprach. Das Ereignis war rar, trotzdem zeigte sich der wackere alte Breziansko nicht weniger großzügig, und Georgette war mit ihrer Lage zufrieden.

Für Elvire traf das nicht zu, sie magerte ab und konnte es nur mit Mühe ertragen, daß ihr Liebhaber und seine Freunde ihren Stolz verletzten. Am meisten erzürnte es sie, daß jedes Diner im Restaurant mit einem fürchterlichen Streit endete, bei dem die Geschäftsführer, die Kellner, die zumeist Franzosen waren, abscheulich behandelt wurden. Elvire versuchte Trost zu finden in Georgettes Liebe und mit dem Zeichnen von Blumen, kleinen Schweinen und Pferden, die sie kolorierte und für Briefpapier verwendete, was die Bewunderung des alten Replanow weckte, der sie zuweilen besuchte und feststellte: »Sie malt wie meine Tochter. Ich habe dir doch gesagt, Elvire, du ähnelst ihr auf wunderbare Weise. Deshalb wache ich auch über dich wie ein Vater und habe dich in die besten Kreise Rußlands eingeführt.«

Eines Tages flüchtete Elvire, obwohl sie ihr schönes Appartement in der Pentelemonskaja nur schweren Herzens verließ. Aber sie konnte nicht mehr und war sehr abgemagert. Nur Georgette wußte von ihrer Flucht. An der Grenze abermals Schwierigkeiten. Man wollte sie nicht passieren lassen, ihr Paß war nicht in Ordnung. Glücklicherweise entdeckte sie auf dem Bahnsteig einen Offizier, den sie in Petrograd getroffen hatte. Dieser räumte alle Hindernisse aus dem Wege, und als sie auf der Gare du Nord ankam, trauerte sie nur noch den seltsamen, sehnsüchtigen Gesängen nach, die sie in Rußland, irgendwo, in einem Restaurant oder auf dem Lande, gehört hatte, und den drei schneeweißen Pferden, die so schnell waren wie der Wind und die der dickste Kutscher von ganz Rußland mit ständig ausgestreckten Armen lenkte.

Georges empfing sie so, wie der verlorene Sohn aufgenommen worden war und verschaffte ihr durch die Vermittlung eines seiner Freunde einen Auftritt in einer Music-Hall, wo sie sich angewöhnte, ein Monokel zu tragen. Dort traf sie eine kleine Statistin, Mavise Baudarelle, deren Eltern eine Weinhandlung am Boulevard Montparnasse betrieben, wo sie sich einmietete, und Mavise Baudarelle machte sie glücklich bis zu dem Tage, da ein junger russischer Maler aus guter Familie, Nicolas Warinow, Elvire der Familie Baudarelle entführte.

Nicolas Warinow teilte seine Zeit zwischen seiner Schwester, der Fürstin Teleschkin, und seiner Geliebten Elvire, mit der er sich in einem Atelier in der Rue Maison-Dieu einrichtete. Wenn Nicolas bei seiner Schwester war, malte Elvire, mit zarter Phantasie und dennoch kraftvoll, leuchtende Blumensträuße mit schwarzen Margeriten, und dieses Leben zwischen Kunst, Liebe, Tanz bei Bullier und Kino dauerte an bis zum Moment der Kriegserklärung.

Wie man sich erinnern wird, begann das Jahr 1914 mit einer verrückten Fröhlichkeit. Wie zu Gavarnis Zeiten beherrschte der Karneval das Treiben. Tanzen war in Mode, man tanzte überall, überall fanden Maskenbälle statt. Die Damenmode eignete sich so gut für Kostümbälle, daß die Frauen ihr Haar mit leuchtenden und zarten Farben tönten, die an die beleuchteten Springbrunnen erinnerten, von denen ich als Kind auf der Weltausstellung so beeindruckt war. Sternengefunkel wäre die passende Bezeichnung gewesen, und die modischen Pariserinnen hätte man in jenem Jahr Bérénice nennen können, da ihre Frisuren verdienten, in den Rang von Sternbildern erhoben zu werden.

Wie von allein waren die Opernbälle wieder zum Leben erwacht. Und der gewagte Scherz, mit dem der erste Ball eröffnet wurde, wo jede Frau ein mit Schlüssel verschlossenes Kästchen und jeder Mann einen Schlüssel erhielt und das dazugehörige Schloß finden mußte, erschien als vorzügliche Einleitung für die allgemeine Fröhlichkeit. Vielleicht wird man später, wenn mit dem Tango, der Maxixe, der Furlana auch der Krieg und seine »Bombenbegräbnisse« vergessen sind, von der friedlichen Zeit des Jahres 1914 wie bei der berühmten Lithographie von Gavarni sagen: »Ihr wird viel vergeben werden, denn sie hat viel getanzt.«

Außerdem fehlte für die Kostümierungen des Jahres 1914 ein Künstler wie Garvani, der so viele Kostüme zeichnete und sie selbst erfand, ohne von irgend jemandem irgend etwas zu kopieren.

Es gab 1914 keinen für unsere Zeit charakteristischen Typ wie damals die *débardeurs*, die Dominos, die Pierrettes, die Postillione, die Bajaderen, die Harlekine, aus denen ein Poet bald Gestalten schaffen könnte, die mit den Masken der italienischen Komödie vergleichbar wären und es verdienten, das man sie bewahrt.

Um neue Masken zu schaffen, hätte es eines neuen Gavarni bedurft.

Sein Meisterwerk war der *débardeur*, der vor allem ein köstlich zweideutiges weibliches Kostüm war und dessen Charakter er genügend betont hat in jener Bildunterschrift für eine Zeichnung, wo ein weiblicher *débardeur* eine Pierrette neckt, die zu ihm sagt: »Ach, geh ... Maskulinum Singular?« Darin drückt sich vielleicht die freche Phantasie des ganzen 19. Jahrhunderts aus.

Für die neue Fröhlichkeit dieser Epoche hätte man auch einen neuen Cancan erfinden müssen, da der alte von der Goulue, Rayon d'Or, Grille d'Egout und Valentin le Désossé eingeführt und durch die Ergebenheit großer Maler wie Toulouse-Lautrec und Seurat in den Rang der heiligen Tänze erhoben worden war.

Es hätte etwas sein müssen, das dem Cancan der Zeiten Gavarnis entsprochen hätte, jenem jungen Cancan, der sich deutlich von dem feierlichen Cancan des »Moulin Rouge« unterscheidet, wenn man zum Beispiel das Bild von Seurat, »Le Chahut«, mit dem sehr viel älteren Monolog von Jules Choux vergleicht, der folgendermaßen beginnt:

La chahutte et la cancanska,
Dont j'connai les poses intimes... *

1914. Ein Jahr der Bälle und Maskeraden, diese Zeit hatte einen gewissen stimmungsvollen Ernst, aber sie war leichtlebig. Niemals wird mehr getanzt als in Revolutionen und Kriegen, und es war wohl ein erstaunlicher Poet, der jenen wahrhaft prophetischen Gemeinplatz geprägt hat: Tanz auf dem Vulkan.

Die charakteristischste Gestalt jener Epoche der Bälle und russischen Ballette war unbestreitbar Elvire; man mußte sie gesehen haben bei Bullier mit ihren lila Haaren, ihren weißen Pelzen und ihrem Monokel; man nannte sie die Lesbe, und es gab keinen Zweifel, daß diese Aufmachung, lila Haare, Monokel und weißer Pelz, im nächsten Jahr allgemein Mode geworden wäre, wenn nicht der Krieg gekommen wäre. Vielleicht wäre ein neuer Gavarni aufgetaucht und wir hätten auf dem Opernball reizende Lesben gehabt, wie es zu Gavarnis Zeiten bezaubernde *débardeurs* gegeben hatte.

Nicolas Warinow führte sie zuweilen auch mit Mavise zum Bal-Musette aus; nach Gravilliers, wo die Musiker auf einem kleinen Balkon spielten; zum Bal de la Jeunesse, in der Rue Saint-Martin, wo der Wirt eine so schöne Sammlung Langfische hatte, daß er seinen Gästen davon welche als Auszeichnung schenkte; zum Bal d'Octobre in

* dt. etwa: Vom leichten Chahut und vom leichten Cancan kenne ich die aufreizenden Posen ...

der Rue Sainte-Geneviève, der damals, 1914, Monsieur Vachier gehörte; zum Petit Balcon, der an einer Sackgasse in der Nähe der Bastille stattfand; zum Bal de la Rue des Carmes; zu La Fauvette in der Rue de Vanves und zum Boulodrome de Montmartre, einem bezaubernden Platz, wo die Musik meiner Meinung nach lustiger war als die von Herrn Strauß.

Der Krieg ließ all diese »Treffpunkte feiner Gesellschaft« verschwinden, an die Elvire heute immer noch mit zärtlicher Melancholie zurückdenkt.

Der Krieg brach aus, und dieses liebenswürdige leichte Leben zerbrach wie Glas.

Nicolas Warinow fühlte sich von dem unvorhergesehenen Ereignis außerordentlich betroffen, und wenige Tage nach der Marne-Schlacht erklärte er Elvire, die sich wie eine Katze an ihn schmiegte, die Zeit der Liebe sei vorerst vorbei, und die nächtlichen Beschäftigungen würden, was ihn beträfe, erst nach Beendigung der Feindseligkeiten wieder aufgenommen.

Da Elvire für den Krieg nur mäßiges Interesse hatte, erschien ihr dieser Entschluß unlogisch, und so wuchs am Firmament ihrer Beziehung die Verachtung wie ein roter Mond.

II

Süße Poesie! Schönste der Künste! Die du die schöpferische Kraft in uns weckst und uns der Göttlichkeit näher bringst, alle Enttäuschungen haben die Liebe nicht töten können, die ich seit meiner frühen Kindheit für dich hegte! Selbst der Krieg hat die Macht der Poesie über mich verstärkt, und Krieg und Poesie haben bewirkt, daß der Himmel jetzt mit meinem besternten Haupt verschmilzt. Süße Poesie! Ich bedaure, daß die ungewissen Zeiten mir nicht erlauben, für dieses Buch deinen Inspirationen zu lauschen, aber der Krieg geht weiter. Bevor ich wieder fort muß in den Krieg, will ich dieses Büchlein beenden, und die Prosaform paßt am besten zu meiner Hast.

Warum, da wir nun einmal im Krieg sind, sollte man immer den Krieg darstellen und das Elend des Soldaten oder seine Freizeitfreuden, oder das wundersame Bild der Rassen malen, die von allen Enden der Welt an unsere Front mobilisiert worden sind, oder gar das traurige Vorwärtskriechen in den Schützengräben?

Trotzdem muß man sich an diesen verhärteten Krieg erinnern. Man kann ihn ja nicht verleugnen. Jedesmal, wenn ich glaube, dieser Besessenheit entkommen zu sein, holt sie mich mit sanfter, wachsender Gewalt wieder ein. Ich erinnere mich vor allem an das unstete Leben des Soldaten. Einen Tag ist er hier; in der Nacht muß er vielleicht schon wieder in aller Eile aufbrechen. Diese Ungewißheit ist vor allem das Los des Infanteristen. Ich habe das Leben des Artilleristen kennengelernt und später das des Infanteristen. Letzterer lebt sehr viel unbeständiger. Ich hörte, daß man die Infanteristen die Mißtrauischen nannte. So mutig sie auch sein mögen, und Gott weiß, daß sie es in höchstem Maße sind, müssen sie doch ständig auf der Hut sein, denn das mindeste, was man von ihnen verlangen kann, ist, daß sie ihr Leben opfern. Aber die Sehnsucht nach diesem ruhelosen und gut geregelten Leben ist mir geblieben. Ich erinnere mich an bezaubernde, kaum zerstörte Dörfer, durch die wir im Gleichschritt marschierten, und an drei Mädchen im Toreingang eines Bauernhauses mit eingefallenem Dach, das in einen Lebensmittelladen umgewandelt worden war.

Heute reizt mich Paris. Der Montparnasse ist jetzt für Maler und Dichter das, was Montmartre vor fünfzehn Jahren für sie war: ein Hort für die schöne, freie Einfachheit.

Der Montparnasse ist nach Ansicht der Bewohner der Umgebung ein Viertel für Verrückte. Die Wahrheit ist, daß Montparnasse den Montmartre abgelöst hat, den Montmartre von einst, den Montmartre der Künstler, der

Chansonniers, der Mühlen, der Vergnügungslokale, sogar der Haschischraucher, der ersten Opiumsüchtigen, der ewigen Äthersüchtigen und der Kokainsüchtigen oder Geisterseher, wie man sie heute nennt, wo der »Koks« noch seinen Herrschaftsbereich hat; all jener (unter den Montmartre-Vertretern der großen Kunst), die noch lebten und die ihre Vergnügungssucht nicht mehr befriedigen konnten in dem alten Montmartre, das von den Besitzern zerstört, von den Architekten verändert, von den Pariser Futuristen verhöhnt wurde, wo übrigens all jene emigrierten, als Kubisten, als Rothäute, als orphische Poeten. Mit ihrem lauten Stimmengewirr störten sie das Echo an der Kreuzung der Grande Chaumière. Vor einem Café in einem Haus mit ausschweifender Vergangenheit hatten sie unmittelbar vor dem Krieg einen beängstigenden Konkurrenten installiert, das »Café de la Rotonde«. Gegenüber gingen die *boches* * ein und aus. Hierher kamen immer die Slawen. Die Juden fuhren fort, ohne besondere Unterscheidung das eine und auch das andere zu besuchen.

In allen benachbarten Straßen bieten die Farbenhändler ihre bunten Versuchungen für all jene, die nach einem kurzen Blick in die Ausstellungen der Avantgarde auszurufen pflegen: *Anch'io son pittore***.

Skizzieren wir zunächst den Gesamteindruck der Kreuzung, da sie sich wahrscheinlich bald verändern wird. An einer Ecke des Boulevard du Montparnasse hat ein Lebensmittelhändler für das ganze internationale Künstlervolk seinen rätselhaften Namen ausgehängt: Hazard. Er führt die ausgefallensten Waren und hat die unterschiedlichste Kundschaft. Vor dem Krieg bekam hier der Amerikaner seine Pampelmuse, die er Grapefruit nennt, und die von der Zitrone etwa so weit entfernt ist wie die Wassermelone von der Warzenmelone; der Russe fand hier seine

---

* abwertende Bezeichnung für die Deutschen
** Auch ich bin Maler

Paradiesäpfel, die den Herzkirschen ähneln; der Ungar fand seine Paprikasalami usw. Und nun, an der anderen Ecke die »Rotonde«. Ein Indianer, mit Leder bekleidet und mit Federschmuck, Maler und Modell zugleich, zog hier im Jahre 1914 die Blicke auf sich. Zuweilen hob sich auch die lange Silhouette von Charles Morice von der Wand im Inneren des Cafés ab.

An der Ecke zwischen Boulevard du Montparnasse und Rue Delambre befindet sich »Le Dôme«. Vor dem Krieg hatte es sein Stammpublikum, reiche Leute, Ästhetiker aus Massachusetts oder vom Ufer der Spree, und immer noch Pascin, der Clinchtel unserer Zeit. Hier wurde über die Bewunderung entschieden, die man in Deutschland diesem oder jenem französischen Maler zollte. Der Ruhm eines Géricault, eines Courbet, eines Seurat, des Zöllners Rousseau hat nicht gelitten durch die ästhetischen Unterhaltungen der millionenschweren *boches* im »Dôme«.

An einer anderen Ecke finden wir Baty oder den letzten Weinhändler. Wenn er sich aus dem Geschäftsleben zurückzieht, wird dieses Gewerbe praktisch aus Paris verschwunden sein, es sei denn, der Krieg und die Teuerung bringen diesem Stand einen Wiederaufschwung. Bleiben wird *la petite boîte* , wie man heute sagt, doch mit der Weinhandlung wird es vorbei sein. Bis dahin werden diejenigen, denen Krankheit oder die Ärzte die französischen Weine nicht gänzlich verboten haben, diesen gut gepflegten Keller weidlich nutzen.

Etwas weiter, auf der rechten Seite, fand sich auf dem Boulevard Raspail, in dem kleinen »Café des Vigourelles«, im Jahre 1914 an den Tagen, wo man nicht bei Bullier tanzte, eine ausgelassene Jugend ein; oft hielt sich dort ein Mann mit strengem Gesicht auf. Jedem, der es hören wollte, erklärte er schlicht: »Ich bin derjenige im Viertel, der den Leuten am meisten auf die Nerven geht. Ich gehe sogar den Stadträten auf die Nerven.« Man nannte ihn »den Löwen«. Er war so vielen Leuten auf die Nerven gegangen, daß er sogar finanziellen Nutzen daraus zog. In der Tat gab man ihm in den meisten Cafés und Kneipen des Viertels lieber Geld, als ihn zu bedienen. Er brauchte sich nur in diesen Gaststätten einzufinden, und schon gab man ihm, je nach Bedeutung des Hauses, einen Franc, zwei Franc oder sogar drei Franc fünfzig. Jeden Morgen machte dieser geniale Mann seine kleine Runde im Viertel, und das genügte ihm zum Leben, er ging jedermann auf die Nerven und schuldete keinem etwas. In dieses kleine provinzielle »Café des Vigourelles« kamen zuweilen die Herren de Segonzac, Luc-Albert Moreau, André Derain, Edouard Férat, René Dalize und ein rätselhafter Mensch, den man den Finnen nannte, der jedoch, glaube ich, aus dem Limousin, sogar aus Limoges, stammte. Der vornehme Eigentümer des Hauses hatte sich in seinem Stadtbezirk gediegene Beliebtheit erworben, indem er öffentlich in einer schönen schwungvollen Rede erklärte: »Meine Herrschaften, obwohl ich nur ein Schankwirt bin, liebe ich die Kunst; und wenn ich sonntags nicht ins Kino gehe, gehe ich in den Louvre.«

Fast direkt gegenüber befand sich der Laden von Monsieur Cocula, der sich – sonderbares Phänomen von Namensmimikry – wie der ganz ähnlich klingende Engländer Cook mit Reisen befaßte; die Engländer haben ihre Reiseagentur Cook und die Franzosen die Eisenbahn Cocula.

In den Straßen rund um den Friedhof von Montparnasse, wo die Büste von Monsieur de Max das Grab Baudelaires bewacht, existierten im Jahre 1916 noch die Wohnungen berühmter einstiger Bewohner von Montmartre; viele von ihnen, darunter auch Picasso, wohnten in dem berühmten Haus Nummer 13 in der Rue de Ravignan, heute Place Emile-Goudeau.

Gehen wir die Rue de la Grande Chaumière, die Straße der Malergesellschaften wieder hinunter, wo noch vor kurzem der einzige Patagonier von Paris, der Araukaner Ortiz de Zarte, entlangspazierte und verkündete, er habe die Wahrheit entdeckt. Hier gab es noch ein berühmtes kleines Restaurant der Künstlermodelle, »Chez Papa«, das seit dem Krieg geschlossen ist; ein ehemaliger Garibaldi-Anhänger führte das Lokal und bereitete die Pasta genauso schmackhaft zu wie in einer römischen Osteria. Es war ein bezaubernder Ort, den Monsieur Anatole France, wenn er ihn gekannt hätte, bestimmt oft aufgesucht hätte. Man traf dort liebenswürdige Leute, unter anderem Paul Morisse, André Billy und Paul Léautaud.

Wenn der Montparnasse heute andere Farben hat als der Montmartre von einst, so herrscht in ihm doch jetzt, selbst in Kriegszeiten, nicht weniger Frohsinn, Unbefangenheit und Ungezwungenheit. Die amerikanisch orientierte Bekleidung der heutigen Künstler ist weder enger noch aus anderem Samt als die der Maler von früher; sie ist nur auf eine andere Art locker, das ist alles, und die Sandalen wirken nicht weniger germanisch als die fürchterlichen Stiefel mit Gummizug von einst. Bald, das heißt nach dem Krieg, so wette ich, ohne daß ich es wünsche, wird Montparnasse seine Nachtlokale, seine Chansonniers haben, wie es seine Maler und Dichter hat. Wenn eines Tages ein Bruant die verschiedenen Winkel dieses phantasievollen Viertels besungen haben wird, die Crémeries, die Caserne-atelier der Rue Campagne-Première, den außergewöhnlichen Crémerie-Grill-Room vom Boulevard Montparnasse, das soeben eingegangene chinesische Restaurant, die Dienstage in der »Closerie des Lilas«, die es seit dem Krieg nicht mehr gibt, dann wird Montparnasse gelebt haben. Dann wird die Agentur Cook ihre Karawanen hierher leiten, und die Reisegesellschaft Cocula wird in ein anderes Stadtviertel emigrieren und die Maler, die Chinesen, die Patagonier, die Komantschen, die Limousin-Finnen, die Vigourelles und vielleicht sogar den lästigsten Mann des Viertels mitnehmen, zu einem anderen Bestimmungsort, zu einem anderen Stadtbezirk, zu einem anderen Hügel, zu einem anderen Berg, gewiß zu den Buttes-Chaumont.

In den Kriegszeiten hat Montparnasse eine reizende und rührende Idee hervorgebracht, die Porträt-Puppe, die ihren jetzigen Erfolg tatsächlich verdient.

Als ich verwundet von der Front nach Paris zurückkam, war einer meiner ersten Eindrücke, daß ich in dem Krankenhaus, wo man mich verband, einen Satzfetzen am Telefon aufschnappte: »... die wunderbare Puppenindustrie«.

Wer sprach da? Ich weiß es nicht, und es ist auch nicht so wichtig. Immerhin ein starkes Stück, dachte ich, sich in diesen Zeiten mit Puppen zu befassen.

Seither habe ich meine Meinung zu diesem Thema geändert.

Die Pariser Puppe, die ganz Europa die Mode nahebrachte, tat sie nicht sehr viel für das Prestige Frankreichs?

Künstler vom Montparnasse, Frauen natürlich, hatten die Idee, Porträtpuppen zu machen, und es gab schon sehr gefällige Exemplare.

Wenn sich diese Mode durchsetzt, werden unsere Urenkelinnen sehr sehenswerte Ahnengalerien besitzen. Man wird »Hernani« in der Puppenstube spielen. Ist da nicht die Großmama in ihrer Rot-Kreuz-Schwestern-Tracht, so wie sie 1916 aussah, ganz jung! Neben ihr der Großonkel als Jägerleutnant, mit dem Kriegskreuz dekoriert ... Die Kinder von heute dürfen nicht so leicht vergessen, wie die Kinder nach 1870 vergaßen. Es muß also mehr Erinnerungen geben, und die Porträtpuppen sind fast so etwas wie lebende Erinnerungen.

Aber lassen wir die Erinnerungen, ihre Zeit wird noch kommen. Der Krieg geht weiter. Nicolas Warinow ist trübselig und sorgenvoll geworden. Er wird als Freiwilliger in den Krieg ziehen, in ein russisches Feldlazarett. Sein halb militärischer, halb sportlicher Anzug ist endlich fertig.

Als er ihn das erstemal angezogen hatte, begab er sich mit Elvire zur »Coupole«, am Boulevard Raspail, dem Treffpunkt der Maler, der Modelle und der Literaten. Auf der Terrasse saß Egon d'Almanfeiner, Sohn eines berühmten österreichischen Romanschriftstellers, der das eigenwillige Laster erfand, sich ständig gerichtlichen Verfolgungen ausgeliefert zu fühlen. Seine Geschichte gehört in das Feld der sexuellen Psychopathie, und ich werde mich nicht weiter über seinen Fall auslassen, auch nicht über seinen Sohn, der, wie es scheint, seine Aufenthaltsgenehmigung dem Wohlwollen verdankte, das seine Mutter vor mehr als zwanzig Jahren dem Führer einer der Oppositionsparteien erwiesen hatte.

Lieber porträtiere ich Moise Deléchelle, der in Begleitung von Pablo Canouris, dem Maler mit den himmelblauen Händen, zwei jungen Rumäninnen, Schülerinnen einer Malschule im Viertel, die Karten legte. Moise Deléchelle ist ein Mann mit aschfarbener Haut, dessen Körper in allen seinen Teilen musikalisch ist. Er klopft sich auf den Bauch und erzeugt so die tiefen Töne des Violoncellos; mit seinen Füßen schlägt er heisere Knarren-Geräusche; die straff gespannte Haut seiner Wangen ist ein klangvolles Zymbal wie das der Zigeuner in den Restaurants, und seine Zähne, an die er mit einem Federhalter klopft, geben kristallklare Töne von sich wie die Flaschenorchester, die man von manchen Music-Hall-Artisten kennt oder die der besondere Pfiff gewisser großer mechanischer Orgeln in den Jahrmarktkarussells sind.

Elvire und Nicolas setzten sich an ihren Tisch, und Moise Deléchelle mischte die Karten. Nach kurzer Zeit brachen die Rumäninnen zu ihrer Malschule auf, und bevor sie weg waren, saß auf ihrem Platz bereits Anatole de Saintariste, Dichter und Offizier, mit einer Armverletzung, der seit Kriegsbeginn zum erstenmal zur »Coupole« kam, in Begleitung seiner neuen Freundin, der hübschen Corail, einer Rothaarigen mit haselnußbraunen Augen, deren Gesamteindruck an einen Blutstropfen auf einem Schwert erinnerte.

Die Unterhaltung wurde bald sehr lebhaft, und man kam auf die Polygamie zu sprechen.

»Die *boches* scheinen sie zugelassen zu haben«, sagte Pablo Canouris, »und das wird uns zweifellos dazu bringen, dasselbe zu tun.«

Nachdem er seine Pfeife angezündet hatte, setzte er hinzu: »Um eine Frau wirklich zu besitzen, muß man sie entführt haben, sie einsperren und sie die ganze Zeit beschäftigen. Es ist schon schwierig, eine Frau zu beschäftigen, wieviel schwieriger erst, wenn es mehrere sind. Polygamie ist eine gute Theorie für Pfeifen, aber nicht für Frauen.«

Pablo Canouris, der Maler mit den blauen Händen, hat Vogelaugen. Von albanischer Abstammung, ist er in Spanien, in Malaga, geboren, aber seine Kunst und sein Verstand, die von jener das Schaffen und den Geist der iberischen Halbinsel kennzeichnenden realistischen Kraft geprägt sind, haben die hellenische Reinheit und Wahrheit bewahrt, die von seinen Vorfahren auf ihn gekommen sind. Nach dem Zeugnis aller, die sich mit der Frage befaßt haben, von den byzantinischen Historikern über Commynes bis zu Thomas de Quincey, zeitgenössische Schriftsteller einmal ganz beiseite gelassen, sind die sogenannten Hellenen nämlich Albaner, und das Maler-Wunder von Toledo, El Greco selbst, erlebte in Pablo Canouris, dem Maler mit den blauen Händen, seine Wiedergeburt. Nun imitierte Canouris nicht etwa El Greco, aber die geheimnisvolle Seite seines Genies traf mit jener himmlischen Gewalt, die auch die Bewunderer von Theotokopoulos wonnevoll ängstigt.

Seit der Romantik hat keine Schule die Welt so sehr in Bewegung gebracht wie diese neue Malschule, in der nur Künstler aus der Mittelmeerkultur, Künstler aus romanischen Völkern eine Rolle gespielt haben. Dieser Erfolg ist der Grund für den Widerstand, den man in gewissen offiziellen Kreisen der Kunst eines Canouris, eines Picasso, eines Braque, eines Derain entgegensetzt, und dieser Widerstand wird noch heftiger als je zuvor werden. Die Philosophen haben, wie es scheint, zur Bekämpfung der modernen Kunst eine ganze »Rüstkammer mit Spitzfindigkeiten« angefüllt, wie mein Freund Delormel sagte. Aber was können die Philosophen schon ausrichten gegen die Formen und das Material, die Objekt und Subjekt für die besten unter den heutigen Künstlern sind? Daß die neue Malerei sich von der vergangenen unterscheidet, ist offenkundig; daß sie unvereinbar sei mit der Tradition der großen Kunst, kann, wie ich behaupte, niemand beweisen. Und daß die Kunst sich in Gefahr begebe, glaube ich nicht. Die hervorragenden, erstaunlichen und strengen Studien der neuen Maler sind zutiefst realistisch. Und diese Maler, die sich so eifrig damit befassen, alle ästhetischen Möglichkeiten festzuhalten und zu kombinieren, werden dadurch nicht vom Studium der Natur abgedrängt.

Exzesse der Neuheit? Wer weiß? Ich wiederhole, das Neue ist nicht gefährlich für die Kunst, sondern nur für die mittelmäßigen Künstler. Und diese bleiben eben mittelmäßig, ganz gleich, was sie tun. Was hat es dann schon für eine Bedeutung, wenn sie außerdem noch abgeschmackt sind!

In Canouris' Charakter vermischten sich also Spanien und Albanien. Und dem Äußeren nach war er so, wie die Albaner sind, unter denen es schöne, edle, mutige Männer gibt, mit einer Neigung zum Selbstmord, die für den Bestand ihres Volkes fürchten lassen müßte, wenn ihre Zeugungsfähigkeit nicht ihren Lebensüberdruß ausgliche. Der Anteil spanischen Blutes hatte in Canouris den Hang zum Freitod nicht ausgelöscht, und sein Geschmack in bezug auf Frauen war spanisch, aber stark albanisiert.

Ich hatte Canouris während eines Aufenthalts in Brüssel

kennengelernt, von dem mir unvergeßliche und deutliche Eindrücke in Erinnerung blieben, Lebensäußerungen eines Stammes, der neben den Schotten vielleicht der älteste in Europa ist.

Pablo Canouris, der, direkt aus Malaga kommend, in Brüssel lebte, bevor er Paris kennenlernte, hatte hier eine Engländerin zur Freundin, die ihn leiden ließ, an Liebesqualen, wie sie nur jene kennen, die zur Elite der Menschheit gehören.

Dieses Mädchen, das von so aufreizender Schönheit war, daß es wohl keinen Mann gab, der sie nicht rasend geliebt hätte, betrog meinen Freund mit allen, die sich dafür anboten, und ich selbst, man möge mir verzeihen, ich schwankte lange zwischen Freundschaft und Begehren.

Maud war schamlos auf eine Art, die zwangsläufig Bewunderung weckte bei denen, die vom Leben so hart angepackt worden waren, daß ihre Seele schielte und ihr Herz auf einem Auge blind war. Maud verbrachte ihr Leben nackt im Appartement meines Freundes. Und wenn er außer Haus war, hielt die Ausschweifung Einzug.

Gehörte diese Maud denn der Menschheit an?

Sie sprach keine ihrer Sprachen, nur einen zusammengewürfelten Dialekt, ein Gemisch aus Englisch, Französisch, belgischen und deutschen Wendungen.

Ein Philologe hätte sie vergöttert, ein Grammatiker hätte sie nur verabscheuen können, trotz ihrer Schönheit.

Sie hatte einen Engländer zum Vater, der ein grausamer Offizier gewesen und in Indien wegen Mißhandlung Einheimischer zum Tode verurteilt worden war. Aber ihre Mutter stammte aus Malta.

Eines Tages sagte mein Freund zu mir: »Ich muß mich befreien. Morgen bringe ich mich um.«

Ich kannte Pablo Canouris' albanischen Charakter gut genug, um zu wissen, daß er es ernst meinte.

Er würde sich umbringen, denn er hatte es gesagt.

Ich verließ ihn nicht, und am nächsten Tag hatte ich ihn

mit meiner Anwesenheit, mit meiner Freundschaft so weit gebracht, daß er sich nicht tötete.

Er fand selbst ein Heilmittel für seine Krankheit.

»Diese Frau«, sagte er zu mir, »ist gar nicht meine Frau. Ich liebe sie, das ist wahr, aber mit einer Liebe, die eine Ehefrau in mir zerstören würde.«

»Das verstehe ich nicht, erklären Sie mir das!«

Er lächelte und fuhr fort: »Bei den Balkanvölkern und den Gebirgsvölkern der Adriaküste gab es einst den Brauch der Entführung, der in verschiedenen Gegenden noch nicht ausgestorben ist. Gehört uns doch nur die Frau wirklich, die wir uns genommen haben, die wir gebändigt haben. Ohne Raub keine glückliche Ehe. Ich habe Maud umworben. Sie war es, die mich genommen hat. Sie ist frei, und ich will meine Freiheit wiedergewinnen.«

»Und wie das?« fragte ich ihn erstaunt.

»Eine Entführung!« sagte er mit einer Gelassenheit und Würde, die mir Bewunderung abnötigten.

In den darauffolgenden Tagen reisten wir umher, Pablo Canouris und ich.

Er fuhr mit mir nach Holland, und mehrere Tage lang wirkte er bekümmert.

Ich achtete seinen Kummer, ich hatte die Entführung vergessen und lobte ihn im stillen, daß er mit Hilfe der Entfernung versuchte, diese Maud zu vergessen, die ihm so sehr die Ruhe raubte, daß er sterben wollte.

Eines Morgens in Amsterdam, in der Mitte der Kalverstraat, zeigte mir Canouris ein junges Mädchen, das mit einer Notenrolle in der Hand neben seiner Gouvernante lief.

Ein Diener in einer geschmackvollen Livree folgte den beiden Frauen in zehn Schritt Entfernung.

Das Mädchen mochte etwa siebzehn Jahre alt sein. Zwei Zöpfe hingen auf ihren Rücken herab.

Als Amsterdamer Patriziertochter wirkte sie fröhlich, wie man es in Holland nur im batavischen Athen ist.

»Folgen Sie mir«, sagte Canouris plötzlich zu mir.

Er begann zu laufen, überholte den Diener, packte das Mädchen um die Taille, hob sie hoch und lief schneller weiter.

Besorgt eilte ich meinem Freund hinterher.

Ich blickte mich nicht um, aber gewiß hatten der Diener und die Gouvernante vor Schreck die Sprache verloren, denn sie riefen nicht einmal, wir sollten stehenbleiben.

Wir erreichten den Bahnhof.

Das junge Mädchen war fasziniert von der stattlichen Männlichkeit seines Entführers, sie war hingerissen im wahrsten Sinne des Wortes und lächelte, und als wir in einem Abteil im Zug nach Rosendael, in Richtung Grenze, saßen, küßte Pablo Canouris, der Maler mit den blauen Händen, selbstvergessen die ergebenste aller Bräute.

Sie starb nach zwei Monaten. Diesmal glaubte ich meinen Freund nicht vom Selbstmord abhalten zu können.

Aber es gelang mir, ihn mit nach Paris zu schleppen. Hier ließ er sich nieder, und es würde zuviel Raum einnehmen, über seine Liebschaften in der Hauptstadt zu berichten. Es sei nur erwähnt, daß er an dem Tag, von dem hier die Rede ist, seit etwa zwei Wochen allein war.

»Ich ziehe morgen in den Krieg«, sagte Nicolas Warinow zu Pablo Canouris, »ich bitte dich, Elvire heute abend ins Kino zu begleiten; es ist Freitag, da gibt es einen neuen Film. Elvire wäre untröstlich, wenn sie einen einzigen Film versäumen müßte. Ich habe noch vieles zu erledigen und werde in Familie bei meiner Schwester dinieren.«

Kurz darauf erhob er sich mit bekümmerter Miene, in Gedanken an den Krieg versunken. Er verabschiedete sich von Elvire. Sie sah ihrem Geliebten traurig nach, der davonging, ohne sich ein einziges Mal umzudrehen.

In diesem Augenblick kam ein Sergeant, von dem man munkelte, er sei Deutscher und heiße Waxheimer, es sei ihm jedoch gelungen, sich als Elsässer unter dem Namen Ovide du Pont-Euxin in die Fremdenlegion aufnehmen zu lassen. Er war nach einer Verwundung in Genesungsurlaub.

Als er Elvire entdeckte, fragte er sie: »Haben Sie mir nicht einmal erzählt, Ihre Großmutter sei Mormonin gewesen?«

»Ja«, antwortete Elvire, »und das ist wahrscheinlich der Grund, weshalb ich nicht eifersüchtig bin. Mein Liebster kann so viele Geliebte haben, wie es ihm gefällt, ich wäre nicht eifersüchtiger, als es eine Mormonenfrau auf ihre Gefährtinnen ist. Meine Eltern haben mir oft von der Eskapade meiner Großmutter Paméla erzählt. Wer mir aber Genaueres über sie berichtete, war ein Bücherwurm, ein Deutscher, der Sekretär bei Dreckeim war, und Dreckeim war ein Deutscher, der eine Geschichte des Mormonentums geschrieben hat. Dreckeim war im Jahre 1895 in der Hauptstadt der Mormonen; 1908 schickte er diesen alten Filnitz dorthin, der in Petrograd, wo er bei Replanow so etwas wie einen Sekretärsposten hatte, in mich verliebt war. Da er ständig von den Mormonen erzählte, habe ich meine Großmutter hervorgeholt. Er war sehr verblüfft und hat dann in seinen Papieren eine Kopie herausgesucht, die er selbst in Salt Lake City von dem Brief eines berühmten Mormonen angefertigt hatte. Und das war just der Mensch, der meine Großmutter zum Mormonentum bekehrt hatte, und er spricht darin auch von ihr. Dieser Filnitz hat eine Übersetzung von dem Brief angefertigt und sie mir gegeben.«

»Und ich«, erwiderte der vorgebliche Ovide du Pont-Euxin, »habe, seit wir im Krieg sind, einen meiner Großonkel wiederentdeckt, der als Straßburger Bürger gilt und wahrscheinlich ein Hesse ist, der 1866 nach Frankreich gekommen ist. Es gibt noch eine gewisse Anzahl dieser hessischen Patrioten, und Frankreich hat selbst in Kriegszeiten diese Welfen nicht behelligt. Um auf meinen Großonkel zurückzukommen, ich wußte zwar, daß es ihn gab, aber ich hatte ihn nie besucht. Seit wir Krieg haben, ist er sehr liebenswürdig zu mir, und im Urlaub fahre ich zu ihm. Als Kind war er mit seiner Mutter in Utah. Sie war verwitwet und hatte sich einem der ersten Transporte angeschlossen, die neue Gläubige von Europa nach Utah brachten. Mein Großonkel, Otto Mahner, hat seine Kindheit dort verbracht und ist erst im Alter von fünfundzwanzig Jahren in sein Heimatland zurückgekehrt, um auf europäische Art zu heiraten, aber er hört nicht auf, mir vom Mormonentum zu erzählen, sooft ich ihn sehe. Er kommt immer wieder darauf zu sprechen und bezeichnet es als ein Mittel, Frankreich zu der Bevölkerung zu verhelfen, die es braucht, um eine große Nation zu bleiben.«

»Aber halten Sie es denn für nützlich, daß es viele Kinder gibt?« fragte Elvire.

»Und ob!« antwortete Ovide. »Natürlich ist es nützlich. In fünfzig Jahren gibt es hundert Millionen *boches*, sechzig Millionen Italiener; ich verschone Sie mit den Spaniern und den anderen Nationen, die Frankreichs Nachbarn sind. Wenn Frankreich in seinem jetzigen Trott bleibt, wird es dann nicht einmal einundvierzig Millionen erreicht haben.«

»Es wäre ja lustig«, sagte Elvire, »wenn Ihr Großonkel meine Großmutter gekannt hätte.«

»Nun, ich habe ihm versprochen, daß Sie ihn besuchen würden«, sagte Ovide, »er wohnt ganz in der Nähe, Rue Delambre, ich gebe Ihnen die Adresse.«

»Einverstanden«, sagte Elvire, »erwarten Sie mich gegen drei Uhr am Nachmittag. Ich werde den Brief mitbringen. Er ist aus dem Jahre 1851.«

»Wunderbar!« rief Ovide. »Ich glaube schon, daß mein Großonkel Otto damals dort war. Nun denn, bis morgen!«

Und da es Zeit für das Abendessen war, führte Pablo Canouris sie in ein beliebtes kleines Restaurant in der Nähe.

In Künstlerkreisen sagt man nicht mehr Bistro; die Bezeichnung *mastroquet* für Schankwirt gibt es schon sehr lange nicht mehr, das Wort starb zur Zeit des Symbolismus aus, und der letzte, aus dessen Munde ich es noch gehört habe, war Rémy de Gourmont. Man sagt jetzt: »Gehen wir zu Sowieso, das ist eine kleine *boîte*, wo es gutes Futter gibt.«

Und Bistro wird verbannt in die Rumpelkammer der einstigen Modewörter, die später poetisch werden, wie Paletot, Cocotte, Fiacre, Victoria, Töff-töff und andere, mit denen die Dichter in hundert Jahren, wenn sie unsere Zeit heraufbeschwören wollen, ihre Gedichte spicken werden, wie einst Verlaine, der in seine »Fêtes galantes« die Wörter aufnahm, die für ihn auf die poetischste Weise das 18. Jahrhundert herbeizauberten.

Und als Pablo Canouris nach dem Essen in der Kinovorstellung völlig ohne Arg gebannt dem Film folgte, spürte er plötzlich, wie sich eine kleine Hand auf seine Hände legte. Er zuckte zusammen vor Wollust und Schrecken. Doch dann faßte er sich und drückte Elvires Hand.

III

Nicolas Warinow war abgereist, nachdem er Elvire zerstreut geküßt hatte, und sie hatte seinen Kuß noch zerstreuter erwidert. Er dachte an den Frontbericht, sie dachte ans Kino.

Wie sonderbar, daß ein Mädchen wie Elvire, die die Frauen auf männliche Art liebte, für Nicolas Warinow eine heftige Zuneigung gehabt hatte, die zwar nicht erloschen war, jedoch allmählich nachließ infolge all der Ungewißheiten dieser Kriegszeiten und auch, weil er überhaupt nicht mehr an die Liebe zu denken schien. Pablo Canouris gefiel ihr, und da er aus einem neutralen Land stammte, schien sein Schicksal weniger ungewiß zu sein als das von Nicolas. Sein beginnender Ruhm machte außerdem die Freundschaft mit ihm zu einer Erfolgsgarantie für eine Malerin, die nicht ohne Talent war und zu seinen Freunden zählte. Elvire war mehr Malerin, als sie selbst wußte. Aber sie dachte nicht an Pablo Canouris und an den Druck seiner Hände. Sie erinnerte sich an gewisse Filmszenen, die sie entzückt hatten, und an die Unterhaltung mit dem falschen Ovide über das Mormonentum.

Während sie sich für den Besuch in der Rue Delambre fertig machte und die Briefkopie suchte, in der ihre Großmutter erwähnt war, sagte sie sich: Ich weiß gar nicht, warum es nicht auch einen weiblichen Mormonismus geben sollte, also Frauen, die mehrere Männer haben. Das wäre lustig. Und vor allem gibt es das ja, zwar nicht mit Ehemännern, aber mit Liebhabern. Ich muß ein Porträt von Anatole de Saintariste als Leutnant malen, neben seinem Liebchen Corail. Die Kleine ist schwierig zu zeichnen.

Dann ging sie zu ihrem verabredeten Treffen in die Rue Delambre. Der alte Hesse, der bei den Mormonen gelebt hatte, war ein schöner alter Mann mit aufgeschlossenem und klarem Verstand. Er empfing Elvire mit den Worten: »Sicher habe ich Ihre Großmutter 1851 kennengelernt. Da war ich acht Jahre alt, ich kam im August 1851 nach Great Salt Lake City. Lesen Sie mir Ihren Brief selbst vor, ich kann Schriften nicht mehr gut entziffern, auch nicht mit Brille.«

Und während der angebliche Ovide du Pont-Euxin sich Hautfetzchen rings um die Fingernägel abzupfte und der alte Otto Mahner den Mund öffnete, um besser zu hören, und ihn von Zeit zu Zeit wieder schloß, um eine Prise zu schnupfen, faltete Elvire die Briefkopie auseinander, die ihr der alte Filnitz in Petrograd gegeben hatte, und las sie mit einer Langsamkeit, die einer jungen Frau, die einst Klatschbase bei den »Folies-Bergère« gewesen war, alle Ehre machte:

»An Bruder Brigham Young,
Präsident der Kirche der Heiligen der letzten Tage,
Gouverneur von Utah.

Great Salt Lake City
(Vereinigte Staaten von Amerika)
Paris, den 20. Dezember 1851

Ich nehme an, ich bin der erste, lieber Bruder Brigham Young, der Sie über die tragischen Ereignisse unterrichtet, die mit Feuer und Blutvergießen über die unglückliche Hauptstadt Frankreichs hereingebrochen sind. Falls die Unglücksnachricht jedoch schon eher bei Ihnen eingetroffen sein sollte, dann wird mein Brief Sie über mein Schicksal und das der Mission beruhigen.

Nachdem ich, dem Willen des Rates der Kirche gehorchend, von meinen Gemahlinnen Abschied nahm und von Salt Lake City aufbrach, um die Missionare anzuleiten, die den Auftrag haben, das alte Europa zu bekehren, habe ich nirgends ein solches Erstaunen, eine Mischung aus Bewunderung und Erschrecken, empfunden, wie sie mich in der riesigen Stadt überfiel, die an Roms Stelle als Haupt der Welt getreten ist.

Paris bietet eine einmalige Mischung aus Größe und Elend und wirkt verblüffend für einen Bürger der Vereinigten Staaten, der an die gefällige Einfachheit unserer aufblühenden Städte gewöhnt ist. Wenn unseren Städten auch die prächtige Architektur der Paläste, der Denkmäler und kirchlichen Gebäude fehlt, die großartige Anordnung der Plätze und Gärten, die mit feinem und zugleich kühnem Geschmack genutzten Perspektiven der öffentlichen Promenaden, so wird man bei uns aber auch nicht auf solch abscheulichen Schmutz treffen wie in den Pariser Vorstädten, auf solche gräßlichen Häuser, wo Arbeiter und Kleinbürger in einem widerwärtigen Durcheinander leben.

In den engen gewundenen Gassen kämpft der Geruch der Fäulnis gegen den Gestank des Urins, der ganz Paris überzieht, in Lachen steht, in den Rinnsteinen schäumt und sich stellenweise mit dem Gestank der Menschen- und Tierexkremente verbindet.

Nirgendwo in Europa habe ich mich so wie in Paris nach dem gesehnt, was man hier die freie Wildnis unserer Gegenden nennen würde.

Die aussätzigen Fassaden, Zeugen mehrerer Revolutionen, sehen aus wie alte Frauen, wie Squaws, die verbraucht sind vom Leben und der harten Behandlung, die die Rothäute, diese unglücklichen Reste des unglücklichen Volkes der Lamaniten, ihren Frauen zumuten.

Außerdem ist die Natur hier wie überall in Europa dürftiger als in unserer Heimat, und vor allem die Flüsse sind hier nur elende Bächlein im Vergleich zu unserem Missouri, dem Vater der Gewässer, oder zu anderen amerikanischen Flüssen.

Ich erreichte Paris im Monat April. Zuvor hatte ich in Kopenhagen eine große Zahl Dänen bekehren können, die Sie gewiß inzwischen mit Freuden in unserer heiligen Stadt begrüßt haben.

Da ich Paris zu wiederholten Malen besucht hatte, wußte ich, welch schweres Leben Bruder Curtis Bolton hier führte, der den schwierigen Auftrag hatte, die Pariser zu bekehren. Trotz vielfältiger Hindernisse konnte er vierhundert Menschen bekehren, und ich muß sagen, daß die Umstände für ihn wenig hilfreich waren.

Sieben Jahre lang hat er in einer Mansarde in der Rue de Tournon gewohnt, und trotz all seiner Mühen hat er nur selten mehr als zehn Franc im Monat verdient, so daß er gezwungen war, von trocken Brot und Wasser zu leben.

Ich fand, daß es für ihn an der Zeit war, sich einmal auszuruhen, und gleich nach meiner Ankunft habe ich mich daran gemacht – da ich das Französische ausreichend beherrsche –, seine Übersetzung des Buches Mormon zu Ende zu bringen.

Das Buch wird wahrscheinlich im Laufe des nächsten Jahres erscheinen.

Ich habe Bruder Curtis Bolton nach England geschickt, zu seinen Landsleuten. Sie haben ihn herzlich aufgenommen, und aus seinen begeisterten Briefen an mich geht hervor, daß es dank seines Apostelamtes schon Bälle gegeben hat, und Sie wissen ja, wie sehr Konzerte, Ausflüge, Garden-Parties und fröhliche Spiele den Göttern wohlgefällig sind.

So war er doch in Jersey mit einer Gruppe junger Mädchen, die bereit sind, unsere Schwestern zu werden, und mit einigen Heiligen! Und diese Vergnügungsreise war angefüllt mit Predigten und Lobgesängen, und die fleischlichen Begierden fanden ihre Erfüllung nach dem menschlichen und göttlichen Gesetz, das die Polygamie fordert nach dem Beispiel der Patriarchen und dem Beispiel Christi, der drei Frauen hatte, wie man im Evangelium nachlesen kann.

Die Ferien für Bruder Curtis Bolton sind jetzt zu Ende, und er bereitet sich voller Eifer auf die Rückkehr nach Paris vor.

Sobald der Apostel zurück ist, verlasse ich Frankreich, um unsere Mission in Italien zu besuchen.

Hier nun einige Einzelheiten über meinen hiesigen Aufenthalt:

In Paris angekommen, mietete ich mich in der Rue Paradis-Poissonnière Nummer 27 ein, einer dichtbevölkerten und zugleich trübseligen Straße, die mir nach einer Eingewöhnungszeit allmählich gefällt, obwohl mich die verpestete Luft in meinem Zimmer stört, das, wie in sehr vielen Pariser Häusern, sehr niedrig ist.

Was für ein heftiges Mitleid ergreift hier selbst den Hartgesottensten, wenn er sieht, welches Unglück die Bevölkerung dieser Hauptstadt erlitten hat! Die rasche Aufeinanderfolge von Revolutionen und Aufständen läßt diesem unglücklichen Volk keine Zeit, sich von Kriegen und Blutbädern zu erholen.

Die Götter wissen, daß wir, die Heiligen der letzten Tage, an Aufstände gewöhnt sind. Unser Prophet Joseph Smith und sein Bruder, der Patriarch Hyrum, haben ja bei einem solchen im Gefängnis von Carthago ihr Leben gelassen. Ich selbst wurde dabei schwer verwundet. Nauvoo, die schöne Stadt, die wir mit unseren eigenen Händen erbaut haben, wurde uns von den Heiden mit Gewalt entrissen, viele der Unseren starben dort den Märtyrertod, und der Tempel zerfällt. Der trostlose Anblick jedoch, den mir Paris bot, als ich im April hierherkam, läßt sich kaum beschreiben. Barrikadenreste, Brandruinen, die Spuren der Revolutionen und der Kriege, die Krüppel, dies alles ließ in mir die Überzeugung wachsen, daß unsere Wunden und unsere Mühsal bei der Suche nach diesem Land Déseret, das Sie uns versprochen hatten, das wir fanden und dem Sie in Erinnerung an eine kleine übernatürliche Biene den Namen gaben, der Ihnen offenbart worden war, daß also unsere Mühsal geradezu eine süße Erholung und göttlicher Segen war im Vergleich zu dem tausendfältigen Unglück, das die politische Leidenschaft und die falsch verstandene Liebe zu der am wenigsten demokratischen Freiheit innerhalb weniger Jahre über die Franzosen und besonders über die Pariser gebracht haben.

Ich war der Ansicht, daß dieses Elend allmählich enden würde, und widmete mich kraftvoll meinem Apostelamt nach dem Stand, in dem Bruder Curtis Bolton das seine zurückgelassen hatte, und so konnte ich in der Rue Saint-Honoré Nummer 282 einige Franzosen taufen. Um mein Predigtamt zu unterstützen, gründete ich eine Zeitung nach dem Vorbild des Propheten Joseph Schmidt und nach Ihrem Vorbild, der Sie unser neuer Prophet sind. Dieses Blatt erscheint seit Mai monatlich. Es heißt ›Etoile du Déseret‹, und dieser Titel findet sicherlich Ihre Billigung.

Da die Polizei nicht aufgehört hat, mich zu schikanieren, wie sie unseren armen Bruder Curtis Bolton schikaniert oder vielmehr verfolgt hat, habe ich beschlossen, in dieser Zeitung nichts zu behandeln, das mit Politik in Beziehung steht. Einer der neuen Heiligen, Bruder Dupont, der eines meiner Wunder als Zeuge erlebt hat, erwies sich als ein Dichter, wenn auch als ein recht mittelmäßiger, aber die französischen Lobpreislieder, die er komponiert hat, sind fürs erste durchaus von Nutzen. Er hat Bruder Bolton bei der Übersetzung des Buches Mormon geholfen, und mir ist er behilflich bei der Korrektur der Druckbögen.

Ich möchte noch erwähnen, daß ich jenen Punkt unserer Lehre, der sie für junge Männer so verlockend macht, die Polygamie, nicht enthülle.

In Anbetracht des oberflächlichen und spottlustigen Charakters der Franzosen fürchtete ich zu Beginn meines Apostelamtes, daß sie unsere Kirche lächerlich machen könnten, wenn sie von der durch die Kirchenordnung festgelegten patriarchalischen Verfassung unserer Familien erführen.

Einer der berühmtesten klassischen Autoren in diesem Land, Monsieur Molière, der vor zweihundert Jahren köstliche Possen verfaßt hat, schreibt in einem Stück, das ich dieser Tage im Théâtre Français sah, einen Vers, der mich empört hat, obwohl er äußerst komisch schien und für die Pariser Zuschauer vollkommen vernünftig. Dieser Vers läßt das Publikum in unbändiges Gelächter ausbrechen und würde sich für unsere Heiden in Illinois, im Kongreß in Washington oder bei der Armee der Vereinigten Staaten wie ein legales Urteil (oder illegales ad libitum, um an unseren Richter Lynch zu erinnern, der das Unrecht verkörpert) ausnehmen.

Dieser Vers von Monsieur Molière paßt zu der Grausamkeit der Landstreicher, der Abenteurer, der rohesten Viehzüchter unseres *Far West* :

Die Polygamie
ist ein Fall für den Strang.

Ein grausamer, unmenschlicher Vers, der, in Amerika geprägt, direkt auf uns gemünzt zu sein scheint, aber wenn er plötzlich den Franzosen wieder ins Gedächtnis käme, wäre das genug, uns für alle Zeiten in ihren Augen zu entehren, und dann würden sie uns wie Wüstlinge behandeln, die sie selber sind.

Übrigens existiert die Polygamie hier tatsächlich, und zwar so, wie ich es eben andeutete, in Form der Ausschweifung.

Wenn die Ehe in Frankreich eine legale Monogamie bleibt, so wird sie häufig und gewissermaßen unverhüllt zur wirklichen Polygamie, sowohl für den Ehemann als auch für die Ehefrau, durch den Ehebruch, der hierzulande ein schwerwiegender und zugleich lächerlicher Akt ist, und es kommt nicht selten vor, daß das Lächerliche daran tödlich wird.

Im übrigen, wenn die Polygamie in diesem Land auch nicht mehr ein ›Fall für den Strang‹ nach Ermessen der Justiz ist, wenn der oben zitierte Vers vielmehr urkomisch als wirklich galgendrohend ist, so unterbindet das französische Recht darum nicht minder die Polygamie, wenn sie durch einen rituellen oder legalen Akt sanktioniert ist. Und mein Wunsch, ernste Auseinandersetzungen mit der Polizei dieses Landes zu vermeiden, entspricht auch meinem Bemühen für den Triumph der Kirche der Heiligen der letzten Tage, denn eine Ausweisung unserer Apostel würde mit Sicherheit den kleinen Kern von Gläubigen zerstören, die Bruder Curtis Bolton mit seinem bereits erwähnten Eifer zusammengeführt hat.

Kommen wir nun zu den Ereignissen der letzten Tage. Die große Anzahl Menschen, die dabei ihr Leben verloren haben, bestätigt mir, daß ich dem Tod wirklich nur mit knapper Not entgangen bin.

Mein fester Vorsatz, mich nicht in die Politik einzumischen und keine Äußerungen von mir zu geben, die falsch interpretiert werden könnten, falls man meinen Brief öffnet, was, wie mir scheint, die Polizei aus gutem Grund häufig praktiziert, verbietet mir, Ihnen meine Gedanken zu den Ursachen dieser Ereignisse mitzuteilen, doch ich will sie Ihnen nennen, ohne irgendein Urteil darüber zu fällen. Die Aufstände und Revolutionen, von denen Paris gezeichnet war, als ich im April hier eintraf, sind wieder aufgeflammt in der Folge einer gewissen Regierungsoperation, die man Staatsstreich genannt hat. Zur Erklärung sei gesagt, daß der Präsident der Französischen Republik, der ein Mitglied der Familie Bonaparte ist, über die Wiedereinführung der Kaiserwürde zu seinen Gunsten nachdenkt. Er hat mit einer Demonstration absolutistischer Herrschaft begonnen, die einer gewissen Anzahl von Personen aller Klassen und besonders der Arbeiter mißfiel.

Den Ratschlägen folgend, die man mir gab, ging ich am 2. und 3. Dezember nicht aus dem Haus. Am 4. jedoch mußte ich unsere Druckerei in der Rue Saint-Benoît auf dem rechten Seine-Ufer aufsuchen, und obwohl ich abgehärtet bin, war ich doch entsetzt über die Brutalität der Soldaten. Ein Umweg führte mich in die Rue de la Paix, wo ich Lanzenreiter, Kavalleriesoldaten, sah, die eine friedliche Menschenmenge angriffen, die aus wohlgekleideten Menschen, Kindermädchen und Kindern der wohlhabenden Schicht bestand.

Ich konnte ausweichen und mich vor den Pferdehufen in Sicherheit bringen, aber auf dem Rückweg von der Rue Saint-Benoît beging ich den Fehler, einen Weg zu wählen, der mir kürzer schien als der vorige. So irrte ich von Barrikade zu Barrikade, und ich hatte Mühe, meine Route zu rekonstruieren, in diesem Labyrinth von Straßen, die durch die Barrikaden in Festungen verwandelt worden waren.

Die moralische Verfassung der europäischen Nationen ist so verschieden von derjenigen der Amerikaner, daß ich nicht weiß, ob Sie die Beweggründe für die inneren Kämpfe zwischen den Franzosen begreifen werden. Hier ist nichts wahrhaft demokratisch. Die Gleichheit, die auf die Fassaden der öffentlichen Gebäude geschrieben wurde, wird von keiner Klasse der Bevölkerung wirklich gewünscht.

Bei uns ist alles aus dem Volk hervorgegangen: die Religion, die Künste, die Macht und der Reichtum. Die amerikanische Nation ist eine Leiter, bei der die Stufen jeweils den gleichen Abstand voneinander haben und für den Betrachter nur einen Unterschied in der Höhe erkennen lassen. Und dieses Gleichnis gilt ebenso in geistiger wie in materieller Hinsicht. Von Zeit zu Zeit wird die Leiter umgedreht, und nichts ändert sich.

In Frankreich gibt es statt einer Leiter mehrere, die zu dem gleichen Gipfel führen. Jede Klasse der Bevölkerung, um mich direkter auszudrücken, bildet hier einen Staat in der Nation, einen Staat mit seiner Aristokratie, seinem Bürgertum und seinem niederen Volk; die Künste sind ebenfalls auf diese Art organisiert und kennen keine demokratische Einheit, wie man sie bei uns bewundert; die Wissenschaften und das Handwerk sind auch nach diesem System gegliedert. Auch die Kriegskunst versteht sich nicht anders. Selbst die Wissenschaft des Festungsbaus hat, unglaublicherweise, einen plebejischen Anwendungsbereich gefunden, in der Barrikade. Während die Kriegsgelehrten die Kenntnisse, die sie von den italienischen Ingenieuren des 15. Jahrhunderts übernahmen, hochhalten und sie für die Vervollkommnung der Festungsbauten anwenden, hat das Volk die Barrikade erfunden, als improvisierte, unverhoffte Festung aus Pflastersteinen, Balken, Fässern, umgestürzten Omnibussen, Körben und Matratzen. Diese Bollwerke reichen zuweilen bis in die Höhe der zweiten Etage, und es ist vorgekommen, daß die Verteidiger dieser unförmigen Anhäufungen von Schutt und verschiedensten Materialien reguläre Artillerietruppen besiegt haben.

Bei uns heißt das Volk Jedermann: Millionäre, Bauern,

Journalisten, Abenteurer und Viehhändler; man würde höchstens die Schafhirten, die Neger und die Indianer davon ausschließen, letztere als gesegnete Feinde, die wir von ihrem eigenen Boden verdrängen, während die ersteren nicht zur Menschheit gehören.

Hier besteht das Volk nur aus Verbrechern, armen Leuten, Arbeitern, Studenten, Abgeordneten, Künstlern und Literaten. Und es hat manchmal fürchterliche Zornesausbrüche! Die Regierung ist im vorliegenden Fall leicht damit fertiggeworden, aber es ist viel Blut geflossen.

Ich will Ihnen nicht die Barrikaden beschreiben, die ich an jenem vierten Dezember umgehen mußte, als ich versuchte, zu meiner Wohnung zurückzugelangen. Die Topographie von Paris ist Ihnen nicht vertraut, und Erklärungen wären überflüssig. Ich möchte nur erwähnen, daß ich in einer einzigen Straße, der Rue Rambuteau, die ich entlanggehen mußte, obwohl sie mich von meinem Haus entfernte, zwölf Barrikaden gezählt habe.

Vor einer großen Barrikade, die die Rue Saint-Denis in der Höhe der Rue Guérin-Boisseau versperrte, wurde ich für einen Polizeispitzel, einen *mouchard*, gehalten. Ich trat nicht sehr mutig auf, und trotz meiner Bemühungen, mich als Amerikaner auszuweisen, hätten mich die Aufständischen erschossen, wenn nicht ein Volksvertreter, ein berühmter Dichter, Monsieur Victor Hugo, eingegriffen hätte. Er befragte mich, und nachdem er sich ausführlich nach den Niagara-Fällen, den Pfahlbauten von Mexiko, den Sitten und Gebräuchen der Osagen und dem Lauf des Orinoko erkundigt hatte, ordnete er an, mich freizulassen, und vor den Aufständischen, die ihm respektvoll lauschten, sagte er wörtlich zu mir: ›Weiser Bürger der Vereinigten Staaten von Amerika, Sie werden in Ihrer freien Republik Zeugnis ablegen von den Anstrengungen der Pariser, dieses Volkes von Titanen, für die Befestigung der baldigen Bruderschaft der Vereinigten Staaten von Europa.‹

Darauf verließ er mich, nachdem er mir beide Hände geschüttelt hatte, und man sperrte mich in einer Apotheke ein, die von den Aufständischen in eine Pulverfabrik umgewandelt worden war.

Nach dem, was mir der Präsident der Republik Venedig, Monsieur Manin, bei seinem Besuch vor ungefähr drei Monaten sagte, bei dem er sich sehr am Mormonentum interessiert zeigte, soll dieser Monsieur Victor Hugo, soweit das in Paris möglich ist, ohne einen Skandal zu verursachen, nach den Grundsätzen unserer Kirche leben, vor allem in bezug auf die Polygamie.

Nach einer Weile, die mir endlos schien, erlaubte man mir zu gehen. Von Barrikade zu Barrikade, zwischen Toten und Verletzten hindurch, den Soldaten mit ihren Bajonetten und Geschossen ausweichend, gelangte ich schließlich irgendwie auf den Boulevard, wo das Gemetzel entsetzlich war.

Die Soldaten brachten jeden um, der ihnen in den Weg kam, und die Schreie ›Mörder!‹, ›Nieder mit Bonaparte!‹ und ›Es lebe die Republik!‹, die Kommandos der Offiziere, das Stöhnen der Sterbenden, das Prasseln der Gewehrsalven, das Donnern der Kanonen vermischten sich und bildeten eine schreckliche Musik. Ich hatte das Gefühl, daß meine letzte Stunde nahe war, und wollte versuchen, in einen Laden zu flüchten, doch die meisten waren geschlossen, und als ich in den noch geöffneten Läden die Leichen der Inhaber liegen sah, begriff ich, daß es keine Zuflucht gab, die vor den Soldaten sicher war. Ich wagte mich nicht in die engen Straßen, die zu meinem Haus führten. Ich fürchtete, noch einmal auf Barrikaden zu stoßen, und das schien mir ebenso gefährlich, wie mich der Brutalität der Soldaten auszusetzen.

Dann fing es an zu regnen, und der Schlamm färbte sich stellenweise rot von Blut. Einige Passanten, Aufständische, die zu ihren Barrikaden wollten, hasteten durch die Straßen, manchmal gebeugt, um den Geschossen zu entgehen, andere wieder stolz und mit trotzigen, herausfordernden Schreien gegen die bewaffnete Truppe. Dennoch verhielten sie keineswegs den Schritt und setzten alles daran, sich vor den von zwei Seiten anrückenden Soldatentrupps in Sicherheit zu bringen. Ich selbst bereitete mich innerlich auf den Tod vor, da ich sicher war, daß ich ihnen nicht entgehen würde. In diesem Augenblick zog eine Gruppe elegant gekleideter junger Männer und Frauen lachend an mir vorbei. Ich hatte die Idee, ihnen zu folgen, denn sie schienen sich um den Aufruhr wenig zu kümmern und sich gegen Gefahren gefeit zu fühlen; aber unter Lachen und Scherzen wandten sich diese Wüstlinge, denn etwas anderes waren sie nicht, nach mir um und versuchten, mich mit Stockhieben fortzujagen, während sie riefen: ›Geh deines Weges, guter Mann, wir stehen nicht auf deiner Seite.‹

Und eine der jungen Frauen hob eine leere Flasche auf, die neben einem Tschako und einem toten Soldaten lag, warf sie mit aller Kraft nach mir und rief: ›Beeil dich doch, Paméla, und hüte dich vor diesem Sozialisten!‹

Im gleichen Augenblick traf mich die Flasche an der Stirn, betäubte mich und verletzte mich über der rechten Augenbraue. Ich hörte, wie eine sanfte Stimme sagte: ›Armer Mann, Sie bluten ja!‹

Und neben mir hörte ich ein Rascheln von Seide, während eine zarte Hand mit einem parfümierten Taschentuch das Blut von meiner Wunde tupfte.

Ich glaubte zuerst, der Engel Moroni sei auf das Schlachtfeld herabgekommen und wolle einen von Josephs Getreuen retten. Aber die gefühllosen jungen Leute, die an diesem Trauertag zu irgendeinem Vergnügungslokal, ›Rocher de Cancale‹ oder einem anderen, eilten, um zu feiern und sich am Unglück des Volkes zu weiden, riefen im Davonlaufen: ›Paméla, komm schnell, die Soldaten sind gleich da!‹, und ich begriff, daß ich nicht etwa den Engel Moroni bei mir hatte, sondern nur diese

Paméla, die von ihren Gefährten zwar noch gerufen, aber nicht mehr von diesem gefährlichen Ort weggeholt wurde, an dem sie blieb, um mir zu helfen. Die Bataillone kamen im Gleichschritt näher, und ihre Marschtritte klangen schaurig wie ein Totentanz.

Der Engel Paméla kümmerte sich nicht darum, und ich glaubte, ich würde mit ihr sterben. Dieses romantische Ende begeisterte mich für einen Augenblick, und ich nahm mir vor, wenn mich die Bajonette träfen, *Vive la République!* zu schreien, was aus meinem Munde die berechtigte Verherrlichung unserer Vereinigten Staaten war, für die Soldaten jedoch (und diesen Sterbewitz fand ich köstlich), die meine Henker werden würden, eine Apologie *in extremis* für die Volksherrschaft, gegen die sie kämpften, sein mußte.

Doch die Hand, die mir das Blut vom Gesicht gewischt hatte, packte mein Handgelenk und zog mich fort. Undeutlich sah ich die Uniformen der Soldaten und die engelhafte Silhouette der Frau, die mir geholfen hatte; jetzt hielt sie in der linken Hand das mit meinem Blut befleckte Taschentuch, und ich mußte an Christus und das Tuch der heiligen Veronika denken. Dieser erbauliche Gedanke beschäftigte mich, während wir den Boulevard überquerten und gerade noch rechtzeitig in eine Nebenstraße gelangten, bevor die Soldaten heran waren.

Sie haben soeben gelesen, lieber Bruder Brigham, wie ich sozusagen auf wunderbare Weise der disziplinierten Raserei des Militärs entgangen bin, und ich bitte Sie, meine folgende Abschweifung in bezug auf die französischen Frauen zu verzeihen.

Man kann von ihnen dasselbe sagen, was ich Ihnen unlängst hinsichtlich der katholischen Priester schrieb. Sie sind besser als die Priester jeder anderen Religion, und nirgendwo, außer in unserer Kirche, findet man so viele Heilige wie unter ihnen. Daran ist nichts Erstaunliches, da der Katholizismus die wahre Nachfolgerin der mosaischen Religion ist und im Besitz der Wahrheit war, bis der Engel Moroni Joseph Smith erschien. Und ich war oft begeistert von den Wahrheiten, um deren Verbreitung sich die katholischen Priester mit unbeschreiblichem Mut und Glauben bemühen.

Ein ähnliches gilt für die Frauen hier: sie sind vortrefflich, was Gesundheit, Arbeit, Mut, Liebreiz, Geschmack, Sanftmut und gute Laune betrifft, und diejenigen, die von dem bescheidenen Auftreten abweichen, das dem schönen Geschlecht geziemt, werden dazu eher durch die Mängel der Institutionen verführt als durch eigene Neigung.

Nirgendwo wäre die Polygamie wahrscheinlich so nützlich wie hier, wo man überhaupt keinen Begriff mehr von der Ehe hat. Viele Sozialisten betrachten die Freiheit in der Liebe als ein unanfechtbares Recht, und Fourier selbst hat die Polygamie akzeptiert, sowohl in der Ehe als auch in der Ehelosigkeit, durch die höchst unmoralische Institution des Bajaderenwesens.

Die Polygamie bedeutet Gesundheit für den Mann und für die Frau, sie beseitigt die Prostitution, das mit ihr verbundene Elend und die entsprechenden Krankheiten; sie erhöht die Würde des Mannes, indem sie seinen angeborenen Hang zum Herrschen befriedigt. Diese patriarchalische Verfassung wäre genau richtig für dieses Land, das sie erneuern könnte, indem sie vielleicht die soziale Frage lösen und jene inneren Kämpfe, jene ungesunden Ideologien ausschalten würde, die Leib und Seele auslaugen. Statt dessen herrscht mit dem Ehebruch heimliche Polygamie, die Prostitution macht aus dem fleischlichen Akt eine schändliche Sache, und das alles zerstört die Freude des Mannes an der Zeugung, treibt die Männer zu Torheiten und läßt unglückliche Kinder auf die Welt kommen, die ohne Familie, ohne Schicksal und als unehelich mit der Verachtung aufwachsen müssen.

Die Frau, die sich um mich bemüht hatte, lief eine lange Strecke mit mir. Schließlich verhielten wir vor einem

Haus, und sie bat mich, mit hinaufzukommen. Ich folgte meiner Retterin in eine elegante Wohnung, und dort sagte sie zu mir: ›Mein Vater und mein Bruder sind Arbeiter. Sie kämpfen gegen die Tyrannei. Deshalb war es mir nicht gleichgültig, als ich sah, daß die feige Berthe Sie mit der Flasche verletzte. Ich beschloß, Sie zu retten. Sind Sie nicht Abgeordneter?‹

Ich erklärte ihr, daß ich Amerikaner und Mormonenmissionar sei, und sie zeigte lebhaftes Interesse. Sie sagte: ›Ich war früher Marienkind … das waren schöne Zeiten.‹

Und ich begriff, daß diese junge Frau in der Verdammnis lebte und mit Sehnsucht an ihre unschuldigen Jahre zurückdachte. Ich hatte das Gefühl, daß sie eine vortreffliche Mormonin abgeben würde, und daß Sie, da es nur wenige Französinnen unter den Heiligen gibt, sich gewiß freuen würden, ein weibliches Exemplar der geistvollen Rasse der Franzosen aufzunehmen, der die Zivilisation so vieles und in so vielen Bereichen verdankt. Ich begann also diese galante Dame über das Mormonentum aufzuklären, ich kam jeden Tag in das Viertel Bréda, wo sie wohnte, und beschrieb ihr das Glück, das in Great Salt Lake City auf sie wartete, erklärte ihr, daß wir die wahre Lehre besitzen, daß sie einen liebenswerten Ehemann bekäme, daß die Mormoninnen gebildet und wohlerzogen sind, daß wir Tanz, Musik und Theateraufführungen lieben, daß man sich in Salt Lake City bemüht, die Pariser Mode zu verfolgen, und daß sie als Pariserin mit ihrem Geschmack in diesem Punkt all unseren Schwestern überlegen wäre. Meinen Ausführungen über die Ehe und über die Einzelheiten unseres Luxus lauschte Madame Paméla aufmerksam, während sie an ihren Korkenzieherlöckchen zupfte und nachdachte. Ich erfuhr, daß sie ihre Hausmeisterin gefragt hatte, und daß diese sich heftig gegen mein Angebot ausgesprochen hatte. Pamélas Freundinnen rieten ihr, nicht auf mich zu hören, aber sie hatte die vernünftige Idee, ihren Vater nach seiner Meinung dazu zu fragen. Er war ein

Arbeiter, auf den man hörte in den Vorstädten, man kannte ihn weniger unter seinem Namen Monsenergues als vielmehr unter dem Spitznamen ›Parisien dit la Couronne des Amours‹. Dieser ehrenwerte Mann suchte seine Tochter auf, um sie zur Tugend zu ermahnen. Er beklagte, daß er zu schwach gewesen sei, seine Tochter umzubringen, als sie, vom Hang zum Luxus und Vergnügen verlockt, der väterlichen Autorität entflohen war und sich in ein liederliches Leben stürzte.

Mit Tränen in den Augen hörte ich diesem rauhen und sensiblen Mann zu, der mit seinen schwieligen Händen zärtliche Gesten andeutete.

Als er von meinem Vorschlag erfuhr, geriet er in Begeisterung, er sprach voller Lob von Amerika, soweit er davon wußte, vom Champ d'Asile, von tapferen Generalen nach dem Vorbild eines Cincinnatus. Er forderte seine Tochter auf, meinem Rat zu folgen. Nachdem er die jüngsten politischen Ereignisse, in die er verwickelt war, bedauert hatte, äußerte er noch seine Empörung darüber, daß die Tyrannei einen Mann verbannt hatte, den er sehr schätzte, einen gewissen Agricol Perdiguier, genannt Avignonnais la Vertu.

Diese Begegnung gab Paméla Monsenergues den Anstoß, ihre Sachen zu packen und alles zu verkaufen oder zu verschenken, was ihr auf der Reise oder in unserem Land hinderlich wäre. Und so habe ich die große Freude, Ihnen mitzuteilen, daß diese Demoiselle beschlossen hat, sich einer Gruppe Heiliger anzuschließen, die binnen kurzem unter der Führung von Bruder Lorenzo Snow nach Amerika aufbrechen werden. Zu der Gruppe gehören mehrere Engländerinnen, Däninnen, Norwegerinnen, eine Französin und eine ganze Schweizer Familie. Bruder Lorenzo Snow, der eine neue Ehefrau in sein Heim nach Salt Lake City bringt, hat beschlossen, die Reisegesellschaft zu begleiten.

Ich bedaure, daß ich Ihnen nicht mehr Französinnen

senden kann. Aber Sie werden zufrieden sein mit der Herde Färsen, die ich zu Ihnen auf den Weg schicke, und die kräftigen Bullen in unseren heiligen Ställen werden sie mit Wonne schwängern, auf daß sich in Frieden und Glück das kostbare Gut vermehre, das die Götter unserem Propheten Bruder Brigham anvertraut haben.

Zum Schluß dieses Briefes muß ich Ihnen mitteilen, daß ein anglikanischer Pastor soeben ein Buch veröffentlicht hat, in dem er unterschwellig die ethnischen Wahrheiten dementiert, die den Hintergrund unserer Religion bilden und die vor unserem Jahrhundert von den katholischen Schriftstellern verkündet worden sind, die bis zur Erscheinung des Engels Moroni vor Joseph im Besitz der ganzen Wahrheit waren. Dieser Pastor ist bei einer Asienreise zu den Nestorianern gekommen und behauptet nun, in ihnen die Vertreter der zehn Stämme Israels erkannt zu haben. Die Spuren dieser Stämme hatten sich in der Geschichte verloren bis zu dem Tage, da das Buch Mormon nachwies, daß nach der Auswanderung nach Amerika heute nur noch ein schwacher Teil einer der aus ihnen hervorgegangenen Nationen übrig ist, und zwar der schlechteste, nämlich die Lamaniten, von Gott gestrafte Juden, die darum jedoch nicht weniger die letzten Vertreter seines Volkes sind, die rote Rasse, die wir respektieren. Das genannte Buch des Pastors, voll von schlechtem Glauben, erwähnt nicht einmal andeutungsweise unsere Wahrheiten, und seine Veröffentlichung beweist einmal mehr die teuflische Unwissenheit und anmaßende Bosheit jener Sekten, die durch die Sittenverderbnis auf Erden entstehen. Die katholischen Priester hingegen kannten die Wahrheit durch Offenbarung vor der vollständigen Offenbarung der Tafeln vor Joseph Smith, der den Katholizismus hoch schätzte. Sie leben mit Würde, mit Uneigennützigkeit und sind voller Heiligung. Sie waren die Hüter der Wahrheit, und unsere Kirche ist für den Katholizismus nur seine moderne, den neuen Offenbarungen entsprechende Fortsetzung.

Ich möchte Ihr Augenmerk auf mein Heim lenken und bitte Sie, nach einer Offenbarung, die mir zuteil wurde, nicht mit der Einsetzung eines Vertreters für mich bei meinen Ehefrauen zu zögern, falls das während meiner Abwesenheit nötig sein sollte.

Von tiefster Achtung erfüllt, bin ich Ihr

Bruder John Taylor, der Märtyrer.«

Elvire hatte geendet und blickte fragend auf den angeblichen Pont-Euxin, der sich die Haut rings um die Fingernägel abriß, bis er blutete, und auf den alten Mahner, der zu ihr sagte: »Ich erinnere mich sehr wohl an den Märtyrer John Taylor, an Lorenzo Snow und an Ihre Großmutter Paméla. Wenn Sie Zeit haben, werde ich ihre Geschichte vor Ihnen ausbreiten. Niemand außer mir könnte sie Ihnen erzählen. Ich war damals noch ein Kind, aber die Kinder wuchsen in einem Durcheinander voller Freiheit auf. Wir beobachteten vieles, aber wir waren nicht unschuldig. Meine Mutter, die auch dort starb, war eine der elf Frauen von Robin Furmesneare; aber Sie erwarten ja nicht die Geschichte meiner Mutter von mir, sondern diejenige Ihrer Großmutter. Hören Sie, wenn ich Sie ermüde, müssen Sie es mir sagen, denn ich kann mich nicht kurz fassen, ich bin zu glücklich, mich über einen so besonderen Gegenstand auszulassen, über den zu sprechen ich nur selten die Gelegenheit habe.«

»Einverstanden«, sagte Elvire, »erzählen Sie mir alles, was Sie von meiner Großmutter wissen. Ich glaube, sie war mir ähnlich.«

»Das ist wahr«, erwiderte der alte Otto Mahner, nachdem er sie aufmerksam betrachtet hatte, »aber sie wirkte trotzig und zugleich überheblich, während Sie eher einen verschlossenen Eindruck machen.«

»Wie ich sie liebe!« rief Elvire. »Und wie glücklich war sie, in einer Zeit so voller Unvorhergesehenem zu leben!«

»Beklagen Sie sich nicht. Mit Unvorhergesehenem

scheinen Sie doch auch gut bedient worden zu sein – Rußland, die Großfürsten, die Malerei und der Krieg! Was wollen Sie mehr?«

»Das ist nicht dasselbe«, warf Elvire ein. »So erstaunlich mein Leben vielleicht erscheinen mag, ist es doch darum nicht weniger alltäglich.«

»Sie sind eine schwierige Person«, schloß Pont-Euxin, »und Sie wissen das Leben nicht zu genießen.«

Und er wandte sich dem Alten zu, um ihn zum Erzählen zu ermuntern.

IV

»Es war in Utah«, begann der alte Otto Mahner, »auf dem Platz im Zentrum von Salt Lake City, gegen drei Uhr nachmittags. Der Treck sah zunächst von ferne aus wie die Rauchwölkchen von einer Schießerei. Sie verdichteten sich zu zahlreichen schwarzen Punkten am Horizont und kamen allmählich näher wie eine Prozession von Ameisen. Der Zug war rasch größer geworden; neben den mit Stoff überdachten Packwagen, den Karren, liefen mit Lasten beladene Männer und Frauen, tauchten die Silhouetten bewaffneter Reiter auf, und man vernahm das Geschrei der Menschen, das Knarren der Räder, das Wiehern der Pferde.

Dann kamen in Abständen und ungeordnet nacheinander Gruppen von Fußwanderern, von Reitern und Gespannen in die Hauptstadt der Heiligen der letzten Tage.

Nach einer Überfahrt, während der sie fünf Monate lang kein Land gesehen hatten außer dem düsteren Felsen von Kap Hoorn, war eine Schar Auswanderer in Kalifornien gelandet, um sich der polygamen Sekte Amerikas anzuschließen. Sie hatten eine mühsame Reise durch die Salzwüste hinter sich, und nun waren alle, Männer und Frauen, von den Pferden gestiegen, aus den Planwagen geklettert, saßen auf der Erde und blickten auf die Stadt, die wie ein Amphitheater gegen die Wasatch-Berge anstieg, deren ewiger Schnee zartrosa und grünlich schimmerte. Die staubbedeckten Reisenden, die unruhigen, abgemagerten jungen Mädchen warteten auf die Rückkehr des Apostels Lorenzo Snow, der zum Propheten gegangen war, und sie schwiegen vor Erschöpfung.

Breite Straßen mündeten auf den Platz, und Holzhäuser erhoben sich in regelmäßigen Abständen in Gärten voller früchtebeladener Aprikosen- und Pfirsichbäume.

Den Platz säumten elegante Geschäfte von Modistinnen, Geigenbauern, Samenhändlern, Spirituosenhändlern, Lebensmittelhändlern, Verkäufern von Ackergeräten, und ihre Waren wurden auf farbigen Ladenschildern angepriesen, von denen die meisten noch mit einem gemalten blauen Auge verziert waren, um deutlich zu machen, daß der Inhaber Mormone war.

Es gab auch Wechselstuben, und vor einem Hotel standen kleine Orangenbäume in violetten Töpfen und prangten mit ihren kugelförmigen Laubkronen.

Bald erschienen alle Geschäftsinhaber in ihrer Ladentür, um die Einwanderer zu besichtigen. Einige rauchten, andere kauten Kautabak und spien von Zeit zu Zeit einen Strahl goldbraunen Speichels auf den Erdboden; wieder andere hatten ein Taschenmesser in der rechten Hand und schnitzten an einem Stück Holz, das sie mit der linken Hand hielten.

Nach und nach wurden die Neuankömmlinge von Kindern umringt, die kleinen Jungen gaben mit durchtriebener Miene den Mädchen die Hand, faßten sie um die Taille, küßten sie dreist, schwatzten, lachten und schnitten Grimassen in Richtung der Fremden.

Eines der kleinen Mädchen rauchte eine Zigarette, und nach jedem Zug, den sie mit geschlossenen Augen wieder ausatmete, hielt sie die Zigarette mit gestreckten Fingern von sich. Das waren die ersten in dieser aufblühenden Stadt geborenen Sprößlinge.

Die Städte sind die erhabensten Denkmäler der menschlichen Kunst. Die unbestimmte Bewegung der menschlichen Wanderung erhebt sich zur unendlichen Unbeweglichkeit. Die Erschöpfung gebiert den Wunsch nach Ruhe, tätiger Ruhe des vegetativen Lebens. Unstete, umherirrende Menschen rasten, und während sie eng beieinander bleiben wie die Bäume im Wald, schlagen sie die geistigen Wurzeln, ihre Häuser wachsen in die Höhe, die Stadt wirft ihre Schatten. Und die wunderbare Einheit der neuen Gründung mit ihren Türmen und Häusern, ihren Aquädukten und Kloaken, ihren Architekten und Priestern findet ihren vollkommenen Ausdruck im Namen der Stadt.

Die Kinder hier spielten im hellen Sonnenlicht, und man hatte ihnen keine Scham beigebracht. Sie lebten in einer Gesellschaft, in der die Religion die Fleischeslust ehrt und verordnet, und der väterliche Harem verherrlichte die Sinnenlust.

Drei Indianer verließen mit stolzem Gang eine Schankwirtschaft. Es waren Ute, mit alten Hosen bekleidet, Nerzfellmützen auf dem Kopf und kostbaren Mokassins, mit weißen und grünen Glasperlen bestickt, an den Füßen, um den Hals hatten sie ein rotes Tuch geschlungen. Diese Rothäute schritten würdevoll einher, wohl wissend, daß man sie als die Reste der Lamaniten betrachtete, als die letzte Nation, die aus den zehn Stämmen Israels hervorgegangen war, die nach der babylonischen Gefangenschaft verloren waren. Das Buch Mormon erzählt von ihrer Geschichte, ihrer Größe und ihrem unglücklichen Schicksal auf dem amerikanischen Kontinent.

Sie bildeten den Adel der neuen Stadt, wo man sie ihrer Abstammung zuliebe so leben ließ, wie sie nun waren: verlaust, verkommen und elend. Und die Traditionen, die sie trotz ihres moralischen Untergangs noch pflegten, hatten den Mormonen-Reformatoren als Modell gedient.

Urplötzlich belebte sich der Platz. Die Neuankömmlinge erhoben sich, und die wenigen Männer, die zu dem Treck gehört hatten, gingen beiseite und mischten sich unter die Menge, die von allen Seiten auf den Platz strömte. Bei den Wagen blieben nur die Frauen zurück, die miteinander sprachen, einander abbürsteten, sich kunstvoll frisierten, um sich mit all ihren Vorzügen zu präsentieren. Da waren Engländerinnen in mexikanischen Hosen mit weiten Hosenbeinen und einem Streifen Lederfransen an den Nähten. Da waren Däninnen und Norwegerinnen, die aus Schamhaftigkeit nicht gewagt hatten, Männerkleider anzulegen. Sie wirkten anmaßend und elend mit ihren auffälligen Röcken, die von der Reise arg mitgenommen waren; die Volants waren zerrissen, die Krinolinenreifen waren zerbrochen. Eine junge Schweizerin sah noch lächerlicher aus in ihrer altmodischen Aufmachung von vor 1848 und mit einem winzigen Hütchen auf dem Kopf. Eine der Frauen schließlich, die für Sie, Elvire, von Interesse ist, Ihre Großmutter Paméla, in Matrosenkleidung, mit der Matrosenmütze auf dem zerzausten Haar, schien sich um ihre Kleidung gar nicht zu kümmern, sondern musterte mit dreistem Blick das Volk, das auf dem Platz wimmelte und sich in zwei Gruppierungen aufteilte, die sich nicht vermischten, obwohl die Kinder zwischen ihnen hin und her tobten.

Die Indianer hatten sich in die Mitte des Platzes gesetzt, und da sie Tabak verschmähten, rauchten sie aus kostbaren roten Tonpfeifen ihr Kinikinik.

Zu ihnen gesellten sich Gestalten in langen weißen Gewändern, auf dem Kopf eine weiße Tiara, die in einer Wölbung auslief. Das war die Rächertruppe der Daniten.

Sie überquerten den Platz der Union mit Gewehren, deren Kolben mit Niello-Silber beschlagen waren. Vor dem Gesicht trugen sie eine Halbmaske aus grüner Seide, und unter den für die Augen ausgesparten Öffnungen zitterten Goldtränen. Ihre Antilopenfell-Handschuhe waren an den Handgelenken mit kleinen Stücken gediegenen Goldes und winzigen Muscheln verziert, und ihre Mokassins waren über und über mit bunten Federn bedeckt, die dekorative Muster mit zarten Farbübergängen bildeten. Hinter den am Boden sitzenden rauchenden Indianern standen die Daniten reglos, und Gruppen von Ehefrauen überquerten den Platz nach allen Richtungen, leidenschaftliche Worte stiegen auf, man hätte Worte wie Würgeengel, Liebe, Ewigkeit, Musik, Tod, Rache, Kuß und Knechtschaft vernehmen können.

Dann kamen Menschen aller Rassen: Skandinavier in Kniehosen mit weiß-blau gestreiften Strümpfen und einem goldenen Ring im rechten Ohr; Russen in roten Blusen, mit langem Haar und grünen Mützen, deren Schirm weit bis über die Augen hinabreichte; Engländer mit wallendem Bart und rasierter Oberlippe, Amerikaner mit bartlosen Gesichtern und Koteletten bis zu den Ohrläppchen, bärtige Juden in langen Kaftanen; Deutsche mit Stoffmützen und größtenteils mit Brillen. Alle waren Mormonen, und sie umringten die Daniten und die sitzenden Indianer. Zu ihnen gesellte sich auch eine Ute-Frau, gräßlich anzusehen mit all ihren Runzeln, und auf ihren nackten Schultern, auf ihrem Gesicht und ihrem Kopf saßen Fliegen auf blutig-eitrigen Wunden.

Dann kamen noch mehr Mormonen aller Rassen, die einen mit Stehkragen, elegant geknüpften Krawatten und gut geschnittenen Gehröcken, andere in ärmlicher, aber sauberer Kleidung.

Schließlich führten zwei kleine Kinder einen zitternden barfüßigen Blinden herbei; er war nur mit Hose und Hemd bekleidet, und an seinen Handgelenken trug er Armbänder aus aufgefädelten Goldklumpen. Um seinen Hals hing eine Kette von der gleichen Art, und um seine Taille war ein ebensolcher Gürtel geschlungen. Dieser Blinde war der Mann, der im Jahre 1840 das Gold in Kalifornien entdeckt hatte. Man erzählte, von jenem Tage an habe er vor Fieber gezittert. Und dieses Goldfieber hatte er über die ganze Welt gebracht. Man sagte auch, der Glanz des Goldes habe ihn geblendet, und nun, als reicher Mann, mit Frauen und Kindern gesegnet, komme er jeden Tag auf den Platz der Union und erzähle seine Geschichte:

›Ich kehrte aus dem Mexiko-Krieg zurück und wollte heim zu den Heiligen. Ich durchquerte Kalifornien zu Fuß, arbeitete einen Tag hier oder da, marschierte am nächsten Tag weiter und verdingte mich wieder, wenn meine Mittel erschöpft waren ... Eines Tages, ich arbeitete gerade für den ehemaligen Hauptmann der Schweizer Garde des französischen Königs Charles X., dachte ich an meine Brüder und meine Frauen und beugte mich zum Waschen über den Bach, der die Mühle antrieb. Da fand ich einen Goldklumpen. Ich irrte mich nicht. Ich hatte schon Goldklumpen gesehen, bei einem Wechsler in Frisco. Mehrere Wochen verheimlichte ich meine Entdeckung, dann erfuhr man alles, aber inzwischen war ich reich geworden, und ich war es, der unsere Nation vor dem Bankrott bewahrte, und ich war das Instrument, das die Götter auserwählt hatten, um die Prophezeiung von Joseph Smith zu erfüllen, der vorausgesagt hatte, daß die Wechsel, die er ausgestellt hatte und die man nicht akzeptieren wollte, eines Tages Goldwert haben würden. Ich war es, der das gesamte Gold für unsere Währung fand, die die wertvollste überhaupt ist, da sie aus purem Gold besteht. Und heute hat kein Mormone mehr das Recht, Goldsucher zu sein.‹

Und die heiligen Goldklumpen, die er an seinem Leibe trug, gaben ihm ein wildes Aussehen.

Die andere Gruppierung vereinte die Nichtbekehrten, die in der Mormonenstadt wohnten. Wie unter den Mormonen, sah man auch hier Menschen jeglicher Abstammung, Amerikaner, Holländer, Italiener, Mexikaner. Außerdem fanden sich hier Neger, viele Chinesen, einige Hawaianer und Japaner. Es waren ganze Familien von

Monogamen, Trapper, Vagabunden, Desperados von der mexikanischen Grenze, katholische Missionare und Missionare verschiedener Sekten, Deserteure verschiedener europäischer Marineeinheiten, die bei einer Landung in Kalifornien von Bord geflüchtet und vom Wohlstand der aufblühenden Stadt angelockt worden waren. Männer und Frauen betrachteten mit einer gewissen Verachtung die Versammlung der Mormonen und das Lager der neuangekommenen Frauen. Zwischen den Versammelten spazierten mit Gelächter und lauten Reden, mit affektierten Mienen und manierierten Gesten, mit stolzem Gebaren, mit würdevollem und ungezwungenem Gang die Komödianten einer Truppe, die am Abend im Theater auftreten sollte. Und die schlanke, blonde, majestätische Schauspielerin, die an der Spitze des Zuges marschierte, hatte ein Kleid mit einer Schleppe, die hinter ihr der Direktor der Truppe trug, ein kleiner buckliger Mann mit schwarzem Frack und Zylinder, sie lächelte den jungen Mädchen zu und wedelte mit dem Fächer die Männer zur Seite, die nicht rechtzeitig für sie Platz machten. Sie blieb stehen, als ihre Gefährten, Schauspieler und Schauspielerinnen, sie mit lauten Rufen und langen Deklamationen zurückhielten, damit sie sich nicht unter den Versammelten verlor, zu denen unaufhörlich weitere Gruppen von Ehefrauen stießen.

Da kamen die Frauen des Elder Lubel Perciman. Sie waren vierzehn, alle in schwarzen Seidenkleidern mit feuerroten Spitzenvolants. Sie trugen alle den Familiennamen ihres Mannes, und man unterschied seine Frauen an ihren Vornamen. Dann kamen die Ehefrauen des Löwen des Herrn, des Propheten Brigham Young. Es waren vierundzwanzig Frauen, von denen die jüngste dreizehn und zwei über dreißig Jahre alt waren, die eine davon achtunddreißig und die älteste vierundfünfzig. Sie trugen Nummern, der Reihenfolge nach, und die Ehefrau Nummer neunzehn, die vierundvierzig Jahre alt war, blickte unentwegt voller Inbrunst zu den Daniten. Alle waren sehr elegant und zeigten wertvollen Schmuck.

Dann waren da die streng gekleideten zweiundzwanzig Frauen des Weinstocks von Kanaan, Walter Ruffins. Ihre grauen Kleider schleiften im Staub, sie trugen große schwarze schmucklose Filzhüte, deren Deckelform an einen flachen Klappzylinder erinnerte, deren Krempe jedoch vorn und hinten weit hochgebogen war und an den Seiten ganz schmal wurde. Es kamen die elf Frauen der Sonne der Vollkommenheit, Robin Farmesneare. Die eine hatte ein Gewand aus roter Wolle an, das war meine Mutter, zwei kamen in rotbraunen Seidenkleidern, zwei andere in gestärkten weißen Leinenröcken und gelben Spenzern mit rosa Trägern, vier andere trugen kurze Röcke, diese in Blau und jene in Grün, mit einer großen gelb-schwarz-rot gestreiften schottischen Schleife auf dem Rücken, die letzte schließlich hatte ein kurzes Seidenkleid in schillernden Farben an; sie trugen das Haar offen und auf dem Kopf kleine indianische Kronen aus weißen und roten Federn. Sie wurden mit dem Namen ihres Ehemannes und dem davor gesetzten Namen ihres Vaters gerufen. Alle elf waren sie schwanger, offenbar sogar hochschwanger. Sie schoben ihre gewaltigen Bäuche vor sich her und hatten einen stolzen Gang.

Weitere Gruppen von Frauen drängten sich hinter ihnen. Wie stürmische Flüsse strömten sie aus allen Straßen herbei, und überall, wohin die Einwanderinnen auch blickten, sahen sie nur noch Frauen, und fast alle waren schwanger. Sie waren so zahlreich, daß man hinter ihnen weder die versammelten Mormonenmänner noch die Nichtbekehrten entdecken konnte. Und nach und nach waren so viele schwangere Frauen zusammengeströmt, daß es auf dem Platz der Union nur noch ihre gewaltigen Bäuche zu geben schien, die hin und her wogten wie die Wellen in einem See, auf dem die Köpfe mit den von der Schwangerschaft entstellten Gesichtern wie Korken schwammen.

Und die Einwanderinnen staunten über dieses Übermaß an Fruchtbarkeit nach all der Unfruchtbarkeit der Salzwüste. Die Religion, die sie wenige Monate zuvor in Europa angenommen hatten, war die Religion der Fruchtbarkeit. Die fruchtbaren Matronen mischten sich nun unter die neuangekommenen fremden Frauen und priesen ihnen ihr Glück, beschrieben ihnen die Freuden ihres Heims, lobten die Kraft und die Klugheit ihres Ehegatten:

›Kommen Sie mit mir, junges Mädchen, wir sind schon vier Ehefrauen, und wir leben zusammen mit unserem Ehemann. Kommen Sie und teilen Sie mit uns unsere gemeinsamen Zärtlichkeiten. Unsere Kinder sind noch klein, sie werden niemals wissen, welche von uns ihre Mutter ist, und ihre kindliche Liebe wird uns alle fünf umhüllen.‹

›Kommen Sie mit mir, o junges Mädchen, fünf Ehefrauen leben in unserem Hause, und unser Ehemann hat noch drei Frauen, zwei, die früher gelebt haben, und eine, die in dreihundert Jahren geboren werden wird.‹

›Kommen Sie mit mir, o junges Mädchen, Sie werden fruchtbar sein im Volk der Fruchtbarkeit. Unser Volk wird die ganze Welt überziehen, und dann wird die Zeit der Glückseligkeit sein.‹

›Kommen Sie mit mir, o junges Mädchen, mein Mann hat fünfzehn Ehefrauen, und Sie werden am meisten verhätschelt werden, da Sie die Schönste sind.‹

›Kommen Sie mit mir, o junges Mädchen. Wir sind zwanzig Ehefrauen, und jede hat ihr eigenes Heim in einem fruchtbaren Obstgarten, und unser Ehemann besucht uns reihum.‹

›Kommen Sie mit mir, o junges Mädchen, ich bin auch einst aus Europa gekommen. Ich hatte meine einzige Liebe verloren. Und dies hier ist die Stadt ohne Liebe. Und welches Glück ließe sich vergleichen mit dem der befriedigten Sinneslust, wenn der Geist keine Eifersucht mehr kennt?‹

Und die schwangeren Ehefrauen bemühten sich, die Europäerinnen zu betören, um sie ihrem Ehemann zuzuführen. Sie sprachen mit Begeisterung von ihrem Glück ohne Liebe, ohne Eifersucht. Und fast alle hatten die alten Liebesschwüre vergessen.

Die Bäuche dieser Frauen prophezeiten die Größe des Volkes. Ihre Nachkommenschaft würde sich über die ganze Welt verbreiten.

Wenn mehrere Ehefrauen in jedem Hause beisammen waren, dann unterstützten sie sich gegenseitig, halfen und pflegten einander, verständigten sich, damit der Ehemann, dank abwechslungsreichen Befriedigungen von der Unruhe des Fleisches befreit, sich seinen Unternehmungen zur Mehrung des Reichtums widmen konnte, während die Fruchtbarkeit seiner Frauen die Aktivität des Mannes steigerte, da die Bedürfnisse des Haushaltes wuchsen.

Auf dem Platz der Union waren jetzt drei Menschengruppen versammelt: die Heiden, unter die sich die niederen Leute gemischt hatten, die Neger, die Gelbhäutigen und das gesamte wilde Abenteurervolk; die Versammlung der Mormonen mit den Lamaniten, die vergessen hatten, daß Christus nach seiner Auferstehung auf amerikanischem Boden gepredigt hatte; und schließlich die Versammlung der Frauen, wo die Fruchtbarkeit der Mormoninnen vor den Augen der Europäerinnen ihre Pracht und Zukunftsverheißung entfaltete.

In diesem Augenblick geriet der ganze Platz in Bewegung, die Köpfe wandten sich zu einer breiten Straße hin, aus der eine kleine Gruppe Männer würdevoll heranschritt. Sie waren schwarz gekleidet und trugen Zylinder. Es war der Rat der Zwölf: Weber C. Kimball, der Herold der Gnade; Perley P. Pratt, der Häscher des Paradieses; Orson Hyde, der Ölbaumzweig Israels; Willard Richards, der Hüter der Archive; William Smith, der Patriarchenstab Jakobs; Wilfred Woodruff, das Banner des Evangeliums; George A. Smith, das Gesims der Wahrheit; Orson Pratt, das Eichmaß der Philosophie; John Page, die Sonnenuhr; Liman Wight, der Widder der Berge. Es fehlte der Verfechter des Rechts, John Taylor, der Europa bereiste. Und am Ende des Zuges kam der Löwe des Herrn, Brigham Young höchstselbst, den man mit Sankt Petrus verglich; er war der zweite Prophet des Mormonentums, der Begründer der neuen Nation, sein Titel war: Präsident der Heiligen der letzten Tage. Er sprach vertraulich mit Lorenzo Snow, dem Elder, der die Neubekehrten aus Europa herbegleitet hatte.

Als sie der erlauchten Persönlichkeiten ansichtig wurden, schlossen sich die Mormoninnen in Gruppen zusammen, entfernten sich von den Einwanderinnen und gesellten sich zu der Menge der versammelten Heiligen. Lorenzo Snow stellte dem Propheten die neuen Schwestern vor, und die Männer der Einwanderergesellschaft, die sich unter die Nicht-Mormonen gemischt hatten, kamen herzu und wurden ebenfalls vorgestellt. Dann wurden mehrere Verbindungen zwischen Einwanderinnen und Mormonen, die um ihre Hand gebeten hatten, besiegelt. Man besiegelte außerdem zwei Verbindungen zwischen einem Einwanderer und zwei seiner Reisegefährtinnen. Der Prophet selbst holte sich zur Vergrößerung seines Harems eine Norwegerin, die unentwegt lachte und errötete, eine verwegene Engländerin, deren Formen die mexikanische Bekleidung gut ausfüllten, und eine Ungarin mit grauen Augen, die während der langen Überfahrt nicht ein einziges Wort Englisch gelernt hatte, während ihre Gefährtinnen aus Norwegen, Deutschland, Dänemark, Italien, aus der Schweiz und selbst die einzige Französin, die man hatte gewinnen können, sich sehr schnell angepaßt hatten.

Diese Einwanderer und Einwanderinnen waren nun verheiratet. Nur die Französin in Matrosenkleidung war noch übrig. Sie hatte nacheinander alle Mormonen abgewiesen, die um ihre Hand baten; der Prophet selbst hatte sie gebeten, in seinen Harem zu kommen, aber sie hatte ihn abgelehnt wie die anderen. Brigham Young hatte sie einen Augenblick aufmerksam angesehen, dann lud er sie ein, in sein Haus zu kommen, bis sie sich entschließen konnte, zu heiraten. Die Einwanderer und Einwanderinnen gesellten sich zu den versammelten Mormonen; die Ehefrauen empfingen mit Freuden ihre neuen Mitschwestern; die Würdenträger des Rates der Zwölf gingen zu ihren versammelten Ehefrauen, und nun gab es nur mehr zwei Gruppierungen, die Heiden und die Mormonen, und vor ihnen stand Brigham Young, und neben ihm hockte die eigenwillige Französin, die sich jetzt zurücksehnte nach drei dunklen Zimmern voller Flitterkram und Nippes in einer ansteigenden Straße in Paris, nach den Quadrilles auf dem Bal de la Grande Chartreuse, wo sie drei Jahre zuvor ihr Debüt gehabt hatte, in dem riesigen Zelt, das wegen des Sieges von Isly das marokkanische Zelt genannt wurde. Ach, lang ist's her! Sie stand vor einem eleganten Arbeiter! Ach, lang ist's her! Sie war eine Grisette inmitten von Soldaten auf Urlaub, flotten Studenten und Malern. Ach, lang ist's her! Im Quartier Bréda war sie Lorette, eine galante Dame, geworden. Sie trällerte:

C'est la Lorette,
Brune fauvette,
Qui toujours gazouille tout bas:
Aimez, Monsieur, n'étudiez pas. *

Auf dem Platz der Union hatte Brigham Young die Hände gehoben, und alle Männer, Mormonen und Heiden, hatten ihre Kopfbedeckungen abgenommen. Dann begann der Prophet zu sprechen. Er pries die neue Religion und ihre Öffnung für alle Wahrheiten, die sich nach und nach

* Das ist die Lorette,/ein brünettes Vögelchen,/das immer leise zwischert:/Lieben Sie, Monsieur, und lernen Sie nicht.

offenbarten. Er freute sich, daß die Götter zur heiligen Nation Engel gesandt hatten. Er gebot den Reichen, von ihrem Überfluß an die Armen abzugeben. Er rühmte die Polygamie und sang den Lobpreis der Fleischeslust.

›Das ist die unermeßliche Freude des Menschen, daß er die göttliche Gabe der Zeugung besitzt. Und da will man die Zeugungskraft des Mannes auf den Bauch einer einzigen Frau begrenzen? Hieße das nicht, die Zeugung zu verunglimpfen? Versiegt diese Zeugungskraft denn während der Schwangerschaft seiner Ehefrau? Und warum sollte man, solange sie dauert, dem Ehemann verbieten, zu zeugen? Seid fruchtbar und mehret euch, ihr Kinder Gottes! Die Wollust macht uns göttlich, wir entschweben ins Paradies, wenn wir sie empfinden. Kommt zur Welt, kommt zur Welt, ihr Söhne und Töchter der Heiligen, wachset und mehret euch im Namen von Meret, bei Odiroth, Merevoss, Marinikambinissim ...‹

Und er fuhr fort, in Offenbarungsworten zu reden, und die Erregung des ganzen versammelten Volkes der Mormonen und der Heiden war aufs äußerste gestiegen, und aller Augen glänzten wie feurige Edelsteine. Dann ertönten schrille Schreie aus der Menge, während der Prophet sprach. Arme reckten sich in die Höhe, schwangere Frauen lachten so sehr, daß sie ihre schweren Bäuche nicht mehr halten konnten und zu Boden fielen. Man hörte ungewöhnliches Singen, und die Indianer stießen gutturale Rufe aus, die wie die Töne einer Totenglocke klangen, herzzerreißende Schreie von den Frauen der Heiden ertönten, und einige Männer, von Entsetzen gepackt, zitterten und schluchzten. Die heiseren Schreie der Mormoninnen wurden zu Gebrüll, und mehrere Personen fielen in Ohnmacht, mit einem durchdringenden Schrei, der wie der schaurige Ruf eines unglückverheißenden Vogels widerhallte. Dann befiel eine irre Raserei die Menschenmenge. Das ganze Volk begann zu kläffen, und alle, die nicht ohnmächtig waren, warfen sich auf alle viere nieder, hoben den Kopf und blickten auf Brigham Young und bellten wie tollwütige Hunde. Die Predigt ging weiter, und die Stimme des Propheten übertönte mit ihren Offenbarungsworten das Gebell der Männer und Frauen. Er schrie aus Leibeskräften, die Augen zum Himmel erhoben, sein Zylinder war nach hinten gerutscht, sein Hals schwoll an und sprengte die Knöpfe von seinem Hemdkragen, die Krawatte rutschte nach oben, das Hemd öffnete sich, und der Kropf des Propheten hing über seiner Brust wie das Euter einer Kuh. Er sprach mit Donnerstimme und beugte sich jetzt vor, um den Bellenden in die Augen zu blicken, die auf allen vieren näher kamen, knurrten und die Zähne fletschten.

Da zog er seinen Gehrock aus, schwenkte ihn über dem Kopf und stieß unartikulierte Schreie aus, und all diese wütenden Hunde erhoben sich, und der Platz wurde wieder ruhig, und der Prophet predigte weiter in Offenbarungsworten.

Bald erfaßten Krämpfe das wahnsinnige Volk; die schwangeren Frauen wurden von Spasmen geschüttelt, als wollten sie gebären; die Männer verrenkten sich wie Wäschestücke, die man auswringt, und eine Gruppe Frauen lief rückwärts um den Platz, ihre Köpfe verdrehten sich vor Verzückung, bis die Gesichter direkt über dem Rükken standen. Die Augen der Indianer waren aus den Höhlen getreten und hingen heraus wie Spinnen an ihrem Netz. Der Krampf schüttelte alles, die Einwohner, die ganze Stadt. Ihre verzerrten Gesichter waren nicht wiederzuerkennen, und ihre Physiognomie wechselte ständig.

Während die Verzückung unter den Schreien des Propheten anwuchs, hockten sich alle nieder und begannen zu springen wie die Kröten, dabei wedelten sie mit den Armen, wanden sich wie unbekannte, groteske und gräßliche Reptilien. Dann wurde die Stimme des Propheten sanfter, er sprach jetzt schmeichelnd, und die Zuckungen hörten auf. Das ganze Volk warf sich auf die Erde und rollte hin und her, als würde es gewiegt. Die Bewegungen der Körper wurden schneller, und einige, völlig steif, rollten über den ganzen Platz und wieder zurück, dabei stießen sie gegeneinander, rollten übereinander, verknäulten sich, verletzten sich.

Und Brigham Young begann mit durchdringender und sehr hoher Stimme zu singen, während er immer noch seinen Gehrock schwenkte, und diese gellenden Modulationen schüttelten all die Körper, die sich mit einem Schlag erhoben und sich dann nach vorn beugten, bis der Kopf die Füße berührte, und so über den Platz rollten wie unvollständig geschlossene Reifen.

Sie rollten zu Tausenden, und der Prophet sang immer noch, bis zu dem Augenblick, da die Sonne unterging und er aus seinem Gehrock eine Geißel drehte, mit der er die menschlichen Reifen peitschte und in die angrenzenden Straßen trieb, wo sie mit einem schrecklichen Schrei erschlafften und reglos liegenblieben, mit Staub und blutigem Speichel bedeckt.«

V

»Das ist ja schrecklich«, sagte Elvire nach einem kurzen Schweigen, während der alte Mahner seine Gedanken ordnete. »Das ist ja schrecklich. Und ich hatte geglaubt, es sei sehr amüsant, Mormonin zu sein.«

»Die Polygamie ist keine Sinekure, soviel ich weiß«, bemerkte der vorgebliche Ovide, »bei der man für Tüchtigkeit mit einer Palme, zwei silbernen Sternen und einem goldenen Stern ausgezeichnet würde. Dieses Gefühl hatte ich schon immer. Und die Gefahr, zum Fanatiker zu werden, ist genauso groß wie die Gefahr, der man sich aussetzt, wenn man einen mit Maschinengewehren bestückten Schützengraben stürmt.«

»Diese Erscheinungen von Fanatismus, die dreißig

Jahre zuvor in Amerika äußerst häufig waren«, sagte der alte Mahner, »waren recht selten geworden zu der Zeit, von der ich Ihnen erzählen will.

Ich fahre also fort.

Eines Abends kam der reiche Elder Lubel Perciman mit einer neuen Ehefrau nach Hause, die der Prophet mit ihm verheiratet hatte. Es war die Französin Paméla Monsenergues, die nun Paméla Perciman heißen sollte.

Lange Zeit hatte sie den Anträgen widerstanden, die ihr junge Mormonen, verheiratete, aber auch noch unverheiratete, gemacht hatten, und wenn sie sich für Lubel Perciman entschieden hatte, dann deshalb, weil seine Ehefrauen jung und gefällig anzusehen waren, weil sie sie in Brigham Youngs Haus besucht hatten, wo sie gastfreundlich aufgenommen worden war.«

»Daran erkenne ich wirklich meine Großmutter«, warf Elvire ein. »Sie liebte Frauen, und ich für mein Teil habe auch noch keine Frau getroffen, die mir mißfallen hätte.«

Auf diese Bemerkung Elvires hatte Ovide nichts zu erwidern, und der alte Mahner fuhr fort mit seinem Bericht.

»Lubel Perciman hatte fünfzehn Frauen, die alle jung und anmutig waren. Sie wirkten wie ein Blumenbeet, wo die Blumen mehrerer Klimazonen beieinanderstanden. Fünf waren Engländerinnen, zwei waren in Illinois geboren, eine in Pennsylvania, eine andere in Massachusetts, zwei kamen aus Dänemark, eine aus Irland, eine aus Rußland, eine aus Deutschland und eine aus Holland.

Paméla hatte sich nicht ohne Bedingungen mit dem Elder verheiraten lassen, der innerhalb weniger Jahre ein Mormonenvermögen geschaffen hatte. Perciman hatte sich für die Unternehmungen Brigham Youngs eingesetzt, der ein geschäftstüchtiger Mann war und die Idee hatte, riesige Kaufhäuser zu gründen, wie man sie heute in allen großen Städten findet und wo man alles kaufen kann.

Paméla hatte verlangt, daß die Heirat erst besiegelt werden sollte, wenn sie Zeit gehabt hätte, ein weißes Kleid zu beschaffen, das sie selbst zuschnitt und mit Unterstützung der Ehefrauen des Propheten nähte. Sie wagte nicht, um Orangenblüten zu bitten, weil sie, wie sie meinte, kein Recht mehr darauf hatte, aber am Tag der Zeremonie ließ sie sich mit einem Kranz aus weißen Rosen schmücken und legte ein Kollier an, das ihr Verlobter ihr geschenkt hatte und das aus riesigen Perlen bestand, von der Art, die die Römerinnen nach dem Krieg gegen Jugurtha ›Unio‹ nannten.

Und während der Hochzeitszeremonie war ihr Herz vor Heimweh und Bangigkeit todtraurig. Unwillkürlich verglich sie sich mit jenen Flüssen, die sie auf ihrer Reise durch Kalifornien und Utah gesehen hatte und auf deren Grund Tausende von Schlangen wimmelten. Sie fühlte tausendfache Traurigkeit auf dem Grunde ihres Herzens, und die ungewohnten Zeremonien, die ihr nichts bedeuteten, verstärkten noch ihre Qual.

Ein Wagen sollte die Eheleute zu ihrem Haus bringen, und es begab sich, daß in dem Augenblick, als Lubel Perciman Paméla beim Einsteigen half, ein Reiter auf einer schwarzen Stute im Schritt nahe an ihnen vorbeiritt. Er war mit einer langen weißen Tunika bekleidet, und auf seinem maskierten Gesicht erkannte sie die grüne Halbmaske und die Goldtränen der Daniten. Seine makellose Tiara verlieh ihm ein imposantes Aussehen. Pamélas Herz schlug schneller, und sie dachte: Das ist der Mann, den ich hätte heiraten sollen. Er ist schön und geheimnisvoll, während mein Lubel nur wie ein emporgekommener Händler aussieht mit seinem Halskrausenbart. Und der Gedanke an Ehebruch, an Flucht kam ihr in den Sinn. Sie wünschte sich, der Danite würde sie auf sein Pferd heben und sie in ein anderes Land entführen, aber dann fiel ihr der schreckliche Ruf der Daniten ein, und sie drängte sich schaudernd an ihren Mann, der sie kaum ansah und kein Wort sagte. Und als sie in ihr neues Heim, in den Salon kam, standen die fünfzehn Frauen zu ihrem Empfang bereit, und wie sie

sie so in der Mitte des Zimmers aufgereiht sah, brach Paméla in Lachen aus und dachte: Wahrhaftig, mein eheliches Heim sieht ja sonderbar aus, es fehlt nur noch eine Negerin. Dann verfiel sie wieder in Traurigkeit und bat ihren Mann, sie zu entschuldigen, sie verspüre das Bedürfnis, ihre Gedanken zu ordnen, um sich an dieses so neue und seltsame Leben zu gewöhnen, und sie verbrachte die Nacht ganz allein.«

»Tatsache ist«, sagte Elvire, während Monsieur Mahner eine Prise nahm, »Tatsache ist, daß es für sie wirklich ungewöhnlich sein mußte. Ich habe ja erstaunliche Dinge gesehen in Rußland, und mit meinem ersten Geliebten, Georges, habe ich allerhand erlebt, aber ich habe noch nie einen Harem gesehen. Das muß schon sonderbar sein! Aber vielleicht ist es gar nicht so langweilig, in einem Harem zu leben, wenn man, wie ich, Frauen nicht verabscheut.«

»Vielleicht werden Sie dieses Leben nach dem Krieg ausprobieren können«, sagte der vorgebliche Ovide du Pont-Euxin. »Aber mir fällt gerade ein – da der Bericht meines Großonkels das Problem aufwirft –, unsere europäischen Institutionen und Gewohnheiten werden eine solche Lösung nicht zulassen.«

»O Menschen eines Landes, in dem sich nichts ändert«, rief Otto Mahner pathetisch aus, »möge derjenige in Europa, der nicht polygam ist, den ersten Stein auf die Mormonen werfen!«

Und nachdem er eine weitere Prise genommen hatte, fuhr er in seiner Erzählung fort:

»Mit einem Geräusch wie von raschelndem Pergamentpapier, das wie heranschleichende Klapperschlangen klang, erschienen am nächsten Morgen die fünfzehn Frauen von Elder Lubel Perciman in Moiré-Kleidern mit Volants und großem Dekolleté, verließen ihren Garten und verweilten einen Augenblick an der Kreuzung, an der sich ihr Anwesen befand, in der Nähe des Hauses von Orson Spencer, an der Nord-West-Ecke, wo sich die Straße des Konzilgebäudes und die Straße der Auswanderung kreuzten.

Unter den fünfzehn Ehefrauen waren die vier Amerikanerinnen leicht zu erkennen an ihrer gewaltigen Haarpracht, in der eine erstaunliche Menge falschen Haars mit ihrem eigenen, sehr schönen Haar kombiniert war. Außerdem puderten sie sich Gesicht, Hals, Brust und Arme hemmungslos mit Stärkepuder. Die fünf englischen Ehefrauen trugen mit königlicher Würde ihre rotblonden Haarkronen, und mit dieser Morgenrotfarbe ihres Haares, das bei allen fast gleich war, wirkten diese völlig weißen Frauen wie fünf brennende Kerzen.

Die zwei dänischen Ehefrauen, die Russin und die Holländerin hatten ihre schweren Zöpfe zu dicken Haarknoten aufgesteckt, während die schwarzen Haare der Irin in weichen Locken herabfielen und einen Kontrast zu ihrem lebhaften weißen Gesicht bildeten. Und die Französin Paméla hatte als einzige kastanienbraunes Haar wie das Fell eines Fischotters.

So spazierten die fünfzehn Frauen durch die Straßen der neuen Stadt, in denen die Geschäfte geschlossen waren, denn dieser 29. September 1852 war ein großer Feiertag. An diesem Tag verkündete Brigham, der Prophet, dem Mormonenvolk die Offenbarung über die Polygamie. Die Türen der Läden waren geschlossen, doch in den Schaufenstern sah man sorgfältig arrangierte und mit barbarischem Geschmack dekorierte Auslagen.

Der Photograph Marsenne Cannon hatte Daguerreotyp-Bilder der bedeutendsten Mormonenpersönlichkeiten und ihrer Ehefrauen ausgestellt.

Der Barbier William Hennefer, der gleichzeitig ein Restaurant betrieb, hatte aus Flaschen mit amerikanischem Wein, mit Catawba und Isabella, mit Champagner und Portwein, aus Stücken weißer, rosa und grüner Seife, aus Flakons mit Eau de Cologne und aus Konservenbüchsen ein bizarres Gebäude errichtet, das den Tempel der Mormonen in Nauvoo darstellen sollte. Im Laden von William Nixon waren Berge von Weizen- und Maiskörnern, von Kartoffeln und Melonen aufgehäuft, die in dieser inmitten einer unfruchtbaren Wüste erbauten Stadt verblüfften.

Bei den Lebensmittelhändlern John und Enoch Reese sah man Pyramiden aus Konservenbüchsen mit Austern, aus Konfitüregläsern und dazwischen Kleidungsstücke aus Damhirschleder, Seilerwaren, Waffen und Munition, Zuckerfässer, Tabakkisten, Tonnen mit Schweinefleisch, Säcke voll Mehl und Kaffee. Dann gab es Geschäfte mit Modewaren mit der Aufschrift ›Moden aus Paris und dem Déseret‹. In der Main Street gab es Buchhandlungen, Milchläden und das Grand Hotel von Utah, dessen Inhaber, ein Piemonteser, auch Zahnarzt, Lebensmittelhändler und Pferdehändler war. Vor seinem Hause hatte er all seine Mauleselinnen angepflockt. Das waren wertvolle Tiere für Leute, die über Gebirge und durch Wüsten reisten. Es gab schwarze Mauleselinnen mit klaren, ausdrucksvollen Augen, so groß wie Pferdestuten, und auch andere, kleine, lebhafte, liebenswürdige, die man gern mit großen Mäusen verglich. Man hatte ihre Köpfe mit kleinen Bienenkörben, einem Symbol des Mormonentums, geschmückt, und jedesmal, wenn ein Pferd in der Straße oder in einer Nebenstraße vorbeikam, versuchten die Mauleselinnen, die Leinen zu zerreißen und den Pferden hinterherzulaufen. Sie waren so zahlreich, daß sie nicht alle vor dem Hotel Platz hatten, sondern bis vor den Geschäften von James Needham, George P. Bourne und John Chislett angepflockt standen. Letzterer, ein Pelzhändler, schnitzte an einem Stück Holz und plauderte auf der Schwelle seines Ladens mit einem Jäger, der von den Gegenden erzählte, die er durchstreift hatte, vom Roten Fluß, von Tennessee und Arkansas. Und überall, an den Geschäften, den Häusern, am Museum, am Tabernakel, am Haus der Dotation, am Haus des Löwen mit seinem

Säulengang, sah man den symbolischen Bienenkorb, graviert oder gemalt, oder den Namen Déseret und immer das ›Auge, das alles sieht‹, mit einem Strahlenkranz umgeben, als heiliges Wahrzeichen der Heiligen der letzten Tage.

Und die fünfzehn Frauen von Elder Lubel Perciman kamen zum Tabernakel der Mormonenpriester, wo soeben die Zeremonie zu Ende gegangen war, bei der der Prophet den Heiligen und dem gesamten Universum das Dogma der Polygamie verkündet hatte. Und um dieser Weihe der männlichen Zeugungskraft noch mehr Majestät zu verleihen, machte sich eine Prozession vom Tabernakel auf zu einem Umzug durch die Stadt.

An der Spitze marschierten, Kelle und Richtscheit tragend, die Priester, die die Brücke geschlagen hatten über den Jordan des verheißenen Landes in Amerika, und hinter ihnen schritten, die gleichen Symbole tragend, die Bildhauer, die Architekten und Maurer, die mit dem Bau des Tempels befaßt waren.

Fünf junge Squaws mit langen Wimpern, mit glänzendem glattem schwarzem Haar, das ihre Gesichter halb verdeckte, in Mäntel mit gelber Borte gehüllt und mit Halsketten aus Tierkrallen, Türkisen, Muscheln, Tonanhängern geschmückt, mit einem perlenbestickten Medizinbeutel, führten fünf Ochsen, die einen Wagen zogen. Auf diesem Wagen befand sich ein riesiger Käfig, in dem dreizehn schwarze Adler, die die dreizehn ursprünglichen Staaten darstellen sollten, mit den Flügeln schlugen, während die Indianerinnen mit wunderschönen Stimmen in ihrer Sprache sangen.

Hinter dem Wagen marschierten mit kriegerischer Musik die Trompeter der Miliz mit dem Standartenträger an der Spitze, und dann folgte eine Gruppe amerikanisch gekleideter Musiker mit breitkrempigen spitzen Hüten; sie spielten Querpfeife, Klarinette und Oboe, und ihre Musik ertönte im Wechsel mit dem Schmettern der

Trompeten, der Fanfare des Sizilianers Ballo und den Stimmen der folgenden Sänger, die wie Siedler gekleidet waren und indianische Beutel trugen.

Dann folgte in straffer Ordnung, unter dem Kommando von Hauptmann Pettigrew, eine Abteilung Milizsoldaten der Mormonen, und in ihrer Mitte trugen vier schwarze Sklaven einen großen Bienenkorb, der das Land Utah symbolisierte und an den offenbarten Namen ›Déseret‹, das heißt Land der kleinen Biene, erinnerte.

In diesem Augenblick kam ein Missouri-Neger, der am Morgen in der Stadt eingetroffen war, mit einer Schubkarre, in Begleitung eines Trappers vom Michigan, der am Jordan-Fluß und an den Ufern des Utah-Sees Fallen stellen wollte, und rempelte die fünfzehn Frauen des Elders Lubel Perciman an. Der Neger im blauen Hemd und mit ruhigem Blick, der seine Ware in der Stadt feilbot und zuweilen vor einem Haus, das Reichtum verhieß, stehenblieb und tanzte, schob gewaltsam diese festlich gekleideten Frauen, die ihm im Wege waren, beiseite. Während alle zurückwichen, stießen die Amerikanerinnen Zornesschreie aus, und nachdem sie sich rasch von ihrem Schrekken erholt hatten, fielen sie mit ihren Fächern über den Störenfried her. Und er, der den Propheten sprechen wollte, der im Zug mit dem Patriarchen und den Aposteln herankam, tat einen falschen Schritt und fiel vor der erlauchten Gruppe zu Boden.

Der Präsident blieb stehen und mit ihm der ganze Zug, und während die Trompeten weiter tönten, schrie der Neger: ›Ich sah aus einem orangefarbenen Himmel Christus-Adam mit seinen Frauen herabsteigen, und Götter durchquerten unendliche Räume, um die Erlösung der Schwarzen anzukündigen.‹

Doch Brigham Young fragte seinen Nachbarn Kimball, der schallend lachte: ›Welcher verfluchte und lügnerische Geist wohnt im Tabernakel dieses Negers als Strafe für seine Sünden?‹

Aus der Gruppe der siebzig, die danach kamen, lösten sich vier Männer und nahmen der Französin Paméla, ohne sie zu fragen, den Schal ab, den sie über dem Arm trug; sie drehten das Seidenband zu einem Seil, knüpften es mit einer Schlinge an den Ast eines Maulbeerbaumes am Straßenrand und ergriffen den Neger, der sich wehrte und verzweifelt schrie: ›Ich bin Sam Candland, ein Sohn des Missouri!‹ und: ›Ich bin ein Yankee!‹

Und sie henkten ihn unter dem Beifall aller Umstehenden und unter dem Gelächter der Amerikanerinnen, deren Augen vor Freude darüber blitzten, daß sie so prompt gerächt worden waren.

Der Gehenkte zappelte noch, seine Füße strampelten wie in ihrem gewohnten Tanzschritt, und auf seinem dunklen Gesicht schienen an Stelle der Augen zwei große weiße Skorpione aufeinander zuzulaufen, und das allgemeine Vergnügen erreichte den Höhepunkt, als aus dem Mund des Gehenkten ein Strahl Speichel trat und einer der Musiker aus dem Orchester von Nauvoo, der Walfänger gewesen war, laut rief: ›Da spritzt er!‹, wie der Matrose in den Masten ruft, wenn er den Wal im Meer entdeckt.

Nach den letzten Zuckungen des Missouri-Negers setzte sich der Zug unter dem starren Blick des Toten, der steif war wie ein Opium-Esser, wieder in Bewegung.

Zuerst kam eine riesige Puppe, die eine sitzende, mit Sternen bekränzte Frau darstellte, und im Sockel verborgene unsichtbare Räder wurden von zwei ebenfalls unsichtbaren Männern angetrieben, und ein dritter Mann drehte den Kopf der Frau hin und her, als ob sie lebendig wäre. Von Zeit zu Zeit sprach dieses Wunderwerk, und dann waren es diese Männer, die im Innern der Maschinerie riefen: ›Ich bin die Demokratie Amerikas, dieses Landes großer Frauen und stürmischer Männer, die Riesen zeugen werden, größer noch als die gewaltigen Mammutbäume.‹

Dann kamen der Rat der Bischöfe und die Priesterkollegien, gefolgt von einigen Schamanen des Ute-Stammes, schließlich der Wagen der Schriften und der Presse, auf dem man die Papyrusrollen Abrahams, die Manuskripte der Übersetzung des Buches Mormon von Joseph Smith, die ersten von den Mormonen gedruckten Bücher und Zeitungen aufgestapelt hatte; dieser Wagen wurde von Ochsen gezogen und von den übriggebliebenen Mitgliedern der Familie Joseph Smith begleitet; auf dem Wagen trug der Patriarch, ein junger Mann mit geschlossenen Augen, in einem silbernen Kästchen Urim und Thummin, das göttliche Instrument des Hellsehens.

Viele junge Mädchen in weißen Musselingewändern trugen Fahnen mit den Farben der verschiedenen Nationen des Erdballs, und etwa zehn Meter hinter ihnen marschierte ganz allein, mit gesenktem Blick, Mister Phelps, und man betrachtete ihn mit Furcht, denn es ging das Gerücht, daß er derjenige sei, der bei den Zeremonien des Endowment, das heißt der Dotation, den Teufel darstellte. Dann kam eine große Gruppe Kinder, die Tafeln mit Aufschriften in Mormonenschriftzeichen trugen, und diese Kinder sangen in einer Tonlage, die manchmal an das Kreischen der Gans erinnerte, und andere Male schwollen ihre jugendlichen Stimmen plötzlich an wie Trompetengeschmetter und klangen wie der Schrei des großen Schwans aus dem Norden.

Dann kam in dichtgedrängten Reihen, noch vor der Menge der Gläubigen, die Gruppe der angesehenen Mormonenbürger, die miteinander plauderten. Lubel Perciman verließ seine Reihe und begrüßte seine Ehefrauen, mit denen er bei Kimball dinieren wollte, wo es eine Theateraufführung und anschließend Tanz geben sollte. Er trat zu Paméla und fragte sie, ob sie sich an das Leben der Mormonen gewöhnen könne, und er setzte hinzu: ›Sie wissen, Paméla, daß ich noch nicht am Ziel meiner Wünsche bin. Ich bin Ihr Ehemann, aber ich habe die Rechte eines Ehegatten noch nicht geltend gemacht. Da ich die Skrupel respektierte, die Sie haben mochten, habe ich Sie gestern abend nicht bedrängt. Ich wollte das heutige Fest und die Verkündigung des Propheten über die Offenbarung zur Polygamie abwarten. Von nun an ist es eines unserer Dogmen, mehrere Ehefrauen zu haben, und heute abend werde ich mich in aller Heiligkeit mit Ihnen vereinigen.‹

Aber Paméla hörte kaum zu. In diesem Augenblick ritten die blendendweiß gekleideten Daniten auf ihren Pferden im Schritt vorüber, und sie blickte unverwandt auf den Daniten an der Spitze, dessen Maske sich einen Moment ihr zugewandt hatte. Und in der Menge, die der vorüberziehenden Prozession zuschaute, waren einige Nordstaatenoffiziere, die lächelten, wenn ihr Blick den Blicken dieser oder jener Mormonin begegnete, und Paméla bemerkte, daß einer von ihnen ständig zu den Ehefrauen des Propheten hinsah. Die Ehefrau Nummer neunzehn wandte sich oft in die Richtung der Offiziere, und beider Augen hatten die Farbe feuchter Myrte. Sie waren durch eine Gruppe getrennt, in der sich ein Jude mit Namen Chéri de Mendoza befand, der sich verneigt hatte, als der Wagen mit den prächtig aufgebauten Papyrus-Autographen Abrahams vorüberkam. Danach hatte er sein lebhaftes Gespräch mit dem Ute-Häuptling Milopitz fortgesetzt, der neben ihm stand und ihm kurz angebunden in gutturalem Englisch ohne F antwortete, da die Angehörigen dieses Stammes den Konsonanten F nicht aussprechen können. Der Ute hatte Chéri de Mendoza angesprochen und ihn ›mein Bruder‹ genannt, und der Jude, der ihn nicht kannte, hatte ihn nach dem Grund für diese Vertraulichkeit gefragt.

›Wissen Sie denn nicht‹, hatte der Indianer geantwortet, ›daß wir nach dem Zeugnis der Mormonen der gleichen Rasse angehören?‹

Und Chéri de Mendoza hatte mit gesenktem Kopf nachgedacht, während der Wagen mit Abrahams Reliquien vorbeizog.

›Ich glaube Ihnen‹, sagte er und richtete sich wieder auf. ›Es gibt sehr viele Ähnlichkeiten zwischen den Riten und Gebräuchen unserer beiden Völker. Außerdem könnte der Name Ute, der so ähnlich ausgesprochen wird wie das Wort Jude im Deutschen, auf jüdische Herkunft hinweisen. Wir müssen jedoch zugeben, daß unsere Denkweisen kaum etwas Gemeinsames haben, denn wenn wir auch vom Sinn für unsere Rasse, für die Familie, kurz, für die Tradition beseelt sind, so haben wir auch auf Grund des Unglücks, das uns immer verfolgt hat, auf Grund unserer Stellung zwischen sehr unterschiedlichen Rassen eine schnelle Auffassungsgabe und die Fähigkeit, alles Neue zu nutzen, entwickelt. Wir besitzen praktischen Sinn, nicht nur für die materiellen Dinge, sondern auch für alles, was in den Bereich des Verstandes und der Seele gehört. Ihr jedoch, wenn ihr an Traditionen hängt, so versteht ihr nicht, sie unverfälscht, das heißt lebendig und modern, zu bewahren. Ihr seid die Plebs der zehn Stämme, wir sind die Fürsten des königlichen Stammes von Juda. Dieser Unterschied erklärt die Erniedrigung, in der man euch sieht, und er erklärt auch unser Talent zum Herrschen, indem wir Reichtümer anhäufen und die jüdischen Riten befolgen, und es fehlt nicht viel, und die Judaisierung des gesamten Mittelmeerbeckens ist eine vollendete Tatsache. Übrigens, mein Heer aus Utah, wissen Sie vielleicht, daß ich in Main Street ein Raritäten- und Antiquitätengeschäft eröffnet habe, vergessen Sie nicht, daß ich gut zahle für alles, was Sie mir verkaufen wollen, denn ich finde reißenden Absatz für alle Raritäten und archäologischen Stücke wie Waffen, Stoffe, Leder, Federarbeiten, gravierte Steine, Skulpturen und Töpferwaren sowohl bei Privatleuten im Osten als auch in den Museen Europas.‹

Und Chéri de Mendoza, ein schönes Beispiel der von ihm angekündigten Judaisierung, bewies mit seiner ganzen Person, daß sein jüdisches mit Neger- und Chinesenblut gemischt war.

Der Ute-Häuptling Milopitz betrachtete mit Ernst und nicht ohne Verachtung diesen Mann, der vielleicht von seiner Rasse war und der ihm vorzuschlagen wagte, die ehrenvollen Zeugnisse einer ruhmreichen Vergangenheit zu verkaufen. Er schüttelte den Kopf und wandte sich seiner Ehefrau zu, die mit einem schweren Bündel auf dem Rükken demütig und gekrümmt neben ihm stand. Sie verkörperten alle beide die Unwissenheit, den Aberglauben, den Unverstand und die Lüsternheit, etwas, was noch niedriger war als die Plebs, und doch waren sie, ohne es zu wissen, sozusagen das Modell für den Staat, die Sitten und die Meinungen, denn so wie der Mensch aus Erde gemacht ist, so sind die Nationen aus der Plebs entstanden.«

VI

»Ich gestehe«, sagte Elvire, »daß ich große Bewunderung für meine Großmutter hege. Sie konnte den Männern widerstehen, während es für die Frauen heute, auch wenn sie mehr Rechte haben als früher, viel schwieriger ist, dem männlichen Begehren zu widerstehen, selbst wenn sie, wie ich und wie meine Großmutter, falls ich das richtig erraten habe, im allgemeinen mehr eine Schwäche für Frauen haben und nur in ganz seltenen Fällen auch einmal einen Mann lieben. Noch heute abend will ich einen Daniten malen. Es ist sonderbar, mir scheint, die Züge von Pablo Canouris wären dafür genau passend.«

»Wahrhaftig«, sagte Monsieur Mahner, »ich glaube, ich habe niemals einen Daniten ohne seine grüne Maske gesehen. Aber es ist spät, meine Erinnerungen haben mich zu weit fortgetragen, ich will versuchen, mich mit dem Rest meines Berichtes kürzer zu fassen.

Im Saal der Social Hall war die Tafel gedeckt. Kimball, der das Fest gab, war da, im Kreise seiner Ehefrauen, Brigham Young und seine ganze Familie, Lubel Perciman und sein Harem, weitere Mormonen mit ihren Frauen. Die

Familien waren nicht zusammen plaziert worden, sondern man hatte in der Sitzordnung nach Geschlecht abgewechselt. So saß Paméla zwischen Chéri de Mendoza und James Ferguson, einem Offizier der Miliz von Utah, der auch Advokat, Redner und Schauspieler war. Er war etwa dreißig Jahre alt, kräftig, energisch und geistvoll; dank seiner gesellschaftlichen Talente war er bei allen Festen gern gesehen; obwohl er Junggeselle war, hatte er den Ruf eines Ehebrechers, und bei aller Anerkennung für seine Verdienste fürchteten ihn die Mormonen. Gegenüber von Paméla saß der Nordstaatenoffizier, zu seiner Linken die Ehefrau Nummer neunzehn und zu seiner Rechten die blonde Schauspielerin, die sich zu einem Gastspiel in Salt Lake City aufhielt.

Bedient wurde von Negern, und auf dem Tisch standen Leuchter mit brennenden Kerzen, und in Keramikvasen prangten künstliche Wachsblumen in seltsamen Formen, eine der Arbeiten, in denen die Mormoninnen sehr geschickt waren.

Als Vorspeise wurden Heuschrecken, Camash-Wurzeln, Zwiebeln, die den Indianern als Nahrung dienen, und Catawba-Wein serviert, der von den Ufern des Ohio stammt.

Man lauschte aufmerksam den Ausführungen Chéri de Mendozas, der den Geschmack der gerösteten Heuschrecken pries: ›Das ist eine Speise aus uralten Zeiten‹, sagte er, ›und doch ist es für die Europäer etwas Neues, vor dem mancher Weiße zurückschrecken würde, selbst wenn er ohne Vorurteile ist. Das Neue muß den Gebräuchen und gesunden Traditionen nicht schaden, es kann sie vielmehr bereichern, beleben und befruchten. So sind die polygamen Weisen von Utah weit entfernt davon, der Institution der Familie zu schaden, sondern verleihen ihr im Gegenteil mehr Größe und Kraft, indem sie sie erweitern.‹

Und Brigham Young, der ihm zuhörte, wandte sich zu

ihm und sagte: ›Die Mormonen sind ein auserwähltes Volk, das hienieden in eine besondere geistliche Sphäre gestellt ist, deshalb brauchen sie weder auf menschliche Gesetze noch auf überflüssige Reichtümer der Welt Rücksicht zu nehmen.‹

Und nachdem sich der Prophet Catawba eingeschenkt hatte, hob er sein Glas in die Richtung von Chéri de Mendoza, der zuerst auf das Wohl der Damen und dann auf das des Propheten trank.

Die Neger wechselten eilig Teller und Bestecke, dann servierten sie Lachsforellen aus dem Utah-See, und der Vorhang der Bühne am Ende des Saales hob sich.

Die Dekoration bestand aus einem gelben Wandbehang, in dessen Mitte das Allessehende Auge abgebildet war. Ein junger Mann, der Europa darstellte, und ein junges Mädchen, das Amerika verkörperte, kamen von der Hofseite und von der Gartenseite lächelnd aufeinander zu, und es folgte ein Dialog, an den ich mich fast wörtlich erinnere, da wir ihn im darauffolgenden Jahr in der Schule auswendig lernen mußten.

Europa:
Nationen ich biete euch die Ordnung und die Schönheit
Der Ruinen mit dem Liebreiz junger Mädchen
Und meine Flüsse die den Versen großer Dichter gleichen
Und all meine Sklavereien all meine Königtümer
All meine bezaubernden Götter die mein Glaube sind und meine Kunst
All diese streitsüchtigen Völker und duftenden Blumen
Ihr Kirchen wo deine Ahnfrauen und deine Gläubigen niederknieten
O ihr alten Häuser Ammen des Fortschritts
Kreuzwege wo die Zeitalter ihre Route wählten und fortgingen
Vaterländer Vaterländer Vaterländer ihre Fahnen bekleiden mich

Gespenster o Wald des Genies wo jeder Baum der Name
eines Mannes ist
Wald der rückwärts läuft ohne sich zu entfernen
Ich bin alle Gespenster alle Schatten
Die Vaterländer die Städte die Schlachtfelder
Amerika o meine Tochter und die des Kolumbus.
Amerika:
Männer die ihr leidet o Frauen die ihr liebt und ihr Kinder
kommt
Das Wasser der zweiten Taufe schöpfen
In dem kleinen blauen See aus dem der Mississippi seine
Wogen schöpft
Ich bin die Hoffnung auf große Weiten und die Zukunft
ohne Erinnerungen
Unter den Herden wilder Pferde die von den Pferden
Europas abstammen
Springen die Herden frischer Gedanken die aus Europas
Gedanken hervorgegangen sind
Und neue Wahrheiten offenbaren sich für alle die der
alten Wahrheiten müde sind
Sie singen oder weinen oder beten oder brechen in
Gelächter aus
Und bereiten neue Arbeiten vor
Ein Gott richtet sich im Rindenboot auf
Eine Göttin kämmt sich und singt in den Prärien wo der
wilde Reis reift
Und andere Götter fordern Helden
Da kommt auch ein Schiff
Hört wie dort verdächtige Reisende auf einem Ball der
Mestizinnen tanzen
Hört auch in der Ferne hinter den Horizonten die Klage
Die Klage derer die in Europa sterben und sich erinnern
An die Prärien wo der wilde Reis reift am Ufer des
Mississippi
Und an die schwarzen Zypressen in silbernen
Akazienwäldern!

Europa und Amerika faßten einander bei der Hand und sangen im Chor:

Das Meer trennt die beiden Eheleute
Das ist die gigantische Hochzeit zweier Kontinente
Der eine schickt ein Schiff über den Ozean
Europa befruchtet Amerika
Europa männlicher Name in der Diplomatensprache
In der internationalen Sprache die das Französische ist
Und man hört deutlich den männlichen Artikel
Während der weibliche Artikel
In der Sprache der Nationen in der französischen Sprache
Das Geschlecht Amerika bezeichnet
Europa streckt leidenschaftlich die starre Halbinsel Armor vor
Und Amerika öffnet sich weit
Wo die feuchte Landenge erschauert vor den Tropen
Herrliche Liebe Nationen entstehen aus dem gigantischen Paar
Dessen Elemente die Vermählung begünstigen
Das Schiff setzt seine befruchtende Fahrt fort
Die Winde blähen die Segel sie stöhnen
Und schreien die Wollust der Giganten die einander lieben.

Und in diesem Augenblick kamen kleine Jungen in Indianerkleidung und kleine Mädchen, die als alte Damen verkleidet waren, und tanzten im Kreis um Europa und Amerika, die sich unter dem Beifall der Anwesenden küßten. Dann ließ man noch einige Theaterliebhaber in den Saal, die die Vorstellung von ›Jedediah der Große‹ sehen wollten. Sie hatten für ihre Eintrittskarten mit Naturalien, mit Melonen, Töpferwaren usw. bezahlt.

Chinesen kamen herein und trugen die Tische hinaus, und in der Zwischenzeit spielten Neger zum Tanz auf, und man tanzte nach Mormonenart, nämlich ein Mann mit zwei Frauen. Indessen stellte man Stühle und Bänke in

Reihen auf, die Bühne wurde beleuchtet, und die Lampen im Saal erloschen. Der Tanz ging weiter, während man auf die drei Gongschläge für den Beginn der Vorführung wartete. Plötzlich gingen die Türen auf, und mehrere Nordstaatenoffiziere betraten den Saal. Soldaten mit Fackeln leuchteten ihnen.

Alle hörten auf zu tanzen, und Kimball ging auf die Eindringlinge zu, um zu protestieren, aber fünf Offiziere stürzten sich auf die Mormoninnen, packten sie um die Taille, schleppten sie zum Ausgang, bevor die Mormonen überhaupt zur Besinnung gekommen waren. Der Offizier, der mit an der Tafel gespeist hatte und jetzt mit Paméla und der Ehefrau Nummer neunzehn tanzte, stieß die beiden zu seinen Kameraden; sie waren draußen, bevor der Milizoffizier Ferguson, der sich für seine kleine Rolle in dem Stück ›Jedediah der Große‹ hinter den Kulissen schminkte, benachrichtigt wurde und mit den Daniten die Verfolgung aufnehmen konnte.

Vor dem Hause standen Pferde bereit für die Entführer, die ihre kostbare Last, die fast ohnmächtigen Frauen, hinaufhievten, selbst aufsprangen und aus der Stadt galoppierten. Es war ein wahnsinniger Ritt, und Paméla, mehr tot als lebendig, überließ sich ihrem Schicksal, auf alles gefaßt. Nach einer halben Stunde hatte sie den Eindruck, daß sie von anderen Reitern verfolgt wurden. Die Entführer trieben ihre Pferde an, aber die Verfolger holten auf und kamen näher. Dann fielen Schüsse; Pamélas Pferd stürzte, sie wurde ohnmächtig, und als sie wieder zu sich kam, sah sie das maskierte Gesicht eines Daniten mit den Goldtränen, der sie betrachtete. Sie sagte: ›Danke, daß Sie mich gerettet haben.‹ Er antwortete: ›Ich bedaure, daß ich nur Sie allein retten konnte, die anderen sind von den Heiden entführt worden.‹

Paméla dachte sofort an die Ehefrau Nummer neunzehn und sagte sich: Sie konnte fliehen, das war es doch, was sie wollte.

In diesem Augenblick kamen andere Daniten herbei, die für Paméla ein Maultier geholt hatten, und so kehrte sie auf einem Maultier sitzend, das der strahlende Danite, ihr Erretter von den Entführern, am Zügel führte, nach Salt Lake City zurück.

Lubel Perciman erwartete sie und feierte ihre Rückkehr. Jedoch ließ sich an jenem Tage und in der darauffolgenden Woche Brigham Young, dessen Lieblingsfrau endgültig verschwunden war, nicht blicken.

Als die Nacht still geworden war und der Mond sein kaltes grelles Licht verbreitete, wollte Elder Lubel Perciman, gut rasiert, mit einer Hose aus blauem Leinen bekleidet, die nackten Füße in Mokassins steckend, die mit bunten Glasperlen verziert waren, das eheliche Glück voll auskosten und trat in Pamélas Zimmer. Er lächelte in der Gewißheit, daß draußen die Daniten über das Glück der Mormonen wachten. Die fahlen Sterne trugen in ihrer Unendlichkeit die allmächtigen Götter, und noch ferner als diese Götter füllten noch mächtigere Götter die Fülle der Welt mit einer unerschaffenen grenzenlosen Energie.

Elder Lubel Perciman hob den Leuchter in seiner Hand und betrachtete sich im Spiegel. Er war schön gekämmt, sein mageres Gesicht gefiel ihm, und sein heller Haarschopf erschien ihm wie eine Lichtquelle, aus der der Mond dieser amerikanischen Nacht sein Licht schöpfte. Dann warf er einen Blick auf das flache Bett, auf dem Ihre Großmutter wie eine verbannte und erschöpfte Gottheit liegen sollte. Aber fast wäre der Leuchter aus Lubel Percimans Händen gefallen, denn das Bett war leer. Paméla war gleich nach ihrer Rückkehr wieder geflohen, und mein Bericht über Ihre Großmutter endet hier, da sie in Mormonenkreisen nie wieder auftauchte und man nie wieder etwas von ihr hörte, ebensowenig wie von dem Daniten übrigens. Und man vermutete, sie sei mit ihm geflohen, doch man bewahrte Stillschweigen über alles, was sie betraf, denn man fürchtete den Zorn Lubel Percimans, der nie mehr von ihr sprach. Ich selbst hörte nichts wieder von ihr bis zu jenem Morgen, als mein Neffe, dieser Teufelsbraten, von Ihnen kam und mir dieses hübsche widerspenstige Mädchen mit dem zerzausten Haar in Erinnerung brachte, das damals, als es in Matrosenkleidung auf dem Platz der Union erschien, auf den Heiligen der letzten Tage so großen Eindruck machte. Ich vergaß noch zu erzählen, daß sich nach und nach das Gerücht verbreitete, der Danite, der zur gleichen Zeit wie Ihre Großmutter verschwunden war, sei niemand anderes als der Engel Moroni gewesen.«

»Ein Engel«, rief Elvire, »nun habe ich, als Enkelin der Frau, deren Geschichte Sie mir eben erzählt haben, das Gefühl, als wüchsen mir Flügel, und ich tue alles, was nur möglich ist, um sie zurückzuhalten, denn ich möchte lieber eine Frau bleiben und verspüre keinerlei Neigung zur Fliegerei.«

»Nun, offenbar fehlte es Ihrer Großmutter weder an gesundem Menschenverstand noch an Ehrbarkeit«, setzte Ovide hinzu, »da sie in ihr Heimatland zurückgekehrt ist und hier geheiratet und Kinder bekommen hat. Genügt das nicht, um über den moralischen Wert der legalen Polygamie zu urteilen? Die Franzosen werden ebensowenig Mormonen wie Türken. Und Sie werden sehen, unser Volk wird trotzdem anwachsen. Alles in allem ist der Bevölkerungszuwachs vor allem eine Sache der Propaganda.«

VII

Bei einem Patrouillengang verletzt, mit einem Sanitätstransport in ein Behelfslazarett gebracht, kam Anatole de Saintariste eines Morgens im Val-de-Grâce an, und bei seinem ersten Ausgang stellte er fest, daß Paris ihn nicht mehr so in Erstaunen zu versetzen vermochte wie bei seinem ersten Urlaub; er traf Corail, die er einmal vor dem

Krieg gesehen hatte, da sie seit Dezember 1913 die Freundin eines seiner Freunde, Hyacinthe Brionne, gewesen, der nun im Krieg gefallen war. Sie taten sich zusammen, und sie verließ ihn nicht, während er als Rekonvaleszent gewissermaßen sein Leben von vor dem Krieg wiederaufnahm und in Kreisen junger Schriftsteller und avantgardistischer Maler verkehrte.

Alle religiösen Gefühle, die Anatole de Saintariste hegte, hatten sich auf das Gebiet der gesellschaftlichen Ehre verlagert. Er liebte sein Land, oder vielmehr das Gemeinwesen, das es darstellte, über alles, und er wünschte, Frankreich möge gleichzeitig eifersüchtig seine Traditionen hüten und äußerst kühn den Fortschritt fördern.

»Deshalb«, so sagte er eines Tages, »rühren mich Ruinen ebenso sehr, wie man vom Anblick einer schwangeren Frau gerührt sein mag. Ich sehe schon, was aus ihnen hervorgehen wird. Und das Sterben, so erschütternd es ist, beschwört für mich auch das bevorstehende Bevölkerungswachstum Frankreichs herauf. In fünfzig Jahren soll Frankreich eine Nation mit hundert Millionen Einwohnern sein.«

»Führen Sie das Mormonentum ein«, warf der falsche Ovide ein, »und jeder Mann soll mit mehreren Frauen Kinder zeugen.«

Im gleichen Augenblick sagte Pablo Canouris zu Elvire: »Da Nicolas fort ist und du meine Geliebte bist, gibt es keinen Grund mehr, daß du bei ihm wohnen bleibst. Zieh doch zu mir.«

Doch Elvire, deren Augen schalkhaft funkelten, dachte an ihre Freundin Mavise, die zu Hause auf sie wartete, und während sie sich an Pablo Canouris schmiegte, dachte sie an unendlich sanfte Liebkosungen, nicht an solche, die sie empfangen würde, sondern an die Zärtlichkeiten, die sie zu geben verstand und die nur ein Frauenherz rührten. Sie hatten einen Ausflug zu den Ateliers am Montmartre gemacht, und nun kehrten sie bei Anbruch der Nacht zu Fuß nach Hause zurück und trällerten:

C'est la fille à la Fatma,
Qui habite à la Casbah
Au fond de l'Algérie.
Elle n'est pas jolie, jolie,
Mais dans tout le pays
Tous les sidis l'envient. *

Am Montparnasse gingen sie auseinander und paarweise nach Hause.

Unterwegs fragte Anatole Corail: »Hast du Hyacinthe zu seinen Lebzeiten nie betrogen?«

»Doch«, antwortete Corail.

»Hat er es gewußt?« fragte Anatole und fühlte einen unbeschreiblichen Schmerz.

»Er hat es wohl geahnt«, antwortete Corail, »er schrieb es mir in seinen Briefen, und er war sehr traurig.«

»Mit wem?« fragte Anatole, während ihm die Tränen in die Augen traten.

»Mit einem Juden«, antwortete Corail, »er war vom ... Artillerieregiment, aber er hatte es so eingerichtet, daß er nie an die Front mußte. Er schlief nicht einmal in der Kaserne in Nanterre, sondern hatte dort eine kleine Villa gemietet. Während der ersten acht Kriegsmonate habe ich Hyacinthe nicht betrogen. Ich hatte eine kleine Freundin, Geneviève, mit der ich ausging, wir fuhren oft nach Nanterre, wo ihr Freund war. René, der Jude, sah mich und folgte mir bis in den Zug, mit dem wir nach Paris zurückfuhren. Im Waggon brachte er uns so sehr zum Lachen, daß wir nicht umhinkonnten, uns weiter mit ihm zu unterhalten. Das ging ganz schnell. Ich liebte ihn nicht, aber er

* Das ist das Mädchen aus dem Traum,/das in der Kasbah lebt/ mitten in Algerien./Sie ist nicht hübsch,/aber im ganzen Land/ wird sie von den Männern begehrt.

war so amüsant, und ich langweilte mich so. Später stritt ich mich eines Tages mit ihm, ich verdrehte ihm die Hand so sehr, daß ich ihm den kleinen Finger brach. Er brachte es fertig, seinen Vorgesetzten weiszumachen, daß er ihn sich im Dienst gebrochen hatte, und wurde ausgemustert.

Als Hyacinthe auf Urlaub kam, ahnte er etwas, denn eine große Anzahl der Briefe, die ich ihm täglich schrieb, kam aus Nanterre. Ich gestand ihm alles. Und er hatte nicht den Mut, mir Vorwürfe zu machen, aber ich spürte, daß er zutiefst verzweifelt war, und wußte, daß er bald fallen würde. Ich begann den Juden zu hassen und wäre am liebsten gestorben.«

Anatole de Saintariste erwiderte nichts, doch er hatte die Vision vom heroischen und verzweifelten Tod des armen Sanitäters Hyacinthe Brionne bei dem Gefecht am Bois des Buttes im Département Aisne, vor Pontavert bei Ville-au-Bois.

Während die Franzosen zum Angriff übergingen, füllte sich das hübsche Wäldchen mit Lärm aus einer anderen Zeit: Waffenlärm von Lanzen und Schilden. Geräuschlos rückten Truppen vor und stellten sich unter den Bäumen auf.

Anatole, dessen Phantasie dieses Kriegsschauspiel herbeizauberte, sah das Neungestirn der tapferen Recken. Es sind die Kampfbienen aller Zeiten. Doch nicht alle neun tapferen Helden sind Sieger.

Ein Trugbild von Judäa erschien, Gebirge, Wildbäche, Brocken von grünem Jaspis hier und da, Dornengesträuch, Baumstümpfe. Der erste Held kam, nachdem Trompetenbläser vorangegangen waren, und Josua rief:

»Das Wichtigste ist nicht, sein Volk zu ernähren. Man muß ihm das verheißene Land geben, wo Milch und Honig fließen. Das Wichtigste ist nicht, die goldenen Kälber zu zerschmettern, die Vorwand für Tänze und Lieder sind. Man muß sehr unwissend sein, was die Naturgesetze angeht, um die goldene Sonne aufzuhalten, damit ihr

Licht einen Vorwand für den Sieg liefert. Denn nicht das Glück jedes Menschen ist nötig, sondern daß jeder Mensch bekommt, was ihm verheißen wurde. Das gilt auch für die Völker. Sie erhoffen sich Siege und die Vernichtung der anderen Völker. Die Geste meiner Hand, mit der ich die Sonne aufhielt, ist das schönste Denkmal für die Unwissenheit und die menschliche, die übermenschliche Macht. Oh, ich erinnere mich! Die Sonne blieb stehen und erkaltete, und während dieser Sonnennacht flohen die Feinde, der Sonne überdrüssig.«

In der gleichen Szenerie in Judäa trat David auf, der zweite der tapferen Helden, und klagte:

»Schlachten? Kriege für eure Liebschaften. Weh, niemand wird auf deine Rückkehr hoffen. Die fortziehen, werden vergessen, und ihre Völker werden nicht um sie trauern, und ihre Frauen werden sich nicht an sie erinnern! Zweikampf, Mann gegen Mann! Das ist das Beste! Dafür braucht es weder Aufbruch noch Flucht noch Wiederkehr. Jeder Krieg ist eine Sünde für die Liebe. Was habe ich getan? Diesen Krieg für den Ehebruch. Bathseba, die ihre Füße badete in einem Becken unter meinen Terrassen im Garten der Zedern und Zypressen. Die Frauen lieben weder den Krieg noch die Krieger, sondern Zedern- und Zypressengärten, Paläste mit Terrassen und Könige, die Ausflüchte suchen. Ihr alten Könige, die ihr nicht in den Krieg zieht, erinnert euch an Moses, der einen Ring des Vergessens fertigte, um die unzüchtigen Wünsche auszulöschen, die Thaibi für ihn hegte. Ihr mächtigen Könige, ihr bärtigen Könige, die ihr in den Krieg zieht, erinnert euch an Moses, der einen Ring der Erinnerung fertigte für Sephora, sein Weib, als er sich von ihr trennte, um an den Hof des Pharao zu gehen.«

Und in der gleichen Landschaft Judäas röchelte der dritte Held, Judas Makkabäus, vom Elefanten niedergestampft und von Toten und Sterbenden umgeben:

»Die Feinde eurer Völker sind die wilden Tiere. Man

muß sie töten, auch wenn man selbst dabei stirbt. Die Schlachten sind die Jagd. Tötet das wilde Tier eher als den Menschen, aber sterbt unter dem Tier, wenn ihr hoffen könnt, daß es auf euch stirbt. Für ein Menschenröcheln sind hundert Opfertiere nicht genug. Und jeden Tag, ihr Tugendhaften, sollt ihr Tiere opfern. Und jeden Tag, ihr Tapferen, sollt ihr eure Abscheu überwinden und Schlächter sein vor den Priestern, die aus den Eingeweiden der Opfertiere weissagen auf Altären, die ein großes Volk seinem wahren Gott geweiht hat.«

Da tauchte ein Bild Kleinasiens auf, die sumpfige Landschaft von Troja, der Lauf des Simoeis und des Skamander. Ein blutbefleckter Held, Hector, der vierte der neun, sagte:

»Verteidigt euch, ihr Völker. Mißtraut den fremden Frauen, bewahrt eure Götter, eure wahren Götter, glaubt nicht an die Macht rettender Götzenbilder. Und wenn ihr einen Krieg, der zehn Jahre dauert, nicht verabscheut, wird der Tag kommen, wo ihr Helden einen heldenhaften Tod sterben werdet. Denn für die Völker und die Menschen kommt trotz ihrer Götter, ihrer wahren Götter, doch einst der Tag, da man die Alkyone singen hört, und dann ist der Tod nahe, er kommt beim Tanz oder in der Schlacht, oft als Weib, manchmal als Mann, und dann hilft nichts, weder Tapferkeit noch Unverwundbarkeit. Man fällt, Mann oder Volk, auf dem Schlachtfeld, und wehe den Lebenden, Männern oder Völkern, die in Sklaverei fallen. Aber die Niederlage, eine Schande für Männer und Völker, ist das Glück der Frauen und der Nationen, die dann unter anderen Männern, zu Füßen anderer Götter weinen und politisieren, singen und meutern, sich prostituieren und heimisch werden.«

Griechenland erschien, eine südliche Landschaft: Pans Mittagsstille, unfruchtbare Felsen, weiße Tempel, Pinien und das Meer mit seinen Inseln. Alexander sprach:

»Die gelehrtesten Lektionen lehren uns nicht die Mäßigung in der Eroberungsgier und im physischen Durst. Gibt es einen gierigeren Mann als einen Krieger nach einem Tag des Gefechts? Welcher Eroberer kann großmütig sein, wenn er niemals eine Niederlage erlitten hat! Ich erkenne nur die Tapferkeit der Argyraspiden an, einen prächtigen Mut, gelassen und anonym, der die Illusion einer Belohnung verschwinden läßt. Ihr Könige, wenn ihr nicht Söhne eines Gottes seid, verzichtet auf Eroberungen, denn die Reiche sind von zu kurzer Dauer, wenn die besiegten Völker euch nicht zu ihrem Gott erheben können in der Zeit politischen Friedens, die auf siegreiche Kriege folgen muß. Aber was für Erinnerungen an die Schlachten und Feldzüge! Dein königlicher Streitwagen, der für die Deinen und für die Feinde mit Bändern mit deinem Namen gekennzeichnet ist, bahnt sich rasch seinen Weg durch die vorwärtsstürmenden Truppen, deren Lanzen so weit das Auge reicht so zahlreich wie die Borsten eines Wildschweins sind. Du berauschst dich an dem Lärm, dein Anblick feuert deine mutlosen Soldaten wieder an, und deine Kühnheit entscheidet einen Sieg, der den Verlust der Unabhängigkeit bedeutet für ein zivilisiertes Volk oder ein Barbarenvolk, aus dem du nach deinem Willen ein Sklavenvolk machst. Es sei denn, die Besiegten hätten die Kühnheit, ein Volk von Märtyrern zu sein.«

Römische Landschaft mit Villen und bebauten Ebenen. Cäsar, der sechste Held, beendete seine Ansprache:

»Was man tut, ist gut getan. Zweifle nie an dir. Kannst du etwas erobern, dann tu es. Wie sonderbar muß ein Gefühl sein, das nicht aus Ruhmsucht entspringt. Man erobert Frauen und Völker. Die ersten Eroberungen machen uns kahlköpfig, die weiteren bringen uns um die Achtung der Menschen. Aber man soll sich in allen Dingen nicht um das Ende sorgen. Was liegt schon an sibyllinischen Büchern, an Sibyllen und Vogelflug. Möge jeder nach der Freiheit handeln, die er für sich zu beanspruchen wagt, und es gibt kein Verbrechen auf der Welt, weder für die Eroberer noch für die Ehebrecher. Wenn du König bist, dann handle als König. Bist du Volk, dann handle als Königsvolk.«

Und als Cäsar davongegangen war, riefen die Bäume im Bois des Buttes:

»Soldaten, französische Soldaten!

All diese tapferen Helden sind nicht tot, und einige werden noch geboren werden. Der Held, der jetzt kommt, ist nur gestorben, um wiedergeboren zu werden und wieder König zu sein, König Artus, der siebente der Helden. Hört auf seine Stimme.«

»Soldaten«, sagte Artus, »ihr müßt euch darauf vorbereiten, zu sterben, um wiedergeboren zu werden, so wie ich auch. Was bedeutet der Tod und die Tafelrunde, wenn ich wiederkommen werde, um nach dem Tod derer, die mir egal sind, wieder zu herrschen. Es gibt ein Schloß mit fünf Türmen, einen in der Mitte und vier Türmen an den Ecken. Diese vier sind weiß und schön. Aber der Turm in der Mitte ist purpurrot. Die weißen Türme wird man erobern, aber der in der Mitte wird widerstehen. O, meine Bretagne, o, süßes Frankreich, erratet mich!«

Der alte Kaiser Karl der Große ging vorüber, während in der Ferne der alte Klang des Waldhorns erhallte, der kaum übertönt wurde vom Knattern der Maschinengewehre, dem Seidenrascheln der vorbeisausenden Granaten und dem Krachen des Abfeuerns und dem Lärm der Einschläge, und der alte Kaiser weinte und sagte:

»Die Wahrheit des Krieges liegt in der Bewegungslosigkeit der Wälder, die ebenso klug sind wie die Skoten Irlands, die mir die Anfangsgründe beigebracht haben! Höre, hörst du, wie der Hochwald marschiert und wild singt?«

Da erschien wieder die heiße, dürre Landschaft Judäas, und der neunte Held, Gottfried von Bouillon, sprach:

»Auf die Knie, das ist besser als aufrecht, und führe fern von deinem Heimatland Krieg. Die Hände der Barone dienen der Erde. Die Arme der Bauern sind die Liebhaber des Bodens, den sie befruchten. Die Mädchen sollen nicht Mägde in ihrer eigenen Familie sein. Der Krieger soll fern von seinem Heimatland leben, er soll im Exil und in Unruhe leben. Und der Tod ist schön, wenn man für eine große und gerechte Sache kämpft. Komm herbei, o Nacht, o Nacht, schöner als der Tag!«

Und während ihr ewiger Ruhm noch in der Ferne leuchtete, waren die neun verschwunden. Es blieb nur die entsetzliche Traurigkeit der Schlacht; der kleine Sanitäter auf den Knien dachte weder an die tapferen neun Helden noch an die Gefahr, in der er sich befand. Er dachte an Corail, das Mädchen, das er liebte und das ihn liebte, aber ohne Beständigkeit. Er war traurig, so traurig, daß er fühlte, er würde sterben, und als er einen verwundeten Kameraden sah, der um Hilfe rief, stürzte er davon, ihm zu helfen, und in diesem Augenblick traf ihn eine Maschinengewehrkugel direkt in die Brust, und er fiel tot nieder, ohne zu leiden, während der geliebte Name Corail auf seinen Lippen verhauchte.

Da war Anatole de Saintariste wieder in die Gegenwart zurückgekehrt und küßte Corails Hand.

In diesem Augenblick begegneten sie Elvire und Pablo Canouris, die sich am Friedhof vom Montparnasse küßten.

Anatole sagte zu Corail: »Sieh nicht hin«, und Canouris sagte zu Elvire: »Jetzt, da Saintariste und Corail gesehen haben, daß wir uns küssen, wird jeder bald wissen, daß du meine Geliebte bist, und du hast keinen Grund mehr, nicht zu mir zu ziehen.«

»Hör zu, Pablo«, sagte Elvire, »das kann nicht dein Ernst sein. Nicolas kommt morgen aus dem Krieg heim. Der Chefarzt des Gouvernementskrankenhauses von Ruritanie hat ihn als unersetzlich reklamiert. Zwischen uns ist es aus.«

»Nun gut«, sagte Canouris, »wenn du mich verläßt, gehe ich zu Nicolas' Schwester und erzähle ihr alles.«

»Oh, wie du mich anwiderst«, sagte Elvire. »Wenn ich das geahnt hätte, hätte ich dich nie geliebt. Ich hasse dich, laß mich in Frieden.«

Und sie begann zu laufen. Doch Pablo Canouris rannte ihr nach. Er erreichte sie, als sie an ihrem Haus angekommen war und läutete. Sie rangen heftig miteinander, und Elvire hätte schließlich nachgeben müssen, wenn Pablo nicht auf dem Pflaster ausgeglitten wäre. Er fiel auf die Knie, und sie nutzte diesen Augenblick, um ins Haus zu schlüpfen und die Tür zu schließen, die die Concierge seit geraumer Zeit für sie geöffnet hatte.

Die ganze Nacht hindurch hörte sie Pablo Canouris an die Fensterläden im Erdgeschoß trommeln und mit seinem spanischen Akzent schreien: »Elvire, hör mir zu, mach auf, ich liebe dich, ich bete dich an, und wenn du nicht auf mich hörst, töte ich dich mit meinem Revolver. Elvire, ich schwöre dir, ich erzähle alles Nicolas und seiner Schwester. Öffne mir, Elvire! Ich bin die Liebe; die Liebe ist der Frieden, und ich bin die Liebe, weil ich neutral bin, er aber ist der Krieg! Der Krieg ist nicht die Liebe, er ist der Haß. Also haßt du ihn, und du liebst mich, meine kleine Elvire, öffne mir, öffne deinem Pablo, der dich anbetet.«

VIII

Um die Mitte des Jahres 1915, während Österreich-Ungarn G... angriff, trug sich eine sonderbare Begebenheit zu, die es verdient, in die Annalen Amors einzugehen.

Ich erlaube mir, alle Namen in dieser Geschichte zu verschweigen und nur Anfangsbuchstaben zu verwenden.

Der Kommandant der Artillerie, die den Frontabschnitt angriff, war der Graf Pr..., polnischer Nationalität, und der leibliche Cousin des Kommandanten der russischen Artillerie, des Grafen Cs... Durch den Krieg konnten in den verstreuten Familien des zerrissenen Polens durchaus solche unangenehmen Situationen entstehen.

Der Graf Pr... war sehr reich, obwohl er in Österreichs Diensten stand, und besaß riesige Ländereien in der Gegend. Er hatte dort vor dem Krieg lange Zeit gelebt und war gezwungen gewesen, seine Freundin da zurückzulassen. Sie war eine Geschäftsfrau mit einer hohen, fülligen Figur und sinnlichem Blick, eine vollendete Musikerin, die seit kurzem auf sehr gutem Fuße mit dem Grafen Cs..., dem Kommandanten der russischen Artillerie, stand. Dieser hatte seinerseits seine Geliebte zurücklassen müssen, die er zärtlich liebte. Diese junge Aristokratin, die seit einem knappen Jahr verwitwet war und zum erstenmal wahre Liebesfreuden kennengelernt hatte, war sehr betrübt über die Trennung von ihrem Geliebten, und der Graf Pr..., der ihr einmal vorgestellt worden war, bevor er zum Feind und Eindringling wurde, machte ihr vergeblich mit großer Beharrlichkeit den Hof. Dennoch hatte er seine Musikerin, die Geschäftsfrau von G..., nicht vergessen, und da er selbst Musiker war und talentierter Komponist, wollte er sich bei seiner Geliebten in Erinnerung bringen mit einem Konzert, das nacheinander Morgenständchen und Serenade sein sollte, eines wie es noch kein Liebhaber je seiner Geliebten gewidmet hatte. Nachdem er den Ton der Kanonen gemessen hatte, um das Timbre und die Höhe des Tons, der aus ihrer Seele kam, zu erfahren, komponierte er eine entsetzliche Sinfonie, die er seine Artillerieeinheiten aufführen ließ; und sein Rivale, der Kommandant der russischen Artillerie, der ebensosehr Musiker war wie er, verstand das Ganze so gut, daß er in dieses schreckliche Konzert die ebenso wilden, aber leider weniger gewaltigen Töne seiner Kanonen einbrachte und so die gräßliche Sinfonie seine Feindes ergänzte. Es war alles andere als Kammermusik. Und dieses todbringende Konzert dauerte zwei Tage und zwei Nächte und versetzte alle, die es hörten, in Schrecken. Sie hätten vorgezogen, es nicht zu hören, konnten jedoch nicht umhin, die fürchterliche, großartige Harmonie zu bewundern.

In der zweiten Nacht ließ der Graf Pr… Stickgasgranaten auf die Stadt G… abfeuern, in die er, in Erinnerung an Praktiken der Mauren in Granada, feine Duftstoffe gemischt hatte, die die belagerte Stadt mit Düften erfüllten, und bis zum Morgengrauen wechselten hier die verschiedensten und heftigsten Gerüche einander ab, während die Front der Schützengräben von einer erstaunlichen Pyrotechnik, von Raketen aller Farben erleuchtet wurde, die unaufhörlich in den Himmel stiegen und sanft verlöschten. Die russische Garnison und fast die gesamte Bevölkerung von G… kamen bei diesem Konzert um, ebenso die Geliebte des Grafen Pr…, die dieser tot auf dem Leichnam ihres Liebhabers fand. Dessen Geliebte wiederum, die bis dahin dem Begehren des Siegers widerstanden hatte, war wehrlos, als er sie vergewaltigte, aber am gleichen Abend erdolchte sie dann den Grafen Pr…, der vollgefressen und von hundertjährigem Met und Tokajer berauscht eingeschlafen war. Danach fiel bei einer letzten Salve der russischen Batterie eine Granate auf das kleine Schlößchen, in dem die junge Witwe wohnte, und tötete sie, so daß beim Schlußakkord des blutigen Konzerts keiner der vier polnischen Liebenden mehr am Leben war …

Die Fürstin Nathalie Teleschkin fügte hinzu: »Diese Geschichte hat mich in einem Brief aus Rußland erreicht. Gibt es etwas Ungewisseres als die Liebe, zu allen Zeiten? Wundern Sie sich nicht, mein lieber Pablo, wenn sie in Kriegszeiten noch ungewisser ist.«

Und sie nahm nacheinander die Briefe zur Hand, die Elvire an Pablo geschrieben hatte. Nach der Heimkehr ihres Geliebten Nicolas hatte Elvire, die mit Pablo gebrochen hatte, Nicolas wiedergetroffen, und das Leben ging seinen Gang. Nicolas interessierte sich immer weniger für Elvire und hielt sich an die kleinen Schauspielerinnen, die im ruritanischen Krankenhaus Vorstellungen gaben. Elvire fühlte sich dadurch zutiefst gekränkt und war viel eifersüchtiger, als sie zugab, denn sie durchschaute die Winkelzüge ihres Nicolas, während dieser Elvires Liebschaft gar nicht bemerkt hatte.

Er erfuhr erst durch die Brieffreundin eines der im Krankenhaus liegenden Offiziere davon. Sie hatte Nicolas umworben, und er hatte nur kühl reagiert, immerhin war er mit ihr ausgegangen und hatte sie zuweilen zum Tee in die Rue de Rivoli eingeladen. Er hatte sie sogar Elvire vorgestellt, die jetzt die Hälfte ihrer Zeit in der »Coupole« zubrachte, mit ihrem Pablo mit den blauen Händen und dessen Freunden. Aber Nicolas war nie recht entschlossen, der Briefpartnerin des Leutnants Emmanuel Verde-Croye, der hübschen Francine, den Hof zu machen. Da sie darüber verdrossen war und den Bruch zwischen Elvire und Nicolas herbeiführen wollte, erklärte sie ihm eines Tages, als sie ihren Schützling im Krankenhaus besuchte: »Mein lieber, Sie tragen Hörner.« Und sie erlitt einen Nervenzusammenbruch, als er, schamrot, erwiderte: »Ich glaube nicht.« Der Leutnant Verde-Croye verließ humpelnd das Zimmer und trällerte das Lied des Cherubino:

Die teure Patin mein ...
Ach mein Herz, wie fühl ich es schlagen. *

Nicolas, der es zwar nicht glaubte, machte dennoch am gleichen Abend Elvire eine diesbezügliche Szene, und ganz Montparnasse, das auf dem laufenden war, bemühte sich, die beiden zu trennen. Elvire jedoch hatte sich in den Kopf gesetzt, mit Nicolas zusammenzubleiben, also leugnete sie, leugnete alles, was man ihr vorwarf, hörte auf, zur »Coupole« zu gehen und Canouris zu treffen. Dieser schrieb ihr, und sie antwortete in wütendem Ton, ihre Freundschaft sei zu Ende. Halb um Elvire wiederzubekommen und halb um Nicolas, der sein Freund war, über den Charakter seiner Geliebten aufzuklären, beschloß Pablo, der im Umgang mit den Frauen nur Gewalt kannte

---

* Beaumarchais, Figaros Hochzeit, 2. Akt, 4. Szene

und die Frauen verachtete, die Schwester von Nicolas zu unterrichten, damit das Ausmaß des Skandals jede Versöhnung verhinderte.

Er ging zur Fürstin Teleschkin und sagte ihr, daß er Nicolas wie einen Bruder liebe, daß er betrübt sei, ihn in so schlechter Gesellschaft wie der Elvires zu wissen, die er als eine gefährliche Sirene hinstellte, der er selbst auf den Leim gegangen sei. Er gab an, daß sie sich vor ihm mit englischen Fliegern, amerikanischen Journalisten und einem Hilfspfleger des medizinischen Dienstes amüsiert habe.

Nathalie Teleschkin hörte ihm mit schrecklich schmerzlichem Frohlocken zu, denn sie wünschte sich seit langem, daß ihr Bruder mit Elvire brechen möge, und andererseits fürchtete sie, daß er unter diesem unvermeidlichen Bruch sehr leiden würde.

Pablo Canouris zeigte ihr die Briefe, die Elvire ihm geschrieben hatte, doch sie konnten lediglich zur Bekräftigung einer moralischen Überzeugung beitragen, denn sie waren in sich gar nicht kompromittierend. Sie waren freundschaftlich, das war alles. Schließlich zeigte er Aktzeichnungen, die er von Elvire gemacht hatte, und ein Foto, auf dem sie ebenfalls nackt war.

Die Fürstin Teleschkin brauchte gar nicht so viele Indizien, um ihre Überzeugung zu erhärten. Sie dankte Pablo für den Beweis seiner Freundschaft zu Nicolas, und ihr Haß auf Elvire war so groß, daß sie sie auf der Stelle erwürgt hätte, wenn sie in der Nähe gewesen wäre, doch sie konnte sich nur an einem Blumenstrauß rächen, den die Mätresse ihres Bruders gemalt hatte, leuchtend rosa Pfingstrosen auf himmelblauem Grund. Den zerfetzte sie. Und Pablo, der von Elvires Talent bezaubert war, mußte mit Bedauern diesen Akt des Vandalismus mit ansehen.

Als Nicolas zur Teezeit zu seiner Schwester kam, teilte sie ihm alles mit tragischer Miene mit, daraufhin begab er sich, bleicher als ein Toter, in sein Atelier und bat Elvire, zu gehen, da er über alle ihre Seitensprünge unterrichtet sei, sie brauche nichts mehr abzustreiten, Pablo selbst habe ihm alles erzählt. Dann ging er fort, um Elvire Zeit zu lassen, ihre Sachen zu packen und zu verschwinden.

Doch als er zurückkehrte, kam er nicht in seine Wohnung, denn der Schlüssel steckte von innen im Schloß, und aus den Türritzen drang starker Gasgeruch. Er schlug Alarm und öffnete zusammen mit der Concierge gewaltsam die Tür. Sie fanden Elvire bewußtlos über dem Gasherd liegen. Der herbeigeeilte Arzt hatte große Mühe, sie wieder ins Leben zurückzuholen. Nicolas verzieh ihr alles, glaubte ihren Beteuerungen, und da in der Tat kein Beweis vorlag, daß Pablo die Wahrheit gesagt hatte, schrieb Nicolas seine Anschuldigungen der Verärgerung über Elvires mangelndes Entgegenkommen zu.

Auch die Zeichnungen bewiesen nichts, denn Pablo konnte sie ebensogut ohne Modell angefertigt haben, und das Foto war nach Elvires Aussage in Petrograd aufgenommen worden. Dieses Beweisstück, das Pablo besaß, hatte Elvire entweder verloren, oder Pablo hatte es entwendet, als er einmal bei seinen Freunden zu Besuch war. So blieb nichts übrig von der ganzen Geschichte als eine Unpäßlichkeit, die Elvire acht Tage Bettruhe eintrug, und in dieser Zeit erhielt sie im Atelier in der Rue Maison-Dieu Besuch von dem vorgeblichen Ovide de Pont-Euxin und dem alten Otto Mahner.

Letzterer begriff, daß in diesem Hause Eros tapfer gegen Anteros kämpfte, er sagte: »Eure Liebe ist wie eine Granate, die jeden Augenblick durch eine Erschütterung in die Luft gehen und explodieren kann. In dem Haus, in dem ich wohne und in dem sich auch Moise Deléchelle aufhält, befindet sich eine solche Granate. Dieser kleine graue Mann mit dem musikalischen Körper war bei Ausbruch des Krieges seit ungefähr einem halben Jahr aus Amerika wieder nach Frankreich zurückgekehrt. Er hatte dort Geschäftsbeziehungen aufgebaut, jedoch nur wenig

Geld eingenommen, so daß Mitte August 1914 fast alle seine Ersparnisse aufgebraucht waren. Er hoffte seine überseeischen Verbindungen nutzbar machen zu können und schrieb überallhin nach Amerika, um den Verkauf von Kriegstrophäen und -erinnerungsstücken anzubieten. Die Antworten auf seine Anfragen ließen keinen Zweifel, mit welchem Interesse man in Amerika die Auseinandersetzung der Kräfte in Europa verfolgte, welcher Seite die amerikanischen Sympathien galten und welch großen Erfolg schließlich eine so heroische Ware haben würde. Nun fehlte Moise Deléchelle nur noch just diese Ware. Zu dieser Zeit war es ihm versagt, die Schlachtfelder aufzusuchen, da er seines Gesundheitszustandes wegen ausgemustert worden war, und die Frontkämpfer schickten noch keine Trophäen in die Heimat. Moise Deléchelle verbrauchte den größten Teil seines noch verbliebenen Geldes, um in den Trödelläden und bei den Antiquitätenhändlern so billig wie möglich militärischen Kram aller Art aufzukaufen. Er sammelte französische und deutsche Helme aus dem Krieg 1870. Alle von der Militär-Intendantur ausrangierten Seitengewehre, die er auf dem Markt finden konnte, alle alten Offizierskäppis, die er in der Umgebung des Temple auftrieb, Säbel, die teilweise noch aus dem Kaiserreich stammten, Harnische, Tschakos, eine Pelzmütze, eine Trommel, drei Trompeten, Säbeltaschen, dies alles trug er zusammen. Die Krönung seiner Sammlung waren Holzsplitter von Flugzeugwracks, die er in der Umgebung der Flugplätze aufkaufte. All diese Objekte verpackte er sorgfältig und schickte sie nach Amerika, wo sie sofort verkauft wurden. Man telegrafierte ihm fast umgehend, er möge noch mehr solcher Sendungen schicken, so daß sein Handel bestens lief. Er verdiente sehr viel Geld damit.

Aber alles hat ein Ende. Die Amerikaner erfuhren schließlich, daß die alten hohen Pelzmützen, die Pistolen, die Haubajonette, die Schulterstücke und anderer militärischer Plunder nichts mit dem gegenwärtigen Krieg zu tun hatten, und Moise Deléchelle mußte, um seine Geschäftspartner in Amerika nicht zu verlieren, eine Möglichkeit finden, sich authentische Erinnerungsstücke des gegenwärtigen Krieges zu beschaffen. Auf irgendeine Weise erhielt er die Genehmigung, den Korrespondenten einer italienischen Zeitung bei einem Besuch an der Front zu begleiten. Sie fuhren mit dem Auto, und Moise brachte eine reiche Ausbeute an deutschen Uniformknöpfen, Helmen, Bajonetten, feldgrauen Käppis heim. Er nahm auch eine Granate mit, die nicht explodiert war, aber sein Reisegefährte warnte ihn, daß es vielleicht Schwierigkeiten beim Zoll geben würde, wenn er ein solches Objekt mit nach Paris bringen wollte.

Darüber war Moise Deléchelle sehr betrübt. Die Granate wäre wahrhaftig das schönste Stück seiner Kollektion gewesen. Eine schöne 77er Granate und noch ganz unversehrt! Zu dieser Zeit (es war Ende November 1914) hatte man davon in der Heimat nur eine ganz geringe Zahl, und er hoffte sie für tausend Dollar in Amerika zu verkaufen.

Nach einer Stunde Bedenkzeit hatte er einen Ausweg gefunden. Er machte in einem Dorf halt und kaufte ein Vierpfundbrot, in das er einen Schlitz schnitt. Dann höhlte er sorgfältig den Brotlaib aus und praktizierte das kostbare Projektil hinein, das auf diese Weise unangefochten in die Hauptstadt gelangen konnte. Aber er war noch nicht am Ende seiner Schwierigkeiten, denn die erste Person, der er von dieser Granate erzählte, hielt ihm mit großem Nachdruck die Gefahr vor, die der Besitz dieses Geschosses bedeutete.

›Wenn Sie es so schicken,‹ sagte man ihm, ›riskieren Sie entweder, das Schiff, auf dem es transportiert wird, in die Luft zu sprengen, oder zumindest schwere Unfälle darauf zu verursachen, ganz zu schweigen von der Verantwortung, die Sie damit auf sich laden. Man muß diese Granate entschärfen und sorgfältig leeren lassen.‹

Besorgt machte sich Moise Deléchelle auf die Suche nach einem Artilleristen, der die Granate entschärfen könnte. In Vincennes fand er nur Artilleristen, die Automobilexperten waren.

›Man müßte einen Feuerwerksmeister finden‹, erklärte ihm ein alter Adjutant, aber trotz all seiner Bemühungen hat Moise noch keinen Feuerwerker finden können und lebt nun in ständiger Todesangst. Er hat die Granate mit all seiner Leibwäsche gepolstert in seinem Glasschrank verstaut; unter tausend Sicherheitsvorkehrungen hat er sie mir einmal gezeigt, und nachts schreckt er zuweilen aus dem Schlaf; dann glaubt er irgendein Knacken im Schrank gehört zu haben und wartet darauf, daß das unheilvolle Projektil jeden Augenblick explodiert und das ganze Haus in die Luft jagt.«

Und nachdem er mit gewohnter Weitschweifigkeit die Geschichte dieser Granate erzählt hatte, verließ der alte Mahner lächelnd die beiden Liebesleute, deren Gefühle der Krieg so tiefgreifend verändert hatte.

Nach einiger Zeit begann Elvire wieder mit Pablo Canouris zu sprechen, der ihr ständig über den Weg lief, doch sie sagte Nicolas Warinow nichts davon, der in dieser Hinsicht in verzweiflungsvoller Ungewißheit lebte.

Wenn Pablo sie traf, bat er sie immer wieder, zu ihm zu kommen. Und sie begann wieder, ihm mit Wohlgefallen zuzuhören.

Eines Tages kam die hübsche Corail zu ihr und sprach voller Lob von einer Hellseherin, die auch Kartenlegerin war und über eine große Anzahl Methoden verfügte, die Zukunft zu befragen.

Am nächsten Tag gingen sie zu ihr. Madame Adonysia wohnte in Batignolles, in der Rue Nollet. Sie war seit dem Krieg Wahrsagerin, ihr Mann, ein Mathematikprofessor, war gestorben, ohne ihr genügend Mittel zum Leben zu hinterlassen. Um sich von den anderen Hellseherinnen zu unterscheiden, hatte sie sich einfallen lassen, den seligen

Jean-Baptiste Vianney, Pfarrer von Ars, oder auch den Zauberer Papus, mit seinem wahren Namen Doktor Encausse, der soeben gestorben war, zu befragen. Diese Orakel antworteten ihr, nach Aussagen ihrer Kundschaft, recht zufriedenstellend.

Männer kamen nicht zu ihr, nur Frauen waren zugelassen. Sie machte keinerlei Reklame in den Zeitungen, und ihre Kundinnen kamen nur durch Beziehungen zu ihr. Der Preis für eine Konsultation betrug fünf Franc, im voraus zu zahlen, und diejenigen ihrer Kundinnen, die sie als besonders verschwiegen einschätzte, konnten für zwanzig Franc die, wie sie es nannte, »große Kriegsbefragung« in Anspruch nehmen, bei der Pulver aus einer Lebel-Patronenhülse auf einen Teller geschüttet und die in dem verstreuten Pulver entstandenen Linien gedeutet wurden.

Da Madame Adonysia Corail für eine vernünftige und verschwiegene Person hielt, war sie bereit, für Elvire »die große Kriegsbefragung« vorzunehmen.

Das Pulver antwortete, daß Elvire ihren jetzigen Liebhaber verlassen würde, um zu dem Mann zu gehen, der ihr den Hof machte.

Elvire kehrte stark beeindruckt von diesem Besuch heim. Am nächsten Morgen wachte sie sehr früh auf, und als sie einen Hund auf der Straße heulen hörte, schüttelte sie Nicolas Warinow, der sie gähnend fragte, was los sei. »Hörst du den Hund heulen«, sagte sie zu ihm, »das bedeutet Trennung.« Er nahm es nicht weiter ernst und schlief wieder ein; aber am Tage, als Nicolas bei seiner Schwester war, lief Elvire zu Pablo und sagte ihm, sie sei bereit, bei ihm zu bleiben. Und er war über diesen Entschluß so erfreut, daß er sie, wie jede neue Geliebte, auf der Stelle in ein großes Kaufhaus führte und ihr einen Regenmantel kaufte, den sie am gleichen Abend trug, als sie in Begleitung ihres neuen Liebhabers zur »Coupole« kam.

Am nächsten Tag ließ Nicolas Warinow ihr all ihre Sachen, ihre Kleider, Pelze, ihr Malgerät und ihre Bilder bringen.

Aber schon nach zwei Tagen war sie Pablos überdrüssig. Die Liebe zu Nicolas erfüllte wieder ihr Herz; sie schrieb ihm, er antwortete ihr, und bereits acht Tage nach ihrem Einzug bei Pablo Canouris ließ sie sich von Corail beim Packen helfen, während Pablo zum Montmartre spazierengegangen war, und verließ das Atelier des Malers mit den himmelblauen Händen, der, als er sie bei sich empfing, nicht einmal die Geistesgegenwart besessen hatte, ihr zu sagen, sie solle sich wie zu Hause fühlen, und ihr seine Schlüssel zu geben.

Die Frauen sehen sich heute als unentbehrliche Hüterinnen des gesellschaftlichen Lebens und des Menschengeschlechts, während die Männer ihr Möglichstes tun, um daraus ganz zu verschwinden. Innerhalb und außerhalb der Ehe ertragen sie das männliche Joch nur noch mit Ungeduld, sie wollen über das Schicksal des Mannes bestimmen, halten wenig von Unterwerfung und haben Geschmack an der Freiheit gefunden, denn um das Menschengeschlecht zu retten, muß das Weib sehr wohl die Hände frei haben.

Als sie nun wieder bei Nicolas Warinow lebte, der es nicht für angebracht erachtet hatte, seine Herrschaft über sie aufrechtzuerhalten, und ihr, als er in den Krieg zog, die Möglichkeit gegeben hatte, die Freiheit zu kosten, dachte sie über den Fall ihrer Großmutter Paméla Monsenergues, der Mormonin, nach und kam an Hand dieses Beispiels zu dem Schluß, daß die Vielweiberei weder in Kriegs- noch in Friedenszeiten erstrebenswert war.

Sie befand, daß die Frauen dank ihrer Anzahl und dank der Freiheit, die sie dem Staat gegenüber genossen, jetzt eine Macht besaßen, die größer war als jene, die einst dem Manne vorbehalten schien, der nun zum Sklaven der Nation geworden war.

Sie meinte, daß diese weibliche Macht sehr wirkungsvoll ausgeübt werden könnte, wenn die Frauen von nun an offen der Vielmännerei frönen würden; und sie nahm sich fünf Liebhaber, was mit Nicolas zusammen sechs machte, die sie fast als Sklaven betrachtete.

Sie erwählte einen piemontesischen Clown, dessen buntes Gewand und Schminke ihr gefielen; einen Medizinstudenten, der sich der Literatur widmete, einen Kriegsversehrten ohne Arme, der brutal mit ihr sprach und sie anbetete, einen Flieger aus der Etappe mit Namen Pentelemon, der zum Rekrutenjahrgang von Ruritanie gehörte. Sie hatte ihn wegen seines Namens gewählt, der sie an die Pentelemonskaja erinnerte, wo sie in Petrograd gewohnt hatte; und schließlich einen Granatendreher, der aus dem Norden stammte und schöne Lieder kannte.

Sie arbeitete mit unvorstellbarem Eifer, da sie auf keinen Fall von einem Mann abhängig sein wollte, und da der Erfolg ihr hold war, verdiente sie sich recht gut ihren Lebensunterhalt.

Wie eine Königin spielte sie mit der Macht, die der Krieg ihr verschafft hatte.

Aber keiner ihrer Liebhaber nahm einen Platz in ihrem Herzen ein, das sie zwischen Mavise Baudarelle und Corail teilte, der hübschen Rotblonden mit den haselnußbraunen Augen, die an einen Blutstropfen auf einem Schwert erinnerte.

IX

Während Elvire ein umgekehrtes Mormonentum praktizierte und dabei ihr Möglichstes tat, um unfruchtbar zu bleiben in einer Zeit, wo die Verteidigung und die gesellschaftliche Ehre von den Frauen eine besondere Fruchtbarkeit erforderten, dachte Anatole de Saintariste nur noch daran, eine Religion zu gründen.

Enttäuscht von Corail, der hübschen Rotblonden, die nun Elvires Serail schmückte, betrachtete Anatole de

Saintariste seine Zeit nicht direkt mit Verachtung, aber zumindest mit einem Befremden, in das sich Schrecken und Strenge mischten.

Seine Reflexionen und seine natürliche Veranlagung brachten ihn dahin, von einer Religion der Ehre zu träumen, die er dem vorgeblichen Ovide eines Tages ausführlich darlegte. Da Anatole de Saintariste seit kurzem als überzählig aus dem Offizierskorps entlassen war, ging er kaum noch aus dem Haus und meditierte, wie er sein Leben organisieren und seine Pläne verwirklichen könnte.

Saintariste wohnte in der Rue Delambre, im gleichen Haus wie Otto Mahner und Moise Deléchelle, in einem kleinen Appartement, das nur durch eine dünne Wand vom Zimmer Deléchelles getrennt war. Saintariste begrüßte Ovide du Pont-Euxin mit großer Freude und sagte gleich zu ihm: »Sehen Sie in mir nur eine Art Mönch, dessen Leben, oder vielmehr das, was davon noch bleibt, der Erfüllung der Mission geweiht sein wird, die ich mir aufgegeben habe.

Es geht mir darum, eine Religion ohne Dogmen und ohne Priester zu gründen, in der die moralische und körperliche Erziehung der Kinder die wichtigste Aufgabe ist. Sie werden einwerfen, daß dies eine Idee ist, die nur einem Soldaten kommen konnte, und ich stimme Ihnen zu. Ich bin Soldat gewesen, und mein Herz ist das eines Soldaten geblieben. Das Wiedererwachen der religiösen Ideen, das man überall feststellt, ist trügerisch. Alle Religionen sind im Absterben begriffen und werden immer verschwommener. Aberglaube und religiöse Glaubensinhalte liegen heute so eng beieinander, daß es kaum möglich sein dürfte, die exakte Grenze zwischen beiden zu ziehen, nicht einmal innerhalb einer einzigen Religion.

Wir erleben heute etwas, das es nur im Römischen Reich und am Ende des Heidentums gab: Gläubige, die einer Religion anhängen, sie unterstützen, sie verteidigen und sie ehren, ohne an sie zu glauben. Das hat man inzwischen erkannt; der Gemeinplatz, der besagt, daß das Volk eine Religion braucht, ist wortwörtlich wahr. Doch das Volk prüft jetzt die Glaubensrichtungen, ohne deshalb glücklicher zu sein. Und der Glaube ohne Berechnung ist heutzutage selten, er wird immer seltener, und er kommt nur noch in äußerst verschwommenen Glaubensrichtungen vor oder verfällt unvermittelt in den schlimmsten und törichtesten Aberglauben. Der belgische Antoinismus, die Rasputin-Schwärmerei und all die mystischen Torheiten der Russen, ganz zu schweigen von den tausend Absurditäten, die täglich auf allen fünf Erdteilen entstehen, sind Beispiele der Dummheiten, die die Volksseele schon morgen selbst in einem so zivilisierten Land wie Frankreich hervorbringen kann. Denken Sie an den Diakon Pâris, um nur einen Fall aus unserer Vergangenheit zu nennen. Die Religion der Ehre würde die aufgeklärte Menschheit vor solchen Verirrungen bewahren. Sie erlaubt es, vor allem die Märchen von Sühne und Belohnung abzuschaffen, die die gefährlichsten Erfindungen der Religionsgründer sind. Die Ehre war stets eine Art seltener Würde, die gewissen Männern eigen war. Sie treffen einander heute im Krieg, und kaum noch anderswo. Man könnte noch sehr viel zu diesem Thema sagen, aber es läßt sich behaupten, daß das Gefühl der Ehre praktisch von der Erde verschwunden ist, bis auf einige bewunderungswürdige Fälle und auf die Beispiele, wo dieses Gefühl aus der Not erwächst, wie eben im Kriege.

Die Religionen versprachen Belohnung im Jenseits, die Soziologen versprechen den Menschen das Glück im Diesseits; all das muß beseitigt werden, und die Menschen müssen ihr Glück nur noch in sich selbst, in der Befriedigung über die erfüllte Pflicht und die Wahrung der Ehre finden. Das wird man durch eine Erziehung ohne Schwäche und ohne Irrtum erreichen. Der berühmte Fox hatte seinem Sohn einmal versprochen, er dürfe dem Abriß einer Mauer beiwohnen. Man mußte dafür Schießpulver verwenden, und das Kind freute sich darauf, diese Explosion zu erleben. Als er erfuhr, daß die Mauer gesprengt worden war, ohne daß das Kind davon wußte, ließ er die Mauer noch einmal aufbauen und ein zweites Mal sprengen, um so vor seinem Sohn nicht als wortbrüchig dazustehen. Dieser berühmte Redner besaß also das Gefühl der Ehre und wollte nicht durch einen Wortbruch in seinem Sohn das Gefühl für die Ehre verbiegen.

Man muß die schönsten Beispiele der Ehre in unserer Zeit verherrlichen, man muß sie als Vorbilder preisen und nicht als Ausnahmen erwähnen.«

Der vorgebliche Ovide du Pont-Euxin erlaubte sich, Monsieur de Saintariste daran zu erinnern, daß Monsieur Faguet ganz ähnliche Ideen hegte und sie in seiner »Morale de l'honneur« entwickelt hatte.

»Eine Moral, mag sein«, erwiderte Saintariste, »aber keine Religion. Ich will, daß der hervorragendste Ritus der Freitod ist, den ich für besonders ehrenhaft und erlösend halte. Jemand, der gegen die Ehre gesündigt hat, soll sich töten und es in aller Schlichtheit und ohne Furcht tun.«

»Aber nicht doch! Nach mehreren Jahren Krieg hat man sich nur mit Mühe an den Gedanken des Todes gewöhnt, aber ganz und gar nicht an den Gedanken, zu sterben.«

»Von nun an soll jeder seine Ehre haben, der Bandit wie der Soldat, der Parlamentarier wie der Kaufmann. Früher hatte der Straßenräuber seine Ehre, auf die er hielt, der Kriminelle von heute ist ohne Ehre. Ein Bankrott bringt heutzutage einem Kaufmann kaum Schande, und nur wenige Bankrotteure nehmen sich das Leben.«

»Gilt der Selbstmord«, fragte Ovide, »nicht als ein Frevel oder eine Sünde?«

»Das mag sein, aber was für eine schöne Sünde, wenn die Ehre uns dazu treibt.«

Er führte ihn zu dem Tisch vor dem Fenster, wo er schrieb, und sagte: »Ich bin es leid, allein zu sein. Ich habe die lange Einsamkeit fern von den Frauen bei den Soldaten kennengelernt. Die Frauen lieben mich nicht mehr, ich gebe ihnen nichts. Corail hat mich Elvires wegen verlassen. Ja, Elvires wegen, die einen Harem beiderlei Geschlechts hat. Die hübsche Rotblonde, die ich geliebt habe, verdient jetzt den Spitznamen *no man's land*, den ich, Sie werden es mir verzeihen, aus dem Militärsprachschatz meiner Waffenbrüder, der Tommies, übernommen habe. Begleiten Sie mich zu ihr, dann werde ich erfahren, was die Ehre mir gebietet; und wenn die Religion der Ehre einen Märtyrer braucht, will ich es sein.«

Er kleidete sich an, und sie gingen zu Corail, die sie kühl empfing, während sie Rosen in einem Kelch arrangierte.

Und so sprach dieser Poet zu ihr: »Corail, kommen Sie wieder zu mir ... Ich liebe Sie, als wenn Sie die Tochter Maghmors, des Königs von Spanien, wären. Ein irischer Dichter meint, ihre Familie sei nicht unbekannt, und sie haben Eocaid, den König Irlands, Sohn von Duach, geheiratet. Aber was täten Sie für mich, wenn ich Hammurabi, der gute Gesetzgeber, wäre? Möge der Himmel sie wiederkehren lassen, dann werden sie einander vielleicht lieben, diese Tochter Maghmors und der König Hammurabi.

Aber hören Sie doch auf, an den Rosen zu riechen. Hören Sie mir zu. Sind die Worte eines Mannes nicht ebensoviel wert wie der Duft von Blumen? Ihre Augen zittern wie Gin im Glas eines Säufers. Kommen Sie, nehmen Sie Ihre Hände herunter, das sind schlechte Blumen. Jetzt entblättern sich Ihre untreuen Rosen kläglich. Hören Sie, da singt jemand, vielleicht ist es Lilith, die ihre mütterliche Verzweiflung herausschreit. Als gäbe es eine andere Verzweiflung als diejenige, aus Liebe zu lieben. Dieser Gesang bringt Sie zum Lachen. Wenn ich am Meer wäre, würde ich an den Gesang der Alkyone glauben. Er kündigt dem, der ihn hört, den Tod an. Sie verstopfen sich die Ohren, nun gut, aber wir sind nicht am Meer. Und wenn ich

Ihnen näher wäre, als ich es mir vorstellen möchte, würde ich Sie töten, auch ohne den alkyonischen Gesang, und danach würde ich mich umbringen, so als ob die Alkyone für uns beide gesungen hätte.

Sie glauben mir nicht. Dennoch geschehen solche tragischen Dinge jeden Tag, und es ist einem danach so wohl. Getrennt oder vereint in Ewigkeit, was wohl das gleiche ist. Es ist einem danach so wohl. Und man kehrt nie wieder zurück, glauben Sie mir, niemals. Ich habe früher geglaubt, es gäbe welche, die zurückkehren. Aber das war ein Irrtum. Sie haben noch keine Toten gesehen. Einer, den ich gesehen habe, war kahlköpfig wie ein Bewohner von Mykonos, einer von den Kykladeninseln. Man begrub ihn, doch nach drei Tagen wußte man, daß er des Nachts aus dem Grab aufgestanden war, um das Blut eines Mädchens zu saugen, das ihn nicht geliebt hatte. Er fand Geschmack an der Sache und variierte sein Vergnügen, indem er jede Nacht bei einem Mädchen oder einer jungen Frau Blut saugte. Sie staunen, die Sache ist aber gar nicht so neu, es gab sogar vor mehreren hundert Jahren eine große Anzahl Vampire in Ungarn. Denjenigen, von dem ich hier erzähle, hat man dann schließlich exhumiert, und die Totengräber schlugen ihm den Kopf ab. Seither war es still um ihn, aber ich muß hinzufügen, daß ich niemals an das nächtliche Weiterleben dieses kahlköpfigen Mannes geglaubt habe, und ich denke, die Mädchen hatten diese Erklärung für die Saugflecken erfunden, die ihnen ihre Liebhaber beigebracht hatten.

Die Nacht bricht herein, ich sehe Ihre Hände und Ihren Mund nicht mehr, nur noch Ihre Augen, die wie flammender Alkohol wirken. Sie sind nur noch ein Schatten, und ich bin nicht einmal mehr ein Schatten. Sie sehen mich nicht. Sie nehmen mich nicht wahr. Wir sind durch das Meer getrennt. Durch jenes Meer, auf dem die Alkyonen zuweilen den Tod singen und das treulos ist, wie Sie selbst, außer wenn zur Wintersonnenwende diese Meeresvögel ihr Nest bauen. Sagen Sie mir, gibt es für Sie nicht auch diese alkyonischen, windstillen Tage wie auf dem Meer? In diesen Tagen wäre ich gern Steuermann.

Ich möchte Sie erobern. Die Gefangenen lieben die Eroberer, aber ich war zu lange im Krieg, um an wirkliche Eroberungen zu glauben. Ich denke, sie sind gar nicht möglich.«

Nachdem er Corail die Hand geküßt hatte, verließ er sie für immer. Sie hatte ihm mit keinem einzigen Wort geantwortet. Auf der Straße warf Ovide du Pont-Euxin ihm vor, daß er so überspannt zu Corail gesprochen hatte, dann verabschiedete er sich, und Saintariste kehrte heim, in die Rue Delambre.

Durch die Wand hörte er die Stimmen von Moise Deléchelle und Otto Mahner. Er verstand einzelne Worte, so zum Beispiel Granate, Explosion, Feuerwerker, Sendung nach Amerika, dann hörte er Deléchelle deutlich sagen: »Es ist schon viel zu lange bei mir. Ich werde es mir noch heute vom Halse schaffen, Pech für denjenigen, bei dem es explodiert.«

Und Saintariste dachte: Die Leute waren mir schon immer verdächtig. Das sind Spione, die einen Anschlag auf irgendein wichtiges Gebäude der Landesverteidigung planen.

Und er lauschte noch angespannter. Moise Deléchelle fuhr fort: »Ich werde es genauso machen wie bei der Einfuhr nach Paris. Ich habe ein Vierpfundbrot gekauft, habe es ausgehöhlt und die Granate hineinpraktiziert ... und jetzt behüte uns Gott.«

So ein schändliches Individuum, sagte sich Saintariste, soviel Vorsichtsmaßnahmen, um diese Bombe in seine Wohnung und wieder hinaus zu transportieren, beweisen, was für abscheuliche Pläne dieser Bandit hat. Es ist eine Sache der Ehre, ihn an der Ausführung seines Verbrechens zu hindern.

Saintariste nahm seinen Hut und seinen Revolver und

ging hinunter auf die Straße, um Moise Deléchelle abzupassen, der auch bald erschien, allein und mit dem Vierpfundbrot unter dem Arm.

Moise Deléchelle lief bis zum Viadukt des Bahnhofs Montparnasse und ließ sein Vierpfundbrot dort liegen. In diesem Augenblick sprang Saintariste ihn an und rief: »Du gemeiner Spion, du willst die Brücke sprengen!«

Moise Deléchelle wehrte sich, aber Saintariste, der wußte, daß ihm in dieser menschenleeren Gegend keiner zu Hilfe eilen würde, warf ihn zu Boden und schlug heftig auf ihn ein, und bei jedem Schlag gab Moise Deléchelles Körper einen sonderbar musikalischen Ton von sich.

Während des Kampfes hatte Deléchelle durch den Stoff hindurch den geladenen Revolver in Saintaristes Tasche erfühlt, und er tat sein möglichstes, um an ihn heranzukommen. Mit einer List gelang ihm das schließlich, und er schoß eine Kugel auf seinen Gegner ab, der, zu Tode verwundet, trotzdem noch sein Handgelenk fassen, ihm die Waffe entreißen und ihm zwei Schüsse in den Kopf feuern konnte. Dann starb er auf Moise Deléchelles Leichnam.

Zur gleichen Zeit sagte Otto Mahner zu Egon d'Almanfeiner, der bei ihm zu Besuch war: »Dieser Schwachkopf Deléchelle ist eben mit seiner Granate in einem Vierpfundbrot fortgegangen. Er war schon halbtot vor Angst. Die Furcht, die Granate könne einfach explodieren, verdarb ihm alle Freude am Leben. Er wird sie jetzt irgendwo hinlegen, und morgen wird man von einem Attentat der *boches* sprechen. Inzwischen werden wir unserem lieben Heinzemann in Zürich echte und interessante Nachrichten zukommen lassen. Dank unserer Vorsicht und unseres guten Rufes als Ehrenmänner sind wir jedoch über jeden Verdacht erhaben.«

Am nächsten Morgen fand man zwei übereinanderliegende Leichen neben einem Vierpfundbrot mit einer 77er-Granate als Füllung.

Und als Corail von Saintaristes Tod erfuhr, sagte sie zu

Elvire: »Ich wußte, daß er sterben würde, denn gestern hat er bei mir seltsame Reden geführt, die wie aus dem Jenseits kamen und nicht von einem Mann, der das Leben genießt.«

Sie waren in Elvires Atelier. Nicolas Warinow war da, der Pilot Pentelemon, der Clown und der literaturbegeisterte Medizinstudent.

Elvire saß vor ihrer Staffelei, und Nicolas mußte unwillkürlich an die »Sitzende Frau« denken, jene schweizerische Münze, die man einst, als er ein Kind war, nicht annehmen sollte.

Elvire wird immer dasein, sagte er zu sich selbst und lächelte ihr zu. Sie ist in hohem Maße so wie alle Frauen. Wie die Sitzende Frau auf der schweizerischen Fünf-Franken-Münze sind sie falsch und gehen nicht.

Und Elvire, als »Sitzende Frau« in den Zeiten »aufrecht stehender Männer«, dachte abwechselnd an die dauerhaften Annehmlichkeiten der Schwäche und an die Vorteile der Falschheit.

Mein lieber Ludovic

Niemand anderes als mein lieber Ludovic ist der Erfinder der taktilen und kontaktilen Kunst des Tastens. Die Idee kam ihm vor etwa fünfzehn Jahren, und seither hat er nicht aufgehört, dieses Gebiet, in das er als erster vorgedrungen ist, tiefer zu ergründen.

Ich hatte die Ehre, seit den Anfängen dieser neuen Kunstrichtung zu seinen Donnerstagabenden geladen zu sein. Er bewohnte damals in der Rue Princesse ein altes, übelriechendes Haus, indes mit geräumigen Wohnungen.

Wir trafen uns jeweils gegen acht Uhr dreißig, und schon um neun Uhr fehlte niemand der etwa zwölf Freunde, denen er vertraute. Wenn auch die taktile Kunst uns anzog, so doch weniger als die üppige Nacktheit der unserem lieben Ludovic ehelich Angetrauten; denn um uns für die Empfindung des Schönen zu öffnen, hieß er seine Gattin splitternackt auf den Tisch steigen, wo er uns Weißwein von Gaillac kredenzte, den er bei dem nächsten Händler kaufte. Die Frau meines lieben Ludovic war von erlesener Schönheit und vollendeter Ehrbarkeit. Niemand von uns hätte ihre Blöße zu streifen gewagt, sei es auch zum Zwecke eines auf die Poesie der Berührung gerichteten Experimentes, aber wir weideten an ihr unseren Blick, während die rechte oder linke Hand, je nach Gegebenheit auch beide Hände, sich den berauschenden, künstlerischen Tastempfindungen widmeten, zu denen wir geladen waren.

Ich möchte nicht im einzelnen auf all dieses streifende, zugreifende Tasten, diese Handstreiche jeglicher Art und

Stärke eingehen, die mein lieber Ludovic an uns erprobte und die wir, den Blick fest auf den wohlgeformten und anmutigen Leib seiner Frau gerichtet, geduldig über uns ergehen ließen.

Hingegen soll nicht unerwähnt bleiben, daß diese Kunstrichtung, deren Regeln und Techniken sich gegenwärtig auf der Höhe ihrer Entfaltung befinden, sich darauf gründet, wie die Gegenstände entsprechend ihrer Beschaffenheit unterschiedlich auf den Tastsinn wirken. Das Trockene, das Feuchte, das Nasse, die verschiedenen Wärme- und Kältegrade, das Klebrige, das Dicke, das Zarte, das Weiche, das Harte, das Elastische, das Ölige, das Seidige, das Samtige, das Rauhe, das Körnige etc., all das, innig miteinander verbunden, zueinander in unerwartete Beziehung gesetzt, bildet den reichen Grundstock, aus dem mein lieber Ludovic die feinsinnigen und zartgliedrigen Kombinationen der taktilen Kunst schöpfte; diese lautlose Musik, die unsere Nerven reizte, dieweil unsere bezauberten Blicke sich nicht von jenem wonnigen Körper wandten, den wir um nichts in der Welt anzurühren gewagt hätten und der Früchte trug, köstlicher wohl als alle Apfelbäume Tantalus' zusammengenommen.

Mein lieber Ludovic lehrte öffentlich, daß wir die gleichzeitige Verknüpfung aller Berührungsarten als Empfindung der Leere verspüren würden, denn, so fügte er hinzu, »es ist seit langem nur zu bekannt: *die Natur fürchtet die Leere*, und was wir für Leere halten, ist das eigentlich Körperliche«.

So tief in die Einzelheiten gingen wir jedoch nicht, wenn wir einmal wöchentlich über unsere Fingerspitzen eine Vision erstehen ließen, die mitunter an unbewußte Grausamkeit grenzte.

Ein Bankrott beraubte ihn seiner geringen Lebensgrundlage. Im Vertrauen auf die Zukunft seiner Kunst widmete er seine erzwungene freie Zeit der Bildung eines

»Kontaktilen Arbeitskreises«, einer Arbeit, die er nach sechs Monaten erfolgreich abgeschlossen hatte.

Des allen müde, schrieb er daraufhin dem Direktor der P. L. M., der Eisenbahnlinie Paris–Lyon–Mittelmeer:

»Monsieur!

Ich bin der Erfinder der kontaktilen Kunst. Ich würde sehr gern eine kleine Reise unternehmen, aber da ich kein Geld besitze, wende ich mich vertrauensvoll an Sie mit der Bitte, mir eine kleine Ortsveränderung zu verschaffen, die mir wohltäte.«

Das Antwortschreiben ließ nicht auf sich warten. Es enthielt eine Hin-und-Rück-Fahrkarte nach Genf, und er begab sich unverzüglich auf die Reise, während seine Gattin allein in Paris zurückblieb.

Als Reisender hatte er kein Glück, denn es regnete die ganze Fahrt über, aber nach seiner Rückkehr ersann er in Paris einen geologischen Roman, worin der Mont Blanc, den er leider nicht hatte sehen dürfen, in den Genfer See stürzte, so daß weder Berg noch See verblieben, sondern eine vollendet ebene Fläche, die als immenses Versuchsgelände für die taktil-kontaktile Kunst dienen konnte, hier barfüßig praktizierbar, so daß die bloßen Füße den taktilen Symphonien, die mein lieber Ludovic so wunderbar komponierte, sozusagen hautnah auf den Fersen waren.

Während seiner Abwesenheit hatte seine Gattin, die sich allein langweilte, einer berühmten amerikanischen Tänzerin geschrieben, die im Begriff war, sich in einem großen Theater darzubieten:

»Madame!

Ich bin die Frau des Erfinders der kontaktilen Kunst, der zur Zeit auf einer kleinen Vergnügungsreise weilt. In der Abwesenheit meines Gatten fehlen mir Zerstreuungen, und ich würde gern kommen, um Ihnen zu applaudieren.«

Das Antwortschreiben enthielt zwei Plätze für die Uraufführung, und mein lieber Ludovic, unterdessen heimgekehrt, begab sich in Begleitung seiner Gattin in das Theater, um die große Tänzerin zu sehen. Er hatte so Gelegenheit zu der Feststellung, daß sich die kontaktile Kunst trefflich mit Choreographie und Musik vereinbaren ließe.

Die donnerstäglichen Abendveranstaltungen wurden fortgeführt, aber im Laufe der Jahre schwand allmählich die Zahl der Besucher, wohl weil die Frau meines lieben Ludovic an Korpulenz zunahm und weniger erfreulich anzuschauen war.

Sie ist jedoch noch heute, ungeachtet des Krieges, eine frische Matrone, die sehr gut von der »Unterstützung« lebt, die sie erhält, denn ihr Gatte, in den Kriegsdienst berufen, ist in Bellegarde mit der Durchsuchung verdächtiger Reisender beauftragt. Dies ist ein Amt, bei dem es des Taktes und des Fingerspitzengefühles bedarf.

Spaziergang eines Schattens

Es war kurz vor Mittag. Ich sah einen Schatten nahen. Zu meinem Erstaunen rührte er von keinem Körper her, sondern bewegte sich frei und unabhängig.

Er lag schräg auf dem Boden. Kam er an ein Trottoir, knickte er plötzlich zweimal ein, und zuweilen, an einer Mauer, richtete er sich kerzengerade auf, so als wollte er jemandem die Stirn bieten, der Sonne womöglich, der sich kein Körper entgegenstellte.

Ich begann seine Verfolgung in dem Moment, da er an der Ecke in eine gänzlich verwaiste Straße verschwand, in die er allem Anschein nach nicht ohne Zögern einbog.

Muß ich ihn aber nicht beschreiben oder besser von seinen Umrissen reden? Ein Schatten wechselt bekanntlich, er magert ab, streckt sich ins Maßlose und drängt sich mitunter bis auf die Größe eines Fleischkloßes zusammen. Was nun jenen vereinsamten Schatten betrifft, von dem hier die Rede ist, so hatte er, als er anscheinend sein normalstes Aussehen besaß, etwas von einem gutgewachsenen jungen Mann mit klarem Profil, an dem sich zuweilen die Spitze eines Schnurrbarts zeigte.

Am anderen Ende der kleinen Straße, in die wir eingebogen waren, erschien ein junges Mädchen, und als der Schatten bei ihr war, klomm er sozusagen an ihr empor, wie um sie auf die Stirn zu küssen.

Das junge Mädchen erbebte, und sie wandte sich sogleich nach ihm um, aber er war schon vorüber und entfernte sich gleitend, kriechend auf dem holprigen Pflaster der Gasse.

Das junge Mädchen mit dem traurigen und stillen Ausdruck jener, die einen Menschen im Krieg verloren haben, hielt einen Schrei zurück, und mir schien, auf ihrem Antlitz vermischten sich Freude und Kummer …

Dann nahm es wieder einen resignierten Ausdruck an, und ihr Blick folgte sehnsüchtig der Kriechspur des bläulichen Schattens.

»Kennen Sie ihn etwa?« fragte ich das junge Mädchen. »Kennen Sie etwa diesen blauen, diesen einsamen Schatten?«

»So haben Sie ihn auch gesehen!« rief das Mädchen. »Sie haben ihn ebenso gesehen wie ich, nein! halt, wir sehen ihn dort hinten noch immer, diesen lebendigen, durchscheinenden Fleck, dieses körperlose Kriechtier mit den menschlichen Konturen … Ich glaubte ihn zu erkennen. Ich glaubte nicht nur, ich habe ihn erkannt. Ich habe die Umrisse seines Gesichtes erkannt, seinen kleinen schmalen Schnurrbart, aber keinen Blick … Ich habe ihn erkannt. Er hat sich seit seinem letzten Fronturlaub nicht verändert. Wir hatten uns verlobt, und wir wollten in seinem nächsten Urlaub heiraten. Ein Granatsplitter hat ihn mitten ins Herz getroffen. Sie haben ihn umgebracht; jedoch, wie Sie sehen, sein Schatten ist nicht tot. Er lebt weiter, deutlicher umrissen als eine Erinnerung, aber auch durchscheinender.«

Das junge Mädchen entfernte sich, und in ihren Augen flammte die ganze Liebe ihres glühenden Herzens.

Nachdem ich mich von ihr verabschiedet hatte, eilte ich dem Schatten nach. Er folgte eng verbunden den Unebenheiten des Geländes, auf dem er sich fortbewegte. Bei der Kirche der kleinen Stadt sah ich ihn wieder; ich sah ihn auf der Hauptstraße, wo er sich in seiner bläulichen, stetig wechselnden Form, von den Passanten unbemerkt, durch die Menge schlängelte.

Der Schatten schlenderte umher. Er verharrte vor Läden und schien ein äußerstes Vergnügen daran zu finden, sich an ihm vertrauten Plätzen zu bewegen. Zuweilen tauchte er inmitten der anderen spazierenden Schatten völlig unter, und dann schien mir keinerlei Unterschied zwischen ihnen zu sein.

Im Stadtpark, wohin ich ihm folgte, heftete er sich mit Vorliebe an die Rosenbüsche, die in dieser Jahreszeit voll in Blüte standen. Er sah aus, als söge er den unbeschreiblichen Duft ein, und Schluchzer schienen ihn von Kopf bis Fuß zu schütteln.

Ich nahm die Betrübnis des Schattens nicht ohne Gefühlsregung wahr. Gern hätte ich ihn getröstet, ihm einen Versöhnungskuß gegeben, wie ihn die ersten Christen einander gaben. Sein Geheimnis blieb mir indes verborgen, und ich konnte in dem Augenblick nichts weiter tun, als meinen eigenen Schatten mit jener unbeständigen Erscheinung zu vereinen.

Aus Angst, ihn zu treten, zog ich mich sogleich wieder zurück. Ich fürchtete, ihm weh zu tun. Ich empfand unendliches Mitleid angesichts seiner Verlorenheit. Plötzlich schien es mir jedoch, als nähme er auf unerklärliche Weise Verbindung mit mir auf und gäbe mir zu verstehen, daß er glücklich sei und daß seine Schluchzer nur Schluchzer des Glücks seien, daß in ihm ein unsterbliches Leben sei, welches ihm gestatte, seinen dahingegangenen Körper zu überdauern und sich mit allem, was diesem teuer gewesen, zu vereinen. Das Glück dieses Schattens bestand in seiner Anwesenheit an jenen Orten, die er einst zu besuchen pflegte.

Ich täuschte mich nicht, und eine zärtliche Freude ergriff Besitz von mir. Von nun an wohnte ich mit einem Lächeln den Spielen des Schattens inmitten der blühenden Beete und der grünenden Rasenflächen bei.

Als ich sah, daß er sich vom Stadtpark entfernte, folgte ich ihm noch zum Friedhof, und er führte mich zu einem Grab, wo ein Platz für seinen Körper ausgewiesen war, wo er aber nicht ruhen wird. Daraufhin kehrte er in die Stadt zurück, und unterwegs überraschte uns nach der Dämmerung die Nacht.

Es wurde immer schwieriger, den Schatten wahrzunehmen. Schließlich verlor ich seine Spur in der einbrechenden Dunkelheit.

Indes verstand ich, wie nichtig der Tod ist; ich verstand, daß er das Da-sein kaum abschwächt. Die Toten sind nicht abwesend.

Der vollständige, einsame Schatten, der sich durch die Straßen der kleinen Stadt bewegte, besitzt nicht weniger Wirklichkeit als jener innere Schatten, dessen auf das Gedächtnis geworfene Konturen wir nachziehen können und dessen bläulich durchscheinende Flüchtigkeit sich mit der Erinnerung vermählt.

Die Orangeade

Die großen Pariser Tageszeitungen haben den Fall James Kimberlin, der in Australien und bis hin nach England großes Aufsehen erregte, nur am Rande erwähnt. Es wurde lediglich mitgeteilt, daß James Kimberlin wegen Mordes festgenommen, vor Gericht gestellt, zum Tode verurteilt und hingerichet worden sei.

Ich weilte zum Zeitpunkt dieser Ereignisse in Melbourne und kannte den Doktor ein wenig. Da ich mehrfach Gelegenheit hatte, mit ihm zusammenzutreffen, konnte ich den seltenen Charakter seines gänzlich der Wissenschaft zugewandten Denkens schätzen.

Sein Ruf als Arzt war in ganz Australien unerreicht. Infolgedessen besaß er einen sehr großen Patientenkreis.

Er war ein Mann um die Vierzig und ungewöhnlich kräftig, ein Junggeselle, der ein vorbildliches Leben führte. Und er galt gemeinhin als untadelig.

Im übrigen wurde ihm eine Eigenschaft nachgesagt, die ihn besser zu schildern vermag als alle weiteren Worte: Wie es heißt, soll er eine derart schreckliche Angst vor dem Tod gezeigt haben, daß er, wenn er zu einem Kranken gerufen wurde, dessen Ende er nahen fühlte, die Behandlung verweigerte und darum ersuchte, einen seiner Berufskollegen zu bemühen. Diese Fälle jedoch, so wurde eilig versichert, seien äußerst selten gewesen. Und man bestätigte mir, daß er während seiner langjährigen medizinischen Laufbahn nur zweimal eine Behandlung, um die man ihn gebeten, ohne weiteres abgelehnt hätte. Folglich ging das Gerücht, Doktor James Kimberlin habe alle ihm anvertrauten Patienten geheilt und sobald er einen Rat gegeben, eine Medizin verschrieben habe, könne man der Heilung gewiß sein.

Als die Zeitungen verkündeten, er sei unter Mordanklage festgenommen worden, stieß dies auf lautstarken Einspruch, so klar und durchsichtig schien James Kimberlins Leben. Jedoch bald war der Beweis überzeugend erbracht. Man konnte sich lediglich über den so sonderbaren Charakter des Verbrechens wundern, das der Arzt begangen hatte.

Der Bericht über die Zusammenhänge ist bemerkenswert. Man findet darin mehr als in »Vermischten Nachrichten« sonst: Er schildert auf eigenwillige Art und Weise, wie Berufsgewohnheiten unversehens einen aufrechten und redlichen Sinn, der sich vor allem der Verlängerung des Lebens von seinesgleichen verschrieben hat, deformieren können.

Es ist nicht zu befürchten, daß sich ein derartiger Vorfall jemals hier ereignet. Unsere Gelehrten sind zu aufgeklärt, und die wissenschaftliche Passion beugt sich stets dem humanistischen Empfinden. Für eine solche Tat bedurfte es eines neuen Landes, in welchem ein erfahrener und geschickter Arzt ein solches Ansehen genießt, daß er letztlich glaubt, über den Gesetzen zu stehen, und sich als Herr über all das Leben betrachtet, das er dem Tod abgerungen hat.

Nun die Fakten:

Ein Schafhirt namens Lee Lewes, der mit einer großen Geldsumme, die er in einigen ohne Dürre dahingegangenen Jahren zusammentragen konnte, aus dem Landesinneren kam, fühlte sich seit langem von einem Übel geplagt, dessen Ursache ihm niemand sagen konnte.

Nach seiner Ankunft in Melbourne begab sich der Hirt unverzüglich zu verschiedenen Ärzten, die der Meinung waren, daß es zu spät sei, etwas dagegen zu unternehmen, und die ihm rieten, sein Testament zu schreiben.

Lee Lewes ging geradewegs in eine Bar, wo er sein Geld auszugeben gedachte, um sich danach zu erschießen. Sein niedergeschlagener Gesichtsausdruck jedoch erregte das Mitleid der Kellnerin, einer rothaarigen Irin, der er seinen beklagenswerten Zustand offenbarte. Sie riet ihm, unverzüglich Doktor James Kimberlin zu konsultieren, und rühmte diesen in so hohen Tönen, daß Lee Lewes, plötzlich wieder Mut schöpfend, auf den Selbstmord verzichtete, sein Glas Schnaps stehenließ und sich aufmachte, an der Tür des berühmten Arztes zu läuten.

Dort angekommen, stellt er sich vor, schildert seine Leiden. Der Doktor untersucht ihn und gibt ihm kühl zu verstehen, daß er ihm nichts zu verschreiben habe.

Lee Lewes protestiert. »Ich bitte Sie, Doktor, geben Sie mich nicht auf«, sagt er, »denn das wäre gleichbedeutend mit einem Todesurteil.«

James Kimberlin schaut ihn an, er verspürt tiefes Mitleid für diesen Mann, den er verloren weiß.

Warum ihn verzweifeln lassen? denkt er. Soll er zumindest in dem Glauben an Rettung sterben.

»Nun gut!« sagt er. »Trinken Sie Orangeade, trinken Sie davon, soviel Sie mögen!«

Lee Lewes ging zuversichtlich davon, und Doktor Kimberlin, in der Gewißheit, daß jener nicht mehr lange leben würde, vergaß den unerfreulichen Besuch.

Der Kranke indes trank Orangeade. Er trank abends und morgens. Er trank so ein Jahr lang, bis er sich erholt und seine Gesundheit sowie seine Körperfülle wiedererlangt hatte.

Und wie er sich anschickte, zurück in die rauhe Natur zu seinen Schafherden zu gehen, glaubte sich Lee Lewes seinem Retter zu einem Beweis seiner Dankbarkeit verpflichtet.

Er suchte ihn mit einem reichen Geschenk auf. Doktor Kimberlin hatte Mühe, ihn wiederzuerkennen. An eine derart wundersame Heilung konnte er nicht glauben.

Schließlich jedoch, da er nicht mehr an dem Erfolg seiner verschriebenen Orangeade-Kur zweifeln kann und eine unbändige Neugier auf die Ursachen dieser Heilwirkung ihn erfüllt, bat er Lee Lewes in sein Sprechzimmer, wo er in einem Anfall von einer Art Berufswahn einen Revolver ergreift, seinen Gast mit einem Kopfschuß tötet, eine Autopsie vornimmt und in dem Leichnam nach den Ursachen einer Krankheit forscht, deren Wirkprinzip all seine Berufskollegen bisher nicht zu entdecken vermochten und die er, ohne es zu wollen, geheilt hat.

Als er indes wieder zur Besinnung kam, erschrak er über sein Verbrechen, verließ die Stadt und irrte mehrere Tage auf dem freien Lande umher, bis schließlich die Polizei, die nach Bekanntwerden seines Verschwindens den Leichnam entdeckt hatte, den sonderbaren Verbrecher in einem der für Australien charakteristischen schattenlosen Wälder aufspürte – just in dem Augenblick, da er sich anschickte, seinem Leben ein Ende zu setzen.

Kurzum, James Kimberlin versuchte umsonst, die Richter davon zu überzeugen, daß er in einem Moment geistiger Verwirrung gehandelt habe. Er wurde verurteilt und mußte das absonderliche Attentat, das er in einem keineswegs kriminellen, sondern einzig durch wissenschaftliche Verwunderung verursachten Rausch begangen hatte, mit dem Leben bezahlen.

Schönheitschirurgie

Bei meiner letzten Reise nach Alaska wurde mir ein großartiger Empfang bereitet durch eine Abordnung der Liga für Eugenik, deren Präsidentin, Miss Ole, eine im wahrsten Sinne wunderschöne junge Dame, mir ohne Umschweife erklärte: »Glauben Sie bitte nicht, daß unsere Liga sich allein auf die Verbesserung der menschlichen Rasse beschränkt. Uns ist gleichsam an der postnatalen Weiterentwicklung des Individuums gelegen, um es, wenn ich so sagen darf, mit physischen Vervollkommnungen auf Lebenszeit auszustatten. Aus diesem Grunde tragen wir uns mit der Absicht, diesen neuen medizinischen Wissenschaftszweig, den man gemeinhin als Schönheitschirurgie bezeichnet, in großem Maßstab zu entwickeln. Die Fortschritte auf diesem Gebiet, die wir mit Eifer vorantreiben, sind bereits beträchtlich. Mit der Entschiedenheit und Kühnheit, welche die neue Rasse, zu deren Studium Sie angereist sind, beseelen, verhelfen unsere Chirurgen ihrem Wirkungsbereich zu einem neuen Aufschwung und einer Ausrichtung, deren Möglichkeiten durch Ihre praktischen Ärzte anscheinend noch nicht ins Auge gefaßt worden sind. Es ist ein wahres Wunder! Kommen Sie morgen früh um neun Uhr zu uns, ich werde Sie mit unseren Einrichtungen und dem Stand unserer Arbeiten vertraut machen, so daß Sie bereits die zufriedenstellenden Ergebnisse, die wir erreicht haben, feststellen können.«

Miss Ole, sehr charmant, neigte leicht den Kopf. Das Gespräch war beendet. Sie entschwebte wie eine Libelle, während in dem pompösen Gebäude von allen Seiten her Telefone schrillten …

Ich war pünktlich. Miss Ole führte mich unverzüglich in ihr, wie sie sagte, Laboratorium, wo sie mir ihre Gedanken zur Veredlung der menschlichen Rasse darlegte; daraufhin bat sie mich in einen Raum, in dem sich ein schöner junger Mann befand.

»Das ist Mister Amblerod aus Lausanne«, sagte sie zu mir, »der bei einem Eisenbahnunglück einen Arm verloren hat; unsere Chirurgen haben ihm das fehlende Glied ersetzt. Es handelt sich um einen Affenarm, dessen Äußeres durch schrittweise Entfernung der Haut verändert wurde, welche im allmählichen Vernarbungsprozeß durch dem Körper des Patienten entnommene Hautlappen ersetzt wird … Wir gehen behutsam vor, denn es bedarf größter Sorgfalt, um diese Operation zu einem glücklichen Abschluß zu bringen, die aber nichts ist im Vergleich mit jenem anderen Eingriff, den er mit nicht genug zu lobendem Mut ertragen hat und der völlig gelungen ist … Würden Sie so liebenswürdig sein und sich umdrehen, mein lieber Mister Amblerod?«

Der junge Mann wandte sich um, und ich bemerkte, daß er unmittelbar über dem linken Ohr ein Auge hatte, das mich betrachtete; vom Hinterkopf aus blickte mich ein weiteres Auge an; schließlich und letztlich öffnete sich ein drittes oder besser fünftes Auge oberhalb seines rechten Ohres. Ich war aufs höchste erstaunt.

»Mister Amblerod«, erläuterte mir Miss Ole, »ist von Beruf Aufseher in einer großen Fabrik. Zur Erfüllung einer solchen Aufgabe, bei der alle Seiten gleichzeitig überblickt werden müssen, schienen uns seine natürlichen Augen als unzureichend. Deshalb haben unsere Chirurgen in ihrer erstaunlichen Gewandtheit ihn mit drei neuen Augen ausgestattet. Sie sehen ihn hier in Argus verwandelt, und seine Freude ist grenzenlos, ist doch ein Aufseher mit fünf Augen in der Lage, einen sehr viel höheren Lohn zu fordern.«

Ich wußte nichts darauf zu erwidern, so groß war meine Verblüffung; aber schon verließen wir diesen Raum, um in einen anstoßenden Saal zu treten, wo Miss Ole mir erklärte: »Dies ist Mister Smartest, ein angesehener Politiker aus Dawson-City. Nach seiner Heirat hat ihn Frau Smartest in einem Zornesausbruch so kräftig in die Nase gebissen, daß er diese eingebüßt hat. Wir haben ihm eine schönere als die erste angesetzt, die wir äußerst präzise aus dem Rückenstück eines Schlachthasen zugeschnitten haben, wobei wir die Gelegenheit nutzten, ihm in seinem Einverständnis gleichzeitig einen zweiten, mit allen zugehörigen Organen ausgestatteten Mund einzuoperieren. Ich möchte auf die Einzelheiten dieser delikaten Angelegenheit hier nicht näher eingehen. Mister Smartest kann jetzt mit beiden Mündern zur gleichen Zeit reden.«

Mister Smartest wandte sich um, und ich sah an seinem säuberlich ausrasierten Hinterkopf einen Mund sich abzeichnen. Der Politiker war aus Hochachtung für Miss Ole sehr gern bereit, uns zwei Gedichte gleichzeitig zu rezitieren, und während sein natürlicher Mund den Beginn des ersten Gesanges aus Miltons »Verlorenem Paradies« aufsagte, deklamierte der neue Mund mit leichtem Akzent in französischer Sprache die schöne Grabrede des Theramenes.

Ich muß gestehen, daß ich aus dem Staunen nicht mehr herauskam.

»Sie ermessen«, sagte Miss Ole zu mir, »die Bedeutung eines zweiten Mundes für einen Politiker: Mister Smartest kann jetzt auf großen Kundgebungen unter freiem Himmel nicht allein zu den vor ihm befindlichen Zuhörern, sondern genauso deutlich und vernehmlich zu den hinter ihm Stehenden reden. Ich gehe auf die Vorzüge dieser neuen Mundöffnung nicht näher ein.«

»Sie verleihen den antiken Mythen Realität«, bemerkte ich zu Miss Ole, nachdem wir uns von Mister Smartest verabschiedet hatten. »Argus, Fama …«

»Und hier Briareus«, unterbrach mich die schöne Präsidentin der Liga für Eugenik, indem sie mich in ein Zimmer bat, wo ein mit vier Armen ausgestatteter Mann zu sehen war.

»Mister Hitchcock ist Schutzmann«, fuhr sie fort; »er hat uns aus freien Stücken aufgesucht und uns gebeten, ihm einige Arme hinzuzufügen, damit ihn die Verbrecherwelt stärker fürchtet als bislang. Wie Sie sehen, haben wir ihm seinen Herzenswunsch erfüllt: Er ist überdurchschnittlich kräftig und kann, da er nunmehr über vier Arme verfügt, einen davon auf dem Bauch, einen anderen zwischen den Schulterblättern, in Zukunft ohne fremde Hilfe vier Übeltäter gleichzeitig zur Wache führen.«

Ich erging mich in Beglückwünschungen, worauf Miss Ole sich verabschiedete, da sie, wie sie mir mitteilte, an einer neuartigen, mit äußerster Behutsamkeit durchzuführenden Operation teilnehmen müsse. Es handle sich um einen berühmten Gelehrten, der darum ersucht habe, ihm zur besseren Erforschung der Natur Augen an den Fingerspitzen einzupflanzen, winzige Augen, Kolibri-Augen, möglichst ohne dabei den Tastsinn der Finger zu beeinträchtigen.

Ich verließ das Laboratorium und legte von den sonderbaren Fällen, die ich beobachtet hatte, unverzüglich schriftliches Zeugnis ab. Es steht außer Zweifel, daß unser Zeitalter den chirurgischen Ästheten ausreichend Gelegenheit bieten wird, ihre Theorien auf unvorhergesehene und für die menschliche Gattung förderlichste Art und Weise in die Praxis umzusetzen.

Die Stecknadeln

Die Tarnung des kleinen Frontabschnittes war beendet.

Der Flußlauf war verändert, ein kleines Dorf verlagert worden. Der Strom, den die gegnerischen Spähtrupps nunmehr sehen würden, war ein Stück bemalter Leinwand, desgleichen war das Dorf eine Art Bretterkulisse.

Das echte Dorf, den echten Fluß hatte man vertuscht, übertüncht; sie waren nicht mehr zu sehen, und all das gestattete Truppenbewegungen, von denen der Gegner nichts ahnte. Die wehrhaft-künstlerischen Soldaten, die an dieser Inszenierung mitgewirkt hatten, saßen nun mit Appetit beim Abendessen und plauderten angeregt. Dem einen erschien die Tarnung gut, der andere fand sie schlecht. Die Meinungen waren, wie immer, geteilt.

»Ob gut oder schlecht«, sagte nicht ohne gewisse Bitterkeit der kleine Sérignan, »hängt von den Umständen ab. Hört her, ich erzähle euch mein großes Abenteuer. Ihr werdet sehen, daß eine einfache Verkleidung, eine Tarnung, gut oder schlecht sein kann und daß schon einige Schlauheit dazu gehört, im voraus wissen zu wollen, wie es darum bestellt ist.

Simone war die Tochter eines Geschäftsmannes, der sich auf krumme Geschäfte eingelassen hatte. Mit sechzehn Jahren hatte sie das Glück, einen alten Bankier zu heiraten, der sie als siebzehnjährige Witwe zurückließ. Sie war elegant, hübsch und recht geistvoll. Ich hatte ihre Bekanntschaft gemacht und mich bald in sie verliebt. Aber eine kinderlose und reiche junge Witwe hat etwas Einschüchterndes für einen zweiundzwanzigjährigen Burschen, und ich wagte nicht, Simone meine Liebe einzugestehen.

Dann kam der Krieg. Ich ging zu einem Notar und schrieb ein Testament, in dem ich Simone alles hinterließ, was ich besaß. Ich war so kühn, ihr letztlich gar die Adresse des Notars zu schreiben, bei welchem das Testament hinterlegt war; ich fügte hinzu, daß ich mich wacker schlagen wolle und daß ich, sollte ich sterben, dabei an sie denken würde. Am gleichen Abend rückte ich aus.

Als Simone meinen Brief erhielt, war sie von diesem Liebesbeweis so ergriffen, daß sie das Unmöglichste tat, um zu mir zu gelangen. Damals war es für eine Frau schwierig, an die Front zu kommen. Sie erkundigte sich, verkleidete sich als Soldat, und irgendwie gelang es ihr, unbehelligt in den Heeresabschnitt vorzudringen. Kurz und gut, wir lagerten in der Nähe von Epernay, als mich ein unbedarfter Grünschnabel, der verdammt nobel und ganz wie ein Drückeberger aussah, so weit reizte, daß ich ihm gerade eine Ohrfeige verpassen wollte, als ich in ihm plötzlich meine Simone wiedererkannte und wie versteinert dastand. Bei meinem ersten Fronturlaub hat sie mich geheiratet. Unser Glück war vollkommen.

Das also war eine gelungene Verkleidung, daran gibt es nichts zu deuteln, aber es hätte auch übel ausgehen können. Das geringste Risiko war, für eine Spionin gehalten und erschossen zu werden.

Dann wurde ich verwundet. Mein Genesungsurlaub näherte sich langsam seinem Ende. Eines Tages wurde Simone von einer Freundin abgeholt. Sie sagten mir, daß sie ausgehen, mich aber nicht mitnehmen könnten, weil sie sich die Stecknadeln legen lassen wollten.

›Die Stecknadeln? Was soll denn das sein?‹

›Das ist die neueste Art des Kartenlegens‹, eröffnete mir Simone. ›Mit den Tarock-Karten, dem Kaffeesatz und dem Eiweiß haben die Wahrsagerinnen keinen Erfolg mehr.‹

›Das muß ich unbedingt sehen!‹

›Unmöglich!‹ entgegnete Simone. ›Die Hellseherinnen empfangen keine Männer. Die sind zu argwöhnisch, das würde die Damen stören. Und außerdem könnte man ihr Haus für sonstwas halten.‹

›Ich laß es darauf ankommen‹, sagte ich zu Simone; ›ich tu es dir gleich, ich werde mich verkleiden.‹

Es gab Applaus, ich wurde eingekleidet. Rasiert machte ich mich ganz gut als kleines Fräulein; und schon empfing uns die Stecknadellegerin: ein wahres Mannweib.

›Früher‹, erklärte sie mit kreischender Stimme, während sie uns durch dicke Brillengläser hindurch anschaute, ›nahm man fünfundzwanzig neue Nähnadeln, legte sie auf einen Teller, in den man Wasser goß... Was die Zauberer und Magier mit der Nadel anstellten, mit der zuvor ein Leichentuch genäht worden war, läßt sich nicht sagen... Heute wird die Zukunft mit Stecknadeln vorhergesagt... Hier habe ich dreizehn Stück; diese hier sollen Sie sein, und jene, die ich verbogen habe, stellt die Absicht dar, die Sie erreichen wollen, somit das Ziel Ihrer Wünsche.‹

Simone und ihre Freundin hörten nicht zu; sie schwatzten von ihrer Toilette.

Just in dem Augenblick warf Madame Ulysses ihre Stecknadeln, wovon zwei oder drei vom Tisch herunter auf meine Knie fielen, die ich unwillkürlich zusammenzog.

›Das ist ein Mann!‹ schrie die alte Hexe.

Sie hatte mich an meiner Bewegung erkannt, so wie Odysseus damals Achilles erkannte, der, um besser dem Trojanischen Krieg entgehen zu können, in Frauenkleidern lebte.

›Das ist ein Mann! Eine Frau hätte die Knie nicht zusammengezogen!‹

Und sie begann einen Höllenlärm.

Ich war völlig durcheinander; wir gingen zur Wache, ich hatte mich nach Herzenslust blamiert, und mein Genesungsurlaub war noch nicht abgelaufen, da hatte Simone die eheliche Wohnung bereits verlassen. Meine Tarnung ging übel aus, aber sie hätte auch gut enden können. Meiner Frau wäre ich geistvoll erschienen, nun fand sie mich grotesk. Ich sage es also noch einmal: Niemand von uns kann wissen, ob das, was er tut, gut oder schlecht ausgehen wird.«

Die Schilddrüsenbehandlung

Wir hatten in Mademoiselle Verinada, Doktor der Medizin, niemals etwas anderes als einen guten Hausarzt vermutet. Sie wurde gewöhnlich bei Kinderkrankheiten gerufen. Dieses Spezialgebiet verdankte sie ihrem sanften Wesen. Hätte man jedoch jemandem, der Mademoiselle Verinada kannte, gesagt, daß dieses junge Fräulein eine Art Genie sei, dessen Ideen eines Tages erhebliche Veränderungen auf unserem Planeten bewirken könnten, er wäre äußerst erstaunt gewesen.

Sie hatte einen unserer Freunde aufgesucht, dessen achtjähriges Söhnchen an leichtem Unwohlsein litt.

Nachdem Mademoiselle Verinada ihren Patienten untersucht hatte, betrat sie den Salon, in dem wir uns aufhielten. Die sehr lebhafte Diskussion behandelte das bedeutende Problem der Truppenstärke, das Amerika auf eine Art und Weise gelöst hatte, die an die schönsten Schilderungen römischer Geschichte erinnert, als die Vereinigten Staaten am Grabmal des großen Befreiungskämpfers durch den Mund eines ihrer Offiziere erklärten: »La Fayette, hier sind wir!«

Mademoiselle Verinada hörte interessiert zu. Es schien uns, als zögere sie, an der Unterhaltung teilzunehmen. Die Eltern dachten, daß sie schlechte Nachrichten von ihrem kleinen Patienten brächte. Alle wandten sich mit einem »Doktor?« oder »Mademoiselle?« an sie. Jemand sagte gar »Doktorin?«, denn in bezug auf Frauen sind die Titel, die die Rangordnung auf der Stufenleiter der Humanwissenschaften bezeichnen, noch nicht eindeutig festgelegt.

»Beruhigen Sie sich!« äußerte Mademoiselle Verinada. »Ihr Sohn wird sich bald von seinem Unwohlsein erholt haben. Sie sprachen aber von dem Problem der Truppenstärke. Ich hatte es im vergangenen Jahr gelöst. Wenn es notwendig gewesen wäre, hätte ich all die Hemmnisse bürokratischer Trägheit überwunden und meine Erfindung der Regierung übergeben ... Das anstehende Problem war einfach. Hier haben Sie es: Könnte man in Anbetracht des Mangels an waffenführenden Männern nicht einen Teil der Zeit überbrücken? ... Wenn man die innerste Natur der Materie ergründet hat, hat man Gelegenheit gehabt, Einblick in Außergewöhnlicheres zu nehmen. Wäre es also nicht möglich, Armeen aufzustellen, die bei natürlicher Abfolge der Ereignisse sich erst eine ganze Reihe von Jahren später auf dem Schlachtfeld präsentieren könnten? ... Nachdem das Problem einmal erkannt war, habe ich es unverzüglich gelöst ... Nach einigen Versuchen entwickelte ich eine geeignete Schilddrüsenbehandlung, auf die ich heute nicht weiter eingehen möchte, deren Einzelheiten jedoch vollständig zu Papier gebracht sind, so daß sie angewendet werden kann ... Ich erprobte meine Theorien an den drei Kindern eines meiner Vettern, der geschäftliche Mißerfolge hatte. Ich hatte ihn aufgesucht, um seine Frau zu behandeln. Sie klagte darüber, daß ihre Kinder zu klein seien, um ihren Lebensunterhalt zu verdienen. Der Älteste war sieben Jahre alt ... ›Möchten Sie, daß sie schnell imstande wären, Sie zu unterstützen?‹ fragte ich. Sie stimmte eilfertig zu ... Meine Behandlungsmethode bewirkte Wunder. Ich wandte sie zuerst auf den Jüngsten an, der zwei Jahre alt war. Louis, so heißt er, wuchs alsobald und hatte in nicht einmal einer Woche seine Entwicklung vollendet. Er hatte die äußere Erscheinung und die Kraft eines zwanzigjährigen Jungen. Ich möchte sogar behaupten, daß sich seine Intelligenz in gleichem Maße wie sein Körper entwickelt hat. Allerdings kann ich dafür keine Beweise erbringen, denn die Reife seines Gehirnes schmückte sich verständlicherweise nicht mit neuen Begriffen, die zu erlangen er weder Muße noch Gelegenheit hatte ... Die beiden Älteren wurden auf gleiche Weise behandelt, und heute gehören zum Haushalt meines Vetters drei Prachtburschen, wovon der eine zweieinhalb, der andere dreieinhalb Jahre ist, während der dritte auf die acht zugeht ... Stellen Sie sich vor, wie dankbar mir die Eltern waren! Diese drei jungen Menschen, deren Kindheit sozusagen übersprungen wurde, sind völlig selbständig. Sie haben darüber hinaus ein Studium aufgenommen, was ihnen sonst nicht möglich gewesen wäre. Und entsprechend meinen Theorien, denen zufolge die Entwicklung des Gehirns mit ihrer körperlichen Entwicklung Schritt hält, haben sie innerhalb weniger Monate all das gelernt, wofür andere Knaben vier bis fünf Jahre benötigen ... Meine Methode, in ihrer Gesamtheit durch ein kriegführendes Land angewandt, gestattete die Aushebung von Truppen, gegen die kein anderes Land bestehen könnte. Ich habe die Zeit gemeistert! Darüber hinaus wirkt sich meine Behandlung in keiner Weise negativ auf jene aus, die sich ihr unterziehen. Ihre Kindheit ist übersprungen, ohne daß sich ihr Leben verkürzt.«

»Wie grausig!« rief ein alter Herr, der in dem Ruf stand, durch seine unbestechlichen Arbeiten das Recht auf einen Sessel in der Akademie der moralischen und politischen Wissenschaften erworben zu haben. »Die Kindheit streichen, die schönste Zeit des Lebens, das ist ein Akt von erschrecklicher Amoralität.«

»Wer weiß«, versetzte Mademoiselle Verinada. »Unser Fabeldichter hat gesagt: ›Dies Alter ist erbarmungslos‹, und meine Methode hätte, wendete man sie an, vielleicht eine Läuterung der Menschheit zur Folge.«

»Wie dem auch sei«, sagte eine Frau, »wenn diese Behandlung allgemein üblich würde, gäbe es bald in den Zeitungen Nachrichten wie diese zu lesen: ›Leutnant G. ist im Alter von drei Jahren auf dem Schlachtfeld zum Hauptmann befördert worden.‹«

Jemand anderes fügte hinzu: »Wenn die kleinen Mädchen gleichfalls dieser wachstumsfördernden Schilddrüsenbehandlung unterzogen würden, wäre das Gesellschaftsleben nicht eintönig, und man würde beispielsweise annoncieren: ›Ingenieur Y. hat sich im Alter von vier Jahren mit dem eben zweijährigen Fräulein Z. vermählt.‹«

»Sicher!« entgegnete Mademoiselle Verinada, die ihren Verdruß schlecht verbarg, da sie zu Unrecht fürchtete, nicht ernst genommen zu werden. »Sicher! Die Welt würde dadurch nicht schlechter!«

Und der alte Moralist, der in die Zukunft phantasierte und zu sich selbst sprach, sagte halblaut: »Wie bedauernswert wäre eine solche Generation von Wunderkindern ohne Kindheit! Ich gebe zu, dies Alter ist erbarmungslos, aber nicht durch seine Aussparung mehrt man die menschliche Weisheit. Die Natur entwickelt sich stufenweise. Keine Stufe darf übersprungen werden, bei Strafe unvorstellbarer Störungen ...«

Die junge Doktorin hatte sich jedoch bereits erhoben. Sie verabschiedete sich mit einem leichten Kopfnicken. Während sie das Haus verließ, trat der Knabe, den sie untersucht hatte und der, da er sich nicht mehr unwohl fühlte, das Bett verlassen hatte, um der Unterhaltung zu lauschen, plötzlich in den Salon, um sich seiner Mutter in die Arme zu werfen und zu rufen: »Mama! Mama! Ich will die Schilddrüsenbehandlung haben, damit ich gegen die Feinde in den Kampf ziehen kann.«

Die Glücksritterin

Als Freund Minittique durch den Handel mit Lebensmitteln zu Reichtum gekommen war, dachte er daran, sich zu verheiraten. In seiner Umgebung gab es viele junge Frauen, die im Krieg allein geblieben waren. Indes, er wollte ein junges Mädchen zur Frau. Er hatte ein Auge auf Marianne Garadan geworfen, die bei ihrer Tante wohnte und deren Lebensführung ihm so tadellos erschien, daß er sie wenige Monate später als seine Frau heimführte, obgleich sie keinerlei Mitgift in die Ehe brachte.

Leidenschaftlich entflammt für die Reize seiner Gattin, erkannte Freund Minittique doch bald die Unvereinbarkeit ihrer beider Charaktere. Das betrübte ihn maßlos; aber da er die Freimütigkeit und Höflichkeit in Person war, faßte er den Entschluß, die wenig rosigen Aussichten, die die Zukunft ihrem Hausstand bereithielt, vor Marianne nicht länger zu verbergen.

»Sie sind jung«, begann er – denn sie duzten einander nicht –, »und ich bin noch kein Greis. Noch können wir ein neues Leben beginnen. Wenn beide Seiten etwas guten Willen zeigen, ist eine Scheidung schnell herbeigeführt.«

»Ich widerspreche dem keineswegs«, erwiderte Marianne. »Nun sind wir seit einem halben Jahr verheiratet, und ich muß ehrlichen Herzens eingestehen, daß sich unsere Naturen in keiner Weise miteinander vertragen. Wenn Sie mir also eine Pension von jährlich sechzigtausend Franc gewähren wollen, was nichts ist für jemanden, der im Krieg reich geworden ist, sollen Sie einen sicheren Scheidungsgrund haben.«

Freund Minittique, am Ziel seiner Wünsche, willigte in diesen Vorschlag mit der Hast eines Menschen ein, der hocherfreut ist, ein Geschäft, welches er reiflich überdacht hat, unverzüglich abschließen zu können.

Marianne wies ihm daraufhin die Heiratsurkunde einer früheren Ehe vor, die sie mit einem im italienischen Spoleto ansässigen Papierfabrikanten eingegangen war.

Nachdem dieser Umstand festgestellt war, zeigte Freund Minittique, daß er mehr Eile als Ehrlichkeit beim Abschluß seiner Geschäfte walten ließ, und er eröffnete ihr, daß sie nunmehr, da die Angelegenheit mit einem Nichtigkeitsgrund behaftet sei, nicht mehr auf die Zahlung der Leibrente rechnen könne, deren Zusicherung sie ihm abgenötigt habe.

»Sie haben gesiegt, Monsieur Minittique!« rief daraufhin Marianne. »Sie wissen, daß ich es nicht wagen werde, Sie wegen der fünftausend Franc monatlich, deren Zahlung Sie zugesagt haben, zu verfolgen. Sie sollen jedoch wissen, daß ich Schritte unternehmen werde, die meiner Ehe mit Ihnen wieder zur Gültigkeit verhelfen.«

»Allein Ihr Liebreiz, Ihre Schönheit und die Höflichkeit, die nie abzulegen ich mir geschworen habe«, entgegnete Freund Minittique, »verbieten es mir, Ihre Drohungen lächerlich zu finden.«

Marianne hingegen lachte auf und löste unverzüglich ihr Wort ein, indem sie ihm eine Bescheinigung präsentierte, durch welche bezeugt wurde, daß ihr Papierfabrikant zum Zeitpunkt der Eheschließung mit ihr bereits mit einer anderen, noch lebenden Frau verheiratet gewesen.

Diese Wendung brachte Freund Minittique aus der Fassung, und er war schließlich überglücklich, die Scheidung zu erlangen, indem er alles Unrecht auf sich nahm und der schönen Marianne eine einmalige Summe von dreihunderttausend Franc zahlte, mit der sie in Begleitung ihrer Tante fortging, um sich in Toulouse niederzulassen. Dort ist sie inzwischen mit einem reichen Kohlenhändler verlobt, wohl in der Hoffnung, nach aufgezehrtem Eheglück, wenn die Stunde der Scheidung schlägt, von ihm eine zumindest ebenso bedeutende Summe wie zuvor von dem verliebten Minittique zu erhalten, welcher am Ende sehr glücklich war, daß sie sich damit begnügte.

Was letzteren betrifft, so ist er seit seiner Scheidung melancholisch geworden. Seine Gedanken kreisen unaufhörlich um jene Frau, die für wenige Monate seine Gattin war.

»Marianne«, so sagte er zu mir, »ist ebenso schön wie arglistig. Sie hat sich geschworen, im Verlaufe des Krieges Reichtum zu erlangen, und um diese Absicht zu verwirklichen, wird sie nacheinander alle neureichen Junggesellen heiraten, die ihren Weg kreuzen. Wenn ich den Informationen, die ich erhalten habe, trauen darf, ist sie bereits viermal verheiratet gewesen, das heißt: eine Ehe pro Jahr. Ist die Hochzeit einmal vollzogen, trägt sie Sorge, ihrem Mann das eheliche Leben zu vergällen, bis er sie schließlich um die Scheidung ersucht, und sie erhält, indem sie einlenkt, aus dem Spiel mit den beiden Urkunden allen erwünschten Profit. Ihr Ziel ist es, wenn sie sich schließlich reich genug glauben wird, noch eine Ehe einzugehen, und dieses Mal aufrichtig: mit einem Kriegsinvaliden, einem armen Versehrten, dessen Charakter ihr angenehm ist. Ihre Tante hat mir die Einzelheiten dieser barmherzigen und mehrfachen Gaunerei eingestanden. Es ist schon wahr, nicht alle Frauen sind zu so etwas imstande, und zuvor gilt es, die Gattin eines bigamen Spoletaner Papierfabrikanten zu werden. Wenn ich indes an diesen großen Einfallsreichtum denke, schäme ich mich der gemeinen Art und Weise, wie ich mich bereichert habe; ich schäme mich, mein Landesregiment verlassen zu haben, und ich beneide die lautere Seele dieser liebreizenden Glücksritterin, deren so erhabene Absichten gänzlich im Einklang mit den humanistischen Werten der Gegenwart stehen.«

Die Pflanze

Cyprienne Vandar lebte am Ausgang des Lebens in jenen Grenzgefilden des Instinkts, die kaum ein wenig Sonnenlicht erhellt, traurig wie ein einsamer Stern an einem dicht bewölkten, abendlichen Gewitterhimmel.

Die Gleichgültigkeit verzehrte ihr Leben Tag um Tag, und Stück um Stück fiel die Jugend von ihr ab, gleich den im verblühenden Lenz durch die Obstgärten wehenden Blütenblättern.

Ob sie lachte? Man merkte deutlich, daß sie nichts von der Traurigkeit wahrnahm, die sie umgab, und die Erinnerungen, die sie an die Menschen banden, schienen ihr kaum zu Bewußtsein zu gelangen. Erinnerungen! Das war in einem kleinen Dorf der Krach der im Takt auf die Kornähren niedergehenden Dreschflegel (denn die amerikanischen Maschinen waren dort noch unbekannt). Das waren eine armselige Kirche und sanfte Worte, Glaubensbilder, die eines um das andere entflohen. Das waren auch ein Kuß und Versprechen, die man vergißt. Er war zum Militär gegangen, Cyprienne Vandar hatte das Dorf verlassen, und in ihrem Gedächtnis waren die Namen, waren alle Namen ausgelöscht. Zuweilen dachte sie für kurze Augenblicke zurück, um sich ihrer zu entsinnen. Sie waren dahin, so wie das klare Quellwasser verfließt, ohne je zurückzukehren.

Keine wahrhafte Freude! Lediglich unbändiges Lachen, lange Abende und die taghell erleuchteten Bars und Music-Halls. Kein Erspartes, keine Zärtlichkeit, kein Geld! In diesem langsam in die Abenddämmerung gleitenden Leben gab es Freundschaft ebensowenig wie Liebe. An deren Stelle traten Beziehungen, an denen das Herz nicht teilhatte, und im Schoße dieser Einsamkeit gähnten vor und hinter ihr als zwei schwarze Abgründe Vergangenheit und Zukunft …

Eine sanfte Hinwendung indes pulsierte in dem einsamen Herzen dieses verlorenen Menschenkindes.

Sie hatte vergessen, wer ihr diesen Blumentopf mit der blühenden Hortensie schenkte. Ebendiesem Gewächs, dessen Namen sie nicht einmal wußte, hatte sie eine Freundschaft, eine innige Zuneigung entgegengebracht, in die sie unbewußt all die brachliegende Liebe ihrer Natur legte, all die Wärme, deren ihr Herz übervoll war, all die Menschlichkeit, die diese Seele schwellte, welche selbst kein Mitleid erfahren hatte …

Die großen Blütenblätter runzelten sich bald wie Augenlider. Sie fielen hinab auf die schwarze Erde in dem hübschen rosafarbenen Topf. Nach und nach vertrockneten die Blätter. Nichtsdestoweniger goß Cyprienne Vandar allmorgendlich und allabendlich die verwelkte Blume. Sie brachte selbst dann unverändert ihr Wasseropfer dar, als den Blumentopf nichts weiter als ein schwarzer Stock zierte, der einem zwischen Leben und Tod aufragenden Grenzpfahl in Miniatur gleichsah. Und diesen unheimlichen Holzstab nannte sie »die Pflanze«, da sie keine exaktere noch geeignetere Bezeichnung gefunden hatte...

Als der Krieg ausbrach, zahlte Cyprienne Vandar nicht mehr für ihr Hotelzimmer. Die Jahre vergingen, und der Augenblick kam, da ihr bedeutet wurde, daß sie keinen weiteren Anspruch auf das »Moratorium« mehr habe, daß sie zahlen oder räumen müsse.

Sie lehnte sich im Innern nicht dagegen auf, denn sie hatte niemals verstanden, weshalb ihr dieser Zahlungsaufschub gewährt wurde; jedoch meinte sie, nach mehreren Jahren sei ihr ein Recht erwachsen. Somit hielt sie es für ihre Pflicht, der Hotelbesitzerin eine Szene zu machen, eine heftige Szene, die ihr Ende auf der Polizeiwache fand, wo die Angelegenheit bereinigt wurde, nachdem Cyprienne Vandar zugesichert hatte, auszuziehen. Man ließ ihr sogar ihre Sachen …

Sie nahm eine Droschke. Ein großer Koffer belegte den Sitz neben dem Kutscher; in ihren Armen indes hielt Cyprienne Vandar liebevoll »die Pflanze«. Und in dem neuen Hotel am entlegenen Ende eines anderen Stadtbezirks, wo sie ein Zimmer nahm, betrachtete sie diese an jenem Abend vor dem Zubettgehen noch lange.

Durch das Moratorium war sie es nicht mehr gewohnt, wöchentlich Miete zu zahlen, und es bedarf vieler, vieler Tage, um eine Gewohnheit wiederzuerlangen. Bald mußte sie abermals das Hotel verlassen. Sie transportierte »die Pflanze« in einer Zeitung. Von einem kleinen Café an der Place Pigalle aus teilte sie den Hotelbesitzern per Rohrpost mit, daß sie auf Reisen gehe und kündige, daß sie aber nach ihrer Rückkehr unverzüglich die Rechnung begleichen und ihren Koffer abholen werde.

Daraufhin begab sich Cyprienne Vandar zu Germaine, einer alten Freundin, die es zu etwas gebracht hatte und ein Appartement im Quartier de l'Europe bewohnte.

Ihr vertraute sie »die Pflanze« an, verschwand wieder und lebte in den Tag oder vielmehr in die Nacht hinein, mit einem einzigen Kleid und dem Hemd, das sie auf dem Leibe trug und das sie abends vor dem Schlafengehen in der Schüssel wusch.

Jeden zweiten oder dritten Tag erhob sich Cyprienne früher als gewöhnlich kurz vor Mittag, um »die Pflanze« in der Küche zu besuchen, wo Germaine sie abgestellt hatte. Cyprienne ließ sich von der kargen und schmutzigen Schwermut dieser Küche nicht erschüttern, so sehr war diese Nomadin die Komfortlosigkeit der möblierten Hotelzimmer gewohnt! Das alleinige Bild eines Gasherdes beschwor in ihrem Hirn Vorstellungen von märchenhaftem Luxus, von familiärer, wohliger Beschaulichkeit …

Einmal konnte Cyprienne Vandar ihre Freundin vierzehn Tage lang nicht aufsuchen. Wenig später erfuhr sie durch die Concierge, daß »Madame Germaine« vor kurzem klammheimlich ausgezogen war.

Cyprienne Vandar wurde es fast schwarz vor Augen, und sie wäre um ein Haar gefallen; aber sie drängte ihren Kummer und ihre Bestürzung zurück und ging, von schlimmster und innigster Verzweifelung erfaßt, davon.

»Die Pflanze« war verloren! Sie fühlte es! Germaine hatte zweifellos nützlichere und wertvollere Dinge mitzunehmen gehabt ...

Als sie ihr drei Tage darauf begegnete, wagte sie nicht zu fragen ...

Nun war es Cyprienne Vandar, die nach und nach, gleich einem Gewächs in einem ihm nicht zuträglichen Erdreich, verkümmerte.

Eines Abends brachte man sie in ein Hospital, wo sie erstmals so sorgsam gepflegt und freundlich behandelt wurde, daß ihre Glaubensbilder gleich Zugvögeln zu Beginn der schönen Jahreszeit zurückkehrten. In der Nacht stellte sie sich ein Paradies vor und darin die wieder ergrünte Pflanze, die in einem blendend hellen Licht von strahlendem Gold und tiefem Blau große Blüten entfaltete ...

Eines Morgens starb Cyprienne Vandar mit einem Lächeln, die Hände in den Schoß gelegt; es war der gleiche Augenblick, da im Fenster der Concierge, die »die Pflanze« an sich genommen und gepflegt hatte, diese in der Frühlingssonne zu neuem Leben erwachte. Ein junger Sproß brach hervor. Er war von jenem blassen, zarten, schier durchsichtigen Grün, in dem die ersten Sterne leuchten.

Kriegszüge

Ich erhalte soeben den folgenden Brief, datiert vom 1. Juli 1918:

»Cher Maître,

da uns bekannt ist, welch großes Interesse Sie den Eigentümlichkeiten des Lebens und der Sitten entgegenbringen, haben wir gedacht, daß es Sie nicht gleichgültig lassen wird, zu erfahren, wie weit es durch das Voranschreiten der Wissenschaft mit einem einfachen Eisenbahnzug kommen konnte.

Sie müssen wissen, daß ich, wenn auch nicht dem wohlhabenden, so doch dem kleinbürgerlichen Stande meines Landes angehöre und, da ich auf Grund einiger tatsächlicher, aber nicht auffälliger Gebrechen nicht die Ehre erfahren durfte, in der Armee zu dienen, im Verlaufe des Krieges mir eine beneidenswerte Position im Lebensmittelhandel erworben habe. Wie Sie wissen, geht dieses Geschäft ebensogut wie andere, wenn nicht besser, und ich verdiente zwar nicht ganz soviel, wie ich wünschte, doch zumindest mehr, als ich zu hoffen gewagt hätte. Damit Ihnen aber der krasse Widerspruch zwischen meinem einstigen Vermögen und meiner jetzigen Situation deutlich vor Augen tritt, sei hier in angenäherter Form meine Gewinnziffer angegeben. Sie beläuft sich auf zehntausend Franc täglich, ein Hungergeld, wenn ich gewissen ›Neureichen‹ glauben darf, die zur Stunde meine Leidensgenossen sind.

Im letzten Jahr, da ich meinte, daß meine Mühen wie Gewinne mir das Recht auf Ferien gaben, wollte ich mit dem Zug in die Sommerfrische fahren. Nach Erledigung der heute üblichen Ausnahmeformalitäten begab ich mich mit meiner Gattin und meinen vier Kindern auf die Reise. Wir waren und wir sind nicht am Ziel unserer Leiden.

Der Zug setzte sich in Bewegung. Alles ging gut, aber hinter Laroche trat der Zugführer zu uns ins Abteil. Ich griff nach meinen Fahrkarten. Der Beamte indes lächelte und sagte: ›Aber nicht doch!‹ Daraufhin zeigt er uns eine Art elektrischen Drahtes, der zu einer dicken Rolle gewikkelt war, und fügte hinzu: ›Es geht um ein Experiment.‹

Und er fuhr wie folgt fort: ›Der Lokomotivführer dieses Zuges ist etwas anderes, als Sie, simples Volk, von ihm denken mögen. Er ist ein reicher Gelehrter, der die Idee hatte, die menschliche Wärme als Antriebskraft einzusetzen. In Paris zahlte er dem Lokomotivführer der Eisenbahngesellschaft eine große Geldsumme, und dieser trat ihm dafür seinen Platz ab. Was mich betrifft, so belohnt er königlich die geringen Dienste, die ich ihm leisten soll, und seine Versprechen, durch einen Vertrag in gediegener und gebührlicher Form garantiert, sind so verheißungsvoll, daß ich ihm mit Leib und Seele ergeben bin. Es bleibt mir einzig, die Zustimmung der Reisenden zu erbitten. Und ich bin sicher, daß Sie nicht die Ehre von sich weisen werden, an einem derart neuen Experiment teilzunehmen, von dem die ganze Menschheit profitieren wird. Diese durch Ihren Körper unaufhörlich abgegebene Wärme, diese Kraft, ging bisher verloren. Der Gelehrte, der die Lokomotive führt, bietet deren Nutzung an. Während des langen Aufenthaltes in Laroche hat er die Lokomotive auf eine kleine Vorrichtung umgerüstet, an die Sie sich bitte anschließen wollen, indem Sie die Güte haben, sich diesen Draht um den Hals zu legen. Und ohne daß Sie sich im geringsten behindert fühlen, mit nichts als einer winzigen Kette am Hals, werden Sie an der Zugkraft teilhaben.‹

Das Ganze erschien uns amüsant und nützlich. Wir glaubten für einen Moment das Morgenrot eines neuen

Fortschritts für die Menschheit aufleuchten zu sehen, und wir legten uns die verhängnisvolle Schlinge um den Hals, die seither unser Schicksal kettet.

Der Zug setzte seine Fahrt fort, und wir nahmen an, daß der eigentümliche und erfindungsreiche Gelehrte, dem wir nützlich waren, uns an unseren Bestimmungsort führe. Das war, ich erinnere mich, am 16. August 1917, und ich rechnete damit, gegen Ende September wieder in Paris zu sein; aber weit gefehlt, denn seit jenem Tag hat der unbekannte Gelehrte in seiner Entschlossenheit, sein Experiment bis an die äußersten Grenzen zu treiben, und unbesorgt um unsere Würde, uns die Freiheit nicht zurückgegeben. Damit nicht genug, uns wurde mitgeteilt, daß bei dem geringsten Versuch auch nur eines einzelnen von uns, den Draht, der uns bindet, zu kappen, der gesamte Zug in die Luft gehen würde.

Statt uns an unseren Bestimmungsort zu bringen, hat der unbekannte Lokomotivführer im Gegenteil die Fahrt des Zuges nicht mehr unterbrochen.

In seinem Sold stehende Beamte ernähren uns mit Konserven, wovon anscheinend mehrere Wagenladungen vorhanden sind, und die Speise, ich muß gestehen, ist mir nur zur Hälfte bekömmlich.

Alles in allem werden wir gut behandelt. Die Hygiene läßt nichts zu wünschen übrig, und wir können allmorgendlich, ohne unser Sklavenhalsband abzunehmen, nach Belieben mit Regenwasser, das sorgfältig vermittels Kondensatoren gesammelt wird, unsere Toilette vornehmen.

Geht denn der Krieg inzwischen weiter? Wir wissen nichts darüber. Da unser Zug zuweilen Militärzüge trifft, mutmaßen wir, daß er noch nicht vorbei ist. Den Landschaften nach, die wir durch die Türen sehen können, haben wir bereits mehrere Gegenden Europas durchquert: Frankreich, die Schweiz, Italien, ja sogar Spanien, und so groß ist die Vorsicht und Gewandtheit unseres gewissenlosen Lokomotivführers, daß die Behörden sich niemals veranlaßt sahen, unseren Zug auch nur einen Augenblick aufzuhalten.

Kurz, wir scheinen in einem fahrenden Schützengraben zu leben. Deshalb haben wir unsere mobile Wohnstatt auf den Namen Kriegszug getauft.

Vor einigen Tagen habe ich den Zugführer, der zur Beaufsichtigung unserer Beköstigung erschienen war, gefragt, wann unsere Qualen ein Ende haben würden. Er entgegnete, daß noch Proviant für mehr als zwei Jahre vorrätig sei. Nur unter größten Vorsichtsmaßnahmen konnte ich diesen Brief verfassen, und ich beabsichtige, ihn aus der Tür zu werfen, wenn wir einen großen Bahnhof passieren. Wolle Gott, daß er Sie erreicht.

Im Namen aller Mitreisenden des ›Kriegszuges‹ bitte ich Sie, die Behörden auf unsere beklagenswerte Situation aufmerksam zu machen etc ...«

Das Schreiben schließt mit Höflichkeitsformeln ...

Ich habe es für das einfachste erachtet, den Brief zu veröffentlichen. Es besteht kein Zweifel, daß die Regierung, wenn sie Kenntnis von dieser unheilvollen wissenschaftlichen Spielerei erlangt hat, dieser ein Ende setzen wird: Es ist Zeit.

Der unsichtbare Stoff

Bucklig und infolgedessen ausgemustert, ist mein Freund Louis Vedaldet zu Beginn des Krieges nach Amerika ausgewandert. Er hat sich dort als Modeschöpfer etabliert, mit dem Ziel, eine seiner Erfindungen zu verwerten, die ihm geschaffen scheint, die Sitten tiefgreifend zu verändern.

In den Zeitungen wurde von dieser Erfindung nur am Rande berichtet. Der größte Erfolg wurde ihr in Gawin zuteil, wo Vedaldet sich niedergelassen hat. Es handelt sich um einen Kleiderstoff, wärmend wie Wolle und durchsichtig wie Kristall.

Eine große Stütze fand Vedaldet in einer jungen Frau von erstaunlicher Schönheit, Lydie Vernon, Gattin eines steinreichen Eisenhüttenbesitzers aus Gawin, wo sich die bedeutendsten Gießereien der Welt befinden.

Sie wagte es vor allen anderen, ein Kleidungsstück aus diesem Stoff in der Öffentlichkeit zu tragen.

Als sie es zum ersten Male trug, gab es einen Skandal. Die Behörden glaubten einschreiten zu müssen, aber die schöne Lydie Vernon veranlaßte alle, die ihre nackte Schönheit erschreckte, den Stoff zu berühren, ihn zu betasten. Diese gaben zu, daß er flauschig war und die rühmlichsten Partien eines bewunderungswürdigen Körpers in respektabler Dicke bedeckte. Nun war guter Rat teuer. Lydie Vernon war bekleidet, ja dick bekleidet, und jene, die sich durch ihre Blöße schockiert zeigten, erhielten zur Antwort: »Ich übertrete nicht das Gesetz, denn ich bin bis hinauf zum Hals und bis hinab zu den Knöcheln in einen dicken Stoff gehüllt, von dessen Vorhandensein Sie sich mit dem Tastsinn gern überzeugen können. Wenn Ihr Blick zu durchdringend ist, so stechen Sie sich die Augen aus!«

Wovor sie sich freilich hüteten, denn nach einigen Tagen hatte das skandalöse Ereignis, laut Vedaldet, der mir diese Einzelheiten in einem Brief schrieb, in Gawins Straßen, in den Theaterhäusern, in den Salons, ja letztlich überall die Runde gemacht. Man hätte sich im Goldenen Zeitalter glauben mögen, und meiner Treu, es scheint dieses glückliche Zeitalter jenseits des Atlantiks bereits erreicht zu sein.

Schließlich war es der ehrenwerte Vernon selbst, der sich zur Unterstützung seiner Frau durchsichtig kleidete, und bald taten es ihm in Gawin alle gutgebauten Männer gleich.

Ich überlasse es anderen, zu ergründen oder zu ermessen, ob die Erfindung meines Freundes Louis Vedaldet einerseits gute Aussichten hat, erst ganz Amerika und von dort aus auch Europa zu erobern, und ob sie andererseits jenen günstigen Einfluß auf die Sitten auszuüben vermag, den sich der Erfinder erhofft. Sicher ist jedenfalls, daß sie ein Gewinn für die Gesundheitspflege sein wird: keine tiefausgeschnittenen Kleider mehr, somit keine Erkältungen mehr auf dem Heimweg von Bällen und Abendveranstaltungen.

Wie das Märchen vom Aschenbrödel weiterging oder Meister Ratte und die sechs Eidechsen

Es wird nichts darüber gesagt, was mit Aschenbrödels Equipage geschah, als das Mädchen im Anschluß an den zweiten Hofball, nachdem es den ersten Schlag der mitternächtlichen Stunde vernommen, seine Fellpantöffelchen verloren hatte und sie an der Pforte des königlichen Palastes nicht mehr vorfand.

Aschenbrödels Patin, die gute Fee, war keineswegs so grausam, den dicken Kutscher mit seinen prächtigen Schnauzbarthaaren wieder in eine Ratte noch die sechs auf das zierlichste herausgeputzten Lakaien wieder in Eidechsen zu verwandeln, und als sie ihnen die Ehre antat, Menschen bleiben zu dürfen, beließ sie bei der Gelegenheit den ausgehöhlten Kürbis als prachtvolle Karosse und die sechs Mäuse als sechs schöne mausgraue Schecken.

Noch war der erste Glockenschlag der mitternächtlichen Stunde nicht verklungen, da überraschte sich indes der dicke Kutscher bei dem Gedanken, daß ihm der Verkauf der Karosse und der Pferde mehr Geld einbringen würde, als er ersparen könnte, wenn er jahrelang seinen Lohn zurücklegte, und daß die sechs Lakaien als abgefeimte Faulpelze sich mit Freuden zu einer Räuberbande zusammentun würden, die er anführen wollte, um von den Reisenden auf den Landstraßen Lösegeld zu erpressen.

Na dann, die Peitsche, Kutscher, und nichts wie los! Das Gespann ratterte davon, noch bevor Aschenbrödel an der Pforte des Palastes angelangt war, und hielt erst wieder vor einer Schankstube, wo die noblen Gäste, während sie einen von zwei Brathühnchen flankierten Truthahn verspeisten und mit Wein gefüllte Becher leerten, die Pferde und den Wagen an den Schankwirt verkauften, der dafür eine ausreichende Anzahl von Geldstücken bot. Auch wechselten sie ihre Kleidung und bewaffneten sich. Der dicke Kutscher, Sminthe genannt, hatte eine besondere Verkleidung gewählt. Nachdem er sich den Schnauzbart abgenommen hatte, kleidete er sich als Frau und legte einen Rock von grünem Satin, ein weitfallendes Gewand sowie einen Frauenkragen an. Derart ausstaffiert, war er in den Stand gesetzt, seine sechs spitzbübischen Gefährten ohne Risiko auszuführen. Als die Rechnungen nun zu allgemeiner Zufriedenheit beglichen waren, verabschiedeten sie sich von dem Schankwirt und verließen Paris, um, wie sie es nannten, »über Land Schuricht zu scheffeln«.

Wir wollen ihnen nicht auf ihren Unternehmungen auf den Landstraßen, Jahrmärkten, Burgen folgen, wo die Bande sich so gut zu betragen wußte, daß sie allesamt in dem kurzen Zeitraum von sieben Jahren reich genug geworden waren, um nach Paris zurückzukehren und dort ein üppiges Leben zu führen.

Während der Zeit, da er in Frauenkleidern gelebt, hatte Sminthe die Gewohnheit angenommen, selten aus dem Hause zu gehen, wodurch es ihm gestattet war, viele Gedanken auf die Planung der Raubzüge zu verwenden, die er durch die sechs in Räuberdiensten stehenden Echsen ausführen ließ; auch hatte er das Lesen erlernt und eine beträchtliche Anzahl von Büchern zusammengetragen, darunter die »Offenbarungen der heiligen Brigitte«, das »Alphabet der Unvollkommenheit und Arglist der Frauen«, »Nostradamus' Prophezeiungen«, die »Weissagungen des Zauberers Merlin« sowie viele andere amüsante Werke vom gleichen Schlage. Er fand Geschmack am Lesen, und einen Großteil seiner Zeit, nachdem die Bande sich in den Ruhestand begeben hatte, verbrachte Sminthe über seiner Lektüre in der Bibliothek und sinnierte über die Zauberkraft der Feen, die Nichtigkeit menschlicher Schlauheit oder Verschlagenheit sowie die Grundfesten des wahren Glücks. Und da seine sechs Komplizen, die ihn untereinander nicht Sminthe, sondern auf Grund seiner Abkunft oder zumindest dessen, was sie davon wußten, Meister Ratte nannten, denn instinktiv ehrten sie dieses Tier, so wie die Wilden ihre Totems und die darauf abgebildeten Tiere verehren, ihn unablässig in seiner Bücherstube vergraben sahen, bezeichneten sie ihn letztlich als Meister Leseratte; dieser erwarb ein Vermögen und war unter besagtem Namen in der Rue de Bussy bekannt, wo er wohnte und mancherlei Werke anhäufte, die das Licht der Öffentlichkeit nicht erblickt haben, deren Manuskripte jedoch in Oxford aufbewahrt werden.

Die ihm verbleibende Zeit widmete er der Bildung seiner sechs Räuberlein, die es allesamt zu etwas brachten, der eine als Maler, der die schönen Kneipenwirtinnen wunderbar porträtierte, der zweite als Dichter, der Liedtexte schrieb, die der dritte vertonte und zur Laute vortrug, während der vierte vollendet Sarabanden tanzte, wobei er tausenderlei allerliebste und drollige Posen einzunehmen wußte, der fünfte wurde ein ausgezeichneter Bildhauer und arbeitete anmutige Skulpturen in Schweineschmalz für die Schaukästen der Fleischerläden, wohingegen der sechste, ein Architekt, der nicht seinesgleichen hatte, unablässig Luftschlösser selbst auf sandigsten Böden baute. Da man sie beständig unzertrennlich beieinander sah, obgleich niemand Kenntnis davon hatte, was sie zuvor gewesen, nannte man sie nur die Experten, stellten sie doch wahrlich Meister aus sechs Gebieten der Kunst dar: Poesie, Malerei, Bildhauerei, Architektur, Musik und Tanz. Wir haben hier die Gelegenheit, die Tiefgründigkeit des Volksmundes bei der Bezeichnung der Dinge zu bewundern, denn »die Experten« war, denkt man an ihr vormaliges Echsen-Sein, eine treffende Bezeichnung.

Sminthe alias Meister Leseratte verschied, vom Hauch

der Heiligkeit umgeben, und vier seiner Gefährten verstarben gleichfalls eines natürlichen Todes in ihrem Bett. Lacerta, der Poet, und Harm-ohn'ihn, der Musikus, überlebten die anderen und führten ihre Geschäfte so schlecht, daß sie sich, um weiterzuexistieren, genötigt sahen, an ihren Ausgangspunkt zurückzukehren. Eines Nachts verschafften sie sich Zutritt zum Königlichen Palast und entwendeten eine Kassette. Als sie, nach Hause zurückgekehrt, diese öffneten, fanden sie darin lediglich ein Paar weiß-grau gesprenkelte Fellpantoffeln. Es waren die Fellpantoffeln der Königin Aschenbrödel, und in dem Augenblick, da sie ob des geringen Wertes ihrer Beute in schier untröstlicher Verzweiflung waren, wurden sie von den Schergen, die ihre Spur gefunden hatten, festgenommen und unverzüglich zum Großen Justizpalast geführt.

Die Missetat war so schwerwiegend und die Missetäter ihrer Tat so eindeutig überführt, daß es keine Hoffnung mehr für sie gab, dem Tode zu entgehen.

Sie beschlossen, die Würfel darüber entscheiden zu lassen, wer von ihnen beiden alle Schuld auf sich nehmen und den anderen entlasten solle.

Der Verlierer, Harm-ohn'ihn, hielt Wort und rettete seinem Gefährten das Leben, indem er erklärte, er habe seinem Freund einen Spaziergang vorgeschlagen und dieser habe nichts von seinen Absichten gewußt.

Lacerta kehrte also nach Hause zurück und verfaßte die Grabinschriften für seine Freunde, verstarb jedoch einen Monat darauf, da er sich von seiner Kunst nicht ernähren konnte und der Kummer ihn verzehrte.

Was die weiß-grau gesprenkelten Fellpantöffelchen betrifft, so will es der Zufall der Zeit, daß man sie heute im Museum zu Pittsburgh, Pennsylvania, sehen kann, wo sie als »Schmuckablagekörbchen (1. Hälfte 19. Jh.)« katalogisiert sind, obgleich sie unbestreitbar aus dem 17. Jahrhundert stammen; diese Benennung gibt allerdings der Vermutung Raum, daß sie zu der durch die Pittsburgher

Altertumsforscher angegebenen Zeit tatsächlich als Körbchen für die Schmuckablage dienten.

Es hieße sich allerdings in Spekulationen verlieren, wollte man näher ergründen, wie Aschenbrödels Fellpantöffelchen den Weg nach Amerika gefunden haben.

Die Gräfin von Eisenberg

Graf von Eisenberg hatte seine erste Frau sehr geliebt.

Er hatte sie während seiner Studienzeit in Bonn kennengelernt und nach recht langer Verlobungszeit geehelicht. Im Anschluß an eine Kreuzfahrt nach Norwegen und eine Reise nach Italien bezog das junge Paar am Ausgang seiner Flitterwochen eine Villa, die es am Fuße des Siebengebirges an den Ufern des Rheines besaß.

Die Landschaft war erlesen. Vom Garten aus, bestanden mit jenen Silbertannen, die den Luxus der rheinischen Gärten bedeuten, sah man den Strom und die legendären Berge, in denen Siegfried den Drachen getötet hatte.

Eines Tages, zu Anfang des Herbstes, kehrte der Graf, der nach Köln hatte reisen müssen, früher als angekündigt heim.

Er drückte das Gittertor zu seinem Park auf, und bei dem Anblick, der sich seinen Augen bot, stieß er schreckliche Flüche aus.

Die Gräfin saß auf einer bemoosten Steinbank, neben ihr kniete ein junger Gärtner mit geöffnetem Kragen.

Rasend vor Eifersucht, stürzte sich der Graf auf das überraschte Paar, packte den Burschen, ohne seine Frau eines Blickes zu würdigen, bei den Kleidern und stürzte ihn von der Umfriedungsmauer hinab auf die am Fuße des Grundstückes verlaufende Straße.

Der Gärtner war auf der Stelle tot und wurde von Passanten aufgefunden. Sein in jeder Hinsicht mysteriöser Tod wurde einer Verzweiflungstat zugeschrieben, und dieser vermeintliche Selbstmord war das Ende der Angelegenheit.

Indes, mit dem Eheglück des Grafen war es vorbei. Er richtete kein einziges Wort mehr an seine Frau und zwang sie, zurückgezogen und abgeschieden zu leben.

Nichts verriet den Blicken der Bediensteten die Trennung der Ehegatten, doch sie war absolut.

Zwei gleich stolze Gemüter waren aufeinandergeprallt, und Vergebung konnte weder von der einen noch von der anderen Seite kommen. Die Gräfin hatte sich nicht gerechtfertigt und zeigte mit der verächtlichen Haltung, die sie ihrem Gatten gegenüber an den Tag legte, in ausreichendem Maße, daß sie sich nicht für schuldig erachtete und daß eine Erklärung den Verdacht entkräftet hätte. Ihre Liebe aber war gestorben, während die leidenschaftliche Zuneigung des Grafen durch den Kummer, vielleicht ungerecht gewesen zu sein, neu aufflammte, und er litt darunter wie eine verdammte Seele.

Zwischen Liebe und Stolz liegt die von beidem zeugende Grausamkeit. Es gab keine Schmach, die der Graf seiner Frau nicht angetan. Dieses Leben war nicht zu ertragen. Die Gräfin faßte den Entschluß, weit zu fliehen von jenem, der ihr verhaßt geworden war.

Am Ostermontag des folgenden Jahres war der Graf auswärts. Die Gräfin, an die Umfriedungsmauer der Villa gelehnt, betrachtete den Rhein mit den vorüberfahrenden Dampfschiffen, auf denen Studenten und junge Mädchen gemeinsam Lieder sangen, die als Echos widerhallten.

Auf der Straße näherte sich ein Menschenzug, schöne, in Lumpen gehüllte Zigeuner. Sie gingen neben den Wohnwagen voller Frauen und Kinder her. Die einen führten Pferde am Halfter, die anderen Bären, Affen und Hunde an Leinen! Sie erbaten im Vorüberziehen ein Almosen und erschienen stolz wie die Freiheit selbst.

Es waren sowohl Alte wie Junge, und einer von denen, dessen Ohren Goldringe schmückten, hatte seinen Blick starr auf die Gräfin gerichtet, deren Herz heftiger schlug. Sie seufzte. Die Vorüberziehenden, ihre Tiere, die von den Wagen tönenden Zither- und Zimbalklänge wirkten auf ihr Schicksal ein. Sie winkte, stieg über die Mauer und landete in den Armen des mit Ohrringen geschmückten Zigeuners.

»Ich habe nichts«, sagte sie zu ihm, »willst du mich mit dir nehmen, so wie ich bin, und mich für das ganze Leben lieben?«

Er entgegnete ernst: »Ich will, aber vergiß nicht, daß unsere Sprache nur ein einziges Wort hat für Leben und Tod wie auch für Gestern und Morgen wie auch für Liebe und Haß.«

... Trotz aller vom Grafen angeordneten Nachforschungen wurde keine Spur von der Gräfin gefunden.

Vierzig Jahre gingen ins Land. Des Grafen Haar war ergraut. Seine mit den Zigeunern gezogene Liebe hatte das Glück mit sich genommen.

Nichts war ihm seither gelungen. In seiner Laufbahn erfuhr er nur Rückschläge. Aus Gründen der Vernunft wie auch auf das Drängen seiner Familie hatte er eine seiner Basen geheiratet, die er nicht liebte und die bei der Geburt einer Tochter verstorben war.

Der Graf hatte sich daraufhin in seine rheinische Villa am Fuß des Siebengebirges zurückgezogen, um hier seine Tage mit der Erziehung seiner Tochter zu beschließen.

Eines Morgens mußte er nach Koblenz reisen und traf auf dem Weg zum Bahnhof eine Zigeunertruppe, die mit ihren Wagen und ihren gelehrigen Tieren die Landstraße entlangzog.

Eine alte Zigeunerin trat auf ihn zu und bat um ein Almosen. Er schaute sie an und fand zu seinem Erschrecken in diesem alten, vom Leben verhäßlichten und entstellten

Gesicht einige Züge des reizenden Antlitzes der ersten Gräfin von Eisenberg wieder.

Er bemerkte diese Ähnlichkeit, ohne sich dabei aufzuhalten, denn was konnte eine alte Zigeunerin, die an einem Haselzweig mit Kätzchen kaute, mit der zweifellos im Rhein ertrunkenen Gräfin gemein haben, deren Leichnam unauffindbar geblieben war, als bewahrten ihn die rheinischen Zwerge, reglos, aber lebendig auf dem Grunde einer ihrer wundersamen Grotten in einem kristallenen Sarg.

... Statt das Geld zu nehmen, das der Graf ihr reichte, zog die Zigeunerin ihre Hand zurück. Die Münzen fielen in den Staub.

»Mein Name«, rief die alte Frau aus, »ist ein Wort, das in unserer Sprache zugleich Glück und Unglück bedeutet. Glück mir selbst, doch Unglück dir.«

Der Graf war weitergegangen. Er vernahm diese Worte, die ihn seltsam berührten. Indes, er hatte es eilig und war ärgerlich, daß er dem Geschwätz einer Zigeunerin Beachtung schenkte.

Er beschleunigte den Schritt, und als er in den Zug nach Koblenz stieg, hatte er das Vorkommnis vergessen.

Am Abend bei seiner Heimkehr fand er die Villa bis auf die Grundmauern niedergebrannt. Das Feuer hatte sie völlig zerstört, und die Ruinen rauchten noch.

Von den Flammen überrascht, hatte sich seine Tochter, um dem Feuertod zu entgehen, in Angst aus dem Fenster gestürzt. Sie war auf der Stelle tot gewesen.

In der Menge sprach man von einer Truppe Zigeuner, die in der Umgebung der Villa herumgelungert hätten, und man wollte inmitten der Trümmer eine das Tamburin schlagende, wild tanzende alte Zigeunerin gesehen haben.

Als man sie hatte ergreifen wollen, war sie behende entkommen und im Dunkel verschwunden.

Die Weihnacht der englischen Lords

Während eines Ferienaufenthaltes in Villequier kam ich in einer sehr hellen Augustnacht auf dem Kai mit einem Lotsen der Quilleboeuf-Corporation ins Gespräch, der, seinen Wettermantel über dem Arm, ein englisches Tankschiff aus Rouen erwartete.

»Jedesmal, wenn ich ein englisches Schiff besteige«, erklärte mir jener Seemann, »überkommt mich ein seltsames Gefühl; ich muß an meinen Vorfahren denken, den Korsaren, der den Engländern so übel mitgespielt hat. Die Entente mag sich als Herzensbündnis verstehen, mir liegt der Haß auf das Englische im Blut, ich kann nicht dagegen an ...

Sie haben sicher von Jean-Louis Mordant, dem Korsaren, gehört, dem Sieger aus jener berühmten Seeschlacht, die den alten Seeleuten noch vom Hörensagen bekannt ist und die als die Weihnacht der englischen Lords bezeichnet wird?«

»Leider nicht«, erwiderte ich, »aber erzählen Sie mir von dieser Weihnacht der englischen Lords, während Sie auf Ihr Schiff warten.«

»So hören Sie gut zu!« sagte der Lotse und klopfte seine Tabakspfeife auf dem Hafengeländer aus. »Die Geschichte ist es wert.

Am 24. Dezember 1812 befand sich das Korsarenschiff *La Belle-Malouine* in den Gewässern der Antillen auf Abenteuersuche.

Das war eine schreckliche Zeit.

Frankreich versuchte damals noch, seine geraubten Seegebiete den Engländern wieder abzuringen. Unsere Fregatten und Korvetten versanken unter der drückenden Übermacht der gewaltigen feindlichen Dreidecker in den Fluten, strichen aber nicht die Flagge. Wendig und furchtlos griffen unsere Korsaren überraschend und oftmals erfolgreich Gegner an, die unendlich überlegen schienen.

Der Kapitän der *Belle-Malouine*, Jean-Louis Mordant, war von den Engländern, denen er drei Kriegsschiffe versenkt hatte, mehr gefürchtet als die Pest. Darüber hinaus hatte er ihnen an die zehn Handelsschiffe gekapert, wovon er aber keinerlei Aufhebens machte. Er nannte dies sich verproviantieren, und sein ganzer Stolz galt allein seinen, wie er es nannte, drei Scharmützeln.

In Wirklichkeit handelte es sich um drei wahre Seekämpfe, in denen er Kriegsschiffe von mindestens zehnfacher Größe der *Belle-Malouine* besiegt hat.

Kapitän Jean-Louis Mordant war zuvor einer der reichsten Reeder von Saint-Malo gewesen. Seine Schiffe hatten die Engländer eines um das andere gekapert. Vor Trafalgar ist der Bräutigam seiner Tochter gefallen, die wegen ihrer außerordentlichen Schönheit nur *la belle Malouine*, die schöne Malwine, genannt wurde. Sie war über ihrem Kummer gestorben, und ihre untröstliche Mutter überlebte die Tochter nur wenige Monate.

Der Reeder hatte in grimmigem Zorn, ohne ein Wort und trockenen Auges, dem Zusammenbruch seines Vermögens, dem Sterben seiner Familie beigewohnt.

›Ich weiß, was mir zu tun bleibt‹, sagte er wenige Tage später zu seinen Saint-Maloer Freunden; ›wenn die Engländer mir mein Glück geraubt haben, wenn sie sich meiner Schiffe bemächtigt, den Tod meiner Tochter und meiner Frau herbeigeführt haben, so weil Gott und die Jungfrau dies zuließen. Wenn ich nun meinerseits so viele englische Lords wie möglich töte, geschieht das ebenso nach dem Willen des lieben Gottes und der Heiligen Jungfrau.‹

An den folgenden Tagen ordnete er seine Geschäfte, verkaufte all sein Hab und Gut, erwarb eine Brigg, die er für die Fahrt rüstete und die er in Erinnerung an seine Tochter *La Belle-Malouine* nannte.

Und seit jenen Ereignissen hatte der einstige Reeder die Engländer nicht geschont. Er hielt Wort und tötete so viele englische Lords, wie ihm möglich war.

Kapitän Mordant war ein Mann um die Fünfzig, im allgemeinen sanft und höflich; er war belesen, schrieb und deklamierte gern Verse, besonders jenen berühmten Vers von Lemierre:

Le trident de Neptune est le sceptre du monde. *

Er zitierte ihn voll Traurigkeit und dachte dabei an Frankreich, das nach seiner Meinung das Zepter verloren hatte, indem es den Dreizack aufgab.

Ansonsten mangelte es seinen politischen Anschauungen vielleicht ein wenig an Genauigkeit. Er bezeigte der weißen Flagge ebenso großen Respekt wie der Tricolore. Und wenn er unter letzterer segelte, unterließ er es in einem Kampf nicht, beide Flaggen am Besan aufziehen zu lassen.

›Sie sind beide französisch‹, meinte er, ›und so ruhmreich, daß es Frankreich schmälern hieße, wollte man aufhören, die eine oder die andere zu ehren.‹

Sobald sich Kapitän Mordant Engländern gegenüber sah, wurde er unerbittlich. Und das hatte nicht wenig zu seiner Berühmtheit auf allen Meeren beigetragen.

Um seinen Namen rankte sich eine Legende, die ihn als blutrünstig darstellte; und dies gänzlich zu Unrecht, denn selten verbündet sich die Höflichkeit mit der Grausam-

* Der Dreizack Neptuns ist das Zepter der Welt.

keit, während die Unversöhnlichkeit für einen Mann des Krieges nicht unwillkürlich gleichbedeutend mit dem Verzicht auf Ritterlichkeit ist.

Es war Heiligabend 1812. Den ganzen Tag über war die Luft bewegt. Der Wind legte sich gegen Sonnenuntergang. Allein der Gischt der sprühenden Wogen trübte zuweilen die Klarheit des Himmels. Nach und nach verdüsterte sich die Atmosphäre. Sterne erschienen am Firmament. Dann wurde es Nacht: eine sternenklare, milde Nacht. Die rauhen Seebären der *Belle-Malouine* dachten dennoch mit Wehmut an die kalten Nächte westlicher Weihnachten, an ihre Familien und ihre ferne Heimat. Sie sangen französische Volksweisen, alte Weihnachts- und Seemannslieder, während auf der Brücke Kapitän Mordant mit unter den Arm geklemmtem Fernrohr ihnen verträumt lauschte und darüber vergaß, in seine geöffnete Tabaksdose zu greifen.

Plötzlich rief eine Stimme: ›Eine Fregatte unter dem Wind!‹

Der Kapitän schloß seine Tabaksdose, steckte sie geschwind in die Tasche und suchte den Horizont mit dem Fernrohr ab. Worauf er in ein lautes Lachen ausbrach. Ein großes Schiff näherte sich. Die geübten Augen der Seeleute konnten in der sternenhellen Nacht deutlich die englische Flagge am Besan erkennen.

›Es ist die *Juno*‹, sagte Kapitän Mordant zu seinem Zweiten Offizier. ›Sie kommt von Martinique, unserer Insel, die diese ver … englischen Lords uns gestohlen haben. Lassen Sie die englische Flagge aufziehen! Das Schiff klar zum Gefecht. Bord- und Bugkanonen laden. Lassen Sie alle verfügbaren Laternen an Deck bringen und anzünden. Wir werden den englischen Lords einen prächtigen Weihnachtsbaum präsentieren, ganz wie es in ihrem Lande Sitte ist!‹

Und Kapitän Mordant ging seine Pistolen und seinen Entersäbel holen.

Die *Belle-Malouine* bereitete sich zum Kampf. Der Fockmast wurde geschmückt und in einen vortrefflichen Weihnachtsbaum verwandelt, dessen bunt blinkende Lichter von den angehängten Schiffslaternen herrührten. Daraufhin hieß Kapitän Mordant seine Männer ein Lied anstimmen, französische Worte, die er auf eine beliebte Melodie der englischen Marine verfaßt hatte. Dieses Lied hatte ihm dazu gedient, die englischen Lords über seine Nationalität zu täuschen, als er ihre Handelsschiffe verfolgte. Dieses Mal aber sollte es ihm gegen die Königlich-Englische Marine behilflich sein:

Mylord! Mylord! Mylord!
Ihr kommt nicht lebend fort!
Mordant holt sich als Sieger,
Des Neptuns Dreizack wieder.

Nach dieser Strophe erhob sich Hurrageschrei auf der *Juno*.

›Sie bewundern unseren Lichterbaum‹, sagte Mordant, ›und halten uns für englische Lords.‹

›Ja‹, erwiderte der Zweite Offizier, ›sie denken, daß wir *Christmas* feiern.‹

Die *Juno* näherte sich. Es waren Männer zu erkennen, die auf der Reling lehnten und begeistert zur *Belle-Malouine* herüberwinkten.

›Nun die zweite Strophe‹, sagte Mordant, ›und daß mir jeder mitsingt!‹

Mylord! Mylord! Mylord!
Ihr kommt nicht lebend fort!
Mordant kann es nicht lassen,
Die Engländer zu hassen.

›Hurra! Hurra!‹ rief es von der *Juno*, wo man eine englische Strophe des gleichen Liedes anstimmte. Auf der *Belle-Malouine* jedoch war es unmöglich, den Sinn der englischen Worte zu verstehen, so wie man auch auf der *Juno* die französischen Worte nicht erkannt hatte.

Im selben Moment gab Kapitän Mordant Feuerbefehl. Die Kanonen der *Belle-Malouine* donnerten, und die Breitseite, die über das Deck der *Juno* hinwegfegte, mußte die Mannschaft sehr überraschen, nahm sie doch an, es mit einem kleinen englischen Schiff zu tun zu haben, auf dem feierlich Weihnachten begangen wurde. Die englischen Lords stießen Schreie des Erstaunens aus, in die sich Schmerzensrufe mischten. Jedoch blieb die an Bord der Fregatte herrschende Unordnung den Seeleuten der *Belle-Malouine* hinter Rauchschwaden verborgen.

›Die englische Flagge einholen‹, schrie Mordant, ›und hißt die französische!‹

›Welche denn?‹ fragte eine Stimme.

›Beide!‹ erwiderte der vortreffliche Mordant.

Die englische Flagge kam kläglich herab, und bald flatterten am Besanmast die beiden französischen im Wind, die weiße und die dreifarbige, hell beleuchtet vom Flackerschein des als Weihnachtsbaum erstrahlenden Fockmasts.

Eine zweite Breitseite vollendete die Panik auf der *Juno*, deren Großmast niederschlug und ein Dutzend Männer unter sich begrub. Nun stießen die Schiffskörper aneinander, und die *Belle-Malouine* machte an der Fregatte fest. Mit Entersäbeln bewaffnet, sprangen die Malouiner Matrosen auf die *Juno*, die sich in einem erbärmlichen Zustand befand. Das Deck war mit Leichen übersät. Kapitän Mordant tötete auf der Stelle mit einem Pistolenschuß den Kommodore, der sein möglichstes tat, die durch den Überraschungsangriff entmutigte Mannschaft zusammenzuhalten. Keiner der Engländer kam mit dem Leben davon. Über die Schreie der noch lebenden Engländer und die Verwünschungen der Sterbenden hinweg erscholl die englische Weise mit den französischen Worten des Kapitän Mordant:

Mylord! Mylord! Mylord!
Ihr kommt nicht lebend fort!
Wenn Frankreich einmal entert,
Ist England stets gekentert.

Nachdem die Lunten entzündet waren, die eine Stunde später das Pulver erreichen und die manövrierunfähige, blutüberströmte Fregatte in die Luft sprengen sollten, gaben die Franzosen das englische Schiff auf. Die Taue wurden gekappt, mit denen die *Belle-Malouine* festgemacht war, und sie entfernte sich.

Eine Stunde darauf explodierte das Wrack der *Juno* mit einem lauten Knall unter gigantischen Flammengarben.«

Das dumpfe Stöhnen eines Signalhorns stromaufwärts kündete von der Ankunft des Tankers. Der Bootsführer ließ die Ruder ins Wasser. Der Lotse hingegen nahm sich die Zeit, seine Erzählung zu beenden:

»Kapitän Mordant rieb sich die Hände. Er wandte sich zu seinem Zweiten Offizier und bot ihm höflich eine Prise aus seiner Tabaksdose.

›Das ist unser viertes Scharmützel‹, sagte er zu ihm, ›das heißt also vier Kriegsschiffe weniger für die englischen Lords: die *Proserpina*, die *Phoebe*, die *Amphitrite* und heute nacht die *Juno*.‹ Er schwieg einen Augenblick und fuhr dann fort: ›Ich möchte vor Einbruch der kommenden Nacht gern Guadeloupe erreichen.‹

Er begutachtete den Horizont und die ruhige See, auf der sich kein Lüftchen regte, wobei seine Manie, Gedichte zu zitieren, wieder Besitz von ihm ergriff, und er deklamierte jenen Vers aus *Iphigenie*:

Ich bitt die Götter nichts, als daß ein Wind mich führe.

›Die Göttinnen aber behandeln Sie reichlich schlecht‹, versetzte sein Zweiter Offizier, der Geist hatte …

… Nach und nach kam Wind auf. Die Feuer am Fockmast wurden gelöscht, und während die *Belle-Malouine* Kurs auf Guadeloupe nahm, sangen die Matrosen noch lange in der Nacht:

Der neue Jesus macht uns froh!
Zur Welt kam er in Saint-Malo.
Und wurd am Abend noch Korsar,
Für England, höflich, wie er war, usw.

sowie viele andere Weihnachtslieder, während am Besanmast die beiden französischen Flaggen ruhmvoll nebeneinander wehten: die weiße und die Tricolore …«

Nun war der Lotse ins Boot gestiegen, und es nahm Kurs auf den vorüberfahrenden Tanker. Als es ihn erreichte, warf sich der Nachkomme des Korsaren seinen Mantel um, klomm dann geschwind die Leiter hinauf, und während der Lotse aus Rouen von Bord stieg, sah ich in der hellen Nacht den Enkel von Jean-Louis Mordant die Hand des englischen Kapitäns drücken.

Der Robinson vom Saint-Lazare

Als die phlegmatischsten Menschen der Welt werden gewöhnlich die Engländer angesehen. Das ist ein Irrtum, und die folgende wahrhaftige Geschichte, über die trotz ihres sonderbaren Charakters nicht geredet wurde, zeigt in ausreichendem Maße, daß gewisse Franzosen, ja selbst Pariser, den kältesten Inselbewohnern darin nicht nachstehen.

Am 1. Januar 1907 nahm Monsieur Ludovic Pandevin, ein reicher Kaufmann aus Le Sentier, dessen prächtiges Domizil sich in der Avenue Bois-de-Boulogne befindet, um zehn Uhr morgens auf der Place de l'Étoile eine Droschke.

»Zum Bahnhof Saint-Lazare, Fernverbindungen«, rief er dem Kutscher zu, »und etwas schnell, ich muß den Zug nach Le Havre erreichen.«

Monsieur Pandevin begab sich geschäftlich nach New York und hatte lediglich eine kleine Reisetasche bei sich. Die Zeit drängte, und die Droschke erreichte den Bahnhof wenige Minuten vor der im Fahrplan angegebenen Abfahrtszeit des Zuges. Monsieur Pandevin reichte dem Kutscher einen Zehntausendfrancschein, aber der Mann hatte kein Kleingeld.

»Warten Sie hier auf mich«, sagte der Kaufmann, »geben Sie mir Ihre Droschken-Nummer, ich bin gleich zurück.«

Er ließ seine Reisetasche im Wagen und ergriff seinen Geldschein. Als er dann jedoch sah, daß nur noch eine Minute bis zur angegebenen Abfahrtszeit des Zuges fehlte, dachte Monsieur Pandevin: Der Kutscher hat meine Tasche und Papiere, die mir alles in allem nicht unentbehrlich sind. Er wird warten, die Adresse auf meiner Tasche entdecken und sich bei mir zu Hause bezahlen lassen.

Worauf er zu seinem Zug eilte, der mit zwei Stunden Verspätung abfuhr, denn die Fahrpläne werden seit Ewigkeiten nicht mehr eingehalten. In Le Havre bestieg er das Schiff nach Amerika und dachte nicht mehr an den Kutscher.

Jener wartete geduldig auf seinen Fahrgast und sagte sich, als zwanzig Minuten vergangen waren: Nun nicht mehr die Fahrt, sondern die Stunde!

Worauf er in philosophischer Gelassenheit weiter wartete.

Zu Mittag ließ er sich von einem Straßenhändler zu essen bringen, stieg dazu vom Kutschbock und verstaute die Reisetasche, aus Sorge, daß sie gestohlen würde, im Kasten unter seinem Sitz. Zu Abend aß er, wie er zu Mittag gegessen hatte, gab seinem Pferd die Haferration und wartete bis nach Mitternacht auf den letzten Zug.

Dann ließ er Cocotte die Zügel spüren und fuhr ohne ein Zeichen schlechter Laune noch Ungeduld vom Bahnhofsvorplatz.

Er hielt vor dem Baugelände der Nord-Süd-Verbindung der Metro, das sich zur damaligen Zeit vor dem Saint-Lazare befand, stieg von seinem Sitz und öffnete die Pforte dieser eigentümlichen Holzkonstruktion, die die Pariser lange Jahre hindurch bewundert haben und wovon zahlreiche Kopien noch gewisse privilegierte Plätze der Hauptstadt zieren.

Der Kutscher, von dem hier die Rede ist und dessen

Name gerechterweise der Nachwelt erhalten bleiben soll, Evariste Roudiol, Besitzer eines Wallachs und der Droschke Nr. 20364, führte sein Pferd am Halfter hinein und stellte das Gespann in dem überdachten Bauhof unter, der alles in allem eine recht komfortable Unterkunft bot und außerdem direkt im Zentrum von Paris lag. Es gab dort ein wenig Stroh, woraus er seinem Pferd vor dem Ausspannen ein Lager richtete, während er selbst, warm in Decken eingehüllt, obgleich die Nacht ungeachtet der Jahreszeit nicht zu kalt war, bequem im Wagen nächtigte.

Um fünf Uhr war er auf den Beinen, trat mit den Füßen auf der Stelle, schlug mit den Armen, um sich zu erwärmen, spannte an und ließ das Gefährt auf dem überdachten Lagerplatz stehen, denn es ist Droschken nicht gestattet, ohne einen Fahrgast den Bahnhofsvorplatz zu befahren.

Der Droschkenkutscher Evariste Roudiol eilte zum Eingang des Bahnhofsgebäudes, um am gleichen Ort, wo sein Fahrgast ihn am Vortage verlassen hatte, Posten zu beziehen. Gegen sieben Uhr schrieb er in dem direkt am Bahnhofsvorplatz befindlichen Bistro seiner Frau eine Depesche, die er durch einen Burschen zur Post bringen ließ, und kehrte auf seinen Beobachtungsposten zurück.

Gegen Mittag ließ Madame Roudiol ihrem Mann eine Schlafgelegenheit sowie etwas Stroh, Heu und Hafer für das Pferd bringen, welches sich mit seinem neuen müßigen Leben sehr zufrieden zeigte. Dieses Kommen und Gehen im Baulager erschien den Passanten freilich ungewöhnlich. Sie hatten dort niemals einen Arbeiter bemerkt. Die Polizei hingegen fand das alles natürlich und meinte, daß man dort wohl einen Wächter eingesetzt habe, um einerseits Sachbeschädigungen sowie andererseits jegliche unzeitige und unerwünschte Arbeit zu verhindern.

Und es begann ein wunderbares Leben für den Mann und das Pferd, das zusehends dicker wurde, während Roudiol, den ganzen Tag lang Pfeife rauchend, die Ankunft der Reisenden überwachte.

Dann, in der schönen Jahreszeit, leistete Madame Roudiol ihrem Mann Gesellschaft, und um die Mitte des Herbstes, als der Nordwind wehte, ließ sie ihn wieder allein …

Jahre vergingen, ohne daß das friedliche Leben, das der Mann und das Tier als sonderbare Robinsons in einem der belebtesten Pariser Stadtviertel führten, durch irgend etwas unterbrochen wurde.

Von Zeit zu Zeit bat der Kutscher einen Passanten, in den Wagen zu steigen, damit er den Bahnhofsvorplatz befahren und Cocotte ein bißchen bewegen konnte. Dort ging der Wallach ein Weilchen in kurzem Trab, ohne daß Roudiol den Ausgang des Bahnhofsgebäudes aus den Augen verlor. Und allabendlich vor dem Schlafengehen notierte er mit seiner großen, ungelenken Handschrift ein paar Zahlen in einem verbogenen, schmutzigen alten Notizbuch.

Am 1. Januar 1910 war Roudiol um vier Uhr morgens aufgestanden, er bandagierte sein Pferd, spannte es an und sagte sich gegen acht Uhr, als er das schöne Wetter sah, daß man es nützen müsse.

Er ließ einen Straßenhändler in den Wagen steigen und fuhr auf den Bahnhofsvorplatz, wo er sich nach einigen Runden in der Nähe des Eingangs zu den Fernverbindungen postierte…

Um neun Uhr erschien ein Herr und blieb stehen, als suche er jemanden. Der Kutscher hatte indes seinen Fahrgast erkannt.

»Hier, Meister!« rief er zu ihm hinüber, während er vom Kutschbock sprang.

»Sind Sie es?« sagte Monsieur Pandevin. »Warten Sie!« Und er zückte sein Portefeuille, dem er einen Zettel entnahm.

»Tatsächlich!« sagte er, »20364. Wieviel bin ich Ihnen schuldig?«

»Sechsundfünfzigtausenddreihundertzweiundzwanzig Franc«, erwiderte der Kutscher, »zuzüglich fünfundzwanzig Centime für das Gepäck.«

Monsieur Pandevin prüfte die Rechnung: drei Jahre abzüglich einer Stunde zu zwei Franc die Stunde im Tagestarif und zwei Franc fünfzig die Stunde im Nachttarif, die Gesamttagessätze jeweils nach Winter- und Sommerfahrplan berechnet, nicht zu vergessen einen Tag zusätzlich für das Schaltjahr 1908.

»Die Rechnung ist korrekt«, stellte Monsieur Pandevin fest, »hier ist Ihr Geld.«

Und er gab ihm 56.322,50 Franc, denn fünfundzwanzig Centime rechnete er als Trinkgeld.

Roudiol stopfte alles in seine große Geldbörse.

»Und jetzt zu mir nach Hause!« sagte Monsieur Pandevin und stieg, nachdem er seine Adresse genannt hatte, in den Wagen.

Und als sie dort angelangt waren, zahlte er dem Kutscher einen Franc fünfundsiebzig für die Fahrt.

Briefe

Briefe an Lou

(Auswahl)

Nizza, den 28. September 1914

Da ich Ihnen heute morgen gesagt habe, daß ich Sie liebe, meine Nachbarin von gestern abend, bereitet es mir jetzt weniger Pein, es Ihnen zu schreiben.

Ich hatte es schon seit jenem Essen im alten »Nizza« gespürt, wo Ihre schönen großen Rehaugen mich so verwirrt haben, daß ich so schnell wie möglich weggegangen bin, um dem Taumel, in den sie mich versetzten, auszuweichen.

Dieser Blick begegnet mir überall wieder, vielmehr Ihre Augen in dieser Nacht, an deren Form, nicht aber an deren Blick ich mich erinnere.

Von dieser gesegneten Nacht sehe ich vor allem noch den geschwungenen Bogen eines halb geöffneten Kleinmädchenmundes vor mir, eines frischen, lachenden Mundes, der die vernünftigsten und geistreichsten Dinge mit einer so bezaubernden Stimme hervorbrachte, daß ich mit dem Schrecken und dem Bedauern, in das uns unmögliche Wünsche stürzen, dachte, neben einer Louise wie Sie nichts anderes sein zu wollen als der Schweigsame*.

Könnte ich doch noch einmal eine Stimme vernehmen, deren Zauber mir so wunderbare Illusionen verschafft.

Es sind kaum vierundzwanzig Stunden seit diesem Ereignis vergangen, und schon drückt mich die Liebe so sehr nieder und schwingt mich zugleich in solche Höhen em-

---

* Die vierte Frau von Wilhelm I. von Nassau, genannt der Schweigsame, hieß – wie Lou – Louise de Coligny

por, daß ich mich frage, ob ich bisher je wahrhaftig geliebt habe.

Und ich liebe Sie mit einem so köstlich reinen Erschauern, daß ich jedesmal, wenn ich mir Ihr Lächeln, Ihre Stimme, Ihren zärtlichen und spöttischen Blick vorstelle, vermeine, daß Ihre geliebte Erscheinung, die in meinem Innern fest verankert ist, mich künftig stets begleiten wird, auch wenn ich Sie in Wirklichkeit nicht wiedersehen sollte.

Wie Sie sehen, habe ich ganz unbewußt die Vorkehrungen eines Verzweifelten getroffen. Denn nach einer schwindelerregenden Minute der Hoffnung erhoffe ich überhaupt nichts mehr, wenn Sie nicht einem Dichter, der Sie mehr liebt als das Leben, gestatten, Sie zu seiner Dame zu erwählen und sich, meine Nachbarin von gestern abend, der ich die bewunderungswürdigen Hände küsse, Ihr leidenschaftlicher Diener zu nennen.

Guillaume Apollinaire

3. Oktober 1914

Sie waren heute morgen so überaus zauberhaft und noch dazu auf eine solch unerwartete Weise, in Ihrem geblümten Kleid. Man hätte meinen können, ein Eichhörnchen tummele sich in einem persischen Rosengarten.

Ich habe die ganze Nacht an Sie gedacht und konnte nicht schlafen. Glühendstes und grausamstes Wachsein. Denn ich habe Sie die ganze Zeit über abwechselnd aufbegehrend und schmachtend gesehen. Einmal habe ich ganz fest die Augen geschlossen, wollte versuchen einzuschlafen, da sah ich einen prächtigen Garten mit Granatapfelbäumen, deren Früchte Ihre ins Unendliche vervielfachten Brüste waren, würdiger, von einem Helden erobert zu werden, als die von den Hesperiden gehüteten goldenen Äpfel.

Als ich das Haus verließ, war ich sicher, Ihnen zu begegnen. An der Türschwelle stieß ich auf Robert Mortier, der mich begleiten wollte. Er wollte, daß ich mit zum Bahnhof komme, aber ich habe es hartnäckig abgelehnt, gewiß, daß Sie hier vorbeigehen würden.

Ich wage gar nicht mehr, Ihnen zu sagen, daß ich Sie liebe, denn so tiefgründige Dinge verpflichten in gewisser Weise die, denen man sie schreibt.

Doch kann ich Ihnen wohl noch einmal sagen, daß ich unaufhörlich an Sie denke, daß das die köstlichste, aber leider Gottes auch die verdrießlichste Beschäftigung ist, denn weder Pläne und noch nicht einmal Wünsche können daraus erwachsen.

Trotzdem, Sie scheinen gut zu sein, und Sie haben mir gesagt, daß Sie empfänglich für die Liebe sind. Sie würden mich zu unendlichem Dank verpflichten und mich mit Freude erfüllen, wenn Sie an einem der nächsten Tage mit mir spazierengingen, ganz allein. Ich werde mich bemühen, Sie nicht mit meinem Kummer, dessen Gegenstand Sie sind, zu belästigen, noch mit irgend etwas, was Ihnen unangenehm sein könnte.

Ich werde morgen nach Paris schreiben, damit Sie, falls es möglich ist, meine Bücher bekommen, denn Sie haben mir ja die Ehre erwiesen, mich darum zu bitten. Ich wünsche im voraus, daß sie Sie erfreuen, und empfehle sie Ihrer Nachsicht.

Übrigens will ich eines ausdrücklich nur für Sie schreiben, und da es von einer so heftigen Leidenschaft inspiriert ist und es sich dabei um Sie, um einen so delikaten Stoff handelt, schriebe ich damit zweifellos das meiner Bücher, das am meisten von jener menschlichen Angelegenheit erfüllt ist, die mir am nächsten liegt, der einzigen Angelegenheit, die es wert ist, die Menschen zu berühren und von einem Schriftsteller erkundet zu werden.

Ich wollte auch schon ein Gedicht für Sie schreiben. Aber es wäre zu persönlich geworden und hätte nur die Gefühle, die Sie in mir erweckt haben, und Ihre Anmut beschrieben.

Aber alles in allem weiß ich nichts von Ihnen, außer daß ich Sie unendlich hübsch finde und wert, geliebt zu werden, auch ohne Hoffnung auf Erwiderung.

Ich möchte so gern alles von Ihnen wissen und weiß doch nichts, außer daß Sie verheiratet waren und es nicht mehr sind. Ich wage nicht mehr mit Siegler von Ihnen zu sprechen, der wohl ahnen muß, daß ich in Sie verliebt bin. Und nun bin ich wieder darauf angewiesen, mir alles von Ihnen vorzustellen, mich auf Ihr rötliches Haar, auf Ihre Augen mit dem seltsamen Blick, auf Ihre Offenheit und auf die Freude besinnend, die in mir aufsteigt, wenn ich Sie sehe, und dabei habe ich Sie erst dreimal gesehen. Aber so stark ist die Faszination, die Sie gleich einer neuen Melusine auf mich ausüben, daß Sie mir trotz allem vertraut sind; daß mir scheint, als hätte ich Sie immer gekannt, immer geliebt, und daß ich stets nur Sie habe lieben können und stets nur Sie lieben werde.

Das sind keine leeren Worte, da ich so etwas niemals an eine Frau geschrieben habe und bisher, selbst wenn ich glaubte zu lieben, viel von mir zurückhielt, und da ich, selbst wenn ich geglaubt habe zu leiden, vor allem das rasche Ende meines Leids wünschte, und heute statt dessen darum bitte, daß es so lange anhalten möge wie das Leben, und in diesem Glauben küsse ich Ihre angebeteten Hände.

Ihr Diener auf ewig.

Guillaume Apollinaire

Dienstagabend*

Bei allem bin ich froh, Sie zu lieben, wie ich Sie liebe, Sie, die Sie die Anmut selbst sind und alles, was heutzutage noch von der Anmut verblieben ist.

Ich bedaure einzig, Ihnen nicht früher begegnet zu sein. Gleichwohl, da ich Sie jetzt liebe, habe ich den schönsten

---

* Ende Oktober oder Anfang November 1914

Teil des heutigen Lebens. Ich wage nicht, mir die Zukunft vorzustellen, aber die Gegenwart ist köstlich, da ich Sie liebe. Sie scheinen sich zu wundern, daß ich überhaupt nicht eifersüchtig bin. Worauf denn? Vermag man denn, daß ich Sie weniger liebe? Selbst Sie könnten das nicht. Meine Liebe ist nicht Ihren Spielen preisgegeben, und wenn Sie glücklich sind, ist das für mich das größte Glück. Ich möchte auf die Probe gestellt werden können, wie Sie sagen, und Ihnen beweisen, wie sehr ich Sie wirklich liebe, außer dem heftigen Trieb, den ich für Sie zu spüren vermag, den ich für Sie spüre. Ich habe in meinem Leben nicht viele Liebesbriefe geschrieben, auch wenn ich welche erhalten habe, im allgemeinen schreibe ich nicht gern Briefe, aber dieses Mal empfinde ich eine Art Wollust, Ihnen ganz einfach zu sagen, daß ich Sie liebe. Ich möchte es Ihnen immer wieder, unaufhörlich sagen können. Ich bedaure unendlich, daß S. P. Ihnen den lächerlichen Vorfall, in den B. verwickelt war, erzählt hat.

Das Allerkomischste heute abend war die Szene bei Vogade. Die kleine Dame in Rot war wütend, und ich hätte am liebsten losgelacht. Mit Ihrer Garibaldi-Bluse und dem Zaubersack, mit dem Sie so herrlich von St.-Jean nach Nizza hausieren gehen, wirkten Sie äußerst belustigend.

Danach beim Spazierengehen mit Ihnen hatte ich das traurigste Gefühl meines Lebens, nämlich das, Sie zu lieben und noch nicht eng befreundet mit Ihnen zu sein. Und ich habe mich einen Augenblick gefragt, und ich frage es mich immer noch, ob es nicht vor allem das ist, wonach man trachten sollte.

Sie werden denken, daß ich ganz ruhig geworden bin. Aber glauben Sie das keineswegs. Ich werde immer erregter. Die letzte Nacht ist wie die andere schlaflos vergangen, zum einen die Mücken, zum anderen Ihre so anmutige Erscheinung. Der Schlaf hat solch entschiedenen Gegnern nicht widerstanden. Sie schreiben Ihre Briefe im

Zimmer von S. P. Ich schreibe Ihnen in meinem, und ich küsse Ihnen endlos die Hände, die so schön zuzudrücken vermögen.

Ihr Diener,

Guillaume Apollinaire

Dienstag*

Heute nacht, mein teurer Schatz, habe ich wieder kein Auge zutun können, da ich wußte, daß ich Sie heute sehen würde. Ich habe von der Erlaubnis, die Sie mir neulich gegeben haben, keinen Gebrauch gemacht, da mir jegliches Fleisch schal erschien, nachdem ich einen Vorgeschmack von dem Ihren erhielt, aber auch aus Gründen, die ich Ihnen noch nennen werde.

Und wenn ich an Sie denke – wenn nicht ohne Hoffnung, dann doch mit einer so zerbrechlichen und ganz von den Umständen abhängigen Hoffnung –, fühle ich mich so unglücklich, daß ich wünsche, die Schritte, die Boris unternimmt, kämen so schnell wie möglich zu einem Ende und ich könnte fahren. Falls Sie das Versprechen, mir eine Haarlocke von Ihnen zu geben, vergessen haben sollten, erinnere ich Sie nunmehr daran.

Ich küsse unablässig dieses kostbare Haarbüschel, das ich selbst in der Nacht bei mir behalte.

Das ist etwas von Ihnen gewesen, etwas unendlich Heiliges und – so hoch ordne ich es ein – noch würdiger als das Haar von Bérénice, einen Platz unter den Gestirnen einzunehmen.

. Ich küsse Ihre geliebten Hände, meine Geliebte, und bin für immer Ihr Diener.

Guillaume Apollinaire

---

* 1. Dezember 1914

17. Dez. 14

Soeben habe ich, meine angebetete Lou, den Brief erhalten, den Du Dienstagabend eingesteckt hast, heute ist Donnerstag, er hat also zwei Tage gebraucht. Er war, vielmehr er ist sehr schön, mein Liebes, nicht nur Deiner, sondern unserer würdig. Dr. Robin täuscht sich ganz und gar nicht, Du schreibst wunderbar. Ich lese gerade die italienischen Zeitungen. Die Lage ist ausgezeichnet für uns. Die Serben haben soeben die Österreicher geschlagen. *Le Temps*, die ich auch gelesen habe, spricht sogar von einem Friedensangebot, das die Österreicher den Serben gemacht haben, aber ich habe davon in den österreichischen Zeitungen nichts entdeckt. Indessen rücken Engländer und Franzosen in Frankreich vor, die Serben in Österreich, die Deutschen haben in Polen eine Niederlage erlitten, und ein englisches U-Boot ist in die Dardanellen eingedrungen, wo es einen türkischen Panzerkreuzer versenkt hat. Das Wort von Joffre an die zurückeroberten Elsässer: »Ihr seid Franzosen für immer«, ist aus dem Munde eines solchen Mannes mehr als beruhigend. Also, mein Liebes, Vertrauen und Mut. Heute vormittag bin ich zum erstenmal *ernsthaft* getrabt, länger als eine Stunde. Ich hatte danach Magenschmerzen, weiter nichts. Man hat mir gesagt, daß das am Anfang, wenn der Reiter leicht trabt, vorkommt. Ansonsten keine Beschwerden. Falls es so bleibt. Mehrere meiner Kameraden haben sich wund gerieben. – Der Adjutant, der ein wohlerzogener charmanter Mann ist, aber sehr *pingelig* in puncto Disziplin, hat mir gesagt, daß ich für das erstemal gar nicht so schlecht getrabt bin. Als wir zurück waren, mußte ich das Pferd striegeln, was langweilig ist. Um 1 Uhr hat man uns weit weg auf offenes Gelände gebracht, damit wir beim Scharfschießen dabeisein konnten. Das ist sehr erregend. *Wie im Krieg*, sagen unsere U/Offiziere, die von der Front kommen, *wie im Krieg, ohne das Risiko*. Nach 14 km Fußmarsch, bei dem ich an Dich dachte, da Du doch so gern

Fußmärsche machst, Ausbildung an der Kanone. Unterwegs haben wir gesungen, und jedesmal, wenn in der Ferne eine Frau auftauchte, grölten wir im wahrsten Sinne des Wortes:

Eine Jungfrau am Horizont
Tontaine
Eine Jungfrau am Horizont
Tonton

Und wenn wir an der Frau vorbeizogen und sie war alt, fielen wir im Chor ein:

Aber das war nur eine Illusion
Tontaine
Aber das war nur eine Illusion
Tonton

War sie aber jung, hieß es dagegen:

Das war keine Illusion, usw.

Ich bin jetzt in einer Abteilung, in der es nur Absolventen des Polytechnikums, der Gewerbeschule und sehr reiche Leute aus Nîmes gibt, vor allem einen beleibten Typ, der F… heißt. Ich glaube, das sind alles Tunten. Ich sehne mich nach meinen einfachen jungen Leuten aus der anderen Gruppe und nach meinem ersten Unteroffizier, der bestimmt kein besserer Typ war als der jetzige, aber ein viel besserer Ausbilder, und das zählt. Meine innig geliebte Lou, alles in allem habe ich einen guten Tag hinter mir, nur ein bißchen Magenschmerzen, ich bin froh und guter Dinge, ich habe eben einen Tee mit Rum getrunken, ich habe Granaten losgehen sehen, ich habe traben gelernt, ich habe einen schönen Spaziergang gemacht, was will ich mehr. Auf bald denn, meine teure Geliebte, ich küsse Dich und atme Dich überall in mich ein, meine Tuberose aus Nizza, mein Jasmin aus Grasse, meine Lorbeerbucht von Nîmes. Ich küsse Deinen Fuß und Deinen Mund, meine Allerliebste.

Guillaume

Weihnachten 1914

Weihnachten! Mein Liebes, heute habe ich zwei Briefe von Dir bekommen – ich bin froh, froh! Es ist hundekalt und wundervoller Sonnenschein. Ich bin mit der neuen Pistolentasche und den neuen Sporen ausgegangen. Ich habe Standorturlaub und werde auch zum Neujahrstag welchen haben, telegrafiere Dir dann die Ankunftszeit. Halte Dich bereit!

Mein Schatz, verzeih mir meine Traurigkeit in den letzten Briefen. Ich hörte nichts von Dir! Heute nun habe ich Deine Briefe VIII und X erhalten. Es fehlt Nummer IX. Ich werde sie nicht mehr numerieren, weil ich durcheinandergerate. Ich datiere sie, und ich schreibe jeden Tag. Mein Magen ist wieder in Ordnung, der Flanellgürtel hat mich geheilt, mein Hintern ist immer noch heil. Die Einzelheiten über meinen Urlaub können bis jetzt nur vage sein. Ich weiß, daß ich 48 Stunden bekomme, aber 24 vergehen schon mit der Fahrt. Ich treffe sicherlich am Abend in Nizza ein. Aber ich telegrafiere Dir das. Du möchtest gern Genaueres erfahren, ich würde es auch gern, aber für den einfachen Soldaten ist beim Militär vieles ungenau. Demzufolge lautet der Wahlspruch in der Kaserne auch: *Man soll nicht versuchen, etwas zu begreifen.* Was Du mir schreibst über Deine Art, die ganze Nacht lang Dich selbst zu befriedigen, bestürzt mich. Ich habe ein wollüstiges Begehren von phantastischer Gewalt verspürt. Ich bete Dich an, meine Liebe. Ich begehre Dich. Ich dringe in Dich ein mit meiner ganzen Männlichkeit. Ich spanne mich wie Nemrods Bogen. Ich drücke und presse Dich ganz fest in meinen Armen. Ich schleudere meine ganze Lebenskraft in Dich hinein. Ich nehme Deine Lippen. Ich taste Deinen schönen angebeteten Hintern ab. Ich küsse ihn. Ich trinke Dich da, wo Dein köstliches Vlies eine erlesene seidige Spitze bildet, eine helle Spitze, die, glaube ich, aus der Mode gekommen ist, aber die ich liebe. Mein Liebes, ich begehre Dich bis zur Raserei. Jetzt Antwort auf Brief X: Ich bin nicht mehr traurig, meine Liebste, sofern Du mich liebst. Und ich weiß nicht mehr, auf welche Bosheiten ich angespielt habe. Bestimmt auf den Egoismus von Mémée. Was hat sie dazu gesagt, daß ich mich freiwillig gemeldet habe? Ich weiß wohl, meine Geliebte, daß uns niemals etwas trennen kann, aber in diesen Tagen, da ich ohne Nachrichten von Dir war, bin ich auf so alberne Weise eifersüchtig geworden, ich weiß auch nicht warum, und habe mir vorgestellt, daß Du, ohne mir etwas zu sagen, nach Marseille gefahren wärst. Ja, meine Geliebte, wir haben uns UNSER WORT gegeben, und Menschen wie wir brechen ihr Wort nicht. Du hast recht, mit mir böse zu sein. Ich bin ein richtiger Schafskopf, wenn ich zweifle und den Kopf verliere. Ich vertraue Dir alles an. Aber oft gewinnt meine Nervosität die Oberhand und meine Phantasie ebenfalls. Lou, wie gut verstehst Du es, tröstende Worte auszusprechen. Du bist ein wundervolles Musikinstrument. Die Melodien, die Du ertönen läßt, betäuben mich und versetzen mich in den Himmel. Du bist meine Musik, meine Poesie, meine neun Musen, meine drei Grazien. Ja, Liebe, sei richtig böse mit mir, ich habe nicht das Recht zu zweifeln, denn einer wie der andere frei, haben wir uns frei einander gegeben und müssen denken wie Du, *um einander würdig zu sein*. Ja, Liebe, sprechen wir nicht von unserem Glück. Ich schreibe heute abend an Rouveyre, daß ich Dich ein paarmal getroffen habe, daß ich versucht habe, mit Dir zu flirten, aber ohne Erfolg, daß wir gute Kameraden sind, das ist alles. Wenn Du ihm schreibst, kannst Du also in dieser Art schreiben. Aber es ist auch nicht notwendig, daß Du ihm schreibst. Ich dachte, daß Jane Mortier weggefahren wäre. Ja, schöne

Weihnachten mein Liebes, *unser Weihnachten ist unsere Liebe*. Du sagst es, wie eine urgöttliche Dichterin. Gestern abend, Weihnachtsfestmahl. Monsieur F... hatte mich zum Weihnachtsfestessen in seine Stube eingeladen, er hatte etwas zum Essen und an die zwanzig Flaschen Sekt geholt. Aber ich habe die Einladung abgelehnt. Ich würde sie nicht erwidern können und habe keine Lust, in seiner Schuld zu stehen. Ich habe mich also nach dem Appell brav zu Bett gelegt. Um 10 Uhr wollten ein paar Obergefreite den Stubenältesten zum Weihnachtsessen holen, aber da er nicht aufstehen wollte, haben sie sein Bett einstürzen lassen.

Um sich zu rächen, hat er die Betten seiner beiden Nachbarn einstürzen lassen, und einer von ihnen hat dann meins einstürzen lassen. Die Füße am Boden, habe ich es wieder in Ordnung gebracht.

Die Obergefreiten sind weggegangen, ein Mann hat auf die Fliesen geschifft. Ein andrer hat mein Bett noch mal einstürzen lassen. Neben meinem Bett hing eine Aufseherpeitsche. Ich habe sie genommen und dem Idioten ordentlich eins übergezogen, daß er grölte. Darauf war die Hölle los! Einer aus Menton versucht, sich einen aus Nizza vorzuknöpfen, ein andrer Typ, aus Grasse, fängt vor allen an zu masturbieren. Man hatte eine Kerze angezündet. Schamloses, verrücktes Schauspiel! Noch mehr Betten wurden zum Einsturz gebracht. Als die Betten wieder in Ordnung waren, fingen diese Männer, die meisten aus Nizza, Grasse oder Menton, ganz wundervoll zu singen an, das war ein unvergeßlicher Eindruck, der etwas Melancholisches hatte. Die Leute aus Nizza, Grasse oder Menton sind ligurischer Abstammung, und *ligurisch* ist ein Wort keltischen Ursprungs, das, soweit ich mich erinnere, *einer, der eine schöne Stimme hat*, bedeutet. Ich habe die Richtigkeit dieser Behauptung feststellen können. Wir sind also gegen 3 U eingeschlafen, und heute morgen gegen 5 U vor dem Appell bin ich vom Knarren der Betten aufgewacht, die wie im Takt knirschten. Die meisten meiner Stubenkameraden befriedigten sich wie meine Lou in ihrem Bettchen in Baratier. Von allen Seiten hagelte es Witze. Es war zum Totlachen. Dann bin ich vom Bett heruntergestiegen, um zu schiffen (hier sagt man an die Oliven schiffen) und um, in Gedanken an Dich, nicht versucht zu sein, dasselbe zu tun wie sie.

Beim Appell hat man uns zwei Riegel Schokolade gegeben, um 8 U Striegeln, um 10 U Briefe, um 10 1/2 Essen: Kaninchen, Salat mit hartgekochten Eiern und Anchovis, Schweizer Käse, Konfitüre, Zigarre und Kaffee. Du siehst, wie gut die Regierung ihre Männer zu Weihnachten versorgt. Heute abend gibt es Pute, aber ich werde nicht dabeisein.

Unsere Kameraden, die zum 10. Regiment nach Versailles versetzt wurden, sind gestern abend losgefahren, in voller Montur, zusammen mit den aufgezäumten Pferden. Das war einfach toll! Sie werden bald mit 100er Geschützen an die Front gehen.

Heute morgen um 7 U habe ich das Angelus gebetet, mittags ebenso. Ich bin in der Kirche gewesen, aber für die Messe zu spät. Ich habe die Krippe betrachtet. Ich habe meine Seele zu Gott erhoben. Ich habe gebetet, daß Gott unsere Liebe beschützen möge.

Der Direktor von *Mercure de France* hat mir geschrieben. Es kann sein, daß diese Veröffentlichungsreihe* wieder aufgenommen wird. Das wären dann 50 Francs im Monat. Das ist nicht gerade die Welt, aber immerhin etwas. Ich habe noch keine Nachricht von Sembat, Min. für Erziehg. und Kultur, an den ich in Bordeaux geschrieben habe, um für Dich die Erlaubnis für die Frontzone zu bekommen. Möglicherweise mußt Du ihm auch schreiben. Ich habe ihm Deine Adresse gegeben. Überleg selbst, was Du machen mußt.

---

* für die Rubrik *La Vie anecdotique*

Auf Wiedersehen, mein Liebes, ich küsse Dich von ganzem Herzen, mit meiner ganzen Kraft, mit meiner ganzen Männlichkeit, auf alles, was ich begehre, auf Deine rosigen, wunderbaren Brüste. Deine Briefe duften so gut nach den Düften von Grasse. Heute morgen habe ich im Pferdestall einen Buchfinken gefunden, der vor Kälte gestorben ist, aber noch lauwarm war. Ich wollte ihm das Herz massieren, um zu versuchen, ihn wieder zum Leben zu erwecken, aber der alte Adjutant aus meiner Batterie hat ihn mir abverlangt, um ihn zur Offiziersmesse zu bringen und ihn zu essen: »Das wird meine Pute«, hat dieser Saukerl zu mir gesagt, ich war gezwungen, ihm den Vogel zu geben. Aber ich hätte ihm gern eine runtergehauen ... Ich liebe Dich und nehme Dich ganz.

Guil.

Nîmes, den 5. Januar 1915

Mein Liebes, mein Gott, braucht die Post eine Zeit, um mir die Briefe von meiner Lou zu bringen! Ich habe heute noch nichts von Dir.

Trotzdem gute Nachricht heute! Du weißt, daß Mémée zu mir gesagt hatte, man müsse Offizier sein, als wenn das so einfach wäre, und daß ich Dir geschrieben hatte, dafür zu beten, daß mir etwas gelingen möge.

Ich habe mich also aufgerafft und heute die Abteilung der Obergefreitenanwärter verlassen, um in die Abteilung der Reserveoffiziersanwärter, kurz É.O.R. genannt, zu gehen, in die ich durch eine Entscheidung des kommandierenden Hauptmanns vom Feldrekrutendepot aufgrund meines Rufs im Zivilleben ohne Prüfung und ohne Leistungsausscheid gekommen bin. Was meinst Du, was das für Staub aufgewirbelt hat in der Kaserne. Jetzt wird das Leben also verdammt kompliziert, denn es wird ungeheuer viel Arbeit geben. Ich habe jeden Tag 3 Stunden mit dem Pferd zu tun. Hier siehst Du mal, was ich heute, da ich als É.O.R. angefangen habe, zu tun hatte. 7 1/2 bis 9 Pferd, Traben, Lockerungsübungen auf dem Pferd, Pferd abreiben bis 9 1/4, 9 1/4 bis 10 U Artillerie (Theorie) – (schwierig), 10 bis 11 Essen, Putzen, 11 bis 12 Ausbildung in der Kaserne, 12 bis 2 Pferd, Traben und Galopp, 2 bis 3 1/2 Artillerie (Praxis), 4 bis 4 1/2 Marschieren.

So, nun bete schön, Lou, daß ich durchhalte, wir sind drei, ein Ingenieur, ein reiner Mathematiker und ich. Der Unteroffizier, der uns unterweist, ist ein Ingenieur von der Marine, ein richtiger Gelehrter. Nun kann ich mich also nur noch mit Napoleon in Brienne vergleichen, als er sich darauf vorbereitete, Unterleutnant der Artillerie zu werden. Der Vergleich ist sicherlich gewagt, aber immerhin verführerisch. Morgen werde ich wahrscheinlich die Batterie verlassen und zur 69. überwechseln, und ich schlafe wahrscheinlich in einer Extrastube mit den Unteroffizieren, dann sind wir nur vier in der Stube. Schluß mit den Diensten! So, mein Liebes, nun bete schön, damit mir diese schwierigen Aufgaben gelingen.

Ich liebe Dich mit all meiner Kraft, mein Liebes. Ich habe heute aus Hendaye an der spanischen Grenze ein Päckchen mit Nougat bekommen, ich frage mich, wer mir das geschickt hat.

Im übrigen stehe ich noch ganz unter dem Eindruck aller Ereignisse dieses Tages, die Oper wird komplizierter. Ich bin in der Tat völlig erledigt von all den Ausritten. Aber ich bin ganz wohlauf, ich glaube, daß ich es als É.O.R. leichter mit dem Urlaub haben werde und vielleicht auch, um mal in der Stadt zu übernachten, wenn Du da bist, meine Lou, die ich mehr liebe als alles in der Welt, meine so schöne Lou, meine Lou, von der ich erwarte, daß sie meine Macht endgültig anerkennt, meine Lou, die ich diese Macht in unseren Nächten in Nizza habe spüren lassen, als Du Dich damit amüsiert hast, mir zu widerstehen, und ich mich so brennend heiß an Deinem hübschen geliebten Po gerächt habe. Meine Lou, meine Zunge in alle

Falten Deines Körpers; ich nehme Dich ganz und überall auf einmal, auch da, wo es Dir so Angst macht und Schmerz bereitet. Mein Mund auf Deinen und mein Blick in Deinen.

Gui

13. Januar 1915

Meine Lou, Deinen Brief vom Zehnten erhalten, Du kannst Dir denken, wie mich die Geschichte von Hauptmann Foutriquet amüsiert hat. Verzweifle nicht wegen Toutou, und da die Geschichte vom kranken Verwandten die Sache noch komplizierter machen kann, laß davon ab. Sieh selbst zu. Ich weiß nicht, ich kann dazu keine Ratschläge geben, innig geliebte Lou, weil man hier überhaupt keine Auskunft erhält, außer der, daß es jetzt anscheinend viel schwieriger Urlaub gibt als vor Neujahr.

Grüße Toutou und sag ihm, wie sehr ich wünsche, daß Du Erfolg hast. Ich habe seit gestern Grippe. Auf der Krankenstation, wo sie sehr nett sind, bekomme ich Kräutertee und Aspirintabletten. Heute hat man uns zu unseren Ergebnissen bei den Prüfungen beglückwünscht. Du kannst Dir vorstellen, wie froh ich bin. Aber was Du auch sagen magst, ich habe jetzt immer noch Zweifel, denn selbst wenn es mir gelingt, Offizier zu werden, komme ich anscheinend nicht vor sechs, vielleicht auch acht Monaten an die Front... Was meinst Du dazu, ganz im Ernst und ohne egoistische Gedanken, meine Lou? Schreib es mir. Heute Schießplatz, wir mußten als Kanoniere hinten auf die Lafetten, und ich versichere Dir, daß man auf diesen Lafetten verdammt übel dran ist.

Anscheinend kann man jetzt nicht in demselben Regiment Offizier sein, in dem man vorher in der Abteilung war. Wenn ich nach Nizza gehen könnte, das wäre phantastisch! Aber ich weiß noch nichts.

Lou, noch einmal, ich will nicht, daß Du Dich zu oft

Jeudi 8 octobre 1914

Mon amie très délicieuse et très adorée, je ne vous répète pas tout ce que j'ai fait depuis mercredi, puisque j'ai pu vous le dire à midi. J'aime mieux vous mettre ici un petit poème idéogrammatique bien niçois et qui ~~est~~ est formé d'un oeillet d'une figue et d'une pipe à opium

selbst befriedigst. Ich werde auf Deinen Finger eifersüchtig sein. Ich will, daß Du mir sagst, wenn Du Dich selbst befriedigt hast, und daß Du dem ein wenig widerstehst. Ich werde gezwungen sein, Dich durchzuprügeln. Du machst überhaupt keine Anstrengungen in dieser Richtung. Du bist so wunderhübsch; ich will nicht, daß Du welk wirst, weil Du Dich in einsamen Vergnügungen erschöpfst. Ich will Dich taufrisch wiedersehen, sonst wirst Du Ohrfeigen bekommen wie ein Schüler, der masturbiert hat, statt seine Lektionen zu lernen. Als wir auf dem Collège waren, haben wir ein Loch in die rechte Tasche gebohrt, die Hand hineingesteckt und das dann während des ganzen Unterrichts gemacht. Ringe unter den Augen. Aber ich will nicht, daß ein großes Mädchen wie Du, das prächtige Arschbacken hat und schon ihrem Ehemann Hörner aufgesetzt hat, wie ein unartiger kleiner Junge masturbiert. Wenn Du das tust, kriegst Du die Peitsche, mein Luder, die Peitsche, damit Du gebändigt wirst. Du kannst Deinen Hintern noch so stahlhart machen, ich werde Dich bis aufs Blut versohlen, so sehr, daß Du nicht mehr sitzen kannst. Deine Arschbacken werden für Dein Vötzchen bezahlen, meine Liebe. Ich begehre Dich wie von Sinnen. Ich kann nicht mehr. Ich weiß nicht, ob man mir in der nächsten Zeit Urlaub f. Nizza geben wird. Es verlangt mich danach, daß Du da bist. Wenn Du wüßtest, was für Lust ich habe, Liebe zu machen, das ist unvorstellbar. Jeden Augenblick die Versuchung des heiligen Antonius, Deine geliebten Titten, Deine prachtvollen Arschbacken, Deine Schamhaare, Dein Hinterloch, das so lebhafte, so süße und so feste Innere Deiner Möse, ich verbringe meine Zeit damit, daran zu denken, an Deinen Mund, an Deine Nasenlöcher. Eine wahre Folterqual. Es ist unfaßbar, wie sehr ich dich begehren kann. Unvorstellbar, wie Du mich meine früheren Geliebten hast vergessen lassen. Dabei waren sie hübsch. Nun sehe ich sie nur noch als Sch...e. Die Engländerin, die ganz toll war, blond wie der

Mond, mit tollen Brüsten, prall, fest und aufgerichtet, die steif wurden, sobald man sie berührte, und sie geil machten, gewaltige, wundervolle Arschbacken und eine entzückende schmale Taille. Sie ist nichts mehr. Marie L., entzückend gebaut, einer der dicksten Hintern der Welt, in den ich mit beißender Lust hineinstieß. Sie ist nur noch Dreck. Du allein, meine über alles geliebte Lou, meine liebe Gefangene, meine liebe Ausgepeitschte, Du allein existierst. Meine Lou, ich erinnere mich an unsere tolle 69 in Grasse. Wenn wir uns wiedersehen, fangen wir wieder damit an. Wenn das so weitergeht, frage ich mich, ob ich mich Dir zu Ehren nicht auch selbst befriedigen soll. Es ist trotz allem ein Elend, daß ich Dich entbehren muß. In dem Maße, wie das Verlangen wächst, wird es zur Folter. Ich bedecke Dich überall mit Küssen, Deine lieben Füße, die ich so sehr liebe und deren Zehen ich ablecke, Zeh für Zeh, ich steige die Wade empor und beiße in sie hinein, Deine schönen Schenkel, in deren Mitte ich innehalte und meine Zunge lange an der Wand kreisen lasse, die Deine beiden angebeteten Löcher scheidet. Ich bete sie alle an, die neun heiligen Tore Deines Körpers, die königliche Vagina, wo der Saft, den Du über mich verströmst, wollüstig brodelt, o Geliebte, und von wo sich das zerfließende Gold Deines niedlichen Strahls ergießt, das faltige Hinterloch, gelb wie ein Chinese, das Dich vor beißendem Schmerz hat aufschreien lassen, als ich da eindrang, Dein anbetungswürdiger Mund, dessen Speichel den Geschmack von Früchten hat, die ich am liebsten mag, die zwei Nasenlöcher, in die ich meine Zunge gesteckt habe und die von einer köstlich delikaten salzigen Würze sind, und diese beiden so warmen, so empfindsamen Ohren. Die neun Tore Deines Körpers sind die wunderbaren Eingänge zum schönsten, zum edelsten Palast der Welt. Wie ich ihn liebe, mein Liebes. Ich vergaß Deine beiden warmen Augen, salzig wie das Meer und tiefer als seine Abgründe. Neun Tore, o meine neun Musen, wann werde ich euch wieder öffnen? Mein Liebes, mein Liebes, Du kannst Dir nicht vorstellen, in welchem Maß ich nach Dir verlange. Sag mir, wer diese Freunde von Dir sind, die jetzt in Nizza sind. Lou, ich will nicht, daß Du Dich langweilst, vergnüge Dich, ich will nicht, daß Dich etwas anödet, aber ich will auch nicht, daß Du weiter gehst, als Du darfst, und das weißt Du selbst. Aber Lou, nicht zuviel Dich selbst befriedigen. Schreib, tu etwas. Ich küsse Dich, ich liebe Dich, ich bete Dich an, ich sauge an Dir, ich ficke Dich, ich vögel Dich von hinten, ich lecke Dich ab, ich mach ein Rosenblatt, einen Schneeball aus Dir, alles alles alles, absolut alles, meine irrsinnig Geliebte, ich nehme Dich ganz. Dein

Gui

Brief ganz und gar lesen!!!

18. Januar 15

Anbei ein Scheck über 111 Franc,
den Du je nach Bedarf für Dich oder mich
einlöst und beiseite legst.

Innig geliebte Lou! 3 Dinge von Dir heute morgen, Briefchen, in dem Du um die Adresse von Pascal bittest. Er schreibt nicht mehr – ich weiß nicht, was aus ihm geworden ist. Ich habe die Adresse nicht bei mir, schicke sie Dir, wenn Du sie brauchst. Zu Deinem Brief vom 15., wenn Du mir alles sagst, bist Du lieb und ich liebe Dich. Was Mora angeht, so liegt das Problem nicht nur in dem Versprechen, das Du edel genug bist einzuhalten, sondern auch in Deiner Seele und Deinem Begehr. Ich habe Dir gesagt, daß Du mir aus freien Stücken angehören sollst, folglich genügt mir die Erfüllung Deiner Versprechen nicht, ich brauche Dein Leben, Dein Blut, jeden Atemzug Deiner Brust, jeden Deiner Wünsche und die ganze Zustimmung Deines Willens, Deines Körpers, Deines Geistes. Das heißt also, daß nichts aus Deinem vergangenen Leben, was Dir Vergnügen bereitete, in Dir weiterbestehen darf. Du mußt alles vergessen, um nur mehr die meine zu sein, kleine Comtesse de Coligny! Es ist kein Opfer, das ich da von Dir zu verlangen meine, es ist das mindeste. Es ist übrigens nicht das letzte, was ich von Dir verlange. Du bist gebunden und frei. Du kannst Dich noch weigern, aber um mich zu lieben, mußt Du Dich immer enger an mich binden, und Du wirst mich um so mehr besitzen, je mehr ich Dich für mich habe, so vollständig wie möglich... Wenn Du mir schon jetzt ankündigst, daß Dein Juli besetzt ist, dann kannst Du daran am besten Deine Gefühle und Deinen Willen, Deine so sehr kluge Willensstärke mir gegenüber beurteilen... Und ich sag Dir, ich bin nicht eifersüchtig darauf, was sich zwischen Dir und den anderen abspielen könnte... Du weißt es außerdem... Aber ich bin eifersüchtig auf Dich, darauf, daß Du ganz und gar mir gehörst, Deine letzten Briefe weisen auf eine Geschäftigkeit und eine Menge Beschäftigungen hin (natürlich handelt es sich nicht um Toutou), die mich Deines Gehorsams, Deiner Zärtlichkeit und beinahe Deiner Briefe berauben, die kürzer werden wie die Tage im Herbst. Ich mache mich wegen Deiner Freunde nicht verrückt, aber ich kenne Nizza, Lou. – Pfeif auf die Leute, nur so wirst Du jene Charakterstärke, jene Kraft wiedergewinnen, die Dich leiten sollen und die Du nur um meinetwillen aufgeben darfst.

Was bedeuten diese Auskünfte von Matte? Jedenfalls, was meinen Ausgang am Sonntag anbetrifft – es wäre vielleicht besser, wenn Du mich nicht wie ihn nach Baratier zum Essen mitnimmst.

Ich würde auch gern solche Briefe bekommen, von denen die Rede ist, aber offenbar stehe ich nicht in solcher Gunst wie der berühmte Verwundete.

Es freut mich sehr, daß Du den Brief von dem kleinen Führer reizend gefunden hast. Der Brief von Yvonne

Prath ist nicht so übel, wie Du meinst, ich werde Dir erklären, wieso. Jedenfalls ist sie sehr nett und sehr freundlich, von einem Kameraden ein bißchen Geld jeden Monat, das ist doch immerhin verdammt nett in den Zeiten, die wir haben. Du schreibst mir am Ende dieses Briefes, »ich liebe Dich innig«, aber ich weiß nicht, ob Du sehr daran gedacht hast ... Dein so kurzer Brief vom Tag davor zeigt mir, daß Du meine Briefe nicht liest ... (Bezüglich Deines Briefes vom 16.) Also wenn Du sie nicht liest, lohnt es nicht die Mühe, daß ich, der ich mein Lebtag an niemand so viele und vor allem so lange Briefe geschrieben habe, mich abschinde, Dir welche zu schreiben. Ich höre ganz einfach auf damit. Du versprichst mir immer lange Briefe und liest meine nicht einmal. Sie sind lang, weil ich dachte, Dir eine Freude zu machen. Aber ich bitte Dich, mich zu entschuldigen. Von nun an werden sie kürzer sein und mit Deinen übereinstimmen.

Aber nein, Lou, wenn Du hier angekommen bist, steigst Du im »Nizza« ab, bis Du was gefunden hast – das ist nichts – Ich werde mich trotzdem umsehen – Jedenfalls, und das ist der Punkt, daß ich behaupte, Du liest meine Briefe nicht, denn in dem Brief, in dem ich von dem Zimmer sprach, sprach ich auch davon, daß Du mit Deinen Hausbesitzern – braven Leuten – in einer Pension für 5 bis 6 Personen Kost und Logis genommen hättest, gutbürgerliche Küche, wo man Dich um 9 bedient hätte, wenn Du gewollt hättest – Aber ich will nicht böse mit Dir sein – Nein, ich kenne Nîmes nicht besser als Du – ich kenne diese Stadt, wo es heute wolfshundekalt ist, sogar sehr schlecht. Dabei möchte ich doch, daß es hier Louwarm* ist.

Jetzt bitte ich Dich, mich nicht mehr mit dem Beruf des Dichters aufzuziehen. Ich weiß wohl, daß das freundlich gemeint ist, aber es ist eine Gewohnheit, die Du leicht an-

---

* Wortspiel: Loup (Wolf) und Lou

nehmen könntest. Zunächst bedeutet Dichter zu sein nicht, daß man nicht auch etwas anderes machen könnte. Viele Dichter sind etwas anderes gewesen und waren sehr gut (ich schreibe Dir in der Kantine – entschuldige dieses Papier, geliebte Lou). Zum anderen ist der Beruf des Dichters weder unnütz noch verrückt oder oberflächlich. Die Dichter sind die Schöpfer (Poet kommt aus dem Griechischen und bedeutet in der Tat Schöpfer, und *Poesie* bedeutet Schöpfung). Nichts ersteht also auf Erden, nichts erscheint vor den Augen der Menschen, wenn es nicht zuvor in der Vorstellung eines Dichters gewesen ist. Selbst die Liebe ist die natürliche Poesie des Lebens, der natürliche Instinkt, der uns dazu treibt, Leben zu schaffen, zu reproduzieren. Ich sage Dir das, um Dir zu zeigen, daß ich den Beruf des Dichters nicht einfach ausübe, um den Anschein zu erwecken, irgend etwas zu tun und in Wirklichkeit nichts zu tun. Ich weiß, daß diejenigen, die sich der Poesie hingeben, etwas Wesentliches, Ursprüngliches, vor allem etwas Notwendiges und letztlich etwas Göttliches tun. Ich spreche selbstverständlich nicht von den simplen Reimkünstlern. Ich spreche von denen, die voller Mühe und Liebe und mit Genie ganz allmählich etwas Neues ausdrücken können und in der Liebe sterben, die sie inspiriert hat. Siehst Du, Lou, wieder ein zu langer Brief, wenn Du ihn liest, gut, wenn nicht, räche ich mich wie ein Dichter, das heißt nach Art der Götter, und Du weißt, daß die Rache das Vergnügen der Götter ist. Ich liebe Dich, meine Lou, aber bin böse, daß Du mir in den letzten Briefen anscheinend weniger zugetan bist, jedenfalls scheint es so, als vor ein paar Tagen. Aber mit der Aussicht auf Urlaub bin ich dennoch froh.

Ich liebe Dich, Liebe.

Gui

25. Januar 1915

Kaufe f. 1 Sou »Die deutschen Greueltaten in Frankreich«, offizieller Bericht – phantastisch und manchmal vielleicht sogar wissenswert.

Meine innig geliebte Lou! Bin jetzt bei Kälte und wunderbarer Sonne in Tarascon. Habe heute morgen nicht das Hotel bezahlen können, Du hast es an meiner Stelle gemacht. Auf dem Bahnhof ziemlich lange im Kommandanturbüro gewartet. Schließlich hat man mir die Erlaubnis für die Bahnfahrt gegeben. Es war prächtiges Wetter. Mir war das Herz schwer, ich war traurig, traurig und müde. Im Zug wenig Leute in der zweiten, ich finde eine schöne Ecke. Ich lese Zeitung. In Cannes steigt ein Oberfeldwebel vom 7. Alpenjägerregiment mit der Armbinde eines Dolmetschers zu. Ich glaube einen alten Kameraden vom Collège zu erkennen, aber seine spärlichen graumelierten Haare lassen mich zögern, ebenso wie die 7, die sich bei der zusammengewürfelten Uniform auch auf das 7. Artillerieregiment beziehen konnte. Dann erinnerte ich mich, daß der fragliche Typ, der älter als ich war, um 1895 seinen Militärdienst bei den Alpenjägern gemacht hat. Ich hielt ihn für einen Unterleutnant. In Les Arcs halte ich mich nicht mehr zurück und frage ihn, ob er Alpenjäger ist – Bejahende Antwort – Also dann sind wir Kameraden vom Collège, und Sie heißen Gérard. Ganz verdutzt der Typ, ich sage ihm meinen Namen – Wiedererkennen. Wir sprechen von den alten Kumpels. Soundso gefallen, Mouléon gestorben, sein Bruder zweifellos auch, usw. usw. – Er ist Dolmetscher bei der englischen Armee und von der Front zurückgekehrt, ist jetzt in Marseille, um auf die australischen Truppen zu warten. Hat die guten Auskünfte über die Engländer bestätigt, sehr schick, sehr bequem, mittelmäßige Soldaten, auch die Inder, außer den Gurkhas, die sehr gute Soldaten sind. Hat mir gesagt, daß Nizza und der ganze Süden voller Spione ist, die den Auftrag haben, den Unmut im Süden auszunutzen, um eine Revolte anzuzetteln. Also ist der Spion, von dem Du mir erzählt hast, durchaus denkbar. Man darf nicht zögern mit dem Entlarven, aber ganz, wirklich ganz vorsichtig. Denn man darf sich nicht täuschen. Ich weiß nicht, wie wir darauf gekommen sind, über Absinth zu reden. Hat bestätigt, daß man in Marseille soviel davon haben kann, wie man will. Hat mir einen Pernod angeboten. Und tatsächlich hat er mich nach der Ankunft in eine recht schicke Bar mitgenommen und 2 »Gräben« bestellt. Wie in einem Schützengraben versteckt, hat der Barkeeper darauf unter der Theke die beiden Pernods fertig gemacht, die wir dann getrunken haben.

Danach im Bahnhofsbuffet f. 2 Franc sehr gut allein gegessen, das nennt sich Militärmahlzeit. Viele englische Offiziere, übrigens alle ziemlich alt. Dann um 12.50 Abfahrt, eine erkältete beleibte Dame mir gegenüber. Sie hatte vier auf einer Zeitung ausgebreitete Taschentücher neben sich. Jedesmal, wenn sie sich die Nase putzen wollte, schnaubte sie sehr kräftig ins erste, dann weniger kräftig ins zweite, dann schwach ins dritte und wischte sich schließlich mit dem vierten, fast sauberen, ab. In Arles waren die Taschentücher in einem solchen Zustand, daß sie die Zeitung genommen und sie mit den vier Taschentüchern auf den Boden zum Trocknen gelegt hat, dahin, wo sich unter einer Metallplatte die kochend heiße Wärmflasche befand. Als ich in Tarascon ausstieg, waren die 4 Taschentücher unter der Aufsicht der Dame, die sie von Zeit zu Zeit sorgfältig wendete, fast gebraten. Ein richtiges Tohuwabohu also meine Reise bis zu diesem schaurigen Tarascon voller berittener Arabersoldaten und Husaren. Heute abend erwartet mich Nîmes, ich denke an Dich, meine Lou, und liebe Dich von ganzem Herzen, noch ein bißchen traurig, aber nicht mehr so wie heute morgen. Dieses graue Wetter gestern hat mich trübsinnig gemacht. Nach Ansicht von Gérard ist der Posten von Toutou heutzutage nicht mehr gefährlich, aber noch vor zwei Monaten wäre er sehr gefährlich gewesen. Aber jetzt paßt man sehr auf, und die Aufgabe des Verbindungsmanns soll fast angenehm geworden sein. Dasselbe gilt für die Dolmetscher. Noch vor zwei Monaten starben ungefähr 60 Prozent von ihnen, jetzt sterben nur noch 3 Prozent. Meine Lou, schreib mir lieb, aber es soll Dich nicht ermüden, wenn Du müde wirst, schreibe kurz. Vergnüg Dich, hab keine traurigen Gedanken und widersetze Dich mit Deinem lieben Sinn nicht mehr so heftig dem meinen. Ich stelle Meinungen häufig auf eine paradoxe Weise dar, dabei sind sie es gar nicht so sehr, bilde Dir ein Urteil darüber, aber verdamme sie nicht gleich und verliere nicht das Vertrauen zu mir. Ich habe die Peitsche vergessen. Vielleicht hast Du daran gedacht, sie mitzunehmen. Bestell Mémée Grüße von mir. Die italienische Zeitung gelesen. Einen Artikel über die Dauer des Krieges. Darin waren die Ansichten aus unterrichteten französischen Kreisen wiedergegeben. In manchen Kreisen heißt es, daß wir bei dem Tempo, mit dem wir vorankommen, 15 Jahre brauchen, um Köln zu erreichen, in anderen heißt es, ein Jahrhundert. Diese Zahlen sind insofern ein Scherz, als man folglich andere Mittel finden muß, um die Frage des Krieges zu klären. Deshalb wird man im Frühjahr an allen Fronten eine gewaltige Offensive unternehmen. Andernfalls ist es Sache der Diplomatie, rasch das Notwendige zu tun. Denn man kann das alles nicht zu lange andauern lassen. Ich vergaß, daß Gérard mir gesagt hat, daß alle Männer, die von Anfang an an der Front waren, ab jetzt bis zum Frühjahr vor der Generaloffensive Urlaub hätten. Also glaube ich ganz fest, Lou, daß Du Toutou bald sehen wirst. Ich liebe Dich, meine Lou, mit all meinen Kräften. Ich bin Dein und erhoffe alles von Deiner wundervoll schönen Seele. Ich habe das unversehrte Bild Deines Fleisches in mir – Vergiß nicht, zum Zahnarzt zu gehen – In dem Moment, da ich schreibe, reitet eine Abteilung Arabersoldaten vorbei. Das ist sehr hübsch. Ich küsse Dich, meine Lou, und Dein Bild erwärmt mich.

Gui

2. Februar 15

Mein kl. Herz, Dein Brief vom 31. Januar hat mir, wenn das möglich ist, noch mehr Freude gemacht als die beiden Briefe, die gestern ankamen. Sehr amüsant die Schwank- und Schabernackgeschichten. Das erinnert mich an die Romane aus der Zeit der Revolution (Pigoult-Lebrun und andere), in denen es eine Menge ähnlicher Szenen gibt. Gefährliche Schwänke insofern, daß sie immer in einer Schlaferei enden, aber vorausgesetzt, daß Du nicht dabei bist, ist's mir egal. Lieb, lieb, Du bist wunderbar lieb. In Deinem Brief stehen entzückende, tröstliche Dinge – Du bist der Dudelsack in dem Lied – Nein, ich will nicht weg von hier, wenn ich Dich habe, was denkst Du wohl, ich bete Dich an, und wenn Du mich liebst, bin ich Dein, wo immer Du willst. Ich liebe Dich nicht, wie Du mich liebst? Lou! Das ist wahrhaftig eine Sünde, so etwas zu sagen, ich bete Dich an, nichts kann meine Liebe für Dich übertreffen, geliebte Lou! Wie kannst Du glauben, daß ich mich mit anderen Frauen befassen könnte – Du bist verrückt – Ich denke nur an Dich – Möglicherweise habe ich gesagt, daß es irgendwo ein hübsches Mädchen gibt. Ich habe es lieber, ein hübsches als ein häßliches Mädchen anzusehen, aber ich pfeife auf alle Mädchen außer Dir, ich begehre keine, nur Dich. Ja, Du bist meine überaus liebe Geliebte, liebe Lou. Ich schaue keine Frau lasterhaft an. Seit ich Dich kenne, sehe ich nur Dich, und in der Liebe, die ich für Dich empfinde, kann es kein Laster geben, alles ist rein und erlaubt, denn ich liebe Dich auf ewig, ich bin Dein auf ewig, und niemals werde ich eine andere Frau begehren außer Dir. Das ist die reine Liebe, o Lou! Nein, Lou, ich bin nicht mehr ungeduldig, ich liebe Dich irrsinnig, ja, das ist die Ewigkeit, und die Ungeduld kann sich nicht mit der Ewigkeit versöhnen.

Ich bin ein bißchen traurig, denn seit 1 Monat und einem halben keine Nachrichten von meinem Bruder aus Mexiko. Das Land steckt immer noch in der Revolution, mein Bruder läßt regelmäßig von sich hören, ein Typ aus meiner Abteilung, der von dort kommt, hat vor 5 Tagen Briefe aus Mexiko erhalten, also frage ich mich, wie es kommt, daß ich keine Nachrichten von Albert habe. Weißt Du, ich mag meinen kleinen Albert sehr, von so geradlinigem Denken und feinem Verstand, voller gesundem Menschenverstand, arbeitsam, gutwillig und sehr sanft. Sehr fromm, er wollte Priester werden, ein sehr schöner Junge, er war, soweit ich weiß, ebenso keusch wie der heilige Louis de Gonzague oder der heilige Stanislaus Kostka, der sein Leben lang Buße tat, weil er eine Frau lustvoll angeschaut hatte. Ich frage mich, was in diesem verfluchten Land Mexiko mit seinen Indianern und seiner blutigen Erotik vor sich geht. Meine Lou, ich bete Dich an, Deine Briefe sind so zärtlich, so hübsch, daß sie mich alles in rosa Farben sehen ließen, wenn die Zeiten nicht so schrecklich wären. Wenn es uns nicht so ginge wie im fernen Mittelalter mit all den Ausschweifungen des Geistes, der lyrischen Ironie, des Totentanzes und der Schrecken im Jahre 1000. Wir sind in einer ziemlich ähnlichen Epoche wie jener, wir leben heute in einer Zeit der Angst, meine Lou, und die schönste, die tiefste, die entschiedenste Liebe, also unsere, ist dank des Schicksals nicht frei von dieser Angst, die so weit gehen kann, daß wir das Leben verachten. Aber, wunderschöne Lou, meine Königin, ich liebe Dich, und Du bist das Leben, mein Leben, und da ich Dich liebe, liebe ich also das Leben.

Gui

6. Februar 1915

Meine Briefe von gestern irrtümlicherweise mit dem 4. datiert – Heute Dein Brief von Donnerstag, dem 4. – Also fährst Du, werde Dir morgen, Sonntag, das 1. Mal und Mittwoch das 2. Mal schreiben. – Aber ich begreife nicht ganz, warum nicht jeden Tag, da Du doch auch an Toutou jeden Tag schreibst und er Dir auch jeden Tag schreibt. Da Du keinen Brief unter Deinem Namen bekommst, begreife ich diese sonderbaren Vorsichtsmaßregeln überhaupt nicht. Ich vermute, das kommt daher, weil Toutou nicht weiß, daß ich Dir jeden Tag schreibe und Du mir ebenfalls schreibst, und Du befürchtest, ihm Kummer zu bereiten, wenn Du es ihm sagst – und deshalb schreibst Du mir nicht öfter, und ich verzehre mich in Nîmes danach.

Also, wenn Du diesen Brief erhältst, wirst Du in der schönen Hauptstadt Lothringens sein, in der Hauptstadt des Königs Stanislaw, dessen Geschichte mich unendlich bezaubert. Ich habe mich köstlich amüsiert, als ich das Leben seines Zwergs Ferry gelesen habe. Vielleicht hörst Du Kanonendonnern! Ich habe Dir gestern geschrieben, Toutou tausend Dinge von mir auszurichten, ich schreibe sie Dir noch einmal, für den Fall, daß Du abgefahren bist, bevor Du meinen Brief erhalten hast. Gib ihm einen Kuß auf beide Wangen. Sag ihm, daß ich sein Freund bin und daß ich sicher bin, daß sich unsere Freundschaft noch vertiefen wird, wenn wir uns kennenlernen. Frag ihn, ob er nicht ein Topometer übrig hat, das er mir über Dich schicken könnte. Und nun, meine Lou, möge Dich Gott behüten und U. Liebe Frau schützen, Dich mutige und herrlich einfache kleine Frau. Komm gesund und munter von der Front zurück, mein Liebes. Du weißt, wie sehr ich Dich liebe, ich werde während dieser ganzen Reise in Ängsten sein. Es wäre mir sehr lieb gewesen, wenn Du die Briefe, die ich Dir in den letzten Tagen nach Baratier geschrieben habe, vor Deiner Abfahrt bekommen hättest, es ist phantastisch, wie absonderlich es bei der Post zugeht.

Nun sammle einen schönen Vorrat an interessanten Eindrücken, von denen Du mir dann erzählen wirst. Ich schicke Dir einen amüsanten Ausschnitt aus *L'Écho de Paris*: eine ganz merkwürdige und ulkige Begebenheit.

Ich schreibe Dir heute nicht sehr lang, weil ich von meinem Freund Nicolini zum Essen eingeladen bin und mich um Dein Zimmer kümmern will.

Meine fürsorglichen Gedanken begleiten Dich, Du bist meine beständige Sorge und mein stärkster Trost.

Ich liebe Dich mit all meinen Kräften. Heute kein Gedicht, ich habe in den letzten Tagen eine ganze Menge für Dich geschrieben. Aber sag doch Toutou diesen Vers über die Artillerie, er ist aus einem kleinen Gedicht, das ich meinem Freund André Dupont, dem boshaftesten Mann von Paris, geschickt habe, ich habe ihn auf meine Artilleriehefte geschrieben: *Die Artillerie ist die Kunst, die Winkel auszumessen.*

Tausend Küsse, ich liebe Dich innig, ich küsse Dich auf den Mund, meine innigst Geliebte. Dein

Gui (*auf ewig*)

27. Febr. 1915

Liebe Freundin,
es steht Dir frei, bei Toutou zu bleiben, wenn Du möchtest, es freut mich für ihn, den ich sehr mag, und für Dich auch.

Trotzdem teile ich Dir mit, wenn Du mich vor meiner Abfahrt noch sehen willst, daß es vielleicht Zeit ist zu kommen – ich sage Dir das übrigens nicht, um Dich zu drängen.

Aber das neueste Rundschreiben vom Ministerium untersagt die Vergabe von Rängen in den Feldrekrutendepots. Ich werde drei Monate Dienst haben, dann ist meine Ausbildung beendet, und man wird die Leute aus meiner Abteilung so schnell wie möglich abmarschieren lassen, damit sie an der Front ihren Rang erwerben können.

~~Croquis d' Mon petit faucon~~

Croquis d'après
mon petit faucon
ou tiercelet privé ~~qui~~
se nomme
Aquilan
de
Mayogre

A mon tiercelet

Terrible Aquilan de Mayogre,
Il me faudrait un petit roc
Car j'ai faim d'amour comme un ogre
Et je ne trouve qu'un faucon!!

G.A.

Ich werde also *sehr schnell* als Führer abmarschieren. Was vielleicht nicht gerade mein Traum ist, aber immerhin, der Kommandant hat gesagt, daß er uns Arbeits- und Befähigungsnachweise mitgeben würde. Aber all das ist wenig erheiternd, denn es ist vielleicht schwieriger, sich als Kanonier denn als Unteroffizier auszuzeichnen. Wenn schon!

Das Problem liegt aber nicht da.

Deinen Brief und den von Toutou heute erhalten.

Ich antworte sofort darauf. Ich gebe das Zimmer auf, das seit einem Monat auf Dich wartet. Ich werde heute die Vermieterin entlohnen. Du wirst Dir selbst eine Unterkunft suchen, falls Du nach Nîmes kommen möchtest.

Noch einmal, ich sage Dir das alles, nicht um Dich zu drängen, sondern einfach nur, um Dich auf dem laufenden zu halten. Und bitte Dich ein weiteres Mal, wenn Du mir etwas ankündigst, Dich soweit wie möglich an Deine Versprechungen zu halten. Denn wegen Dir habe ich einen unangenehmen Monat verbracht, was nicht so gewesen wäre, wenn Du mich davon unterrichtet hättest, daß sich bei Dir alles verschiebt.

Jetzt habe ich mich in den Gedanken geschickt, daß Du nicht kommst, und Du kannst es also machen, wie Du willst, nur daß man mich ab 7. März abmarschieren lassen kann, wenn man will, und ich lediglich einen Abend davor Bescheid bekomme.

Ich sage Dir also auf Wiedersehen, meine liebe Freundin, wenn nicht gar adieu. Falls wir keine Gelegenheit haben, uns wiederzusehen, hoffe ich, daß Du Lust hast, unseren Briefwechsel fortzusetzen, wenn Du frei bist, und da der Umgang mit Dir angenehm ist, werde ich desgleichen versuchen und Dir entsprechend meiner Mittel und Möglichkeiten regelmäßig antworten.

Erzähl Toutou recht viel. Sein Brief hat mir die allergrößte Freude bereitet. Er beunruhigt mich aber auch, denn ich sehe, daß Du Dich großen Gefahren aussetzt, und ich wäre untröstlich, wenn Dir auch nur das Geringste zustieße. Andererseits bin ich entzückt zu wissen, daß Du Dich vergnügst und so tapfer bist. Du hast recht, keine Geheimnisse vor Toutou zu haben, doch erzähle ihm nicht blind drauflos. Denn wenn viel entstellt wird – selbst aus einem so schönen Mund wie Deinem –, kann das ein ganz falsches Bild von jemand vermitteln, und er würde mich vielleicht zu Unrecht schlecht beurteilen. So, das wäre das Wesentliche, was ich Dir sagen wollte. Außerdem küsse ich Deine Hände.

Gui

Wir werden zwischen dem 7. März und dem 15. April abmarschieren, wir wissen nicht genau wann. Bedenke, daß es eine Vergünstigung ist, die man uns und mir erweist, wenn man uns abmarschieren läßt, bevor wir an der Reihe sind. Das ist eine solche Vergünstigung, daß mich nichts dazu brächte, sie zu verweigern. Im übrigen habe ich Dir versprochen, nichts zu tun, um wegzukommen, aber es versteht sich von selbst, daß ich vor allem nichts tun werde, um zu bleiben.

Nîmes, 17. März 1915

Meine liebe Freundin,
sprechen wir nicht mehr davon, Du hast recht getan, alles, was Du tust, ist richtig, und es ist nichts daran auszusetzen. Trotzdem bin ich durch Dich das erstemal in meinem Leben zum Feigling geworden. Denn Du, die Du doch über so gute Kanäle verfügst, Du weißt nichts darüber, was sich in unserem Feldrekrutendepot in Nîmes abspielt. Ich gehöre zu einer Spezialdivision der É.O.R., die vom Oberst und von den Kommandeuren der 2 Regimenter von Nîmes gebildet wurde. Sie ist nicht offiziell, man hat da ausgesuchte Leute ab 30 Jahre und darüber reingesteckt. Wir mußten alle Dienstgrade bis zum U/Leutn. durchlaufen,

nachdem wir die Prüfung zum Zugführer bestanden hatten, aber das um den 10. Febr. erschienene Rundschreiben vom Minister hat alles geändert, und da wir überhaupt keinen offiziellen Status haben, setzen wir die Ausbildung dank der Gnade der Kommandeure fort, stehen aber zum Abmarsch in unseren Batterien bereit, wenn die 3 Monate Dienst vorüber sind. Ich gehöre dazu. Wir sind untersucht worden, und Montag wurde eine Batterie von 90 Mann gebildet, die nach Bizerta und von dort aus in die Türkei gehen soll. In unserer Abteilung wurden Freiwillige gesucht, die als Obergefreite in der Funktion von Quartiermeistern abmarschieren sollten. Es wurden 2 gesucht und nun fahren zwei andere, nicht ich, denn feige, wie ich war, ich hatte keine Nachrichten von Dir und hoffte darauf. Siehst Du, meine liebe Freundin, wohin die Leidenschaft führen kann. *Ich werde mir das nie verzeihen und werde alles mir Mögliche tun, um diesen Fehler wieder gutzumachen und abzumarschieren* (da Du mich ja nicht mehr liebst), *selbst als 2. Führer, mit der Batterie* von 120 Mann, die bald gebildet wird. Aber das interessiert Dich ja alles nicht. Andererseits bitte ich Dich, ohne Dich um etwas anderes zu bitten, *selbst jetzt, da ich Dich nicht mehr lieben und von Dir geheilt sein will*, mir ein allerletztes Mal den Willen zu tun und die Front zu verlassen, wo nicht Dein Platz ist, wo Du aller Welt Sorgen machst, ganz besonders Toutou. Ich verlange überhaupt nicht von Dir, daß Du mich besuchen kommst (Opfer gebracht), nein, komm nicht her, das ist absolut unnötig, da Du mich nicht liebst und da ich Dich bald auch nicht mehr lieben werde, aber um meiner Ruhe willen, fahr von dort weg, damit ich voller Zuversicht arbeiten kann. Du hast mich in diesen 2 Monaten zerstört, wenn ich ein Gehirnfieber gehabt habe, ist das nicht Deine Schuld, aber ich stecke mitten in einer Gehirnanämie. Ich verstehe alle Deine Gefühle und respektiere sie, aber mach Dir Deinerseits einmal bewußt, was ich habe leiden müssen. Sonntag am Ende der Kräfte, nach ich weiß nicht wie vielen Tagen ohne Nachricht (nach Deinem vorangegangenen Brief aus Baccarat), habe ich eine Einschreibkarte an Toutou geschickt, um Nachricht zu erhalten, habe einen Brief (nicht kompromittierend f. Dich) an Jules geschickt, um zu erfahren, ob Du gesund bist – Wenn ich schließlich keinen Brief von Dir gehabt hätte, heute, den 17., von Dir festgelegtes Datum für Dein Kommen, würde ich mich morgen, den 18., getötet haben. Das ist jetzt vorbei, ich will Dich nicht mehr lieben, man leidet, man leidet, dann lernt man, nicht mehr zu leiden. Rechne nicht mit unserem Treffen in Marseille (denn zweifellos wirst Du mit einer letzten Ironie ausgerechnet für dort ein illusorisches letztes Treffen verabreden). Es wird f. Marseille kein Urlaub mehr gegeben, außer im Falle höherer Gewalt, und einen solchen werde ich gewiß nicht finden.

Halte mich nicht für schlecht, meine liebe Freundin. Ich habe Dich nicht egoistisch geliebt, Du irrst Dich und beleidigst mich ganz ohne Grund; wenn ich Dich gebeten habe zurückzukehren, dann vor allem wegen der Gefahren, von denen ich wußte und die Toutou in den Worten, die er Deinen Briefen hinzufügte, nicht verbarg, ich habe Dir davon nichts gesagt, um Dich selbst nicht zu erschrekken. Kurzum, ich verlange absolut nichts für mich, aber komm zurück, komm nicht hierher, geh, wohin Du willst, Du bist frei, tu, was Du willst, und da Du mich nicht liebst, kannst Du wohl lieben, wen Du willst, aber nimm mir die Sorge, Dich dort oben zu wissen, ich verlange nur das von Dir – Wenn Du nach Paris gehst, hinterlege bei meiner Concierge, 202 Bd. St.-Germain, meine Briefe, auch die, die Du mir geschrieben hast (die mir gehören), es sei denn, Du willst mir diese Briefe, die ich als ein kostbares Denkmal meines Lebens in den Jahren 1914–1915 immer wieder mit Vergnügen lesen würde, nicht geben. In diesem Fall bist Du gleichfalls frei, zu tun, was Du willst. Ich bin Dir in keiner Weise böse, Du hast mein Leben für ein paar Monate verschönt, Du hast Schwüre geleistet, die mich überschwenglich gestimmt haben. Sie haben mich eine Zeitlang über die anderen Menschen erhoben. Ich habe daran geglaubt und bin glücklich gewesen. Also muß ich Dir dafür außerordentlich dankbar sein und bin es auch. Wenn Du willst, werde ich immer Dein Freund sein, und selbst ohne Liebe kannst Du, da Du eine Frau bist und im Namen der Erinnerungen, die Dein Name in mir auslöst, in allem und für alles auf mich zählen, nur, wenn ich Dich nicht mehr liebe, *wie es mein Wille in einigen Tagen tun wird*, werde ich natürlich alles, worauf Du ein Recht hast, es von mir zu verlangen, sagen wir als *Freund* und nicht mehr als *Liebender*, tun. Ich mag Toutou sehr, liebe Freundin, aber ich leide ein bißchen darunter (jetzt nicht mehr so), immer das fünfte Rad an Deinem Wagen zu sein. Es freut mich wohl, daß er alles ist, aber es ist ein bißchen ärgerlich, überhaupt nichts zu sein.

Nun laß Dir wegen mir keine grauen Haare wachsen, vorausgesetzt, daß Du es je getan hast, ich bin nicht mehr böse, überhaupt nicht mehr. *Wenn die Liebe stirbt* ... Ich bin nur noch sehr unruhig wegen der Gefahren, denen Du Dich aussetzt, und diese Unruhe macht mich krank. So, das wär's.

Guil

Ich schicke Kopie dieses Briefes nach Baratier für den unwahrscheinlichen Fall, daß Du abgefahren bist, wenn er dort ankommt.

Ich habe – meine ich – in diesen Brief nichts als die Wahrheit hineingelegt. Aber wenn Du mich Dir gegenüber ungerecht finden solltest, oder wenn Du glaubst, daß darin irgend etwas steht, woran Toutou Anstoß nehmen könnte (auch wenn er den Brief nicht liest), zerreiß ihn und fertig.

Nîmes, den 30. März 15

Allerliebste kleine Lou, miß dem Brief von gestern keine allzu große Bedeutung bei. Er ist verärgert, nicht spöttisch. Dein Brief aus Marseille ist bezaubernd, es gefällt mir alles darin. Ich bin nicht so traurig nach Nîmes zurückgekehrt, wie Du womöglich gedacht hast. Meine Depression und meine Nervosität von Marseille sind rasch vergangen. Ich habe meinen Verstand und meinen Willen wiedergewonnen, die, was Toutou auch davon halten mag, für mich sehr wertvoll und äußerst wirkungsvoll sind. Zum anderen WEISS ICH, daß Du mir mehr gehörst, als Du vielleicht glaubst, und das genügt, mir die Qualen zu erleichtern, die ansonsten ganz fürchterlich wären. Ich weiß, daß Du mir ein wenig mehr angehörst, als Du jetzt meinst, und trotz allem und Dir und allen anderen zum Trotz weiß ich wohl, daß *selbst ein sehr intelligenter Generalstabsoffizier*, bei Deinem Verstand eines intelligenten Mädchens, mir in wesentlichen Punkten das Feld überlassen müßte. Du siehst, mit welch verblüffender Ruhe mich Marseille bei meiner Abfahrt versehen hat. Mein Liebes, unsere Versprechungen gelten selbstverständlich voll und ganz, ich halte meine ganz und gar, und es ist überflüssig, mich daran zu erinnern, da es mir unendlich wohltut, sie einzuhalten. Ich bitte Dich aber andererseits, wenn Du gern möchtest, daß ich Dir schreibe, und wenn Du willst, daß ich Dir offen und zwanglos schreibe, zeig meine Briefe niemandem außer Toutou. Ansonsten fühlte ich mich nicht mehr frei, und das wäre mir sehr unangenehm und würde mich sehr vor den Kopf stoßen. Und Du weißt, darfst Deinen Gui nicht allzusehr vor den Kopf stoßen!!!! Andrerseits, wenn Du aufrichtig sein willst, werde ich Dir auch alles sagen, was geschieht. Aber mußt auch die Wahrheit sagen. Denk mal daran, wie albern und verkehrt das unter Umständen sein kann.

Vom 1. Mai an werde ich jeden Abend zum Marienmonat gehen und für Dich, für Toutou, meine Mutter und meinen Bruder und für mich selbst beten.

Der grüne Sessel wird für immer in meinem Gedächtnis haftenbleiben, ich wünsche mir, daß er auch aus Deinem nicht weichen möge.

Gestern abend, nachdem ich meine Gedichtsammlung fertig hatte und mit dem Brief weggeschickt habe, bin ich von 2 Tagen ohne Schlaf müde ins Quartier zurückgekehrt. Es war noch früh, wenig oder gar keine Artilleristen auf der Straße, ein junges Mädchen hat mich nach dem Weg gefragt. Ich hatte Zeit, ich habe sie begleitet. Sie war reizend, das Gesicht ein bißchen müde, so wie ich es mag, junger Körper. Wir haben miteinander gesprochen. Sehr offen, aber das besagt nichts. Soweit ich begriffen habe, einen nicht allzu geliebten Liebhaber gehabt. Wünscht sich Liebe. Kennt alles. Und dann, bei ihr angelangt, 8 Rue Porte Cancière, wollte sie, daß ich mit hineinkomme, dem Vater und der Mutter vorgestellt, reizend, möchten, daß ich oft zu ihnen komme, haben mir ein Zimmer zur Verfügung gestellt, ich schlafe da sonnabends, wenn ich auswärts schlafen kann. Übrigens schläft unsere ganze Stube sonnabends auswärts. Ich war der einzige, der es nicht tat. Ich weiß nicht, was für ein Abenteuer sich da anbahnt. Weder von meiner noch von der anderen Seite. Sie ist sehr offen, aber das besagt nichts, und ich habe wenig Zeit für mich. Aber ich werd mich mal danklemmen, Deine Einwilligung habe ich ja. Ich bitte Dich auch darum, in diese Sache etwas von mir einbringen zu dürfen, wenn nicht, könnte ich mich nicht restlos vergnügen, und das brauche ich ein bißchen. Im übrigen keine Angst, ich bleibe ganz und gar Dein ergebener Freund. (Im übrigen ist noch nichts geschehen.) Ich bleibe sogar mehr, ich bleibe Dein Geliebter, aber Du, soweit ich Deinen Brief verstanden habe, Du bleibst zur Zeit nicht meine Geliebte, und vor allem nicht in Deinen Briefen. Unsere Versprechungen gelten voll und ganz, unsere Offenheit muß auch voll und ganz sein. Zwei Freiheiten, die sich lieben, sind nicht unversöhnlich. Also, mein Schätzchen, die Zukunft liegt voller lieblicher Versprechungen vor uns. Hab keine Angst, daß ich meine verletze. Sei Du niemals verlogen, dann werden wir uns ewig lieben. Ich hoffe, daß Du mir überhaupt nicht böse bist, da ich doch Deinen Ratschlägen folge. Ich werde Dir im übrigen alles sagen, was sich tun wird!! Wenn sich etwas tut. Sag Du mir auch *alles, was Du tun wirst*. Ich sage Dir nicht ihren Namen, Du würdest es nicht wollen, und es ist auch unmöglich. Ich habe Dir ein paar Dinge zu dem kleinen Mädchen oder zu Marie L. sagen können. Aber das war ohne Belang. Das hier ist mehr, denn es ist ein junges Mädchen aus einer feinen Familie, der man Diskretion schuldet. Hab auf jeden Fall keine Angst um meine Liebe, die tiefer ist als je und himmlischer, meine kleine Lou. Ich liebe Dich sehr, sehr, mit unendlicher Sanftheit und unendlich ruhig. Also Lou, schokkiere mich nicht mehr mit Lügen, die zwischen uns wirklich unnötig sind. Wenn wir Freunde sind, wird die Lüge idiotisch, und ich bin *ganz und gar* Dein Freund. Ich wollte Dir noch etwas anderes schreiben, aber ich habe es vergessen. Es wird mir gewiß morgen wieder einfallen, und dann schreibe ich es Dir. Auf Wiedersehen, meine liebe kleine Freundin. Ich küsse Dich.

Gui

Ich füge dem Brief zwei Seiten hinzu. Ab morgen schicke ich Dir Briefe, deren Teile, die nicht intim sind, ein Buch werden sollen: »Briefe an Lou« oder auch »Briefwechsel mit dem Schatten meiner Liebe«. Ich schreibe sie nur auf die Vorderseite der Blätter, damit man sie drucken kann, und der intime Teil wird meistens extra sein. Ich schreibe sie an Dich, aber Du wirst sie mir zum Druck ausleihen, ich gebe sie Dir danach wieder zurück. Ich schicke Dir jeden Tag, was ich geschrieben habe, aber es wird nicht jeder Brief an einem Tag fertig sein, Du bekommst sie an mehreren Tagen hintereinander. Wenn es manchmal etwas durcheinandergeht, werde ich es nach dem Krieg überarbeiten. Es steht Dir nun frei, sie zu lesen oder nicht. Es ist für Dich bestimmt, aber es geht nicht nur um Dich, sondern auch viel um mich und um vieles andere. Gerade eben, als ich die Kaserne verließ, das junge Mädchen gesehen, sie kam vom Spaziergang zurück und ist mit mir bis zu der Kirche gegangen, wo man in die Straßenbahn einsteigt. Wir sind 5 Minuten zusammengeblieben. Ich habe sie gefragt, warum sie mich nach dem Weg gefragt hat, da sie ihn doch kennen müßte, wenn sie in Nîmes wohnt. Aber anscheinend reist sie seit etwa 10 Jahren in England und in der Schweiz umher, vor acht Tagen ist sie aus der Schweiz zurückgekehrt, und kennt Nîmes nicht gut. Sie hat mir köstliche Geschichten über die Streitigkeiten zwischen Frankophilen und Germanophilen in Basel erzählt, wo sie gewesen ist. Sie hat mich nach dem Weg gefragt, da sie mich wegen meines hellblauen Käppis f. einen Offizier gehalten hat, und dann hat sie mir noch gesagt, daß sie glücklich ist, mich kennengelernt zu haben. Sie hat nichts von mir gelesen. Aber hat einen Vortrag gehört, wo viel von mir die Rede war. Sie ist ein intelligentes, kultiviertes Mädchen. Gewiß ist sie Dir nicht ebenbürtig, Dir mit diesem teuflischen Geist, der Dich auszeichnet; aber da wir getrennt sind, mein Liebes, ist es ein hervorragender Zeitvertreib, der Dich weder stören noch Dir in irgendeiner Weise unangenehm sein soll. Du bist die Göttin in den Wolken, und man schläft nur selten mit Göttinnen. Sie ist nur eine Sterbliche, und in Ermangelung einer Göttin schlafen die gescheiten Kanoniere lieber mit den Sterblichen. Im übrigen hast Du Dich bis jetzt nicht gelangweilt, meine Liebe, und ich werfe Dir das nicht vor, und Toutou kann man es ebensowenig vorwerfen, denn dieser wundervolle Hüter von Explosivgeschossen hat wenig mit der Göttin geschlafen. Es stimmt, er hat ein Recht auf Wahrheit, nicht ich. Um nun auf diese Göre zurückzukommen, hinter Saint-Baudile hat sie sich aus dem Staub gemacht, und ich habe mich ins »Tortoni« gesetzt. Wenn ich Dich nicht dazu bewegen kann, nach Nîmes zu kommen, versuche ich vielleicht, zwei Tage nach Paris zu fahren, um meine Mutter in die Arme zu schließen und Dich bei dieser Gelegenheit zu sehen, wenn es Dir recht ist. Und wenn Du willst, können wir trotz Krise zusammen spazierengehen. Aber das ist nicht sicher, und wenn es Dich verdrießt, sag es, dann bleibe ich ganz einfach bei Chatou*. Aber all das ungewiß. Der neue Kommandeur scheint sehr zufrieden mit uns. Er ist nicht so ein Hohlkopf wie Arnaud, und es kann gut sein, daß wir unter besten Voraussetzungen losfahren und schnell zum Fähnrich oder Unterleutnant aufsteigen. All das ist natürlich ungewiß, denn Tag für Tag bringen Rundschreiben alles durcheinander. Schreib Toutou, daß ich ihn heftig drücke und daß ich ihn noch heftiger bewundere. Und schließlich, daß er mir auf der ganzen Linie gefällt. Und noch viel mehr, als Du meinst und er wissen könnte. Übrigens gefällt er mir so sehr, daß durch ihn obendrein auch Du mir gefällst, denn wenn Toutou nicht für Dich eingestanden wäre, hätte ich die Kleine in Marseille gewiß falsch beurteilt. Aber wenn Du Toutou gefällst, kann auch ich meiner natürlichen Neigung folgen, derzufolge Du mir auf ewig gefällst, besiegelt durch die bewegtesten Versprechungen und vielleicht in einem der bewegendsten Momente, die ich erfahren habe. Ich bin bestimmt sogar ein bißchen lächerlich gewesen, aber ich bedaure es nicht. Nun meine kl. Lou, bin sehr froh über das ganze Abenteuer. Und die Zukunft, die sich f. uns auftut, ist zauberhaft, keine Eifersucht, und wenn wir uns zusammen vergnügen oder jeder für sich, werden wir die glücklichsten Liebenden auf der Welt sein, wenn jeder von uns seine Versprechen freudig und sogar leidenschaftlich richtig einhalten und *nicht ein einziges Mal lügen* will,

* Apollinaires Mutter

um den anderen zu täuschen. Das ist wahre Treue. Wenn Du Dich daran halten willst, wirst Du die fabelhafteste Frau sein, die ein Dichter je gekannt hat, und eine solche Muse vermag aus dem, den sie so liebt, wie Du versprochen hast, den größten Dichter der Welt zu machen. Also Lou, sag nur immer, wenn Du etwas brauchst, egal was. Sag es, wenn ich kann, tue ich's, wenn nicht, werde ich Dir wenigstens einen Rat geben, aber hab keine Angst, es zu sagen. Man muß alles sagen. Denn wir sind ja Freunde, selbst wenn wir keine Liebenden mehr sind. Vor allem bei uns haben diese Worte einen tiefen Sinn, mögen die anderen denken, was sie wollen, so etwas zählt enorm. Küsse von den Füßen bis zum Kopf.

Gui

SCHATTEN MEINER LIEBE …

1. Brief an die Comtesse de C.-C.*

Nîmes, den 31. März 1915

Schatten meiner Liebe, die Initialen des großen Namens, der der Deine ist, hier oben hingeschrieben, erinnern mich an die meines gegenwärtigen Gewerbes: 2. c.c.** in einem Feldartillerieregiment. Du bist auch C.C., schöner Schatten, und deshalb gibst Du der berittenen Artillerie vor allen Waffengattungen den Vorzug.

Nimm hin, daß dieser erste Brief, ausersehen dazu, ich weiß übrigens noch nicht wie, zusammen mit einer bestimmten Anzahl weiterer, ein Werk zu bilden, das mein Leben während des Krieges von heute an bis zu dem Tag widerspiegelt, an dem ich wieder Zivilist bin oder auch bis zu dem Tage … O Tod, großer bläulichschimmernder Tod … Nimm also hin, daß dieser erste nicht nur an Dich,

* Louise de Coligny-Châtillon
** c.c. = cannonier-conducteur – Geschützführer

sondern auch an die Nachkommenden gerichtete Brief nur einleitende Bemerkungen enthält.

Schöner Schatten, Du bist schön unter all den Frauen, und das rührt vor allem von Deinem Blick, der etwas schmerzhaft Wollüstiges hat. Und dadurch ist Dein Gesicht von all der Erschöpfung gezeichnet, die das Übermaß an Wollust im Gesicht der Frauen hinterläßt. Ich werde nichts über Deine Ohren, Deine Nase, Deinen Mund, der groß und voll ist, sagen, weil ich sie so liebe, wie sie sind, und ich meine, daß sie schwer zu beschreiben sind. Trotzdem möchte ich zu Deinem Blick noch bemerken, daß er, wenn er nicht voller Wollust ist und voll der unerwarteten und überraschenden Geistesblitze, die Dich auszeichnen, zuweilen durch den unvorhergesehenen Snobismus, mit dem er einhergeht, durchdringend und beklemmend wird.

Ich werde ein anderes Mal von Deinem Körper mit den neun Toren sprechen, Herolde, die von Deiner starken und geschmeidigen Grazie künden, Herolde, an der Zahl den neun Musen gleich, und Du trägst auf Dir die neun Musen, an der Zahl den neun der Renommée gleich, an der Zahl den neun Helden gleich, und Du bist sie, die neun Helden. Aber Dein Geist ist ohnegleichen, er ist elektrisch und diabolisch, er ist imstande zu töten, was er berührt, er ist genau und wird noch schärfer, wenn er tief lotet.

Zwei oder drei Wunder, zumindest bezeichne ich solche für mich verblüffenden Koinzidenzen so, haben uns miteinander in Beziehung gebracht. Eine Liebe erwuchs aus dieser Begegnung, und auserwählt, wie Du es bist für das oberste Laster (denn es war das der Eva, die die Schlange wie eine Peitsche pfeifen hörte), befandest Du Dich fatalerweise in meinem Besitz, da ich die magische Macht zu züchtigen und zu herrschen innehabe.

Die schlechten Zeiten, in denen wir leben, Deine prekäre Situation in diesen Zeiten ebenso wie meine, haben mich gezwungen, nicht auf meinen Vorrechten zu beharren, aber ich verzichte keineswegs darauf, und die mystische Geißelung, die der Schatten meiner Liebe dann erleiden muß, wird Dir begreiflich machen, warum Xerxes, der persische König, das Meer auspeitschen ließ.

Du bist ebenso untreu wie das Meer; vierundzwanzig männliche Wesen haben Dich in ihre Arme genommen (und ich werde sehr versucht sein, dem einen fünfundzwanzigsten hinzuzufügen). Und noch weitere Erfahrungen haben Deine Liebesdoktrin vollendet.

Und auch wenn die Liebe Dein Leben ausgeschmückt hat, ist es für Dich doch härter als für viele andere Frauen.

Du bist nicht sehr gewissenhaft, aber Du verdienst und pflegst tiefe Freundschaften, ganz besonders eine, die Dir unter allen anderen teuer ist, und ich wünschte, daß Du dieser endgültig auch die meine hinzugesellen wolltest.

Aber Du denkst auch mit einer gewissen Sanftmut an diesen amerikanischen Matrosen, den Du gehabt hast …

Wir beide, lieber Schatten meiner Liebe, sind im Krieg, wie heute fast die gesamte Welt, und voller Stolz führe ich Krieg gegen Dein Herz.

Ich muß wieder Dein Gesetz werden.

Ich stamme von Rurik ab, jenem Oberhaupt der Waräger, der zum ersten König und ersten Gesetzgeber von Rußland wurde.

Ich muß wieder Dein Gesetz werden.

Und nun sind wir für lange Zeit getrennt, Du, leidend und Dich vergnügend auf der einen Seite, ich, voller Kummer und auf der Suche nach einer Freude, auf der anderen.

Heute abend liegt der Himmel wie eine aufgeschlagene Zeitung offen vor mir. Ein paar dahinziehende Wolken setzen darin aus ganz klaren Buchstaben ein Kommuniqué zusammen, dessen Einzelheiten ich Dir nicht mitteilen will, dessen Ganzes Du jedoch hier vor Dir hast und vor Ende des Krieges niemandem zeigen darfst.

Er wird lange dauern. Er hat noch nicht einmal richtig begonnen. Mein Gott, wie unvorstellbar und erschrekkend wird es sein, wenn das losgeht. Und dann, nehmen wir uns vor der Schwäche in acht, es wird eine große Wende geben wegen der Haifische, die im Stillen Ozean und anderswo schon auf der Lauer liegen. Anstelle von Abteilungen für Obergefreitenanwärter sollte man Abteilungen für Diplomatenanwärter bilden. Mein Gott, wie fehlen die, und diejenigen, die man heute nur noch *boches* nennt, scheinen gerade jetzt über eine äußerst aktive Diplomatie zu verfügen …

Doch sei nicht traurig, Schatten meiner Liebe, Du wirst nach dem Krieg Deinen liebsten Freund wiederfinden und ganz gewiß auch den, der nur der zweite ist: 2. c.c. für Dich, o 1. C.C.!

Und nun stehe ich hier, prophetisch und allein, in diesem alten römischen Nîmes, wo ich mir wenn's geht für Sonnabend eine neue Liebe erhoffe, aber die, die ich so sehr für Dich empfinde, dabei ungebrochen tief und felsenfest ungebrochen bleibt, für Dich, die ich heute kaum wie eine Frau liebe, sondern wie die Liebe selbst, wie die Poesie, wie die Wissenschaft. Es heißt, daß Dante so Beatrice liebte und Petrarca seine Laura. Und ich weiß heute, wie bezaubernd derart entblößte Lieben sein können.

Und nun, Schatten meiner Liebe, nehme ich Dich in der Absicht, Dich nicht mehr zu verlassen. Wer die Wissenschaft zu nehmen wußte, verliert er sie? Dazu braucht es den Tod oder den Wahnsinn oder das Fieber.

Ich lächle also, wenn ich diesen ersten Brief beende. Ich lächle ein wenig mitleidig, denn ich wünschte, Du wärst ganz glücklich und aus Fleisch und Blut, nicht nur ein Schatten, rührender Schatten meiner Liebe.

Hier beende ich diesen didaktischen, prophetischen und mitunter lyrischen ersten Brief.

Und ich wünsche mir, daß er Dir gefällt, wie Dir das Seidenäffchen gefallen hat, das Du in Marseille gesehen hast und das am Hals eines »außerordentlichen« Typs gespielt hat.

G.A.

11. April 1915

Kl. Lou, gestern, nachdem ich Dir meinen Brief geschickt hatte, kam man, um mir zu verkünden, daß ich zum Verbindungsmann befördert bin und sofort meinen Dienst antreten werde. Ich ersetze einen Unteroffizier, der vor kurzem gefallen ist. Unter diesen Umständen hoffe ich, daß die 2 Streifen nicht auf sich warten lassen, da ich ja bereits einen habe. Dann wird man versuchen, weitere zu bekommen, obwohl es nur sehr wenige Beförderungen in der Artillerie gibt. Wenn ich zum Obergefreiten befördert bin und Berthier zum Unteroffizier, dann sind das in der Batterie die ersten Beförderungen seit den sechs Monaten, die die Batterie im Krieg ist. Aber im Moment bleibe ich in der Staffel; wenn Berthier zum Unteroffizier befördert wird, verläßt er mich und geht zu den Geschützen. Wir werden unseren Unterstand nicht ausheben. Er geht in einen, der schon ausgehoben ist, und ich bleibe in meiner Hütte zusammen mit meinen Führern, von denen der aus Nizza ein Epileptiker ist!! Gleich nach dieser guten Nachricht habe ich mein Pferd satteln lassen und bin mit dem Obergefreiten, der seit drei Tagen den gefallenen Unteroffizier ersetzt, losgeritten, damit er mir den Weg zu der Stelle zeigt, wohin ich jeden Morgen reiten muß. Mein Pferd ist ganz toll, ich hatte mich geirrt, es ist kein Brandfuchs, sondern schwarz, ganz schwarz mit einem weißen Stern am Kopf und mit Schweinsaugen. Mein Sattel ist wunderbar! Ich war unsäglich froh. Der Regen hatte aufgehört. Es war fünf Uhr. Ich war verdammt stolz. Vier Monate Dienst und sich schon wenn auch auf einem subalternen, aber gefährlichen und vertrauensvollen Posten nützlich machen, das ist schon eine schöne Vorstellung für einen Dichter, dessen Metier dem der Huren doch recht ähnlich ist, da wir wie sie unsere Gefühle öffentlich zur Schau stellen. Wir sind also losgeritten, raus aus dem Wald, querfeldein bis zur Landstraße, da schneller Trab, auf einem Weg voller Schmutz und Reisig um ein Dorf geritten. Da beginnt auf einmal das Geschützfeuer. Ich werde mich immer daran erinnern. Das war wahnsinnig. Der Obergefreite Laurent, der aus Roye ist, sagt zu mir: »Von hier aus sehen uns die *boches*, müssen schnell weg hier, und wenn sie schießen, sofort absteigen und hinter einem Baum verstecken.« An dem prächtigen Wald angelangt, zu dem wir hinwollten und der viel schöner ist als der, wo wir kampieren, ein zerreißendes Zischen und bums! zerplatzt ein Geschoß in 25 und in 15 Meter Höhe in den Bäumen. Blätter fliegen herunter. Die Pferde sind daran gewöhnt. Wir lassen sie am Feldrain entlanggaloppieren; und da erneutes Zischen, bums! in derselben Höhe und etwas näher, aber nicht in den Bäumen, so nah, daß man den rötlichgelben Rauch sehen konnte, der lange in der Luft hängenblieb. Das war alles, danach haben sie mehr nach links auf eine Batterie unserer Gruppe gefeuert, aber nicht auf unsere, die sich auf gleicher Höhe, aber weiter rechts befand. Dann sind wir in den schönen Wald hineingeritten, haben die Pferde in einer Hütte gelassen und sind den Weg zu Fuß weitergegangen, über außergewöhnliche Brücken aus Weiden- und Schilfgeflecht.

Wir sind auf dieselbe Weise wieder zurückgekommen, aber ohne Begleitung von Geschossen.

Es ist sechs Uhr morgens, ich breche um halb 8 wieder auf, aber diesmal allein.

Ich schreibe Dir diese Dinge, weil ich genau weiß, daß Du Dir überhaupt nichts daraus machst, sonst hätte ich es vor Dir verheimlicht, um dich nicht zu erschrecken. Im übrigen hat das gar nichts Erschreckendes an sich. Aber ich halte diese Eindrücke fest, um sie nach dem Krieg wieder dazuhaben, ganz frisch und lebendig, und doch schreibe ich sie Dir, ich weiß auch nicht warum, aus einer letzten Schwäche heraus, weil ich meine Zärtlichkeit noch nicht habe besiegen können. Nun, ich hoffe, Du wirst meine Briefe gut aufbewahren, vor allem diesen, in dem der in der Tat ganz schlichte Bericht meiner richtigen Feuertaufe niedergelegt ist. Du wirst mir nach dem Krieg diesen Brief ja wohl ausleihen.

Ich hätte Dich auch gebeten, mir eine Kartentasche und Füllertinte zu kaufen. Ich hätte Dir Geld dafür geschickt. Aber Du hast Dich schon um Toutou zu kümmern, und ich zähle ja nicht in Deinem Leben, lassen wir das also.

Ansonsten bin ich zufrieden, und wahnsinnig zufrieden, an der Front zu sein. Wenn ich acht Monate hinter mir habe wie Toutou, fange ich ganz bestimmt an, dessen überdrüssig zu werden. Momentan bin ich voller Enthusiasmus, den der Dienst, den man mir übertragen hat, noch verstärkt.

Die vier Monate im Depot und ebenso das unglückliche Ende unserer Liebe hatten mich ganz niedergedrückt.

Und so ist es denn besser, hier zu sein, als ein stolzer und disziplinierter Soldat, als sich in Kummer zu verzehren, in Liebeskummer, vor allem wenn er von einer Unsteten wie Dir herrührt. Ich bleibe Dein Freund, aber ich weiß alles, Lou. Ich weiß, wann Du mich weniger liebtest, ich weiß sogar, daß Du mir in Kürze nicht einmal mehr schreiben wirst. Du hast es mir ja in Marseille deutlich genug zu verstehen gegeben. Ich bin darauf gefaßt. Tu Dir keinen Zwang an. Im übrigen weiß ich sehr wohl, daß ich Dich eines Tages wiederhaben werde. Ich bin starrköpfig wie ein Esel, wenn ich mir das vornehme. Im Moment zehre ich jedenfalls von dem bißchen, was noch an Schönem da ist, und Deine Briefe sind immer willkommen.

Soweit, kl. Lou, die Neuigkeiten von der Front. Was sagt Toutou zu alldem?, und sag ihm, daß ich ihn freundschaftlich umarme. Denn ich bin kein unsteter Freund und bleibe trotz allem ein treuer Geliebter, solange ich

A
MA
DA
ME LA COMTESSE
L. DE COLIGNY-
CHÂTILLON
je donne de tout
cœur ce flacon
d'eau-de-vie et
suis son servite
ur son admirate
ur et son a mi ta
citurne GUILLAU
ME APOLLINAIRE

LE II
NOVE
MBRE
1914 A NICE
OU ELLE SOIG
NE LES BLESS
ÉS DE
LA GU
ERRE

liebe und solange mir das geliebte Objekt meiner Liebe würdig erscheint, und wäre es nur ein wenig. Eine Liebe, Kleine, mit der ich entgegen dem, was Du annimmst, nicht verschwenderisch umgehe. Aber ich verachte es nicht, wenn die Liebe mir zuweilen Leid verursacht. Darin liegt eine unerschöpfliche Quelle der Poesie. Doch darf das Leid wahrlich nicht zu lange anhalten.

Umarme Dich

Gui

16. April 1915

Meine Lou, ich bin also zum Dienst in die Schützengräben der Infanteristen zurückgekehrt. Ich mußte den Kundschafter-Adjutanten finden, den ich natürlich nicht habe finden können, nachdem ich ihn sechs Stunden lang ununterbrochen Gang für Gang in den Schützengräben gesucht habe.

Mir ist heute klarer geworden, was diese Schützengräben sind: die *Chinesische Mauer*, doch zerbrechlicher als jene Chinesische Mauer, über die man sich in den Reiseberichten, in denen ich sie beschrieben fand, so sehr lustig gemacht hat.

Hier also nun, mein Liebes, meine Odyssee durch diese bleiche Stadt des Schweigens und der Monotonie.

Ich bin um acht Uhr morgens zu Fuß zu den Stellungen unserer Batterie aufgebrochen, um dort die Order entgegenzunehmen. Dormegnie, der unberittene Führer aus meiner Stube, stößt zu mir, damit ich ihn in die Schützengräben mitnehme. Der Sekretär des Kommandeurs, der aus der entgegengesetzten Richtung kommt, zeigt mir meine Beförderung zum Obergefreiten. Der Schütze aus meiner Stube namens Braque will mir erklären, wo sich der Adjutant aufhält, aber er verläuft sich so gründlich, daß er schließlich mit uns geht. Unterwegs bleiben wir stehen, um ganze Berge von nicht explodierten Granaten aller Kaliber zu überprüfen. Schließlich stoßen wir auf eine Batterie eines anderen Regiments. Man richtet die 75er ein. Ssss peng, eine Sprenggranate explodiert 4 Meter von uns entfernt: eine österreichische 88er. Alle Mann laufen weg, außer uns, wir wissen nicht, was wir tun sollen, denn wir kennen die Kerls aus dieser Batterie, bei der wir uns befinden, nicht. Ssss peng, zweites Geschoß, zwei Schritt entfernt. Zum Glück bleiben die Splitter in dem Loch oder fliegen wer weiß wohin. Am Ende haben wir nur Erde und Zweige abbekommen. Die Kerls von der fremden Batterie rufen uns in ihren Unterstand. Wir gehen hin. Diese Kanoniere sind von der Orne, alle aus der Normandie. Die Granaten fallen eine nach der anderen. Dann Ruhe. Wir brechen auf. Die Gräben schimmern weißlich in der Ebene. Man könnte meinen, daß man in der Metro ist. Wir erreichen die Schützengräben und betreten den ersten Laufgang. 2 Meter hoch, 1 Meter breit. Bis zu eineinhalb Meter unterm Boden Kreidegestein: schneeweiß. Alles von penibler, außergewöhnlicher Reinlichkeit. Nicht ein Strohhälmchen, nicht ein Stück Papier. Alle 4 oder 5 Meter eine halbkreisförmige Ausweichstelle, die es einem gestattet beiseite zu treten, um die durchzulassen, die aus der entgegengesetzten Richtung kommen. Gegenüber befindet sich ein Abflußloch. Die Gänge haben Namen: *Boulevard Bonaparte*, *Deutscher Boulevard*, *Boulevard Tod den boches*, *Fabert-Gang*, *Gabrielle-Gang*, *Rosen-Gang*, *Gang der Marquise*, *Hosenscheißer-Gang*. All das zieht sich kreuz und quer endlos hin. Es ist, wie gesagt, die Chinesische Mauer, aber innen hohl. Es ist ein richtiger Irrgarten. Minos mit seinem Stierkopf würde sich in seinem Labyrinth glauben, das zwar viereckig, aber nicht das der Ariadne ist, die Ariadnen fehlen hier völlig.

Frauenzimmer
Haben wir nimmer
Nur Rosalie-die-Flinte

heißt es im Frontlied. Sehr wenig Soldaten. Manchmal ein Wachposten an den Schießscharten. Manchmal sieht man in einem Loch Füße, schlafende *poilus**, deren Füße zu sehen sind. Manchmal ein Typ mit einem Marmeladen- oder einem Weinkübel. Und die Gänge ziehen sich kreuz und quer hin. Eine Kugel pfeift, srrrrst, dann pfeifen 7 oder 8 auf einmal. Am Rande eines Lochs liest ein Unteroffizier in einem Band der Werke von Walter Scott. Kilometer, Kilometer! Die Schießscharten in der vordersten Linie sind Kisten aus dünnem Holz ohne Boden und Deckel, die man ringsum mit kleinen Sandsäcken bepackt hat. Ich habe auch eine durchlöcherte Schiefertafel gesehen. Aber an den Schießscharten sieht man immer, wie dünn die Trennwand zwischen uns und den *boches* ist. Sie ist zerbrechlich und hat einen gewissen Schick. Sie ist aus nichts gemacht. Es steckt eine gewisse Anmut darin, ja wirklich, weibliche Anmut. Das ist so etwas wie ein empfindlicher Hut nach der Pariser Mode. Keineswegs solide, leicht, leicht. Soldaten gibt es nur wenige. Einer von ihnen läßt an der Sonne einen Schafspelz trocknen. Wir gehen einen ziemlich flachen Gang entlang; wir laufen so einen Kilometer auf allen vieren. Dann ein tiefer Gang, davor ein Wald mit Birken und Haselnußsträuchern. Ich springe auf die Böschung vor den Schützengräben der vordersten Linie, um Dir einen Zweig von einem Haselnußstrauch abzubrechen, werde ihn Dir mit dem Ring schicken. Ich finde da auch ein Veilchen. Ich schicke es Dir zusammen mit anderen Blumen oder Pflanzen aus den Schützengräben. Diese Eskapade bringt mir eine kleine Schramme an der Stirn und einen gewaschenen Anpfiff von einem Infanterieadjutanten ein. Endlich treffen wir bei den Husaren ein. Ich suche unseren Adjutanten, wo er sein muß: ein Horchposten in 30 Meter Entfernung von den *boches*. Wir finden ihn nicht. Ein *poilu* meißelt eine nackte Frau in das

---

* Bezeichnung für die französischen Soldaten im 1. Weltkrieg

Kreidegestein der Gräben, diese unbefleckte Nacktheit ist erbärmlich kitschig. Eine Glocke (eine Schelle, wie sie die Kühe in der Schweiz haben) hängt in einer Ecke. Darüber hat man mit Kreide ein Geschlechtsteil geritzt. Auf den Säcken an den Schießscharten ist zu lesen: »Wir kriegen sie!«, »Trotzdem!« usw., usw. Ich finde meinen Adjutanten vom 38. nicht. Um 4 Uhr entschließe ich mich, mit den beiden *poilus* und meiner Ladung Blumen und Pflanzen umzukehren, Zweiglein von der Heckenrose, vom Haselnußstrauch und Stielen von Pimpernelle, Vergißmeinnicht, Eisenhut, Gänseblümchen usw. Ein *poilu*, der einen Aluminiumring putzt, erzählt uns, daß die *boches* seit zwei Tagen Bomben mit Flaschensplittern herüberschicken. Wir kehren durch den *Gang der Marquise* zurück, der zu den rückwärtigen Linien führt. Dort ist ein sehr tiefer Brunnen, erschreckende Bequemlichkeiten. *Poilus* reinigen, entlausen sich usw. Außerhalb der Gräben beackern einige ein seltsames Stückchen Garten, das sie selbst oder ihre Vorgänger angelegt haben.

So, das war die Reise, meine kleine Lou. Wir sind durch den Wald zurückgekehrt. Bei den Schießständen der Batterie haben wir gegessen und getrunken und sind dann zu unseren Unterkünften aufgebrochen. Ich habe Deinen lieben Brief vom 13. erhalten. Die Geschichte von Toutou ist in der Tat zum Amüsieren. Er hat nur die Kombinationen

L und L
G P
P G

vergessen.

Der Kopf tut mir ein bißchen weh, und jetzt muß ich tagsüber zu Fuß laufen und bin nicht zu Pferde. Wie geht es Deinen kleinen Hunden? Ich schicke Toutou eine Karte. Ich habe Dir niemals eine unanständige Karte geschickt und habe nie in meinem Leben mit einer Hure korrespondiert. Also was denn, Du bist wohl in schlechter Stimmung! Mir ist das sch ... egal.

Das Veilchen kommt also aus der neutralen Zone zwischen den Schützengräben der Franzosen und der *boches*. Wir gehen uns Wildenten holen, ich habe 2 kleine gefunden, aber sie sind weggeflogen.

Ich schreibe Dir im Wald. Die Sonne spielt auf dem Papier, und ein schönes grünes Insekt spaziert auf dem Tisch umher. Loulou, mein Pferd, das so friedlich ist, steht hinter mir und tänzelt im Schutz des Schilfrohrs hin und her. Mein kleiner Schatz, ich denke an Deine Schönheit. In der Nacht habe ich Deinen Stern. Am Tage hofft man auf den Feldpostmeister, Briefe kommen selten. Ich weiß nicht, warum die Feldpost so schlecht funktioniert. Also, kleine Lou, ich bete Dich an, ich liebe Dich sehr. Ich liebe Dich sehr, sehr. Dein Brief von gestern war sehr freundlich, aber es stand wenig drin, wenig, 4 Seiten, aber wenig, wenig. Ich glaube, daß in meinen Soldatenbriefen mehr drinsteht. Stimmt es nicht, meine Freundin?

Gui

21. April 1915

Meine Lou, meine geliebte, angebetete, vorzügliche Lou. Ich bin froh, froh: ein ganzer Berg Briefe von Dir aus Nîmes, und 1 Brief, in dem Du schreibst, daß Du bei mir zu Hause bist. Gestern und vorgestern auf dem Pferd, habe Dir nicht schreiben können, habe keinen Briefkasten gefunden, auch keinen *poilu*, um mich zu erkundigen, und war in Eile, in Eile. Habe Dir die 2 Briefchen geschrieben, die hier beigelegt sind, denn nicht ein Tag, ohne Dir zu schreiben, wunderbare Lou, die ich anbete. Gehen wir der Reihe nach vor: 1. Habe Dir am 18. noch Briefe in die Rue Angélique Vérien geschickt, einer enthielt eine kleine Nachricht; *hast Du sie erhalten?* 2. In Deinem letzten Brief, den ich in Nîmes erhalten und den ich Dir zurückgeschickt habe!, stand, daß Du mir am darauffolgenden Tag von Deiner Reise erzählen würdest, *die nicht unanständig ist*, hast Du es getan? Wenn ja, ist der Brief verloren gegangen. 3. Und schließlich schreibst Du in Deinem Brief vom 6., den ich gestern bekam, daß Du mir am nächsten Tag schreiben wirst, was ich, Gui, Dir, Lou, bedeute, und fügst hinzu: *Du wirst Dich freuen*. Verflixt noch mal, ich warte voller Ungeduld auf diese Freude. Jetzt nehme ich den Stapel bewundernswerter Briefe, die ich gestern abend erhielt, wieder zur Hand und werde darauf antworten, eine Gelegenheit für mich, sie noch einmal zu lesen. Ich habe den schönen Panamahut bekommen und danke Dir dafür. – Dein Brief von Karfreitag ist ein Schatz, in Deinem Brief vom 3. April stimmst Du der Idee von dem Schmöker zu, ich werde also weiter daran arbeiten, und viel von dem, was in meinen täglichen Briefen steht und stehen wird, wird mit dazugehören. Hab keine Angst, keinerlei für Dich peinliche Indiskretion wird je in irgendeinem Schmöker von mir stehen. Ich mag Dein liebes Laster zu sehr, als daß ich darüber sprechen würde, und was die fraglichen zwei Dutzend angeht, wird man sie in dem Buch auf 2 oder 3 oder auch auf 4 Einheiten reduzieren?!? Aber nichts, was eine Indiskretion über *unseren geliebten Roman, der nur unser ist*, sein könnte, meine Geliebte, das wäre ein schreckliches Sakrileg, und ich bete Dich an. *Du bist meine Muse*, aber noch viel mehr. Ich küsse Dich überallhin und drücke Dich so sehr, daß ich zerbreche, und bin, Geliebte, erregt nach *dem Beispiel* des Eiffelturms! Dein Brief vom 5. ist so außergewöhnlich, meine Lou, und seit ich ihn gelesen habe, seit ich 20mal die so einzigartig verführerischen Worte, aus denen er besteht, gelesen habe, *erzittert meine Seele und verwundert sich*. Selbstverständlich, mein liebes Lou-Wölfchen, bist Du das freimütigste Wesen von der Welt, und nicht ohne Widerstreben wollte ich versuchen das Gegenteil anzunehmen. Lou, Lou, was mich angeht, wird mich keinerlei *Notwendigkeit* je von meiner Liebe trennen. Die Kombination Hénique wäre trotzdem gegangen … Deinen Brief vom 6. mag ich am liebsten. Du schreibst: »Ich liebe Dich ebensosehr, wie Du mich liebst, sei Dir dessen ganz gewiß … und ich werde niemals Geheimnisse vor Dir haben.« Ich bete Dich an. Ich gebe zu, daß an meiner Erfindung etwas Unwahrscheinliches war. Trotzdem stimmt es, daß die kleine Marthe (aus Paris), die alle Tage schreibt und von der ich zusammen mit Deinen gerade auch einen Packen Briefe bekommen habe, sich anerbietet, nach Nîmes zu kommen. Du wirst den Brief unter denen finden, die ich Dir zurückschicke und die Du bei mir läßt. Du kannst ihren übrigens zerreißen. Was Deinen bezaubernden Brief vom 7. angeht, schreib doch an Toutou, daß er mir die Abschrift Deiner »detaillierten, malerischen und lebensechten Beschreibung meines außergewöhnlichen Heims« schicken möchte. Da werde ich meinen Spaß haben, meine Lou! Zu dem ausgetrockneten Ägypter: Ich habe den Ägyptern gegenüber immer Mißtrauen gehegt. Als ich ein Knirps von 6 Jahren war, hat mich ein Ägypter, der mich nach seinem Geschmack fand, in einem großen Hotel an der Côte d'Azur von einem Jungen entführen lassen. Das war ein fürchterliches Drama. Meine Mutter hat 6 Stunden gebraucht, um mich wiederzufinden … unberührt im übrigen … Und der kleine anbetungswürdige Gigolo? … Danke für Deine Nachricht vom 8., meine über alles Geliebte, daß Du die Briefe von Deinem Gui aufbewahrt hast. Und schließlich Deine Nachricht vom 17., wo Du seit einer Stunde bei mir zu Hause bist! Ich nehme Dich … so wie Du es möchtest, und liebe Dich ganz und gar, steif wie ein 75er, mein Schatz. Das ist eine irrsinnig fürchterliche Situation.

An diesen beiden Tagen mußte ich also weit laufen und habe auf der bloßen Erde geschlafen. Zum Glück war schönes Wetter. Heute ist es bedeckt, heute morgen hat es genieselt. Seit drei Tagen keine Granate. Habe mich um acht Uhr auf den Weg gemacht. Im Wald noch einmal Deine Briefe gelesen, der 75er hätte sich sehr schön mit Händchenspielen vereint, habe aber trotz großer Lust widerstanden. Schicke Dir heute den Ring. Hinter der Hütte mit Berthier ein Bad improvisiert: ein Bottich, eine Planke f. die Füße und ein Eimer aus Leinwand, das Ganze neben dem Brunnen. Als ich gestern zurückkam, bei Sonnenschein das erste Bad genommen, und ein Flugzeug vom Typ Taube ratterte über uns, während wir nackt dasaßen. Heute früh um 1/2 5 ein Bad genommen, es regnete, es war irre, im Wald Regen abzubekommen. Berthier ist übrigens bezaubernd, 22 Jahre alt, groß und sehr nett. Er ist Dichter und Mechaniker, Chemiker, ich weiß nicht was noch. Beim letzten Ausscheid in die Kunstgewerbeschule aufgenommen. Ich werde ihn nach dem Krieg wiedersehen.

Morgen, Donnerstag, gehe ich wieder in die Schützengräben. Zu den Eindrücken, die ich neulich vergessen habe, gehört noch der von den Rüben. Ich habe eine probiert. Das hat ganz genau den Geschmack von einem Stück Zucker mit der Konsistenz eines Rettichs. Habe ich Dir schon von der Nacktheit der Gräben erzählt? Das ist ganz ungewöhnlich. Die Nacktheit ist immer wenig aufregend, und es ist einer Deiner köstlichsten Zauber, daß Du selbst nackt aufregend bleibst, aber die Nacktheit der Gräben hat etwas Chinesisches an sich, etwas von einer großen asiatischen Wüste, es ist sauber und öde und so ruhig. Gestern Furchtbares erlebt. Ich kam durch ein verödetes Dorf. Ein Husar, blond, jung, offenes und robustes Aussehen, dazu hübsch, spricht mich an: »Obergefreiter, wo ist der Stabsarzt?« – »Hier weiß ich nicht, ich kenne nur unseren in B.« – »Ich kann nur hier hingehen, mein rechter Fuß fault ab.« Drei Stunden später komme ich durch dasselbe Dorf, ich sehe meinen Husaren wieder. Er ruft mir entgegen: »Ich habe ihn gefunden.« – »Was hat er gesagt?« – »Er hat mir gesagt, daß mein Fuß abfaulen würde und daß er nichts dagegen machen könnte.« – »Na und, hat er nichts gemacht?« – »Er hat mir Jodtinktur draufgeschmiert und mir einen größeren Stiefel geben lassen.« – »Aber sie werden dich doch pflegen!« – »Können sie nicht, ich gehe heute abend mit meinem Tornister zur Marquise (das sind die Schützengräben), was soll's, mein Lieber, ist nun mal nicht anders, mach's gut.« Ich war wie erstarrt, diesen so lieben und so einfachen Kerl mit seinem abfaulenden Fuß da sitzen zu sehen. Ich weiß übrigens nicht, was das bedeutet, vielleicht die Syphilis! Armer Kerl. Meine sehr geliebte Lou, ich nehme Dich in meine Arme und küsse Dich lange, lange. Deine Zunge, hart wie ein Meeresfisch, gleitet durch meinen Mund und betört mich, Deine Augen kentern wie zwei von einem U-Boot getroffene große Dreadnoughts. Dann beuge ich Dich herunter, meine Liebe, und mit meinem Schwanz peitsche ich den bewundernswerten Po meines unartigen kleinen Jungen, Du hebst und senkst ihn, meine köstliche Lou, und spreizt ihn wie ein schöner Engel, der im Paradies Atem schöpft. Also, abgemacht, mein großes Mädchen, Du gehörst mir auf ewig und wirst keine Geheimnisse mehr vor mir haben. Sag Toutou, daß ich ihn sehr gern hab, nicht auf dieselbe Art wie Dich, aber doch sehr, Sandwich oder nicht – Madame Mortier hat geschrieben, sie möchte Nachricht von Dir haben. Im Wald zwitschern jetzt die Vögel, die Sonne scheint wieder, und um sich die Zeit zu vertreiben, veranstalten die Führer mit nacktem Oberkörper einen Ringkampf. Einer hat sich mit Ruß beschmiert, um einen Neger darzustellen. Das ist alles ganz lustig. Man hat mir wegen einer Ausstellung meiner Gedicht-Ideogramme in New York geschrieben. Wenn das zustande kommt, wird es hinreißend. Bis morgen, kleine angebetete Lou, ich küsse Dich ganz stark und nehme Dich ganz, ganz und gar und auf jede beliebige Weise. Es ist Morchelzeit, vormittags holen wir welche und essen zweimal am Tag davon, das hat den geliebten Geschmack

Deines Mundes. Gib mir auch Nachricht von Toutou. Ich liebe Dich, ich liebe Dich und will Dich immer lieben. Der Kopf tut nicht mehr weh. Wir rauchen amerikanischen Tabak, der zusätzlich verteilt wurde. Eine anonyme Schenkung, wie's scheint. Das Lager sieht nun wie ein Goldgräberlager in Kalifornien aus. Ich bete Dich an, meine Liebe, und liebkose Dich sanft, Mund in meinem Mund.

Dein

Gui

5. Mai 1915

Meine geliebte kl. Lou,

heute habe ich das Maiglöckchen zum 1. Mai erhalten. Danke! Ich habe auch eine Nachricht von Toutou erhalten. Diese Nachricht hat mehr als 10 Tage gebraucht, um zu mir zu gelangen, weil er sich in der Feldpostnummer geirrt hatte. Aus diesem schlichten Briefchen konnte ich erkennen, was für ein einmaliger Mensch Toutou ist. Du hast ganz recht, daß Du ihn so liebst und viel mehr als mich, der nach allem vielleicht wirklich nicht Deine köstliche Liebe verdient. Toutou verdient sie voll und ganz. Er ist viel feiner als ich. Aber, kl. Lou, so gering mein Verdienst auch sein mag, ich liebe Dich deswegen nicht weniger stark. Ich schreibe Dir in einer Lichtung unseres Waldes. Über meinem Kopf sehe ich nur den Himmel. Ich fühle mich frei, abgesondert wie eine kosmische Parzelle, die im Äther schwimmt, einzig den – vielleicht auch anfechtbaren – Gesetzen der Gravitation unterworfen. Mir scheint, als wäre ich allein auf der Welt an einem Ort, der wie ein magisches Gefährt ist, mit dem ich das Universum durchquere. Das schwache Säuseln der Maienbrise ist der Luftzug, den der Laut des Planeten hervorruft. Das dumpfe Dröhnen der fernen Kanonen ist das Plätschern der Gewässer im Innern, verursacht von der Rotation, die der gewaltige Kochkessel, der unsere Erde ist, rund um seine Achse vollzieht. Der winzigste Teil dieser Erde, an die ich fest gekettet bin, ist jetzt unsichtbar, und ich sehe nur noch den Himmel, der vielleicht auch meine Liebe für Dich ist. Jegliche Erinnerung an Gemeinwesen, Gesetze, Sitten schwindet dahin. Ich lasse meine Gedanken galoppieren, so wie ich heute morgen den jungen Loulou habe galoppieren lassen, als wir an der kleinen Brücke vorbeiritten, die von den *boches* überwacht wird, ich lasse meine Gedanken frei und närrisch umhergaloppieren und berausche mich so bis zum Taumel: gleich dem Fakir, der bei der Kontemplation eines beliebigen Punktes an seinem Körper alles vergißt. Ich vergöttere die Natur nicht mehr als der Inder seinen Nabel. Im Gegenteil, wissend, an der Spitze der Schöpfung zu stehen, hege ich eine gewisse Verachtung für die niederen Formen des Lebens. Mir ist wohl klar, daß die Hervorbringungen der Vernunft zum Teil logischer gefaßt sein müssen als die der unbewußten Natur, und für den Menschen, der sie zum Zwecke persönlichen Nutzens oder Vergnügens schuf, vor allem nutzbringender sein müssen. Aber den Rohstoff für seine Werke schöpft er aus der Natur, und obwohl es dem Menschen mit Hilfe von Maschinen gelungen ist, Luft und Licht herzustellen, ziehe ich immer noch die Sonne mit ihren Liebesschwingungen vor, die von der Wissenschaft nicht übertroffen werden kann, ebenso wie die Atmosphäre mit ihrer unerschöpflichen Quelle an Sauerstoff. Als Dichter liebe ich die Natur wie eine Dienerin, die ich brauche, damit sie mir die Eindrücke und Bilder überbringt, aus denen ich meine Vorstellungen wirke, und als Mensch ist es mir ein Vergnügen, diese mächtige Sklavin, diese unerbittliche Gegnerin zu überzeugen, sie durch List dahin zu bringen, daß sie sich meinem Willen unterwirft. Meine Lou, ich liebe Dich abgöttisch und nehme Dich ganz und gar.

Gui

20. Mai 1915

Kl. Lou, Dein Brief von heute, der nicht lang, aber freundlich und vertrauensvoll war, hat mir große Freude bereitet. Ich schreibe Dir alle Tage, wenn Du keinen Brief von mir gehabt hast, dann hat sich die Post verspätet.

Donnerwetter noch mal, wenn die Nachrichten, von denen Du sprichst, stimmen und das ein rasches Ende hätte, wäre ich überhaupt nicht böse. Na, und dieser phantastische Roman? Das macht mich wahnsinnig neugierig … Erzähl mir davon, die Verwicklungen, die umwerfenden Geschichten!!!!!!

Mémée ist also verblüfft über die Wohnung und ist übers Ohr gehauen worden!? – gut so … andrerseits glaube ich aber, daß alle Welt übers Ohr gehauen wird, außer Jane Mortier, mit der Du selbst gesprochen hast; ich kümmere mich übrigens darum, daß sie nichts mehr erfährt und daß sie nicht einmal erfährt, ob es zu dem Zeitpunkt, da Du sie besucht hast, etwas Ernstliches zwischen uns gegeben hat …

Du speist im Bois, *ich auch* …

Ich habe heute per Zufall eine Nummer von *Le Temps* gelesen, worin ein Artikel (die Nr. ist vom 12. Mai) über die deutschen Katholiken und vor allem über den Bischof von Metz stand, der anscheinend den Heiligen-Kult für Jeanne d'Arc untersagt hat, der ihr doch gebührt nach der Seligsprechung, dieser verehrungswürdigen Heldin Lothringens, deren Reiterstandbild auf dem Vorplatz von Notre-Dame in Reims die kathedralenzerstörenden Geschosse der *boches* nicht haben treffen können.

Dieser Artikel hat mich an einen fernen Tag meines Lebens erinnert. Es war im Herbst 1901. Ich war in Deutschland, in einem Wald wie jetzt, wohnte aber in einem schmucken Waldhaus, das von einem Park nach italienischem Vorbild umgeben war und in einer Lichtung gelegen, an deren Rand sich morgens die Rehe tummelten.

Poème du 9 février 1915

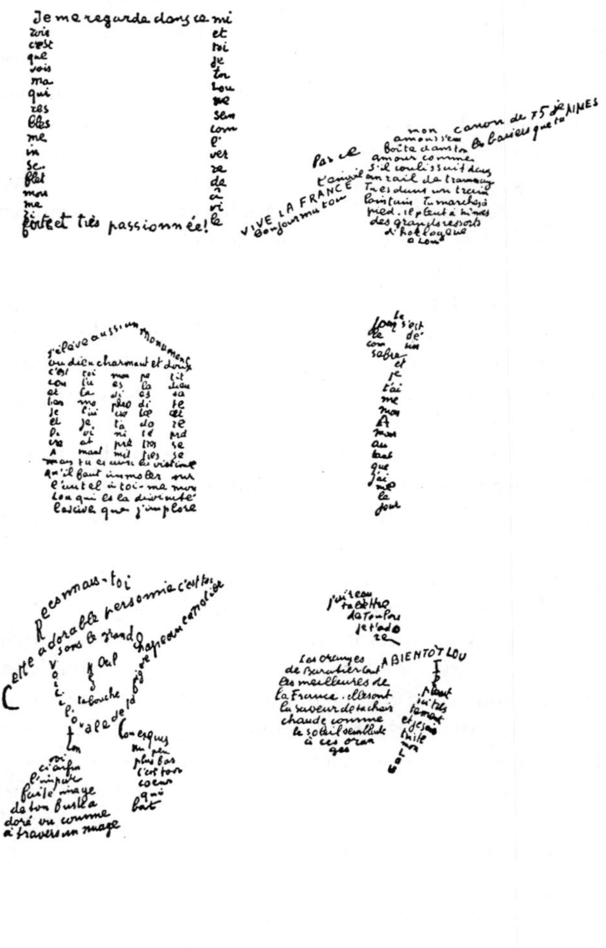

Während dieser Zeit wurde ich auf ein *Rittergut** (Grundbesitz, mit dem der Titel des Ritters verbunden ist) eingeladen, das sich auf dem linken Rheinufer befand. Ich dagegen wohnte auf dem rechten Ufer, hinter den legendären Sieben Bergen, die so romantisch und so malerisch sind, aber von üblen Kaschemmen ganz verunstaltet werden. Ich wohnte ein Stückchen oberhalb der schönen, berühmten Abteiruine von Heisterbach, wo Cäsarius von Heisterbach, der Annalist, gelebt hat, dem wir den Bericht von der wunderbaren Geschichte des jungen Mönchs verdanken, der eines Tages, als er allein zum Holzsammeln ging, von einem anmutigen, zwischen Buchen hin und her springenden und spielenden Eichhörnchen verzaubert wurde, weil er die Ewigkeit angezweifelt hatte.

Als der Mönch ins Kloster zurückkehrte, fand er nur mit Mühe den Weg, die Bäume, die er als Bäumchen vorgefunden hatte, waren in wenigen Stunden gewachsen; aber wie groß war sein Erstaunen, als er beim Kloster eintraf und den Bruder Pförtner überhaupt nicht wiedererkannte und von ihm nicht wiedererkannt wurde ...

Er wäre nicht hereingekommen, wenn der Bruder Pförtner nicht die Idee gehabt hätte, den Abt herbeizuholen, den der Mönch ebensowenig wiedererkannte, und er sagte ihm den Namen des Abtes, den er kannte. Man prüfte es nach und sah, daß dieser Abt in der Tat dem Kloster vor etwa 300 Jahren vorgestanden hatte ...

Und der Mönch erkannte, daß die Zeit überhaupt nicht existiert, daß sie eine Illusion ist oder vielmehr eine Konvention, und wenn er auch nur für eine Minute die vergangene Zeit hätte festhalten können, um voller Freude dem Eichhörnchen zuzuschauen, das von Gott geschickt war, dem ungläubigen Mönch eine Lektion zu erteilen und ihm einen Vorgeschmack davon zu geben, was die Ewigkeit sein kann, was wäre erst gewesen, wenn er die Freuden des

---

* im Original deutsch

Paradieses kennengelernt hätte, wo die Zeit überhaupt keine Rolle spielt …

… Ich wohnte also am rechten Rheinufer und war auf das bewußte Gut eingeladen, das am linken Ufer hinter Remagen liegt; dort steht die Kirche, die dem heiligen Apollinaris geweiht ist, dessen Quelle mit dem Wasser von Apollinaris sich im oberen Ahrtal in Neuenahr befindet.

Die Leute, die mich eingeladen hatten, sprachen sehr gut französisch, und obwohl ich in jener Zeit als Dichter überhaupt nicht bekannt war, erwiesen sie mir die Gunst, mich f. einen begabten Mann zu halten … Sie ließen mich sogar die Bekanntschaft eines Schloßherrn aus der Nachbarschaft machen, dessen Tochter … aber davon erzähle ich Dir ein anderes Mal.

Kurzum, man bewog mich also, die schöne Benediktinerabtei Maria Laach, die am Rande des vergifteten Laacher Sees liegt, zu besichtigen und auch die Stelle, wo Genoveva von Brabant zurückgezogen und einsam gelebt hat.

Es gibt nur eine kleine Anzahl von Benediktinerabteien in Deutschland, die berühmteste ist die uralte von Benediktbeuern in Bayern, wo man das eigenartige Manuskript der *Carmina Burana* gefunden hat, das Liebesgedichte enthält, die ich schon oft übersetzen wollte und dessen Vulgärlatein mir in einem Maße gefällt, daß ich daraus ein paar Gedichte auswendig kann. Sie sind so, wie sie im Manuskript auftauchen, von der Literarischen Gesellschaft in Stuttgart herausgegeben worden.

Die Abtei von Maria Laach ist jüngeren Datums. Sie erfreute sich zu jener Zeit der Gunst des Kaisers, der ihr ein Jahr zuvor, glaube ich, einen Besuch abgestattet hatte.

Man gab mir einen Empfehlungsbrief für den Abt des Klosters, der Benzler hieß, mit.

Ich brach eines Morgens mit einem jungen Bauern aus dem Rheinland auf, der nur ein simples Deutsch sprach und mich durch den Wald führte. Unterwegs wurden wir von Regen überrascht, und ich kam durchnäßt in Maria Laach an, wo der Pförtner des Klosters, der von dem wenigen Deutsch, das ich konnte und anzuwenden versuchte, nichts verstand und hartnäckig dabei blieb, mich für den Bäcker zu halten. *Sie sind der Bäcker* *, sagte er immer wieder zu mir. Nachdem ich ihm meinen Brief gezeigt hatte, begriff er endlich und gab mir zu verstehen, daß der Abt an den Bischofssitz beordert worden sei und mich nicht empfangen könne, denn er bereite sich darauf vor, sich in seine Diözese zu begeben, und werde in einer knappen Stunde aufbrechen.

Ich sah ihn bei seinem Aufbruch und überreichte ihm meinen Brief. Er sagte mir, daß er sich für die moderne französische Literatur interessiere, insbesondere für die Dichtung, und daß er glücklich sei, der geistige Hirte einer Provinz zu werden, die Frankreichs größte und poetischste Heldin hervorgebracht habe. »Die«, so fügte er hinzu, »allein von dem großen deutschen Dichter Schiller würdig besungen worden ist.« Er gab mir dann noch eine Plakette, die ich verloren habe, und die, glaube ich, den heiligen Benedikt darstellte.

Und der Abt Benzler, blond, bleich und mager, machte sich auf nach Lothringen, wo er jener Mgr. Benzler wurde, der sich auf so gemeine und befremdliche Weise gegen die Jungfrau erhoben hat, die, auf die Schrapnells pfeifend, noch immer vor der Ruine der Kathedrale reitet und die das Banner im Krieg hochgehalten hat und dafür zu Ehren kam und die nun wieder das Banner hochhält ...

Das sind die Erinnerungen, die der Artikel in *Le Temps* und die frevelhafte Entscheidung des Bischofs von Metz heute in mir wachgerufen haben ...

Ich bin beunruhigt wegen der Typhusimpfung. In unserer Gruppe ist fast niemand geimpft, und der Sekretär des

---

* im Original deutsch

Kommandeurs, mit dem ich darüber gesprochen habe, hat mir gesagt, daß es einen diesbezüglichen Schriftwechsel gibt ...

Es ist ein Sauwetter, und Du kannst Dir nur schwerlich vorstellen, was das in einem Wald wie dem, in dem wir leben, bedeutet. *Es ist nicht alles rosig im Krieg*, heißt es im Lied ...

Außerdem werden wir von Mücken aufgefressen. Du machst Dir keine Vorstellung von ihrer Menge. Es gibt alle möglichen Sorten, und eine davon ist riesenhaft; man könnte sagen richtige Fliegen-Vögel, behaart und gefiedert, möchte ich mal sagen.

Ich langweile mich ein bißchen; die Leute sind wirklich mittelmäßig, obwohl es ordentliche Jungs sind, die sich untereinander alle verachten.

Seltsam, daß in der Armee die Kaufleute Offiziere sind und die Leute mit freien Berufen einfache Soldaten – übrigens gibt es in unserer Gruppe nur sehr wenige Leute mit freien Berufen.

Die Offiziere sind aber in Ordnung; die Unteroffiziere Bauern von der Aisne, Erzbauern, wie in der Komischen Oper. Es gibt nur etwa drei Unteroffiziere, na und da!!! und einer ist beim Regimentstroß ... man sieht ihn nur selten ... Die Obergefreiten: Bauern oder Knechte; die einfachen Soldaten: Mechaniker oder Fuhrleute oder Schlosser ... Zum Glück habe ich an allem mein Vergnügen, auch an der Natur ... Man macht sich nicht viel Gedanken, wenn schönes Wetter ist, aber wenn es regnet ... Ach, wenn das noch den ganzen Winter hindurch dauert, wird das Leben des Artilleristen nicht gerade immer heiter sein. Ich habe an Toutou geschrieben, daß er nicht besorgt sein soll, aber ich verstehe ihn verdammt gut, obwohl ich noch keine zwei Monate hier bin. Die einzige Zerstreuung, außer den Briefen, ist das Geschütz, der Krieg halt, begnügen wir uns also mit dem, was wir haben, meine kl. Lou.

Gui

25. Juni 1915

Die Frösche – ich glaube, in diesem Jahr wende ich mich den Fröschen zu oder vielmehr den Kröten, deren Geschrei mir sehr gefällt: lou, lou, lou, während ich das der Frösche nicht sehr mag, da es sich weiß Gott so anhört, als ob sie deutsch sprechen. Es gibt auch kleine Vögel, die zu den Myrtenbüschen fliegen, der Pflanze der Liebe, und possierlich an den weißen Früchten picken. Einem dieser Vögelchen, die sich in den Myrten wie zu Hause fühlen, vertraue ich meinen Brief an. Andere Vögel sind noch viel drolliger: geruhsam sitzen sie in den Heckenrosenbüschen, pfeifen nach Herzenslust vor sich hin und sehen ganz und gar nicht so aus, als würden sie sich um irgend etwas in der Welt Sorgen machen. Das ist alles höchst amüsant zu beobachten. Etwas verspätet kamen ein paar Maiglöckchen heraus, aber ich selbst konnte nie welche finden, oder mir fehlte zumindest die Gelegenheit dazu, denn ich hatte keine Zeit, welche zu suchen. Aber einmal habe ich welche gesehen. Jemand anders hat sie jedoch sofort gepflückt. Das Getreide reift. Ein Kanonier brachte neulich einen schönen Strauß davon mit, ich weiß nicht, wem er ihn schenken wollte. Ich nehme an, einem Schützen, damit der ihn den *boches* zeigen könnte. Ich wünschte mir sehr, daß der Sieg nicht mehr lange auf sich warten läßt. Wir würden vor Freude tanzen, wir würden buchstäblich bis zum Umfallen tanzen, vor Müdigkeit erschöpft. Ich habe Deine ganz, ganz lieben Briefe aus Nancy erhalten, und dann den aus dem Zug. Wie gern würde ich doch diese hübschen, urkomischen Geschichten kennenlernen, von denen Du sprichst!, aber warum sollte man so etwas denn nicht einem Brief anvertrauen, der noch nicht einmal eine Unterschrift trägt? Wenn von der Reise nach Nîmes die Rede ist, kommt das bestimmt aus Baratier und nicht von mir. Denn ich bin in diesem Fall wie ein Grab. Ich danke Dir unendlich, daß Du mich verteidigt hast. Die Leute, die mich angreifen, wissen am

Ende gar nicht richtig warum, und im übrigen scheiß ich ganz einfach drauf. – Und was schließlich den kleinen Jungen angeht, sagst Du, in bezug auf mich, hundertmal schlimmer. Warum? Hast Du denn die elftausend* gelesen? Ich bin also in Deinen Augen eine der beiden Hälften des Teufels, von dem Du die andere Hälfte wärst, oder zumindest ich 3/4 und Du 1/4. Das Gegenteil würde vielleicht eher stimmen. Aber wenn der Teufel Hörner hat, wäre er dann gehörnt? Deshalb bin ich überzeugt, daß die Teufelin anstelle der Hörner 2 schöne Federn hat. Dem Brief sind ein paar ganz neue Fotos von Gui beigelegt. Ich war entzückt, von Pipes Ausschweifungen zu hören. Das beweist, daß der Krieg für die Katzen etwas Gutes hat. Auf jeden Fall würde ich ihr bei mir nicht die Gelegenheit geben, mit einem Kater zu flirten. Sie gibt ein gutes Beispiel dafür ab, wie man die Bevölkerung vermehrt. Wenn wir den Winterfeldzug machen müssen, machen wir den Winterfeldzug. Als wir die Gasmaske anlegen mußten, legten wir die Gasmaske an. Wir werden am Ende alles tun, was getan werden muß, um die *boches* rauszuschmeißen, und ich bin fest davon überzeugt, daß Toutou und ich hier wieder rauskommen und daß wir uns bei Dir wiedersehen werden, was zauberhaft sein wird. Dieser erste Five o'clock (!! kapierst Du), bei dem ich und er schrecklich verlegen sein werden – Es macht mir großen Spaß, daran zu denken. Vielleicht wird es auch nicht so ablaufen. Einstweilen geht das weiter, und jetzt mit viel Musik. Ich frage mich, warum man nicht alle als mittelalterliche Ritter verkleidet und auf die seltsamen Mann-gegen-Mann-Kämpfe zwischen den Gräben zurückgreift, um dem ein Ende zu setzen. Der Krieg wäre viel komischer, als er es jetzt ist, wenn man seine Zeit damit verbringen müßte, die Rüstung blank zu putzen. Überschreitet der allgemeine

* bezieht sich auf Apollinaires erotischen Roman »Die elftausend Ruten«

Ton dieser Botschaft auch nicht das von der kl. Lou genehmigte Maß? Doch ich habe absolutes Vertrauen zu Dir, zu Toutou, zu mir, zu uns, zu Frankreich. Und das ist ganz recht so.

Für den Papst schlage ich vor, daß ihn der König von Italien als Wachposten für die Verbindungswege einberuft. Das würde ihm das Maul stopfen, wenn er, mit einem Gras-Gewehr bewaffnet, die Wege bewachen müßte. Für den Fall, daß ich durch wer weiß welchen Zufall die peinliche Pflicht hätte, jemandem Prügel zu verabreichen, aber zugleich dessen Haut verschonen müßte (folglich also kein *boche*), habe ich die weiß Gott seltsame, aber äußerst nützliche Entdeckung gemacht, daß Buchenholz keine Spuren oder vielmehr keine Zeichen hinterläßt.

Ich muß meinen Brief ganz schnell beenden, wir hauen hier ab, weiß nicht wohin. Vielleicht nach Norden. *Chi lo sa?* Wer kann das wissen? Auf Wiedersehen, auf Wiedersehen …

Gui

30. Juli 1915

Kl. Lou, ganz vielen Dank für die Übersendung der köstlichen Odaliske – Wenn Du willst, kannst Du auch die anderen Fabelwesen schicken, wenn Du sie in zwei Teile schneidest, könntest Du den gefiederten Teil in einen und den Kopfteil in einen anderen Brief stecken, ich würde das Ganze schon zusammenfügen. Augenscheinlich ist Paris kein Muster an Erbaulichkeit, wenn man den Gerüchten glauben soll. Das übrige Frankreich auch nicht. Was Paris angeht, so sagt man, daß die Engländer dort keine Langeweile haben. Der Engländer, immerhin der Erbfeind, bereitet eine anglo-französische Rasse vor, während der Feind schlechthin bereits die franko-*boche* Rasse heranzieht. Was Paris und die Krankenhäuser angeht, nennt man das Krankenhaus, das im Palace-Hôtel auf den

Champs-Elysées eingerichtet ist, das *Nuttenwäldchen*. Gut unterrichtete Leute versichern, daß die Damen Krankenschwestern dort nur eine Hand haben, die andere ... Und bei allem dauert der Krieg an, wie ich es mir schon gedacht hatte, er dauert zu lange, um die Wahrheit zu sagen. Seit dem Anfang hat sich sehr viel geändert. Damals mußte man hoffen, daß er dauern möge. Heute leuchtet es dem simpelsten gesunden Menschenverstand ein zu wünschen, daß er nicht länger dauern möge. Daß es, koste es, was es wolle, einen schnellen Sieg geben möge ... es muß ... Unglücklicherweise führen einen die Kriegsschule, die Dienstränge, die Orden, der progressive Sold und die Auszeichnungen hinters Licht ... Die Strategie ist in vollem Gange! Ach ja, gewiß doch! Wenn Frontin zurückkehrte, anstatt seine »Kriegslist« zu schreiben, würde er mit Lisette Liebe machen, wie er es im Theater von Marivaux gemacht hat.

Trotz solch seltsamer Absonderlichkeiten nimmt meine Freude Tag für Tag zu, und ich halte mich mit aller Gewalt zurück, um nicht in Lachen auszubrechen, in das schmerzhafteste Lachen, das es gibt.

Du meine kleine Lou, nutze das Leben voll und ganz, da Du es ja kannst. Dein Dichter möchte, daß es für Dich nichts als Liebkosungen hat. Baue auch seltene Pflanzen an. Kaiser Diokletian (war es wirklich er?) hat wohl an der dalmatinischen Küste Kopfsalat angebaut. Die Sylphe Lou verkleidet sich in einen Gärtner und begießt ein Stiefmütterchen. Das ist die Blume, die an der Front nur selten vorkommt.* Sag Toutou, wie sehr ich die Symbolik Deiner anmutigen Zeichnung geschätzt habe.

Doch zurück zur Odaliske. Sie ist in ihrer Vollendung ebenso wie in der Anmut ihres Geistes einzigartig. Darum verehre ich Dich auch.

---

* nicht wiederzugebendes Wortspiel: la penseé = Stiefmütterchen, bedeutet zugleich Gedanke

In dem Augenblick, als ich Deinen Brief bekam, las ich eine Nummer der *Hommes du jour*, die mir ein Flieger gegeben hatte, auf der Mittelseite sah ich mir ein Foto an, das sechs hohe Offiziere darstellte. Darunter war zu lesen: *Hauptmann Alfred Dreyfus mit seinen Kollegen vom Generalstab von* ... Ich überlasse es Dir, Dir Gedanken darüber zu machen, die ganz gewiß völlig anders als meine sein werden. Denn als ich Deinen Brief las, habe ich daraus geschlossen, daß die kl. Lou das Werk von Zola »übrigens« verachtet, nachdem sie dank der »Sünde des Abbé Mouret« (das bei weitem nicht das beste Buch von Zola ist) eine ihrer ersten großen Emotionen erlebt hat. Wann endlich wird denn die kl. Lou aufhören, aus Snobismus Meinungen zu übernehmen, die ihre Sensibilität zurückweist? Zola ist unbestritten einer der größten Autoren des 19. Jahrhunderts, und beim Roman – der das Genre des Jahrhunderts war – gehört er in die vorderste Reihe. Er hat ein Gespür für die Menge und versteht es, sie uns lebendig und agierend darzustellen.

Man kann ihn dem amerikanischen Dichter Walt Whitman an die Seite stellen. Gewiß, Zola ist bei weitem kein guter Schreiber, aber er ist ganz sicher ein großer Romanschriftsteller, der mehr als nur Achtung verdient ... Aber über Abneigung läßt sich nicht streiten, und wenn die, die Du gegen ihn empfindest, begründet ist, ist es richtig, daß Du daran festhältst.

Ich mache den Ring fertig, innen werde ich *Gui liebt Lou* eingravieren. Vorgestern war der Tag des heiligen Pantaléon, Kirchweih der Gemeinde, auf deren Gebiet ich mich zur Zeit aufhalte. Übrigens bin ich wohl der einzige *poilu* des Frontabschnitts, der von diesem tollen Detail weiß.

Meine Lou, Erlesene, aber nicht für mich, die Batterie schläft in der trüben Mittagsstunde. Grünliche Fliegenschwaden schwirren, beunruhigend und ungesund, über dem Mysterium der umgepflügten Äcker, und wie mit einem kurzen Phantomblick durchstreift meine hellsichtige

Gleichgültigkeit die Zeitalter, die düsteren oder glanzvollen Zeitalter.

Ein Reitertrupp, um eine Sänfte gruppiert, taucht in der Ferne auf. Ich sehe ihn durch den Schleier, den der obszöne Schwarm infamer Fliegen vor der offenen Tür meiner unterirdischen Zelle webt, herankommen.

Der Trupp rückt näher. Die Reiter tragen Lanzen, deren grellfarbene Wimpel das zwiespältige Antlitz der Sonne peitschen.

Und ich ahne, daß dieser Trupp furchtbar ist, mir scheint, als wäre hinter den Seidenbehängen der Sänfte ein Leichnam.

Der Trupp steht vor mir. Aus der Sänfte lächelt mich eine schöne Dame aus Kristall zärtlich an. Sie ähnelt Dir, zart und schön. Sie steigt aus der Sänfte und kommt auf mich zu. Wir schauen uns ruhig an. Unsere Augen streifen einander, und die Berührungen unserer Blicke sind von erschreckend tiefer Wollust. Die metallischen Explosionen setzen sich in endlos sich wiederholenden Echos fort. Aber nichts könnte unsere Ekstase stören. Ich möchte Dir Deine Liebe zuschreien. Aber dieses Land ist vergiftet. Überall sprießen vergiftete Kreuze zwischen den paar Krüppelkiefern und hier und dort zwischen der warzigen Wolfsmilch hervor. Und da, als ich die Hand der Dame aus milchigem Kristall zu fest drücke und sie berühren will, zerbreche ich sie. Und das Echo trägt ihren harmonischen, nicht endenden Schrei, von dem wie ein Zornessturm das schreckliche Fliegenschwirren aufsteigt, mit sich fort, indessen sich mit all der Sanftheit Deines feenhaften Blicks der Paradetrupp entfernt, in dem ich mehr als nur ein heiteres Gesicht unterschied. Und das schmachtende Kristall, Deinen sanften Augen gleich, schmolz auf der nackten kreidigen Erde dahin, während ich mit tödlicher Leidenschaft auf die schneeweißen Gräben schaute, die in der sterilen Kreide offen dalagen wie ein weibliches Geschlecht. Und meine Angst berauscht sich an soviel Pein fern von Dir, mein Schmerz ist göttlich, weil er von Dir ausgeht.

O Zeit, unbarmherzige Zeit. Unerbittliche Sonne, Verzauberung unwiederbringlicher Stunden, meine Lou, meine Lou, ich liebe Dich abgöttisch.

Gui

1. Sept. 1915

Meine Freundin, nachdem ich wie Toutou eine Woche bei den Mündungsfeuern war, bin ich also nun Geschützführer –

Ich schreibe Dir regelmäßig 2mal in der Woche, außer in der Zeit, als Du in Paris warst, aber Du schreibst mir so gut wie nicht mehr.

Die Makronen waren köstlich –

Ich sage: Du schreibst mir so gut wie nicht mehr, und die seltenen Male, da Du mir schreibst (breit auf dem Blatt verteilt), ist das gerade mal soviel wert wie zwei Zeilen von Gui.

Ich habe Dir Schmöker von Willy und »Armons Hütte«* geschickt. Ich hoffe, daß Du sie jetzt hast. Wir werden uns ganz bestimmt nicht vor Kriegsende wiedertreffen, und wer weiß wann!! Und wer weiß wie!! Wer weiß denn, ob wir uns überhaupt wiedersehen werden?

So, so, so. Ich weiß nicht mehr, was ich Dir schreiben soll, Du schreibst mir zwar nett und freundlich, aber so selten und so belanglos, daß ich mich ganz in mich verkrieche und auch nur noch so schreibe.

Ich sage, daß wir uns vor Kriegsende nicht sehen werden, weil mein Urlaub, den ich wer weiß wann bekomme, offensichtlich nicht mit einer Deiner Pariser Reisen zusammentreffen wird, und bei allem ist es auch besser so, Deine gesellschaftlichen Verpflichtungen und die neuen

---

* Gedichtband von Apollinaire

Glücklichen würden mir ganz zweifellos nichts von der kl. Lou übriglassen und dann und dann und dann ...

Wie auch immer, ich bin Dein Freund und sehr froh, daß Du nicht unglücklich bist.

Gui

Du schreibst »küsse Dich ... liebe Dich innig, Lou an Gui«, und ich schreibe von ganzem Herzen, küsse Dich, liebe Dich innig, Gui an Lou.

9. November 1915

Meine liebe Lou! Oh, fünfzehn Tage! Es ist gut einen Monat her, daß Du mir geschrieben hast. Ich beglückwünsche Dich, daß Du verliebt bist und ein interessantes Leben führst. Toutou hat mir einen sehr netten Brief geschrieben: Er schreibt mir, daß ich Dich um Fotos bitten soll, ich tue es, um nicht ungefällig zu sein, aber ich hoffe kaum darauf; bestelle Toutou Grüße von mir, wenn Du ihn siehst. Ach, meine liebe Freundin, man hat jetzt wohl anderes zu tun als Gedichte zu schreiben, und ich bin in einer ehemaligen *boche*-Stellung, und ringsum ballert es. Ich, meine liebe Lou, ich habe niemals Langeweile, also finde ich den Krieg ebenso lustig wie den Frieden. Ich habe Dir immer gesagt, daß es lange dauern würde, also bin ich nicht enttäuscht. Ja, sieben Monate ist es her, seit wir uns getrennt haben, und wir sind deshalb nicht gestorben, wir haben uns sogar so daran gewöhnt, daß ich jetzt ganz erstaunt bin, wenn ich einen Brief von Dir bekomme. Ich rechne nicht mehr damit. Auf diese Weise bin ich ganz ruhig.

Was ich mache, ich gebe Kanonenschüsse ab; ich hätte niemals gedacht, daß ich an der größten Artillerieschlacht aller Zeiten teilnehmen würde.

Nach dem Sieg habe ich nicht wenig Briefe von *boches* gelesen, Briefe, die in den Schützengräben zurückgeblieben waren. Die drolligsten waren die von einem kleinen Strichmädchen aus Wiesbaden, die an ihren Geliebten, einen Offizier, schrieb; sie erzählte, wie sie promeniert ist und alle Welt sie angeschaut und begehrt hat, und sie unterschrieb mit *das hübscheste Püppchen** Jela Müller – In einem anderen Brief kündigte die Frau eines Berliner Großhandelskaufmanns ein Paket mit Butter, Leberwurst und Schokolade an –

Es fängt an, sehr, sehr kalt zu werden – Ich fange an, mich an die Giftgase zu gewöhnen, ich finde sogar, daß der Geruch, vor allem der von Tränengas, nicht unangenehm ist. Du siehst, man gewöhnt sich an alles, und ebenso wie das kleine Strichmädchen aus Wiesbaden, Jela Müller, die die ganz *boche*-typische Frechheit besaß, sich selbst für die hübscheste Puppe zu halten, habe ich die Frechheit, die glaube ich nichts mit den *boches* zu tun hat, mich für den Unteroffizier zu halten, der sich am wenigsten langweilt, obwohl wir im ödesten Abschnitt der Front sind, denn dies war auch vor dem Krieg eine Ödnis. Ich küsse Dich ganz stark.

Gui

18. Januar 1916

Zurück vom Urlaub, finde ich Deine beiden Briefe. Einverstanden wegen der Sachen, das ist dann für Deine nächste Reise –

Ich hatte eine tolle Reise. Weil ich nicht wußte, ob Du immer noch in Lunéville bist, habe ich Dir über Toutou gewünscht, daß es ein gutes und glückliches Jahr wird. Ich hoffe, daß Dich dieser Brief dort erreichen wird. Ich habe im Moment viel Arbeit, da ich zur Zeit Kompaniechef bin.

Ich bin froh, daß Du froh bist.

Umarme Toutou von mir.

---

* im Original deutsch

Es ist einigermaßen schönes Wetter.

Gib mir Nachricht von Dir.

Ich wünsche Dir schöne Liebschaften und viel Glück.

Man gewöhnt sich mithin an den Krieg, ich habe an den großen Schießereien auf Höhe 194 nahe dem Tahure-Hügel teilgenommen.

Bis jetzt bin ich also unversehrt davongekommen, das ist immerhin etwas.

Gui

Cette carte doit être remise au vaguemestre. Elle ne doit porter aucune indication du lieu d'envoi ni aucun renseignement sur les opérations militaires passées ou futures.
S'il en était autrement, elle ne serait pas transmise.

PARTIE RÉSERVÉE À LA CORRESPONDANCE.

Pour Y. B.

Bien qu'il me vienne en août votre quatrain d'avril
M'a gardé de tout mal et de toute blessure.
Votre douceur me suit durant mon aventure
Au long de cet an sombre ainsi que fut l'Avril.

Je vous remercierai, s'il se peut, je l'assure
Quand nous aurons vaincu le Boche lâche et vil
Dont la vertu française a ressenti l'injure.

G. A.

Aux Armées, 16 Août 1915

Briefe an seine *marraine*

Für Y.B.

Obwohl mich im August erst euer Verschen vom April
erreicht
Bewahrte es mich vor Verwundung allen Mißlichkeiten
Nun wird im Abenteuer eure Sanftmut mich begleiten
Durch dieses dunkle Jahr das dem Jahr Tausend gleicht.

Ich dank es Ihnen ganz gewiß sobald in diesem Streiten
Die *boches* wir besiegen die gemeinen feigen
Durch welche Frankreichs Tugend mußte Schimpf
erleiden.

G.A.
Im Feld, 16. August 1915

Im Feld, den 7. September 1915
Feldpostnummer 80

Sie sind viel zu nachsichtig mit meinen Gedichten, Madame. Der Zauber Ihrer Gedichte – ist ein Zauber nicht ein Talisman? – hat mich, glaube ich, wahrhaftig vor Gefahr bewahrt.

Ihre Sanftmut, ja Ihre und nicht die aller Frauen Frankreichs, begleitet mich ganz zweifellos, ich spüre sie so sehr in dem freundlichen Brief, den sie mir geschickt haben.

Ich will das kleine Mädchen, das Sie sind und das ich mir vergebens vorzustellen versuche, nicht warten lassen und sende Ihnen meinen Dank für den hübschen Brief.

Der Vierzeiler begleitet mich ständig, ich werde mich nicht mehr von ihm trennen.

Die Lobpreisungen, die Sie meinen Gedichten so wohlwollend bekunden, haben mich zutiefst berührt. Sie sind nicht im allermindesten aufdringlich, ich bin es vielmehr, da ich Sie bitte, mich ein wenig diejenige kennenlernen zu lassen, die mich mit Ihrer Sanftmut begleitet.

Aber ich ahne in Ihnen eine Traurigkeit, die man zu trösten imstande sein müßte.

Mit tiefem Respekt und außerordentlicher Dankbarkeit bitte ich Sie, Madame und liebe Dichterin, mich als Ihren Diener für würdig zu erachten.

Guillaume Apollinaire

17. September 1915

Liebe Madame,
ich kenne das »Gebaren« eines Briefwechsels zwischen einer *marraine** und einem *poilu* nicht. Sie haben mit solch

---

* eigentl. Patin; im 1. Weltkrieg Bezeichnung für eine Frau, die einem Soldaten an der Front Briefe und Päckchen schickte. Apollinaires »Patin« war Jeanne Brun, die unter dem Pseudonym Yves Blanc (Y. B.) Gedichte und Romane schrieb.

unvergleichlicher Liebenswürdigkeit Interesse für mich bekundet, daß ich ganz gerührt bin. Sie werden über das Gebaren unseres Briefwechsels selbst befinden und mir bitte dazu schreiben, oder Sie hören auf zu schreiben, wenn Ihnen das lieber ist, was in diesem Fall mehr zählen muß als mein Vergnügen daran.

Sie schmeicheln mir sichtlich, wenn Sie von meinem herausragenden Geist sprechen. Wenn es so wäre, merkt man in meinen Briefen kaum etwas davon, eher würde man in meinen Büchern darauf stoßen.

Im Leben bin ich nicht herausragender als die meisten Menschen. Ich bin oft überheblich, was eine Form von Dummheit ist. Ich bin herrschsüchtig, sehr herrschsüchtig, aber wiederum sehr sanft, ich bin kein ganz junger Mann mehr, denn ich habe gerade mein fünfunddreißigstes Lebensjahr begonnen. Und dann bin ich Dichter. Soviel zu mir, wie die arabischen Märchenerzähler sagen.

Emile Léonard hat mir in der Tat geschrieben, daß Ihr Vater ein Gelehrter ersten Ranges gewesen ist, und hat auch seine Arbeit über Cyrano erwähnt, die Maßstäbe gesetzt hat.

Ich verstehe, daß ein so bemerkenswerter Vater tiefe Trauer in Ihnen hinterläßt.

Ich bin gewillt, ein neuer Dichter zu sein, sowohl in bezug auf die Form wie auf den Sinngehalt, aber im Gegensatz zu einigen Modernen, deren Kunst sich auf nichts gründet, empfinde ich eine tiefe Neigung für die großen Epochen, das heißt, ich halte das große Jahrhundert in hohen Ehren, und ganz besonders diejenigen, die man zu Recht die Klassiker nennt. Ein glühender Verfechter von Racine, La Fontaine, hege ich für Malherbe und Maynard eine Bewunderung, wie sie diesen ausgezeichneten Reimkünstlern gebührt.

Ich schätze selbst Motin und viele andere außerordentlich, ebenso wie jenen Cyrano, der Ihnen teuer ist.

Also beschreiben Sie sich nicht, wenn Ihnen der Mut

dazu fehlt, und lassen Sie mich im Ungewissen. Und wenn Sie mir dann doch mitteilen wollen, was Sie über sich denken, werde ich mir dementsprechend eine Meinung bilden. Sicherlich könnte, was ich Ihnen zu Ihrem Vierzeiler gesagt habe, auch für ein Madrigal gehalten werden. Die Umstände, unter denen ich es Ihnen gesagt habe, lassen jedoch keinen Irrtum zu.

Aber es hängt lediglich von Ihnen ab, Madame, ob es sich nur um ein Madrigal gehandelt hat, übrigens ein sehr aufrichtiges. Wenn Sie in Gefühlsdingen skeptisch sind, wo bleibt dann jene provinzielle Naivität, mit der Sie sich so gern brüsten, für die ich Sie jedoch nicht rühmen möchte.

Ich würde Ihnen gern Gedichte schicken, aber ich weiß doch so wenig von Ihnen ...!

Meine Seele ist heute gar nicht aufgeschlossen, weder für mich noch für Sie.

Bestimmt wird die Aktion über das Schicksal des Krieges entscheiden, zumindest glaube ich das, und, abgeschnitten von der übrigen Welt, werden wir ein paar Tage lang von unserer eisernen Ration leben, die Gesichter von Schlupfmützen verhüllt. Weder Briefe noch sonst irgend etwas erreichen uns dann aus dem Hinterland.

Aber ich mag Ihre feine Zurückhaltung, Madame, die weder von Naivität noch von Skepsis, sondern von einer seltenen Seelenqualität zeugt.

So nehmen Sie bitte meine hochehrerbietigen Grüße und meine Dankbarkeit entgegen und gestatten Sie, daß ich Ihnen die Hand küsse.

Guillaume Apollinaire

28. September 1915

Der gereimte Talisman hat mich beschützt, danke. Der Sieg ist errungen. Sie wissen darüber mehr Einzelheiten als ich, der sechs Tage lang ununterbrochen gefeuert hat.

Jetzt warten wir auf die Protzen, um eine andere Stellung zu beziehen. Ich habe die Sporen angelegt, den Helm aufgesetzt, die Pistole an der Seite, und sobald mein Pferd vom Lager zurück ist, wird aufgesessen!

Am besten von mir finde ich »Erzketzer & Co.« (Prosa, Stock, 1909) und »Alkohol« (Gedichte, Mercure de France, 1913).

Théophile ist ein ausgezeichneter Dichter. Des Barreaux kenne ich nicht gut, außer einem berühmten atheistischen Gedicht, das ihm zugeschrieben wird; ich glaube, Tristan mochte ich weniger. Das liegt daran, daß ich Racine zu sehr mag, um jemanden schätzen zu können, den man mit ihm vergleichen will.

Vertrauen gegen Vertrauen: Sie kennen meinen Vornamen und ich kenne Ihren nicht, und das Wort verdeutlicht das Bild, aber ich habe ja nicht einmal ein Bild.

Sie schmeicheln mir ungemein, wenn Sie mich auffordern, ein Freund von Ihnen zu werden. Also ich bin es, meine liebe Freundin.

Ich habe kein poetisches System, oder anders, ich habe viele. Wenn Sie die Juni- und Juli-Nummer der *Soirées de Paris* auftreiben könnten, würden Sie sehen, was ich Neues in der Poetik erfunden habe. Seien Sie doch so lieb und wählen Sie für mich einen Strauß Gedichte aus, die ich mit großem Vergnügen lesen werde ...

Ich küsse die Hand, der Ihre »Seele« diktiert hat, ich werde mit großem Vergnügen lesen ...

Guillaume Apollinaire

8. Oktober 1915

Die Unbekannte

Weil keine Erinnrung sie lenkt
O plötzliche Mündungsfeuer
Ist die Schönheit an die ich denk
Von allem Ursprung an euer

8 8bre 1915

L'Inconnue

O lueurs soudaines des tirs,
Cette beauté qu'il imagine
Faute d'avoir des souvenirs,
Tire de vous son origine,

Car elle n'est rien que l'ardeur
De la bataille violente;
Et de la terrible lueur
Il s'est fait une muse ardente.

Jeanne, il relit éperdument,
Les quatre vers dits par elle
Qu'il est brûlant ce talisman
Il se sent et presque mortelle

Denn einzig der wütenden Schlacht
Verdankt sie ihr strahlendes Blühen
Und er hat sich aus schrecklichem Glühen
Eine flammende Muse gemacht*

Vielleicht entzündet sich meine Einbildungskraft wirklich schnell, und deshalb danke ich Ihnen, daß Sie mich gewarnt haben. Trotzdem ist es vielleicht ungerecht, einem Soldaten eine Leichtfertigkeit vorzuwerfen.

Und dann sprechen Sie von einem »Ausbund an Häßlichkeit«, was mir die Gewähr gibt, daß es sich nicht um Sie handeln kann. Die »Ausbunde an Häßlichkeit« sind übrigens gar nicht immer so unliebenswert, es gibt unter ihnen welche, die etwas recht Herausforderndes an sich haben. Léonard, den ich nach nichts gefragt habe, hat mir in der Tat auch keinerlei Auskunft erteilt.

Aber ich danke Ihnen, Madame und neue Freundin, daß Sie mir prompt geantwortet haben.

Über Tristan werde ich nicht mit Ihnen streiten. Immerhin hat mich das Leben im Felde eine ganze Reihe von Dingen, die die Literatur betreffen, vergessen lassen.

Der Talisman hat fortan noch mehr Kraft, da Sie der Glut, die ihm eigen war, die der Freundschaft hinzugefügt haben. Ich schicke Ihnen heute ein kleines Gedicht. Dieser Auftakt zu unserer Dichterfreundschaft zeigt Ihnen, wie sehr ich an Sie denke.

Unsere Vertrautheit ist indes noch zu ungewiß, als daß ich schon den Ton gefunden hätte. Er wird sich nach und nach einstellen.

Ich bin tapfer und hab Angst vor Ihnen
Die gelehrter noch als Mirandole
Als das Diktionär ist von Trévoux
Und die Akademischen dazu.

Bedenken Sie, daß man mich gegen diese tölpelhaften Burschen, die *boches*, gewappnet hat, nicht aber gegen die leichte Anmut Ihres Geistes, und so bewahren mich zumindest die Entfernung und die Unkenntnis, die ich von Ihrer Schönheit habe, vor den Wunden, die sie meinem Herzen zufügen könnte, das nur noch still zu leiden hätte. Was vermöchte Ihr Talisman gegen solche Schläge, wenn das Schicksal sie mir vorbehielte!

Ich gestehe, daß ich darüber sehr beunruhigt bin. Ich setze mich genau betrachtet einer viel ernsteren Gefahr aus, als es der Krieg ist.

Gestehen Sie, große braune Freundin, daß ich einigen Mut habe. Ich warte mit großer Neugier auf Ihre Verse. Ganz zweifellos wird mir ihre Lektüre ein sehr großes Vergnügen bereiten. Ich behalte mir vor, sie zu genießen und nicht zu beurteilen. Denn ich hoffe doch, daß Sie von mir keine Ratschläge hören wollen. Ich bin unfähig, welche zu erteilen, aber ich verspreche Ihnen, mich ganz und gar all der Schönheit, die sie enthalten, zu erfreuen.

Und nun, meine Freundin, küsse ich Ihnen ein zweites Mal die Hand.

Guillaume Apollinaire

18. Oktober 1915

Meine liebe Preziöse, Sie sind überhaupt nicht lächerlich, ich drücke Ihren »geliebten Duldern« meine Hochachtung aus und bitte Sie, den Trévoux zu entschuldigen. Ich denke durchaus nicht, daß Sie eine alte Schwarte sind …

Meine Ideogramme nun entspringen keinerlei Schema, sie folgen vielmehr wichtigen poetischen Erfordernissen, die Sie noch nicht verstehen. Die beste Art, klassisch und ausgewogen zu sein, ist die, mit seiner Zeit zu gehen und nichts von dem aufzugeben, was die Alten uns zu lehren vermochten. Schicken Sie mir die Nummer der *Soirées de Paris*, die ich nicht mehr genau im Kopf habe, und ich werde sie Ihnen mit Erläuterungen zurückschicken, die zwar überhaupt nicht notwendig sind, die Ihr rebellischer

Geist aber, hoffe ich, so wohlgesonnen aufnehmen wird, wie es Ihre Art ist ... Wo Sie doch Fantômas auf seine Weise auch schätzen.

Was nun die Zeichnung von Zayas mit dem Titel »Guillaume Apollinaire« betrifft, so zeigt Ihnen der Einband, daß es sich um eine Karikatur handelt. Das Wort Tisch gleicht ganz und gar nicht einem Tisch, und doch vermittelt es Ihnen die Vorstellung von einem Tisch. Begreifen Sie ein bißchen, von welcher Beschaffenheit diese Karikatur ist, die meiner Frau nicht peinlich sein kann, da ich nicht verheiratet bin? Ich danke Ihnen, daß Sie so freiheraus schreiben. Ich tue es auch. Sie sehen es ja, aber sich bei unserem Briefwechsel etwas denken – denkt denn der Schmetterling daran, daß er verbrennt, wenn er sich von der Flamme anlocken läßt? Sehen Sie, ich empfinde bereits eine ganz zärtliche Freundschaft für Sie.

Ich mag Ihr »Kleines Traumgeschwader« sehr, es ist ein zauberhaftes Gedicht, voll neuer, hübscher und zarter Bilder, und was für eine erlesene Verszeile, dieses »Über dem schlafenden Spiegel andächtiges Schweigen«.

Ebensogern mag ich das folgende Gedicht, »Von der Vergangenheit und vom Traum«: die beiden ersten Strophen und noch mehr die letzte sind wunderschön. Ich glaube, Sie sind selbst dieses »Mädchen im heiratsfähigen Alter«, von dem Sie sprechen. In diesen beiden Stücken ist viel Gefühl. Sie haben eine große und sehr eigenständige Begabung, die Sie noch weiter entfalten werden. Ich habe Ihnen nicht zu sagen, was mir nicht gefallen hat, weil mir nichts mißfallen hat, und wenn manche Stellen weniger vortrefflich sind, geht mich das nichts an ... Es ist ebenso von Ihnen und trägt Ihren Stempel. Sie sind ein zu großes Talent, als daß man Sie verbessern dürfte, und es ist daran nichts zu verbessern. Also, *dixi*, Sie können mir glauben. Ich bin übrigens froh, daß Sie begabt sind. Unser Briefwechsel kann somit freier und vertrauensvoller sein. Ein wirkliches, fundiertes junges Talent, denn Sie sind gelehrt (und nicht pedantisch) und sehr weiblich, meine liebe Freundin. Das Sonett »Rotes Kreuz« ist nicht so bedeutend, und der Stil à la Heredia, der schon etwas Heraldisches hat, unterstreicht nur, wie belanglos es ist. Die Gelegenheitsgedichte sind oftmals weit entfernt von der Dichtkunst, insbesondere von Ihrer, die Traum, Emotion, Gefühl ist.

So, liebe Yves Blanc. Schreiben Sie bald, Sie schreiben übrigens so selten, lassen Sie sich also gefallen, daß ich mit Ihnen schimpfe. Ich habe nicht das Recht dazu, das ist wahr, verzeihen Sie mir also und gehorchen Sie mir.

Guillaume Apollinaire

30. Oktober 1915

Es ist richtig, meine liebe neue Freundin, es gibt ein solches Profil, aber seine Existenz war sehr ungewiß. Diese Illusion ist nun zerronnen, und das Elsaß war der Berg Gibel der neuen Morgana, aber es war niemals die Rede davon, daß ich Morgana heirate. Ich finde, daß Ihre Briefe zu selten sind. Entschuldigen Sie das Papier von heute abend, ich habe kein anderes, die Läden sind weit weg von hier, und ich kann erst in zwei, drei Tagen welches bekommen. Meine Ideogramme sind klar genug und bedürfen also überhaupt keiner Erläuterungen. Es ist der neueste Teil meines Werkes von vor dem Kriege, er ist so neu, daß seit dem Krieg in den Topographien Ideogramme auftauchen und die Heeresberichte andauernd Namen von feindlicher oder eigener Technik bringen, die ihre Formen angenommen haben: das Trapez, den Dreizack, den Dolch, usw. Ich mag diese neue Erfindung meines Geistes. Was nun die freie Dichtung in »Alkohol« betrifft, so kann es heute keine echte Lyrik ohne die völlige Freiheit des Dichters geben, und auch wenn er in regelmäßigen Versen schreibt, ist es seine Freiheit, die ihn auf dieses Spiel eingehen läßt; jenseits dieser Freiheit würde es keine Dichtung mehr geben. Wenn Sie diese grundlegende Wahrheit nicht anerkennen, wird sich Ihr Geist, eingezwängt in den Grenzen einer Konvention, die keine Daseinsberechtigung mehr hat, nicht entfalten können. In der Tat würde man sich schwerlich eine neue Art zu lieben oder zu essen vorstellen, weil es sich da um natürliche Dinge handelt, und die zweite im wesentlichen durch den Mund geht, aber die Reimkunst und auch die französische Sprache sind so konventionell, daß man Prosa schreiben oder sich in lappländisch, ja selbst in Esperanto ausdrükken kann. Diese Konventionen sind ihrem Wesen nach vergänglich, aber der Mensch und der Künstler im besonderen muß geboren werden, und das heißt hier wiedergeboren werden oder auch zu den Ursprüngen zurückkehren. Darin besteht das Wesentliche. Der Zeitpunkt, zu den Ursprüngen der Sprache zurückzukehren, ist noch nicht gekommen, aber er wird kommen, und zu diesem Zeitpunkt wird die Reinheit dieser oder jener Sprache nicht schwer wiegen. Die Konventionen sind eine Art Schamhaftigkeit, die Leidenschaft aber kennt keine Schamhaftigkeit, und der Dichter, der Künstler sind ihrem Wesen nach leidenschaftliche Leute, die die Scham und die anderen Konventionen, von denen das Leben nichts weiß oder die es zumindest nicht braucht, vergessen müssen.

Haben Sie nicht auch selbst einen sehr modernen Hang zum Ideogramm, wenn Sie ganz außerhalb der alphabetischen Schreibweise Ihre Wörter abkürzen und das ±-Zeichen benutzen? Jedenfalls haben Sie einen Sinn für meine Poesie, und ich bin Ihnen sehr dankbar, daß Sie sich von dem gefangennehmen lassen, was ich selbst bis zum Rausch empfunden habe.

Ich werde also nach dem Krieg »Die Geschichte des Hauses de L'Espine« lesen. Ich kenne ein bißchen den

Verleger, von dem die Rede ist, er gehört nicht zu denen, die ihre Autoren ernähren. Die Seinen beklagen sich bitterlich, und wenn er auch keine großen Geschäfte gemacht hat, so hat er auch nicht, wie es heißt, sein Vermögen aufs Spiel gesetzt, zumindest das seiner Frau nicht. So heißt es jedenfalls, aber die Wirklichkeit sieht vielleicht ganz anders aus.

Ich kenne auch die Autoren, von denen Sie sprechen, außer Monsieur Abram, dessen Name mir unbekannt war. Ich finde es wunderbar, daß Sie faul sind. Wenn die Frauen in der Liebe mehr leiden, so genießen sie aber auch tiefer als die Männer.

Nicht Heredia, sondern Ihnen selbst, meine liebe Freundin, habe ich hart zugesetzt, da Sie mich an ihn erinnert haben, obwohl Sie doch eine eigenständige Begabung besitzen. Aber das hat überhaupt keine Bedeutung, denn auch die eigenständigen Dichter erinnern manchmal an andere Dichter. Das kommt vor, ohne daß man deshalb zu befürchten hat, mißbilligt zu werden. Verzeihen Sie, daß ich Ihnen Kummer bereitet habe. Auch wenn ich nicht Cherubino bin, so habe ich doch eine hübsche »Patin«, »ich habe eine Patin, ach mein Herz, wie fühl ich es schlagen«, daß ich Sie nicht sehe, und so sind Sie vielmehr über Beaumarchais und das Spanien seines Figaro aus dem »Tollen Tag« von der ursprünglichen Idee der »Patin« auf den Gedanken an den kubanischen Hidalgo Heredia gekommen. – Um Ihre Gesichtszüge kennenzulernen, muß ich also mehrere Jahre warten!! Mir steht heute nicht der Sinn danach zu dichten, es herrscht eine Hundekälte. Ich habe eine schlechte Paraffinkerze, die nur spärliches Licht gibt. Mir ist eiskalt in diesem fürchterlichen Loch, das man in die Kreide gehauen hat, verzeihen Sie mir, meine Freundin. Für die Freundschaft wie für die Verse hat das Wetter nichts zu bedeuten. Ich bin traurig heute und doch ganz glücklich, weil ich weiß, daß Sie schön sind.

Et ~~[illegible]~~ mon ame est triste
Mon coeur ne sait rien espérer
Peut-être bien que rien n'existe
Hiver de tant hivers d'années
Où ta peine seule résiste

Et pourquoi donc mon coeur bat-il
Par la tristesse qu'il endure
Toi ~~[illegible]~~ que j'appelle, ô coeur gentil
Ne sais tu pas que j'ai [illegible]
Pour te rejoindre plus subtil

~~[illegible]~~
~~[illegible]~~
~~[illegible]~~

Je suis le bleu soldat d'[illegible]
Pense à moi mais perds la raison
~~[illegible]~~ le songe qui s'achève
Se confond avec l'horizon
Chaque fois que ton oeil se lève

Der Winter kehrt wieder meine Seele friert
Kein Gefühl das dem Herzen bliebe
Vielleicht daß schon nichts mehr existiert
Im Winter aller Winter der Liebe
Wo den Widerstand nur noch dein Kummer führt

Und dennoch warum schlägt mein Herz immerzu
Durch die Traurigkeit die es erleidet
O Herz das ich rufe weißt Freundliche Du
Denn nicht daß ich zarter mich Dir noch vereine
Durch meine Verwandlung hin ins Azur

Ich bin eines Traumes blauer Soldat
Denk an mich aber laß den Verstand
Sieh wie des Traumes Erfüllung naht
Wie er sich mischt mit dem Himmelsrand
Stets wenn dein Blick sich erhoben hat.

Nun also, meine schöne *marraine*, verzeihen Sie, daß ich heute nicht den Ton von »Der Abschied« getroffen habe, aber ich kann meiner Inspiration nicht befehlen. Bei Tristan fällt mir eine »Ode an das Meer« ein, ein sehr schönes Stück. Ich habe das alles in der Bibliothek von Versailles gelesen, die mit Erstausgaben von Dichtern des 17. Jahrhunderts reich ausgestattet ist. Meine liebe Freundin, Sie sprechen von der banalen Realität, die auf einen offenherzigen Flirt folgt, wenn die Realität jedoch nicht banal wäre, würden die Liebenden womöglich ihre Illusionen nicht verlieren. Aber im allgemeinen kümmert man sich ja kaum darum, die Liebe zu verschönen; und dann kommt es auch vor, daß die Frau nicht das Ihrige tut und falsch verstandene Scham den besten Willen beugt. Und warum wundert man sich eigentlich, daß die Liebschaften ein Ende haben, da doch auch unser Leben eins hat. Man soll von der Liebe nicht mehr verlangen, als sie zu geben vermag, und wer vernünftig ist, nämlich die Dichter, macht sich das Liebesleid zunutze und besingt es. Doch Sie sind verheiratet, und mein Herz ist vor Ihrem in Sicherheit.

Wenn ich in Urlaub gehe – Gott weiß wann! –, fahre ich ganz bestimmt nach Algerien. Ich glaube, ich werde mich in Port-Vendres einschiffen, das ist vielleicht gar nicht so weit von Montpellier, und vielleicht möchten Sie mich auf der Hin- oder Rückfahrt besuchen. Es würde mich ganz außerordentlich freuen, meine *marraine* zu sehen.

Schreiben Sie mir bald, meine liebe *marraine*, ich hoffe, daß ich inzwischen Gedichte werde machen können, die Ihnen gefallen. Bis dahin bitte ich Sie, mir welche von Ihnen zu schicken. Ihre Geisteshaltung erfüllt mich mit Begeisterung, denn Sie sind wahrlich Dichterin und wahrlich Frau, was bedeutet, ganz einfach, und gerade das mag ich.

Ich küsse Ihnen die Hand.

Guillaume Apollinaire

7. November 1915

Meine liebe Freundin, ich habe Buch und Brief erhalten. Ich habe das Buch gelesen. Es ist ausgezeichnet. Es ist ein wahres kleines Meisterwerk. Sie sind hochbegabt, meine Freundin, Sie wissen es sehr wohl. Das merkwürdigste ist, daß ich beim Lesen festgestellt habe, daß Ihr Geist dem meinen verwandt ist, besonders hinsichtlich des Empfindungsvermögens. Wenn Sie Gelegenheit hätten, den »Erzketzer« zu lesen, würden Sie das auch feststellen, denke ich. Auch in puncto Wißbegier sind wir uns ziemlich ähnlich, aber Ihre umfassende Kenntnis des 17. Jahrhunderts übertrifft das, was ich dazu beitragen könnte, da ich mich darin nur oberflächlich auskenne. Und dann ist da ein Wollen vorhanden, das bewundernswert ist: das Werk ist ausgewogen und wohl durchdacht, es ist alles herausgeholt, alle Aspekte sind da und werden ins rechte Licht gerückt. Es ist von einer bezaubernden Phantasie und voller Empfindung. Der Roman von Mademoiselle de L'Espine ist vortrefflich, die historischen Personen sind gut beschrieben, und neben Ihrem bestehen die Bücher des armen M. nicht, denn sie sind so pedantisch und so wenig befreit von überflüssigem Plunder und schlechtem Stil, daß sie geradezu grotesk wirken. Wirklich, mir hat seit langem kein Buch soviel Vergnügen bereitet, es ist einer der besten lebensnahen Romane, die es gibt, und der beste, den eine Frau geschrieben hat. Es ist vortrefflich, es zeugt von Geschmack, Bildung, Feingefühl, von Leben, Kraft und von Kunstverstand, mit einem Wort, es ist von bester Qualität, und Ihre Kunst wird an Größe noch zunehmen. Das Ende ist sehr schön. Die Personen sind äußerst lebendig dargestellt. Ihr Meister Tallemant, der nicht Ihre Poesie besaß, wäre zufrieden, wenn er das lesen könnte. Ich stelle »Die Geschichte des Hauses de L'Espine« neben »Salammbô« und »Aphrodite«, neben »Nischina« von Hugues Rebell und »Hassan der Janitschar« von Léon Cahun.

Vortreffliche Freundin, Sie hatten recht, mir diese kostbaren Fahnenabzüge zu schicken, oh, Sie Kostbare, Sie Unvergleichliche, ich werde sie nach dem Krieg binden lassen. Aber wie fremd sind Ihnen Vorurteile und wie verstehen Sie sie, wenn Sie so darüber reden können, wie Sie es tun! Ich fühle wirklich eine verwandte Seele in Ihnen. Oh, was für ein schöner Roman! Wie sonderbar muß doch Ihre Seele sein, ich habe versucht, Ihre Gefühle zu erraten, aber ich gestehe, daß sie sich mir entzogen haben. Danke also, Sie können sich überhaupt nicht vorstellen, was für ein köstliches und bezauberndes Vergnügen mir Ihr Buch bereitet hat … Wenn ich es recht bedenke, sind Sie die Mademoiselle de L'Espine, aber ich wünsche Ihnen mehr Glück, als Sie ihr einzuräumen geruhten, *Jeanne, grausame Jeanne* … Verzeihen Sie meinen wirren Brief, den ich auf dem Erdboden und in der Kälte schreibe, wir sind nämlich in unseren kleinen Zelten. Wir wechseln die Stellung. So ist das Leben im Feld, verzeihen Sie, wenn das Leben im Feld, ohne daß ich es merke, vielleicht einen Grobklotz aus mir gemacht hat, ich sage manchmal zu frei heraus, was ich empfinde.

Ich habe Ihnen Verse versprochen, aber wie kann man denn jetzt welche machen? Ihr Buch war für mich eine vorzügliche Zerstreuung, aber an Schreiben, an Versemachen ist im Moment nicht zu denken. Jegliche Art von Annehmlichkeit ist zum Teufel, und in meinen Satteltaschen finde ich lediglich ein paar Blatt kariertes Papier, das neben meiner Schmalzdose steckte. Ihr Brief war eine vom Himmel eingegebene Idee, denn er hat unseren Briefwechsel beschleunigt. Ich hoffe, daß Sie mir auf meinen Brief, den Sie vor diesem erhalten und den Sie nach Ihrem bekommen haben, antworten werden. Sie werden niemals zu selbstgefällig sein, aber um Gottes willen, nennen Sie mich nicht mehr Meister ...

Abscheuliches Wetter und langer Krieg.

Antworten Sie mir so, daß wir – falls es Ihnen nicht lästig ist – öfter Neuigkeiten voneinander haben, und sagen Sie mir, woran Sie arbeiten ...

Ergebenst

Guillaume Apollinaire

19. November 1915

Meine liebe *marraine*,
da Sie meiner Ungehörigkeit gern mildernde Umstände zugestehen wollen, möchte ich sie genauer darstellen und bitte Sie, mir zu verraten, bis wohin Ihre Vorurteile gehen, damit ich nicht die Grenzen überschreite, die Sie unserem Briefwechsel setzen. Vergessen Sie indessen nicht, meine »Kriegspatin«, daß Sie Pflichten mir gegenüber haben. Aber ich kann sie Ihnen nicht vorschreiben, und Ihr gesunder Menschenverstand macht mich nun doch sehr befangen ...

Ich verstehe, daß meine Vorstellungen darüber, was ich Ihnen über Ihr Talent und über Ihr Buch schrieb, ganz gewiß nicht denen gleichen können, die Sie darüber haben, aber ich sehe nicht, welches Interesse Sie daran haben sollten, daß ich meine ändere, die Ihnen viel gewogener sind als Ihre eigenen.

Dessenungeachtet habe ich meine Gedanken schlecht zum Ausdruck gebracht, wenn Sie meinen, daß ich »L'Espine« mit »Salammbô« vergleiche, dem ist nicht so, und ebensowenig vergleiche ich den Roman von Flaubert mit »Nischina« von Rebell noch mit den Romanen von Léon Cahun, die es zu kennen lohnt, ganz besonders »Hassan der Janitschar«, der einzige Roman über die Strategie, wie der holländische Gelehrte Bywanck sagt. Léon Cahun hatte eine »Geschichte der Völker Asiens« in Vorbereitung, wovon er lediglich die bemerkenswerte Einführung geschrieben und veröffentlicht hat. Er ist im Jahre 1900 oder 1901 gestorben. Er war der Onkel von Marcel Schwob und ein sehr ehrenwerter Mann.

Ich freue mich, daß Ihnen meine Verse gefallen haben. Der blaue Soldat eines Traums stellt Sie sich also als einen Engel vor und bittet Sie gleichwohl, ihm noch einmal zu verzeihen, wenn diese Ansicht nicht der Ihren entspricht ...

Und ich bleibe in Ergebenheit, meine liebe *marraine*, Ihr dankbares Patenkind.

Guillaume Apollinaire

19. November 1915

Meine liebe *marraine*,

nach dem bösen Brief von gestern haben Sie mir eine angenehme Überraschung bereitet, indem Sie mir einen sehr viel freundlicheren geschrieben haben. Also abgemacht, man soll nicht danach trachten, Sie in der »Geschichte« zu erkennen. Gleichwohl kenne ich mich in literarischen Dingen aus, so daß ich erraten kann, was vom Autor und seinen Haltungen in eine wie auch immer geartete Erzählung eingeflossen ist, und auch wenn ich Sie nicht persönlich kenne, kleine *marraine*, wage ich zu behaupten, daß mir Ihr Geist, ja Ihre Haltungen vertrauter sind als Ihnen selbst.

Im Namen der Freiheit, auf die Sie sich berufen, könnten Sie sich weigern, Gas, Elektrizität, die Eisenbahn usw. zu benutzen. Doch glauben Sie mir, die Dichtung, von der Sie sprechen, hat nur noch eine zweitrangige Bedeutung, und selbst wenn man da mit etwas Begabung sehr schöne Sachen zustande bringt, entfernen sie sich doch zu sehr von der Menschheit und sind schließlich nichts weiter als Spiele von Gelehrten oder auch von Leuten mit Kunstverstand, aber sie sind von allzu geringer Bedeutung, und es zeugt von fehlender literarischer Ambition, wenn man sich nur an ein halbes Dutzend Leute ein und derselben Haltung und ein und derselben Nation wendet. Ich für meinen Teil erhoffe mir nicht mehr als 7 Anhänger meines Werkes, aber ich wünsche sie mir unterschiedlichen Geschlechts und unterschiedlicher Nation und ebenso unterschiedlicher Geistesverfassung: meine Gedichte sollen von einem amerikanischen Negerboxer, einer Kaiserin von China, einem *boche*-Journalisten, einem spanischen Maler, einer jungen Frau von guter französischer Art, einer jungen italienischen Bäuerin und von einem englischen Offizier in Indien geschätzt werden.

Aber was für eine armselige Literatur, die den Dichter ein für allemal auf die alte Reimkunst festnageln will!

Sehen Sie, daß sich ein Tolstoi, ein Dostojewski, ein Balzac, ein Zola und von noch weiter her ein Rabelais darauf beschränken, mit einem Reimwörterbuch zu dichten? Aber die Krone der französischen Dichter, La Fontaine, so klassisch er auch war … doch lassen wir das, offenkundig, wie das alles ist.

Die Geschwindigkeit, auslösendes Moment für Ihre ideogrammatischen oder, wie Sie wollen, stenogrammati-

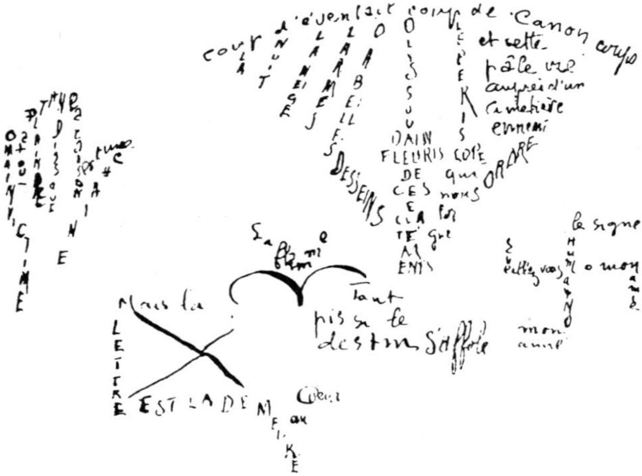
cour d'éventail coup de canon corps
et cette pâle vie auprès d'un cimetière ennemi
DESSEINS
FLEURIS
DE
CES
qui nous
le signe
Mais la
LETTRE
EST LA DEM
tant pis si le destin s'affole
mon âme

schen Kürzel, bestätigt ihre Existenz und ist also kein Argument gegen mich.

Ich widme Ihnen also, meine Freundin, dieses hin und her fächelnde Gedicht, das mit seiner Svastika von glückseliger Zartheit kündet. Sie sehen übrigens daran sehr gut, meine Freundin, daß mich eine andere und viel neuere Schönheit, als es die alte Reimkunst ist, gefangengenommen hat.

Aber ich küsse voller Ehrfurcht die Hände, die Sie mir entgegenstrecken.

Und ihre Gesichter war'n bleich
Und ihr Schluchzen hatte ein Ende
Wie der Schnee mit Blüten so reich
Und auf Küsse mein deine Hände
Fielen die Herbstblätter weich*

28. November 1915

Kleine *marraine*, ich kann Ihnen heute nicht ausführlich schreiben, ich habe viel zu tun, da ich gerade zum Offizier befördert worden bin.

Aber nein, in mir ist nicht ein bißchen Spott, schon gar nicht Ihnen gegenüber, nur ein bißchen Kummer, den das freundliche Lächeln jedoch zerstreut hat. Ich habe gar keine hochgespannten erzieherischen Erwartungen. Ich würde gern nach Montpellier fahren, aber nicht jetzt.

Ich nehme an, Sie kommen gar nicht darauf, *marraine*, daß ich das Keuschheitsgelübde abgelegt habe. Deshalb werde ich nicht nach Montpellier fahren, um dort meinen Urlaub zu verbringen.

Ich freue mich, daß Sie den »Erzketzer« richtig verstanden haben, und die Qualitäten, die Sie darin entdeckt haben, entdecke ich – auf eine weiblichere, aber nicht geringere Weise – auch in der »Geschichte der L'Espine«. Sie müssen arbeiten und dürfen sich nicht abschrecken und nicht den Mut sinken lassen. Ihr Briefroman muß bezaubernd sein. Ihre Verse sind hervorragend. In der Rubrik *La Vie anecdotique* des *Mercure* lese ich ein bißchen über mein gegenwärtiges Leben, die Zensur streicht hin und wieder ein Stückchen, aber das macht nichts.

Haben Sie keine Angst, daß ich Sie mit Liebeserklärungen provozieren möchte. Ich mißtraue einem Gefühl, das mir soviel Leid verursacht hat, und da ich Sie so bald nicht sehen soll, überlasse ich mich einem angenehmen und uneigennützigen Briefwechsel ...

Ich küsse Ihre traumhaften Hände.

Guillaume Apollinaire

5. Dezember 1915

Meine liebe Freundin, ich habe Ihren Brief erhalten, den Sie acht Tage vor dem geschrieben haben, auf den ich antworte. Ich habe Ihnen darin meine Beförderung zum Unterleutnant der Infanterie mitgeteilt. Wer sind denn die Freunde, in deren Namen Sie mir die Gunst erweisen, mir zu schreiben ...? Ich brauchte nicht ins Feldrekrutendepot. Ich bin schon seit sechs Tagen im vordersten Schützengraben, dessen Grauen unbeschreiblich und noch weniger vorstellbar ist. Aus diesen weißen Abgründen, bis oben hin voll Wasser und berieselt vom metallischen, stinkenden Niederschlag der furchtbarsten Geschütze, sende ich Ihnen den liebevollen Beweis meiner Freundschaft für Sie, meine kleine gelehrige *marraine*.

G. de Kostrowitzky
Unterleutnant im 96. Infanterieregiment
6. Kompanie, Abschnitt 139

Notieren Sie sich gut die Adresse.

6. Dezember 1915

Ich schreibe Ihnen mit dem einzigen Gegenstand, den ich zur Hand habe, meine Freundin. Ihre Schlußfolgerungen über mein Äußeres und meine geistige und seelische Verfassung stimmen, glaube ich, fast ganz und gar mit der Wirklichkeit überein. Aber ich bin nicht ausgesprochen groß (1 Meter 72). Ich schicke Ihnen ein Foto von mir, sobald ich eins habe. Ich rauche, wie Sie erraten haben, ich habe eher dunkelblondes, aschfarbenes als braunes Haar und ins Rötliche gehendes Barthaar. Meine Augen sind weniger schön, weniger finster und weniger eifersüchtig als zu der Zeit, da ich die Novelle über Laquedem schrieb. Jetzt sind meine Augen nußbraun. Sie sind nicht mehr eifersüchtig.

Es gibt eine Reihe von Druck- und Satzfehlern oder Verwechslungen im »Erzketzer«, vor allem in »Die Unfehlbarkeit«, statt Monsignore muß es Eminenz heißen, immer wenn sich der Abbé Delhonneau an den Kardinal wendet. An einer anderen Stelle, ich glaube, in »Otmika«, muß *vêtissaient* in *vêtaient* * geändert werden, was im übrigen seinen literarischen Adelsbrief erhalten hat. In »Die romaneske Zigarre« muß man nach (ich glaube, so heißt es) »und gab den Brief auf die Post« etwa dies hinzufügen: »nachdem ich mich als Absender auf seine Rückseite geschrieben hatte, damit ich ihn zurückbekäme, falls er seinen Empfänger nicht erreichen sollte«.

Ich küsse Ihre traumhaften Hände, meine Freundin.

Guillaume Apollinaire

20. Dezember 1915

Schon gut, *marraine*, schon gut, ärgern Sie sich nicht, ich bin nicht mehr argwöhnisch und sehr dankbar für das In-

---

* veraltete und neue, inzwischen gültige Imperfektform von vêtir = kleiden

teresse, das Sie mir so freundlich entgegenbringen. Ich werde Ihnen ein Foto schicken, wenn ich eins habe. Wann? Das Leben eines Infanteristen läßt sich nur schwer vorstellen, vor allem in der Armee, in der wir sind, und Sie wissen ja, was für eine das ist, da die Leute aus Montpellier auch dazu gehören. Die Offizierskisten gelangen niemals zu uns, während der Ruhestellung sind wir bis aufs Äußerste erschöpft, und das Leben ist noch ... als in vorderster Front. Mit einem Wort, wir kommen niemals aus den Schützengräben heraus. Wenn man uns in eine andere Gegend verlegte, würde auch das Leben anders sein; es gibt Abschnitte, wo es anscheinend ganz gut ist. Da sind auch Zivilisten und Zivilistinnen gleich hinter der Front. Hier herrscht die öde Verlassenheit infernalischer Landschaften, wenn man sich das mal vorstellt ...

Ich sende Ihnen die besten Wünsche zu Weihnachten und Neujahr.

Guillaume Apollinaire

18. Januar 1916

Meine liebe kleine *marraine*, nun bin ich also wieder zurück von einem langen Urlaub, lang, weil ich ihn in Algerien verbracht habe; aber offiziell war er nur 6 Tage wie jeder Urlaub. Ich habe die köstlichen Bonbons vorgefunden, ich bin sehr naschhaft, aber ich erinnere mich nicht, jemals so gute Bonbons gegessen zu haben. Die Zigaretten und die Zigarren sind ausgezeichnet; es sind gleichfalls, vielmehr waren es meine Lieblingszigaretten. Ich hatte (im Urlaub) Ihre Adresse verlegt, ich habe sie wieder und schreibe Ihnen, um Ihnen ein gutes neues Jahr zu wünschen, viel Glück, viel Poesie und glückliche Arbeit. Ich werde Ihnen jedesmal schreiben, wenn ich einen Brief von Ihnen bekomme. Sehen Sie also darüber hinweg, daß dieser so spät eintrifft, und schreiben Sie mir schnell, um mir zu sagen, daß es Ihnen gut geht und auch, um mir zu sagen, was Sie tun, was Sie schreiben, was Sie lesen. Ich küsse Ihnen die Hand.

Ihr Kriegspatenkind.

Guillaume Apollinaire

Im Feld, den 25. Januar 1916

Meine liebe *marraine*, schreiben Sie mir die »unbekümmerten Sonette« ab und schicken Sie sie mir, möchten Sie? Sie werden mich aufheitern und mich ganz bestimmt berühren.

Ich habe »Die Begegnungen des Herrn de Bréot« von Régnier nicht gelesen, die Monotonie dieses begabten, aber zu konventionellen, wenn nicht gar zu perfektionierten Autors hat mich immer von seiner Prosa ferngehalten, und ich mag von ihm lediglich seine ersten Gedichte, insbesondere ein schönes Gedicht mit dem Titel »Die Galeere«. Was nun Rosny angeht, so ist er nicht so ausgesprochen perfektioniert, und ich finde, daß die ersten Werke der beiden Rosnys über denen standen, die der Ältere allein geschrieben hat, der für mein Gefühl ein bißchen zu volkstümlich ist. Als sie zu zweit schrieben, waren die Rosnys nicht ohne Reiz; ihr wissenschaftlicher Stil hatte etwas Drolliges, eine künstlerische Schreibweise für die Abendschule.

Ich küsse Ihre traumhaften Hände. Ihr

Guillaume Apollinaire

4. Februar 1916

Gewiß, liebe Freundin, Sie müssen weiterarbeiten, ich sag's Ihnen in aller Offenheit. Sie sind schon eigenartig, danach zu fragen. Ich werde Ihnen ein Foto schicken, wenn ich eins habe. Wenn Sie eins haben, müssen Sie mir auch eins schicken. Ich möchte gern noch wissen, liebe Freundin, was aus Léonard geworden ist, er hat mir nicht mehr geschrieben, und ich habe seine Adresse nicht mehr.

Die Tätigkeit des Telefonisten ist ziemlich gefährlich. Schreiben Sie mir viel von sich …

Ich küsse Ihnen die Hand.

Guillaume Apollinaire

Meine liebe *marraine*,
ich habe Ihnen nicht mehr geschrieben, weil Sie meinen letzten Brief nicht beantwortet haben. Ich bin am Kopf verwundet und im Krankenhaus von Château-Thierry (Städtisches Krankenhaus) in Behandlung, wohin Sie mir schreiben können. Diese Verwundung wird mir Gelegenheit geben, Sie kennenzulernen, wenn ich wieder ins Feldrekrutendepot komme.

Ganz bestimmt bin ich verwundet worden, weil Sie nicht mehr an mich gedacht haben und der Talisman also nicht wirken konnte.

Schreiben Sie mir bald und verfassen Sie, wenn Sie möchten, ein kleines Gedicht auf meinen Helm, der sich hat durchbohren lassen, um mir das Leben zu retten.

Ich küsse Ihnen die Hand und bin Ihr dankbares Patenkind.

Guillaume Apollinaire

(*26. März 1916, dem Krankenpfleger diktiert*)

Meine liebe kleine *marraine*,
Ihre Verse sind hervorragend, ich finde sie bewundernswert, aber ich kann nicht schreiben, da infolge der Verwundung bestimmte Komplikationen aufgetreten sind.

Aber schreiben Sie mir doch, wenn Sie mögen.

Guillaume Apollinaire
Italienisches Regierungskrankenhaus
41, Quai d'Orsay

(*Ohne Datum, April 1916*)

25. Juli 1916

Meine liebe kleine *marraine*, ich danke Ihnen, daß Sie mich nicht vergessen haben. Mir geht es etwas besser, aber ich bin noch sehr müde und kann kaum schreiben. Ich bin zweimal operiert worden, und es scheint, daß meine Trepanation vom 9. Mai sehr erfolgreich war.

Im übrigen habe ich mich wieder an das Pariser Leben gewöhnt, das sich im Kriege nur wenig verändert hat.

Ich bin noch sehr nervös, über die Maßen erregbar, ich werde, scheint's, über ein Jahr brauchen, um mich von der schweren Verwundung zu erholen, die mich beinahe das Leben gekostet hätte.

Ich habe voller Sorge von Léonards Verwundung gehört; wenn nur sein Arm wieder gesund wird und nicht amputiert werden muß.

Auf Wiedersehen, meine liebe kleine *marraine*. Ich sende auch ein Wort an Léonard, um ihn meiner Freundschaft und meines Gedenkens zu versichern.

Ihr dankbares Patenkind.

Guillaume Apollinaire

4. August 1916
Italienisches
Regierungskrankenhaus

Meine Freundin, Ihr Brief hat mir große Freude bereitet. Sie möchten wohl nicht, daß ich die liebenswürdige kleine *marraine*, die auch ein vortrefflicher Dichter ist, vergesse.

Ich bin nicht Ihrer Ansicht, was den Ort, an dem man wohnt, und den Tag, der gerade ist, anbetrifft. Ich für mein Teil hatte niemals den Wunsch, den Ort, an dem ich lebte, zu verlassen, aber ich hatte immer den Wunsch, daß der gegenwärtige Zeitpunkt, gleich wie er war, ewig dauern möge.

Nichts ruft mehr Melancholie in mir hervor als dieses Verrinnen der Zeit. Es steht so ausdrücklich im Widerspruch zu meinem Gefühl, zu meiner Identität, daß es die Quelle meiner Dichtung überhaupt ist.

Diese Art, zufrieden mit meinem Schicksal zu sein, hindert mich im übrigen keineswegs daran, Wünsche zu äußern. Bescheidene Wünsche: für immer im Süden leben zu können, frei zu sein, nichts zu tun, um frei zu sein, nach meiner Vorstellung zu arbeiten. Und dann würde ich jetzt auch gern in Mosset sein und die Hand meiner hübschen *marraine* küssen dürfen.

Aber Sie haben mir keine Nachricht von Léonard gegeben.

Ich bewahre Ihnen, meine liebe Freundin, die allerlebhafteste Dankbarkeit und hege gleichzeitig große Bewunderung für den Dichter, der Sie sind und dem ich wünsche, daß er bekannt wird.

Guillaume Apollinaire

Italienisches
Regierungskrankenhaus

Meine liebe kleine *marraine*,
Sie haben mir so hervorragende Gedichte geschickt, daß ich nicht wage, Ihnen im Moment welche von mir zu schicken, denn es gelingt mir nur mit großer Mühe, etwas Überflüssiges zu tun. Ich bin noch zu erschöpft. Ich habe einen Brief von dem lieben, braven Léonard bekommen, und die Erinnerungen, die er in mir wachgerufen hat, haben mir wohlgetan. Dieser Tage werden Sie, meine liebe kleine *marraine*, mein Buch »Der ermordete Dichter« erhalten, ich glaube, Sie haben die Fahnen, die bei Léonard liegen, schon gelesen.

Der nahende Winter macht mir Kummer und Sorge.

In Paris werden die »Schönen« selten, zumindest meiner Meinung nach. Ich glaube, sie sind in neutrale Länder ausgewandert, und es gibt auch welche, die in den überfallenen Ländern geblieben sind.

Aber San Sebastian und die römische *season* (eine Neuheit in der Welt!) haben noch eine ganze Menge davon. Niemals sind die Frauen so viel gereist.

Trotzdem gibt es noch Frauen in Frankreich, wovon diese Geschichte zeugt, die Sie – auf Kosten Ihrer Mitschwestern – zum Lachen bringen wird, meine liebe kleine *marraine*: ein verwundeter Unterleutnant, der in meinem Krankenhaus behandelt wird, hatte in *La Vie parisienne* eine Annonce setzen lassen, in der er eine *marraine* suchte. In drei Tagen bekam er 229 Briefe. Ich hätte sie gern alle gelesen, aber der Dummkopf hat sie auf der Stelle verbrannt, und ich habe ihn zu spät darum gebeten.

Ich habe nur einen einzigen, weiß Gott komischen, gelesen. Diejenigen, die er ausgewählt hatte, marschierten im Krankenhaus auf, ich habe niemals einen so außergewöhnlichen Aufmarsch häßlicher Frauen gesehen.

Der Krieg schleppt sich dahin, so wie ich, das ist alles betrüblich. Sie in Ihrer hübschen Stadt dagegen genießen wenigstens die schöne Sonne, die wir nicht mehr haben.

Ich hoffe, daß ich eines Tages die Freude haben werde, Sie zu sehen, meine liebe *marraine*, und bis dahin küsse ich Ihre Hand.

Guillaume Apollinaire

(*ohne Datum, Oktober 1916*)

23. November 1916
Italienisches
Regierungskrankenhaus

Meine liebe kleine *marraine*, ich bin fest von dem überzeugt, was Sie sagen: nicht alle unbekannten *marraines* sind häßlich. Ich war so erschöpft, daß ich weder schreiben noch das Buch schicken konnte, ich mache es diese Woche.

Bindet einen Strauß aus Efeu Immortellen
Denn der Monat jetzt noch dauert wird nicht enden
Ohne daß zu Euch der Dichter seinen Tod trägt
Und als Herbstenblume vor die blumengleichen Füße
legt.

Aber schreiben Sie mir doch öfter, sonst lassen Sie mir keine andere Wahl, als zu singen wie Cherubino, dessen Alter ich leider nicht mehr habe:

Die teure Patin mein …
Ach mein Herz, wie fühl ich es schlagen …

Hier läuft das Leben wenn nicht eintönig, so doch ohne Glanzlichter ab. Unter den Fenstern des Krankenhauses steigt die Seine ein wenig an, und mein Freund, Doktor Mardrus, den ich oft sehe, weckt mit seinen Erzählungen in mir die Sehnsucht nach seinem Orient.

Ich küsse Ihre schönen Hände, deren harmonische Form ich errate, und bin

Ihr ergebenes Patenkind.

Guillaume Apollinaire

18. Januar 1917

Meine liebe kleine *marraine*, ich bin so sehr in Verzug mit Ihnen, daß ich Sie gar nicht mehr um Verzeihung zu bitten wage, und ich weiß nicht mehr, ob ich Ihnen ein gutes neues Jahr gewünscht habe. Wenn nicht, nehmen Sie meine Wünsche entgegen.

Ich habe Chadourne vor langer Zeit kennengelernt. Er hatte mich wegen einer Zeitschrift, *Le Voile de Pourpre*, die er gegründet hat, aufgesucht, und ich hatte ihm Gedichte gegeben. Er ist in dem italienischen Krankenhaus behandelt worden, in dem auch ich bin und wohin er manchmal kommt, aber wiedergefunden haben wir uns im Val-de-

Grâce, wohin man ihn überwiesen hatte, als ich auch dort war.

Ich sehe ihn übrigens seit langem nur noch selten, denn wir bleiben einander fremd, und ich schreibe ihm nicht, da ich seine Hausnummer nicht weiß.

Er ist ein feinsinniger Mensch und hervorragender Italianist.

Ich nehme Ihre beiden Hände, meine liebe kleine *marraine*, und küsse sie andächtig.

Guillaume Apollinaire

19. September 1917

Meine liebe *marraine* und Freundin, es ist wahr, meine Reise hat mich sehr erschöpft, aber ich habe von unserer Begegnung einen ausgezeichneten Eindruck bewahrt. So ausgezeichnet, daß ich Jean de Gourmont auf Ihre poetische Begabung hingewiesen habe und er von Ihnen ein Gedicht für den bei Poiret in einer Prachtausgabe verlegten *Almanach des Lettres et des Arts* anfordern wird. Sie sehen, wie eifrig meine Freundschaft ist … Ich danke Ihnen, daß Sie mir mein Gedicht geschickt haben und Ihr Gedicht dazu, was mir zeigt, daß Sie die Kurzweil, um die es sich dabei handelt, begriffen haben.

Deshalb versichere ich Sie lebhaft meiner Freundschaft und küsse Ihnen die Hand.

Guillaume Apollinaire

P.S. Ich habe Ihre Adresse verlegt.

31. Januar 1918
Krankenhaus Val-de-Grâce
Nebengebäude
Nr. 11

Meine liebe Freundin, ich liege seit über einem Monat im Bett: eine Brustfell- und Lungenentzündung hat mich niedergestreckt. Es geht mir nun besser, und ich warte ungeduldig darauf, daß man mich aufstehen läßt. Ich hätte Ihnen öfter geschrieben, wenn ich Ihre Adresse, die Sie mir gegeben haben, gehabt hätte, es war aber, glaube ich, keine in Montpellier.

*Labor improbus ...** Sie dürfen deshalb nicht den Mut verlieren, wenn Sie erfahren, daß der *Almanach des Lettres et des Arts* wegen Papier- und Druckschwierigkeiten in diesem Jahr nicht erschienen ist. Jean de Gourmont bewahrt Ihr Gedicht für das nächste Jahr auf, wenn die Schwierigkeiten weniger groß sind als in diesem Jahr.

Sie haben recht getan, Gedichte in Provinzzeitschriften zu veröffentlichen. Ich habe Monsieur Crouzet, Direktor von *La Grande Revue*, von Ihrer dichterischen Begabung erzählt. Er wartet auf Gedichte von Ihnen, und Sie haben die allerbesten Chancen, daß er welche veröffentlicht, wenn Sie genauestens meine Ratschläge befolgen. Schicken Sie ihm etwa zwanzig Gedichte, und erinnern Sie ihn daran, daß ich ihm von Ihnen erzählt habe. Es ist unbedingt notwendig, daß sie sich auf den Krieg beziehen oder zumindest damit zusammenhängen. So würde das Sonett über meinen Helm ausgezeichnet in *La Grande Revue* passen, genauso wie der Talisman-Vierzeiler.

Nun möge Ihnen Apollo gewogen sein, Guillaume Apollinaire hat getan, was er vermochte. Es ist höchst bedauerlich, daß Sie ein männliches Pseudonym angenommen haben. Wenigstens empfinde ich es so.

Ich wünsche Ihnen ein gutes Jahr und küsse Ihnen die Hand.

Guillaume Apollinaire

---

* eigentlich: *Labor omnia vincit improbus* (lat.) – Beharrliche Arbeit führt zum Ziel (aus der »Georgica« von Vergil)

Paris, den 10. Mai 1918
Kolonialministerium
Ministerkabinett

Meine liebe *marraine*,
meine lange Krankheit, dann meine Versetzung von der Zensur zum Kolonialministerium, schließlich meine Heirat und tausend andere Tätigkeiten haben mich daran gehindert, Ihnen zu schreiben. Ich hatte wahrhaftig nicht eine Minute für mich. Ich hoffe, daß Sie Nachrichten von Monsieur Crouzet hatten. Wenn nicht, sagen Sie es mir. Ich werde mich bemühen, Ihre Gedichte unterzubringen. Schicken Sie mir ein paar. Ich werde sie, wenn nicht in großen, dann in kleinen Zeitschriften unterbringen.

Ich habe mich von meiner Lungenentzündung noch nicht richtig erholt. Außerdem habe ich infolge einer Lebensmittelvergiftung eine Art Hauterkrankung, die momentan behandelt wird. Sie sehen, daß ich nur wenig Zeit für mich habe. Wenn Sie noch hinzurechnen, daß ich um 5 Uhr morgens aufstehe, um zum Informationsbulletin zu gehen, wo ich die englischen Zeitungen übersetze, dann haben Sie eine Vorstellung von den Tätigkeiten, die meinen Tag ausfüllen.

Es ist schade, daß ich Léonard hier überhaupt nicht gesehen habe. Wenn Sie ihn zu Gesicht bekommen, seien Sie so gut und bitten ihn, mir zu schreiben. Ich habe das Foto bekommen. Es ist treffend und bezaubernd.

Es war lange Zeit ein Anti-Gotha-Wetter*. Jetzt ist es wieder schön. Man ist wie neugeboren. Die Gothas können aber auch wiederkommen. Eins wiegt das andere auf.

Man wird schon sehen; solange sende ich Ihnen meine ganz freundschaftlichen und noch süßeren Grüße, als es der Süßstoff ist.

Ich küsse Ihnen die Hand.

Guillaume Apollinaire

---

* *Gotha*: kleines deutsches Bombenflugzeug

16. Juli 1918
Deputiertenkammer

Meine liebe Freundin,
ich wäre so gern mit meiner Frau nach Troyes gereist, aber im Moment ist der Urlaub gestrichen, und die Dicke Berta hat mich gezwungen, meine Frau schon vor über einem Monat in die Bretagne zu schicken...

Ich habe den Ausschnitt und einen Brief von Léonard erhalten. Ich habe ihm – wie versprochen – ein in Nîmes entstandenes Gedicht aus den »Kalligrammen« gewidmet, aber ich komme nicht dazu, ihm zu antworten, weder ihm noch irgend jemand anderem. Ich ersticke in Arbeit und kann nicht einmal mehr für mich arbeiten.

Ich sende Ihnen die dankbarsten und ehrerbietigsten Grüße von Ihrem Patenkind. Ihre Gedichte werden in Paris erscheinen.

Guillaume Apollinaire

7. August 1918
Kervoyal über Damgan (Morbihan)
bis zum 20., danach in Paris

Meine liebe *marraine*, wie schade! Entschuldigen Sie mich auch bei Ihrem Mann, den ich so gern kennengelernt hätte. Aber ich hoffe, daß ich die erstbeste Gelegenheit, die sich bietet, besser beim Schopfe packen werde.

Ich habe an Léonard geschrieben. Ich habe vom 27. Juli an 21 Tage Urlaub.

Im nächsten Jahr schicke ich meine Frau vielleicht in den Süden. Ich bin an der Ozeanküste, das heißt, wir sind, denn ich bin mit meiner Frau zusammen. Ich hatte ein außerordentliches Bedürfnis nach Ruhe. Erzählen Sie mir noch mehr von Ihrem Vorhaben. Ich bin sicher, daß Sie es auch im Brief sehr deutlich erläutern werden. Richten Sie Ihrem Mann – unbekannterweise – Grüße von mir aus. Ich grüße Sie von meiner Frau und küsse Ihnen die Hand.

Guillaume Apollinaire

Kervoyal, 24. Oktober 1918

Meine liebe *marraine*, ich denke, daß Sie in Paris mehr Widerhall finden werden. Schreiben Sie also unter Bezug auf mich an Monsieur François Bernouard, 71 Rue des Saints-Pères, und geben Sie die Anzahl der Seiten an. Er ist Drucker, Verleger und selbst Dichter.

Ich werde Ihnen ein Vorwort schreiben. Lassen Sie mir eine Nachricht zukommen, wenn die Sache entschieden ist.

Ich kehre heute abend nach Paris zurück.

Ich küsse Ihnen die Hand.

Guillaume Apollinaire

Kolonialministerium

Liebe Freundin,
ich habe an Bernouard geschrieben. Ich werde ihn bald sehen. Ich bin bis zum äußersten eingespannt. Entschuldigen Sie, daß ich Ihnen nicht ausführlicher schreibe.

Ich werde es tun, wenn es möglich ist.

Ehrerbietige Grüße.

Guillaume Apollinaire

(*ohne Datum, Oktober 1918*).

Essays

Mirabeau

Hier geht es weder um Mirabeaus Leben in der Öffentlichkeit noch um sein Privatleben. Das alles ist hinreichend bekannt.

Der Hinweis mag genügen, daß Honoré-Gabriel Riquetti, Comte de Mirabeau, am 9. März 1749 auf Schloß Bignon im orleanesischen Gâtinais (heute Le Bignon-Mirabeau, Arrondissement Montargis, Loiret) geboren wurde. Er starb am Samstag, dem 2. April 1791.

Glänzende Historiker haben die Liebesbeziehungen zwischen dem großen Volkstribun und Sophie de Ruffey, der Marquise de Monnier, ins rechte Licht gerückt. Ein beträchtlicher Teil der Korrespondenz der beiden Liebenden ist herausgegeben worden.* Die freizügigen Einzelheiten, die es in den Briefen von Madame de Monnier in Hülle und Fülle zu geben scheint, hat man noch nicht zu veröffentlichen gewagt. Nicht wenige ebenso freizügige Einzelheiten finden sich in denen Mirabeaus.

* »Originalbriefe von Mirabeau, während der Jahre 1777, 1778, 1779, 1780 aus dem Gefängnisturm von Vincennes geschrieben, mit allen Einzelheiten über sein Privatleben, sein Unglück und seine Liebe zu Sophie Ruffey, der Marquise de Monnier«; gesammelt von P. Manuel, französischer Staatsbürger, Paris, bei I.-B. Garnery, 1793, Jahr III der Freiheit, 4 Bände in Oktav Paul Cottin, »Sophie de Monnier und Mirabeau, nach ihrer unveröffentlichten geheimen Korrespondenz (1775–1789)«, mit drei Porträts, darunter eine Heliogravüre nach Heinsius, zwei Faksimiles von Autographen, einem Index und einem Plan des Klosters Saintes-Claires de Gien, Paris, Plon-Nourrit et Cie, 1903, in Oktav

Nach seiner Festnahme am 14. Mai 1777 wurde Sophies Liebhaber am 8. Juni 1777 in Vincennes eingekerkert und kam erst am 17. November 1780 wieder frei.

Der Marquis de Sade befand sich seit dem 14. Januar desselben Jahres in dem gleichen Festungsturm. Aber Mirabeau hat davon offenbar nichts gewußt, was der an Monsieur Le Noir adressierte Brief vom 1. Januar 1778 bezeugt:

»... Mehrere in Frankreich durch schreckliche Verbrechen bekannte Schurken, für die lebenslänglich eine Gnade ist, welche zu gewähren die ganze Güte des Souveräns gegenüber ihren Familien kaum ausgereicht hat, mehrere dieser Schurken also sitzen in Festungen, wo sie sich in höchst angenehmer Gesellschaft ihres Vermögens erfreuen und über alle nur erdenklichen Mittel gegen das Unbehagen und die Langeweile verfügen, die einem abgeschlossenen Leben eigen sind ...

... Soll ich einen Verwandten von mir anführen?* Die Schande ist schließlich etwas Persönliches. Der Marquis de Sade, zweimal zum Tode verurteilt und das zweitemal dazu, bei lebendigem Leibe zerrissen zu werden, was an einem Bild vollstreckt wurde; dieser Marquis de Sade, dessen minderrangige Komplizen aufs Rad geflochten wurden, dessen Freveltaten selbst die abgefeimtesten Schurken erblassen lassen, ist Oberst, lebt in der Welt, hat seine Freiheit wiedererlangt und genießt sie, falls er ihrer durch irgendeine Abscheulichkeit nicht erneut verlustig gegangen ist ...

... Sie würden mich tadeln, Monsieur, wenn ich mich so weit erniedrigte, mich mit Monsieur de Railli** und Monsieur de Sade auf eine Stufe zu stellen; ich hingegen würde mir die einfache Frage vorlegen ... Wessen bin ich schuldig? Vieler Fehler zweifellos; aber wer wird es wagen,

---

* Sie waren durch ihre Ehefrauen miteinander verwandt.

** Railli war in Pierre-Enaise bei Lyon inhaftiert.

meine Ehre anzutasten? ... Mein Vater; weil er der einzige ist, den ich nicht zurückstoßen und mit Niedertracht überhäufen kann. Er soll Tatsachen nennen und dafür sorgen, daß sie mir mitgeteilt werden. Ich habe ihn hundertmal darum ersucht, aber er hat ein zu leichtes Spiel, wenn er nur redet, um die Seite zu wechseln ... Was für ein Unterschied indessen zwischen der Situation, in der sich die genannten Ungeheuer befinden, und der meinen! Ich bin im traurigsten und grausamsten Gefängnis des ganzen Königreichs, wenn man alle Gesichtspunkte zusammennimmt (ich spreche von denen, die für Leute meines Schlages bestimmt sind); ich bin hier in äußerster Not; in der völligsten, ich möchte sagen schrecklichsten Isolierung, wären Sie mir nicht zu Hilfe gekommen ...«

Doch der Marquis de Sade hat ihn von seiner Anwesenheit offenbar in Kenntnis gesetzt, und am 28. Juni 1780 schreibt Mirabeau an den Polizeibeamten Boucher, den er seinen guten Engel nennt:

»... Monsieur de Sade hat gestern den Festungsturm in Brand gesetzt und mir die Ehre erwiesen, die abscheulichsten Gemeinheiten gegen mich vorzubringen, ohne die geringste Provokation meinerseits, wie Sie sicher glauben werden. Ich wäre, sagte er mit noch weniger schicklichen Worten, Monsieur de R...* in den Arsch gekrochen, und zwar, um den Spaziergang zu bekommen, der ihm gestrichen worden sei. Schließlich hat er mich nach meinem Namen gefragt, damit er das Vergnügen hätte, *mir nach seinem Belieben die Ohren abschneiden zu können.*

Mir ist der Geduldsfaden gerissen, und ich habe ihm geantwortet: »Mein Name ist der eines Ehrenmannes, der Frauen weder zerstückelt noch vergiftet hat und es Ihnen mit Stockschlägen auf den Rücken schreiben wird, falls Sie nicht schon vorher gerädert worden sind. Er verstummte und hat seitdem den Mund nicht mehr aufzumachen ge-

---

* Rougement, Gouverneur des Schlosses von Vincennes

wagt. Wenn Sie mir deswegen grollen, dann grollen Sie mir eben, aber es ist bei Gott leicht, aus der Ferne Geduld zu üben, und ziemlich traurig, mit einem solchen Ungeheuer unter einem Dach zu hausen.«

Die beiden Gefangenen, die sich so wenig mochten, daß der eine den anderen als Arschkriecher bezeichnete und der ihn wiederum als Ungeheuer ansah, sollten in der Geschichte der sozialen und moralischen Emanzipation der Menschheit eine überragende Rolle spielen.

Beide benutzten ihre Gefängniszeit dazu, überwiegend ausschweifende Werke zu schreiben.

Mirabeau hat in Vincennes eine größere Zahl davon verfaßt: »Briefe aus der Haft und dem Staatsgefängnis«, 2 Bände, Hamburg (Neufchâtel), 1782. »Elegien von Tibull, mit Anmerkungen aus Mythologie, Geschichte und Philosophie; gefolgt von Küssen des Jean Second; neue Übersetzung, von Mirabeau dem Älteren aus dem Turm von Vincennes an Sophie Ruffey gerichtet, mit vier Illustrationen«. Tours, bei Letourmy dem Jüngeren und Compagnie, und Paris, bei Berry, Rue S. Nicaise, Jahr III der republikanischen Ära, 2 Bände, in Oktav.*

Es gibt noch einen dritten Band ohne Bandbezeichnung mit folgendem Titel: »Erzählungen und Novellen von Mirabeau aus dem Turm von Vincennes an Sophie Ruffey gerichtet.« Tours, bei Letourmy dem Jüngeren und Com-

* Im 2. Band findet sich ein Porträt Sophies. Sie war groß, kräftig, brünett, mit dunklen Augen. Es sind nur zwei authentische Porträts der Marquise de Monnier bekannt; dieses und ein anderes, das sie im Alter zwischen dreißig und fünfunddreißig Jahren zeigt. Es stammt von Jean-Jules Heinsius. »Der Kupferstich von Antoine Borel im 2. Band der Tibull-Übersetzung entspricht«, heißt es bei Paul Cottin, »wie die Vorlage von Heinsius der Personenbeschreibung der Polizei, und Madame Callier, die Tochter des unlängst verstorbenen Doktor Ysabeau, wußte von ihrem Vater, daß er ein getreues Abbild der zwanzigjährigen Sophie war.«

pagnie. Paris, bei Deroy, Buchhändler, Rue Cimetière-André 15, Jahr IV der republikanischen Ära mit dem Epigraph: *Nec si quid olim lusit Anacreon delevit aetas.*

»La Chabeaussière«, heißt es in der *Biographie Michaud*, »der zusammen mit Mirabeau aufgewachsen war, hatte ihm das Manuskript dieser Übersetzung, der er keinerlei Bedeutung beimaß, zum Geschenk gemacht. Mirabeau eignete sie sich an, indem er sie mit Hinzufügungen bereicherte und den Stil überarbeitete. La Chabeaussière forderte das Werk zurück, als er dessen Erfolg sah.«

Paul Cottin meint, daß La Chabeaussière die Urheberschaft der Tibull-Übersetzung offenbar unberechtigt für sich beansprucht hat.

Gabriel Hanotaux besitzt anscheinend ein wichtiges Manuskript mit Texten, die Mirabeau in Vincennes verfaßt hat und die von Sophie kopiert wurden: Gedichte, eine Übersetzung der »Metamorphosen« von Ovid, ein »Essay über die Freiheit der Alten und der Modernen« und anderes.

Mirabeau hat in Vincennes auch eine Abhandlung über »Die Impfung« geschrieben, eine Grammatik und eine Mythologie, die zur Erziehung von Madame de Monnier bestimmt waren.

Er übersetzte ferner die Erzählungen von Boccaccio, den er wie folgt beurteilte (»Brief an Sophie« vom 28. Juli 1780): »Ich glaube ganz allgemein, daß Boccaccio zu sehr gelobt wurde; er besitzt ohne Zweifel Talent und Witz. Aber wenn man weiß, was auf diesem Gebiet Hamilton geleistet hat, ob nun in seinen Erzählungen oder in den Memoiren von Crammont, mag man keinen anderen.«

Schließlich schrieb er sein »Erotika Biblion« und jene gewagten Texte, die Pierre Louÿs in seinem Vorwort zu »Aphrodite« *die Romane Mirabeaus* nennt, das heißt »Ein Freigeist von Format« und vielleicht »Hic et Hec«.

»Meine Bekehrung« erschien 1783.

Dieses Werk, von ganz neuer Machart, fand sehr bald

Beachtung.* Zum allerersten mal wurde hier ein Mann zum Romanhelden erhoben, der auf Kosten der Frauen lebte. Der Roman war kurzweilig; ziemlich derb, er enthielt Ausdrücke, die aus dem besonderen Argot der Spielhöllen und Spelunken stammten. Die Libertinage zeigte sich auf jeder Seite in einnehmender Weise. Don Juan erhob Steuern im Land Zärtlichkeit und lästerte mit einer realistischen Freiheit, die in der Literatur noch neu war. Die »Mémoires secrets« versäumten nicht, auf das Skandalöse des Buches hinzuweisen, und die Bemerkungen über die Kupferstiche, die das Buch bereichern, werden genügen, eine hinlängliche Vorstellung von dem Werk zu vermitteln, das sich kaum resümieren läßt.

5. Januar 1785. »Meine Bekehrung« von M.D.R. C.D.M.F., das heißt von Monsieur de Riquetti, Comte de Mirabeau fils.

Dies ist der Titel des Werkes, das sich, obwohl bereits 1783 gedruckt, erst gegen Ende des letzten Jahres durchzusetzen begann. Es ist tatsächlich so beschaffen, daß es sich nur langsam und in der Dunkelheit einschleicht. Ihm ist eine *Widmung an Monsieur Satan* vorangestellt, nach der man sich vorstellen kann, wie das Buch aussehen mag. Das Titelblatt kündigt es ebenfalls an. Man sieht darauf den Autor an seinem Schreibtisch. *Die Liebe* und die *Drei Grazien*, in *Drei nackte Huren* verwandelt, zu denen er sich umdreht, scheinen seine Feder zu führen. Man könnte meinen, daß der Teufel auf der anderen Seite nur darauf wartet, die Hommage dieser Produktion entgegenzunehmen, und Merkur schickt sich an, sie zu veröffentlichen.

Darüber befindet sich ein Medaillon, das den Titel »Meine Bekehrung« umrahmt. Am unteren Rand des

---

* »Mémoires secrets pour servir à l'histoire de la République des lettres« von Bachmann, Pidanzat de Mairobert, Moufle d'Angerville und anderen, Band XXVIII, S. 16

Blattes steht als Bilderläuterung *Auri sacra fames*. Fünf andere Stiche bereichern und entwickeln das Thema.

Der erste handelt vom Debüt des Helden bei einer finanzkräftigen Frau. Er ist in aufreizendster Weise dargestellt, will sie aber erst zufriedenstellen, wenn dabei Geld herausspringt. Darunter steht: »Seht den Hintern, wie er hüpft!«

Der zweite trägt den Titel »Die Frömmlerin«, und es ist die Wollust im Arm ihres Geliebten, die ihr den Ausruf »Ach, mein süßer Jesus!« entreißt. Ein Kruzifix vor ihr, ein Bildnis der Jungfrau Maria kennzeichnen sie als Frömmlerin.

»Agnes« heißt der dritte Stich, und der Text lautet: »Ich zerreiße die Nackte«. Eine Novizin wird von dem Freigeist in ein Kloster des Lasters eingeführt: während einer Musikstunde stürzt sie sich tränenüberströmt in seine Arme und wird gef …

»Sie lebte auf dem Dorf«, sagt die Bildunterschrift des vierten, und sie ist eine »Landbaronin«, der er alle Haltungen und Möglichkeiten beibringt, es zu tun.

Der letzte Stich stellt eine unglaubliche Orgie dar, auf der sich ein Mönch besonders hervortut. Sie ist mit einem Vorhang verhüllt, den der »Geräderte« lüftet. Weiter unten ist eine andere Orgie im Gange, ebenfalls verhüllt, so daß man nur vermuten kann, daß es sich um lesbische Frauen handelt; das ganze endet mit den Worten: »Der Vorhang verbirgt die Sitten«.

Man weiß nicht, ob das Werk wirklich von dem stammt, auf den die Anfangsbuchstaben hinweisen; aber unglücklicherweise ist es ziemlich gut gemacht, so daß man versucht ist, es zu glauben.

»Die literarische, philosophische und kritische Korrespondenz« von Grimm, Diderot, Raynal, Meister usw. meldete ebenfalls Zweifel an, ob das Werk Mirabeau zuzuschreiben sei:

»›Meine Bekehrung‹ von M.D.R.C.D.M.F. mit Kupferstichillustrationen, erste Ausgabe, Satan gewidmet. Zu unserer Rechtfertigung sei gesagt, daß wir den Titel dieses schändlichen Buches hier nur deshalb nennen, um unsere Leser wissen zu lassen, daß wir, obwohl es dem Sohn des Marquis de Mirabeau, Autor der ›Briefe aus der Haft und dem Staatsgefängnis‹ zugeschrieben wird, uns nicht entschließen können, das zu glauben. Es handelt sich um ein Verzeichnis abgeschmackter Ausschweifungen ohne Schwung, ohne Phantasie, und es ist unwahrscheinlich, daß ein Mensch von Geist seine Feder für einen solchen Exzeß hergegeben hat, ohne wenigstens etwas von dem verführerischen Reiz erkennen zu lassen, zu dem sein Talent fähig gewesen wäre.«

Und Tourneux, der eine Fassung der »Literarischen Korrespondenz« (Garnier, 1880) herausgebracht hat, fügt in einer Fußnote hinzu:

»Die Initialen, die sich in einer der Ausgaben finden und die Meister abdruckt, bedeuten: Monsieur de Riquetti, Comte de Mirabeau fils. Dennoch ist es wenig glaubhaft, daß der große Redner ›Meine Bekehrung‹ verfaßt hat, wie auch die anderen obszönen Romane, die ihm zugeschrieben werden. Seine Urheberschaft kann lediglich für ›Erotika Biblion‹ als erwiesen gelten, als dessen Autor er sich in einem Brief an Sophie de Monnier ausdrücklich zu erkennen gibt.«

Indessen ist kein Zweifel möglich. Mirabeau hat sowohl »Meine Bekehrung« als auch »Erotika Biblion« geschrieben.

Die drei Briefe vom 21. Februar, vom 5. und 26. März 1780 belegen das ziemlich eindeutig.

Am 21. Februar schreibt Mirabeau an Sophie:

»Was ich dir nicht schicke, ist ein ganz und gar verrückter Roman, an dem ich arbeite und den ich ›Meine Bekehrung‹ genannt habe. Der erste Absatz wird dir eine Vorstellung von dem Sujet geben und dich gleichzeitig wissen lassen, welche Treue ich dir bewahre:

Bislang, mein Freund, war ich ein Taugenichts; ich bin den Schönheiten nachgelaufen; ich habe das Schwierige getan; jetzt kehrt die Tugend in mein Herz zurück; ich will ... nur noch für Geld; ich werde mich als geschworener Held alternder Frauen ausgeben und ihnen beibringen, soundso oft per Monat die ... zu spielen.

Du ahnst nicht, wie viele Porträts und amüsante Kontraste dieser scheinbar unbedeutende Rahmen hergibt; alle Sorten Frauen, alle Stände und Verfassungen passen dort hinein; die Idee ist verrückt, aber die Einzelheiten sind entzückend, und ich werde dir eines Tages daraus vorlesen, auch auf die Gefahr hin, daß du mir die Augen auskratzt. Ich habe bereits die Reiche, die Prüde, die Frömmlerin, die Frau eines Präsidenten, die Geschäftsfrau, die Hofdame, die Alte hinter mir. Jetzt bin ich bei den Dirnen angelangt; das ist eine tüchtige Bürde und ein wahrhaft MORALISCHES Buch.«

Am 5. März kommt Mirabeau selbstgefällig auf seinen Roman zurück:

»Meine teure Freundin, wir sind sehr im Rückstand; aber ich arbeite angestrengt, daß wir, wie ich hoffe, bald Geld haben werden. ›Tibull‹ wird ausgeliefert, die ›Erzählungen‹ und die ›Küsse‹ sind es bereits; am Boccaccio sitze ich gerade, und ›Meine Bekehrung‹ kommt voran. Für diesen Roman, der völlig neuartig ist und, wenn ich Buchhändler wäre, mein Glück machen würde, fertige ich Entwürfe für Kupferstiche an, die keinen anderen ähneln und die, ich rühme mich dessen, sehr hübsch sein werden. Rechnen Sie, Madame, mit meinem Wohlwollen; ich werde geruhen, für Sie stets ein paar gute Augenblicke bereitzuhalten, und wenn ich viel für meine Börse tue, werde ich auch *etwas* für mein Herz tun. Wenn du Lust auf etwas derbe Worte und sehr freie, aber auch sehr wahre Illustrationen unserer Sitten, unserer Verdorbenheit, unserer Libertinage hast, werde ich dir den Roman schicken, der weniger frivol ist, als man auf den ersten Blick annehmen könnte. Nach den Hofdamen, die gründlich aufs Korn genommen worden sind, habe ich die Nonnen und die Mädchen von der Oper fertig; jetzt bin ich gerade bei den Mönchen; danach werde ich heiraten und dann vielleicht einen kleinen Abstecher in die Hölle machen (wo ich mit Prosperina schlafen werde), um dort komische Geständnisse zu erfahren ... Ich kann dir nur sagen, daß dies eine ausgesprochen neue Verrücktheit ist, die ich nicht lesen kann, ohne dabei zu lachen.«

Schließlich kündigt Mirabeau am 26. März Sophie die Zusendung von »Meine Bekehrung« an:

»Was das Manuskript betrifft, nach dem du verlangst, so schicke ich es dem guten Engel mit der Bitte, es an dich weiterzuleiten. Behalte es nicht länger als nötig. Ich kann weder den zweiten Teil beifügen noch das Blatt, das ich aus dem Gesamtwerk herausgenommen habe. Das sind so Dinge, die Monsieur B. nicht durchläßt.

Ach, meine Freundin, im Gefängnis muß man sich abmühen, um fröhlich zu sein, und sich dazu zwingen. Ansonsten wäre man bald entmutigt und tot oder verrückt. Übrigens ist ›Meine Bekehrung‹ viel vergnüglicher als ›Parapilla‹.* Es ist, unter einer sehr frechen Schale, ein lebendiges und sogar ziemlich moralisches Gemälde unserer Sitten und der der anderen Stände. Die Hofdamen, die Nonnen und Mönche sind mir wohl besonders gut gelungen.«

P. Manuel sagt in seinem Vorwort zu den »Briefen Mirabeaus« emphatisch, daß der Liebhaber Sophies »darauf eingegrenzt war, die Farben Aretinos zu zerreiben. Und dann erschien ›Ein Freigeist von Format‹, und man würde nicht begreifen, wie ein Apostel der Wollust, der geistvollste Jünger, den Epikur je gehabt hat, der so eindeutig predigte, daß die Liebe, wenn sie schmutzig wäre, mit der

---

* Gedicht von Charles Bordes

Nacktheit alles verlöre, und die Scham selbst die Keuschheit überleben muß, wie ein solcher Mann die abstoßenden Farben des Lasters verwenden konnte, wenn er, ein Opfer seiner Phantasie, die seiner Menschenfreundlichkeit hinter morastigen Wegen ein moralisches Ziel zeigte, nicht selber zu der Überzeugung gekommen wäre, daß man, um die Laster zu schildern, sie auch beim Namen nennen und daß man, um Höflinge und Mönche erkennen zu lassen, wo der Krebsschaden, die faulige Beschaffenheit ihrer Sitten liegt, auch auf die Gefahr hin, nicht gelesen zu werden, die Sprache der Bordelle und Markthallen sprechen müsse.

›Meine Bekehrung‹ ist ein Abbild der Ausschweifungen aus der ›Insel Capri‹. Stand es ihm zu, den Pinsel des Petronius zu führen?

Und so mußte er sich ›Erotika Biblion‹ gönnen. Da zumindest bedeckt er mit der ganzen Gelehrsamkeit der Akademie der Wissenschaften die Schamteile unserer modernen Sardanapale mit ehrwürdigen Beispielen aus der Antike.«

»Erotika Biblion« erschien im gleichen Jahr wie »Meine Bekehrung«. Mirabeau hatte es 1780 beendet. Am 21. Oktober dieses Jahres schreibt er an Sophie:»... Ich rechne damit, mein Kätzchen, Dir heute ein neues, ganz besonderes Manuskript zu schicken, welches Dein unermüdlicher Freund verfaßt hat, aber die Abschrift für den Verleger ist noch nicht fertig. Also dann beim nächstenmal. Es wird Dich belustigen: es sind sehr gefällige Stoffe behandelt mit einem nicht minder grotesken, doch sehr schicklichen Ernst. Hättest Du gedacht, daß man in der Bibel und im Altertum Nachforschungen über Masturbation, Lesbentum usw., usw. anstellen kann, kurzum über die heikelsten Themen, die die Kasuisten behandelt haben, und daß man das alles, selbst wenn es mit ziemlich philosophischen Ideen durchsetzt ist, lesbar machen kann?«

Beiläufig sei festgestellt, daß *Errotika* ein Druckfehler war, der in mehreren Ausgaben des Werkes vorkommt.

Das Originalmanuskript Mirabeaus gehörte einem Herrn Solar und wurde für einhundertfünfzig Franc verkauft. Es war im Quartformat.

»Erotika Biblion« ist ein höchst ungewöhnliches Denkmal der Verruchtheit. Es ist die Frucht von Mirabeaus Lektüre im Gefängnis. Er las dort aus Neugierde und nicht ohne Vergnügen Werke frommer Gelehrsamkeit, biblischer Exegese: »Aus Schnipseln, die den Kommentaren von Don Calmet entnommen waren«, schreibt ein Biograph, »setzte er ›Erotika Biblion‹ zusammen, eine Auswahl schlüpfriger Begebenheiten, in denen die Abirrungen der körperlichen Liebe bei den verschiedenen alten Völkern, insbesondere den Juden, gezeigt werden und bei der die Obszönität des Gegenstandes wenigstens durch Originalität aufgewogen wird.«

Die erste Ausgabe erschien nach Meinung der einen in Neufchâtel, nach Meinung der anderen in Paris. Man hat versichert, daß von dieser Auflage, die von der Polizei beschlagnahmt wurde, ganze vierzehn Exemplare in Umlauf kamen. Wahrscheinlich wurde die Auflage von 1792 ebenfalls von Verboten getroffen, doch gelangte eine bestimmte Anzahl von Exemplaren ins Ausland. Eins kam sogar nach Rom, und das Buch wurde am 2. Juli 1794 auf den Index gesetzt. Der Erlaß, der das Werk verdammt, übersetzt den griechischen Titel liebenswürdigerweise ins Lateinische: »Erotika Biblion, d.h.: Amatoria Bibliorum.«

Hinsichtlich des »Erotika Biblion« zitierte Lemonnyer* den folgenden *Artikel aus einem zeitgenössischen Journal:* »20. August. Es erscheint ein neues Buch, dessen Titel allein schon abscheulich ist: es heißt ›Erotika Biblion‹.

---

* »Bibliographie des ouverages relatifs à l'amour aux femmes et au ménage« von Monsieur le Comte de I..., 4. Auflage, bearbeitet von J. Lemonnyer, Lille 1895, Band 2

Rom, Druckerei des Vatikans, 1783, Oktavformat. Sein Anliegen ist es, zu beweisen, daß die Alten, trotz der Ausschweifung unserer Sitten, noch verdorbener waren als wir. Der Autor geht dabei methodisch vor und bedient sich ständiger Vergleiche, angefangen mit den Juden, was durch Zitate aus den heiligen Schriften belegt wird, die nicht gerade besonders erbaulich sind. Von daher eine ungeheure Gelehrsamkeit, die gepaart ist mit zügellosen Bildern.

Das Buch ist sehr rar: es wird behauptet, daß in Paris nur vierzehn Exemplare verkauft wurden, der Rest ist von der Polizei beschlagnahmt worden.«

Lemonnyer zitiert noch einen weiteren Artikel:

»28. November 1783. ›Erotika Biblion‹ umfaßt lediglich achtzehn Druckseiten in Oktav und ist in zehn Titel unterteilt, die aus einem einzigen Wort bestehen und dem Leser weder verständlich noch geläufig sind. Sie bilden ebenso viele separate Kapitel, deren Zusammenhang nur schwer zu entdecken ist, deren allgemeines Ziel jedoch ziemlich eindeutig feststeht, nämlich zu beweisen, daß die Alten uns hinsichtlich der Verdorbenheit ihrer Sitten weit übertrafen: trotz ihrer Kürze sind diese Seiten angefüllt mit Sachkenntnis und unglaublich kuriosen Begebenheiten, die das Werk ebenso gelehrt wie erfreulich machen.

Der Verfasser besitzt neben seiner hervorragenden Kenntnis der toten Sprachen das Talent, vorzüglich in seiner eigenen zu schreiben, leicht zu scherzen und oft Voltaire nachzuahmen; in den sehr schmutzigen Bildern, die er zuweilen präsentiert, bedient er sich immer schicklicher oder technischer Ausdrücke; im übrigen scheint er in der Kunst der Sinnengenüsse sehr versiert zu sein und gibt davon Kostproben, um die ihn die *Gourdans* und die *Brissons*, also die eigentlichen Fachleute auf diesem Gebiet, beneiden würden.

Die Verleger kündigen in einer *Mitteilung* an, daß sie vom selben Autor noch andere Manuskripte gleichen Verdienstes und von nicht minder anzüglichem Interesse besäßen, und sie versprechen, sie dem Publikum unversäumt zu unterbreiten; man könne sie sich nur sehnlich herbeiwünschen.«

Das Vorwort zur Ausgabe von 1833, das heißt zu der des Chevalier de Pierrugues, enthält ein ausgezeichnetes Resümee des Werkes. Dieses Resümee in Form eines Kommentars dürfte die Neugierigen und die Bücherfreunde mit Sicherheit interessieren.

Hier ist es:

»In dem Kapitel, das seine unsterbliche Schrift eröffnet, zieht Mirabeau mit jener geistigen Schärfe und jenem Beobachtungstalent, die unsere Bewunderung verdienen, das absurde System aller Sektierer ins Lächerliche, die, den Spuren Shackerleys folgend, wie der Philosoph Maupertius die Meinung vertreten würden, daß das erstaunliche Phänomen, dieser massive und leuchtende Ring, der den Saturn in einer bestimmten Entfernung auf der Höhe seines Äquators umgibt und den Galilei 1610 entdeckte, *ehemals ein Meer gewesen ist; daß sich dieses Meer verhärtet und in Erde oder Fels verwandelt hat; daß es einst um zwei Zentren kreiste und sich heute nur noch um eins bewegt.*

Auf diese Weise untergräbt er die fruchtlosen Theorien der Menschen über die Gesetze der Natur, die sie uns als unumstößliche Wahrheiten hinstellen und die im Grunde genommen nur überspannte Ausgeburten ihrer Gehirne sind.

Im folgenden Kapitel ›Anelytroïd‹ kritisiert er, nachdem er in wenigen Worten die wunderbare Geschichte der Schöpfung resümiert hat, deren physikalische Aspekte er mit der ihm eigenen Folgerichtigkeit angreift, die vielen unglaublichen Absurditäten unserer Theologen, die behaupten, alles erklären zu können, weil sie über alles nachdächten, und er führt aus, wie lächerlich es ist, wie die Kanonisten aller Zeiten zu versichern, daß alle Mittel, die die Ausbreitung der menschlichen Gattung zu erleichtern vermögen, an sich schon ehrbar und anständig sind, sofern sie dieser Bestimmung nur entsprechen.

›Ischa‹ breitet vor uns in seiner ganzen Pracht das Meisterwerk aus, mit dem der Architekt des Universums sein erhabenes Tun krönte, die Seele der Fortpflanzung, die Frau, deren organische Schwäche zeigt, wie sehr sie dem Mann an Kraft tatsächlich unterlegen ist, aber daß eine männliche und liberale Erziehung an Stelle der notwendigerweise oberflächlichen Bildung, die man ihr heute angedeihen läßt, sie jedoch der Natur des Mannes annähern könnte, dem sie an Vervollkommnungsfähigkeit ebenbürtig ist, und sie in die Lage versetzen würde, mit völlig gleichen Rechten am bürgerlichen Leben teilzunehmen.

Kraftvoller, aber nicht weniger beredt erfährt das unnachahmliche Talent Mirabeaus in ›Tropoid‹ einen neuerlichen Aufschwung, um sich zu den erhabensten Gedanken zu erheben. In einer Zeit lebend, da die Korruption eines Hofes den philosophischen Betrachtungen das hervorstechendste und abscheulichste Bild einer unvergleichlichen Sittenlosigkeit darbietet, trägt er die Fackel der Forschung zu der eines Volkes aus einer anderen, weit von uns entfernten Epoche und weist aus ihrem Vergleich mit bewundernswürdiger Klarheit nach, daß das Menschengeschlecht, dessen moralische Eigenschaften eine so enge Beziehung zu den physischen besitzen, empfänglich für jede Vervollkommnung ist, die sich aus den Einsichten der Beobachtung und der Erfahrung entwickelt und mit den Fortschritten der Zivilisation unaufhörlich ansteigt. Er belegt, daß man, wenn mehr oder weniger charakteristische Nuancen die Völker der Erde so deutlich voneinander unterscheiden, dies dem Einfluß des Bodens, den sie bewohnen, zuschreiben muß sowie den politischen Institutionen, die ihnen entweder von Despoten auferlegt wurden, die sie entsprechend ihren Lastern und Tugenden regieren, oder von Eroberern, die sie nach ihren eigenen Sitten formen und dem Klima, das sie verlassen haben.

›Thalaba‹ zeigt uns den Mann in der ganzen Schändlichkeit eines ehrlosen Lasters, wenn er, von seinem Temperament unterjocht, seiner Seele nicht genügend Stärke entlehnt, um einer Zügellosigkeit zu widerstehen, die ihn nicht nur in seinen eigenen Augen herabsetzt, sondern den Kelch des Lebens in seinen Händen zerbricht, so voller Zukunft, bevor er ihn leerte.

›Anandryn‹ dient als Gegenstück zu dem gelungenen Bild von ›Thalaba‹ und führt uns, nun in Gestalt der Frau, das entsetzliche Laster vor, das dieser Text am Mann kritisiert hat.

Er läßt uns gewahr werden, wie tief ein Geschlecht, das so eindeutig zur Freude da ist, sinken kann, wenn es die Grenzen der Scham überschreitet.

Nachdem er in bewundernswerter Weise dargelegt hat, daß die Fortpflanzung unserer Gattung ihre Rechte auf alle Menschen gleichermaßen erstreckt, daß die Heftigkeit der Liebe unter einem ständig heißen Klima nicht dieselbe ist wie in den nördlichen Ländern und daß die Natur in der Fortpflanzung *mit Mitteln* verfährt, *die verschieden und jedem eigen sind*, schafft Mirabeau einen geglückten Übergang und kritisiert in ›Akropodie‹ eine der sonderbarsten und erstaunlichsten Einrichtungen, die ein menschliches Gehirn je hervorgebracht hat, ich meine die Beschneidung. Indem er die einzelnen Motive erörtert, die die orientalischen Völker hierzu bewogen haben mögen, weist er überzeugend nach, daß eine religiöse Regel, die nicht auf den Gesetzen der Moral und der Natur beruht, dazu führt, das Volk, das sie anwendet, in ewiger Erniedrigung zu halten.

›Kadesch‹ bekräftigt diese Überlegungen noch und belegt eindeutig, daß der Mensch, wenn er seinen maßlosen Begierden, seinen Leidenschaften ungezügelt und ohne Zurückhaltung ausgeliefert ist, sich zwangsläufig so weit erniedrigen muß, daß er selbst das Gefühl für Scham und seine eigene Würde verliert. Den Leser gleichsam in eine Kloake von Unsittlichkeiten stoßend, entwickelt er in ›Behemah‹ die traurige Wahrheit, daß der Mensch, wenn er nicht mehr auf die Vernunft hört, an der er teilhat, seine Torheiten bald bis zu den abscheulichsten Verrücktheiten ausweiten und die Natur überschatten wird, indem er die Schönheit lästert, ohne Furcht, sich selbst noch unter die wilden Tiere zu stellen.

In einem ›Anoscopie‹ genannten Kapitel führt uns Mirabeau vor, daß der Mensch von der Wiege der Welt an stets der Spielball geschickter Scharlatane gewesen ist, die, seine Leichtgläubigkeit gnadenlos ausnutzend und ihre Herrschaft auf übernatürliche Kräfte stützend, die sie zur Schau tragen, aber nicht besitzen, behaupten, die Geheimnisse der Zukunft zu entschleiern und jene zu kennen, die die Vergangenheit in ihrem Busen verborgenhält. Er schließt daraus, daß das Volk so lange der Geprellte dieser Schwindler bleiben wird, wie seine Augen mit der Binde der Unwissenheit und des Aberglaubens bedeckt sind.

Er krönt sein unsterbliches Werk schließlich, indem er mit kräftigen Strichen ein Schreckensbild der antiken Sitten entwirft und aus dem Vergleich mit den unsrigen ableitet, welchen gewaltigen Fortschritt die Moral aus dem ganz einfachen Grund gemacht hat, daß die Verderbtheit des Menschen im Zusammenhang mit der geringen Entwicklung seiner intellektuellen Fähigkeiten steht und daß er in dem Maß, wie er stärker über die Würde seines Wesens und die Vortrefflichkeit seiner Natur aufgeklärt wird, sich weniger seinen verderblichen Leidenschaften hingibt, die am Ende das Unglück gebären.«

Wenn »Hic et Hec« wirklich von Mirabeau ist, dann kann man glauben, daß der Liebhaber Sophies, nachdem er es einem Buchhändler anvertraut hat, alles tat, damit es nicht veröffentlicht wurde. Der große Tribun brauchte seine Feder nicht, um zu leben. Der Buchhändler bewahrte zweifellos eine Kopie des Manuskriptes auf und brachte es nach Mirabeaus Tod heraus.

Dieses bezaubernde Werk ist des Verfassers von »Erotika Biblion« und »Meine Bekehrung« keineswegs unwürdig. Es handelt von den Abenteuern eines Jesuitenschülers aus Avignon, der nach der Auflösung des Ordens als Hauslehrer in eine bürgerliche, aber reiche und gastfreundliche Familie kommt. Die übrigen Personen gehören dem Klerus, dem Adel an. Es gibt ein paar reizende Anekdoten. Dieser kleine schlüpfrige Roman wurde in einem anmutigen Geist geschrieben, der selten ist. Er wurde vom Verfasser des »Mylord Arsouille« ausgeplündert, der vor ihm erschienen ist, aber eine Kopie von »Hic et Hec« hat sehr wohl in die Hände des skrupellosen Pamphletisten geraten können, der das dürftige Vergnügungsregister von Lord Seymour veröffentlichte, dessen volkstümlicher Spitzname Mylord Arsouille war.

»Der gelüftete Vorhang oder Lauras Erziehung« ist eine Art »Emile« der jungen Mädchen. Mirabeau ist nicht der Verfasser dieses Werkes, das von dem Marquis de Sentilly, einem niedernormannischen Edelmann, stammen soll. Der Autor, der zuerst zweifellos beabsichtigt hatte, eine Apologie des Inzests zu verfassen, wurde bald von Bedenken zurückgehalten, die gewisse Romanschriftsteller keineswegs gestört haben: Laura, deren moralische wie sexuelle Erziehung von ihrem Vater vollendet werden soll, erfährt, daß der Mann, den sie Papa nennt, in Wirklichkeit in keiner verwandtschaftlichen Beziehung zu ihr steht. Das war entschieden zuviel Sittsamkeit. Der Verfasser begriff das schnell, und zögerte nicht, den Inzest an anderer Stelle doch noch einzuführen, aber unter einem Aspekt, der weniger empörend erscheint: Inzest zwischen Bruder und Schwester.

»Der Hund hinter den Mönchen« ist eine munter in Verse gebrachte, aber doch ziemlich belanglose Satire. Die Notiz am Anfang des Nachdrucks von 1869 enthält die folgenden Zeilen, die den Sachverhalt zu treffen scheinen:

»Die Epistel an Guimard zur Glorifizierung von dessen barmherzigem Charakter enthält am Briefkopf Initialen, die zu dem Comte de Mirabeau nicht recht passen: von Monsieur M... Wir würden nicht sehr fehlgehen, dieses Anonym eher bei Mercier oder Théveneau de Morande zu suchen.«

Die »Rangstufe der Alter der Lust« enthält einige anekdotische Aufschlüsse. Doch läßt der Titel etwas Sinnlicheres vermuten. Mirabeau hat mit diesem bizarren Hirngespinst absolut nichts zu tun.

Der göttliche Marquis

Lebensgeschichte des Marquis de Sade. – War der Marquis de Sade schuld am Sturm auf die Bastille? – Politische Ansichten des Marquis de Sade. – Er ist gegen die Todesstrafe. – Das Äußere des Marquis de Sade. – Sein moralisches Porträt. – Brief Mirabeaus an den Polizisten Boucher und an Monsieur Le Noir. – Der vorgetäuschte Wahnsinn des Marquis de Sade. – Sein Testament. – Verse des Marquis de Sade. – Meinungen von Dr. Eugen Dühren, Anatole France und Verse von Emile Chevé über den Marquis de Sade. – Die Bedeutung seiner Werke für die Geschichte der Zivilisation. – Soziale Ideen des Marquis de Sade. – Unveröffentlichtes Fragment einer seiner Erzählungen. – Der Marquis de Sade als Vorläufer. – Seine Ansichten über die Frau. – Analyse von »Justine«. – Entdeckung des Originalmanuskripts von »Justine«. – Analyse von »Juliette«. – Der Marquis de Sade und die medizinische Wissenschaft. – Analyse der »120 Tage von Sodom«. – »Die Tage von Florbelle«. – »Die Schreibmappe eines Literaten«. – Unveröffentlichte Anmerkungen über das Strafrecht und die dramatischen Konzepte des Marquis de Sade. – Sein Theater. – Brief an Monsieur Girard. – Unveröffentlichte Anmerkung zu »Die Liebeslist«. – Unveröffentlichte Briefe des Marquis de Sade an die Comédie Française. – »Oxtiern«. – Das Théâtre Molière. – Auszug aus dem *Moniteur* betreffs der zweiten Aufführung von »Oxtiern«. – Brief des Marquis de Sade betreffs der Aufführung eines seiner Stücke in Versailles und Chartres. – Brief des Marquis de Sade betreffs »Jeanne

Laisné oder Die Belagerung von Beauvais«. – Der Marquis de Sade als Schauspieler. – Der Marquis de Sade und die Aufführung von Charenton. – Die de-Sadesche Dramatik. – Schlußfolgerung.

Da ich nicht beabsichtige, hier eine ausführliche Biographie des Marquis de Sade vorzulegen, verweise ich den Leser auf Werke, denen er vertrauen kann: die von Paul Ginisty, von Dr. Eugen Dühren, von Dr. Cabanès, von Dr. Jacobus X, von Henri d'Alméras usw. Die vollständige Lebensgeschichte des Marquis de Sade wurde bisher noch nicht geschrieben. Der Zeitpunkt ist aber sicher nicht mehr fern, an dem es, wenn alles Material vorliegt, möglich sein wird, die noch immer geheimnisvollen Punkte in der Existenz eines bedeutenden Mannes zu erhellen, über den nach wie vor nicht wenige Legenden in Umlauf sind.

Die während der letzten Jahre in Frankreich und Deutschland unternommenen Arbeiten haben manche Irrtümer ausgeräumt. Es bleiben noch genügend, die richtiggestellt werden müssen.

Donatien-Alphonse-François, Marquis und später Comte de Sade, wurde am 2. Juni 1740 in Paris geboren. Seine Familie gehörte zu den ältesten in der Provence, und sein Wappen zeigte einen goldenen Stern mit einem großschnabligen Adler. Zu seinen Vorfahren zählte Hugues III., der Laura de Noves heiratete, welche durch Petrarca unsterblich gemacht wurde.

Der Marquis de Sade (wir werden ihn auch weiterhin mit diesem Titel benennen, den ihm die Geschichte gegeben hat) bekundete dem großen Dichter stets eine Bewunderung, die die Biographen noch nicht bemerkt haben. Der Marquis de Sade war für Poesie empfänglich, und man wird in den »Verbrechen der Liebe« Bekundungen seiner Vorliebe für die Lyrik Petrarcas finden. Mit zehn Jahren kam der Marquis de Sade auf das Collège Louis-le-Grand. Mit vierzehn trat er der Leichten Reiterei bei, von wo er als Unterleutnant ins Regiment des Königs überwechselte. Später wurde er Leutnant bei den Karabinerschützen und erwarb sich während des Siebenjährigen Krieges auf den Schlachtfeldern Deutschlands den Rang eines Rittmeisters. Dulaure zufolge (»Verzeichnis der ehemaligen französischen Adligen«, Paris, 1790) soll der Marquis de Sade zu jener Zeit bis nach Konstantinopel gelangt sein. Aus dem Militärdienst entlassen, kehrte er nach Paris zurück und heiratete am 17. Mai 1763. Im Jahr darauf wurde sein erstes Kind geboren, ein Sohn, Louis-Marie de Sade, der 1783 Leutnant im Regiment von Soubise war; er emigrierte 1791, wurde nach seiner Rückkehr Kupferstecher, veröffentlichte 1805 eine »Geschichte der französischen Nation«, die ihre Verdienste hat und sich durch überraschend tiefe und neue Erkenntnisse über die Epoche der Kelten auszeichnet. Erneut mobilisiert, war er in Friedland dabei und kam am 9. Juni 1809 bei einem Überfall spanischer Guerilleros ums Leben.

Der Marquis de Sade hatte gegen seinen Willen Mademoiselle de Montreuil geheiratet. Er hätte viel lieber deren jüngere Schwester genommen. Nachdem diese, die er liebte, in ein Kloster gebracht worden war, empfand er unermeßlichen Verdruß und Kummer und ergab sich dem Laster. In »Aline und Valcour«, wo er sich unter dem Namen Valcour selbst darstellte, hat er viele autobiographische Details über seine Kindheit und Jugend preisgegeben. In »Juliette« würde man vielleicht Näheres über seinen Aufenthalt in Deutschland finden. Vier Monate nach seiner Hochzeit wurde er in Vincennes eingekerkert. 1768 kam es zu dem Skandal um die Witwe Rose Keller. Anscheinend war der Marquis de Sade jedoch weniger schuldig, als man behauptete. Diese Affäre ist noch immer nicht aufgeklärt. Bei Charles Desmaze (»Le Châtelet de Paris«, Paris, 1863, S. 327) heißt es hierzu wie folgt:

»In den Akten der Kommissare des Châtelet befindet sich, ausgefertigt von einem derselben, das Protokoll einer gegen den Marquis de Sade angestrengten Ermittlung. Er sollte in Arcueil einer Frau, nachdem er sie ausgezogen und nackt an einen Baum gebunden hatte, Messerstiche zugefügt haben, um ihr darauf heißen Siegellack über die blutenden Wunden zu gießen.«

Und Dr. Cabanès, der auf diesen Abschnitt des Buches von Charles Desmaze in der »Chronique médicale« (15. Dezember 1902) aufmerksam gemacht hat, fügt hinzu:

»Es wäre wünschenswert, diese Akten ausfindig zu machen und zu veröffentlichen, um Klarheit in den Prozeß zu bringen, der dem göttlichen Marquis noch immer anhängt.«

Wie dem auch sei, schon 1764 hatte der Polizeiinspektor Marais in einem seiner Berichte geschrieben: »Ich habe der Brissaut eindringlich nahegelegt, ohne mich in Einzelheiten zu verlieren, ihm keine Mädchen zu verschaffen.«

Und in Marais' Bericht vom 16. Oktober 1767 hieß es:

»Man wird auf neue *Scheußlichkeiten* des Comte de Sade nicht lange warten müssen. Er unternimmt alles mögliche, um Demoiselle Rivière von der Oper zu bewegen, zu ihm zu ziehen, und hat ihr fünfundzwanzig Louis in Gold pro Monat angeboten, für den Fall, daß sie ihre spielfreien Tage mit ihm in seinem ›kleinen Haus‹ in Arcueil verbringt. Sie hat abgelehnt.«

Sein kleines Haus in Arcueil, die *Aumônerie*, soll, wie Gerüchte besagten, Orgien erlebt haben, deren Inszenierung zweifellos schrecklich gewesen sein mag, ohne daß dabei, wie ich glaube, tatsächlich Grausamkeiten begangen wurden. Die Affäre Rose Keller trug dem Marquis de Sade die zweite Haft ein. Er saß auf Schloß Saumur, dann im Pierre-Encise-Gefängnis von Lyon. Nach sechs Wochen wurde er wieder auf freien Fuß gesetzt. In den Juni 1772 fällt die Affäre von Marseille; sie war noch weniger schlimm als die um die Witwe Keller. Dennoch verurteilte der Gerichtshof von Aix den Marquis in Abwesenheit zum Tode. Dieses Urteil wurde 1778 aufgehoben. Am Vorabend seiner zweiten Verurteilung floh der Marquis nach Italien, wobei er die Schwester seiner Frau mitnahm.

Nachdem er durch mehrere große Städte gereist war, wollte er sich Frankreich wieder nähern und kam nach Chambéry, wo er von der sardischen Polizei festgenommen und am 8. Dezember 1772 ins Schloß Miolans eingeliefert wurde. Mit Hilfe seiner jungen Frau gelang es ihm, in der Nacht vom 1. auf den 2. Mai 1773 auszubrechen. Nach einem kurzen Aufenthalt in Italien kehrte er nach Frankreich zurück und nahm auf Schloß La Coste sein ausschweifendes Leben wieder auf. Er begab sich ziemlich oft nach Paris, wo er am 14. Januar 1777 inhaftiert und in den Turm von Vincennes gebracht wurde, bevor die Überführung nach Aix erfolgte, wo durch einen Spruch vom 30. Juni 1778 das Urteil von 1772 aufgehoben wurde. In einem anderen Verfahren wurde er wegen des Tatbestandes der *exzessiven Ausschweifung* mit einem dreijährigen Aufenthaltsverbot für Marseille und einer Geldstrafe von fünfzig Pfund zugunsten der Gefangenenhilfe belegt. Die Freiheit wurde ihm nicht zurückgegeben.

Während des Transportes von Aix nach Vincennes floh er mit Hilfe seiner Frau ein zweites Mal und wurde einige Monate später im Schloß La Coste verhaftet. Im April 1779 kam er von neuem nach Vincennes, wo er in eine platonische Liebe zu Mademoiselle de Rousset, einer Freundin seiner Frau, verfiel. Vincennes sollte er nur verlassen, um am 29. Februar 1784 in die Bastille eingeliefert zu werden. Dort schrieb er den größten Teil seiner Werke. 1789, als der Marquis de Sade erkannt hatte, daß die Revolution bevorstand, begann er zu handeln; es gab Auseinandersetzungen mit Monsieur de Launay, dem Kommandanten der Bastille. Am 2. Juli kam er auf die Idee, ein langes Rohr aus Weißblech, das an einem Ende mit einem Trichter versehen war und das man ihm gegeben hatte, damit er sein Wasser durch das Fenster, das auf die Rue Saint-Antoine hinausging, in den Festungsgraben leiten konnte, als Megaphon zu benutzen. Er rief wiederholt, daß man die Gefangenen der Bastille umbrächte und daß man sie befreien müßte. Zu der Zeit gab es nur wenige Gefangene in der Bastille, und es bleibt ziemlich unerfindlich, warum sich der Zorn des aufgebrachten Volkes ausgerechnet gegen ein fast leeres Gefängnis richtete. Es ist nicht auszuschließen, daß die Rufe des Marquis de Sade, die Zettel, die er aus dem Fenster warf und auf denen er die Quälereien beschrieb, denen die Gefangenen in der Festung ausgesetzt wären, irgendwie dazu beigetragen haben, die schon erhitzten Gemüter der Menschen zum Kochen zu bringen und schließlich den Sturm auf die alte Zwingburg auszulösen.

An jenem Tag befand sich der Marquis de Sade nicht mehr in der Bastille. Monsieur de Launay hatte sehr ernsthafte Befürchtungen gehegt (und das spräche nicht gegen die Hypothese: der Marquis de Sade als Ursache für den 14. Juli) und darum ersucht, daß man ihm seinen Gefangenen abnähme; und so war dieser auf Grund eines königlichen Befehls vom 3. Juli um ein Uhr nachts des folgenden Tages in das Irrenhaus von Charenton überführt worden. Ein Erlaß der Konstituante gab dem Marquis die Freiheit zurück. Am 23. März 1790 verließ er Charenton.

Seine Frau, die sich in das Kloster Saint-Aure zurückgezogen hatte, wollte ihn nicht mehr sehen und erwirkte am 9. Juni des gleichen Jahres ein Urteil des Châtelet, das *die Trennung von Tisch und Bett* zwischen ihr und ihm aussprach. Die unglückliche Frau widmete sich frommen Werken und starb am 7. Juli 1810 auf ihrem Schloß Échauffour.

In Freiheit führte der Marquis de Sade ein geregeltes Dasein und lebte vom Ertrag seiner Feder. Er veröffentlichte seine Werke, besorgte Theateraufführungen in Paris, Versailles und vielleicht auch in Chartres. Er geriet in ernste Geldschwierigkeiten, bewarb sich vergeblich um irgendeinen Posten: »Geeignet für Geschäfte, womit sein Vater zwanzig Jahre zugebracht hat, einen Teil Europas kennend, brauchbar für die Abfassung oder Bearbeitung jedweden Werkes, für buchhalterische Tätigkeiten, die Leitung einer Bibliothek, einer Kanzlei oder eines Museums, kurzum, Sade, der nicht untalentiert ist, fleht Euren Gerechtigkeitssinn und Euer Wohlwollen an, er bittet Euch inständig um einen Posten.« [Brief an das Mitglied des Konvents Bernard (de Saint-Afrique), 8. Ventôse des Jahres III (27. Februar 1795)]. Er ging regelmäßig zu den Sitzungen der *Société populaire* seiner Sektion, der *Section des Piques*. Häufig trat er als deren Wortführer auf. Der Marquis de Sade war überzeugter Republikaner, ein Bewunderer Marats, jedoch ein Gegner der Todesstrafe und hatte eigenwillige politische Ansichten. Er hat seine Theorien in mehreren Werken dargelegt. In seinen »Gedanken über die Art und Weise, wie Gesetze bestätigt werden« führt er aus, daß nach seinem Dafürhalten über ein von den Abgeordneten eingebrachtes Gesetz das Volk abstimmen solle, weil man »die vom Schicksal am meisten Mißhandelten« an der Bestätigung von Gesetzen beteiligen muß, »denn gerade sie werden von dem Gesetz am häufigsten *betroffen*, also kommt es ihnen auch zu, das Gesetz auszuwählen, das sie hinzunehmen bereit sind.« Seine Haltung während der Schreckensherrschaft war menschlich und wohltuend; sicher wegen seiner Erklärungen gegen die Todesstrafe in Verdacht geraten, wurde er am 6. Dezember 1793 verhaftet, dank der Intervention des Abgeordneten Rovère im Oktober 1794 jedoch wieder freigelassen.

Während des Direktoriums stellte der Marquis seine politische Tätigkeit ein. Er empfing viele Leute bei sich in der Rue du Pot-de-Fer-Saint-Sulpice, wohin er umgezogen war. Eine blasse, schwermütige und vornehme Frau erfüllte die Pflichten der Hausherrin. Der Marquis nannte sie zuweilen seine Justine, und es hieß, sie sei die Tochter eines Emigranten. Henri d'Alméras hält sie für die Constance, der »Justine« gewidmet war. Wie dem auch sei, an Auskünften über diese Freundin fehlt es gänzlich.

Im Juli 1800 veröffentlichte der Marquis »Zoloé und ihre beiden Helfershelfer«, einen Schlüsselroman, der einen riesigen Skandal auslöste. Man glaubte darin den Ersten Konsul (d'*Orsec*, Anagramm von Corse), Joséphine (*Zoloé*), Madame Tallien (*Laureda*), Madame Visconti (*Volsange*), Barras (*Sabar*), Taillien (*Fessinot*) u.a. wiederzuerkennen. Der Marquis war gezwungen, es selber zu verlegen. Am 5. März 1801 wurde seine Inhaftierung beschlossen; er wurde bei seinem Verleger Bertrandet festgenommen, dem er ein überarbeitetes Manuskript von »Juliette« aushändigen wollte, das als Vorwand für diese Festnahme diente. Er wurde in Sainte-Pélagie eingesperrt, von dort als Verrückter ins Hospital von Bicêtre eingewiesen und am 27. April 1803 schließlich in der Anstalt von Charenton verwahrt. Dort starb er fünfundsiebzigjährig am 2. Dezember 1814, nachdem er siebenundzwanzig Jahre, davon vierzehn im hohen Alter, in elf verschiedenen Gefängnissen verbracht hatte.

Es gibt kein authentisches Porträt des Marquis de Sade. Es wurde lediglich ein Phantasiemedaillon aus der Sammlung von Monsieur de La Porte veröffentlicht, und zwar auf dem Titelblatt von »Marquis de Sade« von Jules Janin. – »La Vérité sur les deux procès criminels du Marquis de Sade, par le bibliophile Jacob, le tout précédé de la Bibliographie des Œuvres du Marquis de Sade, Paris, chez les marchands de nouveautés«, 1833 (falsches Datum, die Broschüre wurde später veröffentlicht).

»Ein anderes Porträt«*, heißt es bei Octave Uzanne (Einführung zu »Idée des romans«), »zeigt uns Sade, um-

* als Titelbild zu einer Ausgabe der »Correspondance de Mme. Gourdan« erschienen

ringt von Dämonen, mit einem jugendlichen Gesicht; dieser lächerliche Stich gibt als Herkunft die Sammlung von Monsieur H. aus Paris an. Dieses Porträt ist ebenso falsch wie die anderen.«

Es existiert ein weiteres Porträt, gleichermaßen falsch. Es wurde während der Restauration angefertigt, an Hand des Medaillons von Monsieur de La Porte, dem man Faune, eine Narrenkappe, eine Peitsche und am unteren Rand den Marquis in seinem Gefängnis zugefügt hatte.

Als Kind soll er, wie berichtet wurde, so allerliebst ausgesehen haben, daß die Damen stehenblieben, um ihn anzuschauen. Er hatte ein rundes Gesicht, blaue Augen, blondes, lockiges Haar. Seine Bewegungen waren von höchster Anmut, und seine wohlklingende Stimme hatte etwas, was den Frauen zu Herzen ging.

Manche Autoren haben behauptet, er hätte wie eine Frau ausgesehen und sei von Kindheit an passiv invertiert gewesen. Ich glaube nicht, daß es für eine solche Unterstellung Beweise gibt.

Charles Nodier berichtet in seinen »Souvenirs, Épisodes et Portraits de la Révolution et de l'Empire«, 2 Bände, Paris, Alphonse Levasseur, Palais-Royal, 1831 (Band II, »Les Prisons sous le Consulat«, 1. Teil, »Le Dépôt de la préfecture et le Temple«), er habe ihn 1803 gesehen. (In Wirklichkeit war es 1802, wie schon Henri d'Alméras bemerkte.) Er schlief im selben Raum wie er, wo sie zu viert eingesperrt waren.

»Einer der Herren stand sehr früh auf, weil man ihn benachrichtigt hatte, daß er verlegt werden sollte. Zuerst fiel mir an ihm nur seine Fettleibigkeit auf, die seine Bewegungen behinderte und ihnen so auch noch den Rest jener Anmut und Eleganz nahm, die man in seinen Manieren noch finden konnte. Seine müden Augen bewahrten indessen irgend etwas Leuchtendes und Edles, das sich von Zeit zu Zeit wie ein Glutfunke auf einer erloschenen Kohle belebte. Das war kein Verschwörer, und niemand konnte ihn beschuldigen, in politische Affären verwickelt gewesen zu sein. Da sich seine Angriffe stets nur gegen zwei soziale Mächte gerichtet hatten, das heißt Religion und Moral, die zwar von ziemlichem Gewicht waren, deren Stabilität in den geheimen Instruktionen der Polizei indessen keine große Rolle spielte, hatten die Behörden Nachsicht mit ihm walten lassen. Er wurde an die schönen Gestade von Charenton geschickt, in ein Lustwäldchen verbannt, und er konnte ausbrechen, wann es ihm beliebte. Wir erfuhren einige Monate später im Gefängnis, daß Monsieur de Sade entflohen war.

Ich hatte keine genaue Vorstellung von seinen Schriften, ich habe diese Bücher entdeckt; ich habe sie eher durchgeblättert als gelesen, um zu sehen, ob das Verbrechen überall eingedrungen sei. Ich habe von diesen entsetzlichen Schändlichkeiten einen verworrenen Eindruck von Erstaunen und Schrecken zurückbehalten; es gibt hierbei jedoch eine große politische Rechtsfrage, die neben dieses große Interesse der Gesellschaft gestellt werden muß, die in einem Werk, dessen Titel sogar obszön geworden ist, so grausam beleidigt wurde. Dieser de Sade ist der Prototyp der *außer-gerichtlichen* Opfer der hohen Justiz unter dem Konsulat und dem Kaiserreich. Man wußte nicht, wie man in den Gerichten, ihren öffentlichen Sitzungen und Plädoyers mit einem Delikt verfahren sollte, welches das moralische Feingefühl der gesamten Gesellschaft derart verletzte, daß man es schicklicherweise kaum beim Namen nennen konnte, und es stimmt, daß die zu untersuchenden Indizien in diesem abscheulichen Verfahren abstoßender waren als der blutige Lappen und das Stück geschundenen Fleisches, die einen Mord verraten. Es war eine nichtjuristische Körperschaft, der Staatsrat, glaube ich, der das Lebenslänglich gegen den Beschuldigten aussprach, und der Willkürakt versäumte nicht die Gelegenheit, sich, wie man heute sagen würde, auf diesen *vorherigen* Willkürakt zu stützen …

… wie gesagt, ist mir dieser Gefangene nur flüchtig begegnet. Ich erinnere mich lediglich, daß er höflich bis zur Kriecherei, leutselig bis zur Öligkeit war und vor allem, was man achtet, achtungsvoll sprach.«

Ange Pitou muß den Marquis etwa zur gleichen Zeit gesehen haben. Das Bild, das er von ihm entwirft, scheint einigermaßen zutreffend zu sein. In der Tat spürt man, wie bei Pitou eine gewisse Sympathie für den Marquis de Sade durchbricht, die der Sänger des Royalismus gegenüber einem Menschen, den er nicht kannte, den jeder verschrie und den auch er sich, wie alle, als Monster hinzustellen verpflichtet glaubte, nicht empfunden hätte, an dem er jedoch *Anzeichen von Güte* entdeckte.

Hier ist der Bericht von Ange Pitou:*

»Während der achtzehn Monate, die ich in den Jahren 1802 und 1803 in Erwartung meiner Begnadigung in Sainte-Pélagie verbrachte, war ich auf demselben Gang einquartiert wie der berühmte Marquis de Sade, der Verfasser des abscheulichsten Werkes, das sich menschliche Perversion je ausgedacht hat. Dieser Elende war von der Lepra der unvorstellbarsten Verbrechen derart überzogen, daß ihn die Behörden nicht der Todesstrafe und nicht einmal der Einstufung als Bestie für würdig befunden hatten und zu den Besessenen zählten: die Justiz, die weder wollte, daß ihre Archive mit dem Namen dieses Individuums beschmutzt würden, noch daß der Scharfrichter, indem er ihm den Kopf abschlug, ihm jene Berühmtheit zukommen ließe, auf die er so erpicht war, hatte ihn in eine Ecke des Gefängnisses verbannt und es jedem Gefangenen freigestellt, ihn von dieser Last zu befreien.

Die Sucht nach literarischer Berühmtheit lag der Verdorbenheit dieses Mannes zugrunde, der nicht als Bösewicht zur Welt gekommen war. Da er sich nicht über das

* »Analyse des malheurs et de mes persécutions depuis ving tans« von L. A. Pitou, Paris 1816, S. 98

Niveau der moralischen Schriftsteller zu erheben vermochte, hatte er beschlossen, den Abgrund der Sünde zu öffnen und sich dort hineinzustürzen, um, von den Flügeln eines bösen Genies getragen, wieder aufzutauchen und sich durch das Ersticken jeglicher Tugend und die öffentliche Vergöttlichung aller Laster unsterblich zu machen. Und doch bemerkte man an ihm noch Spuren von Tugend, wie etwa Wohltätigkeit. Dieser Mann erschauerte bei dem Gedanken an den Tod und fiel in Ohnmacht, wenn er seine weißen Haare erblickte. Zuweilen schluchzte er in einem Anflug von Reue, der keine Fortsetzung fand: ›Warum bin ich bloß so abscheulich, und warum ist das Verbrechen so anziehend? Es verewigt mich, man muß seine Herrschaft über die Welt errichten.‹

Dieser Mann besaß Vermögen und litt keinen Mangel; manchmal kam er zu mir ins Zimmer und traf mich lachend, singend und stets gut gelaunt, während ich ohne Widerwillen und unbekümmert mein Stück Schwarzbrot oder meine Gefängnissuppe aß. Sein Gesicht lief wütend an. ›Sie sind also glücklich?‹ fragte er. – ›Ja.‹ – ›Glücklich!‹ – ›Ja.‹ Dann legte ich die Hand auf mein Herz, machte einen Luftsprung und sagte zu ihm: ›Ich habe nichts, was mich bedrückt, ich bin ein Krösus, Monsieur le Marquis; schauen Sie, ich habe Spitze an meiner Krawatte, an meinem Taschentuch; sehen Sie hier die gestickten Manschetten, die mich nicht allzu teuer zu stehen gekommen sind, und an Stelle der Stickerei werde ich eine Mode einführen, bei der die Kleider mit Fransen besetzt sind.‹ – ›Sie reden irre, Monsieur Pitou.‹ – ›Gewiß, Monsieur le Marquis, aber selbst im Elend habe ich meinen Herzensfrieden.‹ Er trat an meinen Tisch heran, und das Gespräch ging weiter: ›Was lesen Sie denn da?‹ – ›Die Bibel.‹ – ›Dieser Tobias ist ja ein guter Mensch, aber der Hiob erzählt Märchen.‹ – ›Märchen, die für Sie und für mich Wahrheiten sein werden.‹ – ›Was für Wahrheiten denn, Sie glauben an solche Hirngespinste und können dabei lachen?‹ –

›Wir benehmen uns beide unsinnig, Monsieur le Marquis, Sie, weil Sie vor Ihren *Hirngespinsten* Angst haben ... ich, weil ich im Glauben am meine *Wahrheiten* lache.‹

Dieser Mann ist vor kurzem in Charenton verstorben ... Ich hingegen bin frei ...«

Auch in einem Werk von P.-F.-T.-J. Giraud* findet sich der Marquis de Sade erwähnt. Die folgende Anmerkung unterstreicht, was man über die Hartnäckigkeit, den Willen, die unbeugsame Energie des Marquis bereits wußte:

»De Sade, der abscheuliche Autor des schrecklichsten aller Romane, hat mehrere Jahre in Bicêtre, Charenton und Sainte-Pélagie verbracht. Er behauptete immer wieder, daß er die höllische J+++ nicht verfaßt hätte, aber Monsieur de G+++, ein junger Autor, den er häufig angriff, wies es ihm auf diese Weise nach: Sie bekennen sich zu den ›Verbrechen der Liebe‹, einem fast moralischen Werk, das Ihren Namen trägt; Sie fügen diesem Titel hinzu: Vom Autor von ›Aline und Valcour‹, und im Vorwort zu diesem Ihrem letzten Buch, das noch *schlimmer* als J+++ ist, erklären Sie sich zum Verfasser dieses infamen Werkes; also schicken Sie sich drein. Unter physiologischen Gesichtspunkten kann der Kopf dieses Malers der Verbrechen als eine der seltsamsten Ungeheuerlichkeiten gelten, die die Natur je hervorgebracht hat. Es wird versichert, daß viele Zügellosigkeiten, die er mit grauenhafter Energie beschrieben hat, von ihm selber ausprobiert worden sind. Er ging mit Schandtaten schwanger, und seine hassenswerte Fruchtbarkeit zwang ihn dazu, selbst in den Gefängnissen zu gebären, wo man ihm sein höllisches Genie austreiben wollte. Polizeiinspektoren hatten die Aufgabe,

---

* »Histoire générale des prisons sous le règne de Buonaparte, avec des Anecdotes curieuses et intéressantes sur la Conciergerie, Vincennes, Bicêtre, Sainte-Pélagie, la Force, le Château de Joux, etc., et les personnages marquants qui y ont été détenus«, von P.-F.-T.-J. Giraud, Paris 1814

häufig die Örtlichkeiten zu inspizieren, die er bewohnte, und alles Geschriebene zu beschlagnahmen, das sie vorfänden und das er zuweilen so gut versteckte, daß es nur schwer zu finden war. Ein gewisser V., der des öfteren mit solchen Aufgaben betraut war, hat gegenüber mehreren Personen geäußert, daß der Marquis trotz der Frostkälte des Alters mittels der Feuer einer wahrhaftig vulkanischen Phantasie Dinge hervorbrächte, die noch abscheulicher seien als die der Öffentlichkeit bereits unterbreiteten.

Es ist möglich, daß die Archive des Sittenbüros der Polizeipräfektur als Katakomben für diese ruchlosen Kinder einer Verdorbenheit dienen, die man nicht zu bewerten vermag; aber es bliebe auch zu wünschen, daß sie in das Nichts zurückkehrten, aus dem sie nie hätten hevortreten dürfen.«

Dr. Cabanès (»Chronique médicale« vom 15. Dezember 1902) fügt, nachdem er bedauert hat, daß es kein authentisches Bild des Marquis de Sade gebe, hinzu: »Wir glauben indessen zu wissen, daß doch eins existiert, eine reizende Miniatur, die sich im Besitz eines gelehrten Sammlers befindet, der sich, beeilen wir uns, es zu sagen, kaum davon trennen würde, sei es auch nur für die Anfertigung einer Kopie.«

Restif de La Bretonne hingegen, der die Werke des Marquis de Sade gut kannte, die gedruckten ebenso wie die Manuskripte, und sich um sie kümmerte, ist ihm niemals begegnet. »Er hat«, heißt es von ihm in »Monsieur Nicolas«, »einen langen weißen Bart, der triumphierend hochgehalten wurde, als man ihn aus der Bastille holte.« Man weiß, daß der Marquis de Sade am 14. Juli gar nicht mehr in der Bastille war.

Von Jugend an widmete er sich der vielfältigsten Lektüre; las alles mögliche, bevorzugte jedoch philosophische, historische Werke und vor allem Reiseberichte, die ihm Kenntnisse über die Sitten und Gebräuche ferner

Völker vermittelten. Er stellte selber Forschungen an. Er war ein fähiger Musiker, tanzte vorzüglich, machte eine gute Figur auf dem Pferd, war ein Meister im Fechten und befaßte sich sogar mit Bildhauerei. Seine besondere Liebe galt der Malerei, und er verbrachte viele Stunden in Gemäldegalerien. Häufig war er in der des Louvre anzutreffen. Seine Kenntnisse erstreckten sich auf alle Gebiete. Er beherrschte Italienisch, Provenzalisch (er nannte sich selber den *provenzalischen Troubadour* und verfaßte provenzalische Verse) und Deutsch. Es mangelte nicht an Beweisen seines Mutes. Die Freiheit liebte er über alles. Seine Taten, sein philosophisches System, alles bezeugt seinen leidenschaftlichen Hang zur Freiheit, die er im Verlauf dessen, was sein Diener Carteron ein »Hundeleben« nannte, so oft entbehren mußte. Dieser Carteron läßt uns durch seine Briefe, die in der Arsenal-Bibliothek aufbewahrt werden, wissen, daß der Marquis de Sade »wie ein Seeräuber« Pfeife rauchte und »für drei« gegessen hat. Die langen Gefängnisaufenthalte verbitterten seinen Charakter, der von der Veranlagung her gediegen war, wenngleich autoritär. Für seine Wutanfälle in der Bastille, in Bicêtre, in Charenton gibt es viele Zeugnisse.

Er liebte das gute Leben, seine Annehmlichkeiten, und seine sinnenfreudige Veranlagung muß nicht besonders hervorgehoben werden. Während der Schreckensherrschaft hat er seine Menschlichkeit hinreichend unter Beweis gestellt, und man kann davon ausgehen, daß er weniger grausam war, als es manche seiner groben und widernatürlichen Handlungen vermuten lassen und es bei der Lektüre seiner Werke den Anschein hat. Man weiß, daß er weder verrückt noch manisch gewesen ist. Die Berichte von Jules Janin, die von Victorien Sardou überlieferte Anekdote, derzufolge sich der Marquis de Sade Rosen nach Bicêtre bringen ließ, die er dann in den stinkenden Morast eines Baches tauchte (»Chronique médicale« vom 15. Dezember 1902), mögen wie so viele Legenden vielleicht einen wahren Hintergrund gehabt haben, der jedoch nach dem Gutdünken jener, die »Justine« gelesen hatten, ohne den Sinn noch die Tragweite dieses Buches zu verstehen, und sich den Autor nicht anders als einen Verrückten voller verbrecherischer und widerwärtiger Besessenheiten vorstellen konnten, frei abgewandelt worden ist. Letztlich war es die Polizei des Konsulats und des Kaiserreichs, die, indem sie den Marquis in Bicêtre und später in Charenton einsperrte, den Anlaß zu dem ganzen Gerede von der angeblichen Verrücktheit eines Mannes lieferte, dessen Unglück ausgereicht hätte, ihn verrückt zu machen, wenn er dazu im geringsten veranlagt gewesen wäre. Die »Notes historiques« von Marc-Antoine Baudot, einem ehemaligen Abgeordneten der Gesetzgebenden Versammlung, die von Madame Edgar Quinet veröffentlicht wurden, erwähnen de Sade mit folgenden Worten:

»Er ist der Autor mehrerer Bücher von gräßlicher Obszönität und teuflischer Moral. Theoretisch war er unstrittig ein perverser Mensch. Aber er war nicht verrückt, man muß ihn nach seinen Werken beurteilen.

Es gab darin Anzeichen für Entsittlichung, nicht aber für Wahnsinn; eine solche Arbeit setzte ein funktionierendes Gehirn voraus, ihre Abfassung machte umfangreiche Recherchen in der alten und modernen Literatur erforderlich und beabsichtigte den Nachweis, daß schon die Griechen und Römer Fälle von Sittenverderbnis guthießen. Derartige Untersuchungen waren gewiß nicht moralisch, sie anzustellen erforderte jedoch Vernunft und Urteilskraft; der Marquis brauchte einen klaren Kopf für diese Recherchen, die er in Form von Romanen betreibt und die auf der Grundlage von Tatsachen eine Art Doktrin und System begründen ...«

Der letzte Absatz seines Testaments, den Jules Janin in »Le Livre« (Paris 1870) veröffentlicht hat, unterstreicht den berechtigten Stolz, die Würde, den gesunden Menschenverstand des Marquis de Sade, der dafür im übrigen auch noch andere Belege geliefert hat:

»Ich verbiete, daß mein Körper, unter welchem Vorwand auch immer, geöffnet wird. Ich verlange ausdrücklich, daß er für achtundvierzig Stunden in dem Zimmer bleibt, in dem ich sterben werde, in einem Holzsarg, der erst nach Ablauf der vorgeschriebenen achtundvierzig Stunden zugenagelt werden darf. In der Zwischenzeit soll ein Bote zu Monsieur Lenormand, Holzhändler in Versailles, Boulevard de l'Égalité 101, geschickt werden mit der Bitte, er möge mit einem Wagen herkommen und meinen Leichnam unter seiner Eskorte zu dem Wald auf meinen Ländereien von Malmaison, Gemeinde Mancé, nahe bei Épernon überführen, wo er gemäß meinem Willen ohne jede Zeremonie beigesetzt werden soll, und zwar im ersten Niederholz, das sich rechterhand in besagtem Wald befindet, wenn man von dem alten Schloß über die große Allee kommt, die den Wald teilt. Mein Grab soll in diesem Niederholz von dem Pächter von Malmaison ausgehoben werden, und zwar unter Aufsicht von Monsieur Lenormand, der meinen Leichnam erst aus den Augen lassen darf, nachdem er ihn in besagtes Grab gesenkt hat; wenn er will, können hierbei diejenigen meiner Verwandten oder Freunde zugegen sein, die bereit sind, mir ohne jeden Pomp dieses letzte Zeichen der Verbundenheit zu erweisen. Wenn das Grab wieder geschlossen ist, sollen Eicheln darauf in den Boden gebracht werden, damit das Gelände zuwächst und wieder zu dem wird, was es vorher war. So verschwinden die Spuren meines Grabes von der Erde, wie die Erinnerung an mich, wie *ich mir schmeichele*, aus dem Denken der Menschen gelöscht wird.

Gegeben zu Charenton-Saint-Maurice, bei vollem Verstand und voller Gesundheit, am 30. Januar 1806

gezeichnet: D.A.F. Sade«

»Der diese Zeilen von so schrecklicher Bitterkeit geschrieben hat«, heißt es bei Henri d'Alméras, »der darum ersuchte, so gänzlich, an Körper und Seele, im Vergessen und im Nichts zu verschwinden, war gewiß kein gewöhnlicher Mensch, wie man ihn auch immer beurteilen mag.«

Er war kein gewöhnlicher Mensch. Er hat beachtliches Unrecht begangen, vor allem gegenüber seiner Frau; aber er liebte sie nicht; seine Heirat war in gewisser Weise erzwungen worden, und Liebe läßt sich nicht erzwingen. Er war nicht verrückt, es sei denn in dem Sinn, wie er es selber in einer Komödie gesagt hat:

»Alle Menschen sind verrückt; willst solche du nicht sehen,
mußt du allein im Zimmer sein und nicht zum Spiegel gehen.«

Von ihm stammt auch das Distichon, das seinen Werken als Motto vorangestellt werden könnte:

»Man ist kein Verbrecher, wenn man ein Bild zu malen liebt
der seltsamen Neigungen, die die Natur dem Menschen gibt.«

Wenn er sich schmeichelte, aus dem Gedächtnis der Menschen zu verschwinden, so hoffte der Marquis doch, daß er zuvor noch »durch die Nachwelt« gerächt würde.

Ein Jahrhundert lang hat ihn die Kritik höchst rücksichtslos behandelt und sich weniger mit den Ideen befaßt, die in seinen Werken enthalten sind, als vielmehr damit, Anekdoten zu erfinden, die sein Leben und seinen Charakter entstellen. In bezug auf sein Leben hat Dr. Eugen Dühren zu Recht gesagt: »Als Individuum kann de Sade verstanden werden, wenn man ihn als ein historisches Phänomen ansieht.«

Auf seine Werke eingehend, hat Anatole France verächtlich geschrieben: »Ein Text des Marquis de Sade muß nicht so behandelt werden wie ein Text von Pascal.« Einige Freigeister meinten, daß die Verachtung und das Erschrekken, die von den Werken des Marquis de Sade ausgingen, vielleicht ungerechtfertigt seien. Schon 1882 gestand Émile Chevé in »Virilités« (A. Lemerre) den Büchern des Marquis de Sade eine gewisse Kraft und Größe zu:

Marquis, dein Buch ist stark, und niemand fortan
Wird je so tief ins Schändliche sinken,
Niemand nach dir wird die Gifte der Seele
Je zu einem solchen Strauß binden können …

Zumindest warst du groß in deiner Schamlosigkeit!
Schändung und Vatermord, Inzest und Raub
Fließen aus deiner Feder, und die Menschheit fühlt
Auf ihrer Blöße deine entsetzliche Muse erröten …

In Deutschland, wo Nietzsche, wie es heißt, es nicht für unter seiner Würde gehalten hat, sich, dem lyrischen Philosophen, die kraftvollen Ideen des systematischen Marquis anzueignen, hat es sich Dr. Eugen Dühren mit beachtlichem *Mut* zur Aufgabe gemacht, das Leben von de Sade zu erforschen und seine Schriften zugänglich zu machen. »Der 2. Juni des Jahres 1740«, heißt es bei ihm, »war der Tag, an welchem einer der merkwürdigsten Menschen des achtzehnten Jahrhunderts, ja der modernen Menschheit überhaupt, das Licht der Welt erblickte. Die Werke des Marquis de Sade gehören ebenso zur Geschichte und zur Zivilisation wie die medizinische Wissenschaft. Dieser seltsame Mensch hat uns von Anfang an ein lebhaftes Interesse abverlangt. Wir versuchten ihn zu begreifen, um ihn erklären zu können, und wir gelangten bald zu der Überzeugung, daß in einem solchen Fall auch der Mediziner die wichtigsten Aufschlüsse nur aus der Geschichte der Zivilisation gewinnen kann.«

Und an anderer Stelle:

»Es gibt noch einen weiteren Gesichtspunkt, der aus

den Werken des Marquis de Sade für den Kulturhistoriker ebenso wie für den Mediziner, den Juristen, den Ökonomen und Moralisten einen wahren Quell der Wissenschaft und neuer Erkenntnisse macht. Diese Werke sind vor allem dadurch so aufschlußreich, daß sie uns all das zeigen, was im Leben eng mit dem Geschlechtstrieb zusammenhängt, der, wie der Marquis de Sade mit unleugbarem Scharfsinn erkannt hat, in irgendeiner Weise fast die Gesamtheit der menschlichen Beziehungen beeinflußt. Jeder Forscher, der die soziologische Bedeutung der Liebe erfassen will, wird die Hauptwerke des Marquis de Sade lesen müssen. Mehr noch als der Hunger lenkt die Liebe die Bewegungen des Universums.«

... die Liebe, die kreisen macht die Sonne wie die Sterne

heißt es bei Dante am Schluß der »Göttlichen Komödie«.

Dr. Jacobus X hat Dr. Dühren Gallophobie vorgeworfen, weil dieser in der gegenwärtigen französischen Politik eine tiefe Übereinstimmung mit den Lehren des Marquis de Sade sähe. Eine solche Übereinstimmung scheint in der Tat tief und fortschreitend zu sein. Man darf sich nicht wundern, in de Sade einen Anhänger der Republik zu finden. Wer schon um 1785 eine seiner Erzählungen wie folgt begann: »Zu der Zeit, als die Herren in despotischer Weise auf ihren Gütern lebten; zu jenen ruhmreichen Zeiten, als Frankreich in seinen Grenzen einen Schwarm von Herrschenden anstelle von dreißigtausend niedrigen Sklaven zählte, die vor einem einzigen buckelten«*, mußte man ohne Bedauern auf die republikanischen Könige zugehen und eine freie Republik ohne Gleichheit und Brüderlichkeit erstreben ...

Zahlreiche Schriftsteller, Philosophen, Ökonomen,

* »La Femme vengée ou la Châtelaine de Longueville«, unveröffentlichte Erzählung, das Manuskript liegt in der Bibliothèque Nationale.

Naturwissenschaftler, Soziologen, von Lamarck bis Spencer, haben ihre Übereinstimmung mit dem Marquis de Sade festgestellt, und manche seiner Ideen, die seine Zeitgenossen erschreckten und beunruhigten, sind noch immer ganz neu. »Man wird unsere Ideen vielleicht etwas drastisch finden«, schrieb er, »aber was macht das? Haben wir uns nicht das Recht erworben, alles sagen zu können?« Anscheinend ist die Stunde für diese Ideen gekommen, die in der niederträchtigen Atmosphäre höllischer Bibliotheken herangereift sind, und dieser Mann, der während des ganzen neunzehnten Jahrhunderts nicht zu zählen schien, könnte das zwanzigste durchaus beherrschen.

Der Marquis de Sade, dieser freieste Geist, den es je gab, hatte ganz besondere Vorstellungen von der Frau und wollte, daß sie genauso frei sei wie der Mann. Diese Vorstellungen, die man eines Tages herausarbeiten wird, haben einen Doppelroman hervorgebracht: »Justine« und »Juliette«. Es ist kein Zufall, daß der Marquis Heldinnen gewählt hat und keine Helden. Justine ist die Frau im alten Sinn, unterdrückt, beklagenswert; Juliette hingegen verkörpert den Typ der neuen Frau, wie er sie sah, ein Geschöpf, von dem man noch nichts Genaues weiß, das sich aus der Menschheit herausbildet, das Flügel haben und das Universum erneuern wird.

Der Leser, der sich diese Romane vornimmt, bemerkt häufig nur, was daran anstößig ist, und dessen Analyse vermag den in ihnen steckenden Sinn leider nicht offenzulegen. Da es unmöglich ist, ein Porträt der Personen zu entwerfen, gehört es sich hinzuzufügen, daß der Marquis de Sade an »eine ganz enge Verbindung von Moral und äußerer Gestalt« glaubte.

Justine und Juliette sind die Töchter eines reichen Pariser Bankiers.* Sie wurden bis zu ihrem vierzehnten bezie-

---

* Es ist die Analyse der dritten Fassung von »Justine«.

hungsweise fünfzehnten Lebensjahr in einem berühmten Kloster in Paris erzogen. Unvorhergesehene Ereignisse: der Bankrott ihres Vaters, dessen Tod, gefolgt von dem ihrer Mutter, bescheiden den jungen Mädchen ein völlig anderes Schicksal. Sie müssen das Kloster verlassen und selber für ihren Lebensunterhalt sorgen. Juliette, munter, sorglos, eigenwillig, von anmaßender Schönheit, fühlt sich in dieser Freiheit glücklich. Die Jüngere, Justine, naiv, schwermütig und sanft, empfindet das ganze Ausmaß ihres Unglücks. Juliette, die weiß, daß sie schön ist, sucht daraus sofort Nutzen zu ziehen. Justine ist tugendhaft und will es bleiben. Sie trennen sich. Justine begegnet Freunden der Familie, die sie von sich weisen. Ein Priester versucht sie zu verführen. Sie geht schließlich zu einem dicken Kaufmann, Monsieur Dubourg, dem es Spaß macht, Kinder zum Weinen zu bringen. Sie verhehlt ihm nicht ihr Befremden und ihren Abscheu, als er ihr seine wollüstigen Theorien darlegt. Sie widersteht ihm und wird vor die Tür gesetzt. Währenddessen stiehlt ihr eine gewisse Madame Descroches, bei der sie untergekommen ist, alles, was sie besitzt. Justine ist der Willkür dieser Frau ausgeliefert, die sie mit einer Madame Delmonse zusammenbringt, einer ziemlich feschen Halbweltdame, die ihr die Annehmlichkeiten der Prostitution rühmt. Man versucht Justine zu prostituieren und schickt sie zu dem alten Dubourg zurück. Sie widersteht noch immer, und nach einigen unglücklichen Begebenheiten landet Justine, obwohl sie unschuldig ist, schließlich im Gefängnis. Dort lernt sie eine gewisse Dubois kennen, eine zweifelhafte Person, die alle nur erdenklichen Verbrechen begangen hat. Beide werden zum Tode verurteilt. Die Dubois steckt das Gefängnis in Brand, sie fliehen und schließen sich einer Bande der ruchlosesten Schurken an, die sich je zusammengefunden haben. Justine gelingt es zu entkommen, mit Saint-Florent, einem Kaufmann, den sie aus den Händen der Räuber befreit hat und der sich als ihr Onkel ausgibt. Er vergewaltigt sie und verläßt sie in bewußtlosem Zustand. Als Justine wieder zu sich kommt, bemerkt sie einen jungen Mann, Monsieur de Bressac, der sich widernatürlichen Vergnügungen mit seinem Diener hingibt. Die Männer nehmen sie freundlich auf und bringen sie zu der tugendhaften Madame de Bressac, die Justine, voller Mitleid über ihr Schicksal, nach Paris bringen und sich um ihre Rehabilitation kümmern will. Unglücklicherweise ist die Delmonse nach Amerika abgereist, und die Angelegenheit kann nicht geklärt werden. Unterdessen gibt sich Bressac scheußlichen Orgien hin, schändet seine Mutter und zwingt Justine, sie zu töten. Justine flüchtet sich nach Saint-Marcel in der Nähe von Paris und begibt sich zu einem Chirurgen namens Rodin, der zusammen mit seiner Schwester Célestine eine gemischte Schule unterhält, in die nur Kinder von bemerkenswerter Schönheit aufgenommen werden, zwischen zwölf und siebzehn Jahren, hundert von jedem Geschlecht. Rodin unterrichtet die Jungen, und Célestine die Mädchen. Justine schließt sich Rodins Tochter Rosalie an, Rodin treibt nicht nur Inzest, er unternimmt mit seinem Kollegen Rambeau auch chirurgische Eingriffe, die ebenso gewagt wie verbrecherisch sind und denen er auch die unglückliche Justine unterzieht, die fast wie durch ein Wunder dem Tode entrinnt und nach Sens geht. In der Dämmerung an einem Teich sitzend, hört sie, wie etwas ins Wasser geworfen wird; sie sieht, daß es ein ganz kleines Mädchen ist und rettet es; aber der Mörder wirft das Kind ins Wasser zurück und bringt Justine auf sein Schloß. Es handelt sich um einen Alkoholfeind und Vegetarier, der davon besessen ist, Frauen zu schwängern und jede von ihnen nur ein einziges Mal zu sehen. Er heißt de Bandole und hat höchst seltsame Vorstellungen von der Empfängnis. So läßt er die Frauen nach der Vereinigung mit dem Kopf nach unten hängen, und zwar neun Tage lang, um sicher zu sein, daß sie auch schwanger sind. Justine wird durch den Bruder der Dubois, den Räuber Eisenherz, aus den Fängen des Monsieur de Bandole befreit. Danach geht Justine in eine Benediktinerabtei, wo dem Satanskult gehuldigt wird. Es gibt dort Serails mit Kindern beiderlei Geschlechts. Der Mönch Jérôme erzählt von den Schändlichkeiten seines langen Lebens, das angefüllt war mit Mord und Inzest. Er beschreibt die Orte, an denen er gewesen ist: Deutschland, Italien, Tunis, Marseille usw. Justine verläßt das Kloster wieder. Sie begegnet Dorothée d'Esterval, der Frau eines verbrecherischen Wirts, der einen einsamen Gasthof hat, in dem er die Reisenden, die sich dorthin wagen, ermordet. Dorothée hat Angst. Sie fleht Justine an, mit ihr zu kommen. Justine begleitet sie zu dem Gasthof, in dem so viele Verbrechen begangen werden. Plötzlich taucht Bressac auf; er ist ein Verwandter der d'Esterval. Alle begeben sich zu dem Comte de Germande, der ebenfalls mit ihnen verwandt ist. Dieser hat die abscheuliche Angewohnheit, seine Frau zu quälen, deren Schönheit bewundernswert ist. Jeden vierten Tag nimmt er ihr »zwei Paletten Blut« ab. Danach hat Justine noch weitere Abenteuer zu bestehen, die schwer wiederzugeben sind und sich bei der Familie Verneuil, bei den Jesuiten, im Milieu von Pervertierten jeglicher Art ereignen. Als nächstes begegnet Justine dem Falschmünzer Roland und sieht sich schließlich im Gefängnis von Grenoble. Sie wird von einem Anwalt dieser Stadt, Monsieur S., gerettet. In der Herberge trifft sie die Dubois, die sie in das Landhaus des Erzbischofs von Grenoble mitnimmt, in dem es ein Spiegelzimmer gibt, das sich in ein schreckliches Folterkabinett verwandeln läßt und wo der Erzbischof die Frauen köpfen läßt, nachdem er sich in widerlicher Weise an ihnen vergangen hat.

Wenn die Frauen mit dem Prälaten hereintraten, sahen sie sich in dem Raum einem beleibten Abt von fünfundvierzig Jahren gegenüber, dessen Gesicht häßlich und dessen gewaltiger Körper abstoßend war; auf einem Sofa liegend, las er »Die Philosophie im Boudoir«.*

Justine entkommt; sie durchlebt eine Reihe schrecklicher Situationen. Man kerkert sie erneut ein und verurteilt sie abermals zum Tode. Sie bricht aus, irrt verzweifelt umher und begegnet schließlich einer hübschen Dame, die von vier Herren begleitet wird. Es ist Juliette, die ihre Schwester zärtlich aufnimmt und ihr das kriminelle Leben schmackhaft macht: »Ich bin den Weg des Lasters gegangen, meine Liebe, und habe auf ihm nichts als Rosen vorgefunden.«

Das ist also die »Justine«, deren Urheberschaft der Marquis de Sade mit erstaunlicher Hartnäckigkeit bestritt. Er hatte seine Gründe dafür, wohl wissend, daß ihm der Ruhm für das Buch kaum genommen werden könnte, während ein Bekenntnis in den Augen seiner Zeitgenossen sämtliche Repressalien gerechtfertigt hätte, die man in diesem Fall gegen ihn angewandt haben würde. Für diese Verleugnungen gibt es sogar einen gedruckten Beleg. Und zwar die Antwort an Villeterque, der »Die Verbrechen der Liebe« in einem Zeitungsartikel heftig kritisiert und dem Marquis vorgeworfen hatte, »Justine« überhaupt geschrieben zu haben. De Sade ließ unter dem Titel »Der Autor der ›Verbrechen der Liebe‹ an den Kritikaster Villeterque« sofort eine Gegendarstellung drucken, und nie hat ein Autor so energisch gegen sein eigenes Werk protestiert.

Aber ich habe das Originalmanuskript der ersten Fas-

---

* Henri d'Alméras meint, »Die Philosophie im Boudoir« stammt nicht vom Marquis de Sade. Das ist ein Irrtum, den das folgende Zitat zerstreuen kann. Im übrigen hat sich hierüber bislang niemand getäuscht, weder Restif, der die Werke von de Sade gut kannte, noch sonst jemand. Alles in der »Philosophie im Boudoir« verrät das Genie des Marquis, und sein Stil ist leicht zu erkennen. Vielleicht ist dies das Hauptwerk, das *opus sadicum par excellence*.

sung von »Justine« vor mir liegen, die erste Skizze, den ersten Entwurf dieses Werkes mit all seinen Korrekturen. Der Anfang steht auf der Seite neunundsechzig eines Heftes, das die Aufschrift *Neuntes Heft* trägt und noch andere Entwürfe des Marquis enthält. Das Werk setzt sich in drei Heften fort, die als *Zehntes Heft*, *Elftes Heft*, *Zwölftes Heft* gekennzeichnet sind, und endet im *Dreizehnten Heft*. »Justine« verteilt sich also auf fünf Hefte.

Zuerst betitelt der Marquis de Sade sein Werk: »Die Leiden der Tugend«. Schon auf der Rückseite von Blatt 451 des in der Bibliothèque Nationale aufbewahrten Manuskripts hatte er folgende Randnote angebracht, die ein Hinweis auf die ursprüngliche Idee ist, »Justine« zu schreiben: »Halten wir uns an den Gegenstand des Romans ›Die Leiden der Tugend‹, ein Werk in einem völlig neuen Sinn. Von Anfang bis Ende triumphiert das Laster, und die Tugend wird erniedrigt. Der Ausgang soll der Tugend den ganzen Glanz zurückgeben, der ihr geschuldet ist und sie ebenso schön wie begehrenswert macht. Es gibt niemanden, der, wenn er diese Lektüre beendet hat, den falschen Triumph des Verbrechens nicht verabscheut und die Demütigungen, denen die Tugend ausgesetzt ist, nicht bedauert.«

Hinter seinen Titel setzt der Marquis de Sade den Zusatz: »19. Erzählung« und macht auf diese Weise deutlich, daß er seine erste Absicht, einen Roman zu diesem Thema zu schreiben, aufgegeben hat.

Er will nur noch eine Erzählung daraus machen, die zweifellos zu den »Erzählungen und Fabeln des 18. Jahrhunderts, von einem provenzalischen Troubadour« (Manuskript der Bibl. nat., Bl. 450 Rückseite und 451) gehören sollte. »Die Verbrechen der Liebe« bestehen zum größten Teil aus diesen Erzählungen. »Die Leiden der Tugend« hingegen kommen in dem Verzeichnis der »Erzählungen und Fabeln«, die der Marquis de Sade zum Zeitpunkt ihrer Aufzählung noch nicht geschrieben, sondern erst konzipiert hatte, nicht vor. Zu der Zeit trug sich der Marquis de Sade wohl mit der Absicht, einen Roman hierüber zu schreiben. Nach dem Verzicht darauf, hatte der im voraus den Schluß seiner Erzählung auf dem Umschlag des *Zwölften Heftes* (in Wirklichkeit des vierten) vermerkt: »Ende der Leiden der Tugend.«

Auf dem Umschlag des *Neunten Heftes* hatte er angegeben: »Das Heft für die ›Leiden der Tugend‹ zählt 192 Seiten, der erste Entwurf hat 175 Seiten, also bleiben 17 Seiten des schönen Heftes frei, was *für die geplanten Ergänzungen* nicht zuviel ist. (Die vier hervorgehobenen Worte wurden vom Verfasser gestrichen.) Es handelt sich hier um das Heft, das als Druckvorlage dienen sollte und in das der Marquis seine Erzählung zu übertragen beabsichtigte. Sein Entwurf umfaßt tatsächlich 179 Seiten, zusätzlich 6 Umschlagseiten. Am Schluß seines Manuskriptes vermerkte der Marquis de Sade: »Nach vierzehn Tagen am 8. Juli 1784 beendet.« Folglich hätte er die Niederschrift am 23. oder 24. Juni begonnen.

»Juliette oder Die Wonnen des Lasters«, die Fortsetzung von »Justine«, stellt das völlige Gegenteil von diesem Werk dar.

Als Juliette mit ihrer Schwester das Kloster verläßt, begibt sie sich zu einer zweifelhaften Frau, die sie einem gewissen Dorval vorstellt, der »der größte Spitzbube von Paris« ist. Er beauftragt sie, zwei Deutsche zu bestehlen. Darauf begegnet sie dem schurkischen Noircueil, der schuld am Bankrott ihres Vaters war und sich dadurch bereichert hat, daß er eine große Anzahl Familien ausplünderte. Er stellt sie dem Staatsminister Saint-Fond vor, der ihr, gegen gewisse Gefälligkeiten, die Mittel verschafft, die sie braucht, um ihren zügellosen Hang zum Luxus zu befriedigen. Er stellt sie an die Spitze des Giftdezernats. Politische Giftmorde nehmen zu, begleitet von unterschiedlichen Folterungen, denen man die Opfer unterzieht.

Eine mit Juliette befreundete Engländerin, Lady Clairwill, sorgt dafür, daß sie in die *Gesellschaft der Freunde des Verbrechens* aufgenommen wird, der auch Saint-Fond angehört. Der Minister, der ein Projekt zur Entvölkerung Frankreichs vorbereitet hat, erläutert es Juliette, die eine Regung der Verwirrung und des Schreckens nicht unterdrücken kann.

Saint-Fond bemerkt es. Sie begreift, daß ihr Leben bedroht ist. Sie flieht nach Angers zu einer Frau, die ein schmuddliges Bordell betreibt. Dort lernt sie einen reichen Edelmann kennen, der sie heiratet und den sie vergiftet. Darauf reist sie nach Italien, besucht die großen Städte und gibt sich überall reichen Männern hin. Sie verbindet sich mit einem Hochstapler namens Sbrigani. Sie begeben sich nach Florenz, wo sie eine Zeitlang bleiben. Juliette wird, wie in allen Residenzstädten, in die sie kommt, bei Hof eingeführt. Ich übergehe die vielen verbrecherischen Szenen, die sich auf allen Seiten dieses Romans begeben. Der Kannibalismus spielt dabei eine gewisse Rolle. In Rom wird Juliette von Papst Pius VII. empfangen. Sie zählt ihm in chronologischer Reihenfolge die Verbrechen des Papsttums auf. Der Papst will sie unterbrechen. »Schweig, alter Affe!« herrscht ihn Juliette an, und Pius VII. ruft am Ende: »Oh, Juliette! Man hatte mir zwar berichtet, wie geistvoll du bist, aber ich glaubte nicht so recht daran; eine derart gehobene Stufe des Denkens ist bei einer Frau äußerst selten.«

Dann begibt sich Juliette nach Neapel. Unterwegs kommt es zu Zusammenstößen mit Wegelagerern, bei denen sie Lady Clairwill wiedertrifft. In Neapel wird Juliette mit großer Ehrerbietung von König Ferdinand I. empfangen. Dann folgen Beschreibungen von Herculanum, Pompeji usw. Schließlich nimmt sie mit Hilfe der Königin Marie-Caroline dem König von Neapel mehrere Millionen ab. Nachdem der Coup geglückt ist, verrät Juliette die Königin und kehrt nach Frankreich zurück.

»Diese kläglichen Erfindungen«, schreibt Alcide Bonneau, »zeigen, daß sich der Marquis de Sade schmeichelte, die Alkovengeheimnisse der italienischen Monarchen zu kennen, und doch davon nichts wußte. Dabei waren die Intrigen der Königin von Neapel und ihrer Günstlinge der Öffentlichkeit nicht unbekannt. Selbst die zügelloseste Phantasie ist hinter der Wirklichkeit weit zurückgeblieben.« In der Tat hat es die Geschichte auf sich genommen, die philosophischen Erzählungen des Marquis freizusprechen, der uns in »Juliette« nicht nur an die italienischen Höfe führt, sondern auch an die des Nordens, nach Stockholm, nach Sankt Petersburg.

Dr. Dühren hat 1904 ein Manuskript des Marquis de Sade veröffentlicht, das eines seiner gewagtesten Werke enthielt, nämlich »Die 120 Tage von Sodom oder Die Schule der Ausschweifung«, ein Manuskript, das man dem Marquis de Sade in der Bastille abgenommen und dessen Verschwinden er lebhaft bedauert hatte. Hierbei handelt es sich zweifellos um jene *Theorie der Ausschweifung*, von der Restif de La Bretonne in »Monsieur Nicolas« spricht, die er jedoch nicht zur Hand gehabt hat und deshalb mit dem *Projekt für ein Bordell* verwechselte, das von de Sade ausgearbeitet worden war und tatsächlich Analogien zu Restifs »Der Pornograph« aufzuweisen schien, wie dessen Klage belegt: »Und so schlägt das Autor-Ungeheuer in Nachahmung des ›Pornographen‹ die Einrichtung eines Hauses der Ausschweifungen vor. Ich hatte mich dafür eingesetzt, der Degradierung der Natur Einhalt zu gebieten; die Absicht des verruchten Menschensezierers bestand hingegen darin, und dafür parodierte er ein Werk aus meiner Jugendzeit, diese hassenswerte, diese schändliche Erniedrigung bis zum Exzeß zu steigern ...«

Das Manuskript der »120 Tage von Sodom« wurde 1877 von Pisanus Fraxi (»Index librorum prohibitorum«, London, 1877) beschrieben, nicht *de visu*, sondern nach einem Bericht aus zweiter Hand.

Das Manuskript soll in dem Raum gefunden worden sein, den der Marquis de Sade in der Bastille belegt hatte, und zwar von Arnoux Saint-Maximin, der es dem Großvater des Marquis de Villeneuve-Trans gab, in dessen Familie es drei Generationen hindurch verblieb. Dr. Dühren ließ es dann über einen Pariser Buchhändler zu einem hohen Preis an einen deutschen Sammler verkaufen. Das Manuskript besteht aus Elfzentimeterblättern, die aneinandergeklebt sind und so eine zwölf Komma zehn Meter lange Rolle bilden. Sie ist auf beiden Seiten mit einer fast mikroskopisch kleinen Schrift bedeckt. Der letzte Besitzer des Manuskriptes hatte es in einem phallusförmigen Kasten verwahrt. Es war in siebenunddreißig Tagen jeden Abend zwischen sieben und zehn Uhr in der Bastille verfaßt und am 27. November 1785 beendet worden.

Dr. Dühren hält dieses Werk für einen entscheidenden Einschnitt, nicht nur im Schaffen des Marquis de Sade, sondern sogar in der Geschichte der Menschheit. Man findet darin eine streng wissenschaftliche Klassifizierung sämtlicher Leidenschaften in ihren Beziehungen zum Geschlechtstrieb. Der Marquis de Sade hat alle seine neuen Theorien in den Text einbezogen und damit auch, hundert Jahre vor Dr. Krafft-Ebing, die Sexualpsychopathie begründet.

Als der Marquis de Sade dieses Werk über

die seltsamen Neigungen, die die Natur dem Menschen gibt,

schrieb, war er sich seiner Neuheit und Wichtigkeit bewußt: »Wer diese Abartigkeiten bestimmen und detaillieren könnte«, schreibt er, »würde vielleicht eine der schönsten Arbeiten über die Sitten verfassen und vielleicht eine der interessantesten.« ... und fügt an anderer Stelle hinzu, wobei er die systematische und wissenschaftliche Seite des Werkes betont: »Stell dir vor, alle Sinnengenüsse, ob nun ehrbar oder von diesem Tier vorgeschrieben, von dem du ständig sprichst, ohne es zu kennen, und das du Natur nennst, alle diese Genüsse also wären aus der Sammlung ausdrücklich verbannt.«

Am Ende der Herrschaft Ludwigs XIV., kurz vor Beginn der Régence, zu einer Zeit, als das französische Volk durch die verschiedenen Kriege des Sonnenkönigs verarmt war, während eine Handvoll Vampire das Blut der Nation ausgesaugt und sich an der allgemeinen Armut bereichert hatten, dachten sich vier Personen dieser Art das »einzigartige Spiel der Ausschweifung« aus, dessen Beschreibung den Inhalt des Werkes bildet.

Der Herzog de Blangis und sein Bruder, der Erzbischof von ..., haben einen Plan, in den sie den niederträchtigen Durcet und den Präsidenten Curval einweihen. Um enger miteinander verbunden zu sein, heiratet jeder die Tochter des anderen, sie machen gemeinsame Kasse und bestimmen zwei Millionen für ihre jährlichen Vergnügungen. Man engagiert vier Kupplerinnen, die die Mädchen auftreiben sollen, und vier abgefeimte Schurken für die Knaben. Jeden Monat werden in vier kleinen Häusern in vier unterschiedlichen Stadtteilen von Paris vier galante Abendessen gegeben. Das erste ist den sokratischen Wonnen gewidmet. Sechzehn junge Männer zwischen zwanzig und dreißig Jahren werden als aktive und sechzehn Knaben zwischen zwölf und achtzehn Jahren als passive Lustobjekte bei diesen »männlichen Orgien« benutzt, »wo alles geschah, was in Sodom und Gomorrha nicht unzüchtiger hätte erdacht werden können«. Das zweite Abendessen ist den »Mädchen des guten Tons« gewidmet. Davon gibt es zwölf. Das dritte vereint die geilsten und schmutzigsten Dirnen der Stadt; es sind hundert an der Zahl. Zum vierten Abendessen werden zwanzig Mädchen von sieben bis fünfzehn Jahren gebraucht, die noch unberührt sind. Außerdem findet jeden Freitag ein »geheimes« Essen statt, an dem vier kleine Mädchen teilnehmen, die ihren Eltern weggenommen wurden, und die vier Frauen unserer Lebemänner. Jede dieser Mahlzeiten kostet zehntausend Franc, und wie man sich vorstellen kann, werden die seltensten Früchte gereicht, die man im allgemeinen überhaupt nicht zu sehen bekommt, und Weine aus allen Ländern. Dann treten wir in die eigentliche Erzählung ein, die mit einer Beschreibung der vier Wüstlinge beginnt. Dieses Gemälde ist nicht schöngefärbt, die Züge, die es bietet, sind echt.

Besondere Sorgfalt verwendet der Autor auf das Porträt des Herzogs de Blangis, und er setzt uns über dessen Leben in Kenntnis. Als Achtzehnjähriger in den Besitz eines riesigen Vermögens gekommen, hat er es durch zahlreiche Gaunereien und Verbrechen noch vergrößert. Keine Leidenschaft, kein Laster ist ihm fremd; sein Herz ist härter als Stein. Er hat alle Verbrechen, alle Schändlichkeiten begangen. Man muß rundum böse sein und nicht »tugendhaft im Verbrechen und verbrecherisch in der Tugend«. Das Laster ist für ihn die Quelle der »herrlichsten Wonnen«. Er ist der Meinung, daß *das Recht des Stärksten immer das beste ist*. Er hat seine Mutter getötet, seine Schwester vergewaltigt. Dreiundzwanzigjährig hat er sich mit »drei Gefährten des Lasters« zusammengetan.

Er betreibt Straßenraub, entführt zwei hübsche Mädchen beim Opernball aus den Armen ihrer Mutter. Er tötet seine Frau, heiratet die Geliebte seines Bruders, die Mutter Alines, einer Heldin des Romans.

Vom Äußeren her ist er ein Herkules. Dieser Mann, jetzt um die Fünfzig, ist ein »Meisterstück der Natur«. Man würde diesen Gotteslästerer selber für einen Gott halten, den Gott der Lüsternheit. Er ist so stark, daß er ein Pferd zwischen den Beinen ersticken könnte. Auch mit dem Mund leistet er Unvorstellbares. Er trinkt zu jeder Mahlzeit zehn Flaschen Burgunder ...

Der Erzbischof, sein Bruder, ähnelt ihm, ist jedoch schwächer und durchgeistigter. Seine Gesundheit ist nicht so unverschämt. Er zählt fünfundvierzig Jahre, hat schöne Augen, einen häßlichen Mund und einen weibischen Körper.

Mit sechzig Jahren der älteste ist der Präsident Curval; groß, schmächtig und hager, sieht er wie ein Skelett aus. Eine lange spitze Nase über einem aschgrauen Mund. Er ist behaart wie ein Satyr. Er ist impotent. Er hat stets das Verbrechen geliebt: »Er beschaffte sich von überallher Menschen, die er seinen perversen Neigungen opferte.« Am liebsten sind ihm Giftmorde.

Der Vierte im Bunde, Durcet, ist dreiundfünfzig Jahre alt; er ist weibisch, klein, dick und fett. Sein Gesicht ist frisch. Er brüstet sich damit, eine sehr weiße Hautfarbe zu haben, Hüften wie eine Frau, eine sanfte und angenehme Stimme. Tatsächlich ist er von Jugend an der Gespiel des Herzogs gewesen.

Nach den Porträts der Lebemänner folgen die ihrer Frauen. Constance, die Gemahlin des Herzogs und Tochter von Durcet, ist eine große schlanke Person, die man malen könnte; vergleichbar einer Lilie; ihre Geschichtszüge sind fein und würdevoll. Sie hat große schwarze Augen voller Feuer, kleine, sehr weiße Zähne. Sie ist jetzt zweiundzwanzig Jahre alt. Ihr Vater hat sie erzogen, als wäre sie nicht seine Tochter, sondern seine Geliebte, ohne ihr indessen ihre Herzensgüte und Sittsamkeit nehmen zu können.

Adélaïde, die Frau von Durcet und Tochter des Präsidenten Curval, ist eine Schönheit ganz anderer Art als die dunkle Constance. Sie ist zwanzig Jahre alt; klein, blond, sentimental und schwärmerisch. Sie hat blaue Augen. Ihre Züge tragen den Ausdruck von Anstand. Sie hat schöne Augenbrauen, eine edle Stirn, eine kleine Adlernase, einen etwas großen Mund. Sie ist angenehm anzuschauen und neigt den Kopf ein wenig nach rechts. Dennoch ist sie eher »der Entwurf als das Modell der Schönheit«. Sie liebt die Einsamkeit und weint, wenn sie allein ist. Der Präsident hat ihre Religiosität nicht zerstören können. Sie betet oft. Das beschwört den Unwillen ihres Vaters und ihres Mannes herauf. Sie ist eine Wohltäterin der Armen, für die sie sich aufopfert.

Julie, die Frau des Präsidenten, ist die älteste Tochter des Herzogs, sie ist hoch gewachsen, ein bißchen füllig. Sie hat schöne braune Augen, eine hübsche Nase, angenehme Gesichtszüge, kastanienbraunes Haar, einen häßlichen Mund, von Karies befallene Zähne, die ihr, neben ihrem Hang zur Unsauberkeit, die Liebe des Präsidenten eingetragen haben, der das Faulige mag. Sie hat eine unüberwindliche Abneigung gegen Wasser. Naschhaft und dem Trunk ergeben, ist sie von völliger Sorglosigkeit.

Ihre jüngere Schwester Aline, in Wahrheit die Tochter des Erzbischofs, ist erst achtzehn Jahre alt, hat ein frisches, anziehendes Gesicht, eine Stupsnase, braune, lebhafte Augen, einen köstlichen Mund, eine hinreißende Figur, sanfte, leicht gebräunte Haut. Der Erzbischof hat sie in völliger Unwissenheit gelassen, sie kann kaum schreiben und lesen, kennt kein religiöses Empfinden, hat kindliche Ansichten und Gefühle. Ihre Antworten sind unerwartet und komisch. Sie spielt ständig mit ihrer Schwester, verabscheut den Erzbischof und fürchtet den Herzog »wie das Feuer«. Sie ist faul.

Dann werden der Plan und die Vergnügungen vorgestellt, die sich die vier Wüstlinge ausmalen. Es versteht sich bei de Sade von selbst, daß die Empfindungen, die durch die Sprache, die Worte vermittelt werden, sehr stark sind. Die vier beschließen, sich mit allem zu umgeben, »was die Sinne durch die Lüsternheit befriedigen kann« und sich »der Reihe nach« über sämtliche Laster und sexuelle Perversionen unterrichten zu lassen.

Nach langem Suchen finden sie vier alte Frauen, die viel erlebt haben und viel wissen. Sie kennen alle sexuellen Verderbtheiten und verstehen es, sie übersichtlich zusammenzufassen.

Die erste soll nur die hundertfünfzig einfachsten, verbreitetsten und gröbsten Perversionen aufzählen. Die zweite eine gleiche Zahl »seltsamerer und komplizierterer« Verirrungen vorführen, bei denen ein oder mehrere Männer mit mehreren Frauen zu tun haben. Die dritte soll hundertfünfzig Handlungen aufzeigen, die gegen die Gesetze, die Natur und die Religion verstoßen. Die Exzesse letzterer Kategorie führen zum Mord, und die Mordgelüste sind so vielseitig, daß die vierte Erzählerin hundertfünfzig entsprechende Torturen nennen muß.

Die vier Wüstlinge wollen diese Hinweise mit ihren eigenen Frauen und anderen *Objekten* ausprobieren.

Die vier *Geschichtenerzählerinnen*, deren Kenntnis außergewöhnlich ist, sind ehemalige Prostituierte, die es zu Bordellbesitzerinnen gebracht haben.

Die Duclos ist achtundvierzig Jahre alt. Sie ist noch gut beisammen.

Die Chanville ist fünfzig Jahre alt. Sie ist eine tollwütige Lesbe.

Die Martaine ist zweiundfünfzig Jahre alt; da sie eine angeborene Atresie hat, ließ sie sich von Jugend auf verkehrtherum nehmen.

Die Desgranges ist fünfzig Jahre alt. Sie ist »das Laster in Person«. Ein Skelett, dem zehn Zähne, drei Finger und ein Auge fehlen. Sie hinkt und ist von Krebs zerfressen. Ihre Seele ist »das Sammelbecken aller Laster«. Es gibt kein Verbrechen, das sie nicht begangen hat. Im übrigen sind ihre Kolleginnen auch keine Engel.

Man kümmert sich um die Beschaffung von *Lustmaterial* beiderlei Geschlechts: acht Mädchen, acht Knaben, acht junge Männer und vier Dienerinnen. Man bemüht hierzu die berühmtesten *Lieferanten* Frankreichs, und die Auswahl wird mit großem Bedacht getroffen. Man prüft hundertdreißig Mädchen zwischen zwölf und fünfzehn Jahren, die aus Klöstern, aus Familien kommen und für die man an die Vermittler dreißigtausend Franc zahlt.

Von diesen hundertdreißig Mädchen werden acht genommen.

Ebenso verfährt man bei den Knaben und den jungen Männern, die von *Sodomie-Agenten* beschafft werden.

Die Vorführung der Mädchen im Landhaus des Herzogs dauert dreizehn Tage. Pro Tag werden zehn in Augenschein genommen.

Die Knaben, Männer und Dienerinnen werden in gleicher Weise geprüft.

Die ganze Versammlung begibt sich ins Schloß des Herzogs: Es ist für neun Monate zum Schauplatz der Orgien bestimmt. Man hat die passenden Möbel aufgestellt, Lebensmittel und Weine eingekellert. Das Schloß liegt inmitten von Wäldern und fast unzugänglichen Bergen. Der Besitz ist von einer hohen Mauer umgeben, längs der ein breiter Graben verläuft. Die Landschaft ist friedlich und fast fromm, was dem ungezügelten Leben einen höheren Preis verleiht. Alle Zimmer gehen auf einen weitläufigen Innenhof. Im ersten Stock befindet sich eine große Galerie, die zum Speisesaal führt, in dessen Nähe die Küchen liegen. Dieser Saal ist mit Ottomanen, Sesseln und Teppichen ausgestattet. Er ist sehr wohnlich. Von dort aus gelangt man in den gut möblierten *Gesellschaftssalon* sowie in das danebengelegene *Versammlungskabinett*, in dem sich die vier Alten aufhalten. Dieser Raum ist das *Schlachtfeld*, der Schauplatz der schlüpfrigen Sitzungen, und entsprechend ist seine Ausstattung. Er ist halbkreisförmig. Man entdeckt vier mit Spiegeln versehene Nischen. In einer Ecke steht eine Ottomane. In der Mitte des Raumes ist ein Thron für die Erzählerin errichtet, auf dessen Stufen sich die *Subjekte der Ausschweifung* aufhalten, die während der Erzählungen die erhitzten Sinne der Teilnehmer besänftigen sollen. Der Thron und die Stufen sind mit blauschwarzem Satin bedeckt, der mit Goldborte verziert ist. Die Nischen sind mit hellblauem Satin ausgeschlagen. Hinter jeder Nische liegt eine »geheime Garderobe«, in die sich der Wüstling mit dem Opfer seiner Begierde zurückzieht und in der sich ein Sofa befindet nebst »allem anderen, was für die Unsittlichkeiten jeglicher Art vonnöten ist«. Zu beiden Seiten des Thrones erheben sich Säulen bis hoch zur Decke, die innen hohl sind und in die man die zu bestrafenden Personen sperrt. Sie enthalten Folterinstrumente, deren bloßer Anblick schon schrecklich ist und die bei dem Opfer jenes Entsetzen auslösen, »aus dem der Reiz der Wollust in der Seele der Marternden« entsteht. In der Nähe dieses großen Raumes befindet sich ein Boudoir für die allergeheimsten Laster. In einem anderen Flügel des Schlosses liegen vier schöne Schlafgemächer mit Boudoir, Garderoben, türkischen Betten aus dreifarbigem Damast, geschmückt mit den wollüstigsten Gegenständen, die dazu angetan sind, der »sinnlichsten Lüsternheit« zu schmeicheln.

Das Obergeschoß enthält die Zimmer für die Erzählerinnen, die Jungen, die Mädchen, die Dienerinnen usw. Aus der Kapelle am Ende der Galerie führt eine Wendeltreppe mit dreihundert Stufen in den Keller, ein mit drei Eisentüren verschlossenes düsteres Gewölbe, wo alles verfügbar ist, was die grausamste Kunst und die ausgefeilteste Barbarei an Schrecklichstem ersonnen hat.

Alle kommen am 29. Oktober um acht Uhr abends in das Schloß. Wie bei einem Konklave werden auf Anweisung des Herzogs die Türen und Ausgänge zugemauert. Bis zum 1. November (vier Tage) haben die Opfer Zeit zur Ruhe, und die vier Lebemänner stellen die *Hausordnung* auf. Sie ist kurz:

Aufstehen um zehn, anschließend Besuch bei den Knaben.

Um elf Uhr Frühstück (Schokolade, Braten, Wein) im Serail der Mädchen, die nackt und auf Knien bedienen.

Diner zwischen drei und fünf Uhr, serviert von den Ehefrauen und den Alten, Kaffee im Salon. Um sechs Uhr dann Einzug in den Erzählsalon.

Die Frauen müssen täglich in anderer Kostümierung erscheinen, asiatisch, spanisch, griechisch, in Nonnentracht, als Feen, Zauberinnen oder Witwen verkleidet, usw.

Schlag sechs beginnt die Erzählerin ihren Bericht, der etwa vier Stunden dauert, unterbrochen von unterschiedlichsten Lustspielen, die sich die Wüstlinge leisten. Um zehn Uhr Abendessen. Danach beginnen die Orgien im *a giorno* beleuchteten Versammlungsraum. Das Ganze geht bis zwei Uhr nachts. Man feiert mehrere Feste, und jeden Sonntagabend wird die Bestrafung der Jungen und Mädchen vorgenommen, die irgendeinen Fehler begangen haben. Man muß sich einer schlüpfrigen Sprache bedienen. Gott darf nur in Lästerungen genannt werden. Keine Pause. Die niedrigsten schmutzigsten Dienste müssen von den Mädchen und Ehefrauen ohne Widerrede geleistet werden.

Nach Ausarbeitung der Hausordnung hält der Herzog am 31. Oktober an die im Salon versammelten Frauen eine Rede. Sie ist wenig ermutigend; hier eine ungefähre Zusammenfassung: Das Beste, was einer Frau passieren könne, sei ein früher Tod. Dann wendet sich de Sade an die Leser mit der Aufforderung, ihr Herz zu wappnen. Er wird sechshundert sexuelle Perversionen vorführen, die es allesamt gibt: »Man hat jede dieser Leidenschaften sorgsam mit einem Anstrich gekennzeichnet, hinter dem die Bezeichnung steht, die man der jeweiligen Leidenschaft geben kann.«

So beginnen die »120 Tage von Sodom«. Am 1. November eröffnet die Duclos die Sitzung; indem sie die hundertfünfzig einfachen Perversionen nennt, die der ersten Kategorie. Jeden Tag erklärt sie fünf. Ihr Vortrag wird durch Erörterungen, Bemerkungen und verschiedene Belustigungen unterbrochen.

Nur diesen ersten Teil hat de Sade in all der Breite ausgeführt, wie sie ein solches Thema mit sich bringt. Dann muß ihm wohl das Papier ausgegangen sein.

Die anderen Teile, der zweite mit der Chanville und ihren hundertfünfzig »doppelten Leidenschaften«, der dritte mit den hundertfünfzig kriminellen Perversionen der Martaine und der vierte mit den hundertfünfzig mörderischen Perversionen der Desgranges sind abgekürzt, fast nur skizziert. Die Duclos spricht im November, die Chanville im Dezember, die Martaine im Januar, die Desgranges im Februar. Die Erzählungen enden mit dem letzten Tag, die letzten Opfer werden niedergemetzelt, und dies ist die *Schlußabrechnung*:

Bis zum 1. März bei Orgien getötet	10
seit dem 1. März	20
und es kehren zurück	16

Soweit das Resümee eines Werkes, das, Dr. Dühren zufolge, den Marquis de Sade in die *erste* Reihe der Schriftsteller des achtzehnten Jahrhunderts stellt und in dem er eine wissenschaftliche Erklärung für alle Erscheinungen gibt, die aus der sexuellen Psychopathie herrühren.

Dr. Dühren kennt von dem Marquis de Sade noch einen ziemlich umfangreichen Entwurf für einen Roman, mit dem Titel »Die Tage von Florbelle oder Die enthüllte Natur, gefolgt von den Memoiren des Abbé de Modore«. Dieser Roman sollte mehrere Bände umfassen. Der erste war für Dialoge über die Religion, die Seele und Gott vorgesehen.

Im zweiten Band spielt die Handlung in einer Anpflanzung von Myrten und Rosen; eingestreut sind Gespräche über die Kunst des Vergnügens.

Im dritten Band findet sich ein Entwurf zur Errichtung von zweiunddreißig Freudenhäusern in Paris.

Der vierte Band enthält die vierundzwanzig ersten Kapitel der Geschichte Modores.

Im fünften Band elf Kapitel derselben Geschichte mit dem Bericht über Grausamkeiten, die an der unglücklichen Eudoxie begangen wurden.

Im sechsten Band sechsundzwanzig Kapitel der Geschichte Modores usw., usf.

Am Schluß erwähnt der Marquis einen anderen Titel für die Geschichte Modores: »Der Triumph des Lasters oder Die wahrhaftige Geschichte von Modore«.*

Das in der *Biographie Michaud* veröffentlichte Verzeichnis der Werke des Marquis de Sade nennt als verlorengegangen oder beschlagnahmt: »Erzählungen«, 4 Bände; »Die Schreibmappe eines Literaten«, 4 Bände. Ich glaube, diese Manuskripte sind in Wirklichkeit mit der in der Bibliothèque Nationale aufbewahrten Sammlung identisch.

Darin befindet sich auf den Seiten 451 verso und 453 der Entwurf zur »Schreibmappe eines Literaten« ... »Zwei Schwestern, die auf dem Lande leben. Eine ist kokett; die andere liebenswert und ernsthafter. Beide betreiben einen Handel mit den Briefen eines in Paris ansässigen Schriftstellers.«

De Sade gibt einen kurzen Abriß von jedem Band. Zumindest nach dem Entwurf sind der erste und zweite Band am interessantesten.

»Der erste enthält Betrachtungen über die Todesstrafe, gefolgt von einem Plan, Verbrecher nutzbringend für den Staat einzusetzen, einen Brief über den Luxus, einen über die Erziehung, in dem es um vierundvierzig Fragen der Moral geht ...

Der zweite Band umfaßt einen Brief über die Kunst, ein Lustspiel zu verfassen, den Plan, ein hübsches Lustspiel in Verse zu setzen, fünfzig Dramenregeln, in denen man alles (hier folgt ein Wort, das ich nicht entziffern konnte),

* Ich gebe hier keine Analyse der Werke de Sades, die offiziell veröffentlicht worden sind. Was die »Philosophie im Boudoir« anbetrifft, läßt sich die Fabel so leicht erschließen, daß es unnötig ist, auf sie einzugehen.

was jemandem, der eine solche Laufbahn verfolgt, nützlich sein kann ...«

Der Marquis de Sade hat den Plan für diesen zweiten Teil auf Blatt 1 des Manuskriptes wie folgt dargelegt:

»Fortsetzung der Schreibmappe.

Erster Entwurf,

zu erledigen,

Pholoé und Zénocrate, die (es ist Pholoé) ihre Absicht verkündet, an der Komödie zu arbeiten.

Zénocrate und Pholoé sind dagegen, geben aber trotzdem dramatische Ratschläge.

Pholoé an Zénocrate. Sie (die beiden Schwestern) haben ein Lustspiel verfaßt, das ihm bei der Rückkehr gezeigt werden soll; jetzt langweilen sie sich und verlangen nach etwas Amüsantem.

Zénocrate an Pholoé. Er schickt (in den Heften vermerkt) Anekdoten und *Etymologien*; die von Miramas beschließt die Anekdoten – Worte – und *kleine Geschichten*.

Pholoé an Zénocrate. Sie reist ab und begibt sich nach Paris, um ihn zu krönen.«*

Der Marquis de Sade hat sich stets ausgiebig mit Fragen des Theaters befaßt. Wir besitzen von ihm einen Brief aus dem Jahr 1772, der an Monsieur Girard adressiert ist, den Vater von Philippe de Girard, der zur Zeit der Kaiserkrönung Präsident der Kantonalversammlung von Cadenet (Vaucluse) war.

Aus dem Brief des Marquis de Sade geht hervor, daß er am Montag, dem 20. Januar 1772, ein Lustspiel aufführen ließ. Hier der Text des Briefes, so wie er in der *Petite Gazette Aptésienne* vom 11. Dezember 1911 abgedruckt wurde:

* Die Zitate zur »Schreibmappe eines Literaten« waren unveröffentlicht.

»Als die Komödie das letztemal bei mir gespielt wurde, hatte ich mehrere Herren aus La Coste und Lourmarin damit beauftragt, Ihnen auszurichten, welche Freude Sie mir mit Ihrem Kommen machen würden; ich habe noch immer nicht das Glück gehabt, Sie bei mir zu sehen, wie ich das sehnsüchtig wünsche. Dürfte ich mir schmeicheln, daß ein Stück, welches ich verfaßt habe und das am Montag, dem 20. dieses Monats, aufgeführt wird und über das ich gern Ihr Urteil wüßte, mir endlich das Vergnügen verschaffen könnte, das ich mir schon so lange wünsche, Ihre Bekanntschaft zu machen? Aufgeklärte Zuschauer und Kritiker wie Sie sind *wertvoll*, und ich verhehle Ihnen nicht, daß Sie mich wirklich betrüben würden, wenn Sie die Mühe, die ich mir mache, um Sie an diesem Tag bei mir zu haben, nicht belohnten. Bei besserem Wetter wäre ich mit dieser Bitte persönlich zu Ihnen gekommen; ich hoffe, daß die bald mildere Jahreszeit es mir ermöglichen wird, Sie des öfteren zu sehen und das Unrecht wiedergutzumachen, das ich begangen habe, indem ich nicht schon eher eine so angenehme Gesellschaft genoß.

Ich verbleibe als Ihr ergebener und gehorsamster Diener

Sade

Am 15. Januar 1772.«

Er widmete dem Theater einen Band der »Schreibmappe eines Literaten«; er hat eine größere Zahl von Stücken geschrieben, die zumeist im Katalog der *Biographie Michaud* aufgezählt sind und sich folglich noch im Besitz der Familie de Sade befinden müssen. Auf Blatt 450 des Manuskripts in der Bibliothèque Nationale erwähnt der Marquis de Sade drei seiner Stücke, von denen man bislang nicht einmal die Titel kannte: »Der Wankelmütige«, Komödie in 3 Akten und in Versen; »Der doppelte Beweis oder Der Pflichtvergessene«, Komödie in 3 Akten; »Der glaubwürdige Ehemann oder Der verrückte Beweis«, Komödie in einem Akt und in freien Versen.

Auf den Seiten 452 verso und 453 gibt er eine Zusammenfassung seines Stücks »Die Liebeslist«, das die *Biographie Michaud* unter dem Titel »Die Einheit der Künste« nennt, im Genre abweichend von dem, das d'Aiguebelle 1726 aufführte, und dem von Morand. Das Stück des Marquis de Sade umfaßt eigentlich fünf Stücke, von denen das erste als Prolog oder Verbindung zu den anderen dient: »Die Listen der Liebe«, episodische Komödie in einem Akt und in Prosa; »Euphemie von Melun oder Die Belagerung von Algier«, Tragödie in einem Akt, in Versen; »Der gefährliche Mann oder Der Verführer«, Komödie in einem Akt, in zehnsilbigen Versen, 1790 oder 1791 vom Théâtre Favart angenommen; »Azelis oder Die bestrafte Kokette«, Märchenspiel in einem Akt, in freien Versen, 1790 vom Theater in der Rue de Bondi angenommen. Das Ganze endet mit einem Divertissement. Ferner gibt es »Die unglückliche Tochter«, ein Stück, das in der *Biographie Michaud* unerwähnt bleibt. Hier nun die Notiz des Marquis de Sade über sein Werk »Die Liebeslist«:

»Ein junger Graf, verliebt in die Tochter eines Mannes, der auf einem Landgut unweit von Paris lebt, erfährt, daß dort Mondon erwartet wird, ein alter, aber steinreicher Rivale, und sinnt darüber nach, dies zu vereiteln … Er kommt mit einer stattlichen Truppe von Komödianten zu dem Schloß. Er bietet dem Vater an, Lustbarkeiten zu veranstalten, fest entschlossen, die Freiheit, die ihm das Spektakel lassen würde, zu nutzen, um seine Geliebte zu entführen oder sich seines Rivalen zu entledigen. Der Vater nimmt an und [ein unleserliches Wort], daß er und die ganze Gesellschaft sich, als Komödianten verkleidet, unter die Truppe des jungen Grafen mischen, damit sie das geplante Fest gemeinsam durchführen können … Der junge Graf, der sich in jeder Weise hervortun möchte und hofft, so vielleicht noch eher zum Zuge zu kommen, schlägt vor, die einaktige und in Alexandrinern verfaßte

Tragödie ›Euphemie von Melun oder Die Belagerung von Algier‹ aufzuführen, was auch geschieht.

Eine [unleserliches Wort] Komödie in Zehnsilbern: ›Der Verführer‹.

Ein Drama in Prosa: ›Die unglückliche Tochter‹.

Ein Märchenspiel in freien Versen: ›Azelis oder Die bestrafte Kokette‹.

Eine komische Oper mit Musik und Vaudevilles. Durchgehend gesungen.

Alles endet mit einer prächtigen Ballett-Pantomime.* … Und die Hochzeit des jungen Mannes und seiner Geliebten, die eigentliche Auflösung des ganzen Spektakels, ist in dem Szenenbild enthalten, das auf die Oper folgt, und die Ballett-Pantomime dient dazu als Divertissement.

Dieses Stück zählt sechstausend Verse jeglicher Metrik sowie Prosazeilen. Die Aufführungsdauer beträgt fünf Stunden. Es ist ohnegleichen in seiner Art und für Italiener bestimmt.«

Diese letzten Zeilen ab »dieses Stück« sind vom Autor durchgestrichen worden. Er bestimmte es für *Italiener* und brachte es den *Franzosen*.

Der Marquis de Sade hat Beziehungen zur Comédie-Française unterhalten. Man besitzt dort sieben Briefe von ihm. Vier davon wurden erstmals im Vorwort zur Neuauflage der »Idee über die Romane« veröffentlicht, die Octave Uzanne besorgt hat. Ich gebe weiter unten einen Text dieser Briefe, der genauer ist als der bisher veröffentlichte. Zwei davon sind noch nie in französisch erschienen; Dr. Dühren hat lediglich eine deutsche Übersetzung vorgelegt; also sind sie noch unveröffentlicht. Der siebte, der längste, ist noch nie erwähnt worden. Ich gebe hier also

* Am Rande ist vermerkt: »Es ist zu beobachten, daß jeder einzelne Akt, trotz der unterschiedlichen Intrigen, zum Gesamtplan des jungen Grafen beiträgt.«

sieben Briefe des Marquis de Sade zur Kenntnis, von denen drei unveröffentlicht sind.

»Monsieur de Laporte,
Sekretär und Souffleur der Comédie-Française,
Rue des Francs-Bourgeois Porte Saint-Michel, nr. 127

Geehrter Herr!
Da die Comédie-Française mir die Hoffnung gemacht hat, daß sie mich für die unverdiente und sehr schlechte Aufnahme entschädigen wolle, die ihr Komitee kürzlich dem Stück angedeihen ließ, das ich seinem Urteil unterbreitete, so bitte ich Sie, mich gütigst für eine neue Vorlesung von zwei oder drei ähnlichen Stücken einzuschreiben [hier folgen ein, zwei oder drei durchgestrichene Worte, die ich nicht entziffern konnte], und Sie können völlig sicher sein, daß ich weder Sie noch die Comédie-Française weiterhin behelligen werde.

Ich habe die Ehre, mich Ihnen als Ihr ergebener und gehorsamster Diener zu empfehlen.

de Sade
Am 17. Februar 1791.«*

»Geehrte Herren!
Gestatten Sie mir, Sie erneut an die Gefühle der Hochachtung und Zuneigung zu erinnern, die mich seit Jahren mit Ihrem Theater verbinden. Ich habe mich dessen zu allen Zeiten gerühmt, ich wage sogar zu behaupten (und es gibt dafür Beweise), daß mich Ihre Feinde, weil ich bei den letzten Streitigkeiten mit allzu großer Wärme Partei für Sie ergriffen habe, in öffentlichen Verlautbarungen zerschmetterten, ohne daß mich das je entmutigt hätte: der Lohn für meine Zuneigung bestand darin, daß Sie mein letztes Werk, das ich Ihnen vorlas, und das, wie ich mich

* unveröffentlichter Brief

zu sagen erkühne, nicht dazu angetan war, so streng behandelt zu werden, abgelehnt haben.

So viel Verdruß mir diese förmliche, scharfe und allgemeine Ablehnung auch bereitet hat, so werde ich Ihnen jedoch auch künftig unterbreiten, was sich noch in meiner Schreibmappe befindet oder neu in sie hineinkommen wird. Doch gestatten Sie mir, der ich in der erwähnten Angelegenheit von Ihnen so streng behandelt wurde, daß ich Ihre Nachsicht und Billigkeit auf zwei andere Dinge lenke.

Sie haben seit langem ein Stück von mir in der Hand,* das Sie bringen wollten, sobald ich die Vereinbarungen akzeptiere, die es Ihnen beliebte, mit den Autoren zu treffen. Ich bitte Sie dringlich, es so schnell wie möglich auf die Bühne zu bringen, gewähren Sie mir diese Ermutigung; es muß für Sie ein leichtes sein, wenn es stimmt, daß, wie man mir sagt, mehrere Autoren, die Ihre Bedingungen nicht akzeptieren wollen, ihre Stücke zurückgezogen haben; ich hingegen unterschreibe alles und bitte Sie nur darum, mich nicht länger warten zu lassen.

Die andere Gunst, um die ich Sie inständig bitte, weil Sie mir eine Entschädigung für die schlechte Aufnahme versprochen haben, die Sie meinem letzten Stück angedeihen ließen, ist, daß Sie sich so bald wie möglich drei oder vier Werke von mir vorlegen lassen, die sämtlich darauf warten, Ihnen unterbreitet zu werden, und die ich nicht woanders hingeben möchte.

Sobald Sie mich den Tag haben wissen lassen, der Ihnen genehm ist, wird es für mich eine Ehre sein, Ihnen als erstes dasjenige der vier zu bringen, das ich für am würdigsten halte, Ihnen vorgelegt zu werden.

Mit dem Ausdruck meiner vorzüglichen Hochachtung verbleibe ich Ihr ergebener de Sade

2. Mai 1791.«

---

* »Le Misanthrope par amour ou Sophie et Desfrancs«, Komödie in drei Akten und in freien Versen

»Ich, Endesunterzeichneter, erkläre, daß mein Name fälschlicherweise und gegen meinen Willen und meine Zustimmung auf der Liste der Autoren steht, die der Meinung sind, daß der Comédie-Française zur Deckung ihrer Unkosten täglich nur siebenhundert Pfund genehmigt werden sollten. Ich versichere, meinen Namen nur auf die Liste jener Minderheit gesetzt zu haben, die aus besonderen Erwägungen heraus dafür ist, *achthundert* Pfund zu bewilligen. Um diese meine Ansicht zu bekräftigen, werde ich einen persönlich unterzeichneten offenen Brief an die Herren Autoren richten, von dem die Schauspieler der Comédie-Française Kopien erhalten sollen, damit sie sich von meiner Denkart überzeugen können.

de Sade
Paris, Montag, den 17. September 1791.«

»Ich habe von den Vorschriften erfahren, gemäß derer die Angehörigen der königlichen Comédie-Française die Stücke annehmen, in denen zu spielen sie sich verpflichten, sowie von den finanziellen Vereinbarungen für die einzelnen Stücke.

Ich unterwerfe mich den Bedingungen und verspreche, den Vertrag über die Bezahlung zu unterzeichnen, falls mein Stück ›La Ruse d'amour ou l'Union des Arts‹, ein Stück in 6 Akten in Versen, Prosa und Vaudevilles, angenommen wird.

de Sade
Paris, den 27. Januar 1792.«

»An den Bürger De La Porte,
Sekretär des Théâtre de la Nation
Im Theater

Bürger,
Ich habe die Ehre, Ihnen anbei ein Lustspiel in einem Akt und in freien Versen zukommen zu lassen, das ich vor

achtzehn Monaten in der Comédie-Française vorgelesen habe. Aus Ihren Unterlagen wird hervorgehen, daß nur eine einzige Stimme für die Annahme des Stückes fehlte; die Versammlung willigte in eine zweite Vorlesung ein, wenn ich die von ihr geforderten Änderungen vorgenommen haben würde. Sie sind ausgeführt, und ich bitte jetzt um die Ehre, es der Versammlung widmen zu dürfen; und unter der Bedingung, daß man das Stück sofort aufführt, erkläre ich Ihnen gegenüber meinen Verzicht auf alle Rechte und Autorenbezüge; ich kenne die diesbezügliche Empfindlichkeit der Comédie-Française; aber ich bitte, auch die meine in Betracht zu ziehen, die mir gebietet, die Versammlung zu ersuchen, diese Bagatelle anzunehmen. Dieselbe Gunst ist Monsieur de Ségur gewährt worden, so daß ich Grund zur Klage hätte, würde man sie mir abschlagen; von den Herren Schauspielern des Nationaltheaters muß ich eine solche Verletzung der Selbstachtung nicht befürchten.

Ich habe die Ehre, brüderlich Ihr Mitbürger zu sein.

Sade

Am 1. März 1793, Jahr II der Rep.; Rue Neuve-des-Mathurins, Nr. 20, Chaussée du Mont-Blanc«*

»An den Bürger De La Porte, Sekretär der Comédie-Française
Im Theater

Wenn die Comédie-Française das kleine Stück in einem Akt, das ich die Ehre hatte, Ihnen kürzlich zuzuschicken, nicht als geschenkt annehmen will, so bitte ich Sie, es mir zurückzuschicken; ich hätte nicht gedacht, daß man, wenn etwas *geschenkt* wird, ebensolange warten muß wie bei dem, was man *verkauft*.

* unveröffentlichter Brief

Kurzum, ich bitte Sie, mich über den Ausgang der Verhandlungen zu informieren, und verbleibe mit den besten Wünschen

Ihr Bürger Sade

15. März 1793, Jahr II der Republik, Rue Neuve-des-Mathurins, Chaussée-d'Antin.«*

»Man teilt mir mit, daß die Comédie-Française Grund habe, sich über mich zu beklagen ..., daß sie über den Brief verwundert sei, in dem ich sie bat, mir eine unverzügliche Antwort auf mein Angebot zu geben, ihr ein kleines Stück zu überlassen; wenn dem so ist, so werden Sie mit mir übereinstimmen, daß es sehr zu bedauern wäre, wenn man sich wegen eines Entgegenkommens, das man jemandem erweisen will, entzweite.

Ich kann und will diese unklare Situation nicht länger im Raum stehen lassen, ich habe es nicht verdient, die Achtung Ihrer Gesellschaft zu verlieren; ich mag sie, ich diene ihr und verteidige sie seit fünfundzwanzig Jahren, ich bitte Monsieur Molé, das zu bestätigen.

Rechtfertigen Sie mich bitte vor der Comédie, und da sie gerecht ist, wird es genügen, wenn ich meinerseits versichere, in ihren Augen nie irgendein wirkliches Unrecht begangen zu haben noch dies zu beabsichtigen. Ich habe die Lesung meines kleinen Stückes gewünscht, ich wünsche sie noch immer, ich weiß, daß es zum Erfolg bestimmt ist, ich ersuche um die schnellstmögliche Aufführ-

---

* Diesem Brief ist der unveröffentlichte Entwurf der Antwort vorangestellt, die dem Marquis de Sade übermittelt wurde: »Antworten, daß es bei der Comédie unüblich ist, ein Stück anzunehmen, ohne den Autor zu honorieren; daß sie das Stück folglich nicht weitergelesen und aufgeschoben hat, aber daß andere Verpflichtungen ihr nicht erlauben, einen so kurzen Termin festzulegen, wie Monsieur de Sade es wünscht. Sie schickt ihm sein Stück zurück.«

rung, es ist ein *Gefallen*, um den ich die Comédie bitte, ich habe stichhaltige Gründe dafür, und da ich nicht möchte, daß man mich des Eigennutzes bezichtigt, da ich für dieses Stück nichts haben will, widersetzt sich die Empfindlichkeit der Comédie der Vereinbarung. Also werde ich ihre Uneigennützigkeit mit der meinen versöhnen; ich verzichte zugunsten der Kriegskosten, die dieser Streit verursachen wird: aber ich ersuche darum, daß das Stück aufgeführt wird, ich verlange von Ihnen eine Antwort ... der Comédie-Française, was ihr an Wertschätzung gebührt. Hochachtungsvoll

Ihr Bürger
Sade
Bitte wenden

12. April 1793, Jahr II der Franz. Rep.:

Ich erhalte soeben den Brief, den Sie die Ehre mir erwiesen haben, zu schreiben, und ich ersehe daraus mit Freude, daß man mich nicht vergessen will; ich warte, daß man mir den Termin mitteilt, ich bitte Sie, mich gütigst wissen zu lassen, ob ich selber oder der Bürger Saint-Fal vorlesen soll; im ersteren Fall müßten Sie mir freundlicherweise das Manuskript zuschicken, damit ich es noch einmal durchgehen kann, ansonsten wäre dies nicht nötig.«*

Die Comédie-Française, die den »Misanthrop aus Liebe oder Sophie und Desfrancs« *einstimmig* angenommen hatte, stellte dem Verfasser fünf Jahre lang Freikarten zur Verfügung, spielte das Stück aber nicht. Andernorts war der Marquis de Sade glücklicher. Im Théâtre Molière

---

* Unveröffentlichter Brief. Dem ist folgendes hinzugefügt: »Erhalten am 13. April 93 um ein Uhr nachts. Ich erlaube mir, hier Monsieur Couët, dem Bibliothekar der Comédie-Française, für seine Hilfsbereitschaft zu danken.«

brachte er »Oxtiern oder Die Folgen der Ausschweifung« heraus, ein Drama in drei Akten und in Prosa.

Das Théâtre Molière war am 11. Juni 1791 in der Rue Saint-Martin eröffnet worden. Laut Malherbe wurde es von Jean-François Boursault geleitet, der auch selber spielte. Man führte alles auf, zeichnete sich jedoch vor allem durch patriotische Stücke aus. »Dieses Theater«, heißt es im *Moniteur* vom 11. November 1791, »hat sich seit seiner Eröffnung durch Patriotismus und Liebe zur Revolution hervorgetan.« Die Geschäfte gingen indessen schlecht, und das Theater mußte nach einem Jahr seine Pforten schließen. Es öffnete sie bald wieder, aber unter anderem Namen. Es erlebte danach eine Serie von Durchfällen. Der erste Erfolg war »Die Liga der Fanatiker und Tyrannen« von Ronsin. Boursault spielte darin einen Abgeordneten, Mademoiselle Masson trat ebenfalls auf.
Es kamen Verse wie diese zum Vortrag:

Doch in der Nacht der Zeiten richtet Euren Blick
Vom letzten der Ludwigs zum ersten der Cäsaren,
Über die Verbrechen der Könige befragt die Geschichte,
Auf einen, dessen Tugend Ruhm verdient,
Haben sich tausend mit schwärzesten Untaten besudelt,
Haben tausend das Land mit Blut getränkt.

Erfolg fand auch »Das erneuerte Frankreich«; eine komische Oper von Chaussard, mit der Musik von Scio.

Hier eine Kostprobe daraus:

Prälat: Ach, alles ist umgestürzt, seit man zu schreiben wagt.
Priester: Vernunft hat nur geherrscht, wenn man lesen konnte.

Dazwischen wurden unter anderem »Der Tod Colignys oder Die Bartholomäusnacht« von Arnault-Baculard und »Der Jagdausflug Heinrichs IV.« von Willemain d'Abancourt gegeben. Am 22. Oktober 1791 bringt das Théâtre Molière zum erstenmal »Graf Oxtiern« heraus, gefolgt von »Henriot und Boulotte«, einer Parodie auf den »Eingesetzten Staatsanwalt«.

Der Erfolg schien auffällig; dennoch entfachte der Name des Verfassers schon bei der zweiten Vorstellung einen solchen Aufruhr, daß das Stück, wenigstens in Paris, nicht mehr gespielt wurde. Diese zweite Aufführung fand am 4. November 1791 statt. Der »Graf Oxtiern« war mit der »Schule der Ehemänner« gekoppelt. Dieser Theaterabend war so stürmisch, daß der *Moniteur*, der noch nie über das Théâtre Molière berichtet hatte, am 6. November 1791 folgenden Artikel abdruckte:

»Der Graf Oxtiern oder Die Folgen der Ausschweifung«, Drama in 3 Akten, in Prosa, wurde in diesem Theater mit Erfolg aufgeführt.

Oxtiern, ein mächtiger schwedischer Gutsbesitzer, ein entschiedener Freigeist, hat Ernestine, die Tochter des Grafen von Falkenheim, vergewaltigt und entführt; ihren Verlobten hat er mittels einer falschen Anschuldigung ins Gefängnis gebracht; er schafft sein unglückliches Opfer eine Meile von Stockholm entfernt in eine Herberge, deren Besitzer Fabrice ein ehrenwerter Mann ist. Der Vater Ernestines folgt ihren Spuren und findet sie. Die verzweifelte junge Frau sinnt nach einer Möglichkeit, sich an dem Ungeheuer, das sie entehrt hat, zu rächen: sie verabredet sich mit ihm um elf Uhr abends im Garten und fordert ihn mit dem Degen heraus. Ihr Brief ist so abgefaßt, als sei sie Ernestines Bruder. Ihr Vater schickt Oxtiern ebenfalls eine Herausforderung zum Duell, und dieser, von Ernestines Plan in Kenntnis gesetzt, schmiedet nun den fürchterlichen Plan, Tochter und Vater gegeneinander antreten zu lassen. Tatsächlich erscheinen beide am vereinbarten Ort; sie greifen an und schlagen sich wacker, als ein junger Mann herbeieilt, um sie zu trennen: es ist Ernestines Verlobter, den der ehrenwerte Fabrice aus dem Gefängnis geholt hat; der erste Gebrauch der wiedergewonnenen Freiheit ist der, sich mit Oxtiern zu duellieren, wobei er ihn tötet. Er heiratet seine Verlobte, nachdem er sie gerächt hat.

Das Stück ist interessant und kraftvoll; aber die Rolle Oxtierns ist von empörender Häßlichkeit. Er ist ruchloser, niederträchtiger als Lovelace und ist nicht gerade liebenswerter.

Ein Zwischenfall störte die zweite Aufführung des Stükkes. Zu Beginn des zweiten Aktes rief ein unzufriedener oder übelwollender, auf jeden Fall aber unverschämter Zuschauer: ›Vorhang!‹ Er war im Unrecht, denn es stand ihm nicht zu, die Unterbrechung des Stückes zu verlangen. Ein Bühnenarbeiter beging den Fehler, der Aufforderung zu folgen, und ließ den Vorhang bis über die Hälfte hinunter. Nachdem er wieder hochgezogen war, riefen schließlich viele Zuschauer: ›Raus!‹, was ebenfalls nicht richtig war, weil niemand befugt ist, einen Zuschauer zu vertreiben, nur weil er seine Meinung geäußert hat. Daraus ergab sich eine Art Spaltung im Parkett. Eine sehr schwache Minderheit ließ schüchterne Pfiffe ertönen, für die der Autor des Stückes durch den wiederholten Applaus der Mehrheit entschädigt wurde. Nach der Vorstellung wurde er herausgerufen: es war Monsieur de Sade.«

Der Marquis hatte das Thema des Dramas einer seiner Erzählungen aus den »Verbrechen der Liebe« entnommen: »Ernestine«, eine schwedische Novelle, deren Entwurf sich in dem Manuskript befindet, das in der Bibliothèque Nationale aufbewahrt wird.

In der Novelle gibt der Autor vor, daß er Oxtiern als Sträfling in dem Bergwerk von Taperg in Schweden begegnet sei und sich dessen Geschichte habe erzählen lassen. In diesem Text findet Ernestine von der Hand ihres Vaters den Tod, der am Schluß der Erzählung auftaucht, um Oxtiern die Freiheit zu bringen, die er beim König erwirkt hat.

Das Drama wird erst acht Jahre später, am 13. Dezember 1799, in Versailles wieder auf die Bühne gelangen, und zwar unter dem abgeänderten Titel: »Oxtiern oder Die Leiden der Ausschweifung«.

In Versailles hat der Marquis de Sade noch ein anderes Stück aufführen lassen, in welchem er selbst eine Rolle übernahm. Der Umstand ist durch den folgenden Brief in der »Sammlung De La Porte« bezeugt. Er datiert vom 30. Januar 1798, und ich habe den Namen des Empfängers nicht herausfinden können.

»Gottlob, wenigstens ein Brief, der mir gefällt, und ich danke Ihnen dafür, etwas anderes wollte ich gar nicht; ich akzeptiere den von Monsieur Vaillant vorgeschlagenen Vergleich. Genau darum, er hatte mir davon berichtet, geht es in meinem gestrigen Brief; Sie haben also meine Vollmacht, und ich erwarte dringend das Geld.

Was nun das Stück betrifft, so schicke ich Ihnen frei Haus zwei Exemplare einer Komödie, die ich in Versailles habe aufführen lassen und die, ich wage es zu sagen, größten Erfolg gehabt hat; ich habe darin den Fabrice gespielt; eines der beiden Exemplare ist für Sie, wie Sie mit dem anderen verfahren sollen, werde ich Ihnen sagen.

Ich bitte Sie, es dem Direktor Ihrer besten Truppe vorzulegen und ihm auszurichten, daß Sie seitens des Verfassers beauftragt sind, ihm die Aufführung dieses Werkes vorzuschlagen. Sie können hinzufügen, daß ich, wenn man es wünscht, wieder den Fabrice spielen würde wie in Versailles, mich auf jeden Fall aber verpflichte, zu den Proben nach Chartres zu kommen.

Ich habe die Ehre, Ihnen zu danken und Sie von ganzem Herzen zu grüßen

Sade.
10. Pluviôse, Jahr VI, Versailles.«

Unterdessen hatte es der Marquis de Sade geschafft, daß das Stück »Der gefährliche Mann oder Der Verführer«, das zu seiner vieldeutigen »Liebeslist« gehörte, vom Théâtre Favart angenommen wurde; es fiel 1792 durch. Ein anderes Stück, »Die Schule des Eifersüchtigen oder Das Boudoir«, das vom Théâtre Favart ebenfalls angenommen worden war, wurde nie aufgeführt. Er hatte vom Theater in der Rue de Bondy ferner eine Zusage für »Azelis oder Die bestrafte Kokette«, die zur selben Sammlung gehörte, und vom Théâtre Louvois für »Der Launische oder Der ungleiche Mann«. Die beiden Stücke wurden nie gespielt, und der Verfasser zog das zweite von sich aus zurück. Er versuchte vergeblich, das Théâtre-Français dazu zu bewegen, sein Stück »Jeanne Laisné oder Die Belagerung von Beauvais« aufzuführen (es hatte es abgelehnt, weil darin die Rede von Ludwig XI. war).

Am 21. Juli 1798 schickte er den folgenden Brief an das *Journal de Paris*:

»Wenn es irgendwo einen Gelehrten gibt, dem man bei der Geschichte der Entwicklung der Erde einen winzigen Irrtum verzeihen kann, dann ist es zweifellos derjenige, der ebensoviel Gründlichkeit, Scharfsinn, Präzision auf die Geschichte der Entwicklung des Himmels legt. Mit so ernsthaften Dingen, so interessanten und trefflichen Berechnungen befaßt, trifft den Bürger Lalande sicher keine Schuld, wenn er sich beim Namen der Heldin von Beauvais geirrt hat, zumal ihm fast alle modernen Historiker auf dem Weg dieses Irrtums vorausgegangen sind. Ich bitte ihn also, mir zu verzeihen, wenn ich, weniger um diesen kleinen Fehler aufzudecken, als vielmehr den richtigen Namen dieser Heldin unsterblich zu machen, den Beweis erbringe, daß besagtes Mädchen niemals den Namen Hachette trug.

Nachdem ich dieses Thema in einem Stück behandelt

hatte, das am 24. November 1791 im Théâtre-Français vorgelesen wurde, habe ich auf das genaueste dafür Sorge getragen, die diese Person betreffenden historischen Fakten zu erhellen. Hénault, Garnier und einigen anderen zufolge hätte auch ich, wie der Bürger Lalande, ganz einfach annehmen können, daß sie Jeanne Hachette hieße; aber um ganz sicher zu gehen, hielt ich es für notwendig, in Beauvais selbst die königlichen Briefe und Verlautbarungen einzusehen, in denen Ludwig XI. der berühmten Kriegerin dieser Stadt seine Gunst erwiesen hatte und die dann im Rathaus verwahrt wurden; ich schrieb sie ab, und sie werden eines Tages gedruckt neben meinem Stück stehen. Hier nun also, was man in diesen Briefen findet und was ich darlegen zu müssen glaube, um der literarischen Kühnheit eines Vorwurfs, den ich an solche Gelehrte wie Garnier, Hénault, Lalande usw. richte, die notwendige Authentizität zu geben.

Nach der damaligen Sitte drückte sich Ludwig XI. in den der fraglichen Heldin zugedachten Gunstbeweisen wie folgt aus: ... geben wir zu wissen, daß in Anbetracht des erfolgreichen und tüchtigen Widerstandes, der im vergangenen Jahr (1472) durch unsere teure und vielgeliebte Jeanne Laisné, Tochter des Mathieu Laisné aus unserer Stadt Beauvais, den Burgundern geleistet wurde, usw.

Das genügt, um auf schlüssige Weise den Namen des berühmten Mädchens zu offenbaren, das an der Spitze der Frauen der Stadt die Soldaten des Herzogs von Burgund an den Mauern von Beauvais entschlossen abwehrte. Im übrigen geht es in diesen Dokumenten nur darum, Jeanne Laisné und ihrem Verlobten Colin Pilon die dieser beherzten Tat angemessenen Belohnungen und Ehren zukommen zu lassen.

Ich bitte jene, die diese Wahrheit in Zweifel ziehen möchten, sich, wie ich, zuvor die Mühe zu machen, in Beauvais die von mir zitierten Papiere einzusehen, und sie werden einer Tatsache, die auf so eindeutigen Beweisen beruht, nicht länger widersprechen.

Sade«

Dieser Brief bewog die Direktoren nicht, »Jeanne Laisné« zu spielen, und am 1. Oktober 1799 bat de Sade das Mitglied des Konvents, Goupilleau de Montaigne, mit dem er bekannt war, um Vermittlung.*

»Bürger Abgeordneter,
Ich muß Ihnen zu Beginn tausendfachen Dank sagen für die Ehre, die Sie uns neulich gütigst erwiesen haben, als Sie nach Saint-Quen kamen, und Ihnen dabei gleichzeitig mein Bedauern darüber ausdrücken, daß Sie mich nicht antrafen; ich würde es sehr begrüßen und bin ja deswegen bei Ihnen vorstellig geworden, wenn Sie ein andermal die Güte hätten, uns Ihren Besuch vorher anzukündigen.

Jetzt habe ich Ihnen etwas anderes mitzuteilen:

Sie, die Bürger Abgeordneten, und alle guten Republikaner sind sich darüber einig, daß eine der wichtigsten Aufgaben darin besteht, den Gemeinschaftssinn durch gute Beispiele und gute Schriften zu beleben. Man sagt meiner Feder ein gewisses Vermögen nach, mein philosophischer Roman** hat es bewiesen: ich biete der Republik also meine Fähigkeiten an, und zwar von ganzem Herzen. Ich habe unter dem alten Regime gelitten, und Sie wissen, wie ich die Rückkehr einer Ordnung befürchten muß, zu deren ersten Opfern ich unweigerlich zählen würde. Mein Anerbieten an die Republik ist völlig uneigennützig; man gebe mir eine Aufgabe, und ich werde sie erfüllen, und ich wage zu glauben, daß man damit zufrie-

---

* Dieser und der folgende Brief sind 1859 in der *Correspondance littéraire* abgedruckt worden, die sie von Baron Girardot, Generalsekretär der Präfektur der Loire, erhalten hatte.

** »Aline und Valcour«

den sein wird. Aber ich schwöre Ihnen, Bürger Abgeordneter, daß eine schreckliche Ungerechtigkeit das Feuer abkühlen wird, das in mir entfacht ist; warum tut man alles, damit ich mich über eine Regierung zu beklagen habe, für die ich tausend Leben hergäbe, wenn ich sie besäße? Warum nimmt man mir seit zwei Jahren mein Hab und Gut und läßt mir nur Almosen zukommen, ohne daß ich eine so schlimme Behandlung verdient hätte? Weiß man nicht, daß ich, statt in die Emigration zu gehen, in den schrecklichsten Jahren der Revolution unermüdlich für alles mögliche tätig war? Besitze ich dafür nicht die authentischsten Zeugnisse? Wenn man also von meiner Unschuld überzeugt ist, warum behandelt man mich dann wie einen Schuldigen? Warum will man den zum Hauptfeind des öffentlichen Wohls machen, der dessen glühendster und eifrigster Verteidiger ist? In dieser Haltung scheint mir ebensoviel Ungerechtigkeit wie politische Unklugheit zu liegen.

Dennoch, Bürger Abgeordneter, biete ich also der Regierung meine Feder und mein Können an, doch sollen Unrecht, Mißgeschick und Not nicht länger über meinem Haupt schweben. Ich bitte Sie, setzen Sie einen Schlußstrich darunter, ob ich nun ein Adliger bin oder nicht. Habe ich mich wie die Adligen aufgeführt? Hat man je erlebt, daß ich deren Verhaltensweisen und Gefühle geteilt hätte? Meine Taten haben das Unrecht meiner Geburt ausgelöscht, und dieser meiner Haltung verdanke ich die Schläge, die mir die Royalisten und vor allem Poultier in seinem Blatt vom 12. des vergangenen Fructidor versetzt haben. Aber ich biete ihnen die Stirn, so wie ich sie hasse; und wenn die Regierung auch Probleme mit mir hat, so gehören ihr bis zum letzten Atemzug meines Lebens meine Wahl, meine Feder und die Gefühle meines Herzens; ich werde, verzeihen Sie den Vergleich, wie der zärtlichste Liebhaber sein, der die Treulosigkeit einer Geliebten beweint, zu deren Füßen er noch immer seufzt.

Kurzum, Bürger Abgeordneter, schlage ich Ihnen als erstes eine Tragödie in fünf Akten vor, ein Werk, das im hohen Maße geeignet ist, in allen Herzen die Vaterlandsliebe zu entfachen; und Sie werden mit mir sicher übereinstimmen, daß gerade das Theater der Ort ist, wo das fast erloschene Feuer der Liebe wieder entfacht werden muß, die jeder Franzose seinem Land schuldet; dort muß man ihn von den Gefahren überzeugen, die sich für ihn ergeben, wenn er wieder in die Hände der Tyrannen fällt. Die Begeisterung, die dort in sein Herz gesenkt wird, nimmt er mit nach Hause, überträgt er auf seine Familie, und die Wirkungen hiervon sind sehr viel dauerhafter, sehr viel leidenschaftlicher als jene, die für einen kurzen Augenblick durch einen Zeitungsartikel oder eine Proklamation ausgelöst werden, weil im Theater die Lektion an Hand von Beispielen erteilt wird und er sie behält.

Das Thema meiner Tragödie entstammt nicht den Tagesereignissen, die uns noch zu nahe sind; der Zuschauer bringt derartigen Ereignissen niemals jenen Grad von Interesse entgegen, den ihm solche aus der älteren Geschichte einflößen; außerdem fürchtet er die Überraschung, mißtraut, man könnte ihn täuschen wollen, und schon bei der zweiten Vorstellung, wir haben es erlebt, bleibt der Saal leer. Mein Text ist der französischen Geschichte entnommen; das ist eine Möglichkeit, die Franzosen sehr viel lebhafter zu interessieren. Er spielt unter der Herrschaft Ludwigs XI., zu der Zeit, als Charles, Herzog von Burgund, die Stadt Beauvais belagerte, die Jeanne Laisné, an der Spitze aller Frauen der Stadt, so mutig verteidigte, daß das Vorhaben des Unterdrückers scheiterte; die tapferen Bürgerinnen waren einzig und allein von der Liebe zur Heimat beseelt, und in meinen fünf Akten unterstelle ich ihnen nur dieses Gefühl. Waren sie unter einem Tyrannen wie Ludwig XI. für ein anderes empfänglich? Ich kann es weder sagen noch beweisen, und so wird mein Werk zur Schule des reinsten und uneigennützigsten Patriotismus. Ob Republikaner oder Royalisten, alle werden nur das darin sehen und sagen: der Patriotismus ist stets die vornehmste Tugend der Franzosen gewesen, verleugnen wir nicht unseren Nationalcharakter. Man hat das Vaterland selbst unter den Tyrannen geliebt, lieben wir es also auch, wenn wir diese fürchten, wird der Republikaner sagen; lieben wir es sogar dann, wenn wir die Tyrannen herbeiwünschen, wird der Royalist sagen, aber lernen wir dabei, in welche Gefahr sie uns stürzen werden. So ist mein Stück grundsätzlich ... es bewirkt Gutes ... es ist in jeder Hinsicht für alle Individuen nützlich, und wie ich schon sagte, hat es, mehr als jene Werke, die aus der Zeitsituation heraus entstanden sind, das große Interesse des Alten für sich, und es wird mit Sicherheit nicht als eines dieser bezahlten Sprachrohre angesehen werden, über die der Republikaner lächelt und der Royalist spottet.

Solcherart, Bürger Abgeordneter, ist das Werk, daß ich Ihnen unterbreiten möchte. Wenn es Ihnen beim Vorlesen, wofür ich Ihre Erlaubnis erbitte, gefällt, wenn Sie meine Absichten für gut befinden, dann hielte ich es für wichtig, die Aufführung zu beschleunigen, es ist der absolut richtige Augenblick dafür, und in dem Fall könnten Sie ja wohl durch jemanden, der das Recht dazu hat, das Théâtre-Français anweisen lassen, es einzustudieren und unverzüglich aufzuführen; eine solche Anweisung ist unumgänglich, um der Langsamkeit der Schauspieler entgegenzutreten, die, wenn das Stück ihnen nicht gefällt, es entweder ablehnen oder den Verfasser durch ihre unerträglichen Ausflüchte zur Verzweiflung bringen.

Verzeihen Sie einen derart langen Brief, Bürger Abgeordneter, aber ich glaube, daß die Einzelheiten, die er enthält, jemandem, der die Republik und die Künste so liebt wie Sie, nicht mißfallen werden; gestatten Sie, daß ich

Ihnen abschließend meine Hochachtung und meine ergebenste Dankbarkeit bezeuge.

Gruß und Verehrung

Sade

9. Vendémiaire, Jahr VIII.«

Goupilleau muß wohl entsprechende Schritte unternommen haben. Hier ein weiterer Brief des Marquis vom 30. Oktober:

»8. Brumaire, Jahr VIII

Sade hat die Ehre, den Bürger Goupilleau seiner Achtung zu versichern; er bittet ihn, sich gütigst der beiden Petitionen anzunehmen, von denen die eine an die Kommission für Streichungen gerichtet ist, die andere an den Justizminister.

Er wartet darauf, daß ihm der Bürger Goupilleau den Tag für die Vorlesung der ›Belagerung von Beauvais‹ bestimmen möge; das Stück muß vom Verfasser persönlich gelesen werden. Sade wird sich glücklich schätzen, wenn der Bürger Goupilleau an dem Tag ein paar Personen bei sich versammelt, die ebenso urteilsfähig sind wie der Bürger Abgeordnete. Wenn das Stück gefällt, muß die Regierung es als patriotisches Werk von Amts wegen aufführen lassen. Anders wird es nicht gehen, und der günstige Moment wird ungenutzt verstreichen; unsere Siege bringen es schon ein bißchen zum Welken.

Gruß und Hochachtung

Sade«

Im September 1799 greift die Polizei ein und verbietet ein Drama mit dem Titel »Justine oder Die Leiden der Tugend«, das ohne Zweifel von ihm stammte und im Théâtre Sans-Prétention aufgeführt werden sollte.

Wir haben erfahren, daß de Sade in einem seiner Stücke, in Versailles, in aller Öffentlichkeit selber auf der

Bühne stand; vielleicht hat er dieselbe Rolle auch in Chartres gespielt. Er war in der Tat ein guter Komödiant und glänzte vor allem in den Rollen der Liebhaber. In seinem Spiel lag Gefühl und in seinem Auftreten Würde. Er hatte bei Molé Unterricht genommen. Man spielte zuweilen beim Marquis zu Hause, als er mit seiner Justine in der Rue du Pot-de-Fer-Saint-Sulpice wohnte. Sein Hang zum Theater, sein Talent als Autor und Schauspieler waren ihm vor allem während seiner Internierung in Charenton sehr nützlich; er verdankte ihnen eine Milderung seiner Gefangenschaft.

Die folgenden Stücke, die dem Werk des Dr. Cabanès (»Le Cabinet secret de l'histoire«, 4. Reihe) entnommen sind, zeigen, daß der Marquis de Sade Aufführungen zu organisieren verstand, die häufig auch von Leuten aus der besten Gesellschaft besucht wurden.

»Der Autor von ›Justine‹«, heißt es bei Dr. Cabanès, »folgte seiner Berufung für das Theater und brachte Aufführungen zuwege, die stark besucht wurden und an denen auch die Damen von Welt teilnahmen, ohne dabei zu erröten.« Die beiden folgenden Briefe beweisen, daß der Anstaltsdirektor dem Marquis in bezug auf die Theatervorstellungen jegliche Freiheit ließ, so zu verfahren, wie es ihm vorschwebte.

»An Madame Cochelet, Hofdame der Königin von Holland

Aufführung vom 23. Mai 1810

Gnädige Frau!
Das Interesse, das Sie an dem dramatischen Zeitvertreib der Insassen meines Hauses zu nehmen schienen, gebietet mir, Ihnen für jede weitere Vorstellung Karten anzubieten.

Zuschauerinnen wie Sie, gnädige Frau, sind eine so mächtige Stütze für deren Selbstbewußtsein, daß sie allein in der Hoffnung, Sie zu besitzen und Ihnen zu gefallen, alles finden, was ihre Phantasie entfaltet und ihrem Talent neue Nahrung verschafft.

Nächsten Montag, den 28., werden der ›Geist der Widerrede‹, ›Marton und Frontin‹ sowie die ›Beiden Savoyarden‹ gegeben.

Ich erwarte Ihre Order betreffs Zusendung der Karten, um die Sie ersuchen, und bitte Sie, die Damen am Hofe Ihrer Majestät der Königin von Holland meiner Hochachtung zu versichern, einer Fürstin, deren seltene und kostbare Eigenschaften das Herz aller Franzosen in ihrer Verehrung vereint.

Sade.«

»Monsieur de Coulmier,
Direktor der Anstalt von Charenton
Ich habe die Ehre, Monsieur de Coulmier zu grüßen und ihm den Spielplan zu schicken, so, wie wir ihn unter uns beschlossen haben.

Er wird inständig darum ersucht, ihn gütigst genehmigen zu wollen, da ohne Ihre Billigung desselben niemand bereit wäre, irgendwelche Kosten zu übernehmen, und schon gar nicht auf Rechnung.

Anbei der formelle Antrag von Monsieur und Madame de Roméi, über die mit Ihnen zu sprechen ich bereits die Ehre hatte und die auf der Liste stehen, die ich Ihnen vorlegte.

Sie wären mir sehr verbunden, wenn Sie sie nicht ablehnten.

Nehmen Sie die Ehrerbietung Ihres ergebenen Dieners entgegen.

Sade«

»Offenbar wurde dieses Ersuchen abgewiesen«, bemerkte Dr. Cabanès, »denn der Name Roméi ist auf der folgenden Liste nicht vermerkt.

Von Herrn Direktor berichtigte Liste:

Monsieur Treillard	3 Plätze
Madame Ronchoux, Rue de Choiseul 12	2 Plätze
Madame Cochelet, Hofdame der Königin von Holland	8 Plätze
Madame d'Houdetot	3 Plätze
Der irische Arzt	1 Platz
Das Haus Sauvan	4 Plätze
Das Haus Finot	2 Plätze
Das Haus de Guise	3 Plätze
Madame Lambert	3 Plätze
Madame Gonax	4 Plätze
Der Priester für Monsieur Norvert	4 Plätze
Der Bürgermeister von Charenton	2 Plätze
Der von Les Carrières	1 Platz
Monsieur Milet	1 Platz
Madame Quesnet	7 Plätze
Monsieur de Sade	7 Plätze
Monsieur du Camp	3 Plätze
Mademoiselle Adélaïde	3 Plätze
Madame de Huteuil	5 Plätze
Monsieur le Roi	2 Plätze
Madame Urbistandos	6 Plätze
Monsieur Vivet	2 Plätze
Monsieur Chapron	3 Plätze
Monsieur Veillet	4 Plätze
Madame Marchand	2 Plätze
Monsieur le Couteux	2 Plätze
Monsieur Florimond	2 Plätze
Drei Damen aus Nogent	3 Plätze
Monsieur Flandrin	1 Platz
	93 Plätze
Angestellte des Hauses	36 Plätze
Kranke	60 Plätze
	189 Plätze«

Der folgende Brief von einem gewissen Thierry, Angestellter oder Insasse von Charenton, gibt interessante Aufschlüsse über den Charakter des Marquis und über das von ihm organisierte Theater. Er scheint an den Anstaltsdirektor adressiert gewesen zu sein. Dr. Cabanès teilt die wesentlichsten Passagen mit.

»Sehr geehrter Herr!
Gestatten Sie mir, mich, wie ich es Ihnen versprochen hatte, über die Auseinandersetzung zu erklären, die ich mit Monsieur de Sade hatte.

Er trug mir in Anwesenheit von Monsieur Veillet auf, etwas Wichtiges für die Dekoration zu erledigen, und als ich ihm den Rücken zudrehte, um zu holen, worum er mich gebeten hatte, packte er mich plötzlich an den Schultern und sagte zu mir: ›Herr Schlingel, würden Sie wohl die Güte haben, mir zuzuhören?‹ Ich entgegnete ihm ruhig, er hätte unrecht, so mit mir zu sprechen, da ich mich ja gerade anschickte, seine Anordnung auszuführen; er antwortete mir, daß dies nicht stimme, daß ich ihm aus Unverschämtheit den Rücken zugekehrt hätte und ein liederlicher Bursche sei, dem er fünfzig Stockschläge verpassen lassen würde. Da ist mir der Geduldsfaden gerissen, und ich konnte nicht umhin, ihm im selben Ton zu antworten, den er mir gegenüber gebraucht hatte. Ich muß Sie davon in Kenntnis setzen, daß ich seit einigen Tagen nicht mehr zu Monsieur de Sade gegangen bin, weil ich seiner Willkür überdrüssig war; er ist zu mir stets freundlich gewesen, das stimmt, doch habe ich das auch mit meinem Eifer vergolten und alles getan, was ihm gefallen und von Nutzen sein konnte.

Die Gesellschaft ist ein Austausch von Wohltaten, und ich wage es laut zu sagen, daß ich für Monsieur de Sade genausoviel getan habe wie er für mich; denn schließlich hat er mir nur ganz selten Abendessen gegeben. Ich bin es leid, für seinen Diener gehalten und dementsprechend behandelt zu werden; ich bin ihm lediglich aus Freundschaft zu Diensten gewesen. Die Folge wird sein, daß mir Monsieur de Sade keine Rollen für die Komödien mehr geben wird usw., usw.«

Hier nun abschließend der Brief von Dr. Royer-Collard, Chefarzt der Anstalt von Charenton. Er greift den Marquis de Sade heftig an.

»Paris, 2. August 1808

Der Chefarzt der Anstalt von Charenton
an Seine Exzellenz den Herrn Senator
Polizeiminister des Kaiserreichs

Monseigneur!
Ich habe die Ehre, mich in einer Angelegenheit an die Autorität Eurer Exzellenz zu wenden, die meine Obliegenheiten ebenso betrifft wie die Ordnung meines Hauses, dessen medizinischer Dienst mir anvertraut ist.

In Charenton gibt es einen Mann, den seine gewagte Unmoral leider nur allzu berühmt gemacht hat und dessen Anwesenheit in der Anstalt die schwerwiegendsten Nachteile mit sich bringt: ich meine den Verfasser des infamen Romans ›Justine‹. Dieser Mann ist nicht irre. Sein einziges Delirium ist das des Lasters, und ein solches kann in einem Haus, das für die medizinische Behandlung von Geisteskrankheiten bestimmt ist, nicht bekämpft werden. Die Person, die hiervon befallen ist, muß der strengsten Isolierung unterworfen werden, sei es, um die anderen vor seinen Wutausbrüchen zu schützen, sei es, um ihn selber von allen Gegenständen zu isolieren, die seine schändliche Leidenschaft noch steigern oder erhalten könnten. Nun aber erfüllt das Haus von Charenton in dem betreffenden Fall weder die eine noch die andere Bedingung. Monsieur de Sade erfreut sich dort einer viel zu großen Freiheit. Er kann mit einer ziemlichen Anzahl von Personen beiderlei

Geschlechts Umgang pflegen, kann sie bei sich empfangen oder sie in ihren jeweiligen Räumen besuchen. Er hat die Möglichkeit, im Park spazierenzugehen, und dort begegnet er oft Kranken, denen man dieselbe Gunst gewährt. Er preist einigen seine schreckliche Doktrin, anderen leiht er Bücher. Schließlich macht das Gerücht die Runde, daß er mit einer Frau zusammenlebt, die als seine Tochter gilt. Aber das ist noch nicht alles. Unter dem Vorwand, von den Geistesgestörten Komödien aufführen zu lassen, hat man die Unklugheit begangen, in diesem Haus ein Theater zu gründen, ohne die unheilvollen Auswirkungen zu bedenken, die ein solches lärmendes Unterfangen notwendigerweise auf ihre Phantasie haben mußte. Monsieur de Sade ist der Direktor dieses Theaters. Er sucht die Stücke aus, verteilt die Rollen und leitet die Proben. Er ist der Deklamationslehrer der Schauspieler und Schauspielerinnen und bildet sie in der großen Kunst der Bühne aus. An Tagen öffentlicher Vorstellungen hat er stets eine bestimmte Zahl von Eintrittskarten zu seiner Verfügung, und inmitten der Besucher stehend, macht er seine Honneurs. Bei gewichtigen Anlässen tritt er sogar als Autor in Erscheinung. Beim Geburtstag des Herrn Direktor zum Beispiel trägt er Sorge dafür, entweder ein allegorisches Stück ihm zu Ehren zu verfassen oder doch zumindest ein paar Verse zu seinem Lob.

Ich glaube, es erübrigt sich, Eurer Exzellenz den Skandal einer solchen Existenz vor Augen zu führen und die Gefahren jeglicher Art, die daraus erwachsen. Welche Vorstellung würde man sich bei Bekanntwerden dieser Einzelheiten von einer Einrichtung machen, wo ein derartig befremdliches Unwesen toleriert wird? Und wie soll die moralische Seite der Behandlung der Kranken damit in Übereinstimmung gebracht werden? Sind die Kranken, die diesem abscheulichen Mann täglich begegnen, nicht ständig dem Einfluß seiner tiefen Verworfenheit ausgesetzt? Und reicht nicht schon allein der Gedanke an seine

Anwesenheit aus, selbst die Phantasie jener zu zerrütten, die ihn gar nicht zu Gesicht bekommen?

Ich hoffe, daß Eure Exzellenz diese Gründe für schwerwiegend genug erachten, um anzuordnen, daß Monsieur de Sade in eine andere Anstalt verlegt wird. Ihm erneut jeglichen Umgang mit den anderen Insassen des Hauses zu verbieten, würde nicht mehr bewirken als die früheren Verbote auch, und dieselben Verstöße gingen weiter. Ich verlange nicht, daß man ihn nach Bicêtre zurückschickt, wo er zuvor untergebracht war, aber ich kann nicht umhin, Eurer Exzellenz darzutun, daß ein Sicherheitsgewahrsam oder ein festes Schloß besser für ihn geeignet wären als eine Heilanstalt, welche die regelmäßige Pflege und die heikelsten moralischen Vorsichtsmaßnahmen erfordert.

Ich verbleibe, Monseigneur, mit tiefem Respekt vor Eurer Exzellenz Ihr untertänigster und gehorsamster Diener

Royer-Collard, D.M.«

»Man kann schon erstaunt sein«, fügt Dr. Cabanès hinzu, »daß die Polizei sich in solcher Weise in eine Einrichtung einzumischen vermochte, in der Geisteskranke behandelt werden sollten, und in der Hinsicht ist es sicher nicht uninteressant nachzuforschen, welches zu der Zeit, als der Marquis hier festgehalten wurde, der wirkliche Zweck der Anstalt von Charenton gewesen ist.

Um uns zu informieren, können wir nichts Besseres tun, als uns an einen Mann zu wenden, der auf diesem Gebiet eine Koryphäe ist, nämlich den Psychiater Esquirol. In einem klassisch gebliebenen Werk hat Esquirol die vollständige Geschichte der Einrichtung dargestellt, in die der Marquis de Sade von Amts wegen eingewiesen worden war. Wir werden seiner glänzenden Arbeit die wichtigsten Angaben entnehmen.

Zwei Jahre nach Schließung der Anstalt, am 15. Juni 1797, hatte das Direktorium angeordnet, daß das Charité-Hospital von Charenton seiner ursprünglichen Bestimmung zurückzugeben sei; daß in dem ehemaligen Gebäude der Barmherzigen Brüder alle Maßnahmen ergriffen werden sollten, die für die komplette Behandlung des Irrsinns erforderlich wären; daß Geisteskranke beiderlei Geschlechts aufgenommen würden; schließlich daß die Einrichtung direkt dem Innenminister unterstünde, der ermächtigt sei, die ihm angemessen erscheinenden Vorschriften für das Funktionieren der neuen Anstalt in Charenton zu erlassen.

Die Leitung der Einrichtung wurde unter dem Titel eines Generaldirektors Monsieur de Çoulmier übertragen, einem ehemaligen Prämonstratensermönch, Mitglied der Verfassungsgebenden und Gesetzgebenden Versammlung. Monsieur Gastaldy, zuvor Arzt in der Irrenanstalt von Avignon, wurde zum Arzt von Charenton ernannt, Monsieur Dumoutier erhielt den Posten eines Wirtschaftsverwalters, und der inzwischen verstorbene Monsieur Deguise übernahm die Funktion des Chirurgen. Diese Ernennungen wurden am 21. September 1798 ausgesprochen.

Artikel 4 der Verordnung vom 5. Juni 1797 bestimmte, daß der Generaldirektor von Charenton dem Innenministerium über die Wirtschaftsführung der Einrichtung Rechenschaft schuldig sei. Ein solcher Rechenschaftsbericht wurde nie gegeben und konnte es auch nicht. Artikel 5 selbiger Verordnung legt nämlich fest, daß die Medizinische Schule von Paris spezielle Vorschriften zur Begleichung der verschiedenen Leistungen in Charenton ausarbeiten sollte; diese Vorschriften kamen nicht zustande, und Monsieur de Coulmier blieb unabhängig, ein absoluter Herrscher, oberster Aufsichtsführer über die Verwaltung und die medizinischen Einrichtungen.

Deshalb wollte er, als Monsieur Gastaldy zu Beginn des Jahres 1805 starb, keinen Nachfolger für ihn haben; es bedurfte einer Intervention der Medizinischen Schule, daß Monsieur Royer-Collard zum Chefarzt der Anstalt von Charenton ernannt wurde.

In Ermangelung jeglicher Vorschriften war der Chefarzt wegen der Oberhoheit, die sich der Direktor angemaßt hatte, ohne wirkliche Befugnis. Da der Direktor die Anwendung moralischer Mittel für besonders wichtig hielt, glaubte er in den Theateraufführungen und im Tanz ein probates Mittel gegen den Wahnsinn gefunden zu haben. Er veranstaltete Bälle und Spiele. Man besaß über dem früheren Saal des Kantonalhospizes, der für geistesgestörte Frauen umgebaut worden war, ein Theater, einen Orchesterraum, ein Parkett und gegenüber der Bühne eine Loge, die für den Direktor und seine Freunde reserviert war. Beiderseits dieser Loge, die über dem Parkett vorsprang, waren, stufenförmig ansteigend, Bänke aufgestellt, auf denen rechts fünfzehn bis zwanzig Frauen und links ebenso viele Männer Platz fanden, die mehr oder weniger verblödet und irre waren, sich jedoch für gewöhnlich ruhig verhielten. Der übrige Saal war mit Fremden gefüllt und nur zu einem geringen Teil mit Genesenden. Der allzu berühmte de Sade war der Veranstalter dieser Feiern, dieser Aufführungen, dieser Bälle, zu denen man sich nicht genierte auch Tänzerinnen und Schauspielerinnen aus kleinen Pariser Theatern einzuladen.

Unter der Protektion des Direktors konnte sich der Marquis de Sade noch einige Zeit seinen Neigungen als Regisseur widmen. Aber der schreckliche Royer-Collard war auf der Wacht: er beschwerte sich erneut, und die Aufführungen wurden durch einen ministeriellen Erlaß vom 6. Mai 1813 verboten.«

In »Juliette« gibt es einige neue Züge de-Sadescher Dramaturgie. Man hätte eine große Zahl von Autoren, Gelehrten, Philosophen anführen können, weniger alte und sogar zeitgenössische, die Vorstellungen geäußert haben, die denen des Marquis de Sade sehr nahekommen. Man ist durch die Furcht abgehalten worden, die noch neuen Gedanken, die sich in dem *opus sadicum* befinden, dadurch abzuschwächen.

Und um diesen Essay über einen der erstaunlichsten Menschen, die es je gegeben hat, abzuschließen, geziemt es sich, diesen Satz zu zitieren, mit dem sich der Marquis de Sade, im vollen Bewußtsein seines Wertes, mit ruhigem Stolz der aufgeschreckten Welt, den Menschen, die er entsetzte, zu erkennen gab:

»Ich richte mich nur an jene, die imstande sind, mich zu verstehen, und die werden mich ohne Gefahr lesen.«

Der selige Alfred Jarry

Das erstemal begegnete ich Alfred Jarry auf einer der Soireen in *La Plume*, der zweiten, von denen es hieß, sie würden an die ersten nicht heranreichen. Das *Café du Soleil d'or* hatte sich einen neuen Namen zugelegt: es hieß jetzt *Café du Départ*. Dieser schwermütige Name beschleunigte zweifellos das Ende der Zusammenkünfte und vielleicht auch das von *La Plume*. Diese Einladung zur Reise ließ uns, einen wie den anderen, schnell aufbrechen! Trotzdem gab es im Kellergeschoß, Place Saint-Michel, einige schöne Abende, und einige wenige Freundschaften wurden dort geknüpft.

An dem Abend, um den es geht, kam mir Alfred Jarry wie die Personifizierung eines Flusses vor, wie ein junger bartloser Fluß, in den nassen Kleidungsstücken eines Ertrunkenen. Die herabhängenden Schnurrbartenden, der Gehrock mit seinen wippenden Schößen, das weiche Hemd und die Radfahrerschuhe, alles hatte etwas Schlaffes, Schwammiges an sich: der Halbgott war noch feucht, als wäre er erst wenige Stunden zuvor aus dem Bett gestiegen, aus dem seine Woge abfloß.

Beim Stout entdeckten wir unsere Sympathie füreinander. Er rezitierte Verse mit metallenen Reimen auf *orde* und *arde*. Und nachdem wir uns ein neues Lied von Cazals angehört hatten, gingen wir während eines hemmungslosen Cake-Walk, in den sich René Puaux, Charles Doury, Robert Scheffer und zwei Frauen stürzten, deren Frisuren sich auflösten.

Ich lief fast die ganze Nacht mit Alfred Jarry den Boulevard Saint-Germain rauf und runter, und wir unterhielten uns über Blasons, Häresie und Metrik. Er erzählte mir von Schiffsleuten, unter denen er einen großen Teil des Jahres lebte, von Marionetten, mit denen er zum erstenmal den *Ubu* hatte aufführen lassen. Alfred Jarrys Stimme war klar, tief, lebhaft und zuweilen emphatisch. Er unterbrach sich plötzlich, um zu lächeln, und wurde dann unvermittelt wieder ernst. Seine Stirn war in ständiger Bewegung, aber vertikal und nicht horizontal, wie man das sonst sieht. Gegen vier Uhr morgens trat ein Mann auf uns zu und fragte uns nach dem Weg nach Plaisance. Jarry zog behende einen Revolver hervor, befahl dem Passanten, sechs Schritte zurückzutreten, und erteilte ihm dann die Auskunft. Darauf trennten wir uns, und er kehrte in seine *große Kammer* in der Rue Cassette zurück, wohin er mich zu einem Besuch einlud.

»Monsieur Jarry?«

»In der dreieinhalbten.«

Diese Auskunft der Concierge verblüffte mich. Ich stieg zu Alfred Jarry hoch, der tatsächlich in der dreieinhalbten Etage wohnte. Da die einzelnen Stockwerke dem Hausbesitzer zu hoch erschienen waren, hatte er sie unterteilt. Das Haus, das noch heute steht, hat auf diese Weise an die fünfzehn Geschosse, ist indessen nicht höher als die anderen Häuser in dem Viertel, ist lediglich ein verkleinerter Wolkenkratzer.

Im übrigen gab es solche Verkleinerungen in Alfred Jarrys Wohnung zu Hauf. Diese dreieinhalbte war nur die Verkleinerung einer Etage, in der der Mieter noch ganz bequem stehen konnte, während ich, der ich größer war als er, mich bücken mußte. Das Bett war nur die Verkleinerung eines Bettes, das heißt eine Pritsche: niedrige Betten seien modern, sagte Jarry zu mir. Der Schreibtisch war nur die Verkleinerung eines Tisches, denn Jarry lag beim Schreiben platt auf dem Fußboden. Das Mobiliar war nur die Verkleinerung eines Mobiliars, das einzig und allein aus besagtem Bett bestand. An der Wand hing die Verkleinerung eines Bildes. Es war das Porträt von Jarry, von dem er das meiste verbrannt und nur den Kopf übriggelassen hatte, der dem Balzacs auf einer bestimmten Lithographie ähnelte, die ich kenne. Die Bibliothek war nur die Verkleinerung einer Bibliothek, und das ist noch übertrieben. Sie bestand aus einer volkstümlichen Ausgabe von Rabelais und zwei, drei Bänden der *Rosa Bibliothek*. Auf dem Kamin stand ein großer Phallus aus Stein, eine japanische Arbeit, ein Geschenk von Félicien Rops an Jarry, der das überlebensgroße Kaliber stets mit einem veilchenblauen Samtkäppchen bedeckt hielt, seit dem Tage, an dem der exotische Monolith eine schriftstellernde Dame erschreckt hatte, die vom Ersteigen der dreieinhalb Etagen noch ganz außer Atem und höchst befremdet über die möbellose *große Kammer* gewesen war.

»Ist das ein Gipsabguß?« hatte die Dame gefragt.

»Nein«, antwortete Jarry, »eine Verkleinerung.«

Nach seiner Rückkehr aus Le Grand-Lemps, wo er mit Claude Terrasse gearbeitet hatte, stöberte er mich in einer englischen Bar in der Rue d'Amsterdam auf, wo ich regelmäßig hinging. Wir aßen dort zu Abend, und weil Jarry flüssig war, wollte er für mich zahlen. Bei einer anderen Gelegenheit schreckte er seine Nachbarn mit Erzählungen über Löwen, enthüllte ihnen schreckliche Geheimnisse über die Dressur. Der Geruch der Raubtiere berauschte ihn. Er behauptete, einen Panther in einen Garten in der Rue de la Tour-des-Dames gejagt zu haben. In Wahrheit waren es junge Panther, die aus ihrem versehentlich unverschlossenen Käfig ausgebrochen waren. Jarrys Gastgeber gerieten in Verlegenheit und wollten die armen kleinen Panther von den Fenstern aus mit Gewehren erschießen.

»Kommt nicht in Frage«, sagt Jarry, »ich kümmere mich um alles.«

In dem Eßzimmer, in dem er sich befand, stand eine Rüstung in seinen Körpermaßen. Er verkleidet sich als Ritter und geht, ganz mit Eisen gewappnet, in den Garten hinunter, mit dem Panzerhandschuh ein Glas haltend. Die wilden Tier springen auf, und Jarry zeigt ihnen das leere Glas. Sofort sind sie gezähmt, folgen ihm und kehren in den Käfig zurück, den er wieder schließt.

»Denn«, sagte Jarry, »dies ist die beste Methode, um wilde Tiere kleinzukriegen. Ebenso wie die meisten Menschen haben sie einen Horror vor leeren Gläsern, und wenn sie eins sehen, macht sie der Schrecken feige; man kann dann mit ihnen anstellen, was man will.«

Und da er, während er dies erzählte, mit seinem Revolver herumfuchtelte, wichen die Zuschauer zurück, die Frauen gaben ihrem Entsetzen Ausdruck, und manche wollten gehen. Jarry verhehlte mir seine Genugtuung nicht, daß es ihm gelungen sei, die Spießer zu erschrecken, und mit dem Revolver in der Faust stieg er auf das Oberdeck des Omnibusses, der ihn nach Saint-Germain-des-Prés zurückbringen sollte. Von oben schwenkte er, um sich von mir zu verabschieden, noch immer sein Schießeisen.

Dieses Schießeisen geriet für etwa sechs Monate in das Atelier eines unserer Freunde, und zwar unter folgenden Umständen:

Wir waren in der Rue de Rennes zum Abendessen eingeladen. Bei Tisch hatte ihm jemand aus der Hand lesen wollen, und Jarry bewies, daß er alle Linien doppelt besaß. Um seine Kraft zu zeigen, zerschlug er mit der Faust umgedrehte Teller und verletzte sich dabei schließlich. Der Aperitif, die Weine hatten ihn in Erregung versetzt. Die Liköre gaben ihm schließlich den Rest. Ein spanischer Bildhauer wollte seine Bekanntschaft machen und sagte ihm Artigkeiten. Aber Jarry bedeutete dem Unglücksmenschen, den Salon zu verlassen und sich nicht wieder blicken zu lassen, und versicherte mir, daß ihm der Kerl die unehrenhaftesten Angebote gemacht hätte. Nach ein paar Minuten kam der Spanier, der geflohen war, zurück, und Jarry gab sofort einen Revolverschuß auf ihn ab. Die Kugel verfing sich in einer Gardine. Zwei schwangere Frauen, die in der Nähe standen, fielen in Ohnmacht. Den Männern war das auch nicht ganz geheuer, und zu zweit überwältigten wir Jarry. Auf der Straße sagte er mit der Stimme des Pèrle Ubu zu mir: »War das nicht schön wie Literatur? Aber ich vergaß, die Rechnung zu bezahlen.«

Bei unserem Einschreiten hatten wir ihn entwaffnet, und sechs Monate später kam er zum Montmartre und verlangte den Revolver, den unser Freund ihm zurückzugeben vergessen hatte.

Jarrys Übermut tat seinem Ruhm großen Abbruch, und sein Talent, eines der beispiellosesten und beständigsten seiner Epoche, brachte ihm nicht genug ein, um davon leben zu können. Er schlug sich recht und schlecht durch, ernährte sich in Paris von rohen Lammkoteletts und Pfeffergurken. Um seinen Magen zu entschädigen, behauptete er, genehmige er sich vor dem Schlafengehen oft ein großes Glas, dessen Inhalt zur Hälfte aus Essig und zur anderen Hälfte aus Absinth bestehe, ein seltsames Gemisch, das er mit einem Tropfen Tinte bände. An weiblicher Hingabe fehlte es dem armen Père Ubu.

Alfred Jarry war ein Literat, wie es nicht viele gibt. Jede seiner Handlungen, seine Lausbübereien, alles war Literatur. Weil sich alles in ihm auf Dichtung gründete und nur darauf. Aber in wie bewundernswerter Art und Weise! Jemand hat mir gegenüber einmal geäußert, daß Jarry der letzte burleske Autor gewesen sei. Doch das ist ein Irrtum! So gesehen, wären die meisten Autoren des fünfzehnten Jahrhunderts und viele des sechzehnten dann lediglich burlesk. Dieses Wort trifft nur auf die seltensten Produkte der humanistischen Kultur zu. Es gibt keinen Begriff, der jenes besondere Aufjauchzen benennen könnte, bei der der Lyrismus satirisch wird und die Satire, wenn sie sich auf die Wirklichkeit bezieht, ihren Gegenstand dermaßen überschreitet, daß sie ihn zerstört, und so hoch steigt, daß die Poesie sie nur mit Mühe erreicht, während die Trivialität neuen Einzug hält, mit Geschmack sogar, und durch ein unfaßbares Phänomen unerläßlich wird. Einer derart ausschweifenden Intelligenz, an der die Gefühle keinen Anteil haben, konnte man sich nur in der Renaissance hingeben, und Jarry ist, wie durch ein Wunder, der letzte Vertreter solcher herrlichen Ausschweifungen gewesen.

Er hatte Bewunderer, und zu seinen Lesern zählten Philologen und vor allem Mathematiker. Sogar an der Technischen Hochschule war er in aller Munde. Aber viele verkannten ihn auch, in der Öffentlichkeit wie unter Schriftstellerkollegen. Er litt schrecklich unter dieser Mißachtung. Einmal erzählte er mir ausführlich von einem Brief, in dem ihn Francis Jammes wegen des »Surmâle« abgekanzelt hatte, der gerade erschienen war. Der Poet von Orthez sagte, daß aus Jarrys Büchern der Städter spräche, dem das Leben außerhalb von Paris seine moralische Gesundheit usw. zurückgäbe. So oder so ähnlich. »Was würde er sagen«, bemerkte Jarry dazu, »wenn er wüßte, daß ich den größten Teil des Jahres auf dem Lande zubringe, an einem Fluß, in dem ich täglich fische?«

Nachdem ich Jarry lange nicht mehr begegnet war, sah ich ihn zu einem Zeitpunkt wieder, als seine Existenz weniger prekär zu werden schien. Er gab Bücher heraus, kündigte »La Dragonne« an, sprach von einer kleinen Erbschaft, zu der ein Turm in Laval gehörte. Dieser Turm, den er restaurieren lassen mußte, um ihn zu bewohnen, hatte die sonderbare Eigenschaft, sich um sich selbst zu drehen. Die Bewegung vollzog sich freilich sehr langsam, denn der

Turm brauchte hundert Jahre für eine vollständige Umdrehung. Ich glaube, diese erstaunliche Mär rührte von einer Wortunlogik her, bei der sich die beiden Bedeutungen und Geschlechter des Wortes *tour** vermischten. Wie dem auch sei, Jarry wurde krank, und es ging ihm miserabel. Freunde griffen ihm unter die Arme. Er kam mit Geld nach Paris zurück und mit seinen Medikamentenzetteln. Es waren Rechnungen vom Weinhändler!

Später erfuhr ich nicht mehr viel über sein Leben. Aber ich weiß, daß Jarry in wenigen Tagen viel Geld vertrank und kaum etwas aß. Ich wußte nicht, daß er ins Hospital de la Charité gebracht worden war. Offenbar hat er bis zum Ende weder seinen klaren Verstand noch seine Schalkhaftigkeit verloren. Georges Polit, der ihn besuchte, trat an sein Bett, und da er sehr gerührt war und sehr kurzsichtig, bemerkte er Jarry nicht, der, obwohl todsterbenskrank, mit lauter Stimme schrie, nur um des Vergnügens wegen, seinen Freund zu erschrecken: »Nun, Polit, wie geht es denn so?«

Jarry starb am 1. November 1906, und am 3. waren wir an die fünfzig Leute, die seinem Sarg folgten. Die Gesichter waren nicht sehr traurig, und nur Fagus, Thadée Natanson und Octave Mirbeau zeigten eine Spur Begräbnismiene. Doch beklagten alle den Verlust des großen Schriftstellers und liebenswerten Jungen, der Jarry gewesen ist. Aber es gibt Tote, die anders als mit Tränen beweint werden. Bei der Beisetzung Folengos sah man nur wenige Klageweiber, und bei Rabelais oder Swift war es nicht anders. Auch bei der Jarrys gab es keine. Solche Toten hatten nie etwas mit dem Schmerz gemein. In ihre Leiden hat sich nie Traurigkeit gemischt. Bei solchen Beisetzungsfeierlichkeiten muß einfach jeder seinen glücklichen Stolz zeigen, einen Menschen gekannt zu haben, der nie

---

* la tour = der Turm, le tour = die Umdrehung

das Bedürfnis empfand, dem Elend Gewicht beizumessen, das ihn und andere erdrückte.

Nein, niemand weinte hinter dem Leichenwagen des Pèrle Ubu. Und da es ein Sonntag war, der Tag nach Allerseelen, zerstreute sich die Menge, die zum Friedhof von Bagneux gekommen war, gegen Abend in die umliegenden Lokale. Sie quollen über von Leuten. Es wurde gesungen, getrunken, gegessen: ein urwüchsiges Bild, wie eine Beschreibung aus der Feder dessen, den wir zu Grabe getragen hatten.

Feminine Literatur

Nie hätte ich geglaubt, daß man mich eines Tages fragen könnte, was ich von den immer zahlreicheren femininen Büchern halte. Unter ihren Verfassern gibt es Frauen, die ich von Kindheit an bewundere, die ich so gern kennengelernt hätte, um ihnen zu sagen, wieviel Gutes und wieviel Freude ich ihnen schulde. Ich war fast noch ein kleines Mädchen, als mir »Das unnennbare Herz« von Madame de Noailles in die Hände fiel. Und ich fühlte mich beim Lesen dieser schönen Verse so glücklich, daß es mir vorkam, als wäre ich eine andere geworden. Ich tanzte, lachte ohne Grund, ich war Bittó, und plötzlich folgten Tränen auf die Freude, die mich hinwegtrug, die Schönheit, der Morgen voller Sonne zerbrachen mein Herz, und zwar nur, weil ich nicht wußte, wie ich die Süße und Helligkeit der Dinge ausdrücken sollte. Ich weiß es heute noch nicht, und vielleicht sind wir alle ein bißchen so. Ich kann nichts erklären; wenn ich ein Buch lese, weiß ich, ob ich es mag oder nicht, aber das ist auch alles, und vor allem vermag ich nicht zu sagen, warum es mir gefällt oder mißfällt. Und genauso ist es auch im Leben. Ich könnte die ganze Welt unterteilen in jene, die ich mag und die ich nicht mag, in jene, die mich mögen und die mich verabscheuen; und das alles ohne Grund, einfach weil es so ist.

Mit dem Schreiben ist es nicht viel anders gewesen: eines Tages habe ich damit begonnen, Verse zu verfassen, weil es mir Spaß machte, weil sie mir einfach so zuflossen und vielleicht auch, weil ich mich langweilte. Aber ich hätte nie gewagt, sie jemandem zu zeigen, wenn sie nicht durch Zufall einem Menschen unter die Augen gekommen wären, dem ich vertraute und der mir riet, sie drucken zu lassen. Ich frage mich indessen noch, ob das der Mühe wert ist. Es gibt gegenwärtig so viele Frauen, die besser schreiben, als ich es je vermöchte, und vor allem werde ich nie an das Leben herangehen, so wie sie es verstehen. Als ich noch jünger war, zu Hause, fern von Paris, glaubte ich, daß man, um schreiben zu können, ein ruhiges, weltabgeschiedenes Dasein führen müsse; doch dann begriff ich, daß Georges Sands Art und Weise noch immer gefragt ist. Nicht alle weiblichen Literaten kleiden sich wie Männer, aber ich hätte nie Lust verspürt, ganze Nächte in literarischen Zirkeln zu verbringen, auch nicht, um so großen Dichtern wie Catulle-Mendès oder Jean Moréas zuzuhören. Deshalb habe ich ein bißchen Angst, ich will es mal unumwunden sagen, daß man mich für dumm halten wird. Aber ich habe trotzdem nachgedacht, und beim Lesen habe ich gemerkt, daß meine Überlegungen oft mit denen der Schriftsteller übereinstimmten, die ich mag. So hat Madame de Staël, die in meinen Augen zu den ganz großen Denkern gehört, was man nach meinem Dafürhalten heute allzu gern vergißt, in einem schönen Buch einmal gesagt: »Die Literatur der Alten ist für die Modernen eine verpflanzte Literatur, die der Romantik oder des Rittertums ist bei uns heimisch, und unsere Religion und unsere Stiftungen haben sie zum Blühen gebracht.« Das hatte ich schon empfunden, bevor ich diesen Text kannte, aber Madame de Staël hat meine Gedanken präzisiert, und ich kann schon sagen, daß ich durch die Lektüre der Werke dieser großartigen Frau dazu gebracht wurde, die Rolle anzunehmen, die man mir bei jener Zeitschrift angeboten hatte.

Nun heißt das nicht, daß ich mich für den Genius der Feindin Napoleons halte noch mich darauf versteife, nur Ideen darzulegen, die von ihr stammen, aber eine gewisse Übereinstimmung mit meinen eigenen, die ich zuweilen entdeckte, hat mich ermutigt, so zu sprechen, wie ich denke. Das stelle ich hiermit fest. Kurzum, es gibt gegenwärtig einige sehr talentierte Schriftstellerinnen. Ich sprach weiter oben über Madame de Noailles, und ich werde ihr stets eine große Dankbarkeit dafür bewahren, daß sie mir zu einem Zeitpunkt, da ich nur erst Corneille, Racine, La Fontaine und ein paar Bruchstücke anderer älterer und moderner Dichter kannte, einen neuen, unermeßlichen Ozean von Poesie offenbarte.

Diese aus dem Zusammenhang gerissenen Stücke hatten mir nur eine verschwommene Vorstellung von Poesie vermittelt, und die Klassiker, sehr schön, ohne Frage, waren mir ein bißchen langweilig vorgekommen. Das lag vielleicht nicht an ihnen, aber man hatte mich mit ihnen fürchterlich gelangweilt! »Das unnennbare Herz« enthüllte mir die Schönheit der Poesie, denn Musset und Verlaine habe ich erst hinterher kennengelernt. Und trotz dieser Dankbarkeit werfe ich Madame de Noailles ein bißchen vor, daß sie sich derart müht, den Klassikern zu ähneln. Auf mich wirkt das gezwungen, und sie hätte sicher eine noch größere Dichterin werden können, wenn sie frei von jeglicher Bindung an die großen männlichen Dichter geblieben wäre. Denselben Eindruck habe ich bei Gérard d'Houville, obwohl mir das klassische Empfinden bei ihr naturhafter zu sein scheint als bei Madame de Noailles. Ich spreche absichtlich zuerst von diesen beiden Frauen, die ich allen anderen vorziehe, weil ihre Kunst am höchsten steht. Damit behaupte ich nicht, daß Colette Willy minder talentiert sei, doch sie macht mir angst. Ich halte sie für sehr französisch, sie befremdet mich jedoch wie die Amerikanerinnen, die ich kenne. Ich sage mir, daß sie charmant sein muß, aber viel zu unabhängig. Möglicherweise täusche ich mich dabei, und falls sie diese Zeilen jemals zu Gesicht bekommen sollte, möge sie mir verzeihen. Ich gebe hier meine Eindrücke wieder, und ich bin nicht anmaßend genug, auch nur eine Minute zu glauben, sie müßten stets Ausdruck der Wahrheit sein. So wirken die sehr gelehrten Judith Gautier und Marcelle Tinayre auf mich, als legten sie es darauf an, als Männer zu gelten. Ich finde sie zu wenig Frau. Mir kommt es vor, als wären sie Mitglieder der Akademie oder Konservatoren beim Museum. Und ich möchte, daß solche Posten für alle Ewigkeit den Männern vorbehalten bleiben. Ich glaube nicht, daß Rachilde, Madame Gustave Kahn, Lucie Delarue-Mardrus und Madame Catulle-Mendès auch so sind. Aber ich kenne ihre Bücher noch zu wenig, um jetzt schon darüber zu sprechen. Beim nächstenmal werde ich auf dem laufenden sein. Was Renée Vivien angeht, wünsche ich mir, bald an Hand eines neuen Buches über sie sprechen zu können. Ihre Verse und ihre Prosa sind von einer idealen Reinheit, einer immateriellen Sinnlichkeit, die mich an Lilien erinnert, deren Duft so stark ist. Zum Schluß muß ich sagen, daß ich Aurel wegen ihres letzten Buches ein bißchen böse bin.

Gleich als ich von dem schrecklichen Unglück erfuhr, welches das schöne Sizilien zerstört hat, das ich so liebe, bin ich zu einer jungen Frau gelaufen, die einen sehr, sehr engen Freund hatte; es handelte sich um eine jener allzu seltenen Verbindungen, bei denen gegenseitige Lauterkeit und Achtung die Tiefe der Gefühle und deren Dauer garantieren, eine Seelenverbindung, an der die Körper keinen Anteil haben und die eine Vorstellung davon vermittelt, was die ewige Liebe zweier Engel sein könnte. Dieser liebe Freund also war für ein paar Monate nach Messina gereist, um seine angegriffene Gesundheit wiederherzustellen. Ich fand meine arme Freundin, die für gewöhnlich so hübsch war, blaß wie Wäschebänder vor. Sie hockte auf dem Boden und schluchzte. Ich wußte nicht, was ich sagen sollte, und weinte mir ihr, als mein Blick auf eine Konsole fiel und dort ein Buch entdeckte, dessen erbitterter Titel »Um mit dem Liebhaber Schluß zu machen« lautete. Grausame Aurel! Ich habe das schicksalhafte Buch gelesen. Es ist von der ersten bis zur letzten Zeile falsch. Es möchte glauben machen, daß man aus Liebe die Liebe tötet. Ich werde mich nie zu einer so strengen und leidenschaftlichen Moral bekennen. Aber ich bewundere die szenische Perfektion dieser Stücke und die geheimnisvolle Neuheit ihrer Themen. Und doch muß ich hinzufügen, daß die von Aurel verwendete Sprache etwas Peinliches, Unbewußtes, mir Unbekanntes an sich hat, was mir nicht unbedingt ein Vorzug zu sein scheint.

Aber die Seiten häufen sich. Ich muß Schluß machen, und ich möchte, daß mir diejenigen, über die ich gesprochen habe, meine Kühnheit und meine Ungeschicklichkeit verzeihen. Ich weiß sehr wohl, daß ich mich von den hübschen, berühmten Frauen, von denen die Rede gewesen ist, erst hätte beraten lassen müssen, statt ihnen meine Meinung über ihre Bücher kundzutun. Aber das hat sich so gefügt, wie es der Zufall wollte und es mir gefiel.

Simultanismus-Librettismus

Die Zahl der Dichterschulen wächst von Tag zu Tag. Es gibt kaum eine, in der man mich nicht für eine gewisse Zeit untergebracht hätte. Gleichwohl stamme ich aus einer Epoche, in der wir, meine Freunde und ich, es ablehnten, uns in das Gefolge von jemandem oder in Gruppen von Karrieremachern einzureihen.

Wir haben uns nicht geändert, und so, wie wir sind, nicht minder gebildet als die anderen, nicht minder Poet als irgendwer, nicht minder modern als alle Dichter der Welt, bleiben wir nicht lange in solchen Schulen, die auch Cliquen genannt werden. Es war also vergebens, daß sich Herr Barzun unter dem Vorwand, es gäbe außerhalb der seinen kein Heil, die Mühe machte, mich aus seinem Simultanismus auszustoßen, dem ich nie angehört habe.

Er ist wahrscheinlich ein griesgrämiger Mensch. Seiner fixen Idee, alles erfunden zu haben, kommt nur noch die gespenstische Überheblichkeit gleich, mit der er sich dessen rühmt.

Er ist mir gegenüber voller Groll wegen der Zeilen, die ich hier über den Phonographen geschrieben habe. In einem Rohrpostbrief an André Billy habe ich gesagt, daß Herr Barzun recht daran getan hat, sein »Manifest über den poetischen Simultanismus« zu veröffentlichen, dessen Urheberschaft ihm zukommt. Was will er also noch? Ich habe meine Absichten offen dargelegt. Sie liefen darauf hinaus, Herrn Barzun freie Hand bei der Ausarbeitung seiner Theorien zu lassen. Er antwortete mir mit wenig liebenswürdigen Worten. In meiner Entgegnung werde ich diese mit Nichtachtung übergehen und jene unter die Lupe nehmen.

Der poetische Simultanismus des Herrn Barzun kann sich nur mittels mehrerer kombinierter Stimmen ausdrücken. Das ist Theater. Im Buch für einen Leser können diese Stimmen nur nacheinander auftreten. Wenn Herr Barzun also eine tatsächlich simultane Poesie will, muß er folglich mehrere Vortragende haben oder sich des Phonographen bedienen; solange er jedoch Klammern und übliche typographische Zeilen verwendet, wird seine Dichtung sukzessiv bleiben. Was die Polyphonie betrifft, habe ich gesagt, daß Jules Romains 1900 bei mir einen Versuch gestartet hatte, was in keiner Weise das Verdienst von Herrn Barzun schmälert, der diese wichtige Theaterreform seither kodifiziert hat.

Schon viel früher hatte Villiers de l'Isle-Adam ein Stück veröffentlicht, in dem zahlreiche Stimmen gleichzeitig sprachen und dabei von ganz unterschiedlichen Dingen reden.

Und Herr Barzun kann hineinschauen und wird dabei feststellen, daß die Klammer, die berühmte geschweifte Klammer, lediglich ein Hinweis für die Aufführung ist, nicht aber eine Simultaneität im Buch erzeugt, wo die Stimmen, wie bei Herrn Barzun, sukzessiv bleiben.

Simultane Stimmen auch in »Die Armee in der Stadt« von Jules Romains.

Man wird in den vor Ende 1913 erschienenen Werken des Herrn Barzun vergeblich nach solchen simultanen Stimmen suchen, und wenn man von diesem Datum an Beispiele dafür findet, handelt es sich stets nur um eine entweder szenisch oder phonographisch zu verwirklichende Simultaneität und um nichts weiter.

Was die Rezitation des Gedichtes »Die Kirche« angeht, soll sich Herr Barzun nicht täuschen. Der Vortrag, den Jules Romains 1909 zustande zu bringen versucht hatte, stellte keineswegs »den Ausdruck eines einzigen poetischen *Satzes* durch vier, sechs oder acht Stimmen« dar. Die Stimmen der vier Rezitatoren vermischten sich, erhoben sich, zuweilen einzeln, zuweilen gemeinsam, und verschmolzen, jede eine andere Strophe aufsagend, zu einer echten Polyphonie.

Kann Herr Barzun andererseits jedoch glauben, daß diese theatergemäße Umgestaltung des Lyrismus die einzige Form ist, in der sich lyrische Simultaneität ausdrükken wird? Natürlich nicht, und er weiß es, weil diese Form dem Buch einen eindeutig sukzessiven Charakter läßt.

Es hat hier Gedichte gegeben, bei denen diese Simultaneität nach Geist und Buchstaben existierte, weil man sie unmöglich lesen kann, ohne sofort die Simultaneität dessen zu erfassen, was sie ausdrücken, Konversations-Gedichte, bei denen sich der Poet im Zentrum des Lebens befindet und in gewisser Weise den Lyrismus des Milieus registriert.

Und selbst der Druck dieser Gedichte ist simultaner als Herrn Barzuns sukzessive Notierung.

Wenn also der Versuch unternommen wurde (»Der moderne Zauberer«, »Weinmonat«, »Die Fenster« usw.), den Geist daran zu gewöhnen, ein Gedicht simultan wie eine Szene aus dem Leben aufzunehmen, dann haben Blaise Cendrars und Madame Delaunay Terck einen ersten Anlauf zu einer geschriebenen Simultaneität unternommen, bei der Farbkontraste das Auge daran gewöhnten, mit einem einzigen Blick die Gesamtheit eines Gedichtes zu lesen, so wie ein Dirigent auf einen Blick die übereinandergeschriebenen Noten einer Partitur liest, wie man auf einen Blick die figürlichen und die gedruckten Elemente eines Plakates wahrnimmt.

Im Umfeld von Herrn Barzun hat sich Herr Sébastien Voirol selbst einen Schritt auf diesen bildlichen Simultanismus zubewegt, der in einem Buch ebenso vorkommen kann, wie er durch den Phonographen in Erscheinung tritt.

(Ich frage, warum Herr Barzun hinsichtlich dieses Apparates sagt: »Aber das Originalgedicht bleibt dadurch nicht weniger einklagbar, ebenso wie die Leinwand des Malers oder die Partitur des Komponisten.« Als könnte der Dichter ein Gedicht nicht unmittelbar mit dem Phonographen aufnehmen und zeitgleich damit Geräusche oder andere Stimmen in einer Menge oder unter Freunden?)

Herr Voirol war also, als er seine »Frühlingsweihe« mit verschiedenfarbiger Tinte schrieb, der bildlichen Simultaneität näher als Herr Barzun, dessen Ästhetik eben eine Ästhetik des Theaters bleibt und die, wenn man die szenischen Angaben wegließe, nur noch so etwas in der Art der »Worte in Freiheit« von Marinetti wäre, der in einem dieser Manifeste übrigens schon, und auf jeden Fall vor Herrn Barzun, auf die Möglichkeit einer impressionistischen Simultaneität hingewiesen hat.

An dieser Stelle, nach den Bemühungen, den Geist und den Buchstaben der Gedichte zu simultanisieren, ihnen, wenn ich so sagen darf, die Fähigkeit der Allgegenwart zu verleihen, wird man auch danach trachten, auf jene Frage des neuen Druckens zuzugehen, das keineswegs mit der szenischen Poesie des Herrn Barzun verwechselt werden darf, von der er weitere schöne Beispiele in den alten Kanons wie »Frère Jacques, dormez-vous?« finden könnte.

Und wenn Herrn Barzun auch die Urheberschaft des »Manifests über den poetischen Simultanismus« zukommt, so gehört ihm dieser Simultanismus doch mitnichten.

Der Gedanke der Simultaneität beschäftigt die Künstler schon seit langem; bereits 1907 einen Picasso, einen Braque, die sich bemühten, Gestalten und Gegenstände gleichzeitig aus verschiedenen Blickwinkeln darzustellen. Er hat danach sämtliche Kubisten beschäftigt, und Sie können Léger fragen, welche Wonne er dabei empfand, ein Gesicht festzuhalten, das er gleichermaßen von vorn und im Profil sah. Unterdessen dehnten die Futuristen das Gebiet der Simultaneität weiter aus und sprachen offen darüber, indem sie den Begriff sogar in das Vorwort zu ihrem Katalog übernahmen.

Duchamp, Picabia untersuchten eine Zeitlang die Anfänge der Simultaneität; dann erklärte sich Delaunay* zu ihrem Vorkämpfer und machte sie zur Grundlage seiner Ästhetik. Er stellte das Simultane dem Sukzessiven gegenüber und sah darin das neue Element aller modernen Künste: Plastik, Literatur, Musik usw. Bei ihm ist es ein Berufsterminus, denn wenn er nicht dazu da wäre, auf einen neuen Beruf anzuspielen, hätte man ebensogut auch einen der zahlreichen anderen *Ismen* auswählen können, die, bis hin zum Dynamismus von Guilbeaux, den Willen der jungen Generationen ausdrücken, modern zu sein.

Es ist zwecklos, Herrn Barzun zu fragen, woher er die Bezeichnung Simultanismus hat; ist er selber darauf gekommen, oder ist sie von Delaunay entlehnt?

Barzun hat selber bemerkt, daß seine Methode das Theater, die Oper beträfe und im Druck nichts Simultanes darstelle, und er hat getan, was man von ihm gewohnt ist: seinen Mantel nach dem Wind gehängt. In einer Erwiderung auf »Gedicht und Drama«, »Vom Deskriptiven zum Impressiven«, spricht er von Gedichten, die einen visuellen plastischen Eindruck vermitteln.

Frei, gemalte Gedichte herzustellen, sich künftig nicht mehr im dramatischen Simultanismus zu versuchen, son-

---

* Auf seine Anregung hin habe ich im Laufe des Jahres 1912 in »Der Sturm« und »Les Soirées de Paris« (Dezember 1912) Anmerkungen über die Simultaneität veröffentlicht und schließlich im Januar 1913 über dasselbe Thema in Berlin einen Vortrag gehalten; die Berliner Zeitungen haben Notiz davon genommen. Erst danach hat Herr Barzun, nachdem er Delaunay begegnet war, die Gewohnheit angenommen, sich für den Erfinder dieser Simultaneität zu halten, von der er bis auf den heutigen Tag nicht sicher ist, eine klare Vorstellung zu haben.

dern im impressiven, behauptet er indessen nicht, ihn erfunden zu haben, denn auf dem Gebiet hat es Vorläufer in den typographischen Neuheiten Marinettis und der Futuristen gegeben, die sogar ohne Farben einen Schritt hin zur Farbe machten und die typographische Simultaneität eröffneten, die von Villiers, von Mallarmé vorausgeahnt, aber noch nicht erprobt worden waren; Vorläufer auch in dem simultan kontrastierten Farbpoem von Blaise Cendrars und Madame Delaunay Terck, »Die Prosa der Transsibirischen und der kleinen Jeanne de France«; in »Die Frühlingsweihe« von Voirol, in meinen eigenen Gedichten, die sich in Ausdruck und Druck von den vorhergehenden unterscheiden und die meine Freunde bei mir gesehen und gelesen haben; in den gemalten Gedichten Picabias, die noch ganz anders sind.

All diese Dinge können bei den Verfassern eingesehen werden, einige sind käuflich zu erwerben. Herrn Barzun steht es jetzt frei, sich als deren Erfinder zu bezeichnen.

Abbaye, Unanimismus, Simultanismus, alles gehört ihm.

Ich meinerseits bin entzückt darüber, daß er den Terminus orphisch von mir in dem Sinn ausgeborgt hat, wie ich ihn gebraucht habe.

Ich übergebe ihn gern an Herrn Barzun, der ihn ohnehin schon eingefordert hat, unter dem Vorwand, daß er bereits 1907 die Absicht gehabt hätte, eine *Orphêide* zu schreiben, und die Ankündigung dieser Absicht scheint ihm ein unbestreitbares Recht auf den Sinn aller Worte zu geben, die diesem nahekommen.

Der neue Geist und die Dichter

Der neue Geist, der die ganze Welt beherrschen wird, ist in der Poesie nirgendwo so ausgeprägt zutage getreten wie in Frankreich. Die harte intellektuelle Disziplin, die sich die Franzosen seit jeher auferlegt haben, erlaubt ihnen und jenen, die ihnen geistig zugehören, eine Auffassung vom Leben, der Kunst und der Literatur, die, ohne eine bloße Bekräftigung des Alten zu sein, auch kein Gegenstück zu dem schönen romantischen Dekor ist.

Der neue Geist, der sich ankündigt, behauptet insbesondere, von den Klassikern den gesunden Menschenverstand übernommen zu haben, einen fundierten kritischen Geist, Gesamtansichten auf das Universum und die menschliche Seele sowie ein Pflichtgefühl, das die Empfindungen bloßlegt und deren Äußerungen in Grenzen hält oder vielmehr zügelt.

Er behauptet ferner, von den Romantikern eine Neugier zu übernehmen, die ihn dazu treibt, sämtliche Bereiche auszuschöpfen, die einen literarischen Stoff hergeben könnten, um so das Leben zu exaltieren, in welcher Form es sich auch immer darbietet.

Die Wahrheit zu erforschen, sie beispielsweise im Ethnischen ebenso zu suchen wie in der Phantasie, gehört also zu den hauptsächlichen Merkmalen dieses neuen Geistes.

Diese Tendenz hat im übrigen schon immer ihre Vorkämpfer gehabt, sie waren sich dessen nur nicht bewußt; seit langem schon ist sie im Entstehen begriffen.

Jetzt jedoch präsentiert sie sich zum erstenmal ihrer selbst bewußt. Das kommt daher, daß die Literatur bislang auf einen engen Raum begrenzt war. Man schrieb in Prosa oder in Versform. Was die Prosa anbetrifft, bestimmten grammatikalische Regeln ihre Form.

Für die Poesie galt der gereimte Vers als ehernes Gesetz, das zwar immer wieder attackiert wurde, jedoch durch nichts zu erschüttern war.

Der freie Geist ermöglichte der Lyrik eine freie Entfaltung; aber er stellte nur eine Etappe der Erkundungen dar, die auf dem Gebiet der Form betrieben werden konnten.

Die Untersuchungen zur Form haben seither große Bedeutung erlangt, und das zu Recht.

Wie sollten solche Untersuchungen den Dichter nicht interessieren, da sie ja zu neuen Entdeckungen im Denken und in der Lyrik führen können?

Assonanz, Alliteration wie auch der Reim sind Konventionen, die jeweils ihre Verdienste haben.

Die typographischen Kunstgriffe, die mit großer Kühnheit vorangetrieben worden sind, haben den Vorzug, eine visuelle Lyrik entstehen zu lassen, die vor unserer Zeit nahezu unbekannt war. Diese Kunstgriffe können noch viel weiter gehen und die Synthese von Musik, Malerei und Literatur vollenden.

Um zu solchen neuen, völlig gerechtfertigten Ausdrucksformen zu gelangen, bedarf es nur der Suche, des Experiments.

Wer würde zu behaupten wagen, daß die rhetorischen Übungen, die thematischen Variationen von »Verschmachtend sterbe ich nahe der Quelle« keinen entscheidenden Einfluß auf das Genie Villons gehabt hätten? Wer, daß die Formspiele der *rhétoriqueurs* und der Marot-Schule nicht dazu beigetragen hätten, den französischen Geschmack bis zu seiner vollkommenen Blüte im siebzehnten Jahrhundert zu reinigen?

Es wäre merkwürdig gewesen, wenn zu einer Zeit, in der die volkstümliche Kunst par excellence, nämlich das Kino, ein Bilderbuch ist, die Dichter nicht versucht hätten, Bilder für besinnlichere und genußfähigere Geister zu entwerfen, die sich mit den derben Einfällen der Filmfabrikanten nicht zufriedengeben. Diese werden sich weiter verfeinern, und man kann den Tag vorherbestimmen, an dem, wenn Phonograph und Film die einzigen gebräuchlichen Ausdrucksformen geworden sind, die Dichter eine bislang nicht gekannte Freiheit haben werden.

Man darf sich also nicht wundern, wenn sie sich mit den einzigen Mitteln, über die sie noch verfügen, auf diese neue Kunst (weitergespannt als die einfache Kunst der Worte) vorbereiten, in der sie, Dirigenten eines unermeßlichen Orchesters, folgende Gebiete zu ihrer Verfügung haben werden: die ganze Welt, ihre Geräusche und Erscheinungen, das Denken und die menschliche Sprache, den Gesang, den Tanz, sämtliche Künste und Kunstfertigkeiten, noch mehr Phantasiebilder als jene, die Morgane auf dem Berg Gibel erscheinen ließ, um das gesehene und verstandene Buch der Zukunft zu verfassen.

In Frankreich werden Sie solche *Worte in Freiheit*, bis zu denen die italienischen und russischen Futuristen, maßlose Töchter des neuen Geistes, vorgedrungen sind, zumeist jedoch nicht finden, denn Frankreich verabscheut Unordnung. Man beruft sich dort gern auf Prinzipien, scheut aber vor dem Chaos zurück.

Also können wir, was den Gegenstand und die Mittel der Kunst betrifft, auf eine Freiheit von unvorstellbarer Üppigkeit hoffen. Die Dichter erlernen diese enzyklopädische Freiheit gerade. Auf dem Gebiet der Einfälle kann ihre Freiheit nicht minder groß sein als die einer Tageszeitung, die auf einer einzigen Seite die unterschiedlichsten Themen behandelt, die entferntesten Länder durcheilt. Man fragt sich, warum der Dichter nicht eine zumindest ebenbürtige Freiheit haben, warum er in der Epoche des Telephons, der drahtlosen Telegraphie und der Luftfahrt gehalten sein sollte, gegenüber den Weiten größere Zurückhaltung zu üben.

Die Schnelligkeit und Unbefangenheit, mit der die Menschen mittels eines einzigen Wortes so komplexe Gebilde wie eine Menge, eine Nation, das Universum zu bezeichnen pflegen, hatten in der Poesie kein modernes Gegenstück. Die Dichter füllen diese Lücke jetzt aus, und ihre synthetischen Gedichte schaffen neue Wesen, die einen plastischen Wert haben, der ebenso zusammengesetzt ist wie Kollektivbegriffe.

Der Mensch hat sich mit der Wunderwelt der Maschinen vertraut gemacht, er hat den Bereich des unendlich Kleinen erforscht, und neue Bereiche tun sich der Regsamkeit seiner Phantasie auf: die des unendlich Großen und der Prophetie.

Glauben Sie indessen nicht, daß dieser neue Geist kompliziert, schlaff, künstlich und kühl ist. Der Ordnung selbst der Natur folgend, hat sich der Dichter von jedem schwülstigen Bombast befreit. Es gibt keinen Wagnerianismus mehr in uns, und die jungen Autoren haben jeglichen Plunder weit von sich gewiesen, der den Zauber der kolossalen Romantik des Wagnerschen Deutschlands in sich trug, desgleichen den ländlichen Flitterkram, den uns Jean-Jacques Rousseau eingebracht hatte.

Ich glaube nicht, daß die soziale Entwicklung eines Tages so weit gehen wird, daß man nicht mehr von Nationalliteratur sprechen kann. Im Gegenteil, so weit man auf dem Weg der Freiheiten auch voranschreitet, werden diese die meisten der alten Disziplinen doch nur festigen, und es werden neue daraus hervorgehen, die nicht weniger fordernd sein werden als die alten. Deshalb meine ich, daß die Kunst, was auch geschehen mag, in zunehmendem Maße ein Vaterland haben wird. Im übrigen sind die Dichter stets Ausdruck eines Milieus, einer Nation, und die Künstler bilden, wie die Dichter und Philosophen, einen gesellschaftlichen Fundus, der zweifellos der Menschheit gehört, jedoch als Ausdruck eines Volkes, eines gegebenen Milieus.

Die Kunst wird erst an dem Tage aufhören, national zu sein, an dem das ganze Universum, in einem gleichen Klima in Behausungen lebend, die nach dem gleichen Modell errichtet wurden, nur noch eine Sprache mit einem Akzent spricht, das heißt niemals. Die Verschiedenheit der literarischen Ausdrucksformen erwächst ja aus ethnischen und nationalen Unterschieden, und gerade diese Verschiedenheit gilt es zu bewahren.

Eine kosmopolitische lyrische Ausdrucksform würde nur verschwommene Werke ohne Klang und Rückgrat hervorbringen, die den Wert von Allgemeinplätzen der internationalen parlamentarischen Rhetorik hätten. Und beachten Sie, daß das Kino, die eigentliche kosmopolitische Kunst, bereits heute für jedermann erkennbare ethnische Unterschiede aufweist, und die Leinwandexperten vermögen sofort zwischen einem amerikanischen und einem italienischen Film zu unterscheiden. Ebenso ist der neue Geist, der den Ehrgeiz hat, den universellen zu bestimmen, und es nicht versteht, sich auf dieses oder jenes zu beschränken, nichts anderes, und er will das auch respektieren, als eine besondere und lyrische Ausdrucksform der französischen Nation, so wie der klassische Geist genaugenommen ein erhabener Ausdruck derselben Nation ist.

Man darf nicht vergessen, daß es für eine Nation vielleicht gefährlicher ist, intellektuell erobert zu werden als mit Waffengewalt. Deshalb beruft sich der neue Geist vor allem auf Ordnung und Pflicht, die großen klassischen Eigenschaften, in denen sich der französische Geist am nachhaltigsten behauptet, und fügt ihnen noch die Freiheit hinzu. Diese Freiheit und diese Ordnung, die im neuen Geist miteinander verschmelzen, machen seine Besonderheit und Stärke aus.

Dennoch darf diese Synthese der Künste, die sich in unserer Zeit vollzogen hat, nicht zu einem Durcheinander ausarten. Das heißt, daß es wenn schon nicht gefährlich, so doch absurd wäre, die Poesie beispielsweise auf eine Art nachahmende Harmonie zu reduzieren, die zu ihrer Rechtfertigung nicht einmal anführen könnte, exakt zu sein.

Es ist durchaus vorstellbar, daß die nachahmende Harmonie eine Rolle zu spielen vermag, aber sie könnte nur die Grundlage einer Kunst sein, in die Maschinen eingreifen; ein einem Phonographen eingegebenes Gedicht oder eine Symphonie könnte sehr gut aus kunstvoll ausgesuchten und lyrisch vermischten oder aneinandergereihten Geräuschen bestehen, während ich andererseits nicht recht begreife, wie man ein Gedicht ganz einfach aus der Imitation eines Geräusches bestehen läßt, dem keinerlei lyrische, tragische oder pathetische Bedeutung zukommt. Und auch wenn sich der eine oder andere Dichter diesem Spiel hingibt, darf man darin doch lediglich eine Übung sehen, eine Art Skizze von Noten, die sich in ein Werk einfügt. Das *brekeke quak* aus den »Fröschen« von Aristophanes bedeutet nichts, wenn man es von diesem Werk trennt, in dem es seinen ganzen komischen und satirischen Sinn hat. Die langen *i i i i*, die sich über eine ganze Zeile von Francis Jammes' »Vögel« ziehen, sind von einer armseligen nachahmenden Harmonie, wenn man sie aus dem Gedicht herauslöst, dessen ganze Phantasie sie zum Ausdruck bringen.

Wenn ein moderner Dichter das Brummen eines Flugzeugs mehrstimmig notiert, dann muß man darin vor allem den Wunsch des Dichters sehen, seinen Geist an die Realität zu gewöhnen. Sein leidenschaftlicher Wahrheitsdrang treibt ihn dazu, sich fast wissenschaftliche Aufzeichnungen zu machen, die, wenn er sie als Gedichte ausgibt, den Nachteil haben, gewissermaßen Ohrentäuschungen zu sein, denen die Realität stets überlegen sein wird.

Will er hingegen, um ein anderes Beispiel zu nennen, die Kunst des Tanzes erweitern und eine Choreographie erproben, bei der sich die Tänzer nicht mit den Entrechats zufriedengeben, sondern auch noch Schreie ausstoßen, die zur Harmonie einer nachahmenden Neuheit gehören, dann wäre das ein Effekt, der nichts Absurdes an sich hat und dessen volkstümliche Quellen sich bei allen Völkern wiederfinden, bei denen die Kriegstänze zum Beispiel fast immer von wildem Geschrei begleitet werden.

Um auf das Streben nach Wahrheit, nach Wahrscheinlichkeit zurückzukommen, das sämtliche Experimente, sämtliche Bemühungen, sämtliche Versuche des neuen Geistes beherrscht, muß man hinzufügen, daß es in keiner Weise verwunderlich ist, wenn eine bestimmte Zahl von ihnen und sogar viele zur Zeit unschöpferisch bleiben und in Lächerlichkeit versinken. Der neue Geist ist voller Gefahren, voller Hinterhalte.

Das alles gehört jedoch zu dem Geist von heute, und diese Bemühungen, diese Versuche *en bloc* zu verurteilen, hieße einen Irrtum der Art zu begehen, den man zu Recht oder Unrecht Herrn Thiers zuschreibt, der erklärt haben soll, daß Eisenbahnen nur eine wissenschaftliche Spielerei wären und die Welt nicht genügend Eisen produzieren könnte, um Schienen von Paris nach Marseilles zu legen.

Der neue Geist läßt also selbst riskante literarische Experimente zu, und diese Experimente sind zuweilen wenig lyrisch. Deshalb ist die Lyrik nur ein Zweig des neuen Geistes in der Dichtung von heute, die sich häufig mit Erkundungen, Untersuchungen begnügt, ohne sich darum zu kümmern, ihnen lyrische Bedeutung zu verleihen. Der Dichter, der neue Geist, trägt Baustoffe zusammen, und diese bilden ein Fundament an Wahrheit, dessen Einfachheit, Schlichtheit nicht verworfen werden darf, denn es können sich daraus große, sehr große Folgen ergeben.

Wer später einmal die Literaturgeschichte unserer Epoche studiert, wird darüber staunen, daß sich, den Alchimisten vergleichbar, Träumer, Dichter, selbst ohne den Vorwand des Steines der Weisen, Forschungen, Aufzeichnungen haben widmen können, die sie zur Zielscheibe des Spottes ihrer Zeitgenossen, der Journalisten und Snobs machten.

Aber ihre Forschungen werden Nutzen bringen; sie schaffen die Grundlagen für einen neuen Realismus, der dem poetischen und gelehrten des antiken Griechenlands vielleicht nicht nachstehen wird.

Seit Alfred Jarry haben wir auch erlebt, wie sich das Lachen aus den tiefen Regionen erhebt, wo es sich ausschüttete und dem Dichter ein ganz neues lyrisches Element liefert. Wo ist die Zeit hin, in der das Taschentuch der Desdemona als etwas unstatthaft Lächerliches galt? Heute wird das Lächerliche angestrebt, man sucht sich seiner zu bemächtigen, und es hat in der Poesie seinen Platz, weil es zum Leben gehört wie der Heroismus und all das, was einst die Begeisterung der Dichter nährte.

Die Romantiker haben versucht, den augenscheinlich groben Dingen einen schrecklichen oder tragischen Sinn zu geben. Anders ausgedrückt, sie haben ganz einseitig das Schreckliche vorgezogen. Sie wollten mehr den Schrekken als die Melancholie einbürgern. Der neue Geist trachtet nicht danach, das Lächerliche zu verändern, er bewahrt ihm eine Rolle, die nicht ohne Würze ist. Ebenso will er dem Schrecklichen nicht den Sinn des Edlen geben. Er läßt es schrecklich und setzt das Edle nicht herab. *Er ist keine dekorative Kunst, und er ist auch keine impressionistische Kunst.* Er ist ganz und gar Studium der äußeren und inneren Natur, er brennt für die Wahrheit.

Selbst wenn es stimmt, daß es unter der Sonne nichts Neues gibt, *tritt er dafür ein, auch das, was unter der Sonne nicht neu ist, zu vertiefen.* Der gesunde Menschenverstand ist sein Führer, und dieser Führer geleitet ihn in die wenn schon nicht neuen, so doch zumindest unbekannten Winkel.

Aber gibt es wirklich nichts Neues unter der Sonne? Das müßte man erst einmal nachprüfen.

Immerhin, mein Kopf wurde geröntgt. Ich habe lebendigen Auges in meinen Schädel sehen können, und das sollte keine Neuigkeit sein? *Auf weitere!*

Salomo sprach zweifellos für die Königin von Saba, und er liebte das Neue so sehr, daß seine Konkubinen nicht zu zählen waren.

Die Lüfte bevölkern sich mit seltsam menschlichen Vögeln. Maschinen, Töchter des Mannes und ohne Mutter, führen ein Leben, dem es an Leidenschaften und Gefühlen fehlt, und das sollte nicht neu sein?

Die Gelehrten durchforschen ständig neue Welten, die an jedem Kreuzweg der Materie auftauchen, und es gäbe nichts Neues unter der Sonne? Vielleicht für die Sonne. Aber für die Menschen?

Es gibt Abertausende natürlicher Verbindungen, die nie zusammengesetzt worden sind. Sie stellen sie sich vor, verwirklichen sie und bewerkstelligen so zusammen mit der Natur jene höchste Kunst, die das Leben ist. Das sind die neuen Verbindungen, die neuen Werke der Kunst des Lebens, die man Fortschritt nennt. In dem Sinne gibt es ihn. Wenn man ihn jedoch als ein ewiges Werden auffaßt, eine Art Messianismus, der ebenso gräßlich ist wie die Sagen von Tantalus, Sisyphus und den Danaiden, dann hat Salomo gegen die Propheten Israels recht.

Aber das Neue existiert durchaus, ohne ein Fortschritt zu sein. Es steckt voll und ganz in der Überraschung. Der neue Geist liegt ebenfalls in der Überraschung. Gerade das ist das Lebendigste, das Neueste an ihm. *Die Überraschung ist die große neue Triebkraft.* Durch die Überraschung, durch den bedeutungsvollen Platz, den er der Überraschung einräumt, hebt sich der neue Geist von allen künstlerischen und literarischen Bewegungen ab, die ihm vorausgingen.

Hierdurch löst er sich von allen und gehört allein unserer Zeit an.

Wir haben ihn auf die feste Grundlage des gesunden Menschenverstandes und der Erfahrung gestellt, die uns dahin gebracht haben, die Dinge und Gefühle nur gemäß der Wahrheit zu akzeptieren, und gemäß der Wahrheit lassen wir sie gelten und verzichten darauf, erhaben zu machen, was von Natur aus lächerlich ist, oder umgekehrt. Und die Überraschung ergibt sich in den meisten Fällen aus diesen Wahrheiten, weil sie der gemeinhin anerkannten Meinung zuwiderlaufen. Viele dieser Wahrheiten sind nicht nachgeprüft worden. Es genügt, sie aufzudecken, um eine Überraschung auszulösen.

Auch eine vermutete oder angebliche Wahrheit kann überraschend wirken, weil man es noch nicht gewagt hat, sie anzubieten. Aber eine solche Wahrheit steht nicht im Widerspruch zum gesunden Menschenverstand, ohne den sie keine Wahrheit mehr wäre, nicht einmal eine angebliche. Wenn ich mir also beispielsweise vorstelle, die Männer könnten Kinder gebären, weil es die Frauen nicht mehr tun, drücke ich, dies zeigend, eine literarische Wahrheit aus, die nur außerhalb der Literatur als Fabel abgetan werden kann, und bewirke so eine Überraschung. Aber meine angebliche Wahrheit ist nicht außergewöhnlicher oder unwahrscheinlicher als die der Griechen, die Minerva darstellten, wie sie gewappnet Jupiters Kopf entsteigt.

Solange die Flugzeuge noch nicht den Himmel bevölkerten, war die Sage von Ikarus nur eine vermutete Wahrheit. Heute ist sie keine Sage mehr. Und unsere Erfinder haben uns an größere Wunder als jenes gewöhnt, das darin bestünde, den Männern die Funktion der Frau zu übertragen, Kinder zu gebären. Ja, ich gehe noch weiter, wenn die meisten Sagen Wirklichkeit geworden sind, und mehr als das, obliegt es dem Dichter, sich neue auszudenken, die dann die Erfinder verwirklichen können.

Der neue Geist verlangt, daß man sich solche prophetischen Aufgaben stellt. Deshalb werden Sie in den meisten Werken, die gemäß dem neuen Geist konzipiert wurden, Spuren von Prophetie finden. Die göttlichen Spiele des

Lebens und der Vorstellungskraft geben einer ganz neuen dichterischen Aktivität freien Lauf.

Das heißt, Poesie und Schöpfertum sind ein und dasselbe; nur der darf sich Dichter nennen, der erfindet, der Neues hervorbringt in dem Maße, wie der Mensch Neues hervorzubringen vermag. Dichter ist, wer neue Freuden entdeckt, mögen sie auch schwer zu ertragen sein. Man kann auf allen Gebieten Dichter sein: es reicht aus, daß man wagemutig ist und sich auf die Suche macht.

Da das ergiebigste, das am wenigsten bekannte und in seiner Ausdehnung grenzenlose Gebiet das der Phantasie ist, kann es nicht verwundern, daß die Benennung als Dichter ausdrücklich jenen vorbehalten war, die nach neuen Freuden suchten, die die ungeheuren Phantasieräume absteckten.

Die kleinste Kleinigkeit ist für den Dichter eine Herausforderung, der Ausgangspunkt einer Reise in eine unbekannte Unendlichkeit, in der die Freudenfeuer vielfältiger Bedeutungen aufflammen.

Um auf Entdeckungen auszugehen, ist es nicht erforderlich, sich mit einem großen Aufwand von Regeln, selbst wenn sie vom Geschmack diktiert seien, etwas auszusuchen, das als erhaben eingestuft wird. Man kann von etwas Alltäglichem ausgehen: ein vergessenes Taschentuch kann für den Dichter der Auslöser sein, mit dem er ein ganzes Universum emporheben wird. Man weiß, was der herunterfallende Apfel, den Newton gesehen hatte, für diesen Gelehrten bedeutete, den man einen Dichter nennen kann. Deshalb mißachtet der Dichter von heute nicht eine Bewegung der Natur, und sein Geist verfolgt die Entdeckungen in den breitesten und unfaßbarsten Synthesen – Massen, Sternennebel, Ozeane, Nationen – ebenso wie die offenbar einfachsten Erscheinungen: eine Hand, die in einer Tasche kramt; ein Streichholz, das sich durch Reibung entzündet; der Schrei der Tiere; der Duft der Gärten nach einem Regen; eine Flamme, die in einem Herd entfacht wird. Die Dichter sind nicht nur Menschen des Schönen. Sie sind auch in erster Linie Menschen des Wahren, sofern es erlaubt ist, in das Unbekannte einzudringen, so daß die Überraschung, das Unerwartete eine der wesentlichsten Grundlagen der Poesie von heute ist. Und wer wollte bestreiten, daß für die, die der Freude würdig sind, das Neue nicht zugleich auch schön ist? Die anderen werden schnell dabeisein, diese erhabene Neuheit herabzuwürdigen, worauf sie dann Zugang zu dem Bereich der Vernunft haben wird, aber nur in den Grenzen, die der Dichter, alleiniger Spender des Schönen und Wahren, vorgeschlagen hat.

Der Dichter ist gemäß der Natur dieser Ausforschungen isoliert in der neuen Welt, die er als erster betritt, und weil die Menschen letztlich doch nur von Wahrheiten leben, trotz der Lügen, mit denen sie diese auspolstern, bleibt ihm als einziger Trost, daß allein der Dichter das Leben speist, in dem die Menschheit diese Wahrheiten findet. Deshalb sind die modernen Dichter vor allem Dichter der immer neuen Wahrheit. Und ihre Aufgabe ist unendlich; sie haben Sie überrascht und werden Sie noch mehr überraschen. Sie sinnen bereits über Vorhaben nach, die tiefer sind als jene, welche in machiavellistischer Weise das nützliche und schreckliche Zeichen des Geldes erschaffen haben.

Die sich die Fabel von Ikarus ausgedacht haben, die heute so wunderbar zur Wirklichkeit geworden ist, werden statt dessen andere finden. Sie werden Sie wachen Blicks in die nächtliche und verschlossene Welt der Träume führen. In die Welten, die unsagbar über unseren Köpfen walten. In die uns näheren und ferneren, die um denselben Punkt des Unendlichen kreisen wie jene, die wir in uns tragen. Und andere Wunder als die, welche seit der Geburt der Ältesten unter uns aufgekommen sind, werden die heutigen Erfindungen, auf die wir so stolz sind, verblassen und kindisch erscheinen lassen.

Die Dichter werden schließlich den Auftrag haben, mittels lyrischer Teleologien und archelyrischer Alchimien der göttlichen Idee, die in uns so lebendig und wahr ist, einen immer reineren Sinn zu geben, der Idee der ständigen Erneuerung unserer selbst, der unaufhörlichen Schöpfung, jener ewig wiedererstehenden Poesie, von der wir leben.

Nach allem, was man weiß, gibt es außerhalb der französischen Sprache heutzutage kaum Dichter.

Alle anderen Sprachen scheinen zu schweigen, damit das Universum die Stimme der neuen französischen Dichter besser verstehen kann.

Die ganze Welt schaut auf dieses Licht, das allein die Nacht erhellt, die uns umgibt.

Hierzulande indessen sind diese sich erhebenden Stimmen kaum zu vernehmen.

Die modernen Dichter sind also Schöpfer, Erfinder und Propheten; sie verlangen, daß man ihre Worte zum höheren Wohl der Gemeinschaft, der sie angehören, prüft. Sie wenden sich an Platon und flehen ihn an, sie, wenn er sie schon aus der Republik verbannt, zuvor doch wenigstens anzuhören.

Frankreich, Verwahrerin des gesamten Geheimnisses der Kultur, eines Geheimnisses, das nur wegen der Unvollkommenheit derer geheim ist, die sich um seine Entschlüsselung bemühen, ist hierdurch für den größten Teil der Welt zu einem Seminar von Dichtern und Künstlern geworden, die das Erbe seiner Kultur tagtäglich mehren.

Und durch die Wahrheit und Freude, sie sie verbreiten, machen sie diese Kultur wenn schon nicht für jedwede Nation assimilierbar, so doch zumindest für alle im höchsten Maße wohlgefällig.

Die Franzosen tragen die Poesie zu allen Völkern.

Nach Italien, wo das Beispiel der französischen Poesie eine junge nationale Schule voll großartiger Kühnheit und Vaterlandsliebe zum Blühen gebracht hat.

Nach England, dessen Lyrik fade geworden war und gleichsam erschöpft.

Nach Spanien und vor allem nach Katalonien, wo eine glühende Jugend, die bereits Maler hervorgebracht hat, welche beiden Nationen zur Ehre gereichen, die Werke unserer Dichter aufmerksam verfolgt.

Nach Rußland, wo aus der Nachahmung der französischen Lyrik zuweilen ein Überbieten geworden ist, was niemanden überraschen wird.

Nach Lateinamerika, wo die jungen Dichter ihre französischen Vorläufer leidenschaftlich kommentieren.

Nach Nordamerika, wohin französische Missionare aus Dankbarkeit für Edgar Allan Poe und Walt Whitman während des Krieges das befruchtende Element bringen, das neue Erträge herbeiführen soll, von denen wir bisher noch keine Vorstellung haben, die diesen großen Pionieren der Poesie aber gewiß nicht nachstehen werden.

Frankreich ist voll von Schulen, in denen die Lyrik bewahrt und weitergegeben wird; voll von Gruppen, in denen man Mut lernt; und doch drängt sich eine Bemerkung auf: Eine Poesie ist vor allem dem Volk verpflichtet und drückt sich in dessen Sprache aus.

Bevor sich die Dichterschulen in die heroischen Abenteuer ferner Apostolate stürzen, müssen sie die Größe des Landes sichern, umreißen, erhöhen, verewigen, besingen, jenes Landes, das sie hervorgebracht, genährt und gewissermaßen geformt hat, dessen, was in seinem Blut und in seiner Substanz am gesündesten, reinsten und besten ist.

Hat die französische Poesie alles für Frankreich getan, was sie hätte tun können?

Ist sie in Frankreich wenigstens immer so aktiv, so eifrig gewesen, wie sie es woanders war?

Es genügt, wenn die heutige Literaturgeschichte solche Fragen aufwirft; um sie zu beantworten, müßte man überschlagen können, was der neue Geist an Nationalem und Fruchtbarem in sich trägt.

Der neue Geist ist vor allem der Feind von Ästhetentum, Formeln und jeglichem Snobismus. Er kämpft nicht gegen irgendwelche Schulen, weil er selber keine Schule sein will, sondern eine der großen Strömungen der Literatur, die, mit dem Symbolismus und Naturalismus angefangen, alle Schulen umfaßt. Er kämpft für die Wiederbelebung eines Geistes der Anregung, für das klare Verständnis seiner Zeit und für neue Erkenntnisse über die äußere und innere Welt, die denen nicht nachstehen sollen, die die Gelehrten aller Schattierungen tagtäglich gewinnen und aus denen sie ihre Wunder ableiten.

Die Wunder erlegen uns die Pflicht auf, die poetische Einbildungskraft und Subtilität nicht hinter die der Handwerker zurücktreten zu lassen, die eine Maschine verbessern. Schon jetzt befindet sich die Sprache der Wissenschaft in einem tiefen Mißverhältnis zu der der Dichter. Das ist ein unerträglicher Zustand. Die Mathematiker können mit Recht sagen, daß ihre Träume, ihre Gedanken oft meilenweit über die platten Vorstellungen der Dichter hinausgehen. Die Dichter müssen selber entscheiden, ob sie den neuen Geist entschlossen annehmen wollen, außerhalb dessen nur drei Türen offenbleiben: die zu den Nachahmungen, die zur Satire und die zur Klage, so erhaben sie auch sein mag.

Kann man die Poesie dazu zwingen, sich außerhalb dessen zu verschanzen, was sie umgibt? Den großartigen Lebensüberschwang zu verkennen, den die Menschen durch ihre Tätigkeit der Natur hinzufügen und der es gestattet, die Welt auf die unglaublichste Art auszugestalten?

Der neue Geist ist der der Zeit selber, in der wir leben. Einer an Überraschungen gesegneten Zeit. Die Dichter wollen die Prophetie beherrschen, jenes feurige Pferd, das noch keiner gebändigt hat.

Sie wollen eines Tages schließlich die Poesie mit Maschinen ausrüsten, so wie man die Welt mit Maschinen ausgerüstet hat. Sie wollen den neuen Ausdrucksmöglichkeiten, die der Kunst die Bewegung hinzufügen, also dem Phonographen und dem Kino, als erste einen ganz neuen Lyrismus aufsetzen. Sie sind dabei erst in der Zeit der Inkunabeln. Aber warten Sie es ab, die Wunder werden von selber sprechen, und der neue Geist, der das Universum mit Leben aufbläht, wird sich auf fabelhafte Weise in der Literatur, in den Künsten und all den Dingen kundtun, die man kennt.

Quellenverzeichnis

Guillaume Apollinaire, Der verwesende Zauberer (*L'Enchanteur pourrissant*), © Éditions Gallimard, Paris 1921, © VG Bild-Kunst, Bonn 1991 für die Holzschnitte von André Derain. Die sitzende Frau (*La femme assise*), © Éditions Gallimard, Paris 1920. Mein lieber Ludovic (*Mon cher Ludovic*), Spaziergang eines Schattens (*La Promenade de l'ombre*), Die Orangeade (*L'Orangeade*), Schönheitschirurgie (*Chirurgie esthétique*), Die Stecknadeln (*Les Épingles*), Die Schilddrüsenbehandlung (*Traitement thyroïdien*), Die Glücksritterin (*L'Aventurière*), Die Pflanze (*La Plante*), Kriegszüge (*Trains de guerre*), Der unsichtbare Stoff (*L'Étoffe invisible*), Wie das Märchen vom Aschenbrödel weiterging ... (*La Suite de Cendrillon*), Die Gräfin von Eisenberg (*La Comtesse d'Eisenberg*), Die Weihnacht der englischen Lords (*La Noël des Milords*), Der Robinson vom Saint-Lazare (Le Robinson de la Gare Saint-Lazare), aus: Œuvres en prose, © Éditions Gallimard, Paris 1977. Briefe an Lou (Auswahl), aus: *Lettres à Lou*, © Éditions Gallimard, Paris 1977. Briefe an seine *marraine (Lettres à sa marraine)*, © Éditions Gallimard, Paris 1951. Mirabeau (*Mirabeau*), Der göttliche Marquis (*Le divin Marquis*), aus: Les Diables amoureux, © Éditions Gallimard, Paris 1964. Der selige Alfred Jarry (*Feu Alfred Jarry*), aus: Le Flâneur des deux rives, © Éditions Gallimard, Paris 1928/1975. Feminine Literatur (*La littérature féminine*), Simultanismus-Librettismus (*Simultanisme-Librettisme*), Der neue Geist und die Dichter (*Le Nouveau Esprit et les poètes*), aus: Œuvres complètes, © André Balland, Paris 1966. Die Nachdichtungen von Gerd Henniger »Weil keine Erinnrung sie lenkt ...«, (aus: »Gesang des Horizonts in der Champagne«) und »Und ihre Gesichter war'n bleich ...« (»Der Aufbruch«) wurden entnommen: Poetische Werke/Œuvres Poétiques, © 1969 by Hermann Luchterhand Verlag GmbH, Neuwied und Berlin.

Inhalt

BRIEFE

ESSAYS

ISBN 3-353-00830-6
1. Auflage

Quellenverzeichnis auf Seite 483

Buchgestaltung: Lothar Reher
Satz: Deutsch Türkischer Fotosatz, Berlin
Druck und Einband: Offizin Andersen Nexö Leipzig GmbH
Printed in Germany